HEYNE BÜCHER

Das Buch
Zwei Polizisten finden an einem Wintermorgen an einer Straßenecke von New York einen Toten. Er ist bekleidet mit einem Jogginganzug, und als die Detectives ihn auf den Rükken drehen, erkennen sie in ihm Harry Chapman, den brillanten neuen Chef des Police Departments.
Detective Bert P. Farber kommt ebenfalls zum Tatort, denn Harry war sein früherer Partner und heiratete die Frau, die Farber liebte.
Unzählige Fragen stellen sich für Farber: Wie kam Chapman zu dieser Stelle, die zu weit von seiner Wohnung entfernt liegt, um hierher zu joggen?
Wer hat ihn ermordet und weshalb? Wer teilt das schreckliche Geschehen seiner Frau mit? Und – eine Frage, die sich im Hinblick auf die Untersuchungen als sehr bedeutend herausstellen wird – wer wird sein Nachfolger?
Mehrere Bewerber konkurrieren um diesen Posten, und Bert Farber weiß, daß er selbst die besten Chancen hätte, wenn es ihm gelänge, Chapmans Mörder innerhalb kürzester Zeit zu stellen. So enthüllt er ein Geheimnis nach dem anderen und deckt betrügerische Machenschaften, heimliche Liebesaffären und Korruption auf höchster politischer Ebene auf …
Ein spannender Insiderroman aus dem New Yorker Police Department, wie ihn nur Robert Daley geschrieben haben kann!

Der Autor
Robert Daley arbeitete lange Jahre als Korrespondent für die *New York Times.* Anschließend war er einige Zeit als einer von sieben stellvertretenden Chefs der New Yorker Polizei verantwortlich für die Öffentlichkeitsarbeit. Nach der erfolgreichen Veröffentlichung einer ganzen Reihe von Büchern, darunter *Prince of the City,* einem Roman, der ebenso erfolgreich verfilmt wurde, arbeitet Robert Daley ausschließlich als Schriftsteller.
Er lebt mit seiner Familie in Connecticut.

ROBERT DALEY

MAUER DES SCHWEIGENS

Roman

Aus dem Amerikanischen
von Wolfgang Bick

Deutsche Erstausgabe

WILHELM HEYNE VERLAG
MÜNCHEN

HEYNE ALLGEMEINE REIHE
Nr. 01/10812

Titel der Originalausgabe
WALL OF BRASS

Besuchen Sie uns im Internet:
http://www.heyne.de

Umwelthinweis:
Das Buch wurde auf
chlor- und säurefreiem Papier gedruckt.

Redaktion: Werner Heilmann

Printed in Germany 1998
Umschlagillustration: doManski
Umschlaggestaltung: Nele Schütz Design, München
Satz: Pinkuin Satz- und Datentechnik, Berlin
Druck und Bindung: Pressedruck, Augsburg

ISBN 3-453-14703-0

1

Das Telefon hörte einfach nicht auf zu läuten.

Nur widerstrebend tauchte der Mann langsam aus den Tiefen seines Traumes auf. Noch immer im Halbschlaf, tastete er im Dunkeln nach dem Hörer, wobei er nicht nur den Wecker zu Boden stieß, sondern beinahe auch den Telefonapparat.

Bei Anrufen um diese Zeit mußte man für gewöhnlich mit dem Schlimmsten rechnen. So früh am Morgen meldete sich meist die verzweifelte Stimme eines Verwandten, um zu verkünden, daß ein Mitglied der Familie einem Herzinfarkt, einem Schlaganfall oder den Folgen eines Verkehrsunfalls erlegen war. Aber als dieser Mann mit einiger Mühe den Hörer endlich ans Ohr bugsiert hatte, wirkte er keineswegs beunruhigt, sondern lediglich schlaftrunken, da für ihn derartige Anrufe längst zur Routine geworden waren. Die mehr als dreitausend Männer, die seinem Kommando unterstanden, hatten die Anweisung, ihn bei brisanten Fällen zu jeder Tages- und Nachtzeit umgehend zu benachrichtigen, was oft genug geschah. Mit Sicherheit würde ihn auch jetzt wieder die Nachricht von irgendeiner Tragödie erreichen. Derartige Störungen seiner Nachtruhe gehörten nun einmal zu seinem Job und waren sicherlich unangenehm, sie gingen ihm allerdings persönlich nicht mehr allzusehr zu Herzen.

Während er die Beine aus dem Bett schwang und auf dem Boden nach dem Wecker tastete, bemühte er sich, seinen Dienstrang und seinen Namen möglichst gedämpft in die Sprechmuschel zu raunen, da seine Frau neben ihm möglicherweise noch schlief: »Chief Farber.«

Da die Farbers die Gewohnheit hatten, unter ihren Daunendecken bei weit geöffnetem Fenster zu schlafen, war es ausgesprochen kalt im Raum. Draußen war es noch immer dunkel. Nachdem Bert P. Farber, Leiter der

New Yorker Kriminalpolizei, den Wecker zu fassen bekommen hatte, konnte er ablesen, daß es bereits sechs Uhr dreißig war, also ohnehin bald Zeit zum Aufstehen.

»Es gibt Ärger, Farber. Wie schnell können Sie hier sein? Wir befinden uns an der 77. Straße, Ecke Columbus Avenue.«

Es war die Stimme von Priestley. Er war der Stellvertreter des Commissioners, das heißt des obersten Chefs aller New Yorker Polizeibehörden. Dem Straßenlärm zufolge, der im Hintergrund zu hören war, befand er sich vermutlich in einer Telefonzelle. Was in aller Welt mochte diesen Schreibtischhengst dazu gebracht haben, bereits um diese Zeit auf den Beinen zu sein? Zudem war ein deutliches angespanntes Zittern in seiner Stimme nicht zu überhören. Farber kam zu dem nüchternen Ergebnis, daß es allem Anschein nach wirklich um *großen Ärger* gehen mußte.

»Was ist denn passiert?«

»Nicht am Telefon. Kommen Sie einfach schnellstmöglich hierher.«

Priestley hatte es noch immer nicht für nötig befunden, seinen Namen zu nennen. Offensichtlich verließ er sich darauf, daß seine Stimme jedem Untergebenen vertraut war und daß die Autorität seines Amtes keinen Widerspruch duldete.

Als einer der vielen ehrgeizigen Beamten, die seit vielen Jahren im Polizeihauptquartier Dienst taten, wußte Bert Farber nur zu gut, daß die persönliche Karriere hochgradig davon abhing, Vorgesetzte mit großem Respekt zu behandeln. Wollte man nach oben, gab es keinen anderen Weg. Und Priestley war ein Mann, der keinen Hehl daraus machte, daß er mehr noch als andere widerspruchslosen Gehorsam von seinen Leuten erwartete. Von Zeit zu Zeit hielt es Farber jedoch für angebracht, Priestley ein wenig die Zähne zu zeigen. Und vor allem jetzt, nachdem er aus tiefstem Schlaf gerissen worden war, spürte Farber wenig Neigung, sich wie ein dummer Junge herumkommandieren zu lassen.

»Mit wem spreche ich überhaupt?« fragte er ungehalten, ohne sich dabei groß verstellen zu müssen.

»Um diese Zeit, vor dem Berufsverkehr, können Sie in zehn Minuten hier sein«, fuhr Priestley ungerührt fort, ohne auf Farbers Frage zu reagieren.

»Mein Wagen steht in der Tiefgarage des Hauptquartiers, und mein Fahrer wird vermutlich noch tief und fest schlafen.«

»Ich habe einen Streifenwagen zu Ihnen losgeschickt. Wahrscheinlich steht er bereits vor Ihrer Haustür.«

»Darf ich wenigstens vorher noch pissen gehen?« knurrte Farber in die Sprechmuschel.

Diese dreiste Äußerung war offensichtlich zuviel für den überheblichen Priestley. »Haben Sie wirklich keine Ahnung, wer hier spricht?« zischte er drohend.

»Ich glaube, ich habe so eine Ahnung«, seufzte Farber. »In zehn Minuten bin ich da.«

Er drückte die Hörergabel herunter und rief dann den wachhabenden Sergeant in der Zentrale an. »Holen Sie meinen Fahrer aus dem Bett und schicken Sie ihn zur 77. Straße, Ecke Columbus Avenue. Dort wird er mich schon finden.«

Farbers Frau Madge war aufgewacht und stemmte sich gähnend hoch. »Kannst du mir sagen, was die ganze Telefoniererei um diese Zeit zu bedeuten hat?«

»Ich habe selber keine Ahnung. Priestley macht ein großes Geheimnis daraus«, erklärte Farber, der aufgestanden war und das Schlafzimmerfenster schloß.

»Aber du vermutest doch bestimmt irgendwas?« bohrte Madge weiter. »Nun laß dir doch nicht jedes Wort aus der Nase ziehen.«

Ihr Mann drehte sich um und blickte sie müde an. »Wenn du wirklich mit mir streiten willst, dann müssen wir es wohl oder übel auf später verschieben.«

Er zog sich hastig an, band die Krawatte um, nahm beim Hinausgehen seinen Mantel aus dem Schrank und klemmte den im Flur stehenden Aktenkoffer unter den Arm. Dann verließ er die Wohnung und eilte, ohne auf den Fahrstuhl zu warten, die Treppe hinunter zum Ausgang des Apartmentgebäudes.

Als Farber durch die Glastür ins Freie trat, stellte er fest, daß es schneite und daß alle Büsche und Bäume sowie die Hausdächer und Autos in der Straße mit einer weißen Schicht überzogen waren.

Wie angekündigt, wartete der Streifenwagen bereits. Einer der Cops sprang heraus und hielt Farber die hintere Tür zum Fond des Wagens auf, der wie ein ausbruchsicherer Käfig konstruiert war und von innen nicht geöffnet werden konnte. Als Leiter der Kriminalpolizei hatte Farber allerdings wenig Lust, wie ein Gefangener transportiert zu werden.

»Vielen Dank, aber dort hinten können *Sie* es sich gemütlich machen«, wies er den jungen Polizisten an, während er sich auf den Beifahrersitz warf.

»77. Straße, Ecke Columbus«, instruierte er den hinter dem Steuerrad wartenden Cop. »Schalten Sie das Blaulicht ein, und ignorieren Sie rote Ampeln. Falls nötig, setzen Sie auch die Sirene ein!«

Zuerst drehten die Reifen auf dem Schnee beim Anfahren durch, doch dann faßten sie plötzlich, worauf der Wagen einen Satz nach vorn machte. Nach wenigen Metern hatte der Fahrer das Auto im Griff und lenkte es aus der Seitenstraße auf die Third Avenue, um auf deren mittlerer Spur mit beinahe achtzig Meilen dahinzujagen.

Obwohl auch die Hauptstraße mit glitschigem Schneematsch bedeckt war, verringerte der Fahrer selbst an den Kreuzungen kaum das Tempo. Chief Farber wußte aus Erfahrung, daß Unfälle auf der Fahrt zum Einsatzort bei Polizisten zu den häufigsten Todesursachen zählten. Auch wenn zu dieser frühen Stunde nur wenige Fahrzeuge unterwegs waren, sagte ihm seine Vernunft, daß bereits *eine* kleine Unaufmerksamkeit eines anderen Fahrers ausreichen würde, um eine Kollision herbeizuführen. Aber Farber wandte dennoch nichts gegen die halsbrecherische Raserei ein, da er aus Prinzip weder vor diesen beiden noch vor irgendeinem anderen Polizisten der Stadt jemals

Angst zeigen würde. Statt dessen öffnete er seinen Aktenkoffer und fischte zwischen seiner Dienstwaffe, dem Totschläger, den Handschellen, einer Taschenlampe, einer Schachtel Munition und einigen Schnellheftern seinen Akku-Rasierer heraus. Dann klappte er die Sonnenblende herunter, um den dort eingebauten Spiegel zu benutzen.

Als sie die 60. Straße passierten, ging der Schnee zunehmend in Regen über, was das Vorankommen zwar nicht sehr, aber immerhin etwas sicherer machte. Farber schaltete den Rasierer aus, strich sich prüfend über das Kinn und blickte zum Fahrer hinüber: »Ist über Funk was durchgegeben worden?«

»Nichts von Bedeutung, Chief.«

Nach Priestleys Geheimniskrämerei wurde das Ganze nun immer rätselhafter. Aus welchem Grund auch immer man ihn aus dem Bett geholt hatte, um eine Katastrophe vom Ausmaß einer Explosion oder eines Großbrandes konnte es sich nicht handeln, sonst hätte die Streifenwagenbesatzung durch den Funkverkehr etwas davon mitbekommen müssen.

»Im Gegenteil. Es ist heute nacht beinahe unnatürlich ruhig gewesen«, meldete sich der hinten sitzende Cop zu Wort, der so dicht an das Trenngitter herangerückt war, daß Farber seinen Atem im Nacken spüren konnte.

Natürlich brannten die beiden vor Neugier darauf, zu erfahren, warum sie den Chief zu dieser frühen Stunde abholen sollten und nun mit ihm zur 77. Straße jagten. Nur Farbers hoher Dienstrang hinderte sie daran, sich offen nach dem Grund ihres Einsatzes zu erkundigen.

Auf Höhe der 72. Straße erreichten sie den Central Park, dessen Rasenflächen ebenfalls noch schneebedeckt waren, während nun der Regen immer stärker herabprasselte. Der Fahrer steuerte den Wagen die Westseite des Parks hinauf und bog in die 77. Straße ein. Schließlich bremste er ab und verlangsamte die Geschwindigkeit auf Schrittempo, da in der Nähe des naturgeschichtlichen Museums bereits zwei Streifenwagen halb auf der Straße parkten und die Durchfahrt versperrten, so daß zwei Taxis wenden und zurückfahren mußten. Farber und die beiden jungen Cops spähten durch die Lücke zwischen den beiden Streifenwagen hindurch und konnten erkennen, daß im Hintergrund noch weitere Einsatzfahrzeuge standen.

»Sollen wir auf Sie warten, Chief?« fragte der hinter dem Steuer sitzende Cop, als Farber die Wagentür öffnete und ausstieg.

Immer dann, wenn er unter ähnlichen Bedingungen nicht von seinem persönlichen Fahrer, sondern von einer Streifenwagenbesatzung zu einem Einsatzort gebracht wurde, folgte diese Frage so sicher wie das Amen in der Kirche. Wenn der Chief persönlich alarmiert wurde, mußte schon ein außergewöhnliches Verbrechen verübt worden sein. Und obwohl es daran in der Stadt wahrhaft nicht mangelte, war ein durchschnittlicher Straßen-Cop während seiner gesamten Dienstzeit allenfalls zwei- oder dreimal an den Ermittlungen in einem derartigen Fall beteiligt. Deshalb war es nicht verwunderlich, daß die beiden jungen Polizisten nach einem Vorwand suchten, der es ihnen ermöglichte, Näheres über das Geschehen in Erfahrung zu bringen.

»Vielen Dank für das Angebot, aber ihr beide nehmt jetzt wieder euren normalen Dienst auf«, entgegnete Farber und wandte sich ab, um – den Mantelkragen hochgeschlagen und die Hände tief in seinen Manteltaschen vergraben – gegen den kalten und in Böen heranpeitschenden Regen anzukämpfen. Die enttäuschten Polizisten würdigte er keines weiteren Blickes.

An der Straßenecke standen etwa dreißig Leute herum. Darunter befanden sich einige höherrangige Beamte in Uniform, andere in Zivil, die sich in ihren Trenchcoats und mit Schlapphüten gegen die herabprasselnde Sintflut zu schützen versuchten. Den größten Anteil bildeten jedoch einfache Streifenpolizisten, unter denen sich auch zwei ausgesprochen kräftig gebaute Frauen befanden, die sich die größte Mühe gaben, wie erfahrene und altgediente Veteranen auszusehen.

Farber fiel es sogleich negativ auf, daß alle Anwesenden nur tatenlos herumstanden, ohne sich an die Arbeit zu machen. Offensichtlich fehlte es hier an jemandem, der den Einsatz koordinierte.

Der Chief blickte sich suchend nach Priestley um – und nach der Leiche. Vom ersten Augenblick seiner Alarmierung an war Farber davon überzeugt gewesen, daß er eine Leiche vorfinden würde.

Der Stellvertreter des Commissioners stand zusammen mit John Kincaid, dem Leiter der Kriminalpolizei Manhattan Nord, in einem Hauseingang.

Jetzt entdeckte Farber auch die Leiche. Der Mann lag an der Ecke zur Columbus Avenue: den Körper auf dem Bürgersteig, die ausgestreckten Arme und das Gesicht nach unten gewandt im Rinnstein, durch den das Regenwasser zum nächstgelegenen Gully rauschte.

Die Tatsache, daß es sich allem Anschein nach nicht um ein Massaker handelte, beruhigte Farber zunächst. Andererseits deutete schon die bloße Anzahl der Umstehenden darauf hin, daß es sich bei der Leiche sicher um einen Prominenten handeln mußte.

Er blickte die Straße in beide Richtungen entlang, um sich einen Überblick über die Lage zu verschaffen. Die Columbus Avenue war von mehreren Polizeiwagen mit eingeschaltetem Blaulicht an den nächsten beiden Kreuzungen völlig abgeriegelt worden. Und nicht nur der Autoverkehr wurde über die 79. Straße umgeleitet, auch den wenigen Fußgängern, die zu dieser frühen Stunde auf den Beinen waren, wurde der Zutritt zu dem abgesperrten Gelände verweigert.

Der Hauseingang, in dem Priestley und Kincaid Schutz gesucht hatten, gehörte zu einem Restaurant namens *Isabella's*. Farber gesellte sich zu den beiden Männern, froh, dem nach wie vor herabprasselnden Regen für ein paar Augenblicke entkommen zu können.

»Wer ist der Tote?« fragte Farber grußlos, während er zu der Leiche hinübersah.

»Gehen Sie hin und schauen Sie selbst nach«, erwiderte Priestley mit ausdrucksloser Stimme.

»Ah, Ihnen steht der Sinn nach einem Ratespiel?« bemerkte Farber ironisch. »Gehe ich daher recht in der Annahme, daß ich den Toten kenne?«

»Allerdings.«

»Dann möchte ich mein Glück versuchen. Handelt es sich bei dem Toten vielleicht um meinen Schwager? Wurde höchste Zeit, daß der alte Stinkstiefel endlich aus dem Verkehr gezogen wurde.«

Kincaid lachte kurz auf, doch Priestley verzog keine Miene.

»Oder ist es der Gouverneur? Dann dürften sich die Ermittlungen allerdings als sehr schwierig erweisen, da praktisch jeder Bürger dieses Bundesstaates als Täter in Frage käme. Aber nein! Ihr Gesichtsausdruck verrät mir, daß es nicht der Gouverneur ist. Hm, ein Schauspieler vielleicht? Dieser neue Komiker, der immer nur die gleichen uralten Witze erzählt?«

Priestley fixierte ihn noch immer wortlos.

»Also schön!« seufzte Farber. »Wenn es sich bei dem Toten um eine so bedeutende Persönlichkeit handelt, warum liegt er dann noch immer dort in der Gosse?«

»Wir warten auf den Leichenbeschauer«, erklärte Kincaid.

»Na, hoffentlich kommt er bald, denn in weniger als einer halben Stunde werden hier mindestens fünftausend Menschen aufkreuzen.«

Farber trat wieder in den Regen. Mitten in New York eine völlig unbefahrene Kreuzung zu überqueren, ließ ihn ein seltsames Kribbeln im Nacken empfinden.

Der Tote war mit Sportschuhen und einem teuren Jogginganzug bekleidet, hatte außerdem einen dicken Wollschal um den Hals und trug eine Pudelmütze, die er bis über die Ohren heruntergezogen hatte. Der Schal war hochgerutscht oder möglichwerweise auch von einen der Cops so drapiert worden, daß das Gesicht des Toten bedeckt war. Farber mußte sich daher niederknien und den Schal herunterziehen, um den Mann identifizieren zu können.

Es genügte ein kurzer Blick. Dann starrte der Chief in den noch dunklen Himmel hinauf. Regentropfen rannen ihm wie Tränen über das Gesicht.

Obwohl er in seinen langen Berufsjahren schon viele Leichen in irgendwelchen Rinnsteinen gesehen hatte, war er auf diesen Augenblick nicht vorbereitet gewesen. Nachdem er sich wieder einigermaßen gefaßt hatte, kniete er erneut nieder und legte seine Hand auf die ihm zugewandte Schulter des Toten.

Farber bemerkte aus den Augenwinkeln, wie ein Auto die Columbus Avenue entlanggefahren kam und wenige Meter von ihm entfernt anhielt. Eine Sekunde später eilte ein asiatisch aussehender Mann mit einer Tasche in der Hand auf ihn und die Leiche zu.

»Kennen Sie ihn, Chief?« erkundigte sich Chang, der von koreanischen Vorfahren abstammte und zum Team der städtischen Leichenbeschauer gehörte. »Sie sehen nämlich beinahe so aus, als läge da ihr eigener Bruder vor Ihnen.«

»Es ist der Commissioner«, erklärte Farber und richtete sich mühsam auf, wobei er sich den Regen aus dem Gesicht wischte.

»Großer Gott«, erwiderte Chang. »Würden Sie mir bitte dabei helfen, ihn aus dem Wasser zu heben und umzudrehen?«

Als sie die Leiche auf die Seite rollten, fielen die Regentropfen in die offenen Augen des Toten. Fast als hätte er eine Reaktion erwartet, wandte sich Farber bei diesem Anblick unwillkürlich ab; zumindest so lange, bis der Leichenbeschauer die Augen des Commissioners zugedrückt hatte.

»Wie lange ist er schon tot, Doktor?«

Chang hob den linken Arm des Toten an und ließ ihn zurück in den Rinnstein fallen, durch den noch immer knöchelhohes Wasser rauschte. Farber starrte auf die Uhr am Handgelenk der Leiche, die nun ebenfalls im Wasser lag. Falls sie nicht wasserdicht war, würde sie zweifellos kaputtgehen, dachte der Chief und wollte sie bereits an sich nehmen, als ihm plötzlich klar wurde, daß seine Sorge eigentlich gegenstandslos war. Schließlich benötigte der Besitzer seine Uhr nun nicht mehr.

»Noch keine Anzeichen von Leichenstarre«, erklärte Chang und wiederholte den Versuch ein zweites Mal. »Der Tod kann erst vor dreißig oder vierzig Minuten eingetreten sein.«

Der Leichenbeschauer begann damit, die Kleidung des Toten zu untersuchen. »Du liebe Güte … das ist ja Commissioner Chapman. Haben Sie schon einen Verdacht, was ihn das Leben gekostet hat?«

»Ich hoffe, Sie werden mir gleich erklären, daß er eines natürlichen Todes gestorben ist«, erklärte Farber leise.

»Ein Mann in seinem Alter? Das halte ich für ausgesprochen unwahrscheinlich!«

Das tat der Chief insgeheim auch. Und er hegte keinerlei Zweifel daran, daß Priestley, Kincaid und alle anderen ebenfalls davon überzeugt waren, es hier mit einem Verbrechen zu tun zu haben. Warum sonst wären sie alle so schnell an den Fundort von Chapmans Leiche geeilt?

Chang öffnete den Reißverschluß der Joggingjacke des Toten und schob das darunter zum Vorschein kommende Sweatshirt sowie das Unterhemd hoch, woraufhin eine Brustwunde sichtbar wurde. »Das hier dürfte die Todesursache sein«, stellte der Leichenbeschauer sachlich fest.

Farber hatte Dutzende, vielleicht sogar Hunderte von Schußverletzungen gesehen und benötigte keinerlei Nachhilfeunterricht bei der Deutung der Wunde in Chapmans Oberkörper. »Ich hatte irgendwie gehofft, daß es möglicherweise ein Herzinfarkt oder so etwas Ähnliches gewesen sein könnte«, seufzte er.

»Ein Herzinfarkt? Na ja, gewissermaßen haben Sie sogar recht.«

Es handelte sich um einen glatten Herzschuß, wobei das Einschußloch auf ein größeres Kaliber hindeutete. Vermutlich war Chapman mit einer 38er getötet worden. Aus der Wunde war nur wenig Blut gesickert.

Nur logisch, dachte Farber, der sich auf die technischen

Aspekte der Tat konzentrierte, um nicht an das Opfer denken zu müssen: *Wenn die Pumpe nicht mehr funktioniert, hört der Hahn eben schnell auf zu tropfen.*

Chang riß ihn aus seinen Gedanken. »Falls es sich um einen Durchschuß handelt, könnte die Austrittswunde auf dem Rücken ziemlich unappetitlich aussehen.«

Mittlerweile war auch der Leichenwagen eingetroffen, aus dem zwei Männer schnell ausstiegen und eine Bahre ausluden.

»Wer könnte das getan haben?« fragte Chang, während er die Leiche weiter untersuchte.

Diese Frage hatte sich Farber natürlich auch schon gestellt. »Sagen Sie es mir, Doc.«

Der Leichenbeschauer hob ratlos die Schultern. »Ich habe nicht den leisesten Schimmer, wer ein Interesse daran haben könnte, Harry Chapman zu töten. Sie vielleicht?«

Das Ganze läßt Chang völlig kalt, dachte Bert Farber. *Er ist noch abgebrühter als ich selbst.*

Die beiden traten zur Seite und sahen den Leichenträgern dabei zu, wie sie den dunklen Plastiksack auf der Bahre öffneten, in dem der Tote abtransportiert werden sollte.

»Ich kann Ihnen leider erst nach Abschluß der Obduktion Genaueres sagen«, erklärte Chang. »Ich rufe Sie dann sofort an.«

»Danke, Doktor. Aber bitte beeilen Sie sich.«

Die Träger hoben den Leichnam an. Als sie ihn wieder auf dem Transportsack ablegten, schien ein Zittern durch den Körper des Toten zu laufen, so als ob die Träger ihm weh getan hätten. Farber biß sich auf die Unterlippe, um nicht die Selbstbeherrschung zu verlieren.

Der Reißverschluß des Transportsacks wurde geschlossen. Unförmig und schwer lag die nun plastikummantelte Leiche auf der Bahre. Farber mußte daran zurückdenken, daß Chapman ein hoch aufgeschossener und überaus schlanker Mann gewesen war. Aber Tote wirkten immer schwer.

Chang war bereits wieder auf dem Weg zurück zu seinem Wagen, als ein weiteres Fahrzeug in die Straße einbog und wenig später vor Farber hielt. Im nächsten Augenblick stieg Chief Terrence Sternhagen aus. Als Leiter des Polizeidepartments war er nach dem Commissioner der ranghöchste uniformierte Polizeioffizier der Stadt, auf dessen Schultern jeweils vier goldene Sterne prangten. Seinem Gesichtsausdruck nach zu urteilen, war Sternhagen ziemlich erregt, als er mit langen Schritten auf Farber zueilte.

»Ich werde zu nachtschlafender Zeit aus dem Bett geklingelt und hierher geholt, erhalte jedoch nur nebulöse Andeutungen, ohne zu erfahren, was eigentlich los ist!« donnerte er wütend und deutete auf den Transportsack mit der Leiche. »Also, um wen, zum Teufel, handelt es sich?«

»Um den Commissioner.«

»Um Chapman?«

»Er wurde erschossen«, erklärte Farber.

»Von wem?«

»Gute Frage.«

»Harry Chapman? Gütiger Himmel!«

Sternhagen war ein Mann, der sich vor seinen Untergebenen – zu denen auch Farber zählte – gern aufplusterte. Aber als er sich nun mit zusammengebissenen Zähnen und mahlendem Kiefer umsah, haftete ihm nichts von der sonstigen Wichtigtuerei an. »Was machen unsere vielen Leute da drüben eigentlich?«

»Sie warten darauf, daß ihnen jemand sagt, was sie tun sollen.«

»Dann tun Sie das, verdammt noch mal. Das ist schließlich Ihr Job!«

»Chief, ich bin auch erst vor wenigen Minuten hier eingetroffen«, versuchte Farber Sternhagen etwas zu beschwichtigen.

»Wir müssen zuerst den Fundort der Leiche genauestens unter die Lupe nehmen«, erklärte Sternhagen unnötigerweise und hielt dann einen Augenblick inne, wobei er erneut unüberhörbar mit den Zähnen knirschte. »Ich sollte ihn mir vielleicht doch besser noch einmal ansehen, bevor er fortgebracht wird.«

Farber gab den Trägern durch ein Kopfnicken zu verstehen, den Transportsack zu öffnen, woraufhin der tote Harry Chapman wieder dem nach wie vor herabprasselnden Regen preisgegeben wurde.

In der Zwischenzeit war Priestley von der anderen Straßenseite herübergekommen und gesellte sich zu Sternhagen, um mit ihm gemeinsam mehrere Minuten lang – so kam es Farber zumindest vor – auf den leblosen Commissioner hinabzustarren.

Jetzt liegt die Führung des Departments nur noch in den Händen von uns dreien, schoß es Farber plötzlich durch den Kopf. *Der Bürgermeister wird bald einen neuen Commissioner ernennen müssen. Und da ihm nach dem Gesetz nur zehn Tage dafür bleiben, wird es einer von uns dreien sein. Denn für Bewerbungen weiterer Kandidaten bleibt gar keine Zeit. Wer von uns wohl das Rennen machen wird?* fragte sich Farber.

Er blickte kurz auf die Leiche und wandte sich dann ab. Priestley und Sternhagen bekleideten bereits einen höheren Rang und hatten mehr Dienstjahre vorzuweisen als er. Also würde er selbst vermutlich nur eine Chance haben, falls es ihm gelang, den Mord an Harry Chapman möglichst schnell aufzuklären. Ansonsten hatten die beiden anderen die weitaus besseren Karten.

Noch immer standen die beiden Träger neben der im Regen liegenden Leiche und warteten auf Anweisungen, den Transportsack wieder zu schließen und den Toten fortzubringen.

»Was, in Gottes Namen, hatte er hier bei diesem Sauwetter verloren?« fragte Sternhagen.

»Er joggte«, erklärte Farber tonlos. »Er lief jeden Morgen drei Meilen.«

»Harry Chapman war ein fanatischer Sportler«, fügte Priestley hinzu.

Als könne er das Geschehene noch immer nicht fassen,

schüttelte Sternhagen widerwillig den Kopf: »Aber bei diesem Wetter?«

Farber starrte in den Himmel. »Vor kurzem hat es noch geschneit. Also waren die äußeren Bedingungen gar nicht so schlecht.«

»Er dürfte auf dem Weg in den Park gewesen sein«, mutmaßte Priestley, »meinen Sie nicht auch, Bert?«

»Keine Ahnung«, erwiderte Farber. »Zu diesem Zeitpunkt sind das alles bloß reine Vermutungen – wir wissen noch nichts, absolut nichts!«

»Aber wo wollen Sie anfangen?« fragte Sternhagen.

Insgeheim hatte sich Farber bereits den Kopf über den Mord an Chapman zerbrochen. Der Commissioner war keineswegs hier in der Nähe zu Hause gewesen, sondern unten in Greenwich Village. Es war ziemlich unwahrscheinlich, daß er die ganze Strecke bis hierher gejoggt war. Aber was hatte er dann morgens um sechs Uhr in diesem Stadtteil verloren?

Farber sagte sich, daß dieser Umstand seinen beiden Vorgesetzten eigentlich auch auffallen mußte, aber das war allem Anschein nach weder bei Priestley noch bei Sternhagen der Fall.

»Was halten Sie davon, Bert?« meldete sich auch Priestley wieder zu Wort, dessen Stimme erneut leicht unsicher wirkte. Allem Anschein nach nahm ihn der Mord an Chapman sehr mit. Aber das war zweifellos nicht der einzige Grund dafür, daß er momentan keineswegs souverän Herr der Lage war. Möglicherweise hatte er sein ganzes bisheriges Leben darauf spekuliert, eines Tages das Polizeidepartment zu leiten. Nun lag die Chance dazu greifbar nahe – zumindest so lange, bis ein neuer Commissioner ernannt wurde.

»Haben Sie irgendeinen Plan?« hakte Priestley nach, der bereits kurz vor der Pensionierung stand und niemals als Ermittler in einem Kriminalfall tätig gewesen war. Dasselbe galt auch für Chief Sternhagen. Zumindest dieses eine Mal waren beide daher voll und ganz auf die Mitarbeit von Farber angewiesen.

Der ließ einige Zeit verstreichen, bevor er antwortete. Auch wenn Priestley zur Zeit vergleichsweise mitgenommen wirkte, so wußte Farber doch nur zu gut, daß seine Erschütterung nicht allzulange vorhalten würde. Immerhin aber konnte Farber sich zumindest so lange vor Priestley sicher fühlen, wie dieser aus dem Gleichgewicht geworfen war. Er beschloß daher, sich zunächst bedeckt zu halten.

»Ich betrachte den Mord als einen ganz normalen Fall«, erklärte er daher. »Es gibt keine Zeugen, wir haben kein Motiv für den Mord, und wir wissen nicht, in welcher Richtung wir ermitteln sollen.«

Doch Priestley ließ nicht locker. »Aber ich würde gerne erfahren, was Sie persönlich von der ganzen Geschichte halten?«

»Nun, ich vermute, daß der Täter jemand ist, der den Commissioner nicht mochte«, erklärte er trocken. Priestley bewies allerdings erneut seinen mangelnden Sinn für Humor und zeigte nicht einmal den Anflug eines Lächelns.

»Vielleicht handelt es sich aber auch um einen politisch motivierten Anschlag«, gab Farber zu bedenken. »In diesem Fall stellt sich allerdings die Frage, welche Gruppe für den Mord verantwortlich zeichnet. Gehört der Täter vielleicht zur Gruppe der farbigen Revolutionäre; zu den Kroaten; zu den radikalen islamischen Fundamentalisten; zum Medellin-Rauschgiftkartell; zu den Puertorikanern oder sogar zur Mafia?«

»Die Mafia hat noch nie einen Polizisten erschossen«, widersprach Priestley.

»Vielleicht haben die Burschen heute eine Ausnahme gemacht.«

»Das glauben Sie doch selber nicht.«

»Wir werden wohl erst klarer sehen, wenn eine der Gruppen die Verantwortung für den Mord übernimmt«, fügte Farber hinzu. »Also sollten wir auf jeden Fall die Morgenzeitungen genauestens studieren.«

»Ich wollte Ihre persönliche Meinung hören und nicht diesen Blödsinn«, knurrte Priestley.

»Es wäre natürlich auch möglich, daß es bei der ganzen Sache um Drogen ging und daß sich Harry Chapman als Dealer ein paar Dollar nebenbei verdient hat«, fuhr Farber ungerührt fort, mahnte sich dann jedoch selbst zur Vorsicht, da Priestley noch immer keine Miene verzog.

Mach dir diesen Mann besser nicht zum Feind, sagte er zu sich selbst, *möglicherweise wird er der nächste Commissioner.*

»Alles ist denkbar«, seufzte er. »Der Täter könnte zum Beispiel jemand sein, den Chapman vor Jahren ins Gefängnis gebracht hat.« Farber machte eine nachdenkliche Pause. Schließlich gab es Gründe genug dafür, warum die Telefonnummern von Cops normalerweise nicht im Telefonbuch zu finden waren. »Vielleicht handelt es sich auch um einen ganz normalen Raubüberfall. Der Täter könnte ihm die Waffe auf die Brust gesetzt und geschossen haben, als er sich weigerte, sein Geld herauszugeben. Ebensogut könnte Chapman aber auch versucht haben, ein Verbrechen zu vereiteln, von dem er beim Jogging zufällig etwas mitbekommen hat. Oder es handelt sich bei der ganzen Sache um eine persönliche Abrechnung ... vielleicht um einen eifersüchtigen Ehemann, bei dem die Sicherung durchgebrannt ist, oder um einen homosexuellen Liebhaber? Möglicherweise hatte Chapman auch Spielschulden ...«

»Ein eifersüchtiger Ehemann?« hakte Sternhagen stirnrunzelnd nach. »Das kann ich mir bei Chapman nicht vorstellen. Oder doch?«

»Na ja, es gibt nun einmal genug Menschen, die ein Doppelleben führen, von dem andere nichts wissen sollen. Jedenfalls ist das meine Erfahrung. Aber Sie sind doch auch lange genug Cop gewesen, um sich selbst ein Bild darüber machen zu können. Was vermuten Sie denn hinsichtlich des Mordfalls?« wandte sich Farber an Sternhagen, der ihm jedoch ebenso eine Antwort schuldig blieb wie Priestley.

Farber schüttelte den Kopf. »Großer Gott, es gibt tausend Möglichkeiten: irgendein Verrückter, der nichts Besseres zu tun hat, als sich zu nachtschlafender Zeit auf den Straßen herumzudrücken und sich irgendein beliebiges Opfer auszusuchen, ohne zu wissen, mit wem er es eigentlich zu tun hat. Denkbar wäre genausogut, daß der Commissioner eine Kugel abbekam, die gar nicht für ihn bestimmt war.«

Farber deutete mit seiner Rechten auf die umliegenden Häuserblocks.

»Stellen Sie sich einen betrunkenen Ehemann in der Küche vor, der seinen Revolver zieht und auf seine Frau richtet, weil sie die verdammten Spiegeleier wieder mal nicht hingekriegt hat. Ein Schuß löst sich, die Kugel durchschlägt die Fensterscheibe und trifft Harry Chapman, der ausgerechnet in diesem Augenblick die Straße entlangjoggt und zufällig Commissioner der New Yorker Polizei ist. Sie fragen mich, was ich denke? Ich denke gar nichts, weil ich wie jeder andere zu diesem Zeitpunkt nur Spekulationen anstellen kann. Statt dessen versuche ich lieber, meine Augen offenzuhalten und alles Mögliche in Betracht zu ziehen. Und das sollten Sie auch tun.«

Was Farber sagte, traf zu. Daß ihm dessenungeachtet trotzdem die eine oder andere Idee durch den Kopf ging, behielt er jedoch lieber für sich.

»Als erstes habe ich den Bürgermeister verständigt«, sagte Priestley nach einer Pause.

Noch immer lag die Leiche im Scheinwerferlicht des Leichenwagens zu ihren Füßen auf der Bahre.

»Ich habe ihn aus dem Schlaf gerissen«, fuhr Priestley fort. »Er wollte es nicht glauben und war völlig schokkiert.«

Farber folgte mit den Augen den schweren Regentropfen, wie sie während ihres Falls die Lichtkegel kreuzten.

»Anschließend habe ich Sie beide benachrichtigt.«

Als einer der Träger an den Scheinwerfern vorbeilief, schien der Regen für einen Augenblick aufgehört zu haben, da keine Tropfen mehr zu sehen waren.

»Wer sagt es seiner Frau?« fragte Farber.

Priestley und Sternhagen blickten sich wortlos an. Es

war nicht zu übersehen, daß keiner von beiden sich um die Aufgabe riß.

»Schon gut«, sagte Farber. »Ich übernehme das.«

»Eigentlich ist es ja meine Aufgabe«, warf Priestley ein. »Schließlich bin ich derjenige, der Chapmans Job übernimmt.«

»Aber nur so lange, bis der Bürgermeister den neuen Commissioner ernennt«, fügte Sternhagen gereizt hinzu.

Gut so, dachte Farber bei sich. *Sollen die beiden sich ruhig schon mal um Harry Chapmans Nachfolge balgen.*

»Ich kenne ihn und seine Frau schon viele Jahre«, sagte er laut. »Es wird für sie leichter sein, wenn sie es von mir erfährt.« Er kannte die jetzige Mary Alice Chapman in der Tat beinahe genauso lang wie ihren tot vor ihm liegenden Mann. Und eine Zeitlang war sie Farber sogar wesentlich vertrauter gewesen als sein langjähriger Kollege.

»Das steht aber hierbei nicht im Vordergrund«, widersprach Priestley.

»Ich muß ohnehin mit ihr sprechen, um die letzten Stunden vor dem Tod des Commissioners zu rekonstruieren«, fuhr Farber fort.

»Ich weiß nicht«, erwiderte Priestley mißmutig.

»Wie Sie meinen«, erklärte Farber ruhig. »Wir können ja auch beide gemeinsam zu ihr fahren.« Als er jedoch an Sternhagens Mienenspiel erkannte, daß es diesem keinesfalls gefiel, seine beiden direkten Kontrahenten allein ziehen zu lassen, machte er noch einen weiteren Vorschlag: »Oder wie wär's, wenn wir alle drei gemeinsam zu ihr fahren?«

Farber verfolgte, wie die beiden anderen überlegten, was am besten zu tun sei.

»Mrs. Chapman lädt uns ja vielleicht zum Frühstück ein«, fügte er hinzu, »falls sie nicht zu stark von ihren Gefühlen übermannt wird und völlig in Tränen zerfließt.«

Dieser Hinweis erzielte die gewünschte Wirkung. »Es tut mir leid, aber ich glaube, mir fehlt einfach die Zeit zu einem solchen Besuch; immerhin sollte ich mich schnellstens in meine neuen Aufgaben einarbeiten«, trat Priestley den Rückzug an. »Überbringen Sie ihr aber bitte mein Beileid.«

»Ich glaube, auch ich mache mich am besten sofort auf den Weg ins Hauptquartier«, erklärte nun auch Sternhagen. »Schließlich gibt es nun jede Menge zu tun, wie Sie selbst am besten wissen. Teilen Sie ihr bitte mit, daß ich später bei ihr vorbeischauen werde.«

»Wie Sie meinen. Bevor ich aufbreche, will ich meinen Leuten nur noch ein paar Instruktionen erteilen«, sagte Farber und überquerte die Straße, um sich in dem Hauseingang zu John Kincaid zu gesellen.

Kincaid war wesentlich älter als Farber und bereits seit vielen Jahren bei der Kriminalpolizei. Aber als Chapman zum Commissioner aufgestiegen war, hatte er Farber als seinen alten Freund und Kollegen protegiert und zu Kincaids Vorgesetzten gemacht. Bei Einsatzbesprechungen war der bereits kurz vor seiner Pensionierung stehende Abteilungschef seither gezwungen, Farber mit ›Chief‹ anzusprechen, auch wenn ihm dieses Wort jedesmal im Hals steckenzubleiben drohte und er es ansonsten wie die Pest mied.

»Wer hat ihn gefunden?« erkundigte sich Farber bei ihm.

»Eine Polizeistreife.« Kincaid zog sein Notizbuch hervor. »Wollen Sie die Namen der beiden Cops?«

»Später. Vermutlich keine Zeugen, stimmt's?«

»Ja. Aber schließlich war es praktisch noch mitten in der Nacht, als es geschah. Die Cops sagten, es habe sich weit und breit niemand auf der Straße befunden.«

»Hat man seine Waffe gefunden?« fragte Farber weiter. Jedesmal wenn ein Polizist getötet wurde, war dies die erste Frage. Je nachdem, ob die Dienstwaffe des Toten aufgefunden oder vermißt wurde, ergaben sich eine Vielzahl weiterer Fragen und Schlußfolgerungen. Steckte der Revolver zum Beispiel noch im Holster des Beamten, dann war dieser vom Täter offensichtlich überrascht worden. War die Waffe jedoch abgefeuert worden, dann bestand die Chance, daß der Täter angeschossen ein Krankenhaus aufsuchen mußte. Falls die Waffe überhaupt nicht aufzufinden war, machte es unter Umständen Sinn, nach politisch motivierten Terroristen zu fahnden.

»Nein. Und er hatte auch nichts in seinen Taschen. Weder seinen Dienstausweis noch sonst etwas.«

»Na großartig.«

»Priestley und ich wohnen hier praktisch um die Ecke«, fügte Kincaid hinzu. »Wir waren innerhalb weniger Minuten hier.«

Chief Farber war beruflich bereits mit dem Anblick so vieler Leichen konfrontiert worden, daß langsam der erste Schock über die Ermordung von Harry Chapman abklang. Außerdem konnte er es sich nicht leisten, sich seiner Trauer hinzugeben, sondern mußte seinen Job tun. Er blickte sich um. Nur von zwei Apartmentblocks aus konnte man ungehindert auf die Stelle schauen, an der Priestley und Sternhagen noch immer neben dem Ermordeten standen. Ein drittes Gebäude befand sich diagonal gegenüber auf der anderen Seite der breiten, mehrspurigen Straße. Sonst gab es nichts Nennenswertes in der Nähe, denn bei den übrigen Gebäuden im Umfeld der Kreuzung handelte es sich um eine Schule und um das von einem Zaun umgebene naturgeschichtliche Museum.

Kincaid deutete auf die beiden Apartmentblocks. »Ich habe bereits eine Handvoll Männer damit beauftragt, die beiden Häuser zu durchkämmen. Allerdings sehr zweifelhaft, daß sie irgend etwas in Erfahrung bringen.«

Die beiden Gebäude waren relativ niedrig, so daß sich hinter ihren Fassaden nur wenige Wohnungen befinden konnten, von denen aus die Fundstelle des Toten zu überblicken war.

»Haben Sie auch Männer in den Park geschickt, um dort ein paar morgendliche Jogger zu vernehmen?«

Kincaid schüttelte den Kopf. »Ich glaube kaum, daß an einem Morgen wie diesem viele Jogger unterwegs sind.«

»Schicken Sie trotzdem ein paar Männer los.«

Kincaids Miene verdüsterte sich. »Ich weiß auch ohne Ihre Ratschläge, was ich zu tun habe.«

»Schicken Sie die Männer eine ganze Woche lang jeden Morgen los«, fuhr Farber ungerührt fort, während er bemerkte, daß sein Wagen gerade in die Straße einbog und in einiger Entfernung hielt. Dann stieg sein Fahrer aus und winkte ihm zu, um ihn auf sich aufmerksam zu machen. »Mit etwas Glück machen wir vielleicht jemanden ausfindig, der den Commissioner bei seiner morgendlichen Joggingrunde gesehen hat und uns ein paar brauchbare Hinweise geben kann. Da einige von ihnen vielleicht nur zweimal die Woche joggen, möglicherweise heute und samstags, kann es eine Woche dauern, bis wir auf den oder die Richtige treffen. Also müssen wir uns in Geduld üben.«

»Ich sagte bereits, daß ich lange genug Polizist bin und keineswegs Nachhilfeunterricht brauche, um zu wissen, wie ich meinen Job tun muß«, wiederholte der weißhaarige Kincaid eingeschnappt. Er hatte längst das Ende der ihm offenstehenden Karriereleiter erreicht und traute sich deshalb, einen Ton anzuschlagen, den er sich früher einem Vorgesetzten gegenüber niemals herausgenommen hätte.

»Nun, manchmal übersieht auch der Erfahrenste etwas«, belehrte ihn Farber.

Er hatte Kincaid noch nie gemocht und unternahm daher auch keinen Versuch, ihn zu besänftigen.

»Durchkämmen Sie mit Ihren Leuten jedes Gebäude im Umkreis von zehn Blocks«, befahl er. »Und suchen Sie auch nach Projektilen.« An einer Ecke wie dieser vermochte niemand vorherzusagen, wohin sich eine weitere Kugel möglicherweise verirrt hatte.

Das Ganze würde viele Leute in Anspruch nehmen, was normalerweise kein Problem darstellte, da man sich meist nicht vor Freiwilligen retten konnte, wenn ein Polizist getötet worden war. In einem solchen Fall wollten alle ihr Scherflein dazu beitragen, den Täter zu schnappen. Aber das mußte nicht unbedingt auch auf Harry Chapmans Ermordung zutreffen. Denn es gehörte zu den typischen Eigenschaften der meisten Cops, daß sie nicht viel für die ›hohen Tiere‹ aus dem Hauptquartier übrig hatten. Durchaus möglich, daß sie den toten Commissioner gar nicht als Polizisten und Kollegen betrachteten, sondern eher als eine Art Politiker oder Anwalt aus Washington – was zudem bei Harry Chapman gar nicht so abwegig war.

»Noch etwas. Wo ist eigentlich der Wagen des Commissioners? Und wo stecken seine beiden Fahrer, die ihm als Leibwächter zugeteilt waren? Ich will unbedingt wissen, was die beiden zu sagen haben.«

»Ich habe bereits vor einer halben Stunde ein paar Männer losgeschickt, um die beiden abzuholen.«

Die Ampel an der Kreuzung wechselte von Grün auf Rot und warf jetzt einen rötlichen Lichtschimmer auf den glänzenden Asphalt der Straße, über die wegen der Sperrung keinerlei Verkehr rollte.

»Es ist Ihr Distrikt, und es ist Ihr Fall«, log Farber, um weiteren Ärger zu vermeiden. Beide wußten allerdings, daß die Leitung der Ermittlungen einzig und allein in Farbers Händen lag. »Doch Sie berichten mir, sobald Sie irgendetwas herausgefunden haben. Und zwar nur mir, verstanden?«

»Was ist, falls Sternhagen oder …?«

»Dann sagen Sie ihnen, daß sie sich an mich wenden sollen.«

»Sonst noch was?« fragte Kincaid kurz.

»Ja. Was hatte der Commissioner hier zu dieser frühen Stunde verloren?«

»Ich werde versuchen, es herauszufinden.«

»Tun Sie das.«

Bert Farber schaute sich um und ließ seinen Blick über die Umgebung schweifen. Harry Chapman war nicht viel Platz zum Sterben geblieben, da der Gehsteig wegen der Terrasse des Museums-Cafés und eines mexikanischen Restaurants nur sehr schmal war. Zudem war der Straßenrand mit Parkuhren und abgestellten Autos vollgepflastert. An der Ecke befanden sich darüber hinaus noch ein Feuermelder, ein Briefkasten, ein weißer Mülleimer, zwei Telefonzellen und eine Straßenlaterne, neben der zwei Verkaufsboxen mit Zeitungen standen. Neben den Autos blockierten zahlreiche Mülltonnen und zur Abholung bereitgestellte Weihnachtsbäume den Gehweg.

Auf der gegenüberliegenden Straßenseite lag noch immer die Bahre auf dem Boden, und noch immer prasselte der Regen auf Harry Chapmans Gesicht herab. Nach wie vor unterhielten sich Priestley und Sternhagen über Gott weiß was, bis sie endlich den in der Nähe wartenden Trägern ein Zeichen gaben, den Toten fortzuschaffen.

»Dann werde ich mich wohl langsam auf den Weg zur Witwe machen müssen«, sagte Farber mehr zu sich selbst als zu Kincaid.

Dennoch machte er zunächst keinerlei Anstalten, den Hauseingang zu verlassen. Irgendwie fühlte er sich wie auf einer Art Cocktailparty, die man aus Pietät nicht vor dem Ehrengast verläßt.

Endlich wurde der Transportsack geschlossen, und die beiden Träger schafften den Leichnam in den Wagen. Der Regen schien sich noch zu verstärken; die schweren Tropfen zerstoben jetzt regelrecht auf dem Gehsteig und den Dächern der ringsumher geparkten Wagen.

Chief Farber kannte diesen Bezirk wie seine Westentasche, ebenso wie Harry Chapman ihn gekannt hatte. Schließlich hatte dessen Karriere bei der New Yorker Polizei hier begonnen und nun auch hier ihr Ende gefunden –, was nicht einer gewissen Ironie entbehrte, wie Farber unwillkürlich dachte.

2

Beim Anwesenheitsappell wurde Officer Bert P. Farber darüber informiert, daß er auf seinem Streifendienst zukünftig mit einem neuen Partner zusammenarbeiten würde, und zwar mit einem gewissen Harry Chapman, der seine Probezeit unter der Obhut eines erfahrenen Cops ableisten sollte.

Die Männer des Reviers hatten sich im Besprechungsraum in zwei Reihen aufgebaut. Farber war fünfundzwanzig Jahre alt und hatte dunkles, gelocktes Haar. Grinsend spähte er an den neben ihm stehenden Kollegen vorbei. Er musterte kurz die halbe Portion, auf die ihn der diensthabende Sergeant aufmerksam machte, und nickte zur Bestätigung. Der Neue war ausgesprochen dürr, hatte ein schmales Gesicht, blaue Augen und mittelblondes Haar. Seine Körpergröße entsprach etwa der Farbers, doch war er längst nicht so kräftig wie dieser.

Nachdem der Appell beendet war, nahm Farber den Sergeant zur Seite. »Was ist mit Leo?«

»Er ist krank.«

Leo war Farbers langjähriger Partner, der den Streifenwagen, mit dem die beiden unterwegs waren, bereits seit den fünfziger Jahren fuhr. Zudem hatte Farber alles, was ein guter Polizist wissen mußte, von Leo gelernt.

»Paß auf den Kleinen auf, und bring ihm bei, was es heißt, ein Cop zu sein«, fuhr der Sergeant fort.

»Okay«, erklärte Farber, ohne weiter nachzufragen.

Das war damals noch im alten Polizeirevier an der 68. Straße gewesen, lange bevor das jetzige gebaut worden war. Es hatte sich um ein hohes, schmales Gebäude gehandelt, das – wie viele andere Reviere der Stadt –, aus dem vergangenen Jahrhundert stammte: ein alter, wurmstichiger Kasten, der zusammenzubrechen drohte, wenn die zwanzig Cops zur gleichen Zeit die Treppen hinuntereilten und zu ihren Patrouillen aufbrachen. Immerhin hatte das Revier damals noch über zehn Streifenwagen verfügt, zu einer Zeit, da insgesamt 32 000 Polizisten ihren Dienst in der Stadt versahen. Dann aber war New York von einer Haushaltskrise in die nächste geschlittert, was zur Folge hatte, daß die öffentlichen Ausgaben ständig mehr und mehr zusammengestrichen wurden. Darunter hatte natürlich auch die Polizei zu leiden. Ständige Personalknappheit und Mängel an der technischen Ausstattung waren das Ergebnis.

Während Farber bereits den Motor startete, kletterte Chapman auf den Beifahrersitz und streckte dem Älteren seine Hand entgegen.

»Ich heiße Harry Chapman.«

»Bert Farber.«

»Farber«, wiederholte Chapman nachdenklich. »Hm, bist du vielleicht Jude?«

»Was ist das für eine seltsame Frage?«

»Ich dachte nur, daß du vielleicht Jude wärst.«

»Und wenn ich es wäre?«

»Nichts weiter. Glaub mir, ich hab' nichts gegen andere Rassen oder religiöse Überzeugungen.«

»Sag mal, wie alt bist du eigentlich, Kleiner?«

»Zweiundzwanzig.«

Man sah Chapmans frisch gebügelter Uniform von weitem an, daß sie brandneu war. »Und wie lange ist es her, daß du die Polizeischule verlassen hast?«

Der Junge schwieg.

»Ich will dir einen guten Rat geben«, fuhr Farber fort. »Es gibt Augenblicke, in denen du mir Löcher in den Bauch fragen darfst, und es gibt welche, in denen du besser die Klappe hältst. Zur Zeit empfehle ich dir letzteres.«

»Ich wollte dich mit meiner Frage wirklich nicht beleidigen«, verteidigte sich Chapman.

Farber legte wortlos den ersten Gang ein und fuhr an.

»Mir geht's nur darum zu wissen, woran ich bin«, hakte der Junge nach, während Farber ihm erneut nur einen Blick zuwarf.

Acht Stunden mit diesem Schwätzer in einem Auto! Acht Stunden, Tag für Tag, bis Leo wieder einsatzfähig war – falls das jemals der Fall sein würde, was Farber in insgeheim bezweifelte.

»Wenn du nicht über dich reden willst, dann erzähl mir wenigstens etwas über den Bezirk, für den das Revier zuständig ist«, bohrte Chapman weiter. »Schließlich will ich was lernen.«

»Lern du erst mal den Sektor kennen, der uns beiden zugeteilt ist. Dann kannst du anfangen, dir über den ganzen Bezirk Gedanken zu machen«, erwiderte Farber scharf.

Er steuerte den Wagen schweigend durch verschiedene Straßen, die zu Sektor E gehörten, das heißt zu dem Gebiet, das sich zum einen zwischen der 72. und der 79. Straße erstreckte und zum anderen zwischen Central Park und Broadway. Sie passierten auch die Ecke zwischen der 77. Straße und der Columbus Avenue, an der man Harry Chapman viele Jahre später erschossen auffinden würde.

»Also schön. Aber wie soll ich den Sektor kennenlernen, wenn du dich die ganze Zeit in Schweigen hüllst?«

»Wir fahren gerade an einem Museum vorbei – dem Naturkundemuseum«, erklärte Farber wortkarg.

»Ich weiß«, sagte Chapman und versuchte, mit einem Lächeln das Eis zwischen ihnen beiden zu brechen. »Meine Großmutter ist immer mit mir dorthin gegangen, als ich noch ein kleiner Junge war.«

»Der Park dort zu deiner Linken ist der Central Park. Er ist schon sehr alt.«

Harry Chapmans Mund verzog sich zu einem verräterischen Gähnen.

»Und jetzt fahren wir auf dem sogenannten Broadway entlang. Das ist eine ziemlich berühmte Straße, von der du vielleicht schon gehört hast.«

Nach diesen mehr ironisch gemeinten Informationen versank Farber wieder in ein tiefes, zwanzig Minuten währendes Schweigen. In dieser Phase ignorierte er seinen Beifahrer völlig und konzentrierte sich statt dessen darauf, jeden Fußgänger und jeden Ladeneingang zu inspizieren, an dem sie vorbeikamen.

Dann erreichte sie per Funk der Einsatzbefehl.

»Zwei-null Edward, bitte kommen«, forderte die Stimme aus dem Lautsprecher.

»Das sind wir«, erklärte Farber. »Los, melde dich.«

Harry Chapman sollte seine allererste dienstliche Handlung vornehmen; doch anstatt das Mikrofon aufzunehmen und hineinzusprechen, saß er wie erstarrt auf seinem Platz, unfähig, sich zu rühren oder zu sprechen, so daß Farber an ihm vorbeigreifen und selbst aktiv werden mußte.

»Zentrale, hier zwo-null Edward, kommen.«

»Es wurde ein zehn-einundzwanzig gemeldet, 115 Central Park West. Melden Sie sich sofort bei dem Portier. Kommen.«

»Zentrale, verstanden.«

»Was bedeutet denn zehn-einundzwanzig?« fragte Chapman.

»Ein Einbruch«, erklärte Farber ungeduldig, während er auf der 72. Straße wendete. »Haben sie euch das auf der Polizeischule nicht beigebracht?«

»Stellst du die Sirene nicht an?«

Farber bog an der nächsten Ecke links ab. »Nein, ich stelle sie nicht an. Denn zehn-einundzwanzig bedeutet, daß der Einbrecher längst über alle Berge ist. Außerdem machen Sirenen den Leuten nur Angst und verleiten sie zu Unfällen. Und wozu das Ganze? Bei einer vornehmen Adresse wie dieser war es wahrscheinlich ohnehin nur ein Dienstmädchen, das der Versuchung nicht widerstehen konnte, ein paar silberne Löffel zu klauen.«

Der Portier schickte die beiden Cops in den einundzwanzigsten Stock, wo sie bereits im Flur von einem Mann erwartet wurden. Schon auf den ersten Blick war zu erkennen, daß die luxuriöse Wohnung systematisch auf den Kopf gestellt worden war: Überall waren die Schubladen aus den Kommoden gerissen und deren Inhalt über die mit weißer Seide bezogenen Polstermöbel verteilt worden. Die modernen Gemälde, die an den Wänden hingen, hatte der Dieb allerdings ebenso verschmäht wie die teuren Skulpturen, die hier und dort auf kunstvollen Sokkeln standen.

Zwischen all der Unordnung saß die in Tränen aufgelöste Ehefrau des Mannes, bei der es sich – wie die beiden Polizisten überrascht bemerkten – um eine bekannte Schauspielerin handelte.

Aus den Augenwinkeln bemerkte Farber, wie sein junger Partner die Frau fasziniert anstarrte.

Wenn der Bursche seine Augen schon nicht von ihr lassen konnte, dann sollte er auch das Protokoll aufnehmen, dachte sich Farber. Also drängte er Chapman dazu, neben der Schauspielerin auf dem Sofa Platz zu nehmen und sie nach den entwendeten Gegenständen zu befragen, während er selbst ans Fenster trat und hinunter in den Park blickte. Es war ein kalter, dunkler Winterabend, und man konnte sehen, wie überall in der Stadt die Lampen eingeschaltet wurden.

»Hey, Sie da!« rief der Ehemann.

Farber drehte sich langsam um. »Meinen Sie mich, Sir?«

»Haben Sie nichts zu tun?« schimpfte der Mann. »Unser Apartment ist ausgeräumt worden, und Sie stehen hier einfach untätig herum.«

»Was sollte ich denn Ihrer Meinung nach tun, Sir?«

»Zum Beispiel Fingerabdrücke nehmen, nach Spuren suchen, kurzum – nichts weiter als Ihre Arbeit. Wozu zahle ich schließlich meine Steuern?«

Wenn überhaupt, dann wurden nur die spektakulärsten Einbrüche von der Polizei untersucht, denn die Zahl aller Diebstahldelikte war viel zu hoch, um sich bei dem begrenzten Personal wirksam mit jedem einzelnen befassen zu können. Also begnügten sich die zu Hilfe gerufenen Cops damit, eine Diebstahlsanzeige aufzusetzen, die jedoch in der Regel nicht weiterbearbeitet wurde. Die Polizeiführung würde diese Verfahrensweise öffentlich niemals eingestehen, aber alle wußten, daß es die alltägliche Praxis war.

»Das ist Sache der Kriminalpolizei«, erklärte Farber trocken.

»Und wo, zum Teufel, stecken diese Schlafmützen?«

Farber trat näher an das Sofa heran und blickte über Chapmans Schulter auf das Formular. Dort gab es einen Abschnitt, in dem angegeben werden sollte, wie der Einbruch entdeckt worden war und welche Gegenstände der oder die Täter entwendet hatten. Den bereits eingetragenen Angaben zufolge hatte ein Dienstmädchen am Vortag den Einbruch bemerkt und daraufhin die Schauspielerin und ihren Mann in Los Angeles telefonisch verständigt. Beide waren unverzüglich nach New York geflogen, um den Schaden selbst noch in Augenschein zu nehmen.

Bis auf einen Pelzmantel und ein Silberbesteck war nichts gestohlen und auch ansonsten wenig Sachschaden angerichtet worden. Als Farber bei sich Bilanz zog, kam er zu dem Ergebnis, daß das reiche Paar, das außer in New York und Los Angeles noch weitere Wohnungen unterhielt, ausgesprochen glimpflich davongekommen war. Manchmal zerschlugen Einbrecher das komplette Mobiliar, schlitzten die Bilder an den Wänden auf oder trieben ihren unerklärlichen Vandalismus sogar so weit, in die Betten der Wohnungsbesitzer zu pinkeln.

Als Polizist wurde man zwangsläufig mit allen Facetten menschlichen Verhaltens konfrontiert, auch wenn vieles davon kaum vorstellbar erschien. Cops kamen tagtäglich in Kontakt mit den absurdesten Abartigkeiten, die ein menschliches Gehirn nur ersinnen konnte. Viele der Beamten gerieten im Lauf der Zeit derart in den Bann dieses morbiden Umfeldes, daß es ihnen zunehmend schwerer fiel, ein herkömmliches Leben zu führen und sich einen Sinn für das Normale und Alltägliche zu bewahren. Auch Bert Farber gelangte immer mehr zu der Erkenntnis, daß er durchaus zu dieser gefährdeten Gruppe gehörte.

»Wo bleibt denn nun die Kriminalpolizei?« drang die Schimpftirade des Hausherrn wieder an sein Ohr. »Ich verlange, daß sofort etwas unternommen wird!«

Ob das Diebstahlsdezernat im vorliegenden Fall überhaupt jemanden vorbeischicken würde? Farber bezweifelte es, weil der entstandene Schaden vergleichsweise gering war. Da es sich bei dem Opfer allerdings um eine prominente Persönlichkeit handelte, mochten die Dinge anders liegen. Vielleicht machte sich ein Detective auf den Weg, nur um sich die Schauspielerin einmal aus der Nähe anzusehen.

Farber reichte dem Mann das Formular. »Wenn Sie hier bitte unterzeichnen würden, Sir ...«

»Ich unterzeichne diesen Wisch wahrscheinlich nur, damit er anschließend in irgendeinem Aktenordner verschwindet. Und das war dann alles, wie?«

»Selbstverständlich nicht, Sir.«

Der Mann schlug Farber das Blatt aus der Hand. »Ich gebe mich mit diesem verdammten Formular nicht zufrieden, sondern verlange von Ihnen, daß Sie Ihren Arsch in Bewegung setzen und den Einbrecher fassen!«

Farber würde nicht den Fehler machen, seine Karriere zu gefährden, indem er sich auf eine Auseinandersetzung mit diesem arroganten und vulgären Dreckskerl einließ. Deshalb bückte er sich, hob das Formular auf und hielt es dem Mann ein zweites Mal hin.

Es waren immer die Reichen und Mächtigen, die sich einfachen Polizisten gegenüber anmaßend und unbeherrscht verhielten. Wurden arme Leute Opfer eines Verbrechens, saßen sie meist in Tränen aufgelöst da und benötigten Trost, den Farber ihnen auch spendete, so gut er konnte. Dabei versprach er ihnen oft Dinge, von denen er selbst am besten wußte, daß sie niemals Realität werden würden. Er hoffte jedoch, den Betroffenen auf diese Weise über die ersten schweren Tage ihres unersetzlichen Verlustes hinwegzuhelfen.

»Ihr gottverdammten Arschgeigen haltet euch wohl für sonstwas, nur weil ihr eine Uniform tragt ...!« Dies war nur der Auftakt einer langen, schmutzigen Beschimpfungssalve.

»Martin ...!« fiel die Schauspielerin ihrem Mann beschwichtigend ins Wort. Aber da er nicht zu bremsen war, beließ sie es bei dem einen, fruchtlosen Versuch. Als Farber den jungen Chapman während der Schimpfkanonade beobachtete, fiel ihm auf, daß das Gesicht seines Partners zuerst Betroffenheit verriet, dann aber zunehmend so etwas wie neugierige Verwunderung widerspiegelte. Fast empfand er daraufhin so etwas wie Sympathie für seinen Zögling.

Als Farbers Geduld schließlich erschöpft war, legte er das Formular auf einen Tisch. »Ich glaube, es ist besser, wenn ich draußen warte, bis Sie sich wieder beruhigt haben«, sagte er trocken. »Harry, trage bitte Sorge dafür, daß der Herr das Formular unterzeichnet, damit der Fall weiterbearbeitet werden kann.«

Farber mußte nicht allzulange auf dem Flur warten, bis auch Chapman die Wohnung verließ.

»Ich wußte gar nicht, daß der Geschädigte das Aufnahmeprotokoll unterzeichnen muß.«

»Braucht er auch nicht. Ich wollte nur, daß dieser verdammte Hundesohn etwas tun muß, was er nicht gern tun will.«

»Jedenfalls haben jetzt beide unterschrieben. Und sie hat mir sogar ein Autogramm gegeben.«

Farber hätte beinahe laut aufgelacht. Was für ein Kindskopf dieser Junge doch noch war!

Die Tatsache jedoch, daß beide – Chapman zum erstenmal in seiner noch kurzen Laufbahn –, in ihrer Funktion als Polizisten gemeinsam heruntergemacht worden waren, ließ Farber einen Hauch von Verbundenheit mit seinem jungen Kollegen empfinden. Nachdem beide zu ihrem Wagen zurückgekehrt waren, begann er daher, Chapman mit den Details des Bezirks ernsthaft vertraut zu machen.

Zu jener Zeit zählte der 20. Bezirk zur Kategorie B, das heißt, er vereinte ausgesprochen wohlhabende mit ausgesprochen ärmlichen und gefährlichen Gegenden. Wie die meisten Bezirke in Manhattan bildete er auf der Landkarte ein langes und schmales Stück, das auf der einen Seite vom Central Park eingegrenzt wurde, auf der anderen vom Hudson River. In diesem Bereich befanden sich das Colosseum mit seinen Industriemessen, das Lincoln Center mit seinen Konzerthallen und Theatern sowie zwei der größten städtischen Museen. Aus polizeilicher Sicht bedeutete dies, daß Tag für Tag Abertausende von auswärtigen Besuchern in diesen Bezirk kamen – und dort nicht selten von ansässigen Kriminellen überfallen und ausgeraubt wurden. In einzelnen Gegenden – vor allem am Central Park und am flußnahen Riverside Drive –, befanden sich sündhaft teure Luxusapartments, in anderen dagegen waren Weiße unter den meist farbigen Bewohnern die Ausnahme, in wieder anderen konnte man sich beinahe nur auf Spanisch verständigen.

Die großen Einkaufsstraßen – also der Broadway sowie die Amsterdam und Columbus Avenue –, befanden sich alle unterhalb der 72. Straße, die damals eine unsichtbare Grenze darstellte, die von niemandem aus dem südlicher gelegenen Teil freiwillig überschritten wurde.

»Unser Sektor E wie Edward liegt oberhalb der 72. Straße«, informierte Farber seinen neuen Partner. »Dort kauft man vorzugsweise mit einer vorgehaltenen Smith & Wesson ein. Deshalb ist die Gegend bei vielen Leuten nicht gerade beliebt.«

In den nachfolgenden Jahren verschob sich diese Grenze jedoch immer weiter nach Norden. Der obere Westteil der Stadt bildete schon damals ein Sanierungsgebiet, in dem viele neue Wohngebäude errichtet und später von aufstrebenden Yuppies bezogen wurden. Zu dem Zeitpunkt, als Harry Chapman schließlich getötet wurde, lag die kritische Grenze zwischen den wohlhabenden und verarmten Wohnvierteln bereits jenseits der 86. Straße.

Farber bog nach rechts ab. »Diese Straße hier ist ein beliebter Tummelplatz für Autodiebe. Jede Woche werden hier drei bis vier Wagen gestohlen.«

Der junge Chapman verrenkte sich den Hals, um den Straßennamen an der Ecke lesen zu können.

Nur wenig später deutete Farber im Vorbeifahren auf den Eingang einer Bar. »Dort gehen Drogenhändler ein und aus, um Geschäfte großen Stils über die Bühne zu bringen.«

Während er sich auf den Verkehr konzentrierte, bemerkte Farber aus den Augenwinkeln, daß sein Beifahrer sich Notizen in ein kleines Büchlein machte.

»Die Tür von dem Schuppen drüben auf der anderen Seite wurde verstärkt, damit sie bei einer Razzia nicht so leicht aufgebrochen werden kann. Dort verkehren vor allem Schwarze. Und dort gibt's alles zu kaufen, was das Herz begehrt: Frauen, Schnaps und Drogen. Es kann einem allerdings auch passieren, daß man dafür mit seinem Leben bezahlen muß.«

»Warum wird denn der Laden dann nicht einfach geschlossen?«

»Weil man eindeutige Beweise benötigt, bevor es möglich ist, ein Lokal zu schließen. Und Leute wie du und ich sind dort nun mal nicht gern gesehen. Dennoch gelingt es uns von Zeit zu Zeit, solche Schuppen dichtzumachen. Aber eine Woche später macht ein anderer ein paar Straßen weiter wieder auf, und das ganze Theater mit Überwachung, Durchsuchungen, Haftbefehlen und Entzug der Konzession beginnt von vorn.«

Wieder machte sich Chapman Notizen.

»Du bist ein eifriger Schüler, was?«

»Ich will nur nicht, daß ich später etwas vergesse.«

Während der nächsten Stunde wurden sie per Funk zu einer Wohnung beordert, um dort einen Ehestreit zu schlichten. Beim Eintreffen der beiden Polizisten im dritten Stock eines heruntergekommenen Mietshauses waren die Kampfhähne allerdings bereits wieder friedlich. Als sie an der Wohnungstür läuteten, öffnete ihnen eine ausgesprochen fette Frau, die ihnen den Eintritt verweigerte.

»Muß wohl ein Irrtum sein«, wiegelte sie kurz angebunden ab, während Farber versuchte, an ihr vorbei ins Innere der Wohnung zu spähen.

»Dann ist also alles in Ordnung bei Ihnen?«

Ein weißhaariger Mann trat aus dem Hintergrund in den Blickwinkel der beiden Cops. »Alles in Ordnung, Officer!« rief er Farber zu.

»Dann verpißt euch endlich«, knurrte die Frau und schlug ihnen die Tür vor der Nase zu.

Im selben Augenblick wurde am anderen Ende des Flurs eine Tür geöffnet. Als die beiden Polizisten sich umdrehten, hörten sie die verhaltene Stimme einer Frau.

»Die beiden haben sich gräßlich angeschrien«, flüsterte sie so leise durch den schmalen Türspalt, daß sie kaum zu verstehen war. »Ich hatte Angst, sie würden sich noch umbringen.«

»Es war richtig von Ihnen, uns zu alarmieren«, erklärte Farber. »Sollten Sie erneut Schreie hören, dann rufen Sie wieder an.«

»Ich war es nicht, die sie angerufen hat. Wirklich nicht, Sir. Ich habe auch keine Ahnung, wer es gewesen sein könnte. Wirklich nicht.«

Als die beiden wieder die Treppen hinabstiegen, wandte sich Chapman an seinen erfahrenen Kollegen: »Glaubst du nicht auch, daß sie es doch war, die im Revier angerufen hat?«

»Großer Gott«, seufzte Farber. »Natürlich war sie es. Aber wen interessiert das schon?«

Anschließend ging es zu der Ecke zwischen Broadway und 74. Straße. Dort lag ein alter Mann, der vermutlich einen Herzinfarkt erlitten hatte, in der winterlichen Kälte auf dem Bürgersteig. Farber zog seinen Mantel aus und breitete ihn über den Mann. Dann kniete er sich neben ihn, legte ihm die Hand auf die Schulter und redete ihm Mut zu, bis schließlich die Ambulanz eintraf. Anschließend kehrten die beiden Cops zum Wagen zurück und setzten ihre Streife fort.

Gegen 21 Uhr 30 hatten Farber und Chapman fünfeinhalb Stunden Dienst hinter sich. Da es Zeit für eine Pause war, nahm Farber, der immer noch am Steuer saß, das Mikrofon zur Hand.

»Hier zwo-null Edward, Zentrale bitte kommen.«

»Hier Zentrale. Zwo-null Edward, sprechen Sie!«

»Zwo-null Edward meldet sich ab zum Essen.«

»Verstanden, zwo-null Edward. Zehn-vier.«

Während er das Mikrofon in die Halterung zurückschob, erklärte Farber, daß er ein kleines Lokal kenne, in dem man hervorragende Sandwiches bekam. Er schlug jedoch vor, sie nicht dort zu essen, da er es nicht mochte, die ganze Zeit über angestarrt zu werden. Denn uniformierte Cops erregten unwillkürlich überall Aufsehen und fanden auch in den Pausen kaum Ruhe, da oftmals Leute mit ihren unterschiedlichsten Sorgen zu ihnen kamen, um sie um Rat zu fragen.

Da Chapman seinen Proviant bereits von zu Hause mitgebracht und auf dem Rücksitz deponiert hatte, ging Farber allein in das am Broadway gelegene Lokal, vor dem er in zweiter Reihe geparkt hatte.

Es vergingen nur wenige Minuten, bis er mit einer Tüte zurückkehrte. »Unser Bezirk ist wie dazu geschaffen, ein kleines Picknick abzuhalten«, grinste er und fädelte den Wagen wieder in den fließenden Verkehr ein. »Woanders ist es teilweise so gefährlich, daß unsere Jungs in Nachbarbezirke ausweichen müssen, wenn sie mal ein paar Minuten Ruhe haben wollen.«

Er steuerte den Wagen auf den Hof einer Schule, die an der Ecke Columbus Avenue und 77. Straße lag. Dort parkte er so, daß sie die Einfahrt im Auge hatten, stellte dann den Motor aus und schaltete die Innenbeleuchtung ein. Anschließend zog er ein gigantisches Sandwich und einen riesigen Becher Kaffee aus der Tüte.

Chapman hatte allem Anschein nach seinen Hunger bereits in der Zeit gestillt, in der Farber im Lokal gewesen war. Während dieser es sich erst jetzt schmecken ließ, las der Junge zunächst in einem Buch.

»Ißt du immer im Wagen?« fragte er plötzlich.

Das Buch, das auf seinen Knien lag, hatte er zugeschlagen. Aber Farber wurde den Eindruck nicht los, daß sein neuer Kollege so schnell wie möglich zu seiner Lektüre zurückkehren wollte.

»Meistens«, gestand Farber. »Warum fragst du?«

»Ich hatte eigentlich damit gerechnet, eine halbe Stunde oder so allein im Wagen zu sein – um ungestört ein wenig lernen zu können.«

»Wer hindert dich daran? Stopf dein Hirn voll, womit immer du es vollstopfen willst. Ich jedenfalls werde kein gottverdammtes Wort über die Lippen bringen, das dich in irgendeiner Weise stören könnte.«

»Hey, ich wollte dich nicht beleidigen.«

Angesichts des Schweigens, in das sich Farber daraufhin hüllte, sah sich der Junge zunächst genötigt, eine Erklärung für sein Verhalten zu geben, indem er darauf hinwies, daß er Kurse an der juristischen Fakultät besuche. Als sein Kollege aber keinerlei Reaktion zeigte, hielt auch Chapman schließlich den Mund.

Erst nachdem die Pause beendet war und sie ihre Streifenfahrt wiederaufgenommen hatten, wagte der Junge einen zweiten Anlauf.

»Weißt du, es ist für mich nämlich sehr wichtig, daß ich den Lehrgang als einer der Besten absolviere, und zwar in Rekordzeit.«

»In Rekordzeit?«

»Ja. Der Lehrgang ist eigentlich auf drei Jahre angelegt. Aber ich will es in zwei Jahren schaffen.«

Die Arbeit als Polizist sei nämlich nur eine Zwischenstation für ihn. Sein eigentliches Ziel wäre es, Politiker zu werden – und zwar nicht irgendeiner.

»Ich hoffe, noch bevor ich fünfundvierzig bin zum Präsidenten gewählt worden zu sein.«

Er brachte diese Absichtserklärung in so ernstem Ton hervor, daß es unmöglich war, ihn dafür auszulachen; auch wenn Lachen die einzig passende Reaktion auf diese Vermessenheit schien.

»Du kannst froh sein, wenn du es mit fünfundvierzig zum Sergeant gebracht hast«, knurrte Farber statt dessen.

»Von wegen. Ich habe mir schon alles ganz genau ausgerechnet und geplant.«

Im Laufe der folgenden zwei Stunden erfuhr Farber beinahe die gesamte Lebensgeschichte des Jungen an seiner Seite. Harry Chapman hatte als Sohn eines politischen Journalisten einige Jahre in Washington gewohnt und dort als kleiner Junge miterlebt, wie eines Tages der Präsident zu ihnen zum Essen kam. Damals sei Eisenhower Präsident gewesen, oder vielleicht auch Kennedy. So genau wisse er das nicht mehr, aber das sei ja auch schließlich egal, und Farber fragte auch nicht näher nach. Immerhin schien der Junge mehr Politiker zu kennen als Farber Cops in der Stadt, und das wollte schon etwas heißen. Seit jenem Tag sei er von dem Gedanken erfüllt, selbst einmal Präsident der Vereinigten Staaten zu werden. Dazu bedürfe es schließlich nur ausreichender Entschlossenheit, harter Arbeit und einer maßgeschneiderten Karriere. Und daran hapere es bei ihm nicht, wie er beweisen könne.

Bereits nach zwei Jahren habe er das College verlassen, um sich als Freiwilliger zum Marinecorps zu melden und nach Vietnam zu gehen. Bei einem seiner ständigen Fronteinsätze bei der kämpfenden Truppe habe er sich eine leichte Verletzung zugezogen, als er am linken Arm von einer Kugel erwischt worden sei.

»Ich nehme an, daß sie dich dafür als Held gefeiert haben«, kommentierte Farber, der sich unmittelbar nach Abschluß der Schule zur Polizei gemeldet hatte, um der Einberufung zur Armee zu entgehen.

»Als Held?« fragte Chapman, der allem Anschein nach den offensichtlichen Sarkasmus seines Lehrmeisters überhört hatte. »Nun, nicht direkt. Ich bekam nur das Verwundetenabzeichen verliehen. Mein Kompaniechef schlug mich zwar schließlich auch für die Tapferkeitsmedaille vor, aber ohne Erfolg. Deshalb bin ich kein *richtiger* Held. Außerdem hatte ich ihn dazu gedrängt, mich für die Auszeichnung vorzuschlagen, verstehst du, weil sich das gut in meinem Lebenslauf gemacht hätte.«

»Ich verstehe.«

»Heute sind die meisten Leute zwar gegen den Krieg, aber ich bin davon überzeugt, daß es sich für mich in ein paar Jahren trotzdem politisch auszahlen wird, ein Vietnam-Veteran zu sein.«

Die naive Unbekümmertheit dieses jungen Burschen verschlug Farber einfach die Sprache.

»Ich hatte wirklich verdammtes Glück, daß der Vietnamkrieg damals noch im Gange war, als ich mich zum Marinecorps meldete«, fuhr Chapman mit vollem Ernst fort. »Sonst hätte ich ihn nicht in meinem Lebenslauf auflisten können.«

»Dann ist dein jetziger Job als Cop sicherlich auch nur eine Zwischenstation auf dem Weg ins Weiße Haus?«

»Aber klar. Woran die Wähler heutzutage vor allem interessiert sind, das sind Männer, die wissen, was man gegen die Kriminalität in unseren Städten tun kann. Deshalb werden meine Erfahrungen als Polizist ein riesiger Vorteil für mich sein, wenn ich mich später für ein öffentliches Amt bewerbe.«

»Wieviel von deiner kostbaren Zeit hast du denn für unser Revier eingeplant?«

»Nun, wie bereits gesagt, kann ich mein juristisches Examen innerhalb von zwei Jahren in der Tasche haben. Sollte mir das gelingen, packe ich sofort meine Koffer.«

»Und wohin geht es dann?«

»Dann bewerbe ich mich als Assistent bei der Bezirksstaatsanwaltschaft. Die warten geradezu auf jemanden, der früher als Cop gearbeitet hat.«

»Du hast aber selbstverständlich vor, nur die größten und spektakulärsten Fälle zu übernehmen?«

»Na ja, man muß mindestens drei Jahre als Anklagevertreter gearbeitet haben, bevor man zum Leitenden Bezirksstaatsanwalt ernannt werden kann.«

»Was steht anschließend auf deiner Wunschliste?«

»Washington. Genauer gesagt das Justizministerium.«

»Logisch.«

»Dafür rechne ich ... sagen wir mal ... weitere drei Jahre. Dann bin ich dreißig, werde kündigen und mich als Abgeordneter für den Kongreß bewerben.«

»Das klingt alles sehr durchdacht«, sagte Farber, »wirklich sehr durchdacht. Für welchen Wahlkreis willst du kandidieren?«

»Für diesen hier natürlich. Das Verbrechen auf offener Straße wird mein zentrales Wahlkampfthema sein. ›Wählt den Mann, der weiß, wovon er spricht, weil er selbst schon einmal direkt vor eurer Haustür für Ruhe und Ordnung gesorgt hat, damit ihr ruhig schlafen konntet.‹«

»Hört sich überzeugend an«, bestätigte Farber, der nur noch mühsam den Drang unterdrücken konnte, in schallendes Gelächter auszubrechen. »Du hast es also mit dreißig zum Abgeordneten gebracht. Wie viele Amtsperioden sieht dein Plan vor?«

»Ungefähr drei.«

»Und dann?«

»Kommt drauf an, wer zu der Zeit New Yorks Bürgermeister ist. Falls er mir nämlich den Posten des Commissioners anbieten sollte, würde ich annehmen.«

»Wirklich? Warum?«

»Nun, weil das ein wirklich verantwortungsvoller Job ist, der sich zudem eines Tages in Form von vielen Millionen Wählerstimmen auszahlen könnte.«

»Also Commissioner? Wahrscheinlich bin ich zu dem Zeitpunkt noch auf dem Revier. Welchen Posten könntest du mir zuschanzen?«

»Vorausgesetzt, du verfügst bis dahin über die notwendigen Qualifikationen, könntest du dir jeden denkbaren Posten aussuchen«, erklärte Chapman nach kurzem Nachdenken.

»Prima. Dann würde ich gern Leiter der Kriminalpolizei werden.«

»Einverstanden.«

»Vielen Dank schon mal im voraus«, erklärte Farber trocken, während er aus den Augenwinkeln heraus auf dem Gesicht des Jungen die Andeutung eines Lächelns zu erkennen glaubte – als sei auch ihm mit einemmal die absurde Komik der Situation klargeworden. Aber dann bemerkte er, daß Harry Chapman keinesfalls lächelte, sondern völlig ernst geblieben war. »Ich weiß dein Entgegenkommen wirklich zu schätzen.«

»Keine Ursache. Wir reden jetzt allerdings von Dingen, die erst in fünfzehn, zwanzig Jahren Realität sein werden. Deshalb kann ich dir noch keinen genauen Zeitpunkt für deine Ernennung in Aussicht stellen.«

»Halb so wild. Du hast aber wahrscheinlich nicht vor, ewig als Commissioner zu arbeiten, oder?«

»Nein, höchstens zwei Jahre. Dann werde ich mich für das Amt des Gouverneurs oder für den Senat bewerben, je nachdem, was gerade zur Wahl steht.«

»Laß mich raten, wie's weitergeht. Du begnügst dich weitere zwei Jahre lang mit dem Job als Gouverneur, und dann ...«, Farber machte eine dramatische Pause, »... dann ziehst du ins Weiße Haus ein.«

»Na ja, ich wäre schließlich nicht der erste, der das schaffen würde.«

Zumindest in dieser Hinsicht war dem Jungen nicht zu widersprechen. Auch Theodore Roosevelt war zunächst Commissioner bei der Polizei gewesen, dann zum Gouverneur und schließlich zum Präsidenten gewählt worden. Nach ihm war es allerdings nie wieder einem Polizeichef gelungen, hinter dem riesigen Schreibtisch des amtierenden Präsidenten Platz zu nehmen.

»Schön und gut. Aber seit Roosevelt haben sich die Zeiten ziemlich geändert«, gab Farber zu bedenken.

»Der Weg zum Erfolg ist heute immer noch derselbe wie damals.«

Während des ganzen Gesprächs fuhr Farber eine nach der anderen Straße ihrer Sektion ab, spähte dabei in die parkenden Autos am Straßenrand und musterte die Leute auf den Gehwegen, vor allem diejenigen, die nur ziellos herumstanden oder sich in dunkle Nebenstraßen verdrückten.

»Wonach hältst du eigentlich Ausschau?« fragte Chapman.

»Nach Tagedieben zum Beispiel, deren Hosenbund von ihrer Kanone ausgebeult wird«, erklärte Farber ungeduldig. »Oder nach ein paar Strolchen, die so tun, als ob sie betrunken wären, und rein zufällig ausprobieren, ob einer der geparkten Wagen unverschlossen ist. Herrgott, wie, zum Teufel, soll ich wissen, wonach ich Ausschau halte? Ich weiß es erst, wenn ich es sehe.«

Aber Chapman hatte bereits das Interesse an Farbers Antwort verloren. Er konzentrierte sich vielmehr darauf, seinen erfahrenen Kollegen von etwas zu überzeugen, das ihm selbst nicht ganz klar war. Vielleicht wollte er sich auch nur Mut machen. Auf jeden Fall war er derart darauf fixiert, wie Farber auf seine Zukunftspläne reagierte, daß er kaum mitbekam, was sich da draußen auf der Straße ereignete.

»Willst du deinen ersten dicken Fisch an Land ziehen?« fragte Farber.

»Wen will ich an Land ziehen?«

Der Junge hörte sich an, als sei ihm plötzlich die Kehle ausgetrocknet. Farber warf ihm einen kurzen Blick zu. »Beschreib mir mal den Burschen dort drüben an der Ecke.«

»Männlicher Farbiger, ungefähr fünfundzwanzig, knapp einsneunzig groß, Gewicht circa hundertachtzig Pfund. Trägt Sportschuhe, Jeans und einen ockerfarbenen Regenmantel ohne Gürtel.«

Der Farbige sah sich die Auslagen in einem Schaufenster an. »Weiter!« hakte Farber nach.

»Er beobachtet uns in der Schaufensterscheibe.«

»Sehr gut. Noch was?«

Sie waren auf gleicher Höhe mit dem Mann und schließlich an ihm vorbei. Chapman drehte sich um und beobachtete ihn durch das Heckfenster. »Er trägt einen Pelzmantel über dem Arm.«

»Du hast es erfaßt. Ich kenne eine Frau, die einen ähnlichen Mantel besitzt. Er hat sie ungefähr viertausend Dollar gekostet.«

»Tatsächlich?«

»Sieht dieser Bursche so aus, als ob er sich einen solchen Mantel leisten könnte?«

»Du meinst, nur weil er wegen seiner Hautfarbe einer Minderheit ange...«

»Verschon mich mit diesem Geschwafel des Obersten Gerichtshofs!« fiel ihm Farber ins Wort. »Die Antwort lautet ganz einfach *nein.* Glaubst du, daß er bewaffnet ist?«

»Keine Ahnung.«

»Er hat eine Kanone in der rechten Tasche seines Regenmantels.«

»Woher willst du das wissen?«

Farber gab keine Antwort.

»Fahren wir noch einmal um den Block?«

»Das haben wir doch schon zweimal getan.«

»So? Ist mir gar nicht aufgefallen.«

»Ich finde, daß dir insgesamt nicht sehr viel auffällt.«

Es entstand eine längere Pause, bevor Farber wieder das Wort ergriff. »Als wir das erstemal an ihm vorbeigefahren sind, erstarrte er, sobald er uns sah. Beim zweitenmal ignorierte er uns dagegen völlig. Beides ist recht verdächtig.«

Sie folgten der Amsterdam Avenue, bogen dann in die 76. Straße und fuhren zurück.

»Der Kerl starrte die ganze Zeit in den Himmel. Falls er nicht wirklich an den Sternen interessiert war, hat er höchstwahrscheinlich Dreck am Stecken. Denn merke dir, mein Freund: Wenn irgendwo ein Cop auftaucht, dann drehen sich die Leute normalerweise nach ihm um. Tun sie das nicht, dann ist vermutlich irgend etwas faul.«

Als sie erneut die Ecke zwischen der Columbus Avenue und der 74. Straße erreichten, stand der Farbige noch immer mit dem Mantel über dem Arm vor dem Schaufenster, ohne sie eines Blickes zu würdigen.

»Er weiß jetzt, daß wir ihn im Visier haben.«

Der Farbige blickte auf seine Uhr.

»Unser Freund vergewissert sich, wie spät es ist. Vielleicht hat er eine Verabredung«, vermutete Farber. »Schau dir mal seinen Regenmantel etwas genauer an. Scheint so, als ob die rechte Seite des Mantels tiefer herabhängt als die linke.«

»Das muß doch aber nicht bedeuten, daß er einen Revolver in der Tasche trägt.«

»Nein, nicht unbedingt. Es könnte sich auch um die Brechstange handeln, mit der er die rechtmäßige Besitzerin des Pelzes niedergeschlagen hat.«

Der Mann trat von der Straßenkante zurück und lehnte sich lässig gegen eine Hauswand, vermied jedoch sorgsam jeden Blickkontakt mit den beiden Polizisten.

»Ihn zu kontrollieren wäre reine Schikane und dazu noch gegen das Gesetz«, meinte Chapman.

»Das ist Quatsch. Ihn vorläufig festzunehmen oder seine Wohnung zu durchsuchen wäre gegen das Gesetz, aber nicht, ihm lediglich ein wenig auf den Zahn zu fühlen. Abgesehen davon sind wir hier nicht auf der Polizeischule, sondern im richtigen Leben auf der Straße, und hier gelten andere Gesetze.«

Ein Stück weiter befand sich hinter einer Bushaltestelle eine Einfahrt. Farber parkte den Wagen dort ein, schaltete die Scheinwerfer aus, ließ den Motor aber weiterlaufen. Von hier aus beobachteten beide durch das Heckfenster den Verdächtigen.

Es vergingen volle zehn Minuten, in denen außer dem Funkverkehr zwischen der Einsatzzentrale und den einzelnen Streifenwagen nichts Besonderes zu hören war.

»Worauf warten wir eigentlich?« fragte Chapman schließlich ungeduldig.

»Worauf der dort wartet, das ist die Frage«, entgegnete Farber knapp.

Die ganze Zeit über floß der Straßenverkehr unvermindert weiter. Ein Bus fuhr an die Haltestelle, nahm ein paar Fahrgäste auf und fädelte sich wieder in den Verkehr ein. Dann sprangen die Ampeln auf Rot, und einige Augenblicke lang passierte gar nichts. Als jedoch wieder Grün kam, ergoß sich eine wahre Flut von Autos über die Fahrstreifen; mit einigem Abstand folgte ihnen ein einzelner Wagen. Als das Fahrzeug immer langsamer wurde und allem Anschein nach auf die Straßenecke zuhielt, löste sich der Mann mit dem Pelz von der Hauswand und trat an die Bordsteinkante.

Plötzlich beschleunigte der Wagen allerdings wieder und steuerte auf die mittlere Spur zu, passierte das Heck des Polizeiautos und entfernte sich rasch. Der Fahrer hatte es offensichtlich sogar so eilig, daß er die inzwischen wieder auf Rot umgesprungene Ampel mißachtete und, ohne das Tempo zu vermindern, über die Kreuzung jagte.

»Der Hehler«, stellte Farber fest. »Er muß uns wohl gesehen haben.«

»Er ist bei Rot über die Kreuzung gefahren. Wollen wir nicht hinter ihm her?«

»Nein. Ein Bußgeld wegen zu schnellen Fahrens zu verhängen ist nicht das, was mir vorschwebt. Außerdem hätten wir ohnehin keine Chance, ihn mit unserer alten Mühle einzuholen. Und wir haben unseren Fisch doch schon an der Angel. Wie wär's, Harry? Hättest du Lust, heute deine erste Verhaftung vorzunehmen?«

Als Chapman nichts erwiderte, ergriff Farber erneut das Wort: »Achte bei der Festnahme vor allem darauf, ob er eine Waffe bei sich hat.«

»Sollten wir nicht lieber Verstärkung anfordern?«

»Wegen eines Pelzdiebs? Die würden sich auf dem Revier über uns totlachen.«

»Damit kommen wir vor Gericht nie durch!«

»Lassen wir es darauf ankommen.«

»Aber es liegt doch kein hinreichender Beweis gegen den Mann vor.«

»Ich pfeife auf den hinreichenden Beweis. Selbst wenn der Bursche am Ende wieder auf freien Fuß gesetzt werden sollte, gibt es vermutlich eine illegale Schußwaffe weniger auf den Straßen, und der Pelz gelangt in den Besitz seiner rechtmäßigen Eigentümerin.«

Als Chapman daraufhin noch immer wenig Neigung zeigte, den Verdächtigen zu verhaften, überlegte Farber, ob er den Jungen härter anfassen sollte, um ihm klarzumachen, daß man sich als Cop in New York nun einmal gewissen Risiken aussetzen mußte. Außerdem wollte Farber gerne wissen, ob er sich in einer wirklich gefährlichen Situation auf seinen neuen Partner verlassen konnte oder nicht.

»Ich habe ehrlich gesagt keine Lust, den Kerl zu verhaften«, sagte Chapman schließlich.

»Wenn du Angst davor hast, daß er dich abknallen könnte, dann bleib eben hier im Wagen sitzen und schau zu, wie ich die Verhaftung allein vornehme.«

»Ich habe keine Angst, das ist es nicht. Schließlich bin ich es, der schon einmal angeschossen worden ist, und nicht du«, murmelte Chapman beleidigt. »Ich habe andere Gründe.«

Farber starrte ihn fragend an.

»Ich ... ich ... kann es mir nicht leisten, die halbe Nacht auf dem Revier zu verbringen, um die ganzen Verhaftungsprotokolle auszufüllen«, begann Chapman zu erklären. »Morgen habe ich nämlich eine wichtige Prüfung, zu der ich auf gar keinen Fall unausgeschlafen erscheinen möchte.«

Eine solche Entschuldigung war Farber noch nie zuvor untergekommen, so daß er erst einmal darüber nachdenken mußte.

»Nimm du den Kerl fest«, bat Chapman, »und ich gebe dir Rückendeckung.«

Ohne ein weiteres Wort zu verlieren, stieg Farber aus dem Wagen. Er konnte hören, daß Chapman ihm folgte, da er sich jedoch nur noch auf den Mann mit dem Pelz konzentrierte, wußte er nicht, was der Junge in seinem Rücken eigentlich machte. Folgte er ihm? Oder war er möglicherweise hinter der Wagentür in Deckung gegangen, die ihm allerdings nur einen trügerischen Schutz gewährte. Denn Farber wußte aus eigener Erfahrung, daß eine Kugel eine Wagentür ebenso leicht durchschlug wie einen menschlichen Körper.

Ihm kam es darauf an, daß Chapman nahe genug bei ihm blieb, um sein Gespräch mit dem Farbigen zu hören – und möglicherweise später vor Gericht bezeugen zu können. Außerdem war es günstig, wenn der Junge so nahe war, daß seine Anwesenheit den Verdächtigen zusätzlich verunsicherte und einschüchterte, falls es zu einer Festnahme kam.

Farber fühlte sich keineswegs wohl in seiner Haut, da er nicht im geringsten einschätzen konnte, ob und inwieweit er sich auf Harry Chapman verlassen konnte. Vorsichtshalber legte er daher seine rechte Hand auf den Griff seines Revolvers. Damit die Dienstwaffe nicht zu leicht aus dem Holster rutschen oder auch von einem Dieb oder Angreifer herausgerissen werden konnte, wurde sie durch einen schmalen Lederriemen gesichert, der über die Trommel des Revolvers verlief. Farber löste den Riemen und lockerte probehalber den Sitz der Waffe. Außerdem schob er die rechte Seite seines Mantels hinter den Griff, um den Revolver jederzeit ungehindert ziehen zu können.

Der Mann mit dem Pelzmantel kehrte Farber den Rükken zu und versuchte offensichtlich den Eindruck zu erwecken, daß er sich des näherkommenden Polizisten nicht bewußt war.

»Guten Abend«, sagte Farber beiläufig. »Ein wirklich schöner Nachthimmel, stimmt's?«

Der Mann fuhr scheinbar überrascht herum. »Hab' Sie gar nicht kommen hören, Officer.«

Aus der Nähe betrachtet wirkte der Mann älter, als Farber ihn zunächst eingeschätzt hatte. Er war um die Vierzig und hatte nur noch wenig Haare auf dem Kopf. Da nicht weit entfernt eine Straßenlaterne stand, deren heller Schein auf die beiden fiel, konnte Farber eine einzelne Schweißperle erkennen, die die hohe Stirn des Mannes herabrann.

»Einen schönen Pelzmantel haben Sie da.«

»Allerdings, Sir.«

»Ein Nerz, nicht wahr?«

»Gut möglich.«

»Kostet bestimmt ein kleines Vermögen.«

»Keine Ahnung. Ich weiß nicht, was der Mantel gekostet hat.«

»Es würde mich interessieren, wo man einen Mantel wie diesen kaufen kann.«

»Warum fragen Sie danach?«

»Ich überlege, ob ich meiner Frau vielleicht einen zu Weihnachten schenke«, log Farber, der zu dieser Zeit noch unverheiratet war.

»Vielleicht nehmen Sie einfach diesen hier.«

»Sie wollen mir den Mantel überlassen? Warum denn das?«

»Hier, nehmen Sie ihn.«

»Während des Dienstes darf ich eigentlich keine privaten Geschäfte machen.«

Wieder rollte eine einzelne Schweißperle über die Stirn des Mannes, der sich mit der Hand über die Augenbrauen wischte. »Der Mantel gehört meiner Mutter«, setzte er ungefragt zu einer Erklärung an.

»Aha.«

»Sie hat ihn mir gegeben.«

»Dürfte ich ihn mal sehen?«

»Sie wollen ihn sehen?«

»Nur aus Neugier, ob er vielleicht auch meiner Frau gefallen könnte.«

Der Mann reichte Farber den Pelz.

Nun begann der schwierigere Teil. Der Polizist nahm den Mantel mit der linken Hand entgegen, um mit der rechten jederzeit seine Waffe ziehen zu können. Auf diese Weise aber war es nicht einfach, das Innenfutter des Nerzes auf Hinweise zu untersuchen, die möglicherweise Aufschluß über den wahren Eigentümer geben konnten. Zudem mußte Farber die ganze Zeit über auch den Mann im Auge behalten, falls dieser plötzlich eine verdächtige Bewegung machen sollte. Jetzt wäre Chapmans Anwesenheit eine große Hilfe gewesen, aber Farber hatte nicht die geringste Ahnung, wo sich der Junge aufhielt.

Gewöhnlich waren in kostbare Mäntel wie diesen das Monogramm oder sogar der komplette Name des Eigentümers eingestickt. Sollte in diesem Nerz jedoch beides fehlen, wußte Farber nicht, wie er weiter vorgehen sollte, da er keinerlei Handhabe gegen die Angaben des Farbigen hatte.

Endlich aber fand der Cop das Namensschild, das er genau ansehen mußte, um den Schriftzug entziffern zu können: Julia Petroski.

Er kannte Farbige, die afrikanische, spanische oder sogar irische Namen trugen. Aber ihm war noch nie ein Farbiger mit einem polnischen oder russischen Namen untergekommen.

»Gehört dieser Mantel Ihrer Mutter?«

»Ja, das tut er.«

»Wie heißt denn Ihre Mutter?«

»Ich habe ihren Namen vergessen.«

»Heißt sie vielleicht Julia Petroski?«

»Ja, Sir. Das ist ihr Name.«

Das Ganze schien so absurd, daß es eigentlich zum Lachen reizte – wäre die Situation nicht so verdammt gefährlich gewesen, dachte Farber. Denn nach wie vor war es gut möglich, daß der Verdächtige eine Waffe in seiner rechten Manteltasche trug, auch wenn er eigentlich nicht gewaltbereit wirkte.

»Und wie lautet Ihr Name?«

Mittlerweile war etwa ein halbes Dutzend Passanten stehengeblieben, um voller Neugier dem seltsamen Gespräch zu folgen. Es war gut möglich, daß einige der Leute dabei zwischen Farber und Chapman standen: ein Umstand, den der Junge auf jeden Fall hätte vermeiden müssen, um weiterhin im Notfall freies Schußfeld zu haben. Aber offensichtlich ging niemand außer dem langsam nervös werdenden Farber davon aus, daß dieser Mann vor ihm eine Gefahr darstellen könnte.

»Wie steht's mit einem Ausweis?«

»Warten Sie, Officer. Ich habe ja meinen Führerschein dabei.«

Als sich die Hand des Verdächtigen seiner Manteltasche näherte, warf Farber ihm den Pelz zu und griff selbst mit der Rechten nach seiner Dienstwaffe. Der Verdächtige reagierte reflexartig wie die meisten Menschen, wenn ihnen ein Gegenstand zugeworfen wird, indem er den Nerz mit beiden Händen auffing. Auf diese Weise hatte der erfahrene Cop die Situation zunächst einmal entschärft.

»Ich habe eine bessere Idee«, schlug Farber vor, dessen Hand noch immer den Griff seines Revolvers umschloß. »Legen Sie zuerst einmal den Pelz auf dem Boden ab. Gut so. Und jetzt ziehen Sie bitte langsam, schön langsam Ihren Regenmantel aus und lassen ihn ebenfalls auf die Straße fallen.«

Als der Mantel den Boden berührte, war deutlich ein dumpfes, metallisches Geräusch zu hören.

»Jetzt würde ich gerne einen Blick auf Ihren Führerschein werfen, wenn ich darf«, sagte Farber.

Der Verdächtige trug unter dem Mantel eine verschlissene Strickjacke, aus deren Seitentasche er seine Brieftasche zog und Farber hinhielt.

»Bitte nur den Führerschein.«

Das Dokument war in New York auf den Namen Claude Green ausgestellt worden.

»Sind Sie Claude Green?«

»Jawohl, Sir.«

»Wissen Sie, Claude, an Ihrem Regenmantel macht mich etwas stutzig«, fuhr Farber fort. »Haben Sie auch das Geräusch gehört, als Ihr Mantel auf den Boden fiel? Irgend etwas Schweres muß sich in der rechten Manteltasche befinden.« Er stieß mit dem Fuß gegen den Mantel. »Würden Sie mir wohl verraten, um was es sich dabei handelt?«

»Ich habe keine Ahnung. Was immer es ist, es gehört nicht mir, denn ich habe den Mantel von meinem Bruder geliehen.«

»Hätten Sie etwas dagegen, wenn ich nachsehe, um was es sich handelt?«

»Was könnte ich schon dagegen haben, da es ja nicht mein Mantel ist?«

Farber ging so vorsichtig vor, wie er nur konnte. Er wußte aus Erfahrung, daß ein geschickter Anwalt später vor Gericht versuchen würde, ihm jedes Wort im Mund umzudrehen und ihm ein unrechtmäßiges Vorgehen nachzuweisen. Deshalb wollte er sich, soweit möglich, gegen jeden denkbaren Vorwurf absichern, indem er für jeden einzelnen Schritt seiner Überprüfung das Einverständnis des Verdächtigten einholte.

»Wären Sie so freundlich, sich in die Obhut meines Kollegen zu begeben, solange ich nachschaue, um was für einen Gegenstand es sich handelt?«

Die umstehenden Zuschauer wichen zur Seite und machten dem Mann Platz, der nun langsam auf Chapman zuging. Dieser stand – wie Farber unterdessen aus den Augenwinkeln mitbekommen hatte – lässig gegen einen Laternenpfahl gelehnt.

Farber bückte sich, griff in die Manteltasche des Verdächtigen und zog einen vernickelten kleinkalibrigen Revolver hervor. Spöttisch grinsend fragte sich der Cop, ob man mit diesem Spielzeug wirklich Schaden anrichten konnte. Seine Haltung änderte sich jedoch, als er feststellte, daß in zwei der Patronenkammern leere Patronenhülsen steckten und daß jemand die Waffe offensichtlich erst vor kurzem abgefeuert hatte, da sie nach Schießpulver roch. Nun spürte auch Farber, daß ihm Schweiß auf die Stirn trat.

Als er Chapman die Waffe zeigte, deutete dieser dem Verdächtigen an, sich mit gespreizten Beinen auf die Motorhaube des Streifenwagens zu stützen. Dann wurde der Farbige von dem jungen Polizisten auf weitere Waffen hin untersucht, über seine ihm verfassungsmäßig zustehenden Rechte belehrt und schließlich in Handschellen auf die Rücksitzbank des Autos bugsiert. In der Zwischenzeit nahm Farber Name und Anschrift der umstehenden Passanten auf, damit diese später, falls nötig, das ordnungsgemäße Prozedere der Personenkontrolle und der Festnahme bezeugen konnten.

Nachdem die beiden Cops zum Revier zurückgekehrt waren und den Festgenommenen in eine der im Keller gelegenen Zellen gesperrt hatten, machte sich Farber auf den Weg in den ersten Stock, wo das Büro der Detectives von der Kriminalpolizei untergebracht war. Von hier aus führte der Streifenpolizist, der eines Tages ebenfalls zu dieser Abteilung zu zählen hoffte, einige Telefongespräche, um die Festnahme von Claude Green sofort weiterzumelden.

Als Harry Chapman, der sich zwischenzeitlich umgezogen hatte und wieder seine Zivilkleidung trug, das Büro betrat, um Farber noch einmal zu der Festnahme zu gratulieren und sich von ihm zu verabschieden, betrachtete ihn dieser mit einem amüsierten Lächeln.

»Ich fürchte, du kannst noch nicht nach Hause fahren«, sagte er.

»Warum nicht?«

»Weil es wirklich eine Julia Petroski gab.«

»Gab?«

»Es stehen nicht allzu viele Petroskis im Telefonbuch. Ich habe ihre Adresse ziemlich schnell herausgefunden und überprüft. Jedenfalls ist sie tot, und in ihrem Apartment wimmelt es bereits von Detectives. Es sieht so aus, als ob sie einen Einbrecher auf frischer Tat überrascht hat und von ihm erschossen wurde.«

»Etwa von unserem Freund?«

»Na ja, wenn wir ihn danach fragen, wird er höchstwahrscheinlich sagen, daß seine Mutter oder sein Bruder die Tat begangen hat.«

Chapman ließ sich auf einen Stuhl fallen, der Farber gegenüberstand. Nachdem er ihn die letzten acht Stunden nur in Uniform gesehen hatte, wirkte der Junge in seinen beigen Jeans und der Lederjacke auf Farber beinahe wie ein Fremder – so, als sei er plötzlich kein Cop mehr.

»Das heißt, es handelt sich nicht einfach um Einbruch und Diebstahl, sondern zumindest um Totschlag«, fuhr Farber fort. »Deshalb müssen wir Green zum Haftrichter bringen. Es tut mir wirklich leid, aber ich glaube, du ziehst besser wieder deine Uniform an.«

Der Junge nickte nur verdrossen und verließ das Büro mit seinen Lehrbüchern unter dem Arm.

Zu der Zeit, als Chapman erschossen wurde, hatten sich die Dinge erheblich verändert. Da die einzelnen Reviere über ein internes Fernsehkommunikationssystem verbunden waren, konnten mit dessen Hilfe rasch und ohne größere Zeitverzögerung Konferenzen über den Ermittlungsstand einzelner Fälle abgehalten werden, ohne daß die beteiligten Beamten persönlich anwesend sein mußten. Erst danach steuerte ein Spezialfahrzeug nacheinander die einzelnen Reviere an, um von dort die Verdächtigen und vorläufig Festgenommenen einzusammeln und en gros dem Haftrichter vorzuführen.

Aber in jener Nacht – Harry Chapmans erster Nacht als Polizist – lief alles noch nach dem alten Verfahrensschema ab. Dieses sah vor, daß die Beamten die von ihnen festgenommenen Verdächtigen persönlich zum Gerichtsgebäude transportieren und dort warten mußten, bis man sie aufrief und von einem Richter geprüft wurde, ob das Beweismaterial für eine Anklageerhebung ausreichte. In manchen Nächten war der Gerichtssaal allerdings derart überfüllt, daß die Cops mit ihren Gefangenen stundenlang auf Holzbänken im Flur auszuharren hatten. Nicht selten verbrachten sie dort im Halbschlaf die ganze Nacht. Die Nachteile dieses Systems lagen auf der Hand: Während der langen Wartezeit konnten die Beamten ihren Streifendienst nicht fortsetzen, sondern mußten durch andere Kollegen vertreten und außerdem auch für die zusätzlich anfallenden Überstunden bezahlt werden.

Nachdem die beiden Cops das Gerichtsgebäude erreicht hatten, kam es beinahe zu Handgreiflichkeiten zwischen Farber und dem Staatsanwalt, der für den Fall zuständig war. Der Anklagevertreter, der – obwohl dies kaum möglich war – noch jünger als Chapman wirkte, wollte Claude Green lediglich wegen des Besitzes gestohlener Wertgegenstände belangen, da seiner Meinung nach das Beweismaterial nicht für eine Anklage wegen Mordes ausreichte.

»Das können wir jedoch nachholen, sobald die Ergebnisse der ballistischen Untersuchung der von Ihnen sichergestellten Waffe vorliegen«, versicherte er den beiden Cops.

»Bis dahin wird Green längst gegen Kaution auf freien Fuß gesetzt worden und auf Nimmerwiedersehen verschwunden sein«, widersprach Farber und bestand hartnäckig darauf, daß die Anklage auf vorsätzlichen Mord lauten müsse. Fast wären die beiden Männer aufeinander losgegangen.

Schließlich erhielt Farber eine Nummer mit dem Hinweis, daß man ihn irgendwann aufrufen würde. Dann fesselten er und Chapman den Verdächtigen mit den Handschellen an eine Bank auf dem Korridor und – begannen zu warten. Kurz darauf versank Green in tiefen Schlaf, was der erfahrene Cop als sicheres Indiz für dessen Schuld wertete.

»Könntest du dir etwa vorstellen, daß jemand, der als Unschuldiger einer Anklage wegen Mordes entgegensieht, hier einfach einschlafen würde?« fragte er seinen neuen Partner.

Da Farber diese Prozedur bereits mehrmals hinter sich gebracht hatte, lehnte auch er sich zurück und schloß die Augen, um die anstehenden Wartestunden dösend hinter sich zu bringen. Chapman hatte allerdings noch immer nicht die Hoffnung aufgegeben, das Gerichtsgebäude bald wieder verlassen zu können. Er las daher in seinen Büchern und warf nur dann und wann einen Blick auf Green, um sicherzugehen, daß dieser noch immer ordnungsgemäß an die Bank gefesselt war.

Als ihre Nummer schließlich von einem Gerichtsdiener aufgerufen wurde, war es 6 Uhr 45 morgens. Auf die Frage des Haftrichters, welche Anklage gegen den Festgenommen erhoben werden solle, fiel Farber dem jungen Staatsanwalt ins Wort: »Vorsätzlicher Mord, Euer Ehren.«

Trotz des offenkundig dreisten Auftretens, das Farber an den Tag legte, widersprach der Staatsanwalt nicht, sondern bestätigte den Antrag. Am Ende ordnete der Richter an, daß Claude Green – ohne die Möglichkeit, gegen Kaution entlassen zu werden –, ins Untersuchungsgefängnis überführt werden sollte.

»Hast du Lust, noch irgendwo einen Kaffee zu trinken?« wandte sich Farber an Chapman, um mit ihm seinen Triumph zu feiern. Beide hatten das Gerichtsgebäude verlassen und standen nun auf offener Straße zwischen all den anderen öffentlichen Prachtbauten, die ein wenig an griechische Tempel erinnerten. Das erste Licht der Morgendämmerung zog gerade von Osten her auf und brachte frische, klare Luft mit sich. Über den Köpfen der beiden Männer zogen ein paar vereinzelte Wolken über den Himmel dahin, dessen Farbe langsam von einem blassen Grau zu einem tiefen strahlenden Blau hinüberwechselte.

»Ich kann leider nicht«, lehnte Chapman ab. »Ich habe doch heute morgen noch diese wichtige Prüfung vor mir.«

Also fuhren sie zurück aufs Revier, wo sich Chapman hastig umkleidete, in seinen Wagen sprang und davonbrauste. Farber steuerte allein ein Frühstücksrestaurant an, das am Broadway lag und zu dieser frühen Stunde bereits offen war.

Nachdem er eine einsame Tasse Kaffee getrunken hatte, fuhr er zu sich nach Hause, um sich schlafen zu legen. Er bewohnte ein in der Nähe des Yankee-Stadions gelegenes, bescheidenes Apartment, das er mit seiner Mutter teilte, seitdem sein Vater, ein ehemaliger Schneider, bereits vor Jahren gestorben war.

Harry Chapman war auf direktem Weg in seine Wohnung gefahren, wo er nur kurz geduscht, sich umgezogen und eine Schale Corn-flakes hinuntergeschlungen hatte, um sich anschließend auf den Weg zur juristischen Hochschule zu machen und dort – trotz durchwachter Nacht – das beste Ergebnis aller Prüfungskandidaten zu erzielen.

Um 16 Uhr fanden sich die beiden Männer wieder auf dem Revier ein, um die Abendschicht anzutreten. Vor dem Dienstappell traten alle möglichen Kollegen – auch solche, die er kaum vom Sehen kannte – auf Farber zu, um ihm zu seinem Fang zu gratulieren. Immerhin kam es nicht oft vor, daß ein Streifenpolizist jemanden wegen Mordverdachtes festnahm. Aus diesem Grund wurde Farber von Captain Priestley – der es zu der Zeit, als Chapman erschossen wurde, zum stellvertretenden Commissioner gebracht hatte – vor versammelter Mannschaft nach vorn zitiert, um eine öffentliche Belobigung zu empfangen.

Bis zu diesem Zeitpunkt hatte Captain Priestley mit Farber noch nie zuvor auch nur ein paar Worte gewechselt. Nicht zuletzt aufgrund seines Alters – er war immerhin bereits über vierzig – und seines vergleichsweise hohen Dienstranges galt Priestley für die einfachen Streifenpolizisten als unnahbar. Seine Männer hielten ihm allerdings zugute, daß er weder daran interessiert schien, höheren Polizeioffizieren in den Hintern zu kriechen, noch sich auf Kosten seiner Untergebenen zu profilieren.

Bert Farber hatte nichts dagegen einzuwenden, daß ein Teil seines Ruhms auch auf Harry Chapman abfärbte, der ebenfalls von Priestley für seine ausgezeichnete Pflichterfüllung gelobt wurde. Offensichtlich war es dem Captain, im Unterschied zum Bezirksleiter, verborgen geblieben, daß der junge Cop nicht viel mehr getan hatte, als sich gemeinsam mit Farber die Nacht vor dem Gerichtssaal um die Ohren zu schlagen. Doch zwei belobigte Polizisten machten sich für das Ansehen des Reviers – und des Captains – besser als einer.

Chapman jedoch fand nicht recht Gefallen an der Vorstellung, daß er eine Auszeichnung empfing, die er eigentlich nicht verdient hatte. Daran änderte auch nichts, daß sein erfahrener Kollege die Sache auf die leichte Schulter zu nehmen schien und Chapman grinsend darauf hinwies, die Belobigung für seinen allerersten dienstlichen Einsatz helfe ihm bestimmt bei seinen ehrgeizigen Karriereplänen. Mit dieser Vermutung hatte Farber gewiß recht; aber ebenso gewiß ging die Festnahme von Claude Green einzig und allein auf sein Konto.

Nur wenige Tage später – als beide auf ihrer abendlichen Streife die übliche Essenspause einlegten – äußerte Bert Farber seine Überzeugung, daß ein wirklich guter Cop für seine Tätigkeit eine ebenso geniale Begabung besitzen müsse wie etwa ein Musiker oder Maler. Denn allenfalls einem begnadeten Künstler vergleichbar, verfüge der Polizist wie kaum ein anderer über tiefe Einsichten gerade in die extremsten Formen menschlichen Tuns und Verhaltens – in Bereiche, die den meisten anderen Menschen ihr Leben lang verborgen blieben.

Sie saßen, schweigend und nur mit ihren Sandwiches beschäftigt, im Wagen, wobei Chapman im Schein der schwenkbaren Innenbeleuchtung seine unvermeidlichen Lehrbücher studierte.

Vom ersten Augenblick an, in dem er Claude Green gesehen habe – fuhr Farber fort, über die vergangenen Ereignisse laut nachzudenken –, sei ihm alles klar gewesen. Irgendwie habe er gespürt, daß mit dem Mann etwas nicht stimmte. So als ob der Allmächtige selbst ihm eine Eingebung gesandt habe, und zwar nicht zum erstenmal in den drei Jahren, die er nun als Cop arbeitete.

Farber war alles andere als ein überzeugter Gläubiger, aber er wußte nicht, wie er seinen Eindruck des Geschehens sonst in Worte kleiden konnte. Beim Umgang mit Kriminellen handelte er zumeist rein instinktiv, ohne erklären zu können, warum er jemanden auf den ersten Blick verdächtigte. Doch sollte er tatsächlich über das geniale Talent eines Künstlers verfügen, so hätte er doch nicht benennen können, *welche Kunst* es eigentlich war, die er beherrschte.

Derartige Überlegungen anzustellen und sie jemandem mitzuteilen war für Farber eine völlig neue Erfahrung. Nie hätte er gewagt, auf dem Revier im Beisein der anderen Cops auch nur ein Wort über all das zu verlieren, aus Angst, sich lächerlich zu machen und zum Gespött der anderen zu werden. Dabei war er zutiefst überzeugt von dem, was er sagte. Und er übertrieb keinesfalls, wenn er behauptete, die Zusammenhänge der unterschiedlichen Situationen, mit denen ihn sein beruflicher Alltag konfrontierte, zumeist auf den ersten Blick zu durchschauen.

Farber *wußte* tatsächlich oft genug auf Anhieb, was geschehen war, was geschehen würde und wem von den Beteiligten dabei welche Rolle zufiel. Er fühlte sich mit der Stadt und seinem Beruf auf eine Weise verbunden, die für die meisten anderen Cops – wie zum Beispiel Harry Chapman – nicht nachvollziehbar oder gar erlernbar war. Darüber hinaus war Bert Farber in der Lage, dieses Gefühl der Verbundenheit auch nach außen hin zum Ausdruck zu bringen. Man konnte beinahe sagen, daß ihm dies geradezu auf die Stirn geschrieben stand.

Eine Woche später führte Harry Chapman seine erste eigene Festnahme durch. Sie sollte ihm allerdings wenig Anerkennung einbringen.

Er hatte seine reguläre Schicht bereits beendet, als er schließlich den Entschluß faßte, seinem erfahrenen Kollegen – der inzwischen vor Gericht ausgesagt hatte und noch immer tagtäglich von allen Seiten Glückwünsche entgegennahm –, nicht länger nachzustehen. Zwar war es Farber nicht verborgen geblieben, daß sein junger Partner stets angespannt wirkte und viel vor sich hin brütete. Aber seine Versuche, Chapman auf andere Gedanken zu bringen und ihm zu vermitteln, die Sache nicht tragisch zu nehmen, da er früher oder später ebenfalls einen dikken Fisch an Land ziehen werde, blieben fruchtlos. Der ehemalige Marineinfanterist beschloß, sich nicht auf sein Glück zu verlassen, sondern dem Schicksal ein wenig nachzuhelfen. Zudem wollte er die Operation ganz allein über die Bühne bringen, um den erwarteten Ruhm nicht mit jemandem teilen zu müssen.

Chapman hielt seine große Stunde für gekommen, als er alle Prüfungen hinter sich gebracht und drei lernfreie Tage vor sich hatte. Außerdem begann seine gemeinsame Schicht mit Farber erst um Mitternacht, so daß die Stunden zwischen 22 und 24 Uhr – in denen die meisten Kriminellen aktiv waren – zu seiner freien Verfügung standen. Zu jener Zeit wohnte Chapman in Englewood/New Jersey, und zwar in einer kleinen Wohnung über der Garage seiner Eltern. Von dort aus machte er sich bereits früh auf den Weg in die City, wo er gegen 20 Uhr eintraf.

Er parkte seinen Wagen einen Block nördlich der Bar, die Farber ihm als berüchtigten Drogenumschlagplatz beschrieben hatte, in der Nähe der Ecke Columbus Avenue und 76. Straße. Von der Polizeischule her wußte er, daß neunzig Prozent aller Festnahmen wegen illegalen Drogenbesitzes auf die Hinweise von Undercover-Agenten zurückzuführen waren. Harry Chapman hatte sich jedoch in den Kopf gesetzt, die ganze Prozedur zu verkürzen und auf eigene Faust eine Festnahme durchzuführen, die einen riesigen Wirbel verursachen sollte.

Zwei Stunden lang harrte er in seinem Wagen aus und beobachtete die Leute, die in der Bar ein und aus gingen. Der Haken an der Geschichte war nur, daß er aus der vergleichsweise großen Entfernung wenig erkennen konnte und nicht erfuhr, was sich im Inneren der Bar abspielte. Langsam kamen ihm Zweifel daran, daß sein Vorhaben eine gute Idee war, und er wünschte sich sehnlichst seine Bücher herbei, um sich lieber in diese zu vertiefen, als seine kostbare Zeit einer so zähen Angelegenheit wie der Beobachtung der zweifelhaften Barbesucher zu widmen.

Schließlich stieg er aus dem Wagen aus und lief eine Zeitlang auf dem Gehsteig hin und her, sorgsam darauf bedacht, einen unbeteiligten Eindruck zu machen, wenn er am Eingang vorbeikam.

Auch dieses Verfahren wurde schnell langweilig und führte zu nichts.

Dreißig Minuten vor Beginn seiner Schicht faßte sich Chapman ein Herz, stieg die Treppe hinunter und betrat die Bar. Er bestellte sich ein Bier, in das er mit gestellt finsterer Miene hineinstarrte, da er die Befürchtung hegte, er würde sich als Cop verraten, wenn er zu neugierig seine Blicke umherschweifen ließ.

Es befanden sich zwar einige Farbige im Lokal, aber die meisten Barbesucher waren südamerikanischer Abstammung und sprachen überwiegend Spanisch. Nicht zuletzt deshalb fiel Chapman als einziger Hellhäutiger im gesamten Lokal auf, und es gelang ihm nicht, auch nur den Versuch einer illegalen Handlung zu erspähen.

Bei seinem Eintreten war ihm demonstratives Schweigen begegnet; einen Augenblick lang schien jede Aktivität zu erstarren. Die Situation hatte sich jedoch schnell wieder normalisiert.

Die Bar war düster und wirkte ziemlich heruntergekommen. Chapman hatte den Eindruck, daß der Boden seit Tagen nicht mehr ausgefegt worden war, die Gläser dringend einmal richtig gespült werden mußten und die Stühle nur noch durch das an ihnen festgeklebte Kaugummi zusammengehalten wurden. Außerdem meinte er hören zu können, wie die Schaben hinter der Theke um die Wette liefen. Vor allem auf einen Menschen wie Chapman, der jeden Tag duschte – und wenn er abends eine Verabredung hatte, sogar zweimal –, wirkte der Ort geradezu ekelerregend. Deswegen brachte er es kaum über sich, an seinen Bier auch nur zu nippen.

Plötzlich betrat ein Mädchen die Bar.

Sie fiel ihm sofort auf, da sie eine junge Weiße von höchstens fünfundzwanzig Jahren war und in seinen Augen schon deshalb nichts in der Bar verloren hatte. Das jämmerlich schniefende Mädchen war ziemlich mager, hatte rote, entzündete Augen und schien sich überhaupt in einer elenden Verfassung zu befinden. Die Modedroge jener Tage war Heroin; die Kokain-Epidemie sollte erst Jahre später über das Land schwappen. Auf jeden Fall hatte Harry Chapman in Vietnam genügend Heroinabhängige gesehen, um auf den ersten Blick zu erkennen, daß das Erscheinungsbild des Mädchens alle typischen Merkmale hierfür aufwies. Vermutlich suchte sie die Bar auf, um sich hier mit Drogen zu versorgen. Welchen anderen plausiblen Grund konnte es für ihr Auftauchen geben? Also beobachtete der junge Cop sie verstohlen aus den Augenwinkeln und mit Hilfe des Spiegels hinter der Theke.

Auch sie hatte beim Eintreten den Fremdling offensichtlich überrascht zur Kenntnis genommen. Wie die anderen war sie allerdings wohl zu dem Entschluß gelangt, ihn nicht weiter zu beachten, und hatte nach einem gewissen Chucho gefragt.

Der Barkeeper deutete wortlos mit einem Nicken in den hinteren Teil der Kaschemme, woraufhin das Mädchen an Chapman vorbei in die angewiesene Richtung ging und dort durch eine Tür verschwand. Während der erfolgshungrige junge Polizist darauf wartete, daß das Mädchen in den Barraum zurückkehrte, machte er sich allmählich Sorgen, zu spät zum Dienst zu kommen.

Er konnte während des Wartens ihre zwar gedämpft, aber immerhin doch noch recht deutlich klingende Stimme hinter der Tür hören und glaubte die Worte »Laß deine verdammten Pfoten von mir« zu erkennen.

Dann öffnete sich nach etwa zehn Minuten die Tür wieder, und das Mädchen kehrte in den Barraum zurück. Ihre Kleidung war erkennbar in Unordnung geraten, und sie atmete beinahe keuchend, während sie kleine Tütchen in ihre Handtasche stopfte. Sie steuerte direkt auf den Ausgang zu, wobei sie erneut an Harry Chapman vorbeikam.

Da er bereits gezahlt hatte, trank er angewidert den Rest seines Bieres aus und verließ dann ebenfalls – betont gleichgültig – die Bar, um dem Mädchen zu folgen.

Als er auf die Straße trat, stellte er fest, daß sie ein zügiges Tempo eingeschlagen hatte und bereits einen halben Block entfernt war, so daß er beinahe rennen mußte, um sie einzuholen. Die Tütchen, die er bei ihr gesehen hatte, schienen ihm Grund genug, sie wegen des Verdachts auf illegalen Rauschgiftbesitz festnehmen zu können. Es würde sich allerdings wesentlich besser machen, wenn es ihm gelang, sie auf frischer Tat als Dealerin zu überführen; also entschied er sich für eine Taktik, die seiner Einschätzung nach auch Bert Farber gewählt hätte. Er plante, das Mädchen als Kunde anzusprechen, mit ihr in eine Nebenstraße zu gehen, den Kauf abzuschließen und sie dann zu verhaften. Sobald sie erst einmal auf dem Revier war und erkannte, daß sie in ernsthaften Schwierigkeiten steckte, würde sie gewiß nicht lange zögern, Chucho und die übrigen Männer im Hintergrund ans Messer zu liefern.

»Wie gehen die Geschäfte?« redete er sie an, als er auf gleicher Höhe mit ihr war. »Du hast doch nichts dagegen, wenn ich dich ein paar Schritte begleite?«

Sie blickte ihn ebenso wütend wie abweisend an: »Was willst du verdammter Wichser von mir?«

Harry Chapman war es keinesfalls gewohnt, daß sich ein Mädchen solcher Ausdrücke bediente. Plötzlich erinnerte er sich daran, daß seine Mutter ihm als kleinem Jungen immer gedroht hatte, seinen Mund mit Seife auszuspülen, wenn er – was selten genug vorkam – derart vulgäre Wörter benutzte.

»Ich habe dich in der Bar gesehen und dachte …«

»Verpiß dich endlich und laß mich in Ruhe, kapiert!«

»Ich dachte nur, du könntest mir vielleicht was verkaufen«, versuchte Chapman erneut sein Glück, wurde jedoch zusehends unsicherer. Auf Farber hätte er in dieser Situation wahrscheinlich wie ein Mädchen gewirkt, das unbedingt seine Jungfräulichkeit verlieren will, aber noch nicht recht weiß, wie es das Ganze bewerkstelligen soll.

»Du hast Scheiße gedacht.«

Man sollte dieser Schickse wirklich den Mund mit Seife auswaschen.

»Hör mal, ich bin extra in die Bar gegangen, um mir ein bißchen Stoff zu besorgen. Aber da sie mich dort nicht kennen, vertrauen sie mir nicht so wie dir und haben mir nichts verkauft.«

»Ich hab' keine Ahnung, von was für einem Quatsch du da redest.«

Sie gingen beide immer noch sehr schnell und überholten die meisten der Passanten auf dem Gehsteig. Währenddessen blickte das Mädchen mehrfach nervös über die Schulter nach hinten, so als halte sie nach jemandem Ausschau.

Chapman versuchte den weinerlichen Ton nachzuahmen, den die New Yorker Junkies seiner Vermutung nach gewöhnlich anschlugen.

»Aber ich brauche dringend einen Schuß«, wimmerte er. »Ich bin wirklich total mies drauf. Du mußt mir einfach was verkaufen.«

»Ich hab's dir schon mal gesagt: Verpiß dich!«

Chapman wiederholte seine schauspielerischen Versuche noch mehrmals ohne Erfolg.

»Hau endlich ab und laß mich in Ruhe!«

Der junge Cop ließ endgültig seine anfängliche Hoffnung fahren, das Mädchen des Drogenhandels überführen zu können. Statt dessen würde er es wohl beim einfachen Tatbestand des unerlaubten Drogenbesitzes bewenden lassen müssen. Nachdem er diesen Entschluß gefaßt hatte, drängte er sie in eine schmale Nebenstraße, die sie gerade passierten. Das Mädchen war außerordentlich leichtgewichtig. Chapman hatte ihren Hals mit seinem rechten Arm umklammert, so daß es ihr kaum möglich war, zu schreien. Sie versuchte allerdings mit aller Kraft, ihn durch Tritte und Schläge abzuwehren.

»Hilfe«, keuchte sie, so laut es ging, obwohl – soweit Chapman sehen konnte – niemand in der Nähe war, der ihr hätte beistehen können. »Er will mich umbringen! Herrgott, schafft mir endlich diesen Kerl vom Hals! Wo, zum Teufel, steckt ihr Burschen denn?«

»Ich bin Polizeibeamter«, erklärte der junge Cop hastig, während er sie in den Griff zu bekommen versuchte. »Ich nehme Sie hiermit fest.«

Das nächste, woran er sich später erinnern konnte, war, daß er am Boden lag und sein Kopf gegen das Straßenpflaster geschlagen wurde. Zwei Männer waren über ihm, die Revolver in den Händen hielten und ihm heftige Prügel verabreichten. Komischerweise dachte er als erstes daran, daß jetzt seine Kleidung ruiniert wäre, bevor die Angst in ihm aufstieg, die beiden könnten ihm das Nasenbein brechen, einige Zähne ausschlagen oder ihn sogar töten. Wer die Männer sein mochten und woher sie so plötzlich gekommen waren, blieb ihm völlig schleierhaft. Vermutlich, so dämmerte ihm allmählich, gehörten sie zu dem Mädchen und waren deren Zuhälter oder ebenfalls Dealer.

Unterdessen bemühte sich das Mädchen, die Männer davon abzuhalten, ihn weiter zu mißhandeln. Sie schrie die beiden an und schlug ihrerseits auf sie ein. Endlich gelang es Chapman, trotz seines mitgenommenen Zustands zu verstehen, was sie sagte: »Hört doch endlich auf, um Himmels willen. Vielleicht hat er tatsächlich die Wahrheit gesagt.«

Die Männer traten zurück und gaben Chapman auf diese Weise die Möglichkeit, langsam wieder auf die Beine zu kommen. »Ich bin Polizeibeamter«, wiederholte er keuchend. Und obwohl er es mit drei Gegnern zu tun hatte, fügte er hinzu: »Sie sind hiermit festgenommen.«

Der ältere der beiden Männer, der etwa vierzig sein mochte, begann zu lachen. »Bei dir ist wohl 'ne Schraube locker«, spottete er.

»Dann zeig uns mal deine Dienstmarke«, verlangte der andere.

Das Mädchen starrte die beiden wütend an: »Es hat verdammt lange gedauert, bis ihr endlich hier wart.«

»Nur keine Panik. Wir sind dir die ganze Zeit gefolgt und haben dich keine Sekunde aus den Augen gelassen.«

»Quatsch. Ihr müßt doch über Funk gehört haben, daß ich in Schwierigkeiten war. Warum seid ihr mir nicht früher zu Hilfe gekommen?«

»Du warst zu keinem Zeitpunkt wirklich in Gefahr.«

»Verdammt, er hätte mich erwürgen können.«

Langsam, aber sicher ging Chapman ein Licht auf. Wie die Dinge lagen, hatte er sich allem Anschein nach zum Narren gemacht.

Als er seine Dienstmarke zückte, steckten die beiden Männer ihre Revolver weg. Ihre Feindseligkeit ihm gegenüber hielt jedoch unvermindert an. »Dieses verdammte Milchgesicht mußte doch unbedingt seine Nase in unsere Angelegenheiten stecken und damit eine seit zwei Monaten laufende Undercover-Operation gefährden!«

»Es wäre ein Wunder, wenn er uns die ganze Sache nicht tatsächlich vermasselt hätte«, schimpfte auch der andere. »Zwei Monate verdeckter Ermittlungen umsonst.«

»Ihr arbeitet zusammen?« vergewisserte sich Chapman und deutete auf das Mädchen. »Sie auch?«

»Zeig dem Kleinen deine Dienstmarke, Kathy.«

»Kann ich nicht. Sie ist an meinem Höschen befestigt.«

Sie mußte lachen. Plötzlich brach das ganze Trio in schallendes Gelächter aus – nur Harry Chapman nicht.

Zähneknirschend machte er sich mit den zahlreichen Schrammen in seinem Gesicht und auf den Händen sowie einem zugeschwollenen Auge auf den Weg zum Revier, um dort seine Nachtschicht aufzunehmen. Die Nachricht, daß er versucht hatte, eine Undercover-Agentin festzunehmen, verbreitete sich wie ein Lauffeuer. Es war daher nicht verwunderlich, daß er während der nächsten Tage viele Scherze und Anzüglichkeiten über sich ergehen lassen mußte. Die meisten von ihnen waren eher harmloser Natur, aber einige lagen auch eindeutig unterhalb der Gürtellinie. Vor allem eine Handvoll besonders hartgesottener Cops machte sich einen Spaß daraus, auf albernste Weise eine hohe Frauenstimme zu imitieren und Chapman im Umkleideraum anzuflehen, ihnen nicht zu nahe zu kommen und von einer Festnahme abzusehen.

Nur Bert Farber nahm den Jungen immer wieder in Schutz und forderte die anderen auf, ihn endlich in Ruhe zu lassen.

»Das sind doch alles nur Idioten«, sagte er zu seinem Partner. »Kümmer dich am besten einfach nicht um sie.«

Aber es sollte ohnehin nur noch wenige Tage dauern, bis endgültig niemand mehr Witze über Harry Chapman reißen würde.

Es war Chapmans dritte Woche auf dem Revier. Er und Farber waren zur Frühschicht eingeteilt, die jeweils um 16 Uhr beendet war. An einem der Nachmittage eilte Chapman direkt nach Dienstschluß zu dem am Broadway gelegenen Postamt, da seine Mutter ihn gebeten hatte, ein Paket für sie aufzugeben.

Er betrat die Schalterhalle – und geriet unversehens mitten in einen Raubüberfall hinein. Harry Chapman war zwar in Zivil gekleidet, hatte jedoch einen fünfschüssigen Revolver dabei, den er sich erst kurz zuvor gekauft hatte und auf dem Rücken im Hosenbund trug, so daß die Waffe von seiner Lederjacke verdeckt wurde.

Anders als heute glich das Postamt damals noch nicht einer uneinnehmbaren Festung. Es gab zwar insgesamt fünf bewaffnete Wachmänner, sie alle wurden jedoch zusammen mit einigen Kunden von einem Farbigen mit einer Pistole in Schach gehalten, der auch dem eintretenden Chapman mit einer Geste zu verstehen gab, sich zu den übrigen zu gesellen.

Der Mann hatte ein unruhiges, fiebriges Flackern in den Augen. Vermutlich stand er unter Drogen, dachte der junge Cop, der früher selbst einmal Marihuana probiert und in Vietnam Heroin zumindest gesehen, darüber hinaus jedoch keinerlei persönliche Erfahrungen mit Rauschgift gemacht hatte.

Vor der Schalterreihe – hinter der drei verängstigte Angestellte ihre Hände in die Luft reckten – stand ein zweiter bewaffneter Räuber, bei dem es sich ebenfalls um einen Farbigen handelte und dessen unruhige Augen denen seines Komplizen glichen. Chapman gelangte zu der Gewißheit, daß die beiden Kerle entweder verrückt oder stoned sein mußten und deshalb besonders gefährlich waren. Denn auf der Polizeischule hatte Chapman gelernt, daß unter Rauschgifteinfluß stehende Täter oftmals auch ohne konkreten Anlaß um sich schossen.

Da er geschworen hatte, unschuldige Opfer vor Verbrechern zu schützen, faßte der junge Polizist schnell den Entschluß, selbst aktiv zu werden. Ungeachtet der Gefahr, in der er und die anderen Geiseln schwebten, registrierte er beinahe mit Genugtuung, daß es sich diesmal keinesfalls um verdeckte Ermittler der Polizei handeln konnte.

Soweit sich Harry Chapman an seine Ausbildung erinnerte, sah die ihm antrainierte Prozedur so aus, daß er sich selbst als Polizist zu erkennen geben und seine Dienstmarke vorzeigen mußte, bevor er seine Waffe ziehen durfte. Was ihn jedoch zögern ließ, war keinesfalls Angst, sondern die Tatsache, daß hinter dem Schalter ein Mann Geld in einen Wäschesack stopfte – ein Mann, der für Chapman nicht eindeutig einzuordnen war. Möglicherweise handelte es sich bei ihm um einen vierten Postangestellten, möglicherweise aber auch um einen weiteren Komplizen der beiden Farbigen. Zudem war der Mann ein Weißer. Was sollte der Cop also tun? Er beschloß, zunächst einmal abzuwarten, denn auf der Polizeischule war ihm auch beigebracht worden, nichts zu unternehmen, solange nicht klar war, mit wie vielen Gegnern er es zu tun hatte.

In dem Augenblick trat eine ältere Frau in die Schalterhalle. Sobald sie erschreckt einen der Männer mit der Waffe in der Hand wahrnahm, versuchte sie sich rückwärts wieder aus dem Ausgang zu stehlen. Aber einer der Räuber kam ihr zuvor, rannte zu ihr hinüber und zerrte sie zu der Gruppe der übrigen Geiseln, was ihm gewisse Schwierigkeiten bereitete, da die Frau vor Schreck so erstarrt war, daß sie sich kaum bewegen konnte.

Für Chapman war jetzt der geeignete Augenblick gekommen. Mit der Rechten zog er seine Dienstmarke aus der Gesäßtasche und wechselte sie sofort in seine Linke, um unbehindert nach dem Revolver greifen zu können.

»Polizei! Lassen Sie die Waffen fallen!« brüllte er.

Der Räuber, der in der Mähe der Eingangstür stand, stieß die ältere Frau beiseite und gab dann ohne jegliche Vorwarnung mehrere Schüsse in Chapmans Richtung ab.

Für den fronterfahrenen Vietnamveteranen war es keinesfalls eine neue Erfahrung, daß auf ihn geschossen wurde, doch diesmal pfiffen die Kugeln so knapp an seinen Ohren vorbei, daß er den Luftzug spürte. Dennoch behielt er die Nerven, brachte seinen fünfschüssigen Revolver schulmäßig in Anschlag, zielte auf den Kopf des auf ihn feuernden Schützen und drückte ab.

Bis zu diesem Zeitpunkt hatte Harry Chapman ein außergewöhnliches Maß an Klarsichtigkeit und Konzentrationsvermögen bewiesen. Jetzt schoß er jedoch so lange auf seinen Angreifer, bis dieser zusammenbrach, obwohl bereits der erste Schuß getroffen hatte und dem jungen Polizisten ebenfalls beigebracht worden war, daß ein paar Sekunden verstreichen können, bevor ein tödlich Getroffener zu Boden geht. Erst dann wirbelte er herum, um nach dem anderen Täter vor der Schalterreihe Ausschau zu halten.

Es erschien Chapman selbst wie ein Wunder, daß ihn im Rücken noch keine Kugel erwischt hatte, doch der zweite Farbige war ebenso verschwunden wie der Weiße, der das Geld in den Wäschesack gestopft hatte. Nur die drei Angestellten standen noch mit erhobenen Händen an Ort und Stelle.

»Alle flach auf den Boden legen«, befahl der Cop und spurtete auf den Schaltertresen zu, da er vermutete, daß die beiden Komplizen – denn nun stand für ihn außer Frage, daß auch der Weiße an dem Überfall beteiligt war – sich dort versteckt hatten. Erst jetzt, als er sich in Bewegung setzte, hörte Chapman das Donnern der von ihm abgegebenen Schüsse und versuchte, sie zu zählen. Wie oft hatte er gefeuert?

Er hatte keine Ahnung. Möglicherweise steckten noch unabgeschossene Patronen in der Trommel seines Revolvers, vielleicht aber auch nur noch zwei oder sogar nur eine. Es war sogar denkbar, daß er bereits seine gesamte Munition verschossen hatte und nun zwei gefährlichen Gangstern vollkommen unbewaffnet gegenüberstand.

Er trug noch fünf Schuß lose in seiner Jackentasche bei sich. Aber lieber wollte er es mit einem Bluff versuchen, als das Risiko auf sich zu nehmen, jetzt nachzuladen. Mit einem großen Satz versuchte er, auf den Schaltertresen zu springen, kam aber nicht hoch genug, sondern blieb mit der Fußspitze hängen; er strauchelte und schlug mit dem Kinn und der Brust auf dem Tresen auf, lugte aber dennoch über die Kante und richtete seine Waffe nach unten.

»Waffen weg und Hände hinter den Kopf!« schrie er.

Die beiden Männer befanden sich tatsächlich dort, wo er sie vermutet hatte, doch die Waffe des Farbigen zielte nun praktisch direkt auf sein Gesicht und spuckte Feuer. Wie durch ein Wunder wurde der Cop auch diesmal nicht verletzt, stürzte allerdings rückwärts zurück auf den Boden der Halle und blieb dort benommen liegen, während die beiden Männer aufsprangen und sofort zum Ausgang rannten.

Der Weiße war schneller als jeder Basketballprofi, den Harry Chapman jemals gesehen hatte. Wie ein geölter Blitz erreichte er die Tür und entschwand ins Freie. Der Farbige bewegte sich wesentlich langsamer und trat mit gezückter Waffe hinter dem Tresen hervor. Soweit der Cop erkennen konnte, hielt der Kerl eine 9-mm-Automatik in der Hand. Sofern sein Magazin noch voll war, verfügte er also wenigstens über acht Schuß. Er feuerte zweimal in Chapmans Richtung, bevor er die Mitte der Schalterhalle erreicht hatte, blieb dort auf halbem Weg zur Tür jedoch unvermittelt stehen, brachte seine Waffe diesmal sorgfältig in Anschlag, um den Polizisten ins Jenseits zu befördern – und drückte ab.

Wieder drang das entsetzliche Bellen der Schüsse an Harry Chapmans Ohren, während er den ruckenden, feuerspeienden Lauf der Waffe in den Händen des Schützen beobachtete. Dann hob er seinen Revolver. Der Dienst als Streifenpolizist war Neuland für ihn, nicht aber der Umgang mit Waffen. Darin war er schon im Marinecorps zum Experten ausgebildet worden. Sofern er Zeit genug hatte, den Atem anzuhalten, sein Ziel ins Visier zu nehmen und ungestört den Abzug zu betätigen, war Chapman ein zuverlässiger, sehr präziser Schütze. Seine jetzige Lage war allerdings außerordentlich prekär. Dennoch besann er sich auf das, was ihm seine Ausbilder beim Militär und bei der Polizei beigebracht hatten. Und zwang sich dazu – wie er später zu Protokoll gab –, die Zeit zu investieren, die er für einen gezielten Schuß brauchte, auch wenn es sich dabei nur um wenige Millisekunden handelte. Möglicherweise hatte er nur noch eine Patrone zur Verfügung, deshalb mußte dieser eine Schuß sein Ziel finden und seinen Gegner endgültig ausschalten, bevor dieser ihn erwischte.

Harry Chapman zielte sorgfältig, hielt den Atem an und feuerte seine letzte Patrone ab. Das Geschoß traf den Mann mit der Pistole genau in der Mitte seiner linken Augenbraue.

Der Cop sprang hastig auf, rannte zu dem leblos am Boden liegenden Räuber und kickte dessen Waffe unverzüglich mit dem Fuß weg.

»Wählen Sie die 911 und sagen Sie, es handle sich um einen zehn-dreizehn«, forderte er den Angestellten auf, während er zu dem ersten von ihm niedergeschossenen Mann trat und dessen Waffe ebenfalls mit dem Fuß in einen entfernten Winkel beförderte. Dann stürzte er zur Tür, trat auf die Straße und spähte in beide Richtungen: Von dem weißen jungen Mann war breit und breit keine Spur mehr zu sehen. Chapman hielt inne, entfernte die leeren Patronenhülsen aus der Trommel seines Revolvers und lud nach. Dann spürte er, wie ihn plötzlich eine heftige Übelkeit überkam; er erbrach sein Mittagessen, das er erst spät zu sich genommen hatte. Nach einer ihm endlos erscheinenden Phase krampfhaften Würgens wischte er sich mit seinem Taschentuch über den Mund und kehrte in die Schalterhalle zurück.

»Keiner von Ihnen verläßt den Raum«, ordnete er an, wie er es ebenfalls auf der Polizeischule gelernt hatte. Dann wandte sich an die noch immer verängstigt wirkenden Angestellten des Postamtes: »Bitte nehmen Sie die Namen und Adressen aller Anwesenden auf.«

Er kniete neben dem Mann nieder, der zuerst auf ihn geschossen hatte, und durchsuchte dessen Kleidung nach Ausweispapieren.

»Einen Arzt«, stöhnte der Mann. »Ich brauche dringend einen Arzt.«

Chapman nickte. »Ich benötige zunächst noch einige Angaben«, erwiderte er mit ruhiger Stimme und wußte mit einemmal genau, was jetzt zu tun war. Es kam ihm so vor, als stehe er selbst neben sich und beobachte das Geschehen in der Schalterhalle wie eine Filmszene im Kino.

Er fand eine Brieftasche, aus der er einen Führerschein zog. »Elroy? Ist das dein Name? Du bist in verdammt schlechter Verfassung, Elroy! Du brauchst wirklich einen Arzt, und zwar sehr schnell, wenn du mich fragst. Und ich werde dir einen rufen, aber erst, wenn du mir ein paar Fragen beantwortet hast, Elroy. Vor allem, wie der Name des weißen Burschen lautet, der euch wahrscheinlich zu diesem Überfall angestiftet hat.«

»Ich habe einen Bauchschuß ...«

Von weitem waren bereits die ersten Sirenen zu hören. »Wie heißt der Bursche?«

»Ich brauche sofort einen Arzt!«

»Alles zu seiner Zeit.«

»Lassen Sie mich hier nicht krepieren!«

»Ich will den Namen!«

»Rufen Sie endlich einen Krankenwagen ...«

»Ich will seine Adresse.«

»Ich weiß nicht, von wem Sie sprechen.«

»Ich fürchte, daß ich dir dann nicht mehr helfen kann. Du wirst sterben ...«

»Ich will noch nicht sterben!«

»Wenn du mir nicht helfen willst, dann fahr zur Hölle, dämlicher Hund.«

In diesen Augenblick betraten zwei uniformierte Polizisten mit gezogener Waffe die Schalterhalle. Rücken an Rücken schauten sie sich um, ob von irgendeiner Seite Gefahr drohte. Innerhalb weniger Sekunden traf weitere Verstärkung ein.

Ohne die immer zahlreicher am Tatort erscheinenden Cops zu beachten, beugte sich Chapman über den am Boden Liegenden. »Nenn mir den Namen!«

»Ich krepiere, wenn kein Arzt kommt.«

»Er hat dich hier einfach im Stich gelassen. Warum willst du ihn immer noch decken?«

Als nächstes trafen die Rettungssanitäter ein. »Warten Sie bitte noch einen Augenblick«, bat Chapman. »Der Mann hier möchte mir noch etwas Wichtiges sagen. Stimmt's nicht, mein Freund?«

Der Verwundete begann Blut zu husten.

»Ohne behandelt zu werden, machst du es keine zehn Minuten mehr«, drängte Chapman.

Der Mann begann die Lippen zu bewegen und zu murmeln. Chapman zückte sein Notizbuch und hielt sein Ohr dicht vor den Mund des Verletzten.

»Buchstabier den Namen!« verlangte er. Doch als er den Mann erneut anschaute, stellte er fest, daß er bereits tot war.

Chapman richtete sich auf. Noch immer war sein Blick starr auf den Toten zu seinen Füßen gerichtet. Plötzlich begann er unkontrolliert zu zittern.

Ein Detective der Kriminalpolizei näherte sich ihm. Chapman kannte ihn vom Sehen, wußte aber nicht, wie er hieß. Noch immer am ganzen Körper zitternd, schaffte er es doch, dem Beamten einen halbwegs zusammenhängenden Bericht über das Geschehen der vergangenen Minuten zu geben.

»Der Name, den er vor seinem Tod noch genannt hat, wird wahrscheinlich falsch sein«, murmelte der Detective.

»Und die Adresse auch«, fügte einer seiner Mitarbeiter hinzu.

»Schicken Sie trotzdem jemanden hin«, sagte Chapman mit klappernden Zähnen

»Wir kümmern uns darum.« Der Beamte musterte ihn genauer. »Bist du in Ordnung, Junge?«

»Ja. Mir ist nur kalt.«

Sie wickelten ihn in eine Decke aus einem der Polizeiwagen und setzten ihn hinter dem Tresen auf den Boden. Dann bemühten sie sich, nähere Details über die Schießerei aus ihm herauszuholen, doch er schien ihre Fragen gar nicht mehr zur Kenntnis zu nehmen. Außerdem klapperten seine Zähne mittlerweile so stark, daß er ohnehin kaum noch verständlich sprechen konnte.

»Es sieht wirklich gut für dich aus, mein Junge«, sagte plötzlich eine Stimme; sie gehörte Captain Priestley, der neben ihm stand. »Es gibt zwei Zeugen, die aussagen, daß du dich vorschriftsmäßig als Polizist zu erkennen gegeben und erst gefeuert hast, nachdem auf dich geschossen worden ist.«

Priestley machte sich weniger Sorgen um Chapman als um sich selbst. Daß einer seiner Untergebenen wegen Mißbrauchs seiner Dienstwaffe angeklagt wurde, war der Alptraum eines jeden Vorgesetzten. Ein solches Verfahren bedeutete eine Menge Papierkrieg und barg das Risiko, daß auch an dem Vorgesetzten etwas hängenblieb, was nicht gerade karrierefördernd wirkte. Priestley lächelte jedoch, denn im vorliegenden Fall schien alles klar zu sein. Den Zeugenaussagen zufolge war Chapman keinerlei Vorwurf zu machen. Im Gegenteil: Er würde erneut einen seiner Männer für sein mutiges und entschlossenes Verhalten auszeichnen können und damit auch sein eigenes Prestige steigern.

Harry Chapman selbst machte sich zur Zeit keinerlei Gedanken darüber, daß gegen ihn möglicherweise ein Untersuchungsverfahren wegen Waffenmißbrauchs eingeleitet werden könnte. In seinem Kopf herrschte eine grenzenlose Leere. Priestley hatte sich wieder davongemacht und es seinen Detectives überlassen, das Verhör fortzusetzen. Da Chapmans unzusammenhängende Antworten jedoch keinen Sinn ergaben, wurde seine Befragung bald abgebrochen und statt dessen die Vernehmung der übrigen Zeugen fortgesetzt.

Immer mehr Cops strömten in die Schalterhalle, darunter auch Bert Farber. Er fand seinen Partner noch immer auf den Boden hockend, die Decke um seine Schultern geschlungen und genauso zitternd wie zuvor. Farber kniete neben ihm nieder, redete beruhigend auf ihn ein und nahm sogar seine Hand. Unterdessen hielten sich bereits mehr als fünfzig Polizisten im Postamt auf. Viele von ihnen waren uniformierte Cops, die sich auch aus weiter entfernt liegenden Bezirken sofort auf den Weg gemacht hatten, nachdem sie per Funk den Notruf erhalten hatten, daß einer ihrer Kollegen in einen Schußwechsel verwikkelt sei. Müßig standen sie herum und warteten darauf, von einem der höheren Dienstgrade Anweisungen zu erhalten. Auch der Leichenbeschauer kam, tat seine Arbeit und ging wieder.

Die Postangestellten und die Kunden, die den Überfall miterlebt hatten, würden noch für Stunden am Tatort bleiben müssen, um wieder und wieder ihre Aussagen zu Protokoll zu geben. Unterdessen waren die Männer vom Spurensicherungsdienst damit beschäftigt, mit ihren Kameras Aufnahmen von der Schalterhalle und den Toten zu machen sowie einzelne Projektile aus den Einschußstellen in den Wänden zu entfernen. Schließlich tauchte das Team des Leichenwagens auf, um die beiden erschossenen Räuber, deren Hände in Plastiktüten steckten, in die Gerichtsmedizin abzutransportieren. Draußen vor dem Postamt standen beinahe zwei Dutzend Polizeifahrzeuge auf der Straße, die für den normalen Verkehr mehrere Blocks weit abgesperrt war.

Die meisten der hochrangigen Polizeioffiziere, die nach und nach auftauchten, konzentrierten sich darauf, wichtig zu erscheinen. Sie alle aber wurden von der Sorge getrieben, daß der junge Cop möglicherweise doch voreilig gehandelt und damit dem Ansehen der Polizei geschadet haben könnte. Deswegen überschütteten sie Chapman mit Fragen, ohne daß dieser in der Lage gewesen wäre, ihnen Rede und Antwort zu stehen. Schließlich bereitete Bert Farber dem Treiben ein Ende.

»Nun lassen Sie den Jungen doch um Himmels willen in Ruhe«, fauchte er. »Sehen Sie denn nicht, daß er im Augenblick nicht in der Verfassung ist, Ihnen zu antworten?«

Farber war über sich selbst überrascht und sogar ein wenig erschrocken, da er nie zuvor gewagt hatte, höheren Vorgesetzten so entschlossen entgegenzutreten.

»Bis morgen wird er sich wieder gefangen haben und Ihnen alles berichten«, fügte er daher halb entschuldigend, aber wenig überzeugend hinzu.

Als Farber das nächste Mal aufblickte, sah er den Leiter der Kriminalpolizei neben sich stehen.

»Wie lange seid ihr verdammten Burschen eigentlich schon Streifenpartner?« fragte Summers, ein Mann Mitte Fünfzig, der immer noch den derben Umgangston pflegte, den er sich als junger Cop angewöhnt hatte.

»Noch nicht lange.«

»Aber ihr beiden habt innerhalb weniger Wochen mehr Staub aufgewirbelt als ein ganzes verdammtes Revier sonst in einem Jahr«, knurrte Summers und verzog sein Gesicht dann zu einem Grinsen. »Wenn du willst, kannst du in meiner Abteilung anfangen, Farber. Ich kann jemanden wie dich gebrauchen.«

»Und was ist mit ihm?«

»Später vielleicht, wenn er etwas mehr Erfahrung hat.«

»Hm ...«

»Du bist der geborene Detective, Farber. Er ist lediglich ein Held. Gute Detectives findet man aber wesentlich seltener.«

Die beiden redeten über Chapman, als sei dieser bewußtlos oder gar nicht anwesend, was in gewisser Weise auch der Fall war.

»Solche gottverfluchten Helden sind die reine Pest«, fuhr Summers fort. »Sie müssen sich immer wieder bestätigen, daß sie Helden sind, und bringen sich deswegen immer wieder in Schwierigkeiten. Man muß ständig auf sie aufpassen, daß sie keine Dummheiten machen.«

»Er braucht jemanden, der ihm den Job richtig beibringt«, erwiderte Farber, der auf diese Weise zum Ausdruck bringen wollte, daß er Chapman noch nicht allein lassen konnte.

Summers und er blickten sich wortlos an. Farber mußte dem altgedienten Polizeioffizier nicht erklären, wie eng ein Streifenteam zusammenhielt. Es war in vielen Fällen weit mehr als nur eine reine berufliche Partnerschaft und hatte beinahe etwas von einer Art Liebesbeziehung an sich: etwas, das ein Cop selbst nicht mit Worten erklären konnte und von dem er selbst nicht genau wußte, ob es real oder nur Einbildung war.

»Ich stehe vor der Beförderung zum Sergeant«, sagte Farber. »Es wird nicht mehr allzulange dauern. Wenn Ihr Angebot dann noch gültig sein sollte ...?«

»Ich stehe zu meinem Wort.«

Farber nickte und blickte dann wieder Chapman an. »Ich sollte ihn besser ins Krankenhaus bringen.«

»Bring ihn am besten ins Roosevelt. Ihr könnt meinen Wagen benutzen. Aber vergeßt nicht, meinem Fahrer zu sagen, daß er wieder hierherkommen soll. Ich werde mich hier in der Zwischenzeit damit amüsieren, die verdammten Untersuchungen abzuschließen.«

Im Krankenhaus wurde Harry Chapman in ein Zweibettzimmer gelegt und erhielt eine Injektion, die ihn beinahe übergangslos in einen tiefen Schlaf versetzte. Daraufhin verließ Farber das Krankenhaus und schlenderte zunächst durch die Straßen, wobei er sich geistesabwesend die Schaufenster ansah. Dann rief er seine Mutter an, um ihr zu sagen, daß er nicht zum Abendbrot kommen würde, und suchte eine Pizzeria auf, wo er sich eine Salami-Pizza und ein Bier bestellte.

Als er später ins Krankenhaus zurückkehrte, war Chapman wach und saß aufrecht in seinem Bett.

»Bist du okay?« erkundigte sich Farber bei seinem Partner.

»Ja, es geht schon wieder.«

Farber nahm sich einen Stuhl und setzte sich neben das Bett. »Du brauchst morgen nicht zum Dienst zu kommen, wenn du dich noch nicht fit genug fühlst.«

»Ich habe aber morgen wieder ein Seminar. Und wenn ich das besuche, dann muß ich auch zum Dienst.«

Farber musterte ihn genau.

Chapman senkte den Blick, und seine Augen füllten sich mit Tränen.

»Großer Gott«, sagte er leise, »ich hätte auf den heutigen Tag gut verzichten können.« Dann begann er hemmungslos zu schluchzen. »Zwei Männer … Herr im Himmel, ich habe zwei Männer getötet.«

Farber trat ans Fenster und blickte hinaus auf die nächtliche Silhouette der Stadt. Als Chapman sich wieder beruhigt hatte, kehrte er zu ihm zurück und nahm seine Hand.

»Aber es war doch nicht das erstemal für dich, oder?« fragte er in der Absicht, seinen Partner zu trösten. »In Vietnam mußt du doch einige umgelegt haben.«

»In Vietnam habe ich in einen undurchdringlichen Dschungel hineingefeuert. Falls ich dabei wirklich jemanden getötet haben sollte, dann mußte ich ihn jedenfalls nicht sterben sehen. Bei den beiden Kerlen heute war das ganz anders …«

»Es war Notwehr. Dir blieb doch gar keine andere Wahl. Entweder du oder sie.«

»Ich weiß, ich weiß. Das sage ich mir ja auch ständig.« Er versank für einige Zeit in Schweigen. »Hast du schon jemals jemanden erschossen, Bert?« fragte er plötzlich.

»Nein.« Farber hatte seine Waffe bisher nur auf dem Schießstand benutzt und wußte wirklich nicht, wie er in Chapmans Situation gehandelt haben würde. Je länger er darüber nachdachte, desto mehr irritierte ihn dieser Gedanke. In mancher Hinsicht war ihm sein junger Partner, der erst seit drei Wochen im Dienst war, um Lichtjahre voraus: ein Vorsprung, den Farber, wie er sich ehrlich eingestand, niemals würde einholen können. Vor allem in den vergangenen Stunden war Harry Chapman über Wasser gelaufen, hatte auf Wolken geschwebt und die dunkle Seite des Mondes gesehen. Er war in einen Grenzbereich menschlicher Erfahrungen vorgestoßen, der Farber trotz seiner längeren Dienstjahre wohl auf ewig verschlossen bleiben würde.

Mit einemmal wandelte sich die depressive Stimmung Chapmans in Euphorie.

»Andererseits hat die ganze Sache auch ihre Vorteile. Vorhin, während du weg warst, hat mich nämlich ein Reporter von der *New York Times* angerufen. Keine Ahnung, wie er herausgefunden hat, wo ich stecke, aber er sagte, er wolle vorbeikommen, um ein Interview mit mir zu machen. Vermutlich wird sogar das Fernsehen ein Team schicken. Glaubst du nicht auch, Bert, daß das meine Karriere fördern könnte?«

Als der Reporter und ein Fotograf im Krankenzimmer auftauchten, verabschiedete sich Farber unter einem Vorwand, da er keine Lust hatte, irgendwelche Fragen zu beantworten. »Du brauchst mich jetzt nicht mehr, du bist ja offensichtlich wieder auf dem Dampfer«, sagte er zu Chapman. »Außerdem muß ich dringend nach Hause.«

Als sich Harry Chapman am nächsten Morgen zum Dienst meldete, wurde er von beinahe allen Cops, denen er begegnete, angesprochen. Diesmal jedoch war er keineswegs das Opfer dummer Witze. Alle redeten ihn beinahe ehrfurchtsvoll und nur mit gedämpfter Stimme an, und die meisten klopften ihm sogar anerkennend auf die Schulter. Das Besondere hieran war weniger die Geste als vielmehr die körperliche Berührung an sich, die mehr als nur moralische Unterstützung und Anerkennung zum Ausdruck bringen sollte.

Mehr als zweihundertfünfzig Männer zählten zum Revier, von denen – außer Harry Chapman – nur ein einziger jemals in eine Schießerei verwickelt worden war. Alle übrigen nahmen ihre Dienstwaffen nur auf dem Schießstand zur Hand oder um sie zu reinigen, zu laden oder zu entladen. Sie alle hatten sich mehr als einmal die Frage gestellt, wie sie wohl reagieren würden, falls sie jemals in die Lage gerieten, in einem Notfall den Abzug betätigen zu müssen. Natürlich hofften sie alle, nicht die Nerven zu verlieren und sich als Helden zu erweisen – falls sie tatsächlich in eine solche Situation geraten sollten. Und natürlich sehnten sich alle heimlich danach, es einmal sich selbst und den anderen auf dem Revier zeigen zu können, was in ihnen steckte. Doch kaum einer von ihnen würde jemals wirklich die Chance erhalten, seinen Mut, sein Pflichtbewußtsein und seine Aufopferungsbereitschaft unter Beweis zu stellen. Die meisten von ihnen gestanden sich ehrlich ein, daß dieses Ziel unerreichbar wäre. Um so mehr achteten sie nun Harry Chapman, für den die Zeit des ›Was-wäre-wenn‹ endgültig vorüber war. Ihm war es gelungen, alle Zweifel auszuräumen und einen Blick hinter den Vorhang zu tun, der für die anderen wohl geschlossen bleiben würde.

Von diesem Tag an wagte niemand mehr, Harry Chapman zum Ziel irgendwelcher dummer Spötteleien zu machen.

Die Haltung, die der junge Cop während des Streifendienstes an den Tag legte, war dieselbe wie zuvor. Noch immer wirkte er stets ausgesprochen ernst, absolut humorlos und in mancher Hinsicht ziemlich naiv. Nach wie vor zeigte er sich eher verwundert angesichts der schrecklichen und tragischen Unfälle, mit denen er jeden Tag in ihrem Bezirk konfrontiert wurde. Meist waren es die Behausungen armer Leute, in denen ein defekter Heizlüfter in Brand geraten war, ein unbeaufsichtigtes Kleinkind sich mit heißem Wasser verbrüht oder mit dem offen herumliegenden Rattengift vergiftet hatte. Auch die Verbrechen, deretwegen Farber und er gerufen wurden, versetzten Chapman stets aufs neue in Erstaunen: all die Schlägereien, Messerstechereien, Schießereien und zahllosen körperlichen Mißhandlungen, unter denen meist Ehefrauen, Kinder und Alte zu leiden hatten, die nicht selten durch Schläge oder Verbrennungen schwere Verletzungen davontrugen.

Im Umgang mit den Menschen, die harte Schicksalsschläge hatten hinnehmen müssen, zeigte Harry Chapman stets großes Mitgefühl, auch wenn es sich hierbei de facto um eine formalisierte Routinemaßnahme handelte. Außerdem zeigte er niemals Machoallüren wie viele andere Cops, die bewußt Konflikte provozierten und die Autorität ihrer Uniform ausspielten. Harry Chapman war keineswegs versessen darauf, möglichst viele Festnahmen nachzuweisen, sondern verhaftete nur dann jemanden, wenn ihm keine andere Möglichkeit blieb. Und er behandelte alle Beteiligten stets höflich und zuvorkommend, auch wenn er selbst beleidigt oder provoziert wurde, wobei er – beinahe wie ein Anwalt – immer wieder darauf hinwies, daß er nur seine Pflicht erfülle.

Es gab allerdings auch Zeiten, in denen er trotz seiner jungen Jahre wie ein vorzeitig gealterter Mann wirkte, da er unter permanentem Schlafmangel litt. Nach wie vor studierte er in jeder dienstfreien Minute seine Bücher. Bert Farber gewöhnte sich im Lauf der Zeit daran, daß sie die gemeinsamen Mahlzeiten im Streifenwagen schweigend einnahmen. Allenfalls die Lehrsätze, die Harry Chapman während des Lesens und des nachfolgenden Auswendiglernens vor sich hin murmelte, unterbrachen die Stille. Und mit der Regelmäßigkeit eines Uhrwerks absolvierte er eine Prüfung nach der anderen mit der höchstmöglichen Punktzahl, was Bert Farber ebenso regelmäßig in Verblüffung versetzte.

Nicht ein einziges Mal schloß sich der junge Cop seinen Kollegen an, wenn diese nach Dienstschluß in eine Bar zogen, um dort bei einem Bier alte und neue Geschichten zu erzählen. Abgesehen von besonders gefährlichen Situationen spürten die Männer gerade in diesen geselligen Runden am intensivsten den Ausnahmecharakter ihres Daseins als Cop. Sie alle bildeten eine verschworene Bruderschaft, die sie vom Rest der Menschheit abhob.

Wenn Bert Farber an solchen Abenden gefragt wurde, was für ein Typ sein Partner sei, gab er stets dieselbe Antwort: »Er ist eigenwillig.«

Im Streifenwagen redete Harry Chapman meist über interne Angelegenheiten des Polizeireviers oder auch über die große Politik, die in Washington gemacht wurde. Niemals aber verlor er ein Wort über Frauen: ein Thema, das Bert Farber damals durchaus interessierte. Chapman hatte offensichtlich keine Freundin, oder er redete zumindest nicht über sie. Davon abgesehen hätte er auch gar keine Zeit für sie gehabt, da er konsequent und gradlinig seinen Weg ging, von dem er sich durch nichts und niemanden abbringen lassen wollte, wie er mehrmals betonte. Dabei wirkte er oft so verbissen wie ein alter Mann, der noch große Pläne hat, obwohl er schon weiß, daß seine Tage gezählt sind.

Bert Farbers ehemaliger Partner Leo kehrte aus gesundheitlichen Gründen nicht mehr in den Dienst zurück. Daher arbeitete das Gespann Farber/Chapman ganze sechs Monate zusammen – bis Bert Farber zum Sergeant befördert und erneut auf die Polizeischule geschickt wurde, um sich weiter zu qualifizieren. Nach Abschluß der Lehrgänge bat er um die Versetzung zur Kriminalpolizei, die auch umgehend bewilligt wurde.

Harry Chapman teilte man daraufhin einen neuen Partner zu, mit dem er weiterhin durch dieselben Straßen patrouillierte wie zuvor mit Bert Farber.

3

Auf dem Weg zurück in die Innenstadt dachte Chief Farber darüber nach, wie Mary Alice Chapman die Nachricht vom Tod ihres Mannes wohl aufnehmen würde. Ob sie in Tränen zerfloß und einen Nervenzusammenbruch erlitt? Hoffentlich würde sie in der Lage sein, ihm ein paar Fragen wegen Harry zu beantworten.

»Dann hat also tatsächlich jemand den Commissioner umgelegt«, meldete sich Hughie O'Malley, Farbers Fahrer, zu Wort. »Haben Sie schon einen Verdacht, Chief?«

»Allerdings. Ich bin überzeugt davon, daß Sie der Täter sind«, knurrte Farber. »Und ich werde Sie vor Gericht stellen, wenn Sie nicht sofort die Klappe halten.«

O'Malleys Frage hatte ihn mitten aus seinen Grübeleien gerissen – und auf eine Idee gebracht, die seine Überlegungen von Mary Alice auf den Bürgermeister lenkten.

Da die Stadt nun keinen Commissioner mehr hatte, war der Bürgermeister gezwungen, sehr bald einen Nachfolger zu benennen. Falls er selber in die engere Wahl gezogen werden wollte, wäre es für Farber besser, umgehend sein Interesse daran zu bekunden, Chapmans Job zu übernehmen, bevor es jemand anderes tat. Also würde Mary Alice – obwohl er früher einmal einiges für sie empfunden hatte – noch ein wenig warten müssen.

»Drehen Sie um und bringen Sie mich zum Gracie Mansion«, wies er O'Malley daher an.

Zu dieser frühen Stunde würde der Bürgermeister wohl kaum schon ins Rathaus gefahren sein, sondern noch zu Haus im Bett liegen. Farber konnte also die Chance nutzen, ihn persönlich über den Stand der Dinge zu informieren und sich ihm als Helfer in der Not zu präsentieren.

Es würde wahrscheinlich ziemlich lange dauern, bevor der Mord an Harry Chapman aufgeklärt war, falls dies überhaupt jemals möglich sein sollte. Fälle wie dieser, in denen es weder Zeugen noch ein offensichtliches Tatmotiv gab, waren immer besonders schwer zu knacken. Und nicht wenige blieben so lange ungelöst, bis die Akten eines Tages in Vergessenheit gerieten und in irgendeinem Archiv verstaubten. Schon aus diesem Grund durfte Farber nicht nur darauf hoffen, den Fall schnell zu lösen und sich damit als Chapmans Nachfolger geradezu aufzudrängen. Nein, er mußte sich dem Bürgermeister sicherheitshalber noch auf andere Weise in Erinnerung bringen.

Bei der Residenz des Bürgermeisters handelte es sich um ein großes, altes Haus, das – von einem hohen Eisengitterzaun umgeben – in der Mitte eines Parks lag, von dem aus man einen Blick auf den East River hatte. Bert Farber verband mit dem Gebäude vor allem düstere Gemälde, ächzende Parkettböden und langweilige Dienstbesprechungen. Auf dem Weg zur Eingangstür nahm er zwei Stufen auf einmal, überquerte zügig die Veranda und drückte auf den Klingelknopf.

Ein Hausangestellter öffnete ihm und begleitete ihn in einen im Kellergeschoß gelegenen Fitneßraum. Dort stieß Farber auf den Bürgermeister – einen kleinen, kahlköpfigen Mann in den Sechzigern –, der sich in einem sichtbar durchgeschwitzten Trainingsanzug auf einem Laufband abmühte.

»Sie haben sich einen äußerst ungünstigen Besuchszeitpunkt ausgesucht«, hielt er Farber vor, ohne ihm zur Begrüßung die Hand zu reichen.

In dem Raum befanden sich eine ganze Reihe weiterer Trainingsgeräte. »Man muß so lange durchhalten, bis es beinahe weh tut«, stieß der Bürgermeister hervor, während ihm der Schweiß über die Stirn rann. »Ich laufe jeden Morgen dreißig Minuten lang, die meiste Zeit davon bergauf. Doch ich fühle mich großartig dabei. Aber nun zu Ihnen. Warum sind Sie hier?«

Der Bürgermeister schien allem Anschein nach nicht sehr begeistert über Farbers Besuch zu sein, da er unangemeldet gekommen war und zudem noch seine tägliche Routine störte.

»Ich dachte nur, Sie würden vielleicht Wert darauf legen, aus erster Hand über den aktuellen Stand der Ermittlungen informiert zu werden.«

»Das ist doch nicht der Grund, warum Sie hier sind. Sie sind hier, weil Sie Chapmans Job wollen.«

Der Bürgermeister war nicht nur für sein diplomatisches Geschick bekannt, sondern auch für die rücksichtslose Direktheit, derer er sich von Zeit zu Zeit bediente. Farber war so perplex, daß er nicht wußte, was er erwidern sollte.

»Haben Sie schon gefrühstückt?«

Farber schüttelte den Kopf.

»Sie werden mir nachsehen, wenn ich Ihnen nicht persönlich Kaffee und Doughnuts serviere. Dieses Gerät hier ist auf eine bestimmte Laufzeit programmiert, und ich höre nicht auf zu laufen, bevor es sich abschaltet. Aber wenn Sie schon einmal nach oben gehen, wird man Ihnen dort alles Gewünschte bieten.«

Farber schüttelte erneut den Kopf. »Ich habe noch zahlreiche weitere Besuche zu machen. Deshalb werde ich sofort aufbrechen, sobald ich Ihnen alle Fragen beantwortet habe.«

Der Chief war davon ausgegangen, daß es der Bürgermeister kaum abwarten könne, alles über den letzten Stand der Dinge zu erfahren, und daß das Gespräch dabei nahezu zwangsläufig auch die Frage des Nachfolgers für Harry Chapman berühren würde.

»Tolles Gerät, finden Sie nicht?«

Farber trat näher und gab sich den Anschein, als studiere er voller Interesse das Laufband, das mit mehr elektronischen Anzeigen und Meßgeräten ausgerüstet war als das Armaturenbrett eines Sportwagens.

»Laufen ist ideal dazu geeignet, den Blutdruck zu senken«, erklärte der Bürgermeister. »Also – was haben Sie bislang in Erfahrung gebracht?«

»Jemand hat ihm beim Jogging ins Herz geschossen.«

»Ist das alles, was Sie wissen?«

»Das sind die Fakten.«

»Haben Sie irgendeinen Verdacht?«

»Dafür ist es noch zu früh. In diesem Stadium der Ermittlungen ist man erst einmal darauf angewiesen, daß brauchbare Hinweise auftauchen.«

»Ein Schuß ins Herz?«

»Ja.«

»Eine einzelne Kugel?«

»So sieht es aus.«

»Also die Tat eines Profis, meinen Sie nicht?«

»Oder der Schütze hatte einfach sehr viel Glück«, erwiderte Farber.

»Möglicherweise auch viel Pech«, gab der Bürgermeister zu bedenken. »Jemand zieht eine Waffe, um Harry Chapman Angst einzujagen, und plötzlich löst sich aus Versehen ein Schuß.«

»Auch das wäre denkbar.«

»Sicher. Aber Sie müssen doch irgendwelche Vermutungen haben?«

Farber dachte laut über die verschiedenen Möglichkeiten nach: Chapman konnte Opfer sowohl des Anschlages einer terroristischen Gruppe als auch eines Raubüberfalls oder eines zufälligen, nicht für ihn bestimmten Schusses geworden sein.

»Bevor Sie ihn zum Commissioner ernannten, war er Politiker. Auch in dieser Richtung werden wir nachforschen müssen.«

»Inwiefern?«

»Vielleicht wurde er von einem enttäuschten und verärgerten Anhänger umgebracht«, erklärte Farber grinsend. »Das ist schließlich das Risiko, mit dem ihr Politiker leben müßt, wenn ihr andauernd eure Wähler mit falschen Versprechungen aufs Kreuz legt.«

»Überaus witzig«, kommentierte der Bürgermeister trocken, ohne die Miene zu verziehen, während er auf die Anzeigen an seinem Laufband blickte. »Ein verärgerter Polizist käme wohl sehr viel eher in Frage.«

Diese Idee war Farber auch schon gekommen. Aber sie war ihm als so ungeheuerlich erschienen, daß er sich niemandem gegenüber dahin gehend äußern wollte.

»Ein Cop – oder eine Frau«, ließ sich nach kurzer Pause der Bürgermeister hören.

Sollte sich wirklich herausstellen, daß Chapman von einem Cop erschossen worden war, dann würden die Bürger der Stadt – daran hegte Farber keinerlei Zweifel – auch den letzten Rest von Vertrauen in die Polizei verlieren. Aber auch falls Chapman von einer Frau umgebracht worden war, lagen die Dinge alles andere als günstig. Denn in diesem Fall würden die Zeitungen mit den schlüpfrigsten und skandalhungrigsten Schlagzeilen aufwarten, die es jemals in der Stadt gegeben hatte.

»Wenn ich diese beiden Möglichkeiten abwäge, scheint es mir wahrscheinlicher, daß es ein Cop gewesen ist«, gestand der Bürgermeister. »Sie sollten diese Möglichkeit auf jeden Fall in Ihre Ermittlungen mit einbeziehen.«

»Das werde ich tun.«

»Er muß schließlich in den eigenen Reihen eine ganze Menge Neider und Feinde gehabt haben.«

»Aber kaum in einem solchen Maß, daß ihn jemand gleich umgelegt hätte.«

Der Bürgermeister zuckte die Schultern. »Motiv und eine günstige Gelegenheit liegen bei einem Polizisten als Täter dicht beieinander. Immerhin trägt jeder Cop ständig eine schußbereite Waffe mit sich herum.«

Farber schwieg.

»Denken Sie einmal nach. Chapman ist doch noch nicht lange Commissioner gewesen. Wie viele Leute hat er seit seiner Ernennung gefeuert?«

»Es war bitter nötig, daß endlich ein frischer Wind durch das Department wehte«, entgegnete Farber. »Das haben Sie selbst gesagt, als Sie ihm das Amt übertrugen.«

»Ein frischer Wind? Wollen Sie allen Ernstes behaupten, Harry Chapman habe dafür gesorgt, daß ein frischer Wind geweht hätte?«

Farber versank erneut in Schweigen. Hochrangige Polizeioffiziere wie er mußten sich sehr gut überlegen, was sie sagten, da sie mit beinahe jeder Begründung ihres Postens enthoben werden konnten. Und diese Gefahr drohte vor allem dann, wenn der politisch hochrangigste Vertreter der Stadt seine Aufmerksamkeit zu neunzig Prozent auf sein verdammtes Lieblingsspielzeug konzentrierte.

Anders als ein Baseballtrainer, der im Fall seines Hinauswurfs bei einem Konkurrenzverein anfangen konnte, spielten hohe Polizeioffiziere in einer Liga, in der es nur einen Verein gab. Wurden sie gefeuert, war ihre Karriere ein für allemal beendet. Das war der Grund dafür, daß ehrgeizige Beamten häufig nervös waren und unter Magengeschwüren litten. Ständig wurde ihnen eine Gratwanderung zwischen selbstbewußt-professioneller Fachkompetenz und Unterwürfigkeit abverlangt.

»Ich hatte damals den Eindruck, daß Sie eine gute Wahl getroffen hätten, als Sie Harry Chapman zum Commissioner ernannten«, sagte Farber deshalb vorsichtig.

»Das dachte ich auch. Aber ich habe mich getäuscht, nicht wahr?«

»Ich bin mir nicht sicher, ob ich Sie richtig verstehe.«

Noch immer bewältigten die Beine des Bürgermeisters das unerbittliche Tempo des Laufbandes, aber seine Atmung wirkte nun ein wenig gepreßt. »Gegen einen frischen Wind wäre nichts einzuwenden gewesen. Aber Harry Chapman hat im Department ein regelrechtes Massaker inszeniert.«

»Das hat er sicherlich getan«, bestätigte Farber. »Ich dachte allerdings, daß Sie genau dies von ihm erwartet hätten.«

»Aber doch nicht in diesem Ausmaß!«

Noch immer kämpfte sich der Bürgermeister verbissen den imaginären Berg hinauf. »Chapman zum Commissioner zu machen war wirklich die größte Fehlentscheidung, die ich mir während meiner gesamten bisherigen Amtszeit erlaubt habe. Das Ganze war eine regelrechte Katastrophe.«

Was sollte Farber darauf erwidern?

»Es ist ihm wirklich gelungen, mehr öffentliche Aufmerksamkeit auf sich zu lenken als jeder andere Commissioner vor ihm. Mehr sogar als jeder Bürgermeister, der jemals in dieser Stadt gewählt worden ist. Chapman hatte ganz offenbar nur eines im Sinn: seinen Namen in den Schlagzeilen zu sehen.«

»Ab und zu veranstaltet die Presse aber auch einen Riesenwirbel, ohne daß man selbst etwas dafür kann«, versuchte Farber seinen ehemaligen Partner zu verteidigen.

»Reden Sie doch keinen Quatsch! Er hat es von Anfang an darauf angelegt, sich in den Vordergrund zu spielen. Großer Gott, wenn ich allein daran denke, von was für einer Eskorte er sich immer begleiten ließ, egal wohin er fuhr. Man hätte wirklich denken können, daß *er* der Bürgermeister dieser Stadt war, und nicht ich!«

»Na ja, er hat es hin und wieder vielleicht wirklich übertrieben«, gestand Farber ein.

»Ich weiß nicht, was er mit all dem Theater bezwecken wollte. Aber ich bin sicher, daß er ein bestimmtes Ziel verfolgte.«

Farber kannte dieses Ziel nur zu gut und war sich ziemlich sicher, daß auch der Bürgermeister wußte, nach welchem Amt Harry Chapman zeit seines Lebens gestrebt hatte. Er fragte sich, wieviel Loyalität er seinem ehemaligen Partner jetzt nach dessen Tod noch schuldete. Die Antwort, die er sich gab, war eindeutig: keine. Jetzt ging es nur noch darum, sein eigenes Licht nicht unter den Scheffel zu stellen.

»Sieben Minuten muß ich noch durchhalten, bevor ich von diesem Ding runter kann«, keuchte der Bürgermeister, dessen Atem jetzt nur noch stoßweise kam. Er wischte sich mit einer Hand über die Augen, um den Schweiß abzuwischen, der ihm über das Gesicht rann. »Wer immer ihn erschossen haben mag, hat mir letztendlich nur einen Gefallen getan. Ich habe nämlich schon seit einiger Zeit darüber nachgedacht, wie ich ihn loswerden könnte.«

»Das wußte ich nicht.«

Der Bürgermeister musterte ihn nachdenklich. »Sie wissen wohl überhaupt nicht sehr viel, stimmt's?«

Farber verharrte in Schweigen.

»Es ist gar nicht so einfach, jemanden abzuservieren,

den die Presse bereits als möglichen Präsidentschaftskandidaten feiert.«

»Ich muß jetzt leider gehen«, sagte Farber unvermittelt, da der Bürgermeister ihn durch seine Direktheit vollends aus dem Gleichgewicht gebracht hatte.

»Was ist mit der Beerdigung?«

»Keine Ahnung. Darüber habe ich noch nicht nachgedacht.«

»Ich möchte, daß die Trauerfeier in der St.-Patrick's-Kathedrale abgehalten wird«, sagte der Bürgermeister. »Ich werde mir dafür einen Termin freischaufeln.«

»Seine Frau wird wahrscheinlich darauf drängen, ihn in Washington beizusetzen, denn dort hat die Familie gelebt, bevor er hier zum Commissioner ernannt wurde.«

»Kommt nicht in Frage«, sagte der Bürgermeister entschlossen. »Das ist Ihr Job. Sehen Sie zu, daß die Feier in St. Patrick's stattfindet.«

»Ich bin mir nicht sicher, ob mir das gelingen wird.«

»Sie sind doch ein Freund der Familie, oder? Jedenfalls ist mir das zu Ohren gekommen.«

»Freund ist zuviel gesagt.«

»Aber Chapman hat Sie doch zum Leiter der Kriminalpolizei gemacht, oder nicht?«

»Ich war ohnehin in der engeren Wahl«, verteidigte sich Farber.

»Wie auch immer. Es bleibt bei St. Patrick's. Mit dem Kardinal werde ich selbst sprechen.«

Farber dachte nach. »Er und seine Frau haben hier geheiratet. Vielleicht läßt sie sich deswegen darauf ein, ihn hier in der Stadt beerdigen zu lassen.«

»Und sorgen Sie dafür, daß alle diese wichtigtuerischen Wichser aus Washington zur Beisetzung erscheinen. Seiner Frau können Sie sagen, daß ich die Trauerrede halten werde.«

Farber schaute ihn nur schweigend an.

»Keine Sorge«, beruhigte ihn der Bürgermeister. »Ich werde ihn wie einen Heiligen erscheinen lassen.«

Der Chief nickte erleichtert.

»Man soll über einen Toten nie etwas Schlechtes sagen, so lautet eine der wichtigsten Regeln in der Politik. Deshalb werde ich ihn als den großartigsten Commissioner feiern, den die Stadt jemals gesehen hat. Sie werden sehen, auf Beerdigungen laufe ich immer zur Höchstform auf.«

»Also gut. Ich werde mit seiner Frau sprechen. Ich wollte ohnehin anschließend zu ihr fahren.«

»Wir werden ihn zwei Tage lang aufbahren und dann für den dritten Tag die Trauerfeier ansetzen. Reichen Ihnen zwei Tage?«

»Ich verstehe nicht ganz, was Sie meinen.«

»Ich meine, ob das Zeit genug ist für Sie, um in dem ganzen Dreck zu wühlen und seine Ermordung genauer unter die Lupe zu nehmen. Schließlich habe ich keine Lust, ihn als Helden zu feiern, wenn sich ein paar Tage später herausstellen sollte, daß er bis zum Hals in der Scheiße gesteckt hat.«

Ein Klingelton ertönte, woraufhin der Bürgermeister vom Laufband stieg und sich – tief Atem holend – mit einem Handtuch das Gesicht abtrocknete. Sein Trainingsanzug war völlig durchgeschwitzt.

»Ich melde mich telefonisch, um Sie auf dem laufenden zu halten«, sagte Farber und wandte sich zur Tür.

»Augenblick, ich begleite Sie«, sagte der Bürgermeister, während er das Handtuch auf einen Stuhl warf und Farber in den Flur und von dort die Treppe hinauf nach oben folgte. »Wen sollte ich Ihrer Meinung nach zu Chapmans Nachfolger machen?«

»Nun, es gibt eine ganze Anzahl qualifizierter Männer in der Führungsetage des Departments«, begann Farber vorsichtig.

»Unsinn«, fuhr der Bürgermeister ungeduldig dazwischen. »In der Führungsetage des Departments sitzen größtenteils nur Schleimer und Trittbrettfahrer, aber keine wirklichen Führungspersönlichkeiten.«

Farber erwiderte nichts.

Beide hatten die Eingangstür erreicht, aber der Bürgermeister machte keinerlei Anstalten, sie zu öffnen. »Also, nennen Sie mir ein paar Namen, Chief.«

»Priestley zum Beispiel. Er war nicht nur Harry Chapmans Stellvertreter, sondern hat schon acht oder neun Jahre lang unter verschiedenen Chefs gearbeitet.«

»Stimmt. Er ist der perfekte zweite Mann«, kommentierte der Bürgermeister lakonisch.

»Trotzdem wäre es naheliegend, ihn zu ernennen.«

»Sie haben also den Eindruck von mir gewonnen, daß ich immer nur naheliegende Entscheidungen treffe?«

»Nein. Alles anderes als das.«

Farber fühlte sich ein wenig ermutigt, als auf seine Äußerung hin der Ansatz eines Lächelns über das Gesicht des Bürgermeisters huschte.

»Außerdem ist er zu alt. Er steht schon knapp vor der Pensionierung.«

Damit wäre Priestley aus dem Rennen, dachte Farber bei sich. Also werden Sternhagen und ich die Sache unter uns ausmachen.

Doch dann überraschte ihn der Bürgermeister erneut mit einer unerwarteten Attacke: »Nicht daß wir uns falsch verstehen. Ich schließe keinesfalls aus, Priestley zum neuen Commissioner zu machen. Ich habe nur mal laut nachgedacht, nichts weiter.«

»Ja, er gehört sicherlich in die engere Wahl«, entgegnete Farber, während er sich fragte, ob der Bürgermeister nur ein Spiel mit ihm spielte. »Auch Chief Sternhagen wäre als Nachfolger denkbar. Immerhin ist er der Leiter des Polizeidepartments und der ranghöchste Uniformträger. Und er genießt einen guten Ruf in der Stadt.«

Der Bürgermeister nickte bedächtig.

»Sie könnten natürlich auch erwägen, jemanden von außerhalb zu holen«, gab Farber zu bedenken.

»Sie meinen, ich soll den Posten öffentlich ausschreiben und wieder ein komplettes Bewerbungsverfahren in die Wege leiten? Auf keinen Fall. Erstens dauert das Ganze viel zu lange, und zweitens bleibt es dann mehr oder weniger dem Zufall überlassen, wen ich mir letztendlich einhandle. Nein, danke. Schließlich habe ich mir Chapman auf dieselbe Weise aufgehalst.«

Farber atmete unmerklich auf. Also blieb es dabei: Priestley, Sternhagen – oder er selbst.

»Soweit ich weiß, müssen Sie nach dem Gesetz innerhalb von zehn Tagen Ihre Wahl getroffen haben«, erinnerte Farber den Bürgermeister an die Tatsache, daß auch er sich einer höheren Autorität beugen mußte.

»Das bedeutet, daß ich mich schnell entschließen muß. Aber für wen? Für Sie?«

Farber blieb nicht viel Zeit, um sich zu überlegen, wie er auf diese Frage reagieren sollte. Eher zurückhaltend? Oder besser schmeichelnd?

»Ich dachte schon, Sie würden mich nie fragen«, sagte er lächelnd.

Der Bürgermeister blickte ihm gerade in die Augen. »Finden Sie heraus, wer Ihren Freund aus dem Weg geräumt hat, und ich werde mir die Sache überlegen.«

War dies nun ein unverhohlenes Angebot, oder trieb der Bürgermeister noch immer nur seine Spielchen mit ihm?

»Wir werden eine gemeinsame Pressekonferenz abhalten«, erklärte Farber mit ruhiger Stimme. »Ich werde dabei die Festnahme des Täters verkünden und Sie die Ernennung des neuen Commissioners.«

»Sie haben tatsächlich mehr Mumm und mehr Rückgrat als die beiden anderen«, erwiderte der Bürgermeister lächelnd und öffnete die Tür. »Also abgemacht.«

Aufatmend stieg Farber in seinen Dienstwagen und wies seinen Fahrer an, zur Wohnung der Chapmans zu fahren. Der Regen war wieder in Schnee übergegangen; dicke Flocken fielen vom Himmel. Farbers Erleichterung hielt allerdings nicht lange an, da sich seine Gedanken unweigerlich vom Bürgermeister auf die Frau richteten, die im Augenblick noch nicht ahnte, daß sie zur Witwe geworden war.

Mary Alice Chapman wohnte in einem Haus am Waverley Place. Als O'Malley vor der Eingangstür hielt, verharrte Farber regungslos auf seinem Sitz. Auch als die Windschutzscheibe bereits von einer dicken Schneeschicht bedeckt war, machte er noch keinerlei Anstalten, auszusteigen.

»Wie soll ich es ihr nur beibringen«, seufzte er laut, stieß dann unvermittelt die Wagentür auf und eilte die Stufen zum Portal hinauf.

Er mußte mehrmals läuten, bevor von innen her Schritte zu vernehmen waren. Dann hörte er, wie die Abdeckkappe vom Türspion beiseite und wieder zurückgeschoben wurde. Schließlich schwang die Tür auf.

»Ach du bist es, Bert«, begrüßte ihn Mary Alice.

»Darf ich hereinkommen?« fragte Farber mit belegter Stimme und ging an ihr vorbei durch den Flur in die Küche. Als er sich dort zu ihr umwandte und ihr ins Gesicht sah, stellte er an ihrem halb lächelnden, halb verwundert und fragend wirkenden Blick fest, daß sie allem Anschein nach nicht im geringsten auf das vorbereitet war, was sie erwartete.

»Und welchem Umstand verdanke ich die Ehre deines seltenen Besuches, Bert?«

Sein Läuten hatte sie offensichtlich aus dem Schlaf gerissen, so daß sie nur eilig aus dem Bett gesprungen war und sich einen Morgenmantel übergeworfen hatte. Der dünne blaue Frotteemantel ließ ihre Brüste erkennen, die größer erschienen, als er sie in Erinnerung hatte. Ihr wirres Haar verriet, daß sie allenfalls einen flüchtigen Versuch unternommen hatte, es in Form zu kämmen. Aber das unerbittliche Läuten an der Tür hatte ihr nicht genügend Zeit gelassen, um sich mehr zurechtzumachen.

Trotzdem wirkte sie auf Farber ausgesprochen attraktiv. Aber das hatte sie immer getan. Mary Alice Chapman hatte hohe Wangenknochen, schöne weiße Zähne und ein energisches kleines Kinn. Zudem schienen ihre dunklen Augen stets bis in die tiefsten Tiefen eines Menschen hineinzublicken. Farber fiel auf, daß sie ihr Haar jetzt kürzer trug. Früher war es wesentlich länger gewesen und hatte ihr bis halb über den Rücken gereicht – damals, als er sie als junges Mädchen kennengelernt hatte.

Er blickte in ihr Gesicht, das keinerlei Make-up zeigte, sondern lediglich dieses gewisse angedeutete Lächeln. So mußte sie jeden Morgen ihren Mann angeschaut haben, wenn sie nebeneinander erwachten.

Aber nun war Harry tot.

»Falls du dich mit Harry zum Frühstück verabredet haben solltest, dann muß ich dir leider sagen, daß er es wohl vergessen hat«, sagte sie. Dann zog sie ihre Stirn kraus, wobei sich Farber fragte, was die kleinen Falten auf ihrer Stirn wohl bedeuteten. »Vielleicht schneit er aber auch jeden Moment herein. Du weißt ja, bei Harry kann man sich nie sicher sein.«

Die beinahe intime Nähe zu ihr wurde ihm immer unerträglicher. *Nun sag es ihr endlich,* verlangte seine innere Stimme, *auch wenn du sie immer noch so anziehend und aufregend findest wie damals.*

Doch irgendwie fand er nicht den Mut, ihr Harrys Tod mitzuteilen.

»Wenn Harry jetzt hier wäre, würde er dir einen Kaffee anbieten.« Ihr Lächeln wurde offener. »Also werde auch ich dir jetzt einen Kaffee machen.«

Während sie sich mit der Kaffeemaschine zu schaffen machte, stellte Farber verzweifelt fest, daß sich seine Verkrampfung keineswegs löste. Aber auch sie wirkte eine Spur zu fürsorglich.

In den vergangenen Jahren hatte er sie nur selten gesehen, und niemals unter vier Augen. Es hatte sich fast ausschließlich um offizielle Empfänge gehandelt: zum einen, als Harry zum erstenmal fur den Kongreß kandidiert hatte, zum anderen, nachdem er zum Commissioner ernannt worden war. Damals, als er sie zum letztenmal allein gesehen und zärtlich ihr langes Haar gestreichelt hatte, war er selbst noch ein junger Sergeant gewesen und sie ein Mädchen, das die Schule abgebrochen hatte, um Schauspielerin zu werden, sich aber in einem Restaurant als Kellnerin über Wasser halten mußte. Später hatte er sie meist nur noch verstohlen von weitem angestarrt. *Typisch,* dachte Farber bei sich. *Die typische Reaktion von jemandem, der etwas begehrt, was er nicht bekommen kann. Und je aussichtsloser die Situation, desto quälender wird das Verlangen.*

Als junger Bursche war er ein Romantiker gewesen, der an die unbesiegbare Macht der Liebe geglaubt hatte: daran, daß die Liebe zu einem Mädchen ihn zu einer Art Gott machen konnte. Auch sein Beruf war ihm damals beinahe romantisch erschienen – woran sich all die Jahre über bis zu diesem frühen Morgen eigentlich nichts geändert hatte, auch wenn Farber dies nie gegenüber einem Dritten oder sich selbst eingestanden hätte.

Natürlich hatte er inzwischen in vieler Hinsicht zahlreiche praktische Erfahrungen gesammelt, zum Beispiel wie man am besten Karriere machte. Dabei kam es – anders, als er früher gedacht hatte –, nur zum Teil darauf an, möglichst viele schwierige Kriminalfälle zu lösen. Wie ihm im Lauf der Jahre klargeworden war, kam es vielmehr darauf an, zur richtigen Zeit das richtige taktische Manöver zu machen, was nichts anderes hieß, als in den jeweils richtigen Hintern zu kriechen. Natürlich mußte man hin und wieder auch ein paar berufliche Erfolge nachweisen, aber das war eher nur am Rand von Bedeutung. Was Mary Alice Riggs betraf, so hatte er sie am Tag ihrer Heirat mit Harry Chapman aus seinen Gedanken und von der Liste seiner Sehnsüchte gestrichen. Zumindest hatte er das bis zu diesem Augenblick gedacht.

Aber jetzt überwältigte ihn ihre körperliche Nähe geradezu. Er wußte zwar nicht, was sie in diesem Augenblick empfand – aber er mußte sich eingestehen, daß ihn neben dem bedrückenden Anlaß seines Besuches auch erotische Anspannung erfüllte.

»Wann verläßt Harry morgens normalerweise das Haus?« fragte Farber.

»Wie spät ist es denn jetzt?« fragte sie und schaute auf die Uhr über der Tür. »Ungefähr um diese Zeit.«

»Um joggen zu gehen?«

Sie wandte ihm den Rücken zu, da sie gerade Kaffeepulver in den Filter der Maschine gab. »Ja. Er läuft zum Fluß und dort auf den Pier hinaus und danach wieder zurück. Manchmal ändert er die Strecke allerdings auch und rennt zum Washington Square und dort um den Park herum.«

»Woher weißt du das so genau?«

»An manchen Morgen laufe ich mit«, erklärte sie und lächelte Farber erneut an. »Aber nur an solchen Morgen, an denen ich mich frisch und energiegeladen genug fühle.« Sie füllte Wasser in das Gerät und schaltete es ein.

»Heute morgen bist du also zu Hause geblieben?«

Er bemerkte, daß ein leises Mißtrauen in ihr erwachte. »Ja.« Sie strich sich eine Strähne aus der Stirn.

»Wie spät war es, als Harry heute morgen aufbrach?«

»Keine Ahnung. Er schlief nicht hier.«

»Wo war er denn?«

»Er hält sich in Washington auf. Schon das ganze Wochenende über.«

Nein, das tut er nicht, dachte Farber. »In welchem Hotel steigt er für gewöhnlich ab, wenn er in Washington ist?«

»Sag mal, Bert, was soll denn diese ganze Fragerei eigentlich?«

Er blickte aus dem Fenster hinaus in einen Innenhof. Der Schneefall nahm immer noch zu. »Und wie geht es den Jungen?«

Sie und Harry hatten Zwillinge, die mittlerweile im ersten Semester an der Harvarduniversität studierten und dort zur Schwimmannschaft gehörten. Früher hatte Mary Alice einmal damit gescherzt, daß sie ihrer Familie viel Geld gespart hätte, weil sie nach nur einer Schwangerschaft und einem Krankenhausaufenthalt zwei Jungen zur Welt gebracht hatte.

»Den Jungen geht es gut, Bert.«

Sie nahm zwei Tassen aus einem Hängeschrank und stellte sie auf den Tisch. Noch immer wirkte sie ahnungslos, auch wenn der Zug um ihren Mund erste Anzeichen von Verärgerung verriet. Was wollte Bert Farber zu so früher Stunde bei ihnen im Haus? Warum kam er nicht einfach zur Sache?

Farber brachte es noch immer nicht übers Herz, ihr den Anlaß seines Besuches mitzuteilen, und griff nach jedem Strohhalm, um den entscheidenden Moment hinauszuzögern. Darüber hinaus konnte er ihr vielleicht sogar Informationen entlocken, die bei den Ermittlungen weiterhelfen würden. War es nicht geradezu seine berufliche Pflicht, zunächst möglich viel aus ihr herauszuholen?

»Wann hast du das letztemal mit Harry gesprochen?«

Wieder legte sie ihre Stirn in Falten.

»Ehrlich gesagt wüßte ich nicht, was dich das angeht, Bert. Und nun sag mir endlich, warum du hier bist!«

Schlagartig wurde ihm klar, daß es ein Fehler gewesen war, ihr persönlich die Nachricht vom Tode ihres Mannes zu überbringen. Er hätte das Ganze doch Priestley oder Sternhagen überlassen sollen. Aber immer nur um den heißen Brei herumzureden, machte es auch nicht besser, weder für ihn noch für sie. Also beschloß er, es kurz und bündig zu erledigen.

»Harry ist erschossen worden.«

Ihre Haltung wirkte plötzlich steifer. Sonst war ihr keine Reaktion anzumerken.

Nach einer Weile erhob sie sich, stellte sich ans Küchenfenster und starrte in den fallenden Schnee hinaus.

Farber trat hinter sie. »Wenn dir nach Weinen zumute ist, dann tu dir bitte meinetwegen keinen Zwang an.«

»Keine Sorge. Ich werde nicht zusammenbrechen.«

Auch er blickte erneut hinaus in den Hof und betrachtete die immer dicker werdenden Flocken, die auf den Boden herabsanken.

»Gibt es jemanden, den ich herholen lassen könnte, um bei dir zu bleiben?«

»Nein.«

Plötzlich fiel ihm ein, daß ihre Mutter vor kurzem verstorben war. »Eine deiner Schwestern vielleicht? Oder deine Schwägerin?«

Als sie den Kopf schüttelte, legte er seine Hände auf

ihre Schultern. Sie zeigte keinerlei wahrnehmbare Reaktion, sondern verharrte einfach reglos vor dem Fenster, während im Hintergrund das kochende Wasser im Kaffeefilter brodelte.

»Ich könnte veranlassen, daß deine Söhne von der örtlichen Polizei zum Flughafen gebracht werden.«

Als sie nickte, trat er an das an der Wand angebrachte Telefon und wählte eine Nummer.

»Wie lautet die Adresse der Jungen?«

Nachdem sie ihr Adreßbuch geholt und die entsprechende Seite aufgeschlagen hatte, instruierte Farber den diensthabenden Sergeant im Polizeidepartment.

»Die beiden werden innerhalb einer Stunde im Flugzeug sitzen.«

»Bist du dir da so sicher?«

Er wollte ihr erst erklären, daß alle Polizisten, unabhängig in welcher Stadt sie Dienst taten, gerade in einem Fall wie diesem, wenn ein Kollege in Ausübung seines Berufs ermordet worden war, wie Pech und Schwefel zusammenhielten und alles Erdenkliche für die Hinterbliebenen taten. Aber angesichts des Schocks, ihrer Trauer und ihrer offenkundigen inneren Aufgewühltheit erschien ihm jedes Wort platt und banal. Also schwieg Farber und wandte sich der Kaffeemaschine zu, um zwei Tassen zu füllen und mit einem Schuß Milch zu versehen.

»Wann?« fragte Mary Alice nur. »Und wie?«

Farber berichtete ihr alles, was er wußte. Er beschrieb ihr Harrys Jogginganzug, seine Sportschuhe, den herabprasselnden Regen, die Spiegelungen der roten Ampeln auf dem nassen Asphalt. Nur die schrecklichen Details, die Harrys Leiche betrafen, schilderte er ihr nicht: weder das Regenwasser, das durch den Rinnstein schoß und in die Nase des Toten strömte, noch das kleine gezackte Loch in Harrys Brust, das Farber an den Mund einer Spielzeugpuppe erinnert hatte.

»Du brauchst jetzt jemanden, der bei dir bleibt«, stellte er am Ende seines Berichts fest, da er es nicht übers Herz brachte, sie mit ihrem Kummer allein zu lassen, andererseits aber viel zuviel zu tun hatte, um selbst länger bleiben zu können.

»Ich werde Madge anrufen, damit sie herüberkommt«, schlug er schließlich vor. Seine Frau und Mary Alice waren zwar nicht gerade intime Freundinnen, kannten sich aber bereits seit vielen Jahren.

»Nein, das ist nicht nötig.«

»Nur bis deine Söhne eintreffen.«

Farber nahm erneut den Telefonhörer ab, dachte kurz nach und wählte dann nicht die eigene Nummer, sondern wiederum die des diensthabenden Sergeanten. Er instruierte ihn, Madge telefonisch zu informieren und dann mit einem Streifenwagen abzuholen und zum Waverley Place zu bringen.

Während er auf die Ankunft seiner Frau wartete, setzte sich Farber an den Küchentisch, nippte an seinem Kaffee und betrachtete nachdenklich Mary Alice, die noch immer wortlos aus dem Fenster starrte.

»Wann geht von Washington aus die erste Morgenmaschine hierher?« fragte sie plötzlich mit leiser Stimme.

»So früh geht jedenfalls keine Maschine.«

Sie nickte wortlos.

»Er muß bereits gestern abend zurückgekommen sein«, fuhr Farber fort.

Obwohl er sie aufmerksam musterte, bemerkte er keinerlei Reaktion an ihr. Doch für ihn war es überaus wichtig, in Erfahrung zu bringen, was Harry Chapman in Washington zu tun gehabt hatte, was Mary Alice über die Unternehmungen ihres Mannes wußte und wo dieser die Nacht verbracht hatte. Aber konnte er ihr all diese Fragen schon zumuten? Oder war es noch viel zu früh dafür?

»Gibt es vielleicht etwas, das du mir mitteilen möchtest?« fragte er vorsichtig. »Über Harry? Oder über irgend etwas anderes?« fügte er fragend hinzu, als sie nicht antwortete.

»Nein.«

Er hatte den Eindruck, als ob sie einen Moment lang

unsicher gewesen wäre. Doch was immer sie möglicherweise hatte sagen wollen, blieb unausgesprochen.

Ihr Verhalten überraschte ihn keineswegs. Die Ehefrau eines Polizisten lernte rasch, kein Wort zuviel über die berufliche Tätigkeit ihres Mannes zu verlieren. Dafür gab es mehrere Gründe. Zum einen hatten Cops ständig eng mit Verbrechen und laufenden Ermittlungen zu tun, manchmal sogar ein wenig zu eng. Dann konnten sie selbst zum Ziel dienstlicher Ermittlungen werden, wie auch der Ehefrau bestens bekannt war. Und was immer sie für sich behielt und nicht ausplauderte, konnte ihren Mann später nicht belasten.

Möglicherweise wußte Mary Alice Chapman in Wirklichkeit eine ganze Menge, aber Farber war klar, daß die Chance nur sehr gering war, sie durch Druck zum Reden zu bringen.

»Das Department wird ihn sicher im Hauptquartier aufbahren wollen«, erklärte Farber, obwohl er sich dessen keineswegs sicher war. Das Department unterstand derzeit der Führung Priestleys, der unter Umständen ganz andere Pläne hatte. In der Vergangenheit hatte er stets eilige Entscheidungen gescheut, eigentlich sogar Entscheidungen jeder Art. Er würde wahrscheinlich zunächst darauf bestehen, daß erst einmal einschlägige Anweisungen und Präzedenzfälle studiert werden müßten. Aber es gab keinen Präzedenzfall für die Ermordung eines amtierenden Commissioners. Also würde Priestley vermutlich mehrere Konferenzen einberufen, das Für und Wider sorgsam abwägen und dann wahrscheinlich doch auf höhere Weisung warten.

Trotzdem hoffte Farber, daß es ihm gelingen würde, seinen plötzlichen Einfall durchzusetzen. Mary Alice würde ihm später sicherlich dankbar dafür sein.

»Du bist doch einverstanden, wenn die Trauerfeier in der Kathedrale stattfindet?«

Als sie darauf nichts erwiderte, fügte er hinzu: »Ich werde mich um alles kümmern. Gibt es sonst etwas, was ich für dich tun könnte?«

»Als wir noch in Washington lebten, sagte er, daß er am liebsten einmal auf dem Soldatenfriedhof in Arlington beigesetzt werden wolle.«

Zum erstenmal entdeckte Farber Tränen in den Augen der Witwe.

»Ist das nicht verrückt?« preßte sie schluchzend hervor. »Er kann doch unmöglich geahnt haben, daß es ihn so bald schon erwischen würde ...«

»Ich denke, es wird nicht schwer sein, seinem Wunsch nachzukommen. Als ehemaligem Marineinfanteristen, Kongreßabgeordneten und stellvertretendem Generalstaatsanwalt wird man ihn sicherlich in Arlington beerdigen. Ich werde mich auch darum kümmern.«

Als er sie tröstend in seine Arme nahm, spürte er, daß sie am ganzen Körper bebte. Das hatte sie auch getan, wenn er sie früher umarmt hatte, wenn auch aus anderem Grund. Er atmete den ihm so bekannten Duft ihrer Haare ein.

Sie löste sich hastig von ihm, trat an die Spüle und wischte sich mit einem Küchenhandtuch über die Augen.

»Madge muß jeden Augenblick hier sein. Und deine Söhne werden auch bald eintreffen.«

Während sie wieder schweigend aus dem Fenster hinaus in den Schnee starrte, wartete Farber beinahe ungeduldig darauf, endlich gehen zu können. Aber es dauerte noch eine ganze Weile, bis ein Streifenwagen vor dem Haus hielt und seine Frau an der Tür läutete.

»Madge wird bei dir bleiben, bis deine Söhne eintreffen«, sagte Farber. »Und ich werde später wieder vorbeikommen.«

Beide traten in den Flur.

»Wer immer es getan hat, wir werden ihn schnappen«, versicherte Farber, während er seinen Mantel überzog. Doch beinahe im selben Augenblick tat ihm sein leichtfertiges Versprechen bereits leid, denn Mary Alice wußte genauso gut wie er, daß die meisten Verbrechen dieser Art niemals aufgeklärt wurden.

Er öffnete die Eingangstür, um seine Frau einzulassen.

»Madge, kümmre dich bitte um sie, bis ihre Söhne da sind«, bat er eindringlich und mit gedämpfter Stimme.

»Kann ich dich einen Augenblick sprechen?« erwiderte Madge und folgte ihm hinaus.

»Warum gerade ich?« fragte sie flüsternd, obwohl Mary Alice zu weit entfernt war, um sie hören zu können. »Wir sind nicht gerade enge Freundinnen, wie du weißt.«

Farber wußte keine plausible Antwort auf diese Frage. Manchmal kamen Leute, die unter Streß standen, eben auf seltsame Ideen. Nur deshalb hatte er wohl sein Büro instruiert, seine Frau hierherbringen zu lassen. »Sie braucht jetzt dringend jemanden, weil sie vollkommen mit den Nerven fertig ist.«

Madge nickte zweifelnd. »Und wie komme ich wieder nach Hause?«

»Nimm dir ein Taxi.«

»Kannst du absehen, wann du zu Hause bist?«

»Keine Ahnung!« rief er über die Schulter zurück, da er bereits auf dem Weg zu seinem Dienstwagen war. Als er hinter sich hörte, wie die Eingangstür ins Schloß fiel, blieb er kurz stehen, um aufatmend in den grauen Himmel emporzublicken. Schneeflocken zerschmolzen auf seinem Gesicht.

Dann überquerte er den Bürgersteig und stieg ins Auto.

»Und wohin geht's jetzt, Chief?« erkundigte sich O'Malley.

4

Das Schicksal wollte es so, daß Detective Sergeant Bert P. Farber und Officer Harry Chapman eines Abends dasselbe Mädchen kennenlernten.

Farber war inzwischen dem Raubüberfalldezernat des 4. Distrikts zugeteilt worden. Mit seinem höheren Gehalt hatte er sich ein Apartment im obersten Stock eines alten, um die Jahrhundertwende gebauten Hauses mieten können, das nur einen halben Block vom Broadway entfernt lag. Daß das Haus keinen Aufzug besaß und er daher Treppen steigen mußte, störte ihn ebenso wenig wie die Tatsache, daß die Wohnung ziemlich schmutzig und heruntergekommen wirkte, als er einzog. Farber kaufte einige große Eimer weißer Farbe und strich damit in seiner dienstfreien Zeit die Wände und Decken. Danach bereiteten ihm nur noch die Küchenschaben Kopfzerbrechen, denn die hartnäckigen Biester ließen sich selbst durch Sprühen von Gift und Aufstellen von Fallen nicht vertreiben. Dennoch leistete Farber sich ein paar gebrauchte und noch recht gut erhaltene Möbel, zog schließlich ein und zahlte willig jeden Monat seine Miete, die immerhin doppelt so hoch war wie die seiner Mutter, die nach wie vor von ihm unterstützt wurde.

Allzuoft betrat er sein neues Reich allerdings nicht, denn er benutzte das Apartment nur, wenn er zur Spätschicht eingeteilt war, am nächsten Morgen ein früher Gerichtstermin anstand oder wenn er eine Verabredung mit einem Mädchen hatte. Ansonsten fuhr er in seiner dienstfreien Zeit wie zuvor hinaus in die Bronx, wo seine Mutter lebte und ihm vorhielt, daß er sein Geld mit beiden Händen zum Fenster hinauswarf. So verfügte Farber zwar über seine erste eigene Wohnung, doch gelang es ihm nur allmählich, seine Mutter an den Gedanken zu gewöhnen, ganz ohne ihn auskommen zu müssen.

Zusammen mit einem weiteren Sergeant unterstand er einem Lieutenant und hatte achtzehn Detectives unter sich. Trotz dieser beachtlichen Zahl an Männern hatte die Abteilung ständig alle Hände voll zu tun, die anstehenden Fälle aufzuklären. Das Ganze war nicht zuletzt ein organisatorisches Problem, wobei Farber eine Schlüsselposition zufiel. Denn er wählte für sich die Fälle aus, die ihm am wichtigsten und zugleich auch lösbar erschienen, und er entschied, wer von den Männern wie lange auf welchen Fall angesetzt wurde. Auf diese Weise war er stets mit vielfältigen Ermittlungen beschäftigt. Und er sorgte dafür, daß – sobald es zur Anklageerhebung vor Gericht kam – die jeweiligen Fälle wasserdicht präsentiert werden konnten.

Oft ergab es sich, daß er in seinem alten Bezirk zu tun hatte und dabei auch mit Chapman zusammentraf, der seinen Streifendienst jetzt mit einem neuen Partner absolvierte. Farber gegenüber gestand er freimütig ein, daß er sich bewußt einen farbigen Partner gewünscht hatte. Seiner Meinung nach würde sich die ›Minderheitenfrage‹ zu einem der größten Probleme des Jahrhunderts entwikkeln; deswegen würde es ihm sicherlich von Nutzen sein, wenn er bei seiner späteren Kandidatur für das Amt des Präsidenten darauf verweisen konnte, daß einige seiner besten Freunde Schwarze waren.

»›Ich arbeitete mit einem farbigen Kollegen zusammen. Gemeinsam haben wir manche Tür eingetreten und manchen Verbrecher verhaftet.‹ Du wirst schon sehen, Bert, Argumenten wie diesen werden meine Konkurrenten nichts entgegenzusetzen haben.«

Dann kam der Abend, an dem sie beide das Mädchen kennenlernten, auch wenn es Harry Chapman war, der sie als erster angesprochen hatte.

Das Ganze ereignete sich am Tatort eines Überfalls. Tatorte waren inzwischen ohnehin zu den Plätzen geworden, an denen Farber die meisten seiner Damenbekanntschaften machte. Für diesen Zweck waren Tatorte geradezu ideal, und zwar nicht nur, weil ein Detective durch seinen Beruf ein ohnehin schon ziemlich beeindruckendes Image genoß. Darüber hinaus reagierten vor allem junge Mädchen oft ausgesprochen verschreckt, wenn sie Opfer eines Raubüberfalls geworden waren und bedurften daher besonderer psychologischer Zuwendung von seiten der Beamten.

In diesem Fall handelte es sich um ein neues Restaurant, das erst kurz zuvor eröffnet hatte und an der Ecke 77. Straße und Columbus Avenue lag: derselben Ecke, an der Harry Chapman später erschossen aufgefunden werden sollte.

Zuvor hatte es dort nur eine baufällige Ladenzeile gegeben, die mit Brettern vernagelt worden war. Doch die seit der Öffnung des Lincoln Centers Mitte der sechziger Jahre in Gang gekommene Sanierungswelle hatte irgendwann auch die 77. Straße erreicht, so daß eines Tages Bauarbeiter anrückten und die Bretter mitsamt der über sie geklebten Werbeplakate abrissen, um mit dem Umbau für das geplante Restaurant zu beginnen.

Kurz nach dessen Eröffnung waren eines Abends gegen 21 Uhr drei bewaffnete Gangster, die ihre Gesichter unter Skimasken verborgen hielten, hereingestürmt. Zu diesem Zeitpunkt befanden sich insgesamt einundzwanzig Gäste sowie der Manager, der Barmann, vier Kellnerinnen und die vier Köche im Lokal.

Wohl vor allem, um zu zeigen, daß sie nicht zu Scherzen aufgelegt waren, schlug einer der Männer mit dem Kolben seiner Pistole den Manager des Restaurants nieder, der blutend am Boden liegenblieb.

Während die Gäste erschrocken an ihren Tischen sitzen blieben, brachen die Räuber die Kasse auf, stießen jedoch hauptsächlich auf Kreditkartenbelege und nur wenig Bargeld. Daraufhin trieben sie alle Gäste und Bediensteten hinunter in die eine Treppe tiefer gelegene Küche, die größtenteils von einem riesigen Herd ausgefüllt wurde und allenfalls dafür vorgesehen war, den vier Köchen genügend Platz zum Arbeiten zu bieten.

Als die insgesamt einunddreißig Personen dort hineingepfercht und aufgrund der unbeschreiblichen Enge zum Teil gegen die heißen Herdoberflächen gepreßt wurden, schrien einige von ihnen vor Schmerz laut auf. Zuvor hatten die Gangster die Leute mit vorgehaltener Waffe dazu aufgefordert, alle mitgeführten Wertgegenstände herzugeben. Nachdem sie alles eingesackt hatten, machten sich die dreisten Räuber aus dem Staub.

Harry Chapman war der erste, der mit seinem neuen Partner am Tatort eintraf und zunächst einen Krankenwagen für den verletzten Restaurantmanager anforderte, bevor er die Kriminalpolizei verständigte.

Bert Farber, der zu jener Zeit Dienst hatte, spürte instinktiv, daß dieser Fall Aufsehen erregen würde, und beschloß daher, die Ermittlungen vor Ort selbst in die Hand zu nehmen. Da allem Anschein nach viele Vernehmungen zu führen waren, nahm er drei seiner Detectives mit.

Obwohl er und seine Männer nur kurze Zeit nach Harry Chapman vor dem Lokal eintrafen, standen dort bereits fünf weitere Streifenwagen, zum Teil mit noch eingeschaltetem Blaulicht und aufgerissenen Türen.

Es war immer dasselbe. Der über Funk bekanntgegebene Tatort eines Verbrechens übte auf alle Polizisten eine beinahe unwiderstehliche Anziehungskraft aus, dem die Verlockung, etwas sonst Verborgenes und Verbotenes sehen zu dürfen, das dem normalen Bürger verwehrt blieb, zugrunde lag. Farbers erste Amtshandlung bestand also darin, die meisten der Cops wieder zurück auf ihre jeweilige Streife zu schicken. Das galt natürlich nicht für Harry Chapman, da dieser noch diverse Formulare ausfüllen und zahlreiche Fragen beantworten mußte.

Anschließend bemühte sich Farber, die Opfer des Überfalls zu beruhigen. Denn nachdem die Gäste und die Mitarbeiter des Restaurants ihn als Leiter der Ermittlungen ausgemacht hatten, wurde er von einer Traube laut durcheinanderredender Menschen umlagert. Also bat er alle, zunächst auf ihre Plätze zurückzukehren, damit sie dort von den Detectives befragt werden konnten. Die

Leute waren wütend und aufgeregt und zeigten wenig Bereitschaft, sich ruhig hinzusetzen; trotzdem überwanden sich die meisten dazu, Farbers Aufforderung zu folgen. Einige setzten sogar ihre Mahlzeit fort, während andere an der Bar hochprozentige Drinks bestellten.

Farber fiel das Mädchen sofort auf. Sie war eine der Kellnerinnen, die in einer Gruppe beisammenstanden und allesamt kurze Röcke, Netzstrümpfe und hochhackige Schuhe trugen.

Die eine aber, die ihm besonders auffiel, hatte lange, dunkle Haare, die über ihren Rücken herabfielen. Außerdem erregten ihre ebenfalls dunklen Augen, ihre ebenmäßigen weißen Zähne und vor allem ihre wohlgeformten, langen Beine seine Aufmerksamkeit. Sie und die anderen standen wie betreten wirkende Schulmädchen da: so als hätten sie etwas ausgefressen und warteten nun auf ihre Bestrafung.

Gleichzeitig war sie aber auch Harry Chapman aufgefallen. Während Farber noch seine Detectives instruierte, hatte er sie bereits ein wenig von den übrigen abgesondert, um ihr ein paar Fragen zu stellen. Dann wurde er allerdings von seinem Ex-Partner zurückgepfiffen.

»Es wäre mir lieber, wenn du die Zeugen in Ruhe lassen würdest«, sagte Farber. »Und ich hielte es außerdem für das Beste, wenn du jetzt deine Streife fortsetzt.« Während er mit Chapman redete, hielt er seinen Blick die ganze Zeit über auf das Mädchen gerichtet, das verlegen auf den Boden schaute, als sie bemerkte, offensichtlicher Gegenstand seines Interesses zu sein.

»Ich dachte immer, es sei meine Pflicht, mich als erster am Tatort eingetroffener Cop für eventuelle Rückfragen bereitzuhalten.«

»Unsinn. Sobald du das Meldeprotokoll ausgefüllt hast, kannst du verschwinden«, erwiderte Farber, dem keineswegs entging, daß auch Chapman auf das Mädchen aufmerksam geworden war.

»Sie sieht wirklich sehr gut aus, findest du nicht auch?« schwärmte Chapman und betrachtete das Mädchen mit einem breiten Grinsen, das sie ängstlich mit gesenktem Blick quittierte.

»Sie ist eigentlich keine Kellnerin, sondern arbeitet hier nur als Aushilfskraft, da sie Schauspielerin werden will.«

»Tatsächlich?«

»Das hat sie mir erzählt. Ihr Name ist übrigens Mary Alice Riggs.«

»Schön. Aber, ehrlich gesagt, interessiert sie mich lediglich als Zeugin des Überfalls, der sich hier ereignet hat«, log Farber.

Nachdem Chapman verschwunden war, nahm Farber an einem Ecktisch Platz und verhörte zuerst den Barmann, dann die Köche und schließlich die Kellnerinnen. Dabei wurde er ständig unterbrochen, da in kurzen Abständen einige seiner ebenfalls von Neugier getriebenen Vorgesetzten auftauchten und über den Stand der Dinge informiert werden wollten. Es herrschte ein einziges Kommen und Gehen. Doch endlich hatte Farber alle Angestellten befragt: alle, bis auf die Kellnerinnen.

»Wer von Ihnen hat es am eiligsten?« fragte er mit beiläufig klingender Stimme, während er seine Notizen sortierte. Als er hörte, wie ein Stuhl zurückgeschoben wurde, hob er den Kopf und sah, daß ihm das Mädchen gegenübersaß, dessen große Augen und lange Beine ihn auf den ersten Blick fasziniert hatten.

»Sie brauchen nicht nervös zu sein«, sagte er freundlich, da sie einen sehr aufgewühlten Eindruck auf ihn machte.

»Ich bin nicht nervös«, erwiderte sie mit einer erstaunlich ernsten und gefaßten Stimme, die Farber seltsamerweise an Chapman erinnerte. »Es ist nur, weil ... ich noch nie in einen Überfall verwickelt worden bin.«

»Na dann, herzlich willkommen in New York.«

»Vielen Dank, aber ich bin hier geboren.«

»... was aber noch nicht sehr lange her sein kann.«

Sie antwortete nicht.

»Ich nehme an, Sie sind Schauspielerin?« fuhr Farber fort.

Sie blickte sich verstohlen um. »Wer hat Ihnen denn das verraten?«

»Vergessen Sie nicht, daß ich ein Detektiv bin. Es ist mein Job, Dinge herauszufinden. Also: Was für Rollen haben Sie bisher gespielt?«

»Nur ein paar kleine Nebenrollen.«

»Irgendwas, das ich gesehen haben könnte?«

»Gehen Sie denn ab und zu ins Theater?«

»Aber sicher«, erklärte Farber. Er legte seinen Kugelschreiber beiseite und blickte ihr unverwandt ins Gesicht. »Erzählen Sie mir von sich.«

»Wieso? Was hat das mit dem Überfall zu tun?«

Seufzend nahm er den Kugelschreiber wieder zur Hand.

»Ihr Name?«

»Mary Alice Riggs.«

»Leben Sie allein?«

»Wie bitte?« Sie blickte ihn mißtrauisch an, da ihr zu dämmern schien, daß sein Interesse an ihr möglicherweise nicht nur rein beruflicher Natur war.

»Ich habe Sie gefragt, ob Sie allein leben«, wiederholte Farber. »Man weiß nie, welche Details später einmal eine wichtige Rolle spielen können.«

»Ich teile mit zwei anderen Mädchen eine Wohnung.«

»Wie lautet die Adresse?«

Sie nannte ihm ihre Anschrift.

»Ich wohne praktisch bei Ihnen um die Ecke«, kommentierte Farber und legte den Kugelschreiber erneut auf den Tisch. »Merkwürdig, daß wir uns noch nie begegnet sind.«

Sie zuckte die Schultern.

»Zahlt Ihr Vater die Miete?«

»Nun … nicht direkt.«

»Was macht er denn von Beruf?«

»Er sitzt in der Wall Street.«

»Und er wohnt …«

»In Scarsdale.«

»Haben Sie hier zum erstenmal als Kellnerin gearbeitet?«

»Ja.«

»Und gefällt Ihnen der Job?«

»Es geht so. Sehen Sie …«

»Was für Rollen haben Sie bisher gespielt?«

»Nur kleine Sachen.«

»Am Broadway?«

»Vor allem in der Schule. Sonst nur an kleinen Bühnen abseits vom Broadway.«

Die meisten Menschen, die Opfer eines Raubüberfalls geworden sind, greifen dankbar nach jedem Strohhalm, um ihr seelisches Gleichgewicht wiederzuerlangen. Deshalb hat ein Polizist, wenn er den rechten Ton anschlägt, meist leichtes Spiel und kann ihnen mühelos sogar intime Informationen aus der Nase ziehen. Dieses Mädchen aber war wesentlich hartgesottener, als Farber zunächst vermutet hatte.

»Als ein Freund von mir vor einiger Zeit in einem Restaurant wie diesem ›Bedienung‹ rief, passierte gar nichts«, erzählte der Detective grinsend. »Aber raten Sie mal, was geschah, als er ›Schauspielerin‹ rief?«

»Sehr witzig.«

»Ich bin doch noch gar nicht fertig …«

»Also schön: Plötzlich kamen alle angelaufen, stimmt's? Ich habe diesen Kalauer schon hundertmal gehört.«

»Aber Sie können diese Geschichte noch gar nicht gehört haben, denn sie hat sich tatsächlich so ereignet!«

»Das ist doch lächerlich.«

»Na ja, lassen wir das und wenden wir uns dem Überfall zu. Wo befanden Sie sich, als die Gangster das Lokal betraten?«

»Auf der Treppe von der Küche hierher in den Speiseraum, mit einem Tablett, auf dem gefüllte Teller standen. Mir genügte ein Blick auf die Masken vor den Gesichtern der Kerle und auf die Waffen in ihren Händen, um zu begreifen, was los war. Daraufhin schlich ich die Treppe wieder hinunter und versteckte mich in der Damentoilette.«

»Sie sind wirklich ein fixes Mädchen.«

Sie warf ihm einen skeptischen Blick zu, sagte aber nichts.

»Haben Sie sich während des gesamten Überfalls auf der Toilette aufgehalten?«

»Ja.«

»Während die Gangster praktisch vor Ihrer Tür die Gäste ausraubten?«

»Ja.«

»Sie müssen doch Angst gehabt haben, daß man Sie dort bemerkt?«

»Sicher. Außerdem hockte ich in diesem winzigen Raum mit vier dampfenden Tellern, deren Gerüche mir in Augen und Nase stiegen. Ich begann zu würgen und fürchtete, daß mich die Kerle hören und vielleicht sogar durch die Tür schießen würden.«

»Glücklicherweise sind Sie ja ungeschoren davongekommen«, erklärte Farber teilnahmsvoll.

»Ja, allerdings. Aber die Sache hätte auch leicht anders ausgehen können.«

»Ich vermute, die Täter waren zu sehr mit den Gästen beschäftigt und kamen deswegen nicht auf die Idee, daß sich jemand versteckt haben könnte.«

Sie erwiderte nichts.

»Wären Sie auch in der Lage, einen der Täter zu identifizieren?«

»Nein.«

»Ist Ihnen an den Stimmen der Männer etwas aufgefallen?«

»Sie hatten völlig normale Stimmen.«

»Und Ihnen persönlich ist nichts gestohlen worden?«

»Nein, nichts«, seufzte sie. »Wenn Sie sonst keine Fragen mehr an mich haben …? Schließlich warten die anderen Mädchen auch noch auf ihre Vernehmung.«

Farber tat so, als ob er seine Notizen noch einmal sorgfältig durchgehen müsse.

»Sind Sie jemals von der Polizei festgenommen worden?«

»Was für eine Frage. Natürlich nicht.«

»Ich benötige noch Ihr Geburtsdatum.«

Sie starrte ihn mit einer Mischung aus Verblüffung und Verärgerung an.

»Schließlich muß ich überprüfen, ob Sie vorbestraft sind. Möglicherweise stecken Sie mit den Tätern unter einer Decke und haben ihnen den entscheidenden Tip gegeben«, erklärte Farber breit grinsend, da er Gefallen an seinem eigenen Scherz fand.

Sie nannte ihm ihr Geburtsdatum, und auf diese Weise erfuhr er, daß sie beinahe einundzwanzig war: fünf Jahre jünger als Farber, der zu den jüngsten Sergeants des Departments gehörte.

»Kann ich jetzt gehen?«

»Sofort. Ich habe nur noch ein paar kurze Fragen.«

»Nämlich?«

»Wie lautet Ihre Telefonnummer?«

Sie verschränkte ihre Arme vor der Brust und kniff die Lippen zusammen, den Blick zur Seite auf den Boden gerichtet.

»Hören Sie, Schätzchen, Sie werden schließlich der Mittäterschaft an einem Raubüberfall verdächtigt.«

»Wenn Sie ohnehin schon alles wissen, dann kann ich Ihnen ja auch verraten, daß ich mich mit den Kerlen in zehn Minuten in der Bronx verabredet habe, um dort die Beute zu teilen. Also verhaften Sie mich lieber – aber nennen sie mich nicht Schätzchen.«

»Schade. Aber ich muß dennoch wissen, wie ich Sie telefonisch erreichen kann.«

»Wozu?«

»Falls wir die Kerle schnappen sollten, könnte es sein, daß ich sie anrufen muß, um Sie zu einer Gegenüberstellung zu bitten.«

»Aber ich habe Ihnen doch gesagt, daß ich die Burschen kaum gesehen habe.«

»Trotzdem. Man kann nie wissen«, sagte Farber.

»Die anderen Mädchen warten.«

»Sie behindern die Ermittlungen, wenn Sie mir nicht

Ihre Telefonnummer geben. Ich glaube, ich werde Sie wohl besser einsperren.«

»Einsperren?«

»Ja. Haben Sie noch nie etwas davon gehört, daß Behinderung der Justiz strafbar ist?«

Langsam zeichnete sich der Hauch eines Lächelns auf ihren Zügen ab. »Benehmen sich alle Detectives so wie Sie?«

Farber schob einen Zettel und den Kugelschreiber zu ihr hinüber. »Kommen Sie, schreiben Sie hier Ihre Telefonnummer auf. Ich verspreche Ihnen, nur dann einen Blick auf den Zettel zu werfen, wenn mir wirklich keine andere Wahl bleibt.«

Sie lachte und notierte die Nummer.

Mary Alice wohnte in einem winzigen Zweizimmerapartment. Dort schlief sie zusammen mit einer ihrer beiden Mitbewohnerinnen in einem fensterlosen Loch, das so wenig Platz bot, daß außer dem Etagenbett keine anderen Möbel hineingestellt werden konnten.

Es dauerte jedoch eine ganze Weile, bis Farber von diesen unzumutbaren Wohnverhältnissen erfuhr. Anfangs zeigte er sich zwar überrascht, daß sie ihn stets bereits auf dem Flur vor der Wohnung abfing, wenn er sie abholte, um mit ihr auszugehen, zumal Mary Alice für Farber das erste Mädchen war, das wirklich pünktlich sein konnte. Wochen später erfuhr er jedoch den Grund, als er ihr einen Blumenstrauß ans Bett bringen wollte, da sie an einer Grippe erkrankt war und im Bett bleiben mußte.

Nur das sogenannte ›Wohnzimmer‹ – eine schmale, schlauchförmige Kammer von der Breite einer Kegelbahn – verfügte über ein Fenster. Auf seine Frage, wie hoch ihre Miete sei, schwieg sie zunächst beharrlich, gab dann jedoch seinem Drängen nach. Als Farber den Betrag erfuhr, stieß er einen Fluch aus.

»Weißt du, daß ich nicht wenig Lust hätte, deinen Vermieter wegen Wuchers hinter Schloß und Riegel zu bringen?«

Zu ihrem ersten Rendezvous trafen sie sich an einem Sonntagabend, der für beide dienstfrei war. Er hatte sie abgeholt, und sie stiegen die Treppe hinab auf die Straße.

»Mögen Sie japanische Küche?«

Er hatte diese Frage mehrfach geübt. Aber als er sie nun stellte, klang sie steif in seinen Ohren.

»Sicher. Gern.«

»Dann kenne ich ein gutes Lokal, vielleicht sogar das beste japanische Restaurant in der ganzen Stadt.«

Er hatte die Adresse von zwei anderen Cops und hoffte nur, daß er sich auf ihren Tip verlassen konnte. Außerdem hatte er es für eine gute Idee gehalten, japanisch essen zu gehen, weil es sich exotisch anhörte und vergleichsweise preisgünstig war. Denn obwohl er nun als Sergeant bezahlt wurde, konnte er angesichts seiner eigenen Miete und der Unterstützung seiner Mutter finanziell keine großen Sprünge machen.

»Wollen wir zu Fuß gehen oder ein Taxi nehmen?« fragte er sie.

»Wenn es das Lokal ist, in dem ich schon mal war, ist es nicht weit.«

Beide schlenderten den Broadway entlang, auf dem viele andere Nachtschwärmer unterwegs waren, um den warmen Abend zu genießen.

Verblüfft stellte Farber fest, daß ihn Mary Alice' Begleitung ziemlich aus dem Gleichgewicht brachte. Dabei war es nun wirklich nicht das erstemal, daß er mit einem Mädchen ausging. Aber alle seine Bemühungen, ein amüsantes und heiteres Gespräch zustande zu bringen, scheiterten kläglich.

»Sehen Sie den Laden dort drüben? Dort habe ich in meinem ersten Fall von Totschlag ermittelt. Dem Opfer hatte es den halben Schädel weggerissen. Scheußlicher Anblick. Das war vielleicht 'ne Sache.«

Zu jener Zeit kamen in New York japanische Restaurants gerade in Mode. Mary Alice kannte das Lokal, in das Farber sie ausführte, und war dort bereits einige Male gewesen. Deshalb wußte sie auch, was man dort am besten bestellen konnte. Daß Farber ihren Empfehlungen dankbar folgte, hatte jedoch nur zum Teil etwas mit seiner Unerfahrenheit zu tun, was japanische Küche betraf. Viel schwerer wog die Tatsache, daß er in ihrer Nähe kaum einen klaren Gedanken fassen konnte, geschweige denn verstanden hätte, was auf der Speisekarte stand.

»Hör doch endlich damit auf, mich pausenlos anzustarren«, bat sie, nachdem beide einen Drink genommen hatten und übereingekommen waren, sich zu duzen.

»Tut mir leid, aber ich kann nicht anders«, lautete Farbers ebenso simple wie ehrliche Antwort.

Als der erste Gang serviert wurde, zeigte sie ihm, wie man mit Stäbchen ißt. Ihm fiel allerdings vor allem auf, daß sie futterte wie ein Scheunendrescher.

»Schmeckt es dir?« fragte sie.

Für ihn schmeckte einfach alles nur nach Fisch. »Großartig!« erwiderte er dennoch. »Wirklich großartig!«

Was war nur los mit ihm? Er hatte sich doch immer für einen ebenso erfahrenen wie intelligenten jungen Mann gehalten. Aber davon war sein Verhalten an diesem Abend meilenweit entfernt.

Er fragte sie nach ihrer Schauspielerei und nach ihrer Zeit am College. Dabei erfuhr er, daß sie das Bennington-Internat nach zwei Jahren verlassen hatte und nach New York gekommen war, um hier Schauspielunterricht zu nehmen. Ihr Vater habe darauf sehr wütend reagiert. Und ihm würde vermutlich erneut der Kragen platzen, falls er erfahren sollte, daß sie mit einem Cop ausging.

»Bennington«, wiederholte Farber nachdenklich. »Liegt das Internat nicht irgendwo in Massachusetts?«

»In Vermont.«

»Sicher ein exklusiver Laden. Gibt es denn dort auch Jungen?«

»Sie überlegen, ob sie bald auch Jungen aufnehmen. Aber was ist mit dir? Warst du auf dem College?«

»Natürlich.«

Der überraschte Ausdruck in ihren Augen enttäuschte ihn. Offensichtlich hielt auch sie – wie nahezu alle Angehörigen der gehobenen Bildungsschicht – Polizisten für ausgemachte Trottel.

»Und auf welchem?«

»Auf dem City College.«

»Und warum gerade auf diesem?«

»Weil man dort kein Schuldgeld bezahlen muß.«

»Und was war dein Hauptfach?«

»Buchführung.«

»Buchführung?«

Farber blieb nicht verborgen, daß seine Antworten sie nicht gerade zu Bewunderungsstürmen hinrissen. Sicherlich hätte er sie mehr beeindrucken können, wenn er an irgendeiner Eliteschule mit mittelalterlicher Dichtkunst beschäftigt gewesen wäre.

»Ich wollte mich beim FBI bewerben«, erklärte er. »Dort wird man nur genommen, wenn man entweder in Buchführung oder in Gesetzeskunde einen Abschluß nachweisen kann.«

»Aber dann bist du zur Polizei gegangen?«

»Ja. Damals nahm das FBI, im Unterschied zum Polizeidepartment, keine Neueinstellungen vor.«

Er erläuterte ihr, daß er in ein oder zwei Jahren damit beginnen würde, einen Hochschulabschluß in Personalführung oder Strafrecht zu erreichen.

»Ansonsten sind die Aufstiegsmöglichkeiten bei der Polizei eng begrenzt, denn bereits jeder Hauptdezernatsleiter hat einen solchen Abschluß.«

Wieder konnte sie ihre Überraschung nicht verbergen. »Das wußte ich nicht.«

»Das glaube ich. Du hast sicherlich gedacht, daß alle Cops ungebildete Schlägertypen sind.«

»Das habe ich nicht.«

»Doch, das hast du. Tut mir leid, wenn ich dich in der Hinsicht enttäuschen muß.«

Sie lächelte. »Sei bitte nicht zu streng mit mir. Schließlich ist es das erstemal für mich, daß ich mit einem Cop ausgehe. Ehrlich gesagt habe ich nie zuvor mit einem Polizisten auch nur ein Wort gewechselt.«

Farber dachte daran, ihr zu erzählen, daß er ein sehr guter Klavierspieler war, da er sie damit wahrscheinlich am ehesten beeindrucken konnte, fand aber keine Gelegenheit, das Gespräch beiläufig auf diesen Punkt zu bringen. Weil er nicht wie ein plumper Angeber erscheinen wollte, sollte sie weder an diesem Abend noch an den darauf folgenden etwas von seinem musikalischen Talent erfahren.

Das Ärgerliche an japanischem Essen ist, daß es nur wenig Zeit in Anspruch nimmt. Deshalb standen die beiden eine knappe Stunde später bereits wieder auf der Straße, ohne daß Farber zunächst eine zündende Idee gehabt hätte, wie sie den weiteren Abend gestalten sollten. Schließlich schlug er vor, ein Taxi zu nehmen und nach Greenwich Village zu fahren, um dort in einer der Bars oder in einem der Clubs Musik zu hören. Während er im Geiste schon durchrechnete, ob er genug Geld dabeihatte, um die Fahrt und die Eintrittskarten bezahlen zu können, überraschte sie ihn damit, daß sie seinen Vorschlag unumwunden ablehnte.

»Lieber nicht.«

Als sie bemerkte, wie sehr ihn ihre Absage traf, setzte sie zu einer Erklärung an: »Ich habe morgen früh einen Termin, um für eine Rolle vorzusprechen. Deshalb möchte ich nicht zu spät nach Hause kommen. Aber wir können ja noch hier in der Gegend ein bißchen bummeln gehen.«

Daraufhin schlenderten die beiden die Columbus Avenue hinunter, wobei sie vor vielen Schaufenstern stehenblieb und ihn voller Begeisterung auf einige der Angebote aufmerksam machte.

»Wirklich sehr schön«, war der einzige Kommentar, den Farber über die Lippen brachte. Meist wandte er den Auslagen seinen Rücken zu und beobachtete statt dessen unauffällig die Leute ringsherum sowie die vorbeifahrenden Autos. Mit den Schaufenstern wußte er nichts anzufangen, wohl aber mit dem lebendigen Treiben auf den Straßen, denn dort war er in seinem Element. Untrüglich registrierte sein geübter Blick jedes Detail, das irgendwie darauf hindeutete, daß etwas nicht in Ordnung war.

»Das sind wirklich schöne Stiefel, findest du nicht?«

Er drehte sich zu ihr um und blickte über ihre Schulter. »Gefallen sie dir?«

»O ja.«

»Dann komm. Ich würde dir gern ein kleines Geschenk machen.« Er nahm sie beim Arm und drängte sie sanft zur Ladentür.

»Aber ich kann mir von dir doch nicht einfach ein Paar Stiefel kaufen lassen.«

»Warum denn nicht?«

»Weil sie ziemlich teuer sind.«

»Das ist mein Problem«, erwiderte Farber leichthin.

»Nein, auf keinen Fall«, entgegnete sie in entschlossenem Ton, »kommt nicht in Frage.«

Obwohl er insgeheim über ihre Weigerung erleichtert war, als er an sein bescheidenes Gehalt dachte, ärgerte ihn andererseits, daß sie offensichtlich befürchtete, sein Angebot könne mit einem zweideutigen Hintergedanken verbunden sein. Daraufhin setzten sie den Weg schweigend und etwas verlegen fort, bis sie plötzlich seine Hand nahm, um seine Verstimmung zu besänftigen.

»Du könntest mir allerdings einen großen Gefallen tun, wenn du mich zu einem Eis einladen würdest.«

Also betraten sie eine Eisdiele, aus der sie wenige Minuten später mit zwei großen Waffeln wieder herauskamen.

Mary Alice dankte ihm. »Du bist wirklich ein komischer Kerl«, fügte sie hinzu.

Er hatte es genossen, ihre Hand in der seinen zu spüren, befürchtete jetzt aber, daß sie offensichtlich einen völlig falschen Eindruck von ihm bekommen hatte und ihn für einen schüchternen, tölpelhaften Burschen hielt. Fieberhaft überlegte er, wie er diesen Eindruck korrigieren könne, bevor es dafür zu spät war.

Inzwischen waren sie bereits am Lincoln Center angekommen, wo die drei großen Theater und der in der Mitte des Platzes stehende Springbrunnen von Scheinwerfern beleuchtet wurden. Im Hintergrund war die Glasfront der Metropolitan Opera zu sehen, in deren Foyer die beiden imposanten Chagalls zu beiden Seiten des Treppenaufgangs hingen: das eine hauptsächlich in Rot-, das andere in Gelbtönen gehalten. Mary Alice begann, Farber eine Menge über den Maler zu erzählen, und er hörte ihr aufmerksam zu, auch wenn er den Gemälden zuvor nie etwas hatte abgewinnen können.

Sie hatten gerade draußen an einem der Tische vor einem Café Platz genommen und sich etwas zu trinken bestellt, als sich ein Musiker auf den Rand des Springbrunnens setzte und begann, auf seiner Gitarre zu spielen. Nachdem sie ausgetrunken hatten, bezahlte Farber, und beide gesellten sich zu der Menge, die sich inzwischen um den Gitarrenspieler scharte. Der Musiker hatte den Instrumentenkoffer aufgeklappt vor sich auf dem Boden stehen, und viele der Zuhörer hatten Münzen hineingeworfen. Auch Farber bedachte ihn mit einem Dollar.

»Ich glaube, wir müssen jetzt gehen«, sagte Mary Alice nach einer Weile.

»Aber es ist doch noch früh am Abend.«

»Ich habe aber doch morgen diesen Vorsprechtermin.«

Als er sie zu ihrem Apartment zurückbegleitet hatte, erlaubte sie ihm zum Abschied einen Kuß auf die Wange, lud ihn allerdings nicht ein, noch hereinzukommen. Farber wußte nicht recht, was er denken sollte. Sie hatte sich zwar bei ihm für den netten Abend bedankt und gesagt, daß sie sich gut amüsiert habe. Aber handelte es sich dabei nur um eine höfliche Geste, oder hatte sie wirklich gesagt, was sie dachte?

Zwei Tage lang zwang er sich dazu, zu warten, bevor er sich wieder telefonisch bei ihr meldete. Verwundert stellte er fest, daß sein Herz wie rasend zu schlagen begann, als er den Hörer abnahm, ihre Nummer wählte und darauf hoffte, ihre Stimme zu hören. So benahm sich wirklich kein hartgesottener Kriminalbeamter, dem kaum eine Schattenseite des menschlichen Daseins verborgen geblieben war; das paßte eher zu einem unreifen verliebten Teenager.

Sie schien sich tatsächlich über seinen Anruf zu freuen und fragte ihn, ob er Lust habe, sich mit ihr ein Stück in Greenwich Village anzuschauen, in dem einige ihrer Freunde mitspielten. Natürlich sagte er zu.

An jenem Abend stellte sie ihn allen ihren Freunden vor, wobei ihm keineswegs das nur halbherzig verborgene Lächeln entging, das ihre Lippen umspielte. Offensichtlich genoß sie insgeheim die unübersehbare Reserviertheit ihrer Freunde, als diese aus ihrem Munde erfuhren, daß Farber ein Cop war. Mary Alice sonnte sich im Licht dieser kleinen Sensation: so als führe sie ein wildes Raubtier an der Leine spazieren, das nur sie zu zähmen in der Lage war.

Farber nahm die Reaktion ihrer Freunde gelassen zur Kenntnis. So etwas erlebte er häufig. Allerdings mißfiel ihm, daß Mary Alice die Situation geradezu auszukosten schien. Seine Zuneigung zu ihr war jedoch viel zu stark, als daß er ihr die Geschichte wirklich übelgenommen hätte. Außerdem hoffte er darauf, daß sich das Ganze bald einspielen würde.

Ansonsten wurde Farber an diesem Abend – und in den folgenden Wochen – in die Welt des experimentellen Theaters eingeführt. Er sah eine ganze Anzahl diverser Bühneninszenierungen, die allesamt jedoch wenig mit dem gemeinsam hatten, was er unter einem Schauspiel klassischer Prägung verstand.

Die Darbietungen fanden meist auf Dachböden, in Garagen oder Künstlercafés statt. Oft gab es weder eine Bühne noch ein Bühnenbild oder einen Vorhang. Ebensooft bestand das einzige Publikum lediglich aus Freunden und Verwandten der Schauspieler, die in der Regel improvisieren mußten, da nur selten Manuskripte vorlagen. Und die Vorstellungen begannen meist erst gegen Mitternacht, da sich fast alle weiblichen und männlichen Schauspieler tagsüber und in den Abendstunden als Bedienungen in Restaurants und Bars ihren Lebensunterhalt verdienen mußten. Nicht zuletzt wegen dieses späten Beginns schlief Farber regelmäßig ein, bevor die Aufführungen zu Ende waren.

In einem der Stücke mußten etwa ein Dutzend der Schauspieler Felsblöcke darstellen. Zu diesem Zweck hatten sich die Beteiligten mit grauen Tüchern verhüllt und in Fötusposition auf den Boden gehockt. Dann sprang eine junge Frau, die nur mit einem Nachthemd bekleidet war, über einige der ›Felsblöcke‹ hinweg, stimmte eine Art Jodeln an und legte eine Hand hinter das Ohr, um nach dem Echo zu lauschen, bevor sich das Ganze mehrfach wiederholte. Hinter all dem sollte eine tiefenpsychologische Bedeutung stecken: die Suche nach dem ewigen Hirten, die in uns allen lebendig ist.

Mary Alice spielte einen der Felsblöcke. Nach dem Ende der Inszenierung kam sie zu Farber und fragte ihn, wie er das Stück gefunden habe.

»Das war ein echter Heuler«, sagte er. »Wirklich große Klasse.« Daraufhin redete sie während der gesamten Rückfahrt mit der U-Bahn kein einziges Wort mit ihm.

In einer anderen Aufführung sang sie ein Lied. Sie hatte zweifellos eine schöne Stimme, aber der Song schien keinerlei Melodie zu haben, und auch mit dem Text konnte Farber nichts anfangen.

Nach derartigen Inszenierungen zog die ganze Schauspielertruppe samt ihrem Anhang stets in eine Kneipe oder in die Wohnung eines der Mitwirkenden, um dort gegenseitig Manöverkritik zu üben. Oft entwickelte sich das Gespräch allerdings in eine andere Richtung. Dann stand meistens nicht mehr die schauspielerische Leistung der Akteure im Mittelpunkt der Kritik, sondern mit einemmal Farbers Berufstätigkeit. Keiner der Anwesenden konnte nämlich verstehen, wie man auf den Gedanken kam, ausgerechnet Cop zu werden; für sie war ein Cop so etwas wie der Inbegriff dessen, was sie ablehnten und haßten. Deshalb schlugen Mary Alice' Freunde Farber gegenüber einen unverhohlen aggressiven und sogar feindseligen Ton an.

»Bist du eigentlich für die Todesstrafe?«

»Vertrittst du die Meinung, daß Jugendliche dafür bestraft werden sollten, wenn sie Marihuana rauchen?«

Farber wußte, daß es immer besser war, sich auf einen Gegner zu konzentrieren und sich nicht mit allen auf einmal anzulegen. »Wie alt bist du?« wandte er sich an den letzten Fragesteller.

»Vierundzwanzig.«

»Dann bist du kein Jugendlicher mehr.«

»Du weichst der Antwort aus, Bulle.«

»Dann im Klartext: Sobald einer von euch anfängt, hier Pot zu rauchen, verschwinde ich auf der Stelle.«

Die Rollenverteilung war eindeutig. Für die anderen war Farber die Verkörperung des Spießertums, und deshalb wurde er ständig in die Defensive gedrängt. Mary Alice beteiligte sich zwar nicht an den Attacken der übrigen, unternahm allerdings auch keinen Versuch, Farber in Schutz zu nehmen. Statt dessen hielt sie sich in derartigen Situation ein wenig abseits und betrachtete ihn voller Sympathie mit einem anerkennenden Lächeln, wenn er sich der Meute voller Entschlossenheit zum Kampf stellte.

Gelegentlich wurde Farber derart provoziert, daß er alle Zurückhaltung fallenließ und zum Gegenangriff überging.

»Du hältst die Existenz des Bösen nur für die verrückte Idee eines Bullen, stimmt's?«

»Jedenfalls haben Bullen nichts anderes im Sinn, als Andersdenkende und Langhaarige zu verprügeln.«

»Dann hör mir mal gut zu. Ob du es wahrhaben willst oder nicht: Es gibt da draußen eine ganze Menge Typen, die nichts anderes tun, als andere Leute zu töten, auszurauben oder zu vergewaltigen.«

Auch wenn Farber sich seit seinem ersten Tag bei der Polizei mit der Frage beschäftigt hatte, war es nicht leicht, das Wesen des Bösen in Worte zu fassen, ohne sich auf das Niveau der Schlagzeilen zahlreicher Revolverblätter zu begeben. Aber selbst wenn es ihm nicht gelingen sollte, diese Gruppe bornierter junger Leute vom Sinn des Kampfes gegen das Böse zu überzeugen, so wollte er ihnen wenigstens vor Augen führen, welches Grauen das Böse hervorbringen konnte und daß auch sie sich nicht allen staatsbürgerlichen Pflichten entziehen konnten. Deshalb schilderte er ihnen in allen abschreckenden Details den Mord an einem blutjungen Mädchen, das als Verkäuferin in einem teuren Süßigkeitenladen gearbeitet hatte und Opfer eines Raubüberfalls geworden war.

»Der Bursche war mit einer Schrotflinte bewaffnet. Der erste Schuß zerfetzte ihre linke Brust. Noch während sie im Schock verständnislos auf das Loch in ihrer Bluse und auf ihre blanken Rippen herabstarrte, hat er ihr mit dem zweiten Schuß den Kopf weggeblasen.«

Jetzt hatte er ihre volle Aufmerksamkeit gewonnen.

»Als wir am Tatort eintrafen, mußten wir uns Überschuhe anziehen, damit unsere Hosen nicht mit dem Blut besudelt wurden, das überall in großen Lachen am Boden verteilt war.«

Farber wußte, daß das Böse selbst nicht sichtbar gemacht werden konnte. Sichtbar waren nur seine Auswirkungen.

»Wir schnappten den Kerl. Er sagte aus, daß er nur geschossen habe, weil sie unter die Ladentheke gegriffen und er gedacht habe, sie wolle eine Waffe holen. Das Mädchen war gerade sechzehn Jahre alt.«

Jetzt herrschte tiefes Schweigen im Raum.

»Oder die alte Dame, die von einem Einbrecher, der nachts durch ein Fenster in ihre Wohnung eingestiegen war, in ihrem Bett erdrosselt wurde. Ihr Verbrechen bestand darin, daß sie zur falschen Zeit wach wurde und zu schreien begann«, erklärte Farber voller Sarkasmus. »Dem armen Einbrecher blieb einfach keine andere Wahl. Er mußte sie geradezu töten, oder etwa nicht? Ich meine, versetzt euch doch mal in seine Lage. Was hättet ihr denn an seiner Stelle getan?«

Einer der jungen Schauspieler machte eine abwehrende Handbewegung. »Das sind doch alles nur erfundene Horrorgeschichten.«

»Ob ihr es nun glauben wollt oder nicht, aber da draußen existiert das Böse!« brüllte Farber. »Und es gibt niemanden, der dagegen kämpft, außer uns Cops. Anstatt über uns herzufallen, solltet ihr lieber erwachsen werden, zusehen, daß ihr einen Job kriegt, und lernen, was es heißt, sich dem Leben auszusetzen.«

Der Streit ereignete sich zufällig in einer Wohnung, in der ein Klavier stand. Nachdem Farber explodiert war, stand er auf und hämmerte wütend auf die Tasten des Instruments ein. Eigentlich hatte er sich nur abreagieren wollen, doch beinahe automatisch begannen seine Finger ein Eigenleben zu führen und eine alte Bluesnummer zu spielen. Und unwillkürlich umringten ihn die anderen.

»Das ist *I'm your Hoochie Coochie Man* von Muddy Waters«, sagte einer der jungen Männer. »Wo hast du das gelernt?«

»Hört sich gut an«, rief eines der Mädchen, »wirklich sehr gut!«

»Was kennst du sonst noch?« fragte eine andere, die ebenfalls lieber Musik hören wollte, als sich Vorhaltungen machen zu lassen.

Mary Alice hatte ihre Ellbogen auf das Klavier und ihr Kinn auf die Handflächen gestützt. In dieser Haltung ruhte ihr Blick auf ihm, wobei ein gewisses anerkennendes, vielleicht sogar stolzes Lächeln um ihre Augen spielte. Farber war sich allerdings nicht sicher, ob es seinen Worten oder seinem Klavierspiel galt, zumal sie ihn nie zuvor hatte spielen hören.

»Good Golly Miss Molly«, sagte ein anderer junger Bursche. »Von Little Richard. Wirklich große Klasse.«

»Wo lernt man so zu spielen, Cop?«

»Kannst du auch modernere Stücke?«

Auch wenn Farber sich ihnen allen gegenüber immer als der Erfahrenere und Überlegene betrachtet hatte, so war er doch keineswegs mit seiner Rolle glücklich gewesen, dauernd nur als ihr Buhmann dazustehen. Jetzt hatte er plötzlich die Chance, sich ihnen in einem ganzen anderen Licht zu präsentieren. Vor allem aber genoß er den Blick in Mary Alice' Augen, der zu sagen schien: »Schaut ihn euch an. *Ich* habe ihn mitgebracht. Und er gehört *mir*.«

Seine Finger glitten über die Tasten und schufen eine neue Melodie.

»*Come on Baby light my fire* von den Doors!« rief jemand aus dem Hintergrund.

»Was hast du noch drauf?«

Farber spürte das Bedürfnis, diesen großen Kindern, die noch nicht trocken hinter den Ohren waren, etwas zu beweisen, das mehr betraf als nur sein Berufsverständnis: nämlich daß er zumindest ein genauso kultivierter und kulturinteressierter Mensch war wie sie. Wieder spielte er ein neues Stück und forderte die Umstehenden auf, zu erraten, um was es sich handelte. Als jedoch alle schwiegen, hörte er nach einiger Zeit auf.

Er schaute in ratlose Gesichter.

»Vielleicht von den Beatles?« riet jemand.

Farber blickte von einem zum anderen. »Ihr glaubt im Ernst, das Stück ist von den Beatles?«

»Könnte gut sein«, bestätigte eines der Mädchen.

»Großer Gott«, seufzte Farber und schlug geräuschvoll den Deckel auf die Tasten. »Das war Chopin, ihr Nieten.«

Zwar wagten sie niemals, in Farbers Gegenwart offen Marihuana zu rauchen, aber während der Vorstellungen konnte er in der Dunkelheit des Zuschauerraums häufig den süßlichen Geruch wahrnehmen, der unverkennbar in der Luft hing. Immer wieder faßte er den Entschluß, daraufhin einfach zu gehen – doch ebensooft blieb er auf seinem Platz, da er auf keinen Fall den Kontakt zu Mary Alice verlieren wollte. Also hielt er widerwillig im Dunkeln aus, angespannt von der Furcht erfüllt, daß jeden Moment eine Razzia stattfinden und seine Karriere vorzeitig beendet sein könnte.

Die meisten von Farbers eigenen Freunden waren

ebenfalls Polizisten. Sie hatten bereits geheiratet, Kinder in die Welt gesetzt und lebten weit draußen in den Vororten der Stadt. Meistens trafen sie sich nach Dienstschluß in einer ihrer Stammkneipen, um sich bei einem Bier alte Geschichten zu erzählen. Bevor er Mary Alice kennengelernt hatte, war auch Farber regelmäßig zu solchen Treffen gegangen und hatte sich stets bemüht, die anderen auf keinen Fall spüren zu lassen, daß er weitaus gebildeter war als sie.

Viele von ihnen gingen auch gerne auf die Jagd und nahmen sich deshalb während der Saison oft eine Woche frei, um sich auf den Weg in die Berge zu machen und dort alles abzuknallen, was ihnen vor die Flinte kam. Farber hatte einmal einen kapitalen Hirsch erlegt, der so groß gewesen war, daß sie selbst zu dritt viel Mühe gehabt hatten, das Tier den langen Weg zurück ins Camp zu transportieren. Keiner von ihnen hatte allerdings Lust verspürt, daraufhin sofort wieder in die Stadt zurückzukehren. Als sie schließlich mit dem Kadaver bei einem New Yorker Schlachter eintrafen, war das Fleisch des Tieres bereits verdorben und ungenießbar geworden.

In der Gesellschaft seiner Kollegen fühlte sich Farber am wohlsten. Sicherlich waren die Männer vergleichsweise einfache Gemüter, die zuviel tranken und Vorurteile gegen Gott und die Welt hegten. Aber was sie alle verband, war die Tatsache, daß sie jeden Tag denselben Gefahren ausgesetzt waren, daß sie dieselbe Haßliebe für das Polizeidepartment hegten und daß sie genau wußten, sich im Ernstfall, wenn es um Kopf und Kragen ging, nicht auf Außenstehende, sondern nur aufeinander verlassen zu können.

Obwohl die Cops eine reine Männergesellschaft bildeten, fanden dennoch von Zeit zu Zeit Partys statt, zu denen auch die Ehefrauen und Freundinnen der Beamten eingeladen wurden. Anläßlich einer solchen Einladung nahm Farber einmal Mary Alice zu einer Einweihungsfeier in Massepequa auf Long Island mit, fünfzig Meilen außerhalb der Stadt. Dort hatte einer der Detectives aus Farbers Dezernat ein Haus gekauft. Während die Frauen Salate und Fleischplatten vorbereitet hatten, brachten Farber und die übrigen Männer Wein und sonstige alkoholische Getränke mit.

Schon kurz nachdem alle eingetroffen waren, nahm die Party den üblichen Verlauf, indem sich zwei Lager bildeten: auf der einen Seite die Cops, die regelmäßig in brüllendes Gelächter ausbrachen, auf der anderen Seite die Frauen, die sich in erster Linie über ihre Kinder und über Kochrezepte unterhielten. Mary Alice fügte sich zunächst in das gewohnte Schema, gesellte sich nach einiger Zeit jedoch zu den Männern. Deren Gespräche verliefen bei ihrem Erscheinen allerdings merklich zurückhaltender, vor allem was die Zoten betraf, die zuvor die Runde gemacht hatten. Es war wirklich absurd: Dieselben Männer, die allwöchentlich bei Schießereien ihr Leben riskierten, trauten sich nicht, weiterhin ihre schmutzigen Witze zu erzählen, nur weil eine Frau in der Nähe war.

»Ihr müßt euch wegen mir nicht zurückhalten«, sagte Mary Alice lächelnd. »Ich glaube nicht, daß ihr etwas auftischen könnt, was ich nicht bereits gehört habe.«

Doch trotz dieser Aufforderung war die ausgelassene Stimmung der Männer dahin. Und da Mary Alice deutlich spürte, daß sie der Grund für das eher verlegene und oberflächliche Herumdrucksen der Cops war, zog sie sich wieder zurück, um sich im weiteren Verlauf des Abends meist abseits aller anderen zu halten und aus einem Fenster hinaus auf den kleinen Vorgarten und die Straße zu starren.

Auch auf der Rückfahrt, bei der sich außer Farber noch zwei weitere Polizisten im Wagen befanden, die ihre Nachtschicht noch vor sich hatten, verharrte Mary Alice fast die ganze Zeit über schweigend auf ihrem Platz.

Natürlich war Farber nicht verborgen geblieben, daß sie sich keineswegs amüsiert hatte, sondern wie ein störender Eindringling vorgekommen war. Ganz bestimmt lagen sie und seine Kollegen nicht auf einer Wellenlänge. Er beschloß daher, zukünftig weitere Begegnungen zwischen Mary Alice und den Männern sowie deren Ehefrauen zu vermeiden.

Wann immer er sie von ihrer Wohnung abholte, um mit ihr auszugehen, stets fing sie ihn bereits im Treppenhaus oder im Flur ab.

»Du kannst jetzt nicht reinkommen, weil sich die anderen Mädchen gerade anziehen«, lautete gewöhnlich ihre Ausrede.

Auch wenn er sie zurückbrachte, verabschiedeten sie sich immer vor der Wohnungstür. »Die anderen schlafen bestimmt schon und wollen nicht gestört werden«, sagte sie dann.

Farber konnte sich einfach nicht vorstellen, welches Geheimnis in ihrem Apartment so konsequent vor ihm verborgen werden sollte. Er hatte immer mehr das Gefühl, daß sie ihn nicht nur aus ihrer Wohnung, sondern letztlich auch aus ihrem Leben heraushalten wollte. Schließlich bat er sie unverhohlen darum, einmal ihr Apartment sehen zu dürfen.

»Warum?«

»Weil ich einfach wissen möchte, wie du lebst.«

Sie zuckte die Schultern.

»Ich will eben alles über dich wissen.«

»Du weißt bereits genug über mich.«

An jenem Abend waren sie bei einer Lyriklesung gewesen, die in einem Künstlercafé am Sheridan Square in Greenwich Village stattgefunden hatte. Auf dem Weg zurück ins Zentrum war die U-Bahn so überfüllt, daß sie keinen Sitzplatz bekamen und dicht gedrängt stehen mußten, wobei sich ihre Körper im Rhythmus der Wagenbewegungen hin und her wiegten. Unterhalten konnten sie sich nur während der Haltezeiten in den Bahnhöfen, da dann der Lärmpegel etwas sank.

»Ehrlich gesagt würde ich auch gern einmal sehen, wie du wohnst«, sagte Mary Alice unvermittelt.

Farber war verblüfft. »Ich habe dir doch schon wer weiß wie oft angeboten, dir mein Apartment zu zeigen.«

»Das stimmt«, bestätigte sie lächelnd.

Als der Zug in den Bahnhof an der 86. Straße einlief, nahm er sie beim Arm. »Na, dann komm. Ich werde deine Neugier befriedigen.«

»Schön«, sagte sie zu seiner Überraschung, während beide das Drehkreuz am Ausgang durchschritten.

Sie folgten dem Broadway bis zur 89. Straße und gingen dann einen halben Block in Richtung West End. Als sie das Haus erreichten, zog Farber den Schlüssel aus der Tasche, sprang die sechs Stufen bis zur Eingangstür hinauf, öffnete sie und ließ ihr den Vortritt. Das Treppenhaus war nur schwach beleuchtet, und Farber hoffte, daß Mary Alice deshalb nicht allzusehr auffallen würde, wie sehr der Teppichboden bereits verschlissen war. Gleichzeitig hoffte er, daß er seine Wohnung einigermaßen aufgeräumt zurückgelassen hatte. Obwohl er des öfteren ein Mädchen mitgebracht hatte, war er doch noch nie so nervös gewesen wie diesmal. Gewöhnlich blieb er völlig entspannt und wartete einfach ab, wie der Abend sich entwickeln würde – auch wenn meist nichts passierte. Aber diesmal war alles anders.

Er ließ sie eintreten und schaltete das Licht an.

Zuerst schaute sich Mary Alice neugierig überall um, wobei er sie gespannt beobachtete. Dann trat er an einen Schrank, der ihm als Bar diente, und fragte sie mit geheuchelter Ungezwungenheit, ob sie einen Drink wolle.

»Ich überlege noch.«

Er folgte ihr mit seinen Blicken, während sie in die Küche trat, sich das Bad und schließlich das Schlafzimmer ansah. Hoffentlich hatte er das Bett gemacht? Er war sich nicht sicher. Oft hinterließ er es schlampig, aber an den Tagen, an denen er davon ausgehen konnte, sie abends zu sehen, dachte er meist daran, die Decken zu ordnen: nur für den Fall der Fälle.

Mary Alice kehrte in das Wohnzimmer zurück.

»Die Wohnung ist hübsch. Sie gefällt mir.«

»Möchtest du jetzt etwas trinken?«

»Ja, vielleicht einen Tee.«

Sie gingen in die Küche, wo Farber den Wasserkessel füllte und auf den Herd setzte. Während sie darauf warteten, daß das Wasser zu kochen begann, küßten sie sich.

Farber empfand am Rücken den Druck seiner Dienstwaffe als störend. Er wünschte, er hätte sie gleich beim Betreten der Wohnung abgelegt, wie er es sonst immer tat. Aber jetzt wollte er auf keinen Fall riskieren, sie aus seinen Armen zu lassen.

Als jedoch der Kessel zu pfeifen begann, lösten sich beide voneinander, und Mary Alice goß das Wasser auf.

Sie blieben in der Küche stehen, nippten an ihren Teetassen und blickten sich schweigend in die Augen. Plötzlich trat sie näher an ihn heran und gab ihm einen flüchtigen Kuß auf die Lippen.

»Es ist schon sehr spät«, sagte sie schließlich. »Ich müßte längst zu Hause sein.« Dann stellte sie die Tasse ab und wandte sich zum Gehen.

Farber kam sich mit einemmal wie ein in die Jahre gekommener Mann vor, der nicht in der Lage ist, den Altersunterschied zu einer wesentlich jüngeren Frau zu überbrücken. Aber wenn er sich jetzt zudringlich zeigte, würde er möglicherweise alles verderben. Also brachte er sie widerstrebend nach Hause.

Eines Abends rief sie ihn auf dem Revier an, um eine Verabredung abzusagen, da sie sich krank fühle. Als er sich am nächsten Tag telefonisch bei ihr erkundigte, wie es ihr gehe, hatte sich ihr Zustand verschlechtert. Daraufhin kaufte er Blumen und besuchte sie in ihrem Apartment, zu dem ihm bisher stets der Zugang versperrt geblieben war. Angesichts der unglaublichen Umstände, unter denen sie hauste, geriet er tatsächlich in Wut, riß sich in ihrer Gegenwart allerdings zusammen. Sie hatte ihn im Bademantel begrüßt und litt offensichtlich unter einer fiebrigen Grippe. Als er fragte, wer sich um sie kümmere, erfuhr er, daß sie ganz allein auf sich gestellt war. Die eine ihrer Mitbewohnerinnen war verreist, die andere war vorübergehend zu einer Bekannten gezogen, da sie wegen Mary Alice' lautem Husten nachts nicht schlafen konnte.

»Du brauchst einen Arzt«, stellte Farber fest.

»Glaubst du wirklich, daß ein Arzt hierherkommt?«

Farber schaute sich um. Immerhin schlief sie jetzt im unteren Teil des Etagenbetts, was ihr das Aufstehen erleichterte. Sie brauchte jedoch dringend jemanden, der für sie die Wohnung saubermachte, das Bett frisch bezog und ihr von Zeit zu Zeit einen heißen Tee sowie etwas zu essen machte.

Er wußte, daß sie einen verheirateten Bruder hatte und daß ihre Eltern sowie zwei jüngere Schwestern in Scarsdale wohnten.

»Zieh dich an. Ich bringe dich zu deinen Eltern.«

Farber kehrte zum Revier zurück, lieh sich von einem Kollegen dessen Wagen und fuhr Mary Alice noch am selben Abend nach Scarsdale. Dort wurde sie von ihrer Mutter umgehend ins Bett gebracht, während ihr Vater Farber einen Drink einschenkte.

»Was machen Sie beruflich, Mr. Farber?«

Die Frage traf ihn wie ein Schlag vor die Brust, da sie verriet, daß Mary Alice ihn – entgegen seiner Hoffnungen – ihren Eltern gegenüber noch nie erwähnt hatte.

»Ich bin Detective Sergeant bei der New Yorker Kriminalpolizei.«

»Das klingt sehr interessant«, erwiderte ihr Vater, wobei sein Tonfall verriet, daß er diesen Beruf keineswegs für interessant hielt.

Farber hatte plötzlich das Gefühl, als müsse er um sein Überleben kämpfen. »Und womit verdienen Sie Ihr Geld, Sir?«

Riggs war ein Mann von etwa fünfzig Jahren, der edle Mokassins, einen Rollkragenpullover und selbst zu dieser späten Stunde noch ein Cashmerejackett trug. Und jedes seiner ergrauenden Haare lag perfekt frisiert dort, wo es hingehörte.

»Ich bin Börsenmakler.«

»Und bei welcher Firma?«

»Merrill Lynch.«

»In welcher Funktion arbeiten Sie dort, wenn ich mir die Frage erlauben darf?«

»Ich leite die Firma.«

Farber schaute sich in dem Landhaus um, das über eine weitgeschwungene Auffahrt zu erreichen war und innen noch imposanter wirkte als von außen. An den Wänden hingen allem Anschein nach Originalgemälde, auf dem Boden versank man in kostbaren Teppichen, und das Glas, das Riggs ihm gereicht hatte, war so filigran gearbeitet, daß Farber befürchtete, es könne ihm in der Hand zerbrechen.

»Ich nehme an, Sie fragen sich gerade, warum meine Tochter Sie meiner Frau und mir gegenüber noch nie erwähnt hat?«

Riggs traf mit seiner Vermutung den Nagel auf den Kopf.

»Nun, ich bin sicher, daß sie es früher oder später tun wird«, fuhr er fort. »Sie wartet vermutlich nur auf den passenden Zeitpunkt, um uns den größtmöglichen Schock verpassen zu können.«

Farber benötigte keine weitere Erklärung, um zu verstehen, was der Vater von Mary Alice ihm damit sagen wollte.

»Sie denkt wahrscheinlich, daß ich einen Polizisten niemals als möglichen Schwiegersohn in Betracht ziehen würde.«

»Glauben Sie, daß Ihre Tochter auf Ihre Zustimmung oder Ablehnung allzuviel gibt?«

Riggs lächelte überlegen. »Wie gut kennen Sie Mary Alice, Sergeant?«

»Leider nicht so gut, wie ich es gern täte.«

»Dann lassen Sie sich gesagt sein, daß meine Tochter es liebt, mich vor den Kopf zu stoßen. Auch diese Flausen mit der Schauspielerei sind nichts anderes als eine Art Rebellion gegen mich.«

»Wissen Sie eigentlich, Mr. Riggs, daß Mary Alice auch Sie niemals mit auch nur einem Wort erwähnt hat?«

»Manchmal glaube ich, daß ihr einziges Lebensziel

darin besteht, mich zu düpieren«, fuhr Riggs ungerührt fort. »Vielleicht sind Sie wirklich ein sehr netter junger Mann, Sergeant. Vielleicht haben Sie sogar eine anständige Ausbildung genossen, vielleicht auch nicht, all das kann ich nicht wissen. Wahrscheinlich verfügen Sie als Polizist über wesentlich mehr Lebenserfahrung und Sinn für das Wesentliche als die ganzen Spinner, mit denen Mary Alice immer herumhängt. Was ich aber genau weiß, ist, daß meine Tochter aus einem Haus kommt, das ...« – er machte eine weit ausholende Geste und deutete auf die kostbaren Einrichtungsgegenstände ringsum – »... das ihre Wertmaßstäbe geprägt hat, ob sie es zugibt oder nicht. Deshalb handelt es sich bei der Geschichte in New York nur um Flausen, derer sie bald überdrüssig sein wird. Es ist nur eine Frage der Zeit, bis sie wieder zu Verstand kommt.«

»An Ihrer Stelle wäre ich mir dessen nicht so sicher.«

»Wenn die Zeit reif dafür ist, wird sie reumütig hierher zurückkehren und einen Jungen aus der Nachbarschaft heiraten, der ihr den Lebensstandard bieten kann, den sie gewohnt ist. Und ich versichere Ihnen, Sergeant, weder ein Polizist noch ein verkrachter Schauspieler wäre dazu in der Lage.«

»Wenn Sie so sehr davon überzeugt sind, warum überlassen Sie Mary Alice dann nicht selbst die Entscheidung darüber, wie sie ihr Leben gestalten möchte?«

»Aber das werde ich doch, ganz gewiß sogar. Eines Tages wird sie in der Lage sein, ihre eigenen Entscheidungen zu treffen. Und ich kann Ihnen jetzt schon sagen, wie sie aussehen werden.«

Farber leerte seinen Drink.

»Ich bin Ihnen wirklich dankbar dafür, daß Sie sie heute abend hierhergebracht haben, Sergeant. Wirklich, ich weiß Ihre Fürsorge zu schätzen und freue mich, daß es jemanden wie Sie gibt, der Mary Alice im Auge behält. Aber ich glaube, daß Sie sich Illusionen hingeben, was die Haltung meiner Tochter betrifft. Wenn Sie ernsthafte Absichten haben, rate ich Ihnen deshalb von Mann zu Mann, sich lieber nach einem anderen Mädchen umzusehen. Dann können Sie sich eine Menge Enttäuschungen ersparen. Glauben Sie mir, ich weiß, wovon ich rede.«

Riggs herablassend belehrende Art brachte für Farber das Faß zum Überlaufen.

»Ich für meinen Teil weiß nur, daß Mary Alice in New York dringend eine bessere Wohnung benötigt als dieses winzige Verlies, in dem sie derzeit haust.«

»Kein Problem. Sie braucht ja nur nach Hause zurückzukehren.«

»Ich glaube, Sie verstehen nicht recht: Mary Alice' sogenannte Wohnung ist ein absolut menschenunwürdiges Loch.«

»Dennoch scheint sie es vorzuziehen, dort ihre Zeit zu verbringen, zumindest vorübergehend. Ansonsten wäre sie wohl kaum von der Schule abgegangen und hätte sich statt dessen diese blödsinnige Schauspielerei in den Kopf gesetzt.«

»Haben Sie jemals einen Blick in ihr Apartment geworfen?«

»Sie sollte ihre Energie lieber auf eine ernsthafte Berufskarriere verwenden oder einfach heiraten.«

»Das wird sie schon, keine Sorge. Aber Sie haben meine Frage nicht beantwortet.«

»Was haben Sie mich gefragt?«

»Ob Sie jemals einen Blick in Mary Alice' Apartment geworfen haben.«

»Warum sollte ich? Schließlich weist sie jede Hilfe von mir oder ihrer Mutter zurück.«

»Ich rate Ihnen trotzdem, es zu tun.«

»Ich glaube nicht, daß ich auf Ihren Rat angewiesen bin, Sergeant.«

»Alles was sie benötigt, sind nur hier und da ein paar Dollar«, fuhr Farber fort, ohne sich einschüchtern zu lassen. »Das würde bereits genügen, um sie aus diesem Loch herauszuholen.«

Beide starrten sich eine Weile wortlos in die Augen. Dann stellte Farber das Glas ab und verließ das Haus.

Auf dem Rückweg nach New York mußte er unwillkürlich grinsen, als er daran dachte, einem Multimillionär einen Ratschlag gegeben zu haben. Vor allem aber wunderte er sich, wie verschieden Vater und Tochter von ihrem Wesen her waren. Während der Chef eines der angesehensten Maklerbüros in der Wall Street jahrein, jahraus Millionen scheffelte, vegetierte seine Tochter mit zwei anderen Mädchen in einer fensterlosen Kammer vor sich hin. Abgesehen von ihrem Schauspielunterricht mußte sie zudem tagtäglich immer wieder niederschmetternde Mißerfolge erdulden, sooft sie sich auch nur um die kleinste Nebenrolle bewarb. Dennoch gab sie nicht auf und ergriff unverzagt jede Chance, künstlerische Erfahrungen zu sammeln, indem sie bereitwillig an jeder noch so hirnrissigen Hinterhof-Improvisation mitwirkte, ohne dafür auch nur einen Dollar zu erhalten. Darüber hinaus mußte sie sich ihren Lebensunterhalt tagsüber als Kellnerin verdienen.

Farber war nicht nur verliebt, er hatte zudem noch nie zuvor ein Mädchen derart verehrt wie sie. Deshalb ignorierte er die Warnungen ihres Vaters, ohne auch nur einen Gedanken daran zu verschwenden.

Als Mary Alice ihn etwa zwei Wochen später wieder in sein Apartment begleitete, schritt sie zielstrebig in die kleine Küche, um erneut den Kessel mit Teewasser aufzusetzen. Diesmal folgte ihr Farber jedoch nicht, sondern trat zunächst an seinen Schrank, um dort seine Dienstwaffe abzulegen, nachdem er die Trommel aus dem Revolver geklappt und die fünf Schuß Munition entnommen hatte. Anschließend zog er auch die Handschellen aus seinem Hosenbund und deponierte sie neben der Waffe. Jetzt fühlte er sich bereit, was immer der Abend auch bringen mochte.

Plötzlich vernahm er ihre Stimme hinter sich. »Leg mir mal die Handschellen an.«

Ohne daß er es bemerkt hatte, war sie mit einem Tablett, auf dem sich zwei Tassen sowie ein Milchkännchen und eine Zuckerdose befanden, aus der Küche ins Wohnzimmer zurückgekehrt. Sie stellte das Tablett ab und reichte Farber eine der beiden Tassen.

»Du machst wohl Witze«, erwiderte er stirnrunzelnd, während sie sich umdrehte und ihre Hände auf dem Rükken verschränkte.

Sie war keineswegs das erste Mädchen, das von ihm verlangte, ihr Handschellen anzulegen. Mehr als einmal hatte er sich gefragt, was Frauen wohl daran reizte. Er hatte sich als Amateurpsychologe versucht und war zu dem Ergebnis gekommen, daß offensichtlich sogar in ausgesprochen selbstbewußten Frauen das heimliche und uneingestandene Verlangen schlummerte, sich selbst zu demütigen.

Er strich ihr zärtlich über den rechten Arm bis hinunter zu ihrer Hand.

»Nun mach schon«, forderte sie ihn erneut auf.

»Warum willst du das?«

»Weil ich wissen will, wie man sich dann fühlt. Außerdem werde ich vielleicht eines Tages mal eine Rolle spielen, in der ich Handschellen tragen muß. Davon abgesehen will ich alles erfahren und fühlen, was es zu erfahren und zu fühlen gibt.«

»Wirklich alles?« fragte Farber.

Sie lächelte ihn über ihre Schulter an. »Fast alles.«

»Von mir aus«, seufzte er. Vorsichtig darauf achtend, ihre zarte Haut nicht zu verletzen, fesselte er ihre Hände.

Neugierig probierte Mary Alice, sich der Handschellen zu entledigen, gab jedoch rasch auf und wanderte statt dessen mit ihnen durch den Raum.

»Jetzt muß ich mich nicht mehr unter einem Vorwand festnehmen lassen, um zu erfahren, wie es ist, so herumzulaufen.«

»Und wie ist es?«

»Irgendwie seltsam«, gestand sie, ohne stehenzubleiben. »Man hat Schwierigkeiten, sein Gleichgewicht zu halten.«

»Das sagen alle.«

»Wenigstens hast du mich jetzt völlig in deiner Gewalt.«

»Da hast du allerdings recht«, bestätigte er und strebte auf die Wohnungstür zu. »Also mach's gut. Ich muß jetzt gehen.«

»Komm sofort zurück!«

»Wenn du etwas brauchst, benutze einfach das Telefon, du kannst ja mit der Nase wählen.«

»Okay, Bert, du kannst sie mir jetzt wieder abnehmen.«

Er näherte sich ihr und wedelte mit den Schlüsseln vor ihrem Gesicht hin und her. Anstatt allerdings die Handschellen mit ihnen zu öffnen, steckte er sie in seine Hosentasche. Dann nahm er die Wehrlose in seine Arme und preßte seinen Mund auf ihre Lippen. Sie erwiderte seinen Kuß. Währenddessen glitten seine Hände an ihren gefesselten Armen herab und weiter über ihren Po.

»Ich will nur sichergehen, daß die Handschellen auch wirklich gut sitzen«, murmelte er. »Bei Gefangenen kann man nie vorsichtig genug sein.«

»Der Kessel pfeift«, stieß sie gepreßt zwischen den Zähnen hervor.

Farber ging nur kurz in die Küche, um den Herd abzustellen. Dann fuhr er fort, sie zu küssen und jeden Teil ihres Körpers mit seinen Händen zu streicheln.

»Steht mir laut Gesetz nicht wenigstens eine Tasse Tee zu?« fragte sie, mit geschlossenen Augen gegen ihn gelehnt.

»Zuerst muß ich dich nach versteckten Waffen durchsuchen. Ein guter Polizist kümmert sich dabei vor allem um verdächtige Rundungen.«

Er knöpfte ihre Bluse auf und schob sie über ihre Schultern, woraufhin sie über ihre Arme hinabglitt.

»Manchmal müssen wir bei einer Leibesvisitation sehr gründlich vorgehen, um jedes Risiko auszuschließen. Diese Vorsicht scheint hier auf jeden Fall geboten.«

Er öffnete den Verschluß ihres Büstenhalters, ließ ihn zu Boden fallen und begann, ihre Brustwarzen zu liebkosen.

»Ich werde mich über Sie beschweren und verlange, meinen Anwalt zu sprechen«, stöhnte Mary Alice. »Schließlich ist die Gefangene völlig wehrlos.«

»Ich bin verrückt nach dir.«

»Die Gefangene wurde Ihrer Obhut anvertraut. Wie können Sie es wagen, so mit ihr umzuspringen?«

Sie stand nun völlig nackt vor ihm.

»Ich weiß gar nicht, was Sie wollen. Ich tue doch nur meine Pflicht.«

Mary Alice verfügte nur über wenig sexuelle Erfahrungen und genoß Farbers Liebkosungen daher doppelt intensiv. Nachdem er ihr die Handschellen abgenommen hatte, klammerte sie sich stöhnend und zitternd mit einer Leidenschaftlichkeit an ihn, die er bei noch keinem anderen Mädchen erlebt hatte. In ihren Armen fühlte er sich wie ein Gott, da er spielerisch in der Lage war, sie vor Lust vergehen zu lassen und von einem Höhepunkt zum nächsten zu treiben.

Beide waren – von einer Party in Greenwich Village kommend – erst gegen halb drei in der Frühe in Farbers Apartment angelangt. Als er sie schließlich nach Hause brachte, dämmerte bereits der Morgen, ohne daß einer von ihnen auch nur eine Minute geschlafen hätte. Hand in Hand schritten sie schweigend durch die leeren Straßen. Weder Farber noch Mary Alice spürten das Bedürfnis, Worte zu wechseln. Sie hatten zuvor eine Innigkeit erlebt, die nicht durch Worte herstellbar war, sondern nur durch eine Sprache, die aus zärtlichen Blicken und Berührungen bestand, sowie aus impulsiven Lauten, die beide im Augenblick der intimsten Verschmelzung ausgestoßen hatten. Sie hatten einen der Augenblicke erlebt, in denen Liebende erfahren, daß Sex die intensivste und reinste Form der zwischenmenschlichen Kommunikation sein kann. Beide hatten Stunden gemeinsamer Erfüllung genossen, und zwar in einem geheimen Land der Ekstase und Selbstentrücktheit, das nur ihnen bekannt war.

Natürlich waren sie jetzt beide unsterblich ineinander verliebt. Und sie waren noch jung genug, um daran zu glauben, daß ihre Liebe auf ewig währen müsse. Ihre Herzen und all ihre Gefühle würden bis zu beider Tod von der Hingabe für den anderen erfüllt sein: Daran hegte keiner von ihnen Zweifel, als sie sich vor der Tür von Mary Alice' Apartment mit einem innigen Kuß voneinander verabschiedeten.

Vor allem Farber hatte das Gefühl, wie auf Wolken zu schweben, als er sich anschließend auf den Weg zurück in seine Wohnung machte. Und selbst später noch, als er längst in der für den Kriminalisten typischen Haltung des logisch und nüchtern Analysierenden an jenen Abend zurückdachte, war er noch immer davon überzeugt, daß die damalige Glückseligkeit mehr als nur eine vorübergehende Euphorie gewesen sein müsse. Auch nach Jahren bestand für ihn keinerlei Zweifel daran, daß er in jener Nacht so etwas wie eine religiöse Verschmelzung zweier Körper und Seelen erlebt habe: eine Verschmelzung, wie sie ihm seither in dieser Intensität und Selbstaufgabe nie wieder bei einer anderen Frau begegnet war.

Auch wenn ihre Lippen ihn später so häufig belügen sollten, zumindest in jener Nacht hatten sie die Wahrheit gesagt. Denn ihr Körper hatte dieselbe Sprache gesprochen, und ihr Körper konnte nicht lügen. Ob tot oder lebendig, das wußte Farber aus Erfahrung, ein Körper war immer ein verläßlicher Zeuge.

Am darauffolgenden Abend holte Farber sie erneut nach Feierabend vom Restaurant ab, um mit ihr in seine Wohnung zu gehen. Wiederum wortlos trat sie zu ihm auf die Straße, woraufhin beide, erfüllt von wachsender sexueller Spannung, die Columbus Avenue am Museum und am Planetarium vorbei entlangschlenderten und dann die 89. Straße überquerten. Keiner von ihnen redete über Liebe oder Sex, obwohl – oder gerade weil – beide in Gedanken bereits die folgenden Stunden durchlebten. Statt dessen sprachen sie meist über Mary Alice' Arbeit im Restaurant, während sie mit offenen Mänteln die frühlingshaft warme Luft und den Anblick des groß über den Häuserschluchten stehenden Mondes genossen.

Sie berichtete, daß seit dem Überfall die meisten Tische leer blieben und die Geschäfte immer schlechter gingen. Farber bestätigte, daß dies sehr häufig der Fall sei, da viele Leute den Schauplatz eines Raubüberfalls meiden würden, aus Furcht, der Überfall könne sich wiederholen. Als zukünftige Lokalgäste kämen daher nur Leute in Frage, die nicht aus der Nachbarschaft stammten und keine Ahnung vom Vorgeschehen hätten. Seufzend erwog Mary Alice, daß das Restaurant vielleicht bald schließen und sie sich spätestens dann nach einem neuen Job umsehen müsse. Schon jetzt seien ihre Trinkgelder auf ein Minimum zusammengeschrumpft, so daß sich die Arbeit kaum noch lohne.

So als ob es das Natürlichste von der Welt wäre, traten beide, wie ein Ehepaar lässig nebeneinander hergehend, in das Gebäude und stiegen die Treppen zu Farbers Wohnung hinauf. Im selben Augenblick, in dem er die Tür aufschloß, fiel jedoch schlagartig alle Lässigkeit von ihnen ab. Ohne noch einen Augenblick länger warten zu können, fielen sie übereinander her und rissen sich gegenseitig die Kleider vom Leib, die als Spur ihren Weg von der Wohnungstür zum Schlafzimmer markierten.

Diesmal ließen sie sich keine Zeit für ein zärtliches Vorspiel. Mary Alice war bereit, ihn zu empfangen, so daß er kurz entschlossen in sie eindrang und zum Höhepunkt der Ekstase führte.

Alles war wie in der Nacht zuvor, nur daß sie sich diesmal bereits von Beginn an stöhnend und von Zeit zu Zeit vor Lust aufschreiend unter seinen Liebkosungen wand, während sie ihn mit ihren Armen und Schenkeln umschlang. Gestern noch war er derjenige gewesen, der die Initiative ergriffen hatte und dessen Drängen sie sich zunächst noch halb überrascht und nicht frei von Hemmungen hingegeben hatte. Nun aber ließ sie sich völlig gehen und hielt nichts mehr zurück, was Farber derart verblüffte, daß er das Gefühl hatte, ein Teil von ihm habe sich abgespalten und beobachte sie beide wie ein außenstehender Zuschauer.

Zunächst spürte er erneut ein unsagbares Gefühl des Stolzes, daß er es war, Bert P. Farber, der sie in diesen ekstatischen Zustand versetzte und eine Seite ihres Wesens geweckt hatte, von deren Existenz sie – die mit halb geschlossenen Augen keuchend unter ihm lag – vorher allenfalls etwas geahnt hatte.

Aber je länger ihr Liebesspiel dauerte, desto stärker befiel Farber ein Gefühl der Enttäuschung. Dabei handelte es sich keineswegs um eine Reaktion auf die Schamlosigkeit, mit der sie sich ihm hingab und die er sogar genoß. Was ihn befremdete, war vielmehr die Erkenntnis, nicht mehr als ein Instrument zur Erzeugung ihrer Ekstase zu sein. Er spürte immer deutlicher, daß sie offensichtlich nur dabei war, die Grenzen ihrer eigenen sexuellen Genußfähigkeit auszuloten. Auch ihre Hemmungslosigkeit schien nur eine Folge der Tatsache, daß sie seine Anwesenheit praktisch nicht zur Kenntnis nahm oder zumindest absolut verdrängte. Teilweise schien sie völlig in eine Welt der lustvollen Befriedigung versunken, die so tief in ihr selbst verborgen lag, daß es ihr scheinbar ganz gleichgültig war, wer sich gerade als ihr Sexualpartner zwischen ihren Schenkeln abmühte.

Kurz und gut: die noch nachts zuvor empfundene innige Verbundenheit zweier Körper und Seelen war mit einem Schlag verflogen. Ebenso deprimierend war für Farber, daß offensichtlich nur er diese Veränderung als Verlust empfand, während Mary Alice nichts zu vermissen schien. Farber fragte sich, ob es sich dabei um eine bewußte Form der Selbstvergessenheit handelte oder ob sie – noch schlimmer – die Erlebnisse der vergangenen Nacht bereits schlicht und einfach weggewischt hatte?

Trotz all dieser Zweifel und wenig erbaulichen Überlegungen bereitete es Farber keinerlei Mühe, die ihm zugewiesene Rolle zu Mary Alice' vollster Befriedigung auszufüllen. Er wäre nie imstande gewesen, sich der Versuchung ihrer dunklen Augen, in die er am liebsten versunken wäre, und ihres allzu verführerischen Körpers zu entziehen. Deshalb klammerte er sich innerlich an die Hoffnung, nicht nur er träume von ihr, sondern sie auch von ihm, und nicht der gegenwärtige, sondern der in der Nacht zuvor gewonnene Eindruck sei der ausschlaggebende.

Es kam nicht selten vor, daß die beiden Harry Chapman trafen, wenn Farber abends zum Restaurant kam, um Mary Alice abzuholen. Farber kam erst sehr viel später auf die Idee, daß es sich bei diesen Begegnungen keineswegs nur um Zufälle handelte, sondern daß sein ehemaliger Streifenpartner möglicherweise das Lokal, in dem Mary Alice arbeitete, gezielt beobachtet hatte, um herauszufinden, wann die letzten Gäste gingen und damit ihre Schicht beendet war. Jedenfalls geschah es recht häufig, daß Chapman plötzlich mit seinem Streifenwagen am Straßenrand hielt und dann ausstieg, um mit ihnen ein paar Worte zu wechseln.

Der Ablauf dieser Begegnungen war immer derselbe: Chapman unterhielt sich in erster Linie mit Farber und berichtete ihm von den Fortschritten bei seinem Studium, warf Mary Alice währenddessen aber manchen Blick zu. Farber konnte daran nichts Unrechtes erkennen, zumal es ihm keineswegs unlieb war, daß der Jüngere in ihrer Gegenwart zu ihm wie zu einer Art Mentor aufblickte. Außerdem machte Mary Alice keinerlei Anstalten, mit ihm zu flirten, sondern zeigte im Gegenteil nur soviel Interesse an Chapman, wie es die pure Höflichkeit gebot. Ansonsten wandte sie sich meist gelangweilt ab, wenn die beiden Männer sich über Polizeiinterna unterhielten.

»Was hältst du davon, wenn wir einmal gemeinsam mit Harry und seiner Freundin ausgehen?« fragte Farber eines Abends, während sie die Columbus Avenue entlangschlenderten.

»Wie kommst du darauf?«

»Weil Harry es vorgeschlagen hat. Wir könnten uns zum Abendessen treffen.«

»Du weißt doch, daß ich nur einen Abend die Woche freihabe ...«

»Du hast nicht viel für Harry übrig, stimmt's?«

»Na ja, ich mag keine Cops.«

»Gar keine?«

Sie streckte ihm die Zunge heraus. »Nein. Ich hasse sie ausnahmslos.«

Farber lachte.

»Sie sind alle schrecklich langweilig«, fügte Mary Alice hinzu.

Farber gab dennoch nicht auf und erzählte ihr von Harry Chapmans ehrgeizigen Zukunftsplänen.

»Das alles hört sich ganz schön eingebildet und selbstherrlich an«, lautete ihr Kommentar.

»Da hast du sicher nicht unrecht. Aber immerhin hat er mir versprochen, mich zum Chef der Kriminalpolizei zu machen, sobald er selbst es zum Commissioner gebracht hat.«

»Ehrlich gesagt verstehe ich nicht, was du an dem Angeber findest.«

»Es geht doch nur um einen Abend.«

»Dafür, daß du so ein vernünftiger Bursche bist, hast du ganz schön seltsame Freunde.«

»Schau, wenn du ihn erst einmal näher kennengelernt hast …«

»Ich durchschaue dich wirklich nicht, Bert. Du bist mir ein Buch mit sieben Siegeln.«

»Ach weißt du, ich glaube, ich fühle mich irgendwie ein bißchen für ihn verantwortlich. Ich weiß auch nicht, wie ich das erklären soll.«

Mary Alice seufzte. »Also schön. Du gibst ja doch keine Ruhe.«

Das Abendessen fand in dem Restaurant in der obersten Etage des RVA-Gebäudes statt. Angesichts des eleganten Rahmens fuhr Mary Alice zuvor extra nach Scarsdale, um sich von dort ein rotes, ärmelloses Abendkleid zu holen, das ihre schmale Taille ebenso betonte wie ihre langen, makellosen Beine. Farber war auf jeden Fall einfach hingerissen von ihr.

Harry Chapman wurde von einer gewissen Madge Fellows begleitet, die ein bißchen größer war als Mary Alice. Auch sie war ein ausgesprochen hübsches Mädchen, konnte aber Mary Alice nicht das Wasser reichen. Als Farber erfuhr, daß Madge kurz vor dem Abschluß ihres Psychologiestudiums am Hunter College stand, wäre er niemals auf die Idee gekommen, daß sie eines Tages seine Ehefrau sein würde.

Der Ausblick auf die unter ihnen liegende Stadt war fantastisch, da es langsam dunkel wurde und sich New York nach und nach in allen Himmelsrichtungen in ein Lichtermeer verwandelte. Zur Feier des Tages bestellte Harry Chapman Champagner zum Essen, da ihn nur noch eine Prüfung vom erfolgreichen Abschluß seines Jurastudiums trennte.

Alle nippten an ihren Gläsern und machten sich lustig über die Leute ringsum: Während alle vier von ihnen in New York geboren worden waren, klassifizierten sie die übrigen, zum großen Teil japanischen Gäste als Touristen.

Als Harry Chapman seine Begleiterin nach dem Essen auf die Tanzfläche führte, wurde auch Farber unter dem Tisch von Mary Alice angestoßen.

»Nun komm schon. Worauf wartest du noch?«

»Ich warne dich. Ich bin alles andere als ein begnadeter Tänzer.«

Dennoch taten es die beiden dem anderen Paar nach und tanzten wenig später ebenfalls zu den Klängen des Tanzorchesters, das im Lokal spielte.

»Ich liebe es, dich in meinen Armen zu halten«, flüsterte Farber ihr ins Ohr, »aber ich hasse es, zu tanzen.«

»Du alter Spielverderber«, schalt Mary Alice ihn, als sie zu ihrem Platz zurückkehrten. Dabei hörte er aus ihrer Stimme einen spitzen Unterton heraus, den er nie zuvor an ihr wahrgenommen hatte, da sie von ihrem Wesen her eigentlich sehr direkt und offenherzig war. Abgesehen davon gab sie sich den ganzen Abend über sehr albern und kicherte oft, was ebenfalls sehr untypisch für sie war.

»Würdest du mit mir tanzen, Mary Alice?« fragte Chapman plötzlich. Und schon entschwanden die beiden auf die Tanzfläche, während Farber sich mit Madge unterhielt und den Eindruck gewann, daß sie eigentlich gar nicht Chapmans Freundin war, sondern ihn nur sehr oberflächlich kannte – was sich erst Jahre später als Irrtum erweisen sollte.

»Harry ist wirklich ein guter Tänzer«, schwärmte Mary Alice, als sie an den Tisch zurückkehrten, wobei Chapman sich sogleich wieder mit Madge davonmachte.

»Scheint so«, erwiderte Farber, der festzustellen glaubte, daß ihre wunderschönen Augen an jenem Abend besonders intensiv funkelten.

»Er hat bis zu seinem zwölften Lebensjahr Tanzstunden genommen«, erzählte sie weiter und lachte.

»Was ist so komisch daran?«

»Daß es bei mir genauso war.« Sie machte jetzt wirklich einen überdrehten Eindruck.

»Vielleicht hattet ihr ja denselben Tanzlehrer.«

Mary Alice schüttelte den Kopf, ohne die Ironie in Farbers Tonfall herauszuhören. »Damals lebten meine Familie und ich in einem Apartment an der Park Avenue. Harry war zu der Zeit aber in Washington.«

»An der öffentlichen Schule, auf die ich ging, stand leider kein Tanzunterricht auf dem Lehrplan«, sagte Farber voller Sarkasmus. »Ganz abgesehen davon hasse ich es, zu tanzen.«

»Ich wußte gar nicht, daß Harrys Vater der berühmte Fernsehkommentator ist?« wunderte sich Mary Alice, ohne auf seine Äußerung einzugehen.

»Nein? Ich dachte, ich hätte es dir gegenüber erwähnt.«

Den größten Teil des restlichen Abends unterhielt sich Farber mit Madge, da Harry Chapman zumeist mit Mary Alice tanzte. Madge erzählte vor allem davon, einmal drei oder vier Kinder haben zu wollen – natürlich ohne ahnen zu können, daß ihre Ehe mit Bert Farber kinderlos bleiben würde. Farber gab sich zwar Mühe, ihr zuzuhören, wurde jedoch ständig dadurch abgelenkt, daß seine Augen unwillkürlich Mary Alice und seinem Ex-Streifenpartner folgten, wobei sich sein Magen immer mehr verkrampfte.

Auch auf dem Rückweg im Taxi entspannte sich die Situation zwischen Farber und Mary Alice keineswegs. Denn als er die Adresse seines Apartments nannte, beugte sie sich vor und wies den Fahrer an, sie zuerst bei ihrer Wohnung abzusetzen. Dann lehnte sie sich zurück und tätschelte Farber Hand: »Es ist schon spät, und ich bin sehr müde. Laß uns heute lieber mal früher schlafen gehen.«

»Mary Alice ...«, hob Farber zu einem Protest an, brach dann jedoch ab, da er sich auf keinen Streit mit ihr einlassen wollte, und starrte statt dessen wortlos aus dem Wagenfenster.

»Du hast wirklich einen sehr netten Freund«, stellte sie nach längerem Schweigen fest. Noch immer machte sie einen sehr lebhaften, ja beinahe überspannten Eindruck.

Wie zuvor verzichtete Farber auf eine Erwiderung, worauf erneut eine längere Pause entstand, bis Mary Alice endlich das Schweigen brach.

»Ich glaube, es wäre für jeden von uns das beste, wenn wir versuchten, ein bißchen Abstand voneinander zu gewinnen.«

»Abstand gewinnen? Mary Alice, ich liebe dich, und ich wünsche mir nichts sehnlicher, als dich zu heiraten.«

Sein Geständnis verschlug ihr nur für einen Moment die Sprache. »Das ist nicht wahr. Du liebst mich nicht«, stellte sie nüchtern fest.

»Doch, das tue ich. Und zwar von ganzem Herzen. Ich habe es dir oft genug beteuert.«

»Ja, im Bett. Aber das sind nur Dinge, die man beim Sex redet, ohne zu wissen, was man sagt.«

»Ich weiß sehr wohl, was ich sage. Und ich meine es auch so.«

»Hör auf, Bert. Du verwechselst zweierlei, wenn du von Liebe redest, dann meinst du damit, daß du mich gerne fickst.«

Farber wandte sich schockiert ab. Er mußte sich eingestehen, noch immer nicht an den Ton gewöhnt zu sein, den viele der Mädchen in den Kreisen anschlugen, in denen Mary Alice verkehrte.

»Wie stellst du dir eine Ehe überhaupt vor?« fragte sie. »Was sollte dann aus meiner Karriere werden?«

»Wer verlangt, daß du sie aufgibst?«

»Das sagst du jetzt. Aber eine Ehe läuft immer darauf hinaus, daß die Frau zu Hause sitzt und sich um den Haushalt und die Kinder kümmert.«

»Nicht, wenn du mich heiratest.«

»*Gerade* wenn ich dich heirate.«

»Mary Alice, hast du mal daran gedacht, daß du möglicherweise niemals den großen Durchbruch als Schauspielerin schaffen wirst?«

Langsam, langsam, versuchte sich Farber selbst zu beruhigen. *Jetzt nur kein falsches Wort zuviel!* Es war nicht zu verkennen, daß sie in gereizter und rebellischer Laune war. Trieb er sie jetzt zu sehr in die Defensive, würde sie möglicherweise erst recht mit dem Kopf durch die Wand wollen.

Erst wenige Tage zuvor hatten ihn drei seiner Kollegen aufgefordert, sie zu einer einwöchigen Bärenjagd nach Kanada zu begleiten. Farber hatte abgelehnt, da ihm eine Woche ohne Mary Alice unvorstellbar erschienen war. Unter diesen Umständen hielt er es allerdings für sinnvoll, seine Meinung zu ändern.

»Na schön, wie du willst. Dann werde ich dich eine Weile von meiner Gegenwart befreien.«

»Was meinst du damit?« fragte sie überrascht.

Ihre Reaktion machte ihm Mut. »Ich werde ein bißchen in Urlaub fahren«, verkündete er. Sicherlich würde sie ihn während seiner Abwesenheit vermissen und um so sehnlicher zurückerwarten.

»Wie lange?«

»Etwa eine Woche. Nach Kanada.«

»Auf die Jagd?«

»Ja, auf Bärenjagd.«

»Bären?«

»Ja, Bären. Und sicher keine Teddybären.«

»Großer Gott, was veranlaßt dich nur dazu, solch wunderschöne Tiere töten zu wollen?«

Farber fuhr tatsächlich nach Kanada, wo er und die anderen Cops jeden Tag nach Fährten Ausschau hielten, ohne die ganze Woche über auch nur einen einzigen Bären zu Gesicht zu bekommen. Statt dessen trank Farber viel zuviel Bier, nahm jede Nacht den hoffnungslosen Kampf gegen die Moskitos auf und grübelte ansonsten über Mary Alice nach.

Nach seiner Rückkehr nach New York mußte er zunächst feststellen, daß das Restaurant, in dem Mary Alice gearbeitet hatte, wieder geschlossen worden war. Da sie darüber hinaus auch die Wohnung gewechselt hatte, benötigte Farber zwei Tage, um sie aufzuspüren. Sie arbeitete jetzt in einem Lokal in Greenwich Village. Farber setzte sich dort abends an einen Tisch und wartete, bis sie zu ihm kam, um seine Bestellung aufzunehmen.

»Hältst du es vielleicht für einen gelungenen Scherz, spurlos zu verschwinden, oder hast du in der Zwischenzeit geheiratet?«

Farber hatte sich in seiner Verärgerung diesen Satz zurechtgelegt, aber als er sie plötzlich wiedersah, starrte er sie nur noch an, ohne ein weiteres Wort über die Lippen zu bringen.

Mary Alice trug flache Schuhe, Jeans und einen Pullover. Außerdem hatte sie ihr langes Haar zu einem Pferdeschwanz zusammengebunden. Sie wirkte in dieser Aufmachung wesentlich jünger als an ihrem ehemaligen Beschäftigungsort. Um männliche Gäste anzulocken, hatte sie sich dort noch in einen kurzen Rock, Netzstrümpfe und hochhackige Schuhe, die ihr jeden Abend Schmerzen in den Beinen bereiteten, zwängen müssen. Jetzt konnte sie sich ihre Kleidung selbst aussuchen und wurde zudem besser bezahlt. Mittlerweile wohnte sie nun auch in Greenwich Village, und zwar in einem Apartment, das sie nur mit noch einer Mitmieterin teilte.

Auch wenn sich Mary Alice' Arbeits- und Wohnsituation allem Anschein nach verbessert hatte, so war Farber fortan doch jeden Abend sehr viel länger unterwegs, um von seinem Apartment oder auch direkt vom Revier aus zu ihr zu kommen. Nicht selten traf er so spät an ihrem neuen Arbeitsplatz ein, daß sie bereits fortgegangen war, es sei denn, sie waren ausdrücklich miteinander verabredet. Früher hatte er einfach bei ihr vorbeischauen und nach dem Rechten sehen können, nun aber wurde die Beziehung zwischen den beiden mehr und mehr durch den Terminkalender bestimmt.

Farber wußte nur zu gut, daß dies gerade bei einem nach Selbstverwirklichung strebenden Mädchen wie Mary Alice keine günstige Voraussetzung für eine gemeinsame Zukunft war. Doch auch wenn er fürchtete, sie könne den Eindruck gewinnen, ständig von ihm überwacht und an der kurzen Leine geführt zu werden, so sah er doch keine andere, keine bessere Lösung, als sie regelmäßig zu treffen.

Die Begegnungen zwischen ihnen verliefen meist nach demselben Schema: Nachdem sie gemeinsam etwas unternommen hatten, forderte Farber sie jedesmal auf, ihn in sein Apartment zu begleiten. Häufig tat sie das auch, aber längst nicht so häufig wie früher.

Als es Sommer wurde, heuerte Mary Alice bei einer Theatertruppe an, die für ein Vierteljahr in Lancaster, New Hampshire, spielen wollte. Ihre Aufgabe bestand allerdings durchaus nicht darin, als Schauspielerin zu arbeiten, sondern als eine Art ›Mädchen für alles‹: Unter anderem sollte sie Eintrittskarten verkaufen, den Telefondienst übernehmen und während der Vorstellung als Kulissenschieberin dienen. Aber immerhin – so betonte sie Farber gegenüber – erhalte sie so Gelegenheit, an vorderster Front wertvolle Erfahrungen zu sammeln und zumindest einige der Schauspieler auch näher kennenzulernen.

Allerdings nur solche, die sich dazu hergaben, in Lancaster, New Hampshire, aufzutreten, dachte Farber bei sich.

Mary Alice war von ihrem Vorhaben nicht abzubringen, auch wenn Farber inständig hoffte, sie möge irgendwann ihre Naivität ablegen und sich endlich wie eine Erwachsene benehmen. Aber sie schwärmte lediglich davon, die Technik der Schauspieler studieren zu können und möglicherweise die Chance zu erhalten, als Ersatz einspringen zu dürfen, falls jemand einmal krank werden sollte.

»Ich komme dich von Zeit zu Zeit besuchen, wann immer es mein Dienstplan erlaubt«, versprach Farber.

»Das kann ich nicht von dir verlangen«, wehrte sie ab. »Dafür ist die Strecke doch viel zu lang.« Mit diesen Worten brach sie auf.

Lancaster liegt ungefähr dreihundert Meilen von New York entfernt, aber die Vorstellung, drei Monate ohne Mary Alice verbringen zu müssen, erschien ihm wie die Aussicht auf eine Gefängnisstrafe ohne Bewährung. Zuerst versuchte er, sie telefonisch zu erreichen, aber alle seine Bemühungen endeten ergebnislos, da sie entweder gerade zuviel zu tun hatte oder in einer Absteige wohnte, in der es kein Telefon gab. Da Farber auch keinerlei Bestätigung dafür erhielt, daß ihr die von ihm hinterlassenen Botschaften tatsächlich ausgerichtet worden waren, setzte er nach zehn Tagen schließlich Himmel und Hölle in Bewegung, um zu ihr zu gelangen.

Als er niemanden fand, der ihm sein Auto geliehen hätte, mußte er sich eines mieten. Die Fahrt dauerte mehr als sieben Stunden, obwohl er sich wirklich beeilt und auf den Schnellstraßen meist einen Schnitt von achtzig Meilen eingehalten hatte. Doch gerade wegen der Raserei war er zunächst in Connecticut und dann in Vermont von einer Polizeistreife angehalten worden. Zwar hatten sie ihn in beiden Fällen wieder laufenlassen, da ein Cop niemals von einem anderen einen Strafzettel bekam, aber dennoch verlor er wichtige Zeit bei diesen unfreiwilligen Stopps.

Nachdem auch das letzte Stück einer extrem kurvenreichen Strecke bewältigt war, traf er schließlich sehr viel später ein, als er zuvor gehofft hatte. Farber parkte den Wagen vor dem Theater und stieg aus. Es war bereits dunkel, aber der starke Wind, der ihm die Haare zerzauste und den Staub vor sich hertrieb, war warm und angenehm. Neben dem Eingang hingen zwar Plakate, doch die Türen waren verschlossen, da die Spielzeit erst eine Woche später begann.

Hinter dem Theater befanden sich zwei kleinere Gebäude, deren Fenster zum Teil erleuchtet waren. Als Farber seine Schritte dorthin lenkte, begegnete ihm ein Mann, den er um Auskunft bat. Da der Mann selbst erst vor wenigen Tagen zu der Schauspieltruppe gestoßen war und noch nicht alle mit Namen kannte, konnte er nur vermuten, wo Mary Alice möglicherweise zu finden wäre.

Farber versuchte sein Glück und betrat die hölzerne Veranda des Gebäudes, auf das der Mann gezeigt hatte. Durch die verglaste Eingangstür spähend, konnte Farber nichts erkennen, da innen alles dunkel war. Er öffnete die Tür und rief Mary Alice' Namen, erhielt aber keine Antwort.

Schließlich trat er ein und folgte dem Flur, der sich vor ihm erstreckte. Farber fiel als erstes auf, daß alle Türen weit offenstanden oder nur angelehnt waren.

Das hier ist eben nicht New York, sagte er sich, *hier in der Provinz muß man wohl keine Angst vor Dieben haben.*

Dennoch empfand er es als großen Leichtsinn, daß es offensichtlich niemand für nötig befunden hatte, sein Zimmer abzuschließen. Möglicherweise befand sich ja sogar unter den Angehörigen der Theatertruppe ein Dieb … Schließlich sah man niemandem an der Nasenspitze an, ob er ein ehrlicher Mensch war oder nicht. Oder es konnte zufällig jemand vorbeikommen. Wie hieß doch die alte Redensart: Gelegenheit macht Diebe.

»Mary Alice!« rief er noch mehrmals.

Jede Reaktion blieb aus. Daraufhin blickte er nacheinander in jedes der Zimmer und schaltete das Licht an. Ihm bot sich immer derselbe Anblick: zwei Betten, ein Schrank und geöffnete Koffer.

Farber verließ das Gebäude und schaute sich ratlos auf der Veranda um. Wo mochte sie stecken? Ob sie ihn nicht sehen wollte? Vielleicht hatte sie von seiner Absicht erfahren, sie zu besuchen, und hatte sich daraufhin aus dem

Staub gemacht, um ihm nicht zu begegnen. War es sogar denkbar, daß sie bereits mit jemandem aus der Theatertruppe angebändelt hatte?

Vielleicht wäre es doch besser gewesen, wenn ich nie hierhergekommen wäre, dachte er bei sich, als er aus der Ferne Musik zu hören glaubte. Sie schien aus dem Wald zu kommen, der hinter den Gebäuden begann und in den ein Pfad hineinführte, der im matten Schein der Glühbirne zu erkennen war, die über der Veranda hing.

Farber machte sich auf den Weg, hatte in der Dunkelheit jedoch große Mühe, voranzukommen und nicht die Orientierung zu verlieren. Er sah nicht die Hand vor Augen und stolperte daher mehrmals über Wurzeln und umgestürzte Baumstämme, wobei er einmal fast gestürzt wäre. Außerdem schlugen ihm Äste ins Gesicht. Abgesehen von seinen gelegentlichen Jagdausflügen war er eben doch unverkennbar ein Stadtmensch. Ohne die ihm vertraute Geräuschkulisse des New Yorker Straßenlärms und der heulenden Sirenen fühlte er sich im stillen Wald fremd und verloren, zumal er hier auch ganz andere, unvertraute Gerüche wahrnahm.

Obwohl er schon befürchtet hatte, sich verirrt zu haben, hörte er die Klänge der Musik plötzlich sehr viel deutlicher und klarer. Und er sah, wie sich der auf den Waldboden gesenkte Strahl einer Taschenlampe auf ihn zubewegte und schließlich seine Füße traf. Erst folgte ein erschreckter Aufschrei, dann richtete sich der Lichtstrahl auf sein Gesicht.

»Mein Gott, wie kommst du denn hierher?« vernahm er Mary Alice' völlig überraschte Stimme.

Als er ihr die Hände entgegenstreckte und sie näher an ihn herantrat, hatte er zunächst den Eindruck, daß sie ein wenig steif und abweisend wirkte. Aber im nächsten Moment knipste sie die Taschenlampe aus, schmiegte sich an ihn, schlang ihre Arme um seinen Hals und küßte ihn leidenschaftlich. Mit einem Schlag fielen alle Sorgen und Befürchtungen von Farber ab, und er fühlte sich so glücklich wie nie zuvor in seinem Leben.

In der Finsternis, die rings um sie herum herrschte, konnte er sie nicht einmal sehen, dafür aber um so deutlicher spüren und ihren Atem hören. Einen Moment lang waren Farbers Sinne beinahe übernatürlich geschärft, bevor eine Welle sexueller Erregtheit über den beiden zusammenschlug. Als wären sie zwei unerfahrene und ängstliche Teenager, betasteten und streichelten sie sich am ganzen Körper, was angesichts der äußeren Umstände das Äußerste war, was sie zu tun wagten. Doch Farber empfand diese Form der Zärtlichkeit sehr viel intensiver, als wenn beide die schrankenlose Freiheit eines Zimmers mit einem Bett genossen hätten. Dies jedoch war eine sehr viel unschuldigere und reinere Form der Liebe, und er war dankbar dafür.

»Oh, mein Gott«, flüsterte er wiederholt in ihr Ohr. Später fragte er sich, warum er ausgerechnet diese Formulierung gewählt hatte. Wahrscheinlich deshalb, weil sowohl der Schöpfer als auch die Liebe allem Irdischen enthoben und das größte Ziel aller menschlichen Sehnsüchte waren.

»Mary Alice, ich liebe dich mehr als alles andere auf der Welt«, stöhnte Farber. »Gibt es hier irgendwo einen Ort, wohin wir gehen können?«

Sie war genauso außer Atem wie er, lachte aber plötzlich, nahm ihn bei der Hand und zog ihn tiefer in den Wald hinein.

»Hier entlang«, sagte sie und schaltete die Taschenlampe wieder an.

Obwohl der Lichtstrahl nur schwach war, konnte Farber doch genug erkennen, um herabhängenden Zweigen auszuweichen und nicht erneut ins Stolpern zu geraten. Zuerst dachte er, sie führe ihn in einen abgelegeneren Teil des Waldes, um sich mit ihm auf dem Moos unter einem der Bäume zu lieben. Aber ehe er sich's versah, standen sie auf einer Lichtung und blickten auf einen See. An dessen Rand saßen, um ein Feuer versammelt, sechs oder sieben junge Leute, von denen einer Gitarre spielte.

Mary Alice und er setzten sich auf einen Baumstamm

und lauschten händchenhaltend der Musik. Anfangs genoß Farber noch, daß Mary Alice' Augen im flackernden Schein des Feuers noch dunkler und tiefer wirkten als ohnehin schon, aber je länger sie an Ort und Stelle verharrten, desto ungeduldiger wurde er. Schließlich war er nicht die weite Strecke gefahren, um sie jetzt die ganze Zeit über mit anderen zu teilen.

»Führt der Pfad, den wir vorhin entlanggekommen sind, eigentlich um den See herum?« fragte er sie.

»Keine Ahnung.«

»Dann laß es uns herausfinden.«

Sie warf ihm einen halb zweifelnden, halb amüsierten Blick zu, ließ sich jedoch aufhelfen und verschwand mit ihm erneut im Wald. Der Trampelpfad war sehr schmal und gewunden, verlor sich teilweise zwischen den Bäumen, folgte an anderen Stellen allerdings tatsächlich dem Verlauf des Sees, der zwischen den Zweigen hindurch zu sehen war. Farber erkannte, daß sich auf der Wasseroberfläche einzelne Sterne spiegelten, konnte den Mond jedoch nicht ausmachen. Außerdem konzentrierte er sich darauf, Mary Alice zu folgen, die mit der Taschenlampe voranging und ihn bei der Hand hielt.

Nach einer Weile erreichten beide eine Stelle im Wald, auf der Kies und Geröll lagen und die dadurch praktisch frei von Unterholz war. Mary Alice leuchtete den Platz nach allen Seiten aus, bis sie einen Felsbrocken ausmachte, dessen Oberseite flach wie ein Hocker war.

Damals war Farber viel zu erregt, um Argwohn zu schöpfen, und deshalb wurde ihm erst sehr viel später klar, daß sie sehr genau gewußt hatte, wonach sie suchte.

»Setz dich dorthin«, forderte sie ihn auf.

Ohne sie deutlich sehen zu können, spürte er mehr, daß sie aus ihren Schuhen schlüpfte. Dann hörte er, wie sie sich an ihrem Gürtel zu schaffen machte und aus ihren Jeans schlüpfte, bevor sie mit nackten weißen Schenkeln vor ihn hintrat.

»Ich habe dir doch gesagt, daß du dich dorthin setzen sollst.«

Sie nestelte nur einen kurzen Augenblick an seinem Reißverschluß herum, bevor sie ihn sanft nach hinten stieß und ihn damit in eine sitzende Position zwang.

»Wann hast du vor, zurückfahren?« fragte sie Farber, während sie sich rittlings auf ihn setzte.

Was empfindet ein Mann in einem solchen Moment? Farber jedenfalls hatte das Gefühl, mit Gott und der Welt eins zu sein und das Ziel all seiner Wünsche und Träume erreicht zu haben.

Sie bewegte sich auf und ab. »Willst du heute noch zurück?«

»Bist du verrückt?« stieß er stöhnend zwischen den Zähnen hervor. »Weißt du eigentlich, wie lange man von New York aus hierherfährt?«

Er schob seine Hände unter Mary Alice' Pullover und ließ sie über ihren Rücken herabgleiten.

»Komm, zieh den Pullover aus«, verlangte er.

»Kommt nicht in Frage.«

»Warum nicht?«

»Stell dir vor, es kommt jemand.«

»Herr im Himmel, was ist das für eine Begründung von jemandem, der keinen Slip mehr anhat?«

Sie lachte, fuhr aber nur damit fort, sich weiterhin auf seinem Schoß auf und ab zu bewegen.

Farber schob zuerst ihren Pullover hoch und dann ihren Büstenhalter, um schließlich ihre Brustwarzen liebkosen zu können.

»Hast du schon einen Platz, wo du schlafen kannst?« fragte Mary Alice in normalem Gesprächston, so als säßen beide zum Nachmittagskaffee beisammen.

»Nein«, knurrte Farber, der viel zu erregt war, um normal sprechen zu können.

»Bitte, bleib so!« fügte er dann hinzu, als sie sich langsamer bewegte und damit seine Lust nur noch mehr steigerte. Er versuchte, sie fest zu umklammern, aber sie durchschaute seine Absicht und begann daraufhin nur um so wilder und ungebändigter, ihr Spiel mit ihm zu treiben.

So muß sich ein Skispringer fühlen, dachte Farber: *erst der Anlauf, bis schließlich der Höhepunkt der Beschleunigung erreicht ist und man schließlich das Gefühl hat, fliegen zu können.* Hingerissen schloß er die Augen und begann leise zu stöhnen.

Mary Alice erhob sich von ihm. »Fühlst du dich jetzt besser?«

Sie bückte sich, um ihre Jeans aufzunehmen und wieder anzuziehen. »Und nun sollten wir erst mal sehen, wo wir ein Bett für dich auftreiben.«

»Das dürfte doch kein großes Problem sein. Ich kann doch bei dir schlafen.«

»Nein, das kannst du nicht.«

»Warum nicht? Hast du kein Einzelzimmer?«

»Nein, ich teile mein Zimmer mit einem anderen Mädchen.«

»Könntest du sie nicht bitten, heute nacht woanders zu schlafen?«

Unterdessen hatten beide ihre Kleidung wieder geordnet und befanden sich auf dem Rückweg.

»Das geht nicht, weil bereits alle Schlafplätze für die weiblichen Angehörigen unserer Truppe vergeben sind.«

»Ich kann notfalls auch im Auto schlafen.«

»Ich hoffe, das wird nicht nötig sein, im Männerflügel müßte sich eigentlich ein Bett für dich finden lassen.«

Sie waren wieder zu der Stelle zurückgekehrt, an der die anderen um das Feuer herum gesessen hatten. Es war noch nicht erloschen, aber sowohl der Gitarrenspieler wie auch seine Zuhörer waren bereits gegangen. Farber und Mary Alice blieben stehen und schauten schweigend in die züngelnden Flammen. Dann legte er seine Arme um sie und zog sie an sich, um sie zärtlich zu küssen. Mary Alice sträubte sich zwar nicht, wirkte dennoch aber eher unbeteiligt.

»Auf jeden Fall mußt du morgen früh gleich wieder zurück«, sagte sie, nachdem beide aufgebrochen waren, um das letzte Stück des Wegs zum Theater zurückzulegen.

»Warum sollte ich das tun? Ich könnte mir gut vorstellen, mich mit dir an einen Flecken wie diesen zurückzuziehen.«

»Hör auf mit dem Unsinn. Ich werde morgen den ganzen Tag über beschäftigt sein und kaum Zeit finden, dich zu sehen.«

»Dann bleiben uns immer noch der Abend und die Nacht«, entgegnete Farber. »Nachdem wir nun wissen, wo dieser Zauberfelsen zu finden ist, warte ich gern den ganzen Tag über darauf, mit dir die Freuden der Waldeinsamkeit zu teilen.«

Wieder ging sie mit der Taschenlampe voran und mußte daher über ihre Schulter zurückblicken, um mit ihm reden zu können: »Ausgeschlossen. Für morgen abend sind Proben angesetzt.«

»Jede Probe ist irgendwann einmal zu Ende.«

»Aber es kann gut sein, daß sie bis nach Mitternacht dauern.«

»Du kannst mich dann ja wecken.«

»Bitte, Bert. Versprich mir, daß du morgen früh wieder abfährst.«

»Sicher«, erwiderte Farber. Er war bereit, in diesem Augenblick alles zu versprechen, was sie von ihm verlangt hätte – zumal er sich keineswegs an seine Zusage gebunden fühlte.

Beide hatten den Waldrand erreicht und sahen die hinter dem Theater liegenden Wohngebäude vor sich, von denen einige Fenster erleuchtet waren.

»Hier schlafen die Männer«, erklärte Mary Alice und führte ihn erst über die Veranda und dann einen Flur entlang, an dessen Ende sie an eine Tür klopfte. Als niemand antwortete, drückte sie die Klinke hinunter, schaltete das Licht an und blickte vorsichtig in das leere Zimmer.

Drinnen befand sich ein metallenes Bettgestell, auf dem eine aufgerollte und mit einer Schnur zusammengebundene Matratze lag. Daneben waren zwei graue Militärdecken und zwei unbezogene Kopfkissen aufgestapelt. Ansonsten war der Raum nur mit einem einfachen

Schrank möbliert und wurde lediglich von der Deckenlampe beleuchtet.

»Hier kannst du heute nacht schlafen«, sagte Mary Alice, während sie die Matratze ausrollte. »Leider gibt es keine Bettwäsche.«

Ohne auf ihre Worte zu achten, schloß Farber die Tür und drängte sie zum Bett hinüber.

»Nein!« sagte sie entschieden. »Nein, nein und nochmals nein! Weißt du eigentlich, daß ich nicht einmal in diesem Gebäude sein dürfte? Du schaffst es noch, daß ich wegen dir meinen Job verliere.«

Sie machte sich von ihm frei, richtete ihre Kleidung und öffnete die Tür.

»Hast du gar keinen Hunger?« fragte Farber, der seit dem Morgen nichts mehr gegessen hatte. »Wir könnten doch in die Stadt gehen und noch einen Happen essen.«

»Um diese Zeit haben bereits alle Lokale geschlossen.«

Enttäuscht setzte er sich auf das Bett, wollte sie aber noch nicht gehen lassen. »Wir haben noch gar nicht darüber gesprochen, wie es für dich hier so läuft«, sagte er daher. »Wie gefällt dir denn dein Job?«

»Gut«, erwiderte sie, »wirklich sehr gut.«

Je mehr Fragen er ihr stellte und je mehr er von ihr erfuhr, desto klarer bestätigte sich, was er vermutet und befürchtet hatte: Mary Alice erhielt keinerlei Gelegenheit, schauspielerische Erfahrungen zu sammeln, und verdiente darüber hinaus nur sehr wenig Geld. Bisher waren sie und die anderen nur damit beschäftigt gewesen, das Theater sauberzumachen, kaputte Stühle zu reparieren, Telefongespräche zu führen sowie vorbestellte Eintrittskarten in Briefumschläge zu stecken und zu verschicken. Am nächsten Tag sollten jedoch der Regisseur und die Schauspieler eintreffen. Dann würde sich – so schwärmte sie – alles ändern und erst richtig losgehen. Sie nannte Farber einige Namen, aber er hatte noch nie von diesen Leuten gehört, auch wenn Mary Alice mehrmals betonte, daß der Regisseur und einige der Darsteller sehr bekannt seien. Sie selbst habe bereits damit begonnen, sich mit dem Rollenskript des Stücks vertraut zu machen: »Schließlich will ich vorbereitet sein, falls jemandem etwas zustoßen sollte.«

Farber war überzeugt davon, daß sie sich nur Illusionen hingab und lediglich als billige Arbeitskraft ausgebeutet wurde. Aber er wollte nicht die undankbare Rolle übernehmen, ihr die Wahrheit ins Gesicht zu sagen, sondern hoffte darauf, daß sie über kurz oder lang selbst erkennen würde, wie hoffnungslos das Ganze war.

»Wir können morgen früh noch zusammen eine Tasse Kaffee trinken«, verabschiedete sie sich von ihm. »Aber dann mußt du wirklich aufbrechen.«

»Bekomme ich nicht einmal mehr einen Gutenachtkuß?« fragte Farber.

»Dann mußt du dich zur Tür bemühen«, erwiderte sie lächelnd. »Denn ich werde dem Bett bestimmt nicht zu nahe kommen.«

Also küßten sie sich ein letztes Mal, halb auf dem Flur stehend, bevor Mary Alice sich davonmachte. Farber blickte ihr vom Fenster seines Zimmers aus nach, wie sie zu ihrem Gebäude hinüberging, die Tür öffnete und eintrat – ohne sich noch einmal nach ihm umzusehen.

Trotz seines wenig ansprechenden Nachtquartiers fühlte er sich eigentlich ganz gut. Er holte nur noch seine mit ein paar Utensilien gefüllte Tasche aus dem Wagen, zog sich dann bis auf die Unterwäsche aus und legte sich schlafen.

Am nächsten Morgen begleitete er Mary Alice in den Vorraum des Theaters, wo sie ihn den übrigen bereits eingetroffenen Mitarbeitern der Theatertruppe vorstellte und mit Kaffee sowie mit ein paar Doughnuts versorgte. Etwa zwanzig Minuten später erschien ein etwas älterer Mann auf der Bildfläche und verteilte mit barscher Stimme diverse Arbeitsaufträge.

»Es wird jetzt Zeit für dich, zu gehen«, sagte Mary Alice und begleitete ihn zu seinem Mietwagen.

Ohne sie von seinem heimlichen Plan zu unterrichten, brach Farber auf und legte in der etwa fünf Meilen entfernt liegenden Stadt eine erste Pause ein, um nach knapp vierundzwanzig Stunden Zwangsdiät erst einmal ordentlich zu frühstücken. Also bestellte er sich Orangensaft, Rührei mit Schinken, drei verschiedene Sorten Toast und ließ sich mehrmals Kaffee nachschenken.

Anschließend fuhr er nach Norden zur kanadischen Grenze, um sich dort die Gegend anzuschauen und sein Nichtstun zu genießen. In einem Städtchen namens Waterloo nahm er sein Mittagessen ein und hörte den Leuten zu, die rings um ihn herum Französisch sprachen.

Den Nachmittag verbrachte er damit, sich die Seen anzuschauen, die er auf der Straßenkarte entdeckt hatte. Entspannt blickte er an einem von ihnen über die ruhige Wasserfläche hinweg zu den im Hintergrund aufsteigenden Bergen, die er auf dem Hinweg überquert hatte. Als die Dunkelheit hereinbrach, machte er sich schließlich auf den Rückweg nach Lancaster, um Mary Alice zu überraschen.

Nachdem er erneut vor der Frontseite des Theaters geparkt hatte, bemerkte er auf den ersten Blick, daß die Proben offensichtlich noch in vollem Gange waren. Deshalb nahm er seine Tasche und suchte wieder das Wohngebäude auf, in dem die männlichen Mitglieder der Schauspieltruppe untergebracht waren. Als er jedoch die Tür des Zimmers aufstieß, in dem er die letzte Nacht verbracht hatte, mußte er feststellen, daß ein Koffer auf dem Bett lag. Kurz darauf hörte er, wie die Eingangstür am Ende des Flurs geöffnet wurde und sich Schritte näherten. Dann trat der Mann ein.

Es war Harry Chapman.

»Bert!« rief er überrascht, aber durchaus freundlich. »Was machst du denn hier?«

»Ich suche Mary Alice.«

»Da bist du hier am falschen Platz. In diesem Trakt sind nur die Männer untergebracht.«

»Komisch. Mir wurde gesagt, daß ich sie hier finden könne.«

»Die Frauen wohnen im anderen Gebäude.«

»Dann muß sich der Bursche, der mir die Auskunft gegeben hat, wohl geirrt haben – oder ich mich.«

»Mary Alice ist zur Zeit noch im Theater.«

»Ach so …«

»Weiß sie eigentlich, daß du hier bist?«

»Nein. Ich habe in Kanada ein bißchen Urlaub gemacht und dachte, ich schaue auf dem Rückweg nach New York kurz mal bei ihr rein.«

»Sie wird bestimmt überrascht sein, dich zu sehen, Bert.«

»Ja«, stimmte Farber zu, »das wird sie sicher.«

»Und sie hat wirklich keine Ahnung davon, daß du hierherkommen wolltest?« hakte Chapman nochmals nach. Es wirkte so, als fasse er seinen ehemaligen Streifenpartner bei dieser Frage schärfer ins Auge, da ihm dessen Antwort offensichtlich wichtig war.

»Nein. Sie kann unmöglich wissen, daß ich heute abend hier bin«, bestätigte Farber, ohne sich etwas anmerken zu lassen.

Chapman wirkte erleichtert.

»Aber ich nehme an, daß sie von deinem Besuch weiß«, sagte Farber nach kurzem Schweigen. »Das tut sie doch, oder nicht?«

»O ja. Wir haben das Ganze am Telefon abgemacht. Ich werde ein paar Tage bleiben.«

»Komisch. Ich habe von New York aus auch ein paarmal angerufen, aber es ist mir nie gelungen, sie an die Strippe zu kriegen.«

»So ging es mir auch. Deshalb habe ich jedesmal eine Nachricht für sie hinterlassen. Daraufhin hat sie dann schließlich zurückgerufen.«

Wieder entstand eine Pause.

»Ich nehme an, du hast dich in letzter Zeit öfter mit ihr getroffen?« Farbers Frage klang eher wie eine Feststellung.

»Na ja, so nach und nach«, gestand Chapman. »Ich hoffe, du hast nichts dagegen.«

»Was sollte ich dagegen haben, Harry?«

»Ach, nur so. Du bist doch nicht etwa verlobt mit ihr, oder?«

»Nein, nichts dergleichen.«

»Sie ist wirklich ein wunderbares Mädchen, das absolut offen und ehrlich ist.«

»Da hast du recht«, stimmte Farber trocken zu. »Das beschreibt sie wirklich sehr treffend.«

»Sie wird sich bestimmt freuen, dich zu sehen«, sagte Chapman. »Und ich freue mich auch.« Er strahlte so, als glaube er tatsächlich, was er sagte. Aber konnte es sein, daß er aufrichtig war? War es wirklich denkbar, daß er so ahnungslos und naiv war? Möglich war es schon; aber falls dies wirklich der Fall sein sollte, dann würde aus Harry Chapman niemals ein guter Polizist werden, dachte Farber.

»Komm, laß uns sehen, ob sie endlich mit der Arbeit fertig ist«, forderte Chapman ihn auf, aber Farber war von der Idee nicht sehr begeistert, Mary Alice unter diesen Umständen über den Weg zu laufen. Er war ein zu guter Psychologe, um nicht zu wissen, daß es keine Frau schätzt, mit ihren eigenen Lügen plötzlich konfrontiert zu werden.

Vielleicht hatte sie ihn nur deswegen belogen, weil sie wußte, daß er sich über Chapmans Besuch ärgern würde. Möglicherweise hatte sie auch versucht, Chapmans Besuch abzuwenden, war jedoch an dessen Hartnäckigkeit gescheitert. Denkbar war auch, daß sie für Chapman nicht das geringste übrig hatte, aber befürchtete, daß er, Farber, dennoch das Gegenteil annehmen und eifersüchtig reagieren könne.

All das wollte Farber nur zu gern glauben. Aber er gestand sich ein, daß die Dinge genausogut ganz anders liegen konnten. Rückblickend erschienen ihm plötzlich einige Details in anderem, wenig Gutes verheißendem Licht.

»Wir werden sie im Theater finden«, drang Chapmans Stimme erneut an sein Ohr.

»Laß nur. Ich möchte euch nicht den Abend verderben«, erwiderte Farber.

»Nett von dir, daß du das sagst, aber du störst uns keinesfalls, sondern …«

»Ich bin ohnehin nur auf der Durchfahrt«, unterbrach ihn Farber, »und wollte nur kurz vorbeischauen.«

»Glaub mir, Mary Alice wird sich bestimmt freuen.«

»Lieber nicht. Sie wird viel zu tun und nur wenig Freizeit haben. Außerdem steht mir morgen eine anstrengende Nachtschicht bevor. Deswegen mache ich mich jetzt lieber wieder auf den Weg. Am besten, du sagst ihr gar nicht, daß ich hier war. Sonst wird sie doch noch sauer, daß ich nicht länger gewartet habe.«

Chapman begleitete Farber zu seinem Wagen, und beide blieben noch eine Weile vor dem Theater stehen, um sich über den neuen Captain zu unterhalten, der das 20. Revier übernommen hatte. Dabei handelte es sich um Sternhagen, der später noch eine nicht unmaßgebliche Rolle in der ganzen Geschichte spielen sollte. Damals war er gerade vom Lieutenant zum Captain befördert worden und hatte Priestley abgelöst, der wiederum ins Hauptquartier übergewechselt war.

Farber schaute zum Eingang des Theaters hinüber. In diesem Augenblick interessierten ihn Sternhagen und Priestley nicht im geringsten, denn innerlich war er mit ganz anderen, quälenderen Dingen beschäftigt. Trotz seiner anderslautenden Äußerungen wünschte er sich beinahe, daß Mary Alice aus der Tür trat und ihn zusammen mit Harry Chapman sah. Allein ihr Anblick würde ihm schon Freude bereiten. Vielleicht würde sie sogar auf ihn zugelaufen kommen, ihm um den Hals fallen und Harry Chapman zum Teufel jagen.

Während ihm diese Gedanken durch den Kopf schossen, bekam er kaum mit, was Chapman zu ihm sagte. Das Theater hatte drei Eingangstüren, aber nicht eine davon öffnete sich. Schließlich stieg Farber in den Wagen und fuhr davon.

Auf dem Weg nach Süden schien die Nacht immer finsterer zu werden, so wie die Gedanken und Befürchtungen, die ihn die ganze Zeit über quälten. Vielleicht wurde

Harry Chapman von Mary Alice gerade in diesem Augenblick zu der Stelle im Wald geführt, an der sie am Abend zuvor gewesen waren. Im nächsten Moment würde sie sich möglicherweise rittlings auf seinen Ex-Partner setzen, so wie am Abend zuvor auf ihn.

Nein, sie hatte den wie einen Hocker aussehenden Felsen in der Dunkelheit gewiß nicht zufällig gefunden. Sie mußte ihn bereits vorher ausgekundschaftet haben. Für wen? Sicher nicht für Farber, denn von dessen Ankunft hatte sie nicht gewußt. Für Harry Chapman? Oder für einen dritten, von dem weder Chapman noch er eine Ahnung hatten?

Aber das waren nicht die einzigen Fragen, über die sich Farber das Hirn zermarterte. Wenn sie ihn nicht liebte, warum war sie dann am Vorabend mit ihm zu dieser Stelle im Wald gegangen? Falls sie sich in der Zwischenzeit in Harry Chapman oder in einen anderen verliebt hatte, wäre sie dazu doch nie in der Lage gewesen ... Oder doch? War sie etwa so sexbesessen, daß sie sich nach nur zehn Tagen nicht mehr hatte beherrschen können? Waren Frauen so unbeherrscht? Was wußte er schon über Frauen? Und besonders Mary Alice Riggs war ihm ein Buch mit sieben Siegeln. Aber er hatte nie zuvor den Eindruck gehabt, daß sie wirklich sexbesessen war. Sie hatte in der Hinsicht eher immer durchschnittlich auf ihn gewirkt. Vielleicht war es ihr so schmeichelhaft erschienen, daß er den langen Weg von New York auf sich genommen hatte, nur um sie kurz zu sehen, daß es ihr richtig vorgekommen war, ihn für seine Mühen zu belohnen – so wie man einem Kellner ein Trinkgeld gibt. Spielte die Frage, mit wem sie es gerade trieb, wirklich eine so untergeordnete Rolle für sie?

Möglicherweise hatte sie wirklich nur die willkommene Chance nutzen wollen, Farbers unerwartetes Auftauchen für ihre eigene Befriedigung zu nutzen, obgleich sie bereits wußte, daß Harry Chapman am nächsten Tag auftauchen würde. Oder hatte sie vor, einfach einen direkten Vergleich zwischen den beiden anzustellen? Warum sollten manche Frauen anders sein als zum Beispiel einige von Farbers Kollegen, die sich bei jeder Eroberung eine Kerbe in den Griff ihrer Waffe schnitzten?

Er benötigte beinahe sechseinhalb Stunden, bevor er wieder in New York war. Die meiste Zeit über quälte er sich mit derartigen Grübeleien.

Zwei Tage später rief er Mary Alice an, da er die Ungewißheit einfach nicht länger ertragen konnte. Allerdings gelang es ihm wieder nicht, sie direkt zu erreichen. Statt dessen blieb ihm nicht anderes übrig, als eine Nachricht für sie zu hinterlassen. Zu seiner freudigen Überraschung meldete sie sich allerdings umgehend.

»Ich wollte dir nur sagen, daß ich in New York gut angekommen bin.«

»Schön, daß du dich meldest, Bert. Ich vermisse dich sehr.«

»Und wie geht's dir?«

»Ich habe viel zu tun.«

»Fühlst du dich einsam?«

»Ich habe gar keine Zeit, mich einsam zu fühlen.«

»Ich dachte nur, ob du außer mir noch anderen Besuch hast.«

»Wer sollte mich hier sonst noch besuchen?«

»Keine Ahnung. Deine Eltern vielleicht, oder dein Bruder. Schließlich ist es doch eine landschaftlich schöne Strecke nach Lancaster«, erklärte Farber halbherzig, da er bei ihr keinen Verdacht erregen wollte, daß er von Chapmans Besuch wußte.

»Vor allem ist es eine lange Strecke. Kein Mensch käme auf die Idee, sie hinter sich zu bringen, nur um mich zu sehen – außer einem verrückten Kerl wie dir.«

Offensichtlich wußte sie tatsächlich nichts von der Begegnung der beiden Ex-Partner. Farber hatte sich also nicht getäuscht: Selbst jemand, der in vieler Hinsicht so naiv war wie Harry Chapman, würde nicht den Fehler machen, die Aufmerksamkeit eines umworbenen Mädchens auf einen anderen Mann zu lenken.

»Gibt es sonst irgend etwas Neues bei dir?« fragte Farber, innerlich schwer deprimiert, daß sie ihn so schamlos belog.

»Ich habe beim Regisseur vorgespielt, und er hat gesagt, ich hätte Talent. Er schlug mir vor, für ihn als seine persönliche Assistentin zu arbeiten. Ist das nicht wirklich großartig?«

Farber zögerte. »Ich weiß nicht, ob ich mich wirklich darüber freuen soll.«

Mary Alice lachte. »Mach dir keine Sorgen. Er ist bereits über fünfzig.«

»Ich glaube, ich komme doch besser bald wieder vorbei, um nach dem Rechten zu sehen.«

»Das kann ich unmöglich von dir verlangen, Bert.«

»Aber ich möchte es sehr gern.«

»Ich verbiete es dir. Die Entfernung ist viel zu groß, und die lange Fahrt ist viel zu anstrengend.«

»Unsinn.«

»Außerdem habe ich so viel zu tun, daß ich gar keine Zeit für dich hätte.«

»Trotzdem …!«

Vor seinem geistigen Auge konnte er förmlich sehen, wie sie sich auf die Unterlippe biß.

»Wenn du wirklich so unvernünftig sein solltest, noch mal hier vorbeizukommen, dann ruf wenigstens vorher an, okay?«

Von dem Tag an versuchte Farber regelmäßig, sie telefonisch zu erreichen. Aber jedesmal meldete sich eine andere Stimme, nur um ihm mitzuteilen, daß Mary Alice derzeit nicht erreichbar sei. Daraufhin hinterließ Farber jedesmal eine Nachricht für sie, und jedesmal vergingen mehrere Tage, bis sie ihn wirklich zurückrief.

Schließlich brach er erneut nach Lancaster auf, nachdem sie widerstrebend ihr Einverständnis erklärt hatte. Mary Alice war nun bereits einen ganzen Monat bei der Theatertruppe. Als er bei ihr eintraf, fiel sie ihm um den Hals und schien sich wirklich zu freuen, daß sie ihn wiedersah. Beide machten dann einen langen Spaziergang um den See. Es war ein heißer, windstiller Nachmittag, so daß Farber den See nun zum erstenmal bei Tageslicht betrachten konnte. Sich entweder bei der Hand haltend oder auf dem schmalen Pfad hintereinander hergehend, gelangten sie schließlich zu der Stelle mit dem Geröll und dem stuhlähnlichen Felsen.

Farber grinste. »Ich habe beinahe das Gefühl, als träfe ich plötzlich einen guten alten Bekannten wieder.«

»Schlag dir das bloß aus dem Kopf«, warnte ihn Mary Alice. Aber als er sie an sich zog, schien sie seinen innigen Kuß bereitwillig zu erwidern, so daß Farber einen Augenblick lang schon dachte, es sei zwischen ihnen alles so wie früher.

Während er sie freigab, deutete er mit einem Nicken auf den Felsen, den er mit höchst angenehmen Erinnerungen verband. »Kannst du dir vorstellen, daß einer dieser Felsen hier zu irgend etwas nütze sein könnte?«

»Mach dir keine Hoffnungen. Ich habe gerade meine Tage.«

Abends besuchten sie beide die Theatervorstellung und saßen händchenhaltend nebeneinander. Danach gingen sie wieder lange spazieren, allerdings in eine andere Richtung, um ihn – wie Mary Alice sagte – nicht wieder »auf dumme Gedanken zu bringen«. Am Ende schlief Farber frustriert und verunsichert in jenem Bett ein, in dem er und nach ihm Harry Chapman bereits übernachtet hatten. Und ebenso wie beim letztenmal verabschiedeten Mary Alice und er sich am nächsten Morgen voneinander, nachdem sie im Vorraum des Theaters zusammen Kaffee getrunken hatten.

Den ganzen Sommer über blieb es bei diesen beiden Besuchen. Erst sehr viel später erfuhr Farber, daß Harry Chapman zu dieser Zeit bereits allwöchentlich zu Mary Alice fuhr.

Als sie schließlich wieder nach New York zurückkehrte, stand ihr die Enttäuschung über ihre gescheiterten Karrierehoffnungen ins Gesicht geschrieben.

»Ich habe nicht ein einziges Mal auf der Bühne gestanden«, klagte sie Farber gegenüber. »Nicht einer von uns Nachwuchsleuten wurde auch nur bei den Proben berücksichtigt, nicht einmal für eine winzige Nebenrolle. Alle Versprechungen, die sie uns gemacht hatten, haben sich in Luft aufgelöst. Wir waren nur billige Handlanger für sie, um die Dreckarbeit zu erledigen.«

Das Gespräch fand in einem Café in Greenwich Village statt. Mary Alice hatte sich eine schlimme Erkältung eingefangen und litt unter einem starken Schnupfen.

»Und was war mit dem Regisseur, der dir eine Chance geben wollte?« fragte Farber teilnahmsvoll, wenn auch keineswegs überrascht.

»Er hat sein Interesse bald auf andere Mädchen gelenkt, die sich ihm gegenüber sehr viel entgegenkommender zeigten.«

»Das ist doch immerhin eine gute Nachricht«, feixte Farber grinsend.

»Für dich vielleicht«, widersprach sie ärgerlich, »aber nicht für mich. Ich bin keinen Schritt vorangekommen und habe nicht die geringste Idee, was ich jetzt noch machen soll.«

»Erhol dich erst mal ein bißchen«, redete Farber ihr zu. »Im Augenblick bist du zu erschöpft und enttäuscht, um einen klaren Gedanken fassen zu können.«

»Wenn sich mir in diesem Augenblick eine vernünftige Alternative böte, würde ich sofort zugreifen«, fuhr sie mit rotgeränderten Augen fort.

»Nun, ich hätte da durchaus eine Alternative im Sinn«, begann Farber, für den sie trotz ihres jammervollen Aussehens den Inbegriff weiblicher Schönheit verkörperte.

Aber Mary Alice schien seinen kaum verhohlenen Heiratsantrag überhören zu wollen und schob den vor ihr stehenden Teller von sich, ohne das Essen auch nur probiert zu haben. »Würdest du mich bitte nach Hause bringen? Ich fühle mich einfach scheußlich.«

»Warum fahren wir nicht zu mir? Ich könnte dir dort einen heißen Tee machen, dir den Nacken massieren und dich auch sonst auf jede erdenkliche Weise verwöhnen, damit du dich wohlfühlst.«

»Bert, falls du es noch nicht bemerkt haben solltest: Ich bin krank«, erwiderte sie gereizt. »Kannst du denn immer nur an das eine denken?«

»Ich wollte dir nur meine Hilfe anbieten!«

»Darauf kann ich verzichten. Ich weiß mir schon selbst zu helfen.«

Also brachte er sie zu ihrem Apartment.

Fortan sahen sich die beiden immer seltener. Sie verabredeten sich zwar regelmäßig, aber häufig mußte Mary Alice absagen, wenn auch mit guten Gründen: zum einen erhielt sie plötzlich Besuch von einer Kommilitonin, mit der sie am College ein Zimmer geteilt hatte, zum anderen mußte sie nach Scarsdale, da irgendeine Familienfeier auf dem Programm stand; dann war sie wieder kurzfristig als Aushilfskellnerin angeheuert worden oder hatte davon erfahren, daß unerwartet jemand für eine Nebenrolle gesucht wurde – zumindest sagte sie das.

Farber war verzweifelt und machte sich große Sorgen. Er redete sich jedoch immer wieder ein, daß ihre Erklärungen logisch und überzeugend klangen und daß niemand frei über sein Leben bestimmen könne, sondern sich nun mal äußeren Zwängen beugen müsse. Warum also sollte er ihren Absagen mehr Bedeutung beimessen, als ihnen zukam?

Aber der Kummer nagte immer tiefer an ihm, nachdem sie sich beharrlich weigerte, nochmals seine Wohnung zu betreten.

»Ich will erst mit meinen beruflichen Problemen fertig werden und nicht auch noch dich damit belasten«, redete sie sich heraus.

Oder sie hatte gerade ihre Tage.

Oder ihr Arzt hatte ihr geraten, die Pille für einige Zeit abzusetzen.

»Mary Alice, es gibt auch noch andere Verhütungsmethoden als die Pille«, drängte Farber.

»Aber für die habe ich nichts übrig.«

»Für welche hast du nichts übrig?«

»Ich mag sie alle nicht. Sie verderben einem den ganzen Spaß.«

Farber zögerte zunächst noch, beschloß dann jedoch, seine schlimmsten Befürchtungen offen auszusprechen.

»Sei ehrlich, Mary Alice. Der wahre Grund dafür, daß du mir aus dem Weg gehst, ist ein anderer Mann, stimmt's?«

Sie antwortete nicht sofort. »Nun ... es gibt jemanden, den ich von Zeit zu Zeit sehe.«

»Ist es Harry Chapman?«

»Es geht dich nichts an, mit wem ich mich treffe!« rief sie trotzig.

»Willst du, daß ich dich zukünftig in Ruhe lasse und nicht mehr anrufe?«

Ihre Stimme klang plötzlich leise und bedauernd: »Nein, natürlich nicht.«

»Ich denke aber, daß es für uns beide das beste wäre.«

»Das denke ich nicht.«

»Mary Alice, ich ...«

»Nur weil ich nicht ständig mit dir ins Bett gehen will ...«

»Du weißt, daß das nicht der Grund ist.«

Die Auseinandersetzung fand in einem Taxi statt, das sich in Greenwich Village gerade auf dem Weg zu Mary Alice' Wohnung befand. Da sie zum Schluß laut geworden war, musterte der Fahrer die beiden neugierig im Rückspiegel.

»Was du sagst, heißt doch nichts anderes, als daß du nur an mir interessiert bist, solange ich für dich die Beine breit mache!«

Farber fragte sich, warum alle Frauen die Angewohnheit hatten, jede Vernunft zu vergessen und statt dessen Gift und Galle zu spucken, wenn sie sich in die Enge getrieben fühlten.

»Mary Alice, ich will mit dir nicht nur ins Bett, ich will dich heiraten!«

»Aber ich fühle mich noch nicht soweit, eine Ehe einzugehen. Außerdem geht es dir ja doch nur darum, jeden Abend mit mir im Bett zu liegen.«

»Würdest du bitte ein wenig leiser sprechen«, bat Farber, dem langsam der Geduldsfaden riß.

»Ob ich es nun laut oder leise sage: Es ist die Wahrheit, oder etwa nicht?«

»Nein, es ist nicht die Wahrheit.« Farber wandte sich an den Fahrer: »Bitte halten Sie an.«

Sie waren noch etwa zwei Blocks von ihrem Apartment entfernt. Ihre jetzige Behausung war zwar nicht so ein Loch wie die erste, dafür war Mary Alice' Mitbewohnerin eine ausgesprochene Schlampe, die die ganze Wohnung verdrecken ließ.

Nachdem beide aus dem Wagen gestiegen waren, versuchte Farber, Mary Alice zu umarmen, aber sie wehrte ihn entschlossen ab.

»Es geht dir nur ums Ficken!« rief sie beinahe hysterisch. »Du glaubst, ich hätte dich nicht durchschaut, aber ich kenne dich.«

»Mary Alice, hör auf, so mit mir zu reden.«

»Ich rede so, wie es mir paßt.«

Sie hatten den Eingang zu ihrem Haus erreicht. »Du willst mit mir schlafen? Dann komm jetzt mit nach oben, und ich werde es dir besorgen.«

»Ich komme höchstens mit nach oben, um mit dir eine Tasse Tee zu trinken.«

»Ich habe dir keinen Tee angeboten, sondern einen Fick.«

»Du redest wie eine der Frauen, die wir regelmäßig am Times Square festnehmen und aufs Revier bringen.«

»Du wagst es, mich als Hure zu bezeichnen? Das wird ja immer besser! So etwas muß ich mir von dir nicht sagen lassen!«

»Mary Alice ...«

Sie standen auf dem Bürgersteig und starrten sich gereizt an. Ihre Lippen bildeten nur noch einen schmalen Strich, ihre Nasenflügel bebten, ihre Augen sprühten förmlich Funken – und sie hatte noch nie verführerischer ausgesehen als gerade in diesem Augenblick. Farber fragte sich, warum sie ihm solchen Kummer bereitete – und ob er sie eher liebte oder haßte.

Plötzlich machte sie auf dem Absatz kehrt und verschwand im Hauseingang, ohne ihn eines weiteren Blikkes zu würdigen.

Um Mary Alice zu zeigen, daß sie mit ihm nicht machen konnte, was sie wollte, blieb Farber hart und unternahm eine Woche lang keinen Versuch, sie anzurufen oder zu treffen. Statt dessen starrte er die ganze Zeit über auf sein Telefon, das nicht läutete, und wartete auf ein Klopfen an der Tür, das nicht kam. Es war eine fürchterliche Woche, die kein Ende nehmen wollte. Solange sie ihm nahe gegenübergestanden hatte, war es vergleichsweise einfach gewesen, hart zu bleiben und vernünftig zu handeln. Aber jetzt mußte Farber schmerzlich erfahren, daß sein Verlangen nach Mary Alice immer größer und unerträglicher wurde – ohne die Aussicht, sie zurückgewinnen oder auch das Verlangen nach ihr überwinden zu können.

Dann suchte Harry Chapman ihn eines Abends auf dem Revier auf. Farber saß gerade an seinem Schreibtisch und war mit einer Menge Papierkrieg beschäftigt, den ihm eine Festnahme am Nachmittag beschert hatte. Während er in Zivilkleidung arbeitete, trug Chapman seine Uniform mit allen Ausrüstungsgegenständen, die ein Cop bei seiner Streife bei sich hat. Er befand sich also offensichtlich gerade im Dienst.

»Hast du einen Augenblick Zeit für mich?« fragte er. »Ich muß mit dir reden.«

»Sicher.«

»Ich meine unter vier Augen.«

Farber stand auf und führte ihn in das Vernehmungszimmer, wo er die Tür hinter ihnen schloß. »Also, schieß los, Harry.«

»Ich brauche deinen Rat, Bert.«

»Was für einen Rat?« Farber fand es immer wieder erstaunlich, daß Chapman auch dann seine direkte Art beibehielt, wenn er etwas von einem Freund wollte.

»Ich überlege, ob ich Mary Alice einen Heiratsantrag machen soll.«

Nur mit äußerster Mühe gelang es Farber, sich nichts anmerken zu lassen. »Dann tu es doch. Was hat das mit mir zu tun?«

»Ich dachte nur, du könntest vielleicht einschätzen, wie sie reagieren würde.«

»Wieso, zum Teufel, sollte ich das können?«

»Na ja, ich möchte eben keine böse Überraschung erleben, weißt du!«

»Alles, was ich von Frauen weiß, ist nur, daß sie immer für eine Überraschung gut sind.«

»Aber du kennst sie doch ganz gut, Bert.«

»Wie meinst du das?«

»Du hast dich doch ein paarmal mit ihr getroffen.«

Wollte Harry Chapman nur herausfinden, wie nah sich Mary Alice und Farber gekommen waren? Farber musterte seinen Ex-Partner, ob er irgendwelche verräterischen Anzeichen unterschwelliger Eifersucht zeigte, konnte aber keine entdecken. Chapman spielte allem Anschein nach wirklich mit offenen Karten.

»Ich glaube, ich kann dir beim besten Willen nicht helfen, mein Junge. Da mußt du sie schon selber fragen.«

»Eigentlich bin ich mir ja ziemlich sicher, daß sie ja sagen wird. Wußtest du eigentlich, daß ich sie den ganzen Sommer über an jedem Wochenende getroffen habe?«

»Nein, das wußte ich nicht.«

»Dachte ich mir schon.«

»Nach allem, was ich damals mitbekommen habe, könnt ihr aber nicht viel allein gewesen sein. Es sei denn, ihr seid in den Wald gegangen?«

Chapman grinste. »Der Wald ist doch nur was für Kinder. Mary Alice liebt es eher komfortabel.«

»Was habt ihr dann gemacht?«

»Ich hatte ein Zimmer in einem Motel gemietet.«

»Und dort hat sie dich besucht?«

»Und ob.«

Farber spielte den Ungläubigen, um noch mehr Informationen aus Chapman herauszuholen. Aber warum wollte er das eigentlich? Er wußte doch bereits mehr als genug. »Ich hätte nicht gedacht, daß sie so eine Art Mädchen ist.«

»Na, da hast du dich ganz schön getäuscht. Wir haben es dort viele Stunden lang getrieben«, prahlte Chapman.

Während er den quälenden Geständnissen seines Expartners zuhörte, stieg vor Farbers geistigem Auge die Erinnerung an die Nacht im Wald auf, und er biß sich so fest auf die Unterlippe, daß er plötzlich sein eigenes Blut schmeckte.

»Was ich an Motels immer so hasse, sind diese papierdünnen Wände«, sagte er scheinbar leichthin.

Wieder setzte Chapman ein breites Grinsen auf. »Das kann wirklich zum Problem werden. Manchmal machte Mary Alice nämlich so viel Lärm, daß man annehmen konnte, ich würde sie umbringen.«

»Ich verstehe.«

»Ich mußte ihr mehr als einmal den Mund zuhalten«, berichtete Chapman ganz ernsthaft. »Manchmal hatte ich wirklich Angst, jemand könnte die Polizei rufen. Und stell dir mal vor, wir wären von ein paar Cops überrascht worden!«

»Vielleicht hätte es dann wieder so eine wilde Schießerei gegeben.«

Chapman lächelte. Ihm schien diese Vorstellung zu gefallen.

»Dann scheint sie ja richtig Spaß am Sex zu haben?« bohrte Farber weiter.

Chapman machte jetzt allerdings den Eindruck, als sei es ihm unbehaglich, bereits zuviel verraten zu haben. »Das kann man wohl sagen.«

»Davon hatte ich keine Ahnung«, sagte Farber. »Aber es freut mich für dich.«

»Nun, ich verstehe ehrlich gesagt nicht, warum du nicht auch einmal dein Glück bei ihr versucht hast«, wunderte sich Chapman. »Schließlich hast du dich doch ein paarmal mit ihr getroffen?«

»Ich wollte dir nicht im Weg stehen.«

Chapman nickte, wirkte aber nach wie vor sehr nachdenklich.

»Ist das der Grund, warum du sie heiraten willst?« fragte Farber nach einer Pause. »Weil sie gut im Bett ist?«

Chapman schüttelte den Kopf. »Das ist nicht der einzige Grund.«

»Sondern auch ihre Familie, stimmt's?« hakte Farber nach. »Ihr Vater verfügt über viel Geld und Einfluß.«

»Und er kennt praktisch jeden.«

»Dann spricht doch wirklich alles dafür, daß du sie heiratest.«

»Da hast du recht.«

»Aber was hat Mary Alice davon, wenn sie dich heiratet? Ich meine abgesehen von deinem Prachtkörper«, fragte Farber voller Ironie, die Chapman jedoch entging.

»Ich habe ihr erklärt, was ich nach meiner Einschätzung in ungefähr fünf, zehn oder zwanzig Jahren erreicht haben werde. Falls sie wirklich ja sagt, dann sicherlich, weil sie ebenfalls gespannt ist, ob ich meine Pläne verwirkliche.«

»Klingt einleuchtend.«

»Also, was meinst du, wird sie ja sagen, Bert?«

»Es gibt nur einen Weg, das herauszufinden: Frag sie!« Farber öffnete die Tür und verließ den Raum, um an ein Fernster zu treten, von dem aus man auf die Straße vor dem Revier schauen konnte. Unten stand Chapmans Streifenwagen.

»Sag mal, Harry, müßtest du jetzt nicht auf Streife sein? Wenn ich du wäre, würde ich mich langsam aus dem Staub machen, bevor jemand auf die Idee kommt nachzufragen, was du außerhalb deines Bezirks verloren hast.«

Chapman nickte und machte sich auf den Weg zum Ausgang. »Vielen Dank, Bert. Du hast mir sehr geholfen.«

Während Farber sich noch fragte, in welcher Weise er Chapman eigentlich geholfen habe, war sein Ex-Partner bereits verschwunden. Von seinem Bürofenster aus beobachtete Farber noch, wie er das Gebäude verließ, auf die Straße trat und in den dort wartenden Streifenwagen stieg.

Farber setzte sich an seinen Schreibtisch und schloß die Augen. Nach einer Weile begann er sich die Augen zu reiben, aber es gelang ihm trotzdem nicht, die quälenden Bilder zu vertreiben, die Chapmans Äußerungen in ihm heraufbeschworen hatten.

Weder an diesem noch an einem der folgenden Abende unternahm er einen Versuch, mit Mary Alice Kontakt aufzunehmen. Aber eines Mittags, als er sich gerade in der Küche ein paar Eier mit Schinken zubereitete, rief sie ihn auf einmal an.

»Ich glaube, es ist besser, wenn wir uns nicht mehr sehen«, sagte sie.

Obwohl Farber den Anruf und diese Mitteilung erwartet hatte, war er dennoch am Boden vernichtet. Unfähig, etwas zu erwidern, legte er den Hörer auf die Anrichte und versuchte, sich wieder zu fangen.

»Bist du noch dran, Bert?« fragte Mary Alice nach einiger Zeit.

»Du wirst heiraten, nicht wahr?«

»Ich denke darüber nach.«

»Und wer ist der Glückliche?«

»Darüber würde ich gern mit dir reden. Hast du eine Minute Zeit für mich?«

Plötzlich spürte Farber, wie jeder Wankelmut von ihm abfiel. »Sicher. Aber alles, was du mir jetzt noch zu sagen hast, wirst du mir unter vier Augen ins Gesicht sagen müssen.«

Es folgte eine Pause angespannten Schweigens, bis Mary Alice sich wieder meldete.

»Wenn wir uns sehen, macht das alles nur noch schwieriger.«

»Ganz im Gegenteil.«

»Du willst also, daß wir uns treffen?«

»Allerdings.«

»Wo?«

»Hier, in meinem Apartment«, sagte Farber.

»Nun warte mal, Bert, du kannst doch nicht von mir erwarten, daß ich ...«

»Großer Gott, Mary Alice ...«, stöhnte Farber.

»Ich halte es jedenfalls für keine gute Idee, wenn wir uns allein bei dir in deiner Wohnung treffen.«

»Wovor hast du denn solche Angst? Daß ich dich vergewaltige? Oder schlage?«

»Nein, natürlich nicht, aber ...«

»Heute abend, nachdem du mit der Arbeit fertig bist«, schnitt Farber ihr das Wort ab. »Ich werde auf dich warten.« Dann legte er auf.

Farber warf einen Blick auf die Rühreier, warf sie jedoch in den Abfall, da ihm der Appetit vergangen war.

Seine Schicht begann eigentlich um 16 Uhr und dauerte bis Mitternacht. Er fuhr allerdings schon zwei Stunden früher aufs Revier und meldete sich abends bereits gegen 22 Uhr ab, um in sein Apartment zurückkehren und auf Mary Alice warten zu können. Er hatte allerdings keine Ahnung, wann sie kommen würde, da dies davon abhing, wieviel im Restaurant los war. Gegen 23 Uhr begann er ungeduldig auf und ab zu gehen, und als die Uhr Mitternacht anzeigte, war er sicher, daß sie nicht mehr käme. Kurz vor eins jedoch vernahm er ein leises Klopfen an seiner Tür.

Nachdem er sie eingelassen hatte, ging sie ins Wohnzimmer, nahm aber nicht Platz. Obwohl sie mehr als einen Meter von ihm entfernt stand, konnte er ihren Duft wahrnehmen und glaubte sogar, jede Faser ihres Körpers zu fühlen.

»Kann ich dir etwas anbieten? Kaffee, Tee, einen Gin Tonic?«

»Nein, danke.«

»Bestimmt nicht?«

»Nein.«

»Möchtest du dich nicht wenigstens setzen?«

»Nein, ich bleibe lieber stehen.«

Es war nicht zu übersehen, daß es sie große Überwindung kostete, das zu sagen, was ihr auf dem Herzen lag.

»Was hast du Harry erzählt?« begann sie schließlich.

»Worüber?«

»Über das, was zwischen uns beiden passiert ist.«

»Zwischen uns beiden?« Farber verzog sein Gesicht zu einem schiefen Grinsen. »Was ist denn zwischen uns beiden passiert?«

»Das weißt du ganz genau, Bert.«

»Ach *das* meinst du.«

»Du weißt auch, daß Harry in mancher Hinsicht ein wenig naiv ist.«

In der Tat hatte sich Farber in letzter Zeit immer öfter gefragt, *wie* naiv Harry Chapman wirklich war.

»Ich möchte ihm nicht weh tun, Bert.«

»Was hast *du* ihm denn erzählt? Ich meine über uns beide?«

»Daß unsere Freundschaft rein platonisch war.«

»Du hast ihn belogen?«

»Das habe ich nicht. Ich habe Harry die Dinge nur so sehen lassen, wie er sie sehen wollte.«

»Unsere Beziehung war also rein platonisch«, wiederholte Farber mit gespielter Nachdenklichkeit. »Komisch, ich hatte es ganz anders in Erinnerung. Aber vielleicht habe ich mich auch nur getauscht.«

»Bitte, Bert, mach dich nicht über mich lustig!«

»Tut mir leid.«

»Es ist mir wirklich nicht leichtgefallen, hierherzukommen. Und es ist noch schwerer für mich, dich all dies zu fragen.«

Farber schaute ihr in die Augen.

»Männer geben doch immer mit ihren Eroberungen an. Deshalb muß ich wissen, was du Harry gesagt hast.«

Auf Harry traf ihre Vermutung zweifellos zu, dachte Farber. Ihm schoß der Gedanke durch den Kopf, Mary Alice zu berichten, was Harry über die Stunden im Motel und über ihre Lustschreie ausgeplaudert hatte. Sicher geriete sie dann in Wut und würde möglicherweise sogar die geplante Hochzeit platzen lassen. Aber Farber verwarf den Gedanken, da sie deswegen nicht zu ihm zurückkehren würde.

»Schließlich bin ich doch nur eine von deinen Eroberungen gewesen, das ist mir in der Zwischenzeit klargeworden«, redete Mary Alice weiter. »Deshalb habe ich befürchtet, daß du die Sache herumgetragen hast.«

»Du warst nicht nur eine von meinen Eroberungen«, korrigierte Farber. »Ich habe dich geliebt und wollte dich heiraten.«

»Was also hast du Harry nun erzählt?«

»Denkt er allen Ernstes, daß du noch eine Jungfrau warst?«

»Er weiß jedenfalls nicht, daß wir eine Affäre hatten, und ich möchte auch nicht, daß er es erfährt. Für ihn bist du nämlich mehr als nur ein Vorbild, Bert. Für Harry bist du geradezu ein Gott.«

»Nun übertreib mal nicht.«

»Ich will ja auch nur von dir erfahren, wieviel Harry weiß.«

»Ich kann dich beruhigen, von mir weiß er nichts über uns beide. Ich habe überhaupt zu niemandem ein Wort über unsere Beziehung verloren.«

Sie musterte ihn zweifelnd, ob er die Wahrheit sagte oder nicht. Schließlich schien sie sich ein wenig zu entspannen.

»Zumindest für mich war unsere Verbindung … etwas wahrhaft …!« Farber hätte beinahe das Wort ›Heiliges‹ verwendet, besann sich angesichts der Situation aber eines Besseren und schwieg statt dessen.

»Harry ist wirklich in mancher Hinsicht so unschuldig wie ein Kind«, wiederholte Mary Alice.

Farber beschloß, ihre Äußerung nicht zu kommentieren. »Aber er wird sicher seinen Weg machen«, sagte er nur.

»Er will Anwalt werden und dann in die Politik gehen. Ja, er wird sicher seinen Weg machen.«

»Und du wirst ihn auf diesem Weg begleiten.«

Sie nickte beinahe unmerklich.

»Na, dann herzlichen Glückwunsch«, sagte Farber voller Sarkasmus, den Mary Alice allerdings zu überhören schien.

»Vielen Dank, Bert. Aber du sollst wissen, daß ich Harry wirklich liebe.«

»Weißt du eigentlich, daß auch ich meinen Weg gehen werde, Mary Alice?« fragte Farber, ohne auf ihr Geständnis einzugehen.

»Davon bin ich überzeugt.«

»Mein Weg sieht so aus, daß ich auch in dreißig Jahren noch in demselben Department meinen Dienst versehen werde«, stieß er hervor. »Vielleicht habe ich bis dahin die oberste Etage erreicht, vielleicht auch nicht. Aber wie dem auch sein mag, für dich wäre dieser Weg nicht erfolgversprechend genug, nicht wahr, Mary Alice?« Er schämte sich seiner anklagenden Worte, hatte sie aber nicht zurückhalten können.

Mary Alice sah schweigend zu Boden.

Farber ließ seine Blicke über ihre großen dunklen Augen, ihr langes Haar, die hochstehenden Wangenknochen und ihr hübsches Kinn wandern. Einen kurzen Augenblick lang begegneten sich beider Augen, aber sie wich seinem Blick aus. Der Möglichkeit beraubt, sie je wieder berühren zu können, entkleidete Farber sie im Geiste, um sich noch einmal ihren makellosen Körper mit den wohlgeformten Brüsten und der duftenden Scham zwischen ihren Schenkeln zu vergegenwärtigen. Am liebsten wäre er in Tränen ausgebrochen, als er daran zurückdachte, wie sie sich in jener Nacht am See zum letztenmal geliebt hatten.

Farber fragte sich, ob es noch schöner gewesen wäre, wenn sie damals gewußt hätten, daß es für immer das letztemal sein würde.

»Komm, ich bringe dich nach Hause«, sagte er.

»Nein, nicht nötig«, widersprach sie, fügte sich aber, als er sie entschlossen am Arm faßte und nach draußen geleitete. Auf der Straße winkte Farber ein Taxi heran.

»Mein Vater mag Harry übrigens auch«, sagte Mary Alice, nachdem sie im Fond Platz genommen hatten. »Weißt du, was er mir neulich sagte? Daß Harry ihm ähnlicher sei, als ich ahnen würde – was immer er damit gemeint haben mag.«

Farber dachte sich seinen Teil, erwiderte aber nichts.

Die meiste Zeit der Fahrt verharrten sie in Schweigen. Als sie jedoch die 23. Straße kreuzten, nahm Mary Alice seine Hand in die ihren.

»Ich hoffe, wir werden immer Freunde bleiben, Bert.«

»Das werden wir. Und wann immer du meine Hilfe brauchen solltest …«

Sie stieg aus dem Taxi, und er folgte ihr mit seinen Blikken, wie sie auf das Gebäude zuschritt, vor dem Eingang stehenblieb und sich noch einmal zu ihm umwandte, um ihm zuzuwinken. Er winkte zurück und wies den Fahrer dann an, ihn zurückzufahren.

5

An der 30. Straße, Ecke First Avenue, befindet sich das Leichenschauhaus. Die vergrößerten Schwarzweißfotografien, die im Warteraum hängen und berühmte New Yorker Bauwerke zeigen, unterstreichen den tristen Eindruck des Gebäudes, in dessen Bannkreis alles Farbige und lebendig Leuchtende zu verblassen scheint. Auf einem der Fotos ist der Grand-Central-Bahnhof zu sehen, der in geradezu idealer Weise versinnbildlicht, daß auch das Leichenschauhaus in gewisser Weise eine Art Bahnhof ist: genauer gesagt – die Endstation. Denn auf den metallenen Seziertischen unten im Keller findet definitiv jede Reise ihr Ende.

Es fiel Bert P. Farber nicht leicht, seine morbiden Gedanken abzuschütteln, während er im Warteraum vor der dort aufgestellten Stuhlreihe auf und ab ging, vorbei an einem Tisch, auf dem mehrere Packungen mit Papiertaschentüchern für jene Besucher bereitlagen, die hierherkommen mußten, um beispielsweise nahe Verwandte zu identifizieren.

Schließlich tauchte ein Mitarbeiter des Pathologenteams auf und führte Farber über eine Treppe in den Keller, in dem sich an einer Wand eine ganze Reihe von Metalltüren befanden, hinter denen sich die Kühlfächer für die Leichen verbargen. Insgesamt gab es hier einhundertsechsundzwanzig dieser Türen, wobei an jeder einzelnen eine Digitalanzeige die Innentemperatur signalisierte. Farber fiel im Vorbeigehen auf, daß die Leuchtziffern an einer Tür von 35 kurz auf 36 Grad Fahrenheit umsprangen, um dann erneut wieder 35 anzuzeigen. Die Leichen wurden also knapp über dem Gefrierpunkt gelagert. Auf der gegenüberliegenden Seite standen nebeneinander aufgereiht sieben Fichtensärge – wie Farber unwillkürlich zählte – unterschiedlicher Größe. Sie warteten darauf, die sterblichen Überreste jener Toten aufzunehmen, die vom zuständigen Leichenbeschauer und der Staatsanwaltschaft zur Beerdigung freigegeben wurden.

Der Mann, der Farber abgeholt hatte, führte ihn in einen langen, schmalen Raum, in dem hintereinander mehrere Edelstahltische unter großen Operationslampen standen. Dies war der Ort, an dem die Pathologen tagein, tagaus ihrer Arbeit nachgingen und den niemals enden wollenden Nachschub an Toten untersuchten, die offenkundig Opfer eines Verbrechens geworden waren oder deren Todesursache zumindest zweifelhaft schien.

Selbst zu dieser frühen Morgenstunde war bereits jeder der beinahe zweieinhalb Meter langen und eineinhalb Meter breiten Tische belegt. An einigen der starren, nackten Körper waren Pathologen in weißen Kitteln beschäftigt, andere mußten noch auf ihre Begutachtung warten. Darunter waren auch mehrere Frauen: eine davon bereits grauhaarig, zwei andere allerdings deutlich jünger, wobei die eine – mit einer Stichwunde in der Brust – offensichtlich noch im Teenageralter gewesen war.

Als Farber an ihnen vorbeischritt, spürte er unwillkürlich den Reflex, die Frauen zudecken zu wollen, da es ihm unwürdig erschien, sie so entblößt vor aller Augen daliegen zu lassen. Zudem war es in dem Raum empfindlich kühl, und sie konnten sich doch vielleicht erkälten …

Farber schüttelte den Kopf, um wieder zu klarem Verstand zu kommen. Natürlich war es unmöglich, daß sich die Frauen wirklich erkälteten, da sie ja keine lebendigen Wesen mehr waren, sondern nur noch totes Fleisch. Weder die Kälte noch die entwürdigende Lagerung konnte ihnen etwas anhaben. Allenfalls ihre Angehörigen mochten sich peinlich berührt fühlen. In jedem Fall aber handelte es sich um einen Raum, in dem Scham und Intimität keinen Platz hatten.

In den äußeren Stadtbezirken gab es noch einige weitere Leichenschauhäuser, doch dieses zentral gelegene war das größte von allen. Hierher wurden die meisten und vor allem die bedeutendsten Fälle eingeliefert, deren Untersuchung oberste Priorität genoß.

Farber erkannte auf den ersten Blick, bei welchem der Körper es sich um Harry Chapman handelte, da um einen der Tische eine ganze Traube von Männern versammelt war. Dr. Chang hatte noch Dr. Klotz, den Chefpathologen, sowie drei seiner besten Mitarbeiter hinzugezogen. Sie alle begrüßten Farber mit einem Kopfnicken und machten ihm Platz, um auch ihm freien Blick auf den Seziertisch zu geben.

Der Kopf des Toten ruhte auf einer Art hölzernem Kissen, das – vermutlich von Blut – dunkel verfärbt war. Harry Chapman wirkte schmächtiger, als Farber ihn in Erinnerung gehabt hatte, und schien geradezu in den Tisch hineingesunken zu sein. Seine Hautfarbe hatte einen fahlen Elfenbeinton angenommen. Dem Chief fiel eine Narbe an Chapmans Unterleib auf: allem Anschein nach Überbleibsel einer Leistenbruchoperation, von der Farber nichts gewußt hatte. Unter dem gleißenden, schattenlosen Licht, in das die Leiche getaucht war, schien die Schambehaarung von rötlicher Farbe zu sein. Und Harrys Penis lag schlaff auf einem seiner Schenkel. Was immer an Blut aus der Einschußwunde in der Brust ausgetreten sein mochte, war sorgfältig entfernt worden, so daß die Verletzung nun beinahe nur noch wie eine dritte Brustwarze wirkte.

Offensichtlich hatte Chang nur noch auf Farbers Eintreffen gewartet, denn er begann nun unverzüglich damit, in ein über dem Seziertisch angebrachtes Mikrofon zu sprechen. Zunächst nannte er seinen Namen und seine Dienstbezeichnung, dann das Datum und die Uhrzeit sowie die Namen der übrigen Anwesenden, die an der Autopsie teilnahmen. Daraufhin begann er, die äußeren Merkmale des Leichnams zu beschreiben.

»Es handelt sich um einen erwachsenen, normal gebauten und normalgewichtigen Weißen männlichen Geschlechts, dessen Gewicht 172 Pfund und dessen Körpergröße 177 cm beträgt.«

»Ich habe wirklich angenommen, daß er größer wäre«, murmelte Farber geistesabwesend vor sich hin.

»Etwa einen Zentimeter unterhalb des Brustbeins befindet sich eine Einschußwunde. Sie besteht aus einem kreisrunden Loch von ebenfalls etwa einem Zentimeter Durchmesser, dessen Randbereich Hautrupturen aufweist ...«

Später würde ein Stenograf diese Angaben mit der Schreibmaschine als Protokoll zu Papier bringen. Dann mußte Chang es noch unterzeichnen, bevor es in die Ermittlungsakten im Mordfall Chapman eingehen würde.

»... keine Ausschußwunde erkennbar. Die Haarfarbe ist braun. Brauner Schnurrbart. Die Zähne sind in gutem Zustand. Die Leichenstarre hat beide Kiefer komplett erfaßt. Die Augenfarbe ist braun, der Durchmesser der Pupillen beträgt fünf Millimeter; sie sind rund, in Form und Farbe identisch und geweitet. Die Bindehaut beider Augen weist diffuse Blutungen auf.«

Anschließend wurde Harry Chapman herumgerollt. Dann hob Chang nacheinander die Extremitäten der Leiche an und spreizte sie zum Teil auseinander. Keine Stelle am Körper von Farbers Ex-Partner blieb vor den Blicken der untersuchenden Pathologen verschont.

»Die Vorhaut ist beschnitten, Skrotum und Testikel sind unauffällig. Am Anus befinden sich dünne Exkrementspuren ...«

Einer der Pathologen bereitete einige medizinische Instrumente vor, die für die weitere Untersuchung benötigt wurden. Farber hatte sie und ihren Gebrauch mehr als einmal schaudernd gesehen: Scheren, die wie Bolzenschneider aussahen; außerdem verschiedene Messer und elektrische Spezialsägen. Und nicht zu vergessen die Waagen: alles, was die Pathologen aus der Leiche entfernten und heraustrennten, wurde penibel gewogen.

Als Chang ein Skalpell zur Hand nahm, um den ersten Schnitt vorzunehmen, schaute Farber beiseite, obwohl er bereits an Dutzenden von Autopsien teilgenommen hatte. Doch der Anblick, der sich ihm ringsum bot, war auch nicht viel besser. Überall waren Leichen zu sehen, an denen sich Männer in weißen Kitteln mit diversen Werkzeugen zu schaffen machten. Die sterblichen Überreste auf den übrigen Tischen gehörten jedoch Menschen, die Farber völlig unbekannt waren, während Harry Chapman zu den wenigen Personen gehörte, mit denen er geradezu schicksalhaft verbunden gewesen war. Unwillkürlich mußte Farber daran zurückdenken, wie sie gemeinsam nach Washington geflogen waren, da Harry Chapman dort vor dem Justizausschuß des Senats aussagen mußte. Chapman hatte darauf bestanden, daß sie während der Fahrt zum Flughafen La Guardia von einer Motorradeskorte begleitet wurden: ein Luxus, den sich ansonsten nicht einmal der amtierende Bürgermeister leistete.

Das Geräusch knackender Knochen riß Farber aus seinen Gedanken. Es war nun mal nicht zu vermeiden, daß eine Autopsie eine relativ laute Angelegenheit war.

»Der Schußkanal verläuft linksseitig unterhalb der vierten Rippe durch die Vorderseite des dahinter liegenden Herzbeutels, durch das Herz, die Hinterseite des Herzbeutels und die Hohlvene«, diktierte Dr. Chang ins Mikrofon.

Nach ihrer Ankunft in Washington waren sie erneut von einer Motorradeskorte erwartet und zum Capitol gebracht worden. Die Passanten auf den Bürgersteigen mußten gedacht haben, der Präsident sei unterwegs. Am Ende war Harry vereidigt worden und hatte seine Aussage so unerschrocken und überzeugend gemacht, daß er im ganzen Land auf den Titelseiten der größten Zeitungen gelandet war.

»Massive Herzbeutelblutungen«, fuhr Chang fort.

Da beide stets viel Arbeit um die Ohren hatten, war Farber seinem alten Streifenpartner seit der Sache in Washington nur noch im Vorbeigehen begegnet – bis zum heutigen Morgen.

»Ebenfalls massiver linker Hämothorax. Ataelektase linker Lungenflügel …«

Auch wenn Farber mit den Fachbegriffen nichts oder

nur wenig anfangen konnte, so war es ihm doch möglich, mit eigenen Augen zu verfolgen, was der Pathologe beschrieb.

Wieder setzte Chang das Skalpell ein. »Die linke Lunge wiegt 1020 Gramm, die rechte 1110 Gramm. Die Blutgefäße sind unauffällig.«

Als er das Herz aus Chapmans Brustkorb entfernte, konnte man auch als Laie erkennen, daß es förmlich zerfetzt worden war.

»Von der Röntgenaufnahme wissen wir, daß das Projektil in seinem Rückgrat steckengeblieben ist«, wandte sich Chang unterdessen in beiläufigem Unterhaltungston an Farber. »Keine Sorge, es dauert nicht mehr lange, bis ich es zutage gefördert habe.«

»Wirklich nur ein Projektil?«

»Nur eins.« Chang fuhr mit seiner Arbeit fort. »Das Herz wiegt 405 Gramm«, sagte er in Richtung des Mikrofons.

Auf jedem der drei benachbarten Seziertische lagen Frauen. Auch jetzt hatte Farber wieder den Eindruck, daß die Leichen von Frauen noch stärker in sich zusammenschrumpften als die von Männern. War erst einmal der letzte Rest von Atemluft aus ihnen entwichen, dann bildeten – wie mancher vielleicht annehmen würde –, keineswegs die Brüste die höchste Körpererhebung, sondern die Scham.

»Ihr Freund hatte etwas für gutes Essen übrig«, hörte er Chang sagen. »Vermutlich hat er auch nicht gerade ins Glas gespuckt. Gut möglich, daß er eines Tages ein paar Probleme damit bekommen hätte.«

Nachdem der Pathologe Chapmans Leber untersucht hatte, reichte er sie an die neben ihm Stehenden weiter. Der letzte der Mediziner, der einen Blick auf sie warf, war Dr. Klotz, der sie anschließend an Chang zurückgab.

»Kellner, bringen Sie das hier wieder in die Küche«, sagte er zu seinem Mitarbeiter. »Ich habe Nierchen bestellt und nicht Leber.«

»Jawohl, Sir. Die Nierchen kommen sofort!« rief Chang

und ging mit seinem Skalpell und der Waage zu Werk. »Die rechte Niere wiegt 190 Gramm, die linke 205 Gramm.«

Farber dachte darüber nach, daß Pathologen und Cops ganz offenbar denselben Sinn für Galgenhumor hatten. Wenn sie beispielsweise eine Wasserleiche aus dem Hudson bargen oder in einem Hinterhof das entstellte Opfer eines Gewaltverbrechens untersuchten, machten sie Witze über ihre Arbeit. Für Leute, die tagtäglich mit der oft geradezu krankhaften Schattenseite der menschlichen Existenz zu tun hatten, war dies das einzige Ventil, um den inneren Druck abzulassen und selbst einigermaßen normal zu bleiben.

Dabei hielten sich die Pathologen an diesem Morgen ausgesprochen zurück, stellte Farber fest. Vielleicht lag dies an Harry Chapmans hohem Dienstrang, möglicherweise aber auch an Farbers Anwesenheit, da die Mediziner nicht genau abschätzen konnten, wie eng er und das Mordopfer befreundet gewesen waren.

»Letzte Woche hatte ich mit einem Burschen namens ›Ernst‹ zu tun«, verkündete Chang grinsend, woraufhin die anderen lachten, ohne daß er überhaupt weiterreden mußte.

Auch Farber kannte den Witz bereits. »... der Kerl auf meinem Tisch war wirklich ›tot-ernst‹.«

Chang fuhr mit der Untersuchung fort: »Die Bauchspeicheldrüse ist unverfärbt, kleinlappig und fest. Die Prostata ist nicht vergrößert, die Blase ist entleert.«

»Schätze, er ist pissen gegangen, bevor er zu seinem letzten Lauf startete«, ließ sich einer der Assistenten vernehmen.

Dr. Klotz nickte. »Hoffentlich hat er noch mal Spaß dran gehabt.«

Währenddessen verschwanden Changs Hände tief in Harry Chapmans Brustkorb.

»Da ist ja unser Baby, nach dem wir gesucht haben!« rief er und ließ das Projektil aus seiner Pinzette in Farbers Hand fallen.

Es war blutbedeckt; außerdem waren noch geringfügige Fleisch- und Knochenreste zu erkennen, die an dem Metallmantel hingen. Farber drehte das Geschoß, dessen Spitze durch den Aufprall abgeflacht war, zwischen seinen Fingern hin und her. Die Riefen, die von den Drallzügen des Laufs der Waffe stammten, waren nicht zu übersehen, so daß es möglich sein würde, die Mordwaffe zu identifizieren – sofern sie jemals sichergestellt werden konnte.

Mit Hilfe seines Taschenmessers kratzte Farber seine Initialen in die Geschoßspitze, um notfalls vor Gericht beeiden zu können, daß es sich bei diesem Projektil um dasjenige handelte, das Harry Chapman den Tod gebracht hatte. Dann ließ er die Kugel in einen Plastikbeutel fallen, den er mit einem Etikett versah, auf dem er Chapmans sowie seinen eigenen Namen und das Datum vermerkte.

Farber hörte, wie hinter ihm eine der elektrischen Knochensägen eingeschaltet wurde. Als er sich daraufhin umdrehte, sah er, daß Chang gerade den Schädel des Toten öffnete.

Farber hatte gewußt, daß dies Teil der Autopsie war. Dennoch lief es ihm kalt den Rücken herunter, als er sah, wie sich Chapmans Gesichtszüge zu einem schiefen Grinsen verzogen, so als kitzle ihn die Untersuchung des Pathologen.

»Gehen Sie bitte sorgsam mit ihm um«, sagte er. »Seine Frau wird möglicherweise darauf bestehen, ihn im offenen Sarg aufzubahren.«

Chang unterbrach seine Tätigkeit für einen Augenblick. »Hat sie das wirklich vor?«

»Keine Ahnung. Aber es wäre durchaus möglich.«

»Darum kann sich das Beerdigungsunternehmen kümmern«, erklärte Dr. Klotz, der seine Stimme anheben mußte, um den Lärm der Knochensäge zu übertönen. »Die vollbringen heutzutage wahre Wunder.«

»Und wie lange wird es schätzungsweise dauern, bis die toxikologischen Befunde vorliegen?« erkundigte sich Farber.

»Voraussichtlich etwa eine Woche«, erklärte Klotz.

»Aber ich glaube nicht, daß etwas Bemerkenswertes dabei herauskommen wird«, ließ sich Chang vernehmen. »Er sieht ziemlich gesund aus. Oder ist Ihnen vielleicht bekannt, daß er Drogen genommen hat?«

»Woher, zum Teufel, soll ich das wissen?« erwiderte Farber gereizt, der erst jetzt bemerkte, wie sehr ihn die Autopsie mitgenommen hatte.

»Übrigens hatte er einen Schlüssel bei sich«, fügte Chang hinzu.

»Einen Schlüssel?«

»An einem Gummiband, das er um das Handgelenk trug. Er befindet sich oben bei seinen übrigen Sachen.«

Farber dachte nach. »Was den Autopsiebericht betrifft«, sagte er nach einer Weile, »warten Sie mit seiner Fertigstellung auf jeden Fall so lange, bis auch die toxikologischen Ergebnisse vorliegen. Und lassen Sie sich ruhig Zeit damit, auch wenn es eine Woche oder noch länger dauert. Falls jemand danach fragen sollte, sagen Sie einfach, der Bericht sei noch nicht fertig.«

»Worauf wollen Sie hinaus, Bert?« fragte Dr. Klotz.

»Die Ermittlungen in diesem Fall unterliegen höchster Vertraulichkeit. Ich will verhindern, daß jemand seine Nase in Dinge stecken kann, die ihn nichts angehen.«

»Nur die Ruhe, Bert«, erklärte Klotz. »Dies ist nicht die erste Autopsie, die wir unter dem Siegel absoluter Verschwiegenheit vornehmen.«

»Wie dem auch sei: Bitte erstellen Sie nur eine einzige Kopie Ihres Berichts und leiten Sie den nur mir persönlich zu«, beharrte Farber. »Wer immer sich an Sie wenden sollte, um Einsicht in die Ergebnisse zu verlangen – verweisen Sie ihn an mich.«

»Ganz wie Sie wollen«, sagte Chang.

Auch Dr. Klotz stimmte lächelnd zu. »Sie können in Frieden gehen.«

Als Chang das Gehirn des Toten aus dessen Schädel hob, wandte Farber seinen Blick ab. »Na, dann noch weiterhin viel Spaß, meine Herren«, verabschiedete er sich von den Pathologen und beeilte sich, an den übrigen Leichen vorbei schnellstmöglich den Ausgang zu erreichen.

Farber ließ sich Harry Chapmans persönliche Dinge bringen. Sie befanden sich in einer braunen Papiertüte, auf deren Außenseite der Inhalt vermerkt war. Er schüttete alles auf einen Tisch: die Sportschuhe, Socken, Unterwäsche, Pullover, Schal, Wollmütze, den Trainingsanzug, auf dessen Brust der Schriftzug eines teuren Bekleidungsgeschäfts prangte – und den Schlüssel, der an einem elastischen Band befestigt war.

Farber sah auf den ersten Blick, daß es sich um keinen Hotel-, sondern um einen Apartmentschlüssel handelte.

Nachdem er alle übrigen Sachen Chapmans wieder in der Tüte verstaut und eine Empfangsbestätigung für sie unterzeichnet hatte, verließ er das Gebäude.

Draußen an der frischen Luft atmete Farber erst einmal tief durch und blickte in den düsteren Himmel hinauf, aus dem es wieder dicke Flocken schneite. Unablässig spielte seine rechte Hand mit dem Schlüssel. Wo mochte sich die Wohnung befinden, die Harry – aus welchem Grund auch immer – benutzt hatte?

Bei dem Reviergebäude des 20. Bezirks handelte es sich um einen Neubau, der nichts mehr mit dem verfallenen Schuppen zu tun hatte, in dem Farber und Chapman als Streifenpolizisten begonnen hatten. Als der Chief vorfuhr, standen zahlreiche Zeitungsreporter und Fernsehteams vor dem Eingang und stampften frierend mit den Füßen auf den Boden. Zwei uniformierte Polizisten verwehrten ihnen den Zutritt, und zwar auf Anordnung John Kincaids, wie Farber auf seine Nachfrage hin von den beiden Cops mitgeteilt wurde. Kopfschüttelnd gab er den Presseleuten einen Wink, ihm in das Gebäude zu folgen, und ließ ihnen dort einen Aufenthaltsraum zuweisen; auf die bohrenden Fragen nach Harry Chapmans Ermordung verweigerte er jedoch jede Auskunft.

Überall wimmelte es von Cops und Detectives. Farber steuerte zielstrebig das Büro an, das der weißhaarige Kincaid als Kommandostand der Einsatzzentrale bezogen hatte.

»Was die Presseleute betrifft …«, begann Farber, wurde jedoch von Kincaid, der hinter seinem Schreibtisch sitzen blieb, unsanft unterbrochen.

»Ich habe zwei Männer dafür abgestellt, keinen von ihnen hereinzulassen.«

»Ich weiß. Aber haben Sie mal einen Blick nach draußen geworfen, als Sie diese Anordnung trafen? Bei dem Wetter jagt man keinen Hund vor die Tür.«

Kincaid warf ihm einen fragenden Blick zu.

»Ich habe deshalb Ihre Anordnung aufgehoben. Verdammt noch mal, wir müssen mit der Presse irgendwie auskommen, John. Es macht keinen Sinn, wenn wir uns alle Reporter der Stadt zu unseren Feinden machen.«

»Das ist Ihre Sache, nicht meine«, knurrte Kincaid mißmutig. »Ich jedenfalls will mit diesen Aasgeiern nichts zu tun haben.«

»Na, das ist ja großartig«, seufzte Farber, »wirklich großartig.«

»Sobald man diesen Zeitungsschmierern einen Platz anbietet, an dem sie es einigermaßen aushalten können, fangen sie sofort an, jedem Löcher in den Bauch zu fragen und wilde Gerüchte in Umlauf zu setzen.«

Farber wußte nur zu gut, daß Kincaid durchaus die Wahrheit sagte. Aber angesichts der Überlegung, daß der Bürgermeister bei der Ernennung des nächsten Commissioners sicherlich die Presse auf seiner Seite haben wollte, mußte auch Farber auf ein gutes Verhältnis zu den Medien bedacht sein.

»Die verdammten Reporter werden jeden Detective ausquetschen, der das Revier betritt, mit dem Ergebnis, daß wir hier oben es als letzte erfahren werden, wenn es Neuigkeiten gibt«, fuhr Kincaid mit säuerlicher Miene fort.

»An was für Neuigkeiten denken Sie?«

»An Neuigkeiten, die der Presse besser nicht bekannt sein sollten.«

»Da wir zur Zeit praktisch nichts in der Hand haben, sieht es nicht so aus, als ob die Ermittlungen bald etwas ergeben sollten, das wir unbedingt geheimhalten müßten, oder?«

»Machen Sie, was Sie wollen«, wehrte Kincaid ab.

»Genau das werde ich tun.«

Kincaid zuckte nur die Schultern.

»Großer Gott, John, es wird Ihrer Karriere bestimmt nicht schaden, wenn Sie versuchen, ein bißchen nett zur Presse zu sein«, versuchte Farber die Spannung im Raum abzubauen.

Mehrere Sekunden lang starrten sich die beiden Männer wortlos in die Augen, bevor Kincaid begann, über die Ergebnisse der ersten Ermittlungen zu berichten. Es war ihm allerdings anzumerken, daß es ihm keinesfalls leichtfiel, dem sehr viel jüngeren Rede und Antwort stehen zu müssen.

»Wir haben bis jetzt jeden Bewohner der an den Tatort angrenzenden Wohngebäude befragt. Keiner hat sich zu der fraglichen Zeit zufällig am Fenster befunden oder etwas gesehen, keiner war auf der Straße. Dennoch habe ich weiterhin einige Männer damit beauftragt, nach Passanten zu suchen, die etwas gesehen haben könnten.«

Farber nickte zustimmend.

»Aus der Druckerei müssen jeden Moment zweihundert Fotos von Commissioner Chapman eintreffen. Sobald sie hier sind, werde ich erneut Männer losschicken, um nochmals überprüfen zu lassen, ob jemand den Ermordeten irgendwann heute morgen – oder an einem anderen Morgen – gesehen hat.«

Wieder nickte Farber.

»Außerdem habe ich von der Telefongesellschaft zwei Sonderleitungen schalten und die Nummern durch die Presse veröffentlichen lassen. Vielleicht erhalten wir ja aus der Öffentlichkeit ein paar zweckdienliche Hinweise.«

Ein Verbrechen wie dieses zog immer eine Menge Anrufe nach sich. Und jedem einzelnen Anruf würden die Cops nachgehen müssen, auch wenn es sich nicht selten um blinden Alarm handelte, den irgendwelche Spinner, Wichtigtuer oder geistig Verirrte auslösten. Das war natürlich beiden Männern nur allzugut bekannt.

»In Ordnung«, bestätigte Farber knapp.

»Darüber hinaus wissen wir, daß der Commissioner am Wochenende keine Termine hatte und sein Büro am Freitag mittag verließ, ohne noch einmal dorthin zurückzukehren. Sein persönlicher Sekretär, ein Lieutenant, wußte allerdings nicht, was Chapman am Wochenende privat vorhatte.«

»Wie steht es mit seinen Fahrern?«

»Einer von ihnen hat den Commissioner am Freitagmittag zu einem Restaurant in der Innenstadt gefahren und wurde dann von ihm zum Hauptquartier zurückgeschickt. Keiner der Fahrer wurde während des gesamten Wochenendes ein weiteres Mal angefordert. Seltsam, finden Sie nicht auch?«

»Zur Zeit finde ich alles sehr seltsam.«

»Vermutlich dürfte Chapman das ganze Wochenende über seinen Beeper bei sich gehabt haben, aber soweit ich weiß, hat niemand versucht, ihn zu erreichen«, fuhr Kincaid fort. »Und er selbst hat ebenfalls keine Nachrichten an das Hauptquartier übermittelt. Im Klartext: Wir haben nicht die geringste Ahnung, wo er sich das Wochenende über aufgehalten hat.«

Farber blickte nachdenklich auf seine Fingernägel.

»Ich habe auch noch ein paar Detectives in Chapmans Büro geschickt, um dort nach seinem Terminkalender und seinem Adreßbuch zu suchen oder nach irgend etwas, das uns weiterhelfen könnte. Aber sein Büro ist auf Priestleys Anordnung hin versiegelt worden.«

»Ich werde mich darum kümmern«, versprach Farber.

»Warum, zum Teufel, hat Priestley das getan?«

»Wie ich schon sagte, ich kümmere mich darum«, wiederholte Farber bestimmt.

»Kurz und gut: Wir müssen unbedingt herausfinden, was Chapman am Wochenende getan hat«, faßte Kincaid zusammen. »Was hat Ihnen denn Mrs. Chapman erzählt?«

»Nichts Besonderes.«

»Na, irgendwas muß sie doch zu Ihnen gesagt haben?«

»Daß ihr der plötzliche Tod ihres Gatten leid tue.«

Kincaid blickte ratlos drein. »Jede Menge offene Fragen, auf die wir dringend Antworten brauchen.«

»Dafür haben Sie ja Ihre Leute.«

»Als erstes werde ich ein paar von ihnen nochmals zu Mrs. Chapman schicken.«

»Das werden Sie nicht tun«, erklärte Farber bestimmt. »Wenn Sie irgendwelche Fragen an sie haben, dann wenden Sie sich ausschließlich an mich.«

Wieder starrten sich die beiden Männer mehrere Sekunden lang wortlos in die Augen.

»Ich wünsche, daß ihr niemand zu nahe kommt«, wiederholte Farber. »Habe ich mich klar genug ausgedrückt?«

»Aber ...«

»Haben Sie mich verstanden?«

Kincaid gelang es mit Mühe, seinen Ärger herunterzuschlucken. »Wie hat sie die Nachricht denn aufgenommen?«

»Wie eine Frau, die plötzlich erfährt, daß ihr Mann durch einen Schuß ins Herz getötet wurde und daß sie Witwe geworden ist.«

Sobald Mary Alice den ersten Schock überwunden hatte, wollte Farber sie persönlich noch einmal vernehmen.

Kincaid preßte die Lippen aufeinander. »Wo hat Chapman am Wochenende gesteckt? Wie ist er von seinem Haus an den Tatort gekommen?«

Farber dachte an den Schlüssel in seiner Hosentasche. Eigentlich hatte er vorgehabt, ihn Kincaid auszuhändigen, besann sich nun aber eines anderen. »Vielleicht ist er die ganze Strecke gelaufen?«

»Dafür ist es zu weit.«

Es kam jetzt darauf an, möglichst rasch das Apartment ausfindig zu machen. Er würde Detectives mit Duplikaten des Schlüssels losschicken müssen, um sie an allen Haustüren in der Umgebung des Tatortes ausprobieren zu lassen.

»Haben Sie daran gedacht, daß er vielleicht ein Taxi genommen hat?«

»Warum hätte er das tun sollen?« fragte Kincaid. »Ihm stand doch ständig ein Fahrer zur Verfügung.« Der Ältere wirkte so ratlos, daß Farber beinahe so etwas wie Sympathie für ihn empfand.

»Oder er nahm die U-Bahn.«

»Die U-Bahn?«

»Sie wären überrascht, wie viele New Yorker die U-Bahn nehmen, um von einem Ort zum anderen zu gelangen«, stellte Farber ironisch fest.

»Also schön. Ich werde ein paar Männer darauf ansetzen, sich bei den Taxiunternehmen zu erkundigen.«

»Tun Sie das«, stimmte Farber zu. Für den Augenblick brauchte Kincaid nicht mehr zu erfahren, als er bereits wußte. Überdies mußten all die Ermittlungen, die sie besprochen hatten, ohnehin durchgeführt werden. Möglicherweise brachten sie ja sogar irgendwelche brauchbaren Ergebnisse.

Kincaid zog die Stirn in Falten. »Die Frage, um die sich alles dreht, lautet: Warum hat sich Chapman ausgerechnet den Central Park als Laufstrecke ausgesucht?«

»Weil es ihm Spaß machte, dort zu laufen.«

»Wann hat er nach Angaben seiner Frau das Haus verlassen?«

»Sie nannte keinen Zeitpunkt.«

»Vielleicht ist er nicht einmal von zu Hause aus gestartet, sondern von einem anderen Ort in der Nähe der Stelle, wo wir ihn gefunden haben?«

Farbers rechte Hand ballte sich um den Schlüssel in seiner Tasche. »Dann identifizieren Sie diesen Ort.«

Beide warfen sich erneut frostige Blicke zu.

»Werden Sie Mrs. Chapman auch einige dieser Fragen stellen?«

»Sobald ich sie das nächste Mal sehe.«

»Darf ich mir die Frage erlauben, wann das sein wird?«

»Nein, das dürfen Sie nicht.«

Mit einem nonchalanten Nicken verabschiedete sich

Farber von Kincaid und eilte durch das hektische Treiben wieder hinaus auf die Straße zu seinem Wagen. O'Malley las gerade in der Morgenzeitung, die er auf dem Lenkrad ausgebreitet hatte.

Zehn Minuten später hielten sie erneut an der Ecke 77. Straße und Columbus Avenue, wo Farber im herabrieselnden Schnee nochmals den Fundort der Leiche und die nähere Umgebung inspizierte.

Warum sollte Harry Chapman im Stadtzentrum ein geheimes Apartment gemietet haben? Möglicherweise hatte er einen verschwiegenen Ort benötigt, um sich heimlich mit Politikern und anderen einflußreichen Leuten treffen zu können und hinter den Kulissen wichtige Kontakte zu knüpfen. Für diese Annahme sprach, daß das Polizeihauptquartier selbst bei günstiger Verkehrslage mehr als eine halbe Autostunde entfernt lag. Und die Leute – wer immer es sein mochte, mit dem Chapman zu tun gehabt hatte –, waren bestimmt nicht scharf darauf gewesen, diese Anfahrt öfter als notwendig auf sich zu nehmen. Problematisch war jedoch, daß Farber praktisch nichts über das Leben wußte, das Harry Chapman in den letzten Jahren geführt hatte.

Aber es gab noch eine zweite wichtige Frage: Warum war Harry die letzte Nacht nicht zu Hause gewesen? Ob er sich mit Mary Alice gestritten hatte? Möglicherweise war die Antwort so simpel.

Oder Harry war erst spät aus Washington zurückgekehrt und hatte zuvor einen wichtigen Vormittagstermin in seinem Apartment vereinbart. Denkbar, daß er deshalb – um Zeit zu sparen – vom Flughafen aus direkt dorthin gefahren war.

Doch falls all diese Annahmen zutreffen sollten: Mit wem hatte er sich getroffen? Und warum? Und wo lag das Apartment?

Kriminalbeamte beherzigten vor allem zwei Grundregeln: Erstens, nur Zeugen können lügen, Tatorte nie; und zweitens, für einen Detective ist das beste Beweisstück dasjenige, das er am Tatort vorfindet – in diesem Fall also

Harry Chapman selbst. Farber stand an der Stelle, an der Harry den Tod gefunden hatte, und hielt nach etwas Unbestimmtem Ausschau, das ihm möglicherweise früher am Morgen entgangen war. Manchmal konnte man einen Tatort *lesen* wie ein Buch und aus einzelnen Ergebnissen wichtige Rückschlüsse ziehen, die zur Lösung des Falles beitrugen.

Aufgrund des anhaltenden Schneefalls schleppte sich der Verkehr nur im Schneckentempo voran. Besonders die Bürgersteige lagen unter einer mehrere Zentimeter dicken Schneedecke verborgen. An der Ecke standen ein Briefkasten, ein paar Abfalltonnen und einige noch nicht abgeholte Weihnachtsbäume.

Frustriert gab Farber auf. Weder am Morgen noch jetzt war irgend etwas Auffälliges zu sehen. Es schien, als ob der Schnee nicht nur jede Spur des Mörders, sondern auch den Mord selbst unter seinem unschuldigen Weiß zugedeckt hätte – beinahe so, als ob es die Tat nie gegeben habe und Harry Chapman gesund und munter zu Hause oder in seinem Büro säße. Der Schnee hatte den Zeitbegriff verschoben.

Farber lauschte dem gedämpften Lärm der Stadt und spürte den Schnee auf seinen Haaren. Er blickte zu seinem Wagen hinüber, in dem O'Malley nichts weiter zu tun hatte, als warm und gemütlich auf die Rückkehr seines Chefs zu warten. Dem Beneidenswerten fiel weder die Aufgabe zu, einen Mörder zu fassen, noch hegte er die Hoffnung, zum Commissioner ernannt zu werden. Für ihn war alles ganz einfach und klar.

Als Farber sein Büro im Hauptquartier betrat, deponierte er zunächst die Papiertüte mit Harry Chapmans persönlichen Dingen, die er eigentlich Kincaid hätte aushändigen müssen, in seinem Dienstsafe. Anschließend schloß er die Stahltür und verstellte das Rad für die Zahlenkombination.

6

Um sich auf die Prüfung zum Lieutenant vorzubereiten, besuchte Detective Sergeant Bert P. Farber vier Monate lang einmal pro Woche Kurse. Zumeist wurden sie von qualifizierten und erfahrenen Ex-Polizisten geleitet, die alle Tricks und Kniffe des Auswahlverfahrens kannten.

Bei der Prüfung ging es nicht nur um den Nachweis praktischer Kenntnisse in der alltäglichen Polizeiarbeit. Die Bewerber mußten auch über Fachwissen in den Bereichen Verwaltung und Mitarbeiterführung, Kriminologie, Statistik und Strafrecht verfügen. Darüber hinaus wurden ihre Sprach- und Rechtschreibkenntnisse getestet. Alles in allem waren dies eine Menge Hürden für Männer, bei denen es sich nicht mehr um grüne Jungs handelte, sondern um Cops, die schon lange keine Schulbank mehr gedrückt hatten.

An einem Samstagvormittag im April wurden in vier Stadtteilen an vier verschiedenen Schulen gleichzeitig die Prüfungen abgehalten. Farber mußte sich – zusammen mit mehreren hundert Sergeanten, die genauso nervös waren wie er –, an der George-Washington-High-School in Manhattan melden. Alle trugen Zivil, und alle töteten sich den letzten Nerv damit, daß sie sich mit ihren gegenseitigen Fragen verrückt machten. Ansonsten lasen sie bis zum letzten Augenblick in ihren Fachbüchern und murmelten gebetsartig die auswendig gelernten Musterantworten vor sich hin. Farber beobachtete auch einige dabei, wie sie sich Stichwörter auf ihre Unterarme und Handflächen schrieben. Dabei war ihnen allen bekannt, daß Cops, die beim Mogeln erwischt wurden, mit einer Arreststrafe rechnen mußten. Aber welcher Cop würde schon einen Kollegen anschwärzen?

Im Inneren des Schulgebäudes zwängten sich die Männer hinter Tische, die eigentlich viel zu klein für sie waren. Dann schritten Kontrolleure durch die Reihen, die den Prüfungsteilnehmern die Fingerabdrücke abnahmen. Auf diese Weise sollte verhindert werden, daß sich jemand durch einen Strohmann *vertreten* ließ. Damit die Bewerber anschließend die schwarze Farbe von ihren Fingern entfernen konnten, erhielt jeder von ihnen ein Blatt Toilettenpapier von einer Rolle zugeteilt, die der jeweils zuständige Kontrolleur unter dem Arm trug.

Schließlich wurden die Prüfungsunterlagen ausgeteilt: diverse Bögen, auf denen fünf Aufgaben in Aufsatzform sowie einhundertfünfundzwanzig Fragen im Multiple-choice-Verfahren beantwortet werden sollten.

Die Sergeanten, die in Farbers Nähe saßen, waren bereits grauhaarige Männer, über deren Jeans sich Bierbäuche wölbten.

In welchen Fällen ist es einem Beamten gestattet, von körperlicher Gewalt oder sogar von einem gezielten Todesschuß Gebrauch zu machen? Erläutern Sie die Problematik anhand von Beispielen.

Farbers unmittelbarem Nachbarn zur Rechten trat der Schweiß auf die Stirn, als er einen Blick auf die weiteren Aufsatzthemen warf:

Diskutieren sie die Thesen des Kriminologen O. W. Wilson im Hinblick auf die Rückfälligkeit von Straftätern.

Der Mann stand auf und zerriß die Prüfungsformulare. Während er mit grimmigem Gesichtsausdruck nach vorn schritt, zerbrach er die frisch angespitzten Bleistifte, die er mit seiner rechten Faust umklammert hielt, und legte die Hälften auf den Tisch des Aufsichtsbeamten.

Farber konzentrierte sich auf die Multiple-choice-Aufgaben:

Welche der folgenden Voraussetzungen müssen gegeben sein, um einen Verdächtigen wegen vorsätzlichen Einbruchs unter Anklage stellen zu können?

Wie viele Tage beträgt die Frist, die zwischen der Ausfertigung der Formulare UF-61 und DD-5 verstreichen darf?

Links von Farber beugte sich ein Prüfungsteilnehmer nach unten, um sich am Knöchel zu kratzen. Dabei wurde der Spickzettel sichtbar, den der Mann auf der Innenseite des Unterschenkelhalfters, in dem er eine Waffe trug, befestigt hatte. Er warf einen Blick auf den Zettel, schaute aber schnell wieder hoch, um festzustellen, ob er die Aufmerksamkeit des Aufsichtsbeamten auf sich gelenkt hatte.

Andere baten um Erlaubnis, den Prüfungsraum verlassen und auf die Toilette gehen zu dürfen. Sie würden zwar von Aufsehern begleitet werden, dennoch aber Gelegenheit haben, sich in einer der Kabinen einzuschließen und dort ihre Aufzeichnungen studieren zu können.

Farber benötigte zwei Stunden und vierzig Minuten, um alle Aufgaben zu lösen: zwanzig Minuten weniger, als ihm zur Verfügung gestanden hätten. Noch am selben Nachmittag fand er sich um sechzehn Uhr auf dem Revier ein, um seine gewohnte Schicht zu absolvieren.

Seit Wochen hatte er nichts mehr von Mary Alice und Harry gehört – bis sein Ex-Partner plötzlich in Zivil vor seinem Schreibtisch stand.

Das Dezernat hatte mit einer Serie von bewaffneten Überfällen zu tun, die auf bewachte Parkplätze rings um das Lincoln Center begangen wurden. Beinahe jede Woche hatte die Bande bisher einmal zugeschlagen und nicht nur die Tageseinnahmen mitgehen lassen, sondern auch noch die Kunden ausgeraubt, die das Pech gehabt hatten, ihre Wagen ausgerechnet zum Zeitpunkt des Überfalls abholen zu wollen.

Zumeist handelte es sich um gut betuchte Bürger, die sich auf dem Rückweg von einem Theaterbesuch befunden hatten, bevor sie den Dieben in die Hände fielen, die ihnen das gesamte Bargeld sowie Schmuck, Uhren und Pelze abnahmen und sie selbst in den Kofferraum des eigenen Wagens sperrten.

Nach dem dritten Überfall dieser Art war Summers, der damalige Leiter der New Yorker Kriminalpolizei, höchstpersönlich aufs Revier gekommen, um dem die Ermittlungen leitenden Lieutenant den Fall persönlich zu entziehen. Statt dessen beauftragte Summers Sergeant Farber damit, die Bande dingfest zu machen, bevor es einen Toten gab oder eines der einflußreichen Opfer die Presse oder den Bürgermeister im Hinblick auf die ganze Sache alarmierte.

Farber blickte von Summers zu Lieutenant Moore, der sein unmittelbarer Vorgesetzter war und angesichts der Lage der Dinge alles andere als begeistert schien.

»Ich habe verstanden, Sir«, sagte Farber.

»Ich hoffe nur, daß Sie sich dem Fall gewachsen zeigen«, erklärte Summers, »denn es wird nicht leicht sein, die Burschen zu schnappen.«

»Das ist mir klar, Sir.«

»Na, dann an die Arbeit. Sehen Sie zu, daß Sie diese Scheißkerle unschädlich machen und wir uns endlich anderen Dingen zuwenden können.«

Nachdem der Chief gegangen war, bemühte sich Farber zunächst einmal darum, seinen Vorgesetzten zu beruhigen und die Übertragung des Falles herunterzuspielen.

»Ich habe auch keine Ahnung, warum Summers glaubt, ich könne den Fall eher lösen als Sie.«

»Summers ist der Chief. Und als Chief kann er tun und lassen, was er will!« erwiderte Moore voller Bitterkeit.

»Wenn er Ihnen nur noch eine Woche Zeit gelassen hätte, wäre es ein leichtes für Sie gewesen, die Bande festzunageln, da bin ich mir ganz sicher.«

Ein ehrgeiziger Cop, wie Farber es war, tat gut daran, sich auf dem Weg nach oben keine Feinde zu machen, die ihm später unter Umständen schaden konnten. Obwohl er noch relativ jung war, beherzigte Farber dieses ungeschriebene Gesetz, denn unter Umständen würde Moore eines Tages *vor ihm* zum Captain ernannt werden oder eine noch höhere Position erreichen.

Dann begannen die beiden, um die Leute zu schachern, die auf den Fall angesetzt werden sollten. Farber verlangte fünf Detectives, aber Moore verweigerte ihm die Männer mit der Begründung, sie für anderweitige Ermittlungen zu benötigen.

»Aber der Chief scheint der Sache große Bedeutung beizumessen«, gab Farber zu bedenken, wobei er Moore den Schwarzen Peter zuspielte.

Der Lieutenant reagierte erwartungsgemäß. »Also schön«, seufzte er und hob die Hände. »Nehmen Sie sich, wen immer Sie haben wollen.«

»Ich will nur die fünf. Aber sie müßten vom normalen Dienst befreit werden, da wir vor allem nachts auf der Lauer liegen müssen – zumindest so lange, bis wir die Kerle haben.«

Nachdem Farber seine Mannschaft zu sich beordert und sie informiert hatte, besorgte er sich eine Karte von dem Gebiet rings um das Lincoln Center. Auf ihr markierte er mit roten Heftzwecken die Parkplätze, die bereits überfallen worden waren, mit grün diejenigen, die noch unbehelligt geblieben waren. Dann überlegte er zusammen mit den anderen, welches Gebiet sie in den kommenden Nächten besonders im Auge behalten wollten und welches nicht. Natürlich waren fünf Leute viel zuwenig, um ein derart großes Areal zu bewachen, aber in New York mußten die einzelnen Reviere immer mit viel zuwenig Leuten auskommen. Deshalb lernte man bei der Polizei als erstes, daß man mit dem arbeiten mußte, was man hatte – basta.

Doch dann erschien Harry Chapman in Farbers Büro.

»Hey, du siehst gut aus«, begrüßte ihn Farber.

»Mir geht's auch gut«, bestätigte Chapman. Aber als er an Farber vorbei an die Karte trat und einen Blick auf die Markierungen warf, wirkte er irgendwie nervös.

»Was hat das hier zu bedeuten?« fragte er.

»Wir versuchen gerade, die Burschen zu schnappen, die in deinem Bezirk die Parkplätze überfallen.«

Farber fragte sich, warum Chapman offensichtlich vermied, ihm in die Augen zu sehen.

»Wie geht's Mary Alice?«

»Danke, bestens.«

»Alles im Lot zwischen euch?«

»Sicher. Ehrlich gesagt komme ich deswegen zu dir«, sagte Harry Chapman mit ernstem Gesicht.

»Bevor du weiterredest, sage ich dir lieber gleich, daß ich zur Zeit vor lauter Arbeit kaum in der Lage bin, in Herzensangelegenheiten gute Ratschläge zu erteilen.«

»Das wird auch nicht nötig sein. Aber ich wollte dir doch persönlich mitteilen, daß Mary Alice und ich heiraten werden.«

Das kam keinesfalls unerwartet. Aber warum wirkte Harry Chapman dann so unglaublich steif und angespannt? fragte sich Farber.

»Ich habe ihr einen Heiratsantrag gemacht, und sie hat ihn angenommen. Das Aufgebot ist bereits bestellt.«

»Donnerwetter«, sagte Farber, aus dessen Gesicht jedes Lächeln verschwunden war. Einen Augenblick lang wandte er sich ab und starrte aus dem Fenster. »Meinen herzlichen Glückwunsch. Wann ist der große Tag?«

»Eigentlich gibt es gleich mehrere große Tage zu feiern. Der erste findet am 15. Mai statt, denn an dem Tag wird mir an der Universität meine Examensurkunde überreicht. Mary Alice möchte bei der Abschlußfeier dabeisein. Und ich würde mich sehr freuen, wenn du auch kämst.«

»Du willst mich fragen, ob ich dir dabei zuschauen möchte, wie sie dir die Urkunde in die Hand drücken? Bist du deshalb hierhergekommen?«

»Nein, es gibt noch einen anderen Grund.«

Farber stand auf und trat an die Wandkarte mit den Markierungen. Er hatte langsam die Nase voll von Chapmans umständlicher Art und Weise und wünschte sich insgeheim, daß er wieder gehen möge.

»Was bedeuten die grünen Markierungen? Sind das die Parkplätze, die nach eurer Einschätzung als nächste überfallen werden könnten?«

»Möglicherweise ja«, gestand Farber.

»Wenn du Hilfe brauchst – ich habe zur Zeit nicht viel zu tun. Ich hätte nichts dagegen, dir nach Dienstschluß ein bißchen zur Hand zu gehen, Bert.«

Farber sah ihn an.

»Ich könnte doch einen dieser Orte im Auge behalten, was meinst du?«

Bei Harrys unverschämtem Glück würde die Bande sicherlich genau dort zuschlagen, dachte Farber. Und Harry konnte dann als Held, der den Fall gelöst hatte, in die Schlagzeilen kommen.

»Warum kümmerst du dich nicht lieber mehr um dein Mädchen?« fragte Farber. »Du solltest sie vielleicht nicht so viel allein lassen.«

»Da hast du recht«, gestand Chapman. »Aber es sieht dennoch so aus, als ob ihr ganz gut Hilfe gebrauchen könntet.«

»Vielen Dank für dein Angebot, aber ich habe zur Zeit schon mehr Männer zugeteilt bekommen, als nötig sind«, log Farber.

»Es sind aber eine ganze Menge grüner Markierungen auf der Karte zu sehen«, zweifelte Chapman.

»Ich fürchte allerdings, daß ich nicht zu deiner Examensfeier kommen kann. Da im Mai Schulferien sind, wollen zu der Zeit alle Leute mit Familie in Urlaub fahren. Deshalb sind wir mit Personal dann immer sehr knapp dran.«

Immer stärker von dem Wunsch beseelt, sein Ex-Partner möge endlich verschwinden, setzte sich Farber wieder an seinen Schreibtisch und nahm ein paar Papiere zur Hand. Chapman ließ sich dadurch jedoch nicht abschrekken, sondern nahm ihm gegenüber Platz.

»Es tut mir leid, Harry, aber ich muß jetzt wirklich noch eine Menge Papierkram erledigen.«

Chapman wirkte immer nervöser und trommelte mit den Fingern auf die Tischplatte.

»Gibt es noch etwas Wichtiges, weswegen du zu mir gekommen bist?«

»Ja, allerdings.«

Farber wartete schweigend auf eine nähere Erklärung.

»Ich werde zum 1. Juni aus dem Polizeidienst ausscheiden«, erklärte Chapman.

Farber sagte noch immer nichts.

»Ich bin jetzt seit zwei Jahren dabei. Aber ich habe dir ja bereits damals, in der ersten Nacht, die wir zusammen auf Streife waren, von meinen Plänen erzählt, Bert.«

»Ja, das hast du.«

»Genauer gesagt bin ich eigentlich schon etwas länger als zwei Jahre bei der Polizei.«

»Aber du hältst noch immer deinen Zeitplan ein, stimmt's?«

»Mehr oder weniger schon«, gestand Chapman, noch immer sehr unsicher wirkend.

»Das Department wird dich sicher vermissen«, erklärte Farber und machte sich wieder an seinen Papieren zu schaffen – wohl wissend, daß das Department alles tun würde, nur nicht einen ehemaligen Cop vermissen.

»Die Hochzeit findet am 2. Juni statt. Und am 7. Juni fange ich als Assistent bei der Staatsanwaltschaft an.«

Farber nickte.

»Dazwischen machen wir unsere Hochzeitsreise.«

»Fünf Tage. Findest du nicht, daß das ein bißchen kurz ist?«

»Na ja, es ist ja nicht so, als ob wir uns noch sehr fremd wären«, erwiderte Chapman ernsthaft.

»Richtig, du hast mir ja von euch erzählt«, bestätigte Farber selbstquälerisch. »Ist sie immer noch so ein heißer Feger?«

Chapmans angespanntes Lächeln verwandelte sich in ein selbstbewußtes Grinsen. »Jedenfalls haben wir in der Hinsicht keinerlei Probleme.«

»Das ist schön für euch.«

»Vor mir war sie nur mit zwei Burschen zusammen, und das auch nur kurz. Beim erstenmal war sie sechzehn, das andere Mal war auf dem College.«

»Sehr interessant.«

»Bei der Geschichte am College war sie betrunken.«

»Was du nicht sagst.«

»Es hat mich wirklich überrascht, wie unschuldig sie noch war.«

»Tatsächlich? Aber ich muß mich jetzt wirklich wieder an die Arbeit machen, Harry.«

»Ich vermute, jeder Mann will am liebsten eine Jungfrau heiraten«, fuhr Chapman ungerührt fort. »Und Mary

Alice ist diesem Ideal so nah, wie ihm ein Mädchen heutzutage nur nah sein kann.«

»Nochmals herzlichen Glückwunsch.«

»Unsere Flitterwochen werden wir auf Jamaika verbringen. Ihr Vater hat uns die Reise geschenkt.«

»Ich habe ihn einmal kurz getroffen«, sagte Farber. »Er hat wohl eine Menge Geld.«

»Und politische Verbindungen«, fügte Chapman hinzu. »Viel mehr, als ich anfangs vermutet habe.«

»Sicher wird er dir bei deinem Weg nach Washington eine große Hilfe sein.«

»Ja, das wird er bestimmt.«

Zwei Detectives, die per Telefon angefordert worden waren, betraten das Büro, um sich bei Farber zu melden. Als sie jedoch sahen, daß er mit einem Besucher beschäftigt war, zogen sie sich an die Kaffeemaschine zurück.

Chapman schien sich plötzlich einen Ruck zu geben.

»Mary Alice und ich würden uns wirklich sehr freuen, wenn du bei unserer Hochzeit einer unserer Trauzeugen sein könntest.«

Auf diese Offenbarung folgte ein längeres Schweigen, da Chapman voller Anspannung auf Farbers Antwort wartete und dieser so verblüfft war, daß er keine Worte fand.

»Ich halte das für keine gute Idee«, sagte er schließlich.

»Warum nicht?«

»Hast du eigentlich mit Mary Alice darüber gesprochen? Und hat sie ihre Zustimmung zu deinem Vorschlag gegeben?«

»Sie hat viel für dich übrig, Bert.«

»Aber ich kenne sie doch kaum.«

Unterdessen waren drei weitere Detectives eingetroffen, die sich zu den bereits Wartenden gesellten.

»Ich bin davon überzeugt, daß du der perfekte Trauzeuge bist. Immerhin haben wir sie beide am selben Abend kennengelernt, weißt du noch? Und außerdem ...«

»Außerdem ...?«

»Und außerdem hast du mir alles beigebracht, was ich als Cop gelernt habe. Deshalb schulde ich dir etwas.«

»Du schuldest mir gar nichts, Harry. Aber nun sag mir endlich, von wem die Idee eigentlich stammt. Von dir oder von Mary Alice – oder von wem sonst?«

»Ich habe ihr diesen Vorschlag gemacht. Sie meinte zwar, du würdest vermutlich ablehnen, aber ich habe ihr widersprochen. Also, wer hat nun recht?«

»Mary Alice hat recht. Und zwar aus gutem Grund.«

»Du mußt mir nicht sofort antworten, Bert. Denk erst einmal in Ruhe darüber nach.«

»Ich habe schon darüber nachgedacht, und ich bin zu der Erkenntnis gelangt, daß es nicht richtig wäre«, erklärte Farber. »Rede noch mal mit Mary Alice über die Sache, und du wirst sehen, daß meine Entscheidung richtig ist.«

Beide Männer musterten sich schweigend.

»Hochzeiten sind Familienangelegenheiten«, fuhr Farber fort. »Du hast doch einen Bruder, oder nicht? Du solltest ihn zu deinem Trauzeugen machen.«

»Ich fühle mich dir aber näher verbunden, Bert.«

»Und ich glaube, Mary Alice hat auch einen Bruder.«

»Ich kenne ihn kaum.«

»Du wirst doch bei deinen Karriereplänen auf die Unterstützung deines Schwiegervaters angewiesen sein, nicht wahr? Wenn du seinen Sohn zu deinem Trauzeugen machst, wird ihn das sehr für dich einnehmen, Harry.«

»Daran habe ich noch gar nicht gedacht.«

»Du solltest aber daran denken. Und jetzt muß ich dich leider rausschmeißen, weil viel Arbeit auf mich wartet.«

»Okay. Tut mir leid, daß ich dich so lange aufgehalten habe.« Chapman stand auf und ging zur Tür, blieb dort allerdings stehen und wandte sich noch einmal zu Farber um.

»Aber ich kann mich doch darauf verlassen, daß du wenigstens zur Trauung und anschließend zur Feier kommst? Ich werde Mary Alice' Mutter bitten, dir eine Einladung zu schicken. Wirst du jemanden mitbringen?«

»Nein«, sagte Farber nach kurzem Überlegen. »Ich habe zur Zeit keine feste Freundin.«

Nachdem Chapman die Tür hinter sich geschlossen hatte, rief Farber die fünf Detectives zu sich. Er hatte gerade damit begonnen, sie über die bisherigen Erkenntnisse zu den Überfällen zu informieren, als wieder das Telefon läutete.

»Sergeant Farber.«

Zu seiner Überraschung war Mary Alice am Apparat. »Ich muß dringend mit dir sprechen.«

Farber war keinesfalls bereit, schon wieder ein Wechselbad der Gefühle zu durchleiden. Darüber hinaus hatte er zu arbeiten.

»Du hast dir dafür einen ungünstigen Zeitpunkt ausgesucht.«

»Wann paßt es dir denn? Es ist wirklich dringend.«

»Wo bist du jetzt?«

»Ich mache bei Bloomingdale's Einkäufe.«

»Kauf nicht den ganzen Laden leer.«

»Hochzeitseinkäufe, wenn du es genau wissen willst.«

»Ich werde noch etwa eine Stunde zu tun haben.«

»Okay, ich rufe dich dann wieder an.«

»Moment, sagtest du nicht, es sei sehr wichtig?«

»Allerdings.«

»Dann machen wir besser gleich etwas aus. Wie wäre es mit dem Zoo im Central Park? Ich komme dann dorthin.«

»In den Zoo?«

»Um fünf vor dem Löwenkäfig.« Er legte auf, bevor sie noch etwas erwidern konnte, und wandte sich wieder seinen Leuten zu.

Farber nahm das auf seinem Schreibtisch liegende Lineal zur Hand und benutzte es als Zeigestock, um den Männern auf der Karte die Lage der bisherigen Tatorte zu erläutern. Aber während er sprach, verwandelte sich die Karte vor seinem geistigen Auge in Mary Alice' Gesicht, und er schüttelte den Kopf, um wieder klar denken zu können.

Die Fluchtfahrzeuge – so begann Farber – seien im Bezirk Nr. 28 in Harlem gestohlen worden. Daher liege es nahe, daß die Täter von dort stammten und auch wieder dorthin zurückkehren würden.

»Das alles ist uns bereits bekannt«, unterbrach ihn einer der Detectives. »Nach dem, was die Zeugen ausgesagt haben, jagen wir drei schwarze Kerle.«

»Zwei der überfallenen Parkplätze liegen an der Amsterdam Avenue, die in gerader Linie nach Harlem führt«, fuhr Farber fort. »Der dritte befindet sich am oberen Teil des Broadway.«

Er tippte mit dem Lineal auf die Karte. »Daß die Burschen bisher die Columbus Avenue gemieden haben, dürfte vermutlich daran liegen, daß sie nach dem Überfall auf keinen Fall in die Innenstadt abgedrängt werden wollen. Also brauchen wir uns auch nicht mit der Columbus beschäftigen.«

»Es bleiben trotzdem noch mehr als genug Möglichkeiten, wo sie als nächstes zuschlagen könnten«, warf einer der Detectives ein.

»Und wir sind nur zu sechst«, fügte ein anderer hinzu.

Dabei konnte er die Männer noch nicht einmal auf sechs Wagen verteilen, dachte Farber, da es viel zu gefährlich war, einen Cop allein auf drei bewaffnete Gangster anzusetzen. Also mußte jeder Wagen mit zwei Cops besetzt sein, und selbst dann waren die Chancen im Fall einer Schießerei keinesfalls günstig.

»Unser Ziel ist es, die Kerle nicht zu verschrecken, sondern auf frischer Tat zu ertappen und festzunehmen«, erklärte Farber, der sich bereits Gedanken darüber gemacht hatte, wie er seine kleine Schar ergänzen konnte. Mit dem Lineal deutete er auf der Karte einen Kreis an, dessen Mittelpunkt im 20. Bezirk lag.

»Dieser Bezirk verfügt über elf Streifenwagen, von denen jedoch abends normalerweise nur acht eingesetzt werden. Sie haben dort einen neuen Revierleiter, einen gewissen Captain Sternhagen, mit dem ich mich« – Farber sah auf seine Armbanduhr –, »in dreißig Minuten treffen werde, um mit ihm den Einsatz zu planen.«

Und anschließend würde er Mary Alice im Central

Park begegnen. Einen Augenblick lang irritierte ihn dieser Gedanke, aber dann konzentrierte er sich wieder auf seine Arbeit.

»Ich werde ihn bitten, lediglich ein paar Innendienstleute in die freien Streifenwagen zu setzen und nur in den Straßen patrouillieren zu lassen, in denen bereits Überfälle stattgefunden haben. Der Grund dafür ist der folgende: Ich wette, daß unsere Freunde dies als absolut normal ansehen werden und sich deshalb nicht abschrekken lassen, ein paar Blocks weiter erneut ihr Glück zu versuchen.«

Einer der Männer nickte zustimmend.

»Ich bin mir ebenfalls sicher, daß die Bande, wenn sie die Streifenwagen gesichtet hat, auf keinen Fall einen Parkplatz überfallen wird, der in Richtung Innenstadt liegt, da sie dann bei ihrer Flucht erneut an unseren Kollegen vorbeimüßte. Falls ich recht behalte, bleiben nur noch diese drei Orte hier übrig.«

Wieder tippte er mit dem Lineal auf die Karte.

»An diesen Punkten werden wir uns heute abend und an den folgenden Abenden auf die Lauer legen, bis die Bande wieder zuschlägt oder uns das Department von dem Fall abzieht. Noch Fragen?«

»Ja. Was ist, wenn Sternhagen nicht mitspielt?« fragte einer der Detectives. »Ich weiß nämlich, daß er ein ziemliches Arschloch ist.«

»Und er hat für Detectives ausgesprochen wenig übrig«, ergänzte ein anderer.

»Macht euch darum keine Sorgen«, beruhigte Farber die Männer und setzte ein selbstbewußtes Lächeln auf, obwohl er Sternhagen noch nie zuvor gesehen hatte. »Ich werde durchblicken lassen, daß das Hauptquartier großes Interesse an der Klärung des Falles hat. Das dürfte genügen.«

»Gute Idee«, bestätigte derjenige, der die Frage gestellt hatte. »Wenn Sternhagen nur das Wort ›Hauptquartier‹ hört, wird er sich vor Angst in die Hosen scheißen.«

Anschließend machte sich Farber auf den Weg in den 20. Bezirk und parkte seinen Wagen vor dem Eingang des

Reviers. Dort verbrachte er etwa eine halbe Stunde, in der er sein Anliegen mit Captain Sternhagen erörterte. Sternhagen war damals Anfang Vierzig, hatte noch keine einzige graue Strähne im Haar und war schlank und rank, ohne den geringsten Ansatz zu dem Bauch zeigen, den er Jahre später vor sich hertragen würde. Darüber hinaus war auch noch nichts von jenem überheblichen und selbstgefälligen Gehabe zu merken, das ihn später so unerträglich machte. Damals hatte man Sternhagen erst kurz zuvor zum Captain ernannt, und er war noch viel zu unsicher auf seinem neuen Posten, um sich bei Erwähnung des Hauptquartiers auf Diskussionen einzulassen. So veranlaßte er kurzerhand alles von Farber Gewünschte, auch wenn nur ein kleiner Sergeant vor ihm saß.

Als Farber das Revier wieder verließ, war er bereits spät dran, um Mary Alice zu treffen. Deshalb beeilte er sich, zum Central Park hinüberzufahren, und stellte seinen Dienstwagen auf einem Grünstreifen im Halteverbot ab. Dann hastete er über den Rasen zum Eingang des Zoos, wobei er allerdings zahlreichen Frisbeescheiben und Softbällen ausweichen mußte, da viele Leute die Abendsonne des Frühlingstages dazu nutzten, sich ein wenig sportlich zu betätigen oder sich auf Decken ins Gras zu legen.

Nachdem er die Eingangspforte passiert hatte, lenkte Farber seine Schritte zum Löwenkäfig, in dem eine ganze Reihe von Tieren zusammengepfercht waren. Erst Jahre später sollte der Zoo renoviert und die Anlage nach modernen zoologischen Erkenntnissen umgestaltet werden. Viele der großen Raubkatzen würde man dann in andere Zoos bringen, wo sie sich in vergleichsweise riesigen Freigehegen mehr oder weniger ungehindert bewegen konnten.

Bereits von weitem konnte Farber sehen, wie Mary Alice nervös auf und ab ging.

»Hallo«, sagte er, unsicher, ob er sie zur Begrüßung küssen sollte oder nicht.

Ihr vorwurfsvoller Blick nahm ihm die Entscheidung ab. »Du kommst spät.«

»Tut mir leid.«

»Wir hätten das Ganze schließlich auch am Telefon erledigen können.«

»Ich dachte, es sei sehr wichtig. Zumindest sagtest du das.«

»Ja, es ist auch sehr wichtig.«

»Und wie geht es dir, Mary Alice?«

Seine Frage schien sie einen Augenblick aus dem Konzept zu bringen. »Danke, gut. Und dir?«

Sie trug flache Schuhe, Jeans und einen blauen Blazer über einer roten Seidenbluse.

»Du siehst hinreißend aus.«

»Vielen Dank für das Kompliment«, entgegnete sie reserviert.

Farber fragte sich, wie es möglich war, daß er noch immer so fasziniert von ihr war, obwohl er sie nun schon seit langem kannte und wußte, daß sie einen anderen heiraten würde. Warum beschleunigte sich bei ihrem Anblick sein Herzschlag noch immer? Sollte sie ihn plötzlich auffordern, die Nacht mit ihr zu verbringen, würde er ihr – ohne zu zögern – folgen und keinen weiteren Gedanken an den vor ihm liegenden Einsatz verschwenden. Alles würde er opfern für eine einzige Nacht mit ihr.

Ich bin wirklich verrückt, sagte er zu sich selbst, während er laut fragte: »Also, was ist nun so wichtig, daß du es unbedingt mit mir besprechen mußt?«

Sie blieb stehen und sah ihm in die Augen.

»Zunächst einmal möchte ich dir mitteilen, daß ich am 2. Juni heiraten werde. Ich denke, daß du das wissen solltest.«

»Das ist allerdings eine wichtige Neuigkeit. Meinen herzlichen Glückwunsch.«

»Wenn es nur das wäre, was ich dir zu sagen habe, hätte ich dir auch eine Karte schicken können.«

»Dann liegt dir also doch noch etwas anderes auf der Seele?«

Sie zögerte einen Augenblick. »Harry denkt daran, dich zu bitten, unser Trauzeuge zu sein.«

»Wirklich?«

»Ich möchte, daß du seine Bitte ablehnst.«

»Hmmm«, brummte Farber nachdenklich vor sich hin, während er weiterging und deutlich spürte, wie sie ihn von der Seite musterte, um seine Reaktion zu deuten. Obwohl er plötzlich einen Druck in der Magengegend empfand, gab er sich Mühe, keinerlei Regung zu zeigen.

»Warum kümmert es dich, wen Harry als seinen Trauzeugen aussucht?« fragte er.

»Das ist mir völlig egal – solange es nicht du bist.«

Hatte sie diese verletzenden Worte absichtlich oder nur gedankenlos fallenlassen? Der quälende Druck in seinem Inneren schien sich zu verstärken. Farber blieb stehen und starrte die Löwen hinter den Gittern an.

»Auch die Menschen leben in Käfigen. Sie wissen es nur nicht«, sagte er.

»Gott, was soll all dieses zynische Gerede?« zischte Mary Alice.

Er wandte sich zu ihr um. »Haßt du mich eigentlich?«

»Natürlich hasse ich dich nicht«, erwiderte sie ungeduldig. »Ich halte es nur für unpassend, daß ausgerechnet du am Altar neben dem Mann stehen solltest, den ich heiraten werde.«

»Warum denn?« Natürlich kannte Farber die Antwort, doch er wollte sie von ihr hören. Er wollte sie zu dem Eingeständnis bewegen, wie intim ihr Verhältnis einst gewesen war.

»Weil ...!« Sie ließ den Satz unvollendet.

»Weil?«

Sie holte tief Luft. »Weil Harry ein bestimmtes Bild von mir hat.«

»Ja, ich weiß. Er hat mit mir darüber gesprochen.«

»Er hat mit dir über mich gesprochen?« fragte sie mit ebenso überrascht wie scharf klingender Stimme. »Was hat er denn gesagt?«

»Nun, er schien dich für *unschuldiger* zu halten, als du tatsächlich warst.«

»Wann hat er mit dir darüber geredet?«

»Das ist schon eine Weile her.«

»Und was hast du erwidert?«

»Sag mal, Mary Alice, wofür hältst du mich eigentlich?«

»Ich will wissen, was du gesagt hast!«

»Mir scheint, daß wir diesen Punkt schon einmal erörtert haben.«

»Was hast du Harry gesagt?«

»Nichts. Mach dir also keine Sorgen. Deine Ehre ist unbefleckt. Du stehst mit absolut reiner Weste da.«

Sie starrte ihm zweifelnd ins Gesicht.

»Ich glaube, ich habe dir schon einmal gesagt, daß es nicht meine Art ist, mit Mädchen herumzuprahlen, mit denen ich im Bett gewesen bin.«

Sie senkte den Kopf und blickte zu Boden. »Diese Bemerkung hättest du dir sparen können.«

»Du hast recht. Es tut mir leid.«

Einer der Löwen öffnete das Maul und gähnte.

»Die Tiere sehen alle ziemlich heruntergekommen aus, nicht wahr?« fragte Farber.

Mary Alice musterte die Löwen für einen Moment, sagte aber nichts.

»Das dürfte daran liegen, daß sie im Winter die ganze Zeit über drinnen eingesperrt sind und keinerlei Auslauf haben.«

»Ehrlich gesagt bin ich heute nicht besonders in Stimmung, mir den Kopf über Löwen zu zerbrechen«, gestand sie zögernd.

»Was würdest du dazu sagen, falls ich Harrys Angebot annehmen sollte?«

»Das willst du doch nicht wirklich, oder?«

»Ich verstehe noch immer nicht, warum du dich so sehr darüber aufregst …«

»Weil es vielleicht einmal meine Ehe ruinieren könnte, wenn Harry später gewisse Dinge herausfinden sollte und ausgerechnet du unser Trauzeuge bist.«

»Was denn für Dinge?«

»Du weißt schon …«

Er blickte sie erwartungsvoll an, da er nur auf ihr Eingeständnis wartete.

»... was zwischen dir und mir gewesen ist.«

»Von wem sollte er das erfahren?« fragte Farber.

Sie gab keine Antwort.

»Von dir vielleicht?«

Mary Alice schüttelte den Kopf.

»Wer sonst könnte ihm etwas darüber verraten?«

Als sie schwieg, gab Farber selbst die Antwort. »*Ich* weiß natürlich noch Bescheid. Du glaubst also, ich könnte ihm etwas sagen?«

Erneut blieb Mary Alice die Antwort schuldig.

»Ja. Du fürchtest allen Ernstes, ich könnte dich vor Harry bloßstellen.«

»Das wäre doch immerhin gut möglich – oder etwa nicht?«

»Aber warum sollte ich das tun?«

»Was weiß ich?«

»Warum? Nenn mir einen Grund!«

»Zum Beispiel um mich zu verletzen«, sagte sie mit leiser Stimme.

Farber sah ihr in die Augen. Er wollte sie keineswegs verletzen, sondern am liebsten umarmen und ihr Gesicht mit Küssen bedecken.

»Ich habe langsam von den Löwen die Nase voll«, knurrte er und wandte sich brüsk von ihr ab. »Laß uns lieber die Affen oder irgendein anderes gottverdammtes Vieh anschauen.«

Er ging schnell davon, und sie mußte sich beeilen, mit ihm Schritt zu halten.

»Weißt du was?« rief er ihr zu. »Laß dir von mir einen guten Rat geben: Man sollte seine Ehe nicht auf Lügen aufbauen, weil das ein verdammt schlechter Beginn ist.«

»Ich habe Harry nicht belogen«, verteidigte sich Mary Alice kleinlaut. »Ich will nur, daß er ein paar Dinge glaubt, die er gerne glauben möchte.«

»Ich weiß. Auch das habe ich schon einmal gehört. Und jetzt hast du panische Angst, daß ich deine gute Tat beschmutzen könnte, indem ich deine intimsten Geheimnisse ausplaudere.«

»Vielleicht würdest du das jetzt nicht tun«, gab Mary Alice zu, »aber was ist in zwanzig Jahren? Die Wirkung wäre dann beinahe noch schlimmer als jetzt. Und kannst du dir auch nur annähernd vorstellen, wie verletzt sich Harry dann fühlen müßte, falls du unser Trauzeuge gewesen wärst? Er würde sich ausmalen, wie wir beide vor dem Altar gestanden und uns über ihn lustig gemacht haben.«

»Wenn du mich fragst, ist das eine ausgesprochen abwegige Vorstellung.«

»Mag sein. Aber ich habe jedenfalls keine Lust, mich bis zu meinem Lebensende von ihr verfolgt zu sehen.«

Farber beobachtete die Affen, die sich wegen der sonnigen Witterung in den Außenkäfigen tummeln durften.

»Kannst du mich denn nicht verstehen, Bert. Ich habe einfach Angst, daß das Ganze wie ein Damoklesschwert über mir schwebt.«

»Ich weiß nicht, was ich zu all dem sagen soll.«

»Ich bitte dich doch nur darum, Harrys Vorschlag abzulehnen, unser Trauzeuge zu sein.«

»Schau dir mal den riesigen Gorilla dort an. Was, glaubst du, mag er in diesem Augenblick denken?«

»Verdammt noch mal, antworte mir endlich!« rief Mary Alice erregt. »Was wirst du Harry sagen, wenn er dich fragt?«

»Er hat mich bereits gefragt. Vor etwa einer Stunde. Ich habe nein gesagt.«

»Wie? Was sagst du da?« fragte Mary Alice ungläubig.

Farber hatte angenommen, daß sein Geständnis sie erleichtern und erfreuen würde, aber das Gegenteil war der Fall.

»Und warum läßt du es dann zu, daß ich mich vor dir zum Narren mache?« zischte sie ihn an. »Du führst hier eine Schmierenkomödie auf, um mich zu erniedrigen und ...«

»Nun mach mal halblang und beruhige dich«, wurde

sie von Farber unterbrochen, der plötzlich Mühe hatte, angesichts der absurden Situation nicht zu lachen.

»Was bildest du dir eigentlich ein? Du wolltest dich doch nur über mich lustig machen, oder etwa nicht?«

»Das ist doch Unsinn, Mary Alice.«

»Hast du eigentlich auch nur einen Funken Respekt vor mir? Kannst du dir überhaupt vorstellen, was es mich für Überwindung gekostet hat, dich anzurufen und mich dann hier mit dir zu treffen? Glaubst du denn, ich habe gar keine Gefühle?«

»Tut mir leid. Ich habe mich nur danach gesehnt, dich endlich einmal wiederzusehen und ein paar Worte mit dir zu reden.«

Ihr standen vor Wut die Tränen in den Augen.

»Mary Alice, mir war von Anfang an klar, daß du dagegen sein würdest, mit mir als Trauzeuge vor dem Altar zu stehen. Deshalb habe ich Harry nahegelegt, lieber seinen oder deinen Bruder zu fragen.«

»Weißt du, Bert, daß es Momente gibt, in denen ich dich regelrecht hasse?«

»Ist dies ein solcher Moment?«

Anstatt ihm zu antworten, machte sie auf dem Absatz kehrt und eilte davon. Da Farber nicht wußte, wie er reagieren sollte, blieb er einfach stehen und sah ihr nach, wie sie sich ihren Weg durch die Passanten bahnte, bis er sie aus den Augen verlor. Er verbrachte anschließend noch einige Minuten damit, die Gorillas zu beobachten, bevor er sich auf den Weg zurück zu seinem Wagen machte.

Gegen 21 Uhr brachen er und die ihm zugeteilten Detectives auf, um sich in ihren unauffälligen Wagen an den besprochenen Positionen auf die Lauer zu legen. Während sie in der Dunkelheit saßen und die Zeit verstrich, grübelte Farber sorgenvoll darüber nach, ob er nicht doch besser versucht hätte, noch mehr Leute zu bekommen, da die Bande auch an vielen anderen Stellen zuschlagen konnte.

Sein eigener Standort war an der Amsterdam Avenue, Ecke 70. Straße, was fast schon zu weit vom Lincoln Center entfernt war, um noch als Ort für einen Überfall der Bande in Frage zu kommen. Da die Theater an diesem Abend jedoch geöffnet hatten, war auch der umzäunte und von zwei Farbigen bewachte Parkplatz überfüllt, den man auf dem Gelände angelegt hatte, auf dem zuvor mehrere kleinere Gebäude abgerissen worden waren. Noch im selben Jahr sollte dort mit dem Bau eines imposanten Wolkenkratzers begonnen werden, wie zahlreiche Plakate an den umliegenden Häusern verrieten. Aber bis dahin würde der Grundstücksbesitzer sein Geld damit verdienen, daß hier Parktickets verkauft wurden.

Das zweite Team war am Broadway, Ecke 60. Straße, stationiert worden, und zwar ebenfalls gegenüber einem ebenerdigen Parkplatz. Sollte die Bande dort zuschlagen, würde Farber seinen Kollegen schnell zu Hilfe eilen und zum Broadway hinüberfahren können, um dort die stadtauswärts flüchtenden Gangster abzufangen.

Vor die schwierigste Aufgabe aber sah sich das dritte Team gestellt, das drei Blocks südlich von Farbers Standort eine Tiefgarage überwachen sollte, die unter einem Hochhaus lag und von außen nicht eingesehen werden konnte. Die dort postierten Männer mußten daher nach zwei davonrennenden Männern und nach einem verdächtig wirkenden Fluchtfahrzeug Ausschau halten. Farber fragte sich, ob diese Aufgabe nicht beinahe unlösbar war und ob es nicht besser gewesen wäre, wenn er selbst jenen Überwachungspunkt bezogen hätte.

Überhaupt bereitete ihm die Operation immer mehr Kopfschmerzen, je länger er über die möglichen Schwierigkeiten nachdachte. Was würde geschehen, falls einer seiner Leute getötet werden sollte – oder womöglich ein prominenter Bürger, der gerade zum Zeitpunkt des Überfalls sein Auto abholen wollte? Welche Konsequenzen würde es für ihn nach sich ziehen, wenn die Festnahme mißlang und den Gangstern die Flucht glückte? Oder wenn sie einen der unbewachten Parkplätze überfielen? Plötzlich hatte Farber ein Gefühl, als hänge seine gesamte Karriere nur von diesem einen Fall ab.

Er nahm das Mikrofon zur Hand und stellte die Verbindung zu den beiden anderen Wagen her: »Irgendwas Auffälliges?«

Doch keines der Teams hatte etwas Verdächtiges bemerkt.

Alle fünfzehn Minuten wiederholte Farber seine Anfrage, und jedesmal endete der kurze Funkverkehr mit derselben Aufforderung: »Haltet also weiterhin die Augen offen!«

Er machte sich möglichst klein auf seinem Sitz, um von außen nicht gesehen zu werden, hatte deshalb aber Probleme, das Geschehen auf der anderen Straßenseite beobachten zu können. Die Zeit verstrich quälend langsam, und Farbers Konzentration ließ immer mehr nach. Seine Gedanken wanderten zu Mary Alice und klammerten sich an den Erinnerungsbildern fest, wie sie sich beide einst leidenschaftlich geliebt hatten. Was war nur schiefgelaufen zwischen ihnen? Was hätte er dagegen tun können, daß sie nun in einem Monat einen anderen heiraten würde? Konnte er jetzt noch etwas dagegen unternehmen? Wer war Harry Chapman, daß er sich erdreisten konnte, ihm die Frau wegzunehmen, die er über alles in der Welt liebte? Das waren die wirklich wichtigen Fragen, die Farbers weiteres Leben bestimmen würden, und nicht dieses Räuber-und-Gendarm-Spiel, das sie hier gerade inszenierten.

»Ich glaube, da tut sich was«, riß ihn der hinten im Wagen sitzende Detective, ein Mann namens McClain, aus seinen Gedanken.

Auf Höhe des Parkplatzes hielt gerade ein roter Cadillac an der Bordsteinkante und blockierte einen Teil der Ausfahrt. Bei laufendem Motor spähten die drei farbigen Insassen auf das Parkplatzgelände.

Farber folgte ihren Blicken. Neben dem Wohnwagen, in dem sich die Parkwächter während ihrer Schicht aufhielten, standen zwei teuer gekleidete Ehepaare. Sie warteten scheinbar ungeduldig auf ihre Wagen, die gerade von einem der beiden diensthabenden Wächter ausgeparkt wurden, während der andere, mit einem Bündel Parkscheine in der Hand, auf die Leute einredete.

Unterdessen kamen weitere Personen zu Fuß zum Parkplatz, um ihre Wagen abzuholen. Farber zählte insgesamt drei Männer und zwei Frauen. Insgesamt befanden sich also elf unbeteiligte Personen auf dem Gelände, die von den Gangstern als Geiseln genommen werden konnten.

Der Druck auf Farber wuchs immer mehr, als zwei der in Regenmäntel gekleideten Farbigen aus dem Cadillac ausstiegen und auf die Gruppe der Wartenden zugingen. Plötzlich hielten sie Waffen in ihren Händen und trieben die zu Tode erschreckten Leute in den Wohnwagen.

Mit dem Mikrofon in der Linken startete Farber bereits den Motor.

»Es geht los!« informierte er mit heiserer Stimme die beiden anderen Teams. »Kommt so schnell wie möglich hierher. Bei dem Fluchtfahrzeug handelt es sich um einen roten Cadillac.« Anschließend gab Farber das Kennzeichen des Wagens durch. »Die Gangster haben allerdings zu viele Leute in ihrer Gewalt. Deshalb müssen wir mit dem Zugriff noch warten.«

Er hatte nun rasch viele Entscheidungen zu treffen. Als erstes beschloß Farber, keine weitere Verstärkung herbeizurufen. Er und seine fünf Männer reichten aus, um den Job zu Ende zu führen, sie durften sich nur keinen Fehler erlauben. Ein Haufen uniformierter Cops, die mit heulenden Sirenen herbeijagten, würde die Bande nur in Panik versetzen und möglicherweise eine wilde Schießerei provozieren. Und gerade das wollte Farber unbedingt vermeiden. Deshalb faßte er den Entschluß, die drei Gangster erst abziehen zu lassen, um sie dann auf Höhe eines zu dieser Stunde leerstehenden Schulgeländes an der 77. Straße, Ecke Amsterdam, zu stellen.

Er fädelte den Wagen in den Verkehr ein und fuhr bis zur Ampel an der nächsten Kreuzung, wo er am Straßenrand parkte und die Scheinwerfer löschte.

»Wir werden sie an der Schule an die Bordsteinkante

drängen«, informierte er McClain kurz über seinen Plan. »Die anderen beiden Teams sollten bis dahin rechtzeitig hier sein.«

Weitere Erläuterungen hielt er bei einem erfahrenen Detective wie McClain für unnötig. Außerdem befürchtete Farber, daß jedes weitere Wort nur seine eigene Nervosität verraten würde. Dabei wußte er selbst am besten, daß es jetzt nur noch darauf ankam, die Nerven zu behalten.

Der zweite Wagen fuhr an ihnen vorbei und hielt, einen halben Block voraus, an einer Bushaltestelle.

»Das ist Mockler«, erklärte McClain.

»Aber wo bleibt Carbone?«

»Vielleicht ist er das dort drüben«, erwiderte McClain und deutete mit dem Kopf auf einen Wagen, der gerade aus der 72. Straße in die Amsterdam Avenue bog und wenige Meter später anhielt. »Ja, das ist er«, bestätigte der Detective seine Vermutung.

»Wir können Sie sehen, Sergeant«, meldete sich Carbone eine Minute später.

»Achtung, da kommen sie!« rief McClain, der konzentriert aus dem Heckfenster spähte.

Farber gab die Warnung an die anderen weiter, zog seinen Revolver aus dem Halfter und legte ihn griffbereit neben sich auf den Beifahrersitz.

Im Rückspiegel konnte er verfolgen, wie die beiden in Regenmäntel gekleideten Farbigen vom Parkplatz auf den wartenden Cadillac zuliefen. Einer der Männer trug eine allem Anschein nach schwere Tasche bei sich, die er auf die Rücksitzbank des Wagens warf, bevor er selbst einstieg. Der andere glitt auf den Beifahrersitz. Die beiden Wagentüren waren noch nicht geschlossen, als der Cadillac bereits mit quietschenden Reifen davonschoß. Aber Farber fädelte sich vor ihm ein, so daß der Fahrer des Fluchtwagens notgedrungen sein Tempo verlangsamen mußte. Nur wenn es Farber gelang, die Geschwindigkeit des Cadillac niedrig zu halten, konnte er seinen Plan in die Tat umsetzen und die Gangster am gewünschten Punkt stellen.

Zu Farbers Glück befand sich auf der Spur links neben ihm ein Taxi, das mit eingeschaltetem Dachlicht auf der Suche nach Fahrgästen war. Bis zum übernächsten Block würde es den Gangstern daher unmöglich sein, zu überholen. Außerdem konnte Farber im Rückspiegel erkennen, daß sich unmittelbar hinter dem Cadillac der zweite Polizeiwagen befand, während der dritte noch einen halben Block voraus wartete. Insofern sah die Ausgangslage wesentlich besser aus, als Farber zu hoffen gewagt hatte. Alles klappte geradezu lehrbüchmäßig, und das Schulgelände war nur noch drei Blocks entfernt.

Der Fahrer des Cadillac betätigte die Lichthupe und signalisierte deutlich, daß er überholen wollte. Aber Farber reduzierte seine Geschwindigkeit noch mehr, denn er wollte den Taxifahrer vor sich einscheren lassen, um ihn aus einer möglichen Schießerei herauszuhalten.

Es war jetzt kurz vor Mitternacht. Der Verkehr hatte stark abgenommen, und auf den Bürgersteigen waren nur noch wenige Passanten unterwegs.

Der Taxifahrer setzte den Blinker und bog an der nächsten Einmündung ab. In dem Augenblick beschleunigte Farber plötzlich, um sich neben das vorausfahrende Führungsfahrzeug mit dem dritten Team zu setzen. Beide fuhren in einem solchen Abstand nebeneinander, daß ein Überholen unmöglich war. Zudem hätten sie notfalls auch die gesamte Straßenbreite blockieren können. Währenddessen schloß der dritte Wagen von hinten immer dichter auf, bis er sich auf gleicher Höhe mit dem Cadillac befand.

»Ich übernehme den Fahrer, Sie die beiden anderen!« brüllte Farber, als sie das Schulgelände erreicht hatten.

Er trat auf die Bremse. Im selben Augenblick, als er den Wagen mit quietschenden Bremsen quer auf der Fahrbahn zum Halten gebracht hatte, sprang er hinaus und stürmte mit gezückter Waffe auf den Cadillac zu. Auch die anderen Wagen hatten gestoppt, und Farber konnte hören, wie Türen aufgerissen wurden und seine Männer auf das Fluchtfahrzeug zurannten.

Alle Fenster des Cadillac, aus dessen Innerem laute Rockmusik nach außen drang, waren geschlossen. Mit dem Griff seines Revolvers schlug Farber kurzerhand die Scheibe der Fahrertür ein, woraufhin sich ein Regen von Glassplittern auf den Schoß des hinter dem Steuer sitzenden Farbigen ergoß. Noch bevor der Fahrer zu einer Reaktion fähig gewesen wäre, bohrte sich der Lauf von Farbers Revolver in seine Wange.

»Polizei! Keine Bewegung!« brüllte Farber, der jedoch bezweifelte, daß ihn die Insassen des Cadillac bei der dröhnenden Musik verstehen konnten. Wie war es nur möglich, daß die drei diesen markerschütternden Lärm ertrugen? Farber konnte nun auch den Geruch nach Schweiß wahrnehmen, der aus dem Wageninneren nach außen drang. Festnahmen dieser Art bewirkten bei ihm stets eine beinahe übernatürliche Schärfung der Sinne und versetzten ihn in einen rauschartigen Zustand, dessen Intensität allenfalls mit einem Orgasmus zu vergleichen war.

Angesichts der sechs Revolverläufe, die auf sie gerichtet waren, dachte keiner der Farbigen an Widerstand. Sie wurden aus dem Wagen gezerrt und mußten sich mit gespreizten Armen und Beinen gegen die Umzäunung der Schule lehnen. Als einer von ihnen etwas sagen wollte, verpaßte Farber ihm einen Hieb mit seiner Waffe, der ihn auf die Knie sacken ließ. Nachdem zwei Detectives den Mann wieder auf die Beine gestellt hatten, klammerte er sich wortlos an den Maschendraht des Zauns, während ihm Blut über Wange und Nacken rann.

»Stell doch mal einer diese gottverdammte Musik ab«, knurrte Farber, woraufhin einer seiner Leute das Radio im Cadillac ausschaltete.

Dann wurden die drei Festgenommenen auf Waffen untersucht. Zwei von ihnen trugen Revolver bei sich.

Anschließend brachte man sie in Handschellen auf das 20. Revier, wo man sie über ihre Rechte belehrte und am Ende in eine vergitterte Zelle sperrte. Dort hockten sie sich auf den Boden und starrten mit düsteren Mienen auf die grinsenden Polizisten, die sich fortwährend gegenseitig auf die Schultern schlugen und zu der gelungenen Operation gratulierten.

Bei Farber war die Ekstase, die er während der Festnahme empfunden hatte, längst abgeklungen. Nun begann die eigentliche Knochenarbeit. Er beauftragte einen der Detectives damit, die notwendigen Telefonate durchzuführen, um einen Vorführungstermin vor dem Haftrichter zu erwirken. Zwei weitere Männer schickte er zurück zu dem Parkplatz, um dort die Aussagen der Opfer aufzunehmen und die Leute am Tatort festzuhalten, bis ein Mitarbeiter der Staatsanwaltschaft eintraf. In der Zwischenzeit mußten den Festgenommen die Fingerabdrücke abgenommen und alle von ihnen bei sich geführten Habseligkeiten inventarisiert werden. Außerdem mußte man die sichergestellten Waffen untersuchen und – sofern dies möglich war – deren Herkunft ermitteln. Ferner gehörte es zu Farbers Pflichten, die erhöhte Alarmbereitschaft, die für den Bezirk gegolten hatte, aufzuheben und die zusätzlich auf Streife geschickten Wagen wieder zurückzurufen. Schließlich und endlich mußte auch der rechtmäßige Besitzer des Fluchtfahrzeugs ermittelt und auf das Revier bestellt werden.

»Und denkt daran, daß ihr alle Formulare in der vorgeschriebenen Weise ausfüllt«, instruierte Farber seine Leute, bevor er sich ans Telefon setzte und die Nummer des Chefs der Kriminalpolizei wählte.

Natürlich war Chief Summers zu dieser nächtlichen Stunde nicht mehr in seinem Büro. Statt dessen meldete sich der diensthabende Sergeant, der sich jedoch standhaft weigerte, Farber die Privatnummer von Summers mitzuteilen.

»Also schön«, seufzte Farber, »dann rufen Sie ihn eben selbst an.«

»Aber es ist bereits nach Mitternacht.«

»Wecken Sie ihn trotzdem auf.«

»Ich kann doch nicht einfach den obersten Leiter der Kriminalpolizei aufwecken«, protestierte der Sergeant.

»Wecken Sie ihn auf und bitten Sie ihn, mich unverzüglich auf dem Revier anzurufen«, verlangte Farber unnachgiebig.

»Unverzüglich?« vergewisserte sich der Sergeant, da *unverzüglich* die höchste Dringlichkeitsstufe bedeutete. »Sind sie verrückt? Wissen sie eigentlich, was Sie da verlangen?«

Farber lachte. Der Rausch war zwar verflogen, aber er spürte noch immer das Hochgefühl des Erfolgs.

»Unverzüglich«, wiederholte er und legte dann auf.

Zehn Minuten später läutete das Telefon auf Farbers Schreibtisch. Es war Chief Summers, dessen Stimme verschlafen klang.

»Ich hoffe, Sie haben einen verdammt guten Grund, mich um diese Zeit aus dem Bett holen zu lassen.«

»Es geht um die Kerle, auf die Sie so scharf waren, Chief. Ich wollte Ihnen nur mitteilen, daß wir sie haben.« Am anderen Ende der Leitung herrschte Schweigen. »Ich nehme an, daß wir für eine Weile erst einmal keine weiteren Parkplatzüberfälle befürchten müssen.«

»Wenn ich mich recht erinnere, habe ich Sie doch erst gestern mit dem Fall beauftragt, Bert?«

»Stimmt«, bestätigte Farber. »Wir haben die Kerle auch erst vor zwanzig Minuten festgenommen.«

»Gut«, sagte Summers leise. »Sehr gut, Bert.«

»Na ja, wir hatten einfach eine Menge Glück«, wehrte Farber ab.

»Kam es zu einem Schußwechsel?«

»Nein, Sir. Es wurde kein einziger Schuß abgefeuert.«

»Noch besser«, frohlockte Summers. »Wie haben Sie das angestellt?«

Farber berichtete kurz und knapp über seinen Plan, die Lage der Beobachtungspunkte und die Festnahme selbst.

»Bei den Festgenommenen – da handelt es sich um Farbige?«

»Jawohl, Chief.«

»In welcher Verfassung befinden sich die drei?«

»Sie haben praktisch nichts abbekommen.«

»Sehr gut. Heutzutage kann man gar nicht vorsichtig genug sein, um nicht als Rassist dazustehen.«

Farber schwieg.

»Wenn ich mich nicht sehr täusche, wird Ihnen das eine weitere Auszeichnung einbringen, Bert«, sagte Summers.

»Vielen Dank, Sir.«

»Ich werde morgen um 15 Uhr im Hauptquartier eine Pressekonferenz einberufen. Sehen Sie zu, daß Sie pünktlich zur Stelle sind. Und in der Zwischenzeit kein Wort an die Presse.«

Nachdem er den Hörer aufgelegt hatte, starrte Farber noch eine ganze Weile auf den Apparat. Der Gedanke an eine Pressekonferenz war ihm noch gar nicht gekommen.

Er und die anderen Detectives arbeiteten die ganze Nacht durch. Im Morgengrauen wurden die Festgenommenen dem Haftrichter vorgeführt und in Untersuchungshaft genommen, anschließend gönnte sich Farber drei Stunden Schlaf, bevor er gegen Mittag auf das Revier zurückkehrte, um sich erneut in den leidigen Papierkrieg zu stürzen.

Auf der Pressekonferenz durften Farber und seine Männer sich hinter Chief Summers aufbauen, der sie den Reportern vorstellte und in höchsten Tönen lobte. Das Reden übernahm allerdings allein Summers. Dennoch konnte Farber am nächsten Tag zum erstenmal sein Foto in der Zeitung bewundern, die einen großen Artikel über die Festnahme brachte.

In der Mittagspause kaufte sich Farber ein großes Album und begann nach Dienstschluß damit, die entsprechenden Passagen aus der Zeitung auszuschneiden und einzukleben. Das Pensionierungsalter bei der New Yorker Polizei lag bei dreiundsechzig. Also hatte der damals Siebenundzwanzigjährige noch sechsunddreißig Dienstjahre vor sich – und damit noch jede Menge Gelegenheiten, erneut in die Zeitung zu kommen.

Im Fall der Parkplatzräuber verhörte Farber mehr als zwei Dutzend Zeugen und ermittelte am Ende noch wesentlich mehr als die bereits bekannten Opfer. Die Akte mit den Ermittlungsunterlagen wurde im Lauf der acht Tage, die er von morgens bis abends an dem Fall arbeitete, dicker und dicker. Und die Arbeit förderte nicht nur seine berufliche Karriere, sondern hatte auch den angenehmen Begleiteffekt, daß ihm dabei keine Zeit blieb, über Mary Alice nachzugrübeln.

Schließlich hatte er tatsächlich das Gefühl, endlich über die gescheiterte Beziehung zu ihr hinweg zu sein.

Die Einladung zur Hochzeitsfeier lag zwischen der übrigen Post. Harry Chapman hatte auf der Einladungskarte einen handschriftlichen Vermerk hinzugefügt: *Mein Bruder wird unser Trauzeuge sein, aber es wäre ein schwerer Schlag für mich, wenn du nicht wenigstens an der Trauung teilnehmen würdest.*

Die Ehe sollte in der St.-Patrick's-Kathedrale geschlossen werden. Gerade gut genug für die Tochter eines reichen und einflußreichen Mannes, wie der alte Riggs es war, dachte Farber. Er meinte sich vage daran erinnern zu können, daß Mary Alice' Familie katholisch war. Sie hatten sich allerdings nie über religiöse Dinge unterhalten, sondern immer Wichtigeres im Sinn gehabt – zum Beispiel, miteinander ins Bett zu gehen. Aber das war nun Schnee von gestern.

Farber stieß auf einen zweiten, luxuriös gefütterten Briefumschlag, aus dem er eine aufwendig verzierte Einladungskarte zu der nach der Trauung stattfindenden Feier zog. Darauf war eine Telefonnummer in Scarsdale angegeben, unter der die Einladung bestätigt werden sollte. Farber vermutete, daß sich Mary Alice' Mutter melden würde, vielleicht aber auch nur der Butler. Wer, zum Teufel, konnte das schon wissen?

Er legte die Einladung auf die Flurgarderobe. Dort hatte er sie jeden Tag vor Augen, wenn er sich die Krawatte band, ohne sich jedoch zu einer Reaktion durchringen zu können.

Dann rief ihn Harry Chapman eines Tages an. »Meine

Schwiegereltern würden gern wissen, ob du zu der Feier kommst, Bert.«

»Noch sind sie nicht deine Schwiegereltern, Harry.«

»Komm schon, du weißt, was ich meine.«

»Sag ihnen, daß ich versuchen werde, zu kommen.«

»Du mußt es mir versprechen, Bert. Du weißt, daß mir das eine Menge bedeutet.«

»Also schön. Ich verspreche es dir.«

Zwei Tage vor der Hochzeit wählte Farber die auf der Einladung angegebene Nummer. Der Frauenstimme, die sich am Telefon meldete, teilte er mit, daß es ihm leider nicht möglich wäre, an der Feier teilzunehmen.

»Oh, das tut mir aber sehr leid«, erwiderte die Frau.

»Verzeihen Sie, spreche ich mit Mrs. Riggs?« vergewisserte sich Farber.

»Aber nein. Mein Name ist Annette. Ich arbeite für Mr. und Mrs. Riggs.«

»Nun, dann übermitteln Sie Mrs. Riggs bitte mein tiefes Bedauern. Und bitte ...«

»Ja, Sir?«

»Könnten Sie bitte auch Mr. Chapman etwas von mir ausrichten? Mir ist seine aktuelle Telefonnummer leider nicht bekannt.«

»Mr. Chapman wohnt jetzt in einem Apartment an der New Yorker East Side«, erklärte Annette. »Dort werden er und die zukünftige Mrs. Chapman nach den Flitterwochen leben. Haben Sie etwas zu schreiben, Sir?«

Farber notierte sich die Adresse.

»Für den Fall, daß ich Mr. Chapman dennoch nicht erreichen sollte, möchte ich Sie bitten, ihm ebenfalls mein Bedauern zu übermitteln. Sagen Sie ihm, daß ich einen wichtigen Gerichtstermin habe, für den ich keine Prolongation erhalten kann«, log Farber.

»Keine was?«

»Keinen Aufschub.«

Er führte das Gespräch von seinem Schreibtisch im Revier aus. Nachdem er aufgelegt hatte, starrte er noch einen Moment lang auf den Zettel mit Harry Chapmans neuer Adresse. Dieser Stadtteil in der East Side galt als einer der teuersten. Farber fragte sich, wieviel das Apartment wohl gekostet und wer es bezahlt hatte. Anschließend knüllte er den Zettel zusammen und warf ihn in den Papierkorb.

Als Farber am Morgen der Hochzeit erwachte, sagte er sich, daß dies ein Morgen wie jeder andere sei. Doch als er im Revier an seinem Schreibtisch saß, blickte er dauernd auf die große Uhr über der Eingangstür, als gehe es um die einem Delinquenten verbleibende Zeit vor dem Hinrichtungstermin.

Ungefähr jetzt betrat Mary Alice in ihrem langen weißen Kleid – zumindest stellte Farber sich vor, daß sie ein langes weißes Kleid trug – die Kirche. Die Zeremonie selbst würde nur wenige Minuten in Anspruch nehmen. Danach würde sie die rechtmäßig verheiratete Mrs. Harry Chapman sein und an der Seite ihres angetrauten Gatten durch die Reihen der Hochzeitsgäste schreiten.

Plötzlich faßte Farber einen Entschluß. Er verließ das Büro, forderte den ihm als Sergeant zustehenden Dienstwagen mit Fahrer an und ließ sich zur St.-Patrick's-Kathedrale bringen. Dort parkten sie auf der gegenüberliegenden Straßenseite der Fifth Avenue im Halteverbot. Farber stieg aus und blickte – die Ellbogen auf das Autodach gestemmt – zu den mächtigen Bronzetoren der Kirche hinüber. Bald würden sie sich öffnen und den Blick auf das heraustretende Brautpaar freigeben.

»Darf ich fragen, was wir hier wollen, Sergeant?« wandte sich der Fahrer, ein Detective, an Farber.

»Wir führen hier eine wichtige Observation durch.«

»Und wen oder was observieren wir?«

»In wenigen Minuten wird dort drüben eine Frau in einem weißen Hochzeitskleid durch das Portal schreiten. Sie ist ein ziemlich durchtriebenes Luder, das es gewohnt ist, viele Rollen zu spielen, nicht nur die der Braut. Ich möchte, daß Sie hinübergehen und sie festnehmen. Und vergessen Sie auf keinen Fall, sie nach versteckten Waffen zu durchsuchen.«

»Aber nur einer Polizistin ist es gestattet, eine weibliche Verdächtige zu durchsuchen«, protestierte der Detective. Dann musterte er Farber skeptisch. »Sie wollen mich nur auf den Arm nehmen, stimmt's?«

»Gehen Sie einfach ein bißchen spazieren und schauen Sie sich die Schaufenster oder sonstwas an«, sagte Farber.

»An der Fifth Avenue gibt es nicht viel, was sich ein Cop leisten könnte.«

»Dann tun Sie, was Sie wollen.«

Auf beiden Seiten der großen, vierspurigen Straße, über die der alltägliche Verkehr floß, gingen die Passanten ihrer Wege, vorbei an Farbers Wagen, auf dessen Dach gestützt er das Portal der Kathedrale fixierte, ohne daß seine Miene verraten hätte, was in ihm vorging.

Ein uniformierter Polizist musterte den im Halteverbot geparkten Wagen und trat mit gezücktem Strafzettelblock auf ihn zu. Da Farbers volle Konzentration der Kathedrale galt, dauerte es einige Sekunden, bevor er den Cop bemerkte.

»Was, zum Teufel, machen Sie da?« herrschte Farber ihn an, als er sah, daß der Mann bereits sein Kennzeichen notierte.

»Sie dürfen hier nicht parken«, erwiderte der Cop, »Sie stehen hier im Halteverbot.«

»Na und?«

»Deshalb bekommen Sie jetzt von mir auch einen Strafzettel.«

»Großer Gott, dies ist ein Streifenwagen.«

»Ein Streifenwagen?« fragte der Cop in einem Ton, als müsse er sich erst die Bedeutung der Worte vergegenwärtigen.

»Ein Streifenwagen des Reviers, für das auch Sie Streife laufen, Sie Hornochse. Sind Sie denn blind?«

Farber schlug mit der flachen Hand gegen den Kotflügel. »Jeder Kriminelle in der Stadt würde diesen Wagen auf fünf Meilen gegen den Wind als Polizeifahrzeug erkennen, nur Sie nicht. Sehen Sie nicht die Antennen? Sehen Sie nicht, daß es sich um einen schwarzen Plymouth handelt? Wenn Sie ins Wageninnere blicken, werden Sie auch das Funkgerät unter dem Armaturenbrett erkennen. Und wenn Sie ganz genau hinschauen, dann entdecken Sie sogar die schöne Polizeiplakette hinter der Windschutzscheibe.«

Der Cop schaltete nun auf stur.

»Wer sind Sie?« stellte er Farber zur Rede.

»Ich tue hier nur meinen Job, so wie Sie auch.«

Farbers Fahrer war in der Zwischenzeit zurückgekehrt, nachdem er die Auseinandersetzung zunächst abwartend aus der Ferne verfolgt hatte.

»Und wer ist das?« fragte der Cop immer verwirrter, während er auf den Detective deutete.

»Er gehört auch zu unserem Verein.«

Unterdessen hatte sich eine kleine Gruppe neugieriger Zuschauer um sie herum gebildet, und langsam begann Farber zu fürchten, daß Mary Alice aus der Kirche treten und ihn bemerken könnte. Mit einem Schlag würde sie erfahren, wie selbstquälerisch und zugleich unwiderstehlich es ihn zu ihrer Hochzeit gezogen hatte.

»Kann ich Ihren Dienstausweis sehen?« fragte der uniformierte Cop.

Farber hielt ihm seine Dienstmarke unter die Nase. »Hier, sehen Sie das, Sie Rindvieh?«

»Oh, ein Sergeant!«

»Ganz recht, ich bin Sergeant«, bestätigte Farber mit vor Sarkasmus triefender Stimme, »und Sie sind nur ein einfacher Cop. Also verschwinden Sie.«

»Darf ich Sie fragen, was Sie hier machen, Sergeant?«

»Ich beobachte eine verdächtige Person.«

Der Polizist blickte ratlos auf seinen Block. »Was soll ich jetzt machen? Ich habe bereits damit begonnen, den Strafzettel auszufüllen?«

Farber riß ihm den Block aus der Hand.

»He, geben Sie mir das wieder!«

Nachdem Farber den Strafzettel zerrissen hatte, gab er dem Cop den Block zurück.

»Schauen Sie, was Sie getan haben!« jammerte der Uniformierte und hielt die Papierfetzen in seiner Rechten. »Wie soll ich das jetzt auf dem Revier erklären?«

»Keine Ahnung«, knurrte Farber. »Aber es interessiert mich auch einen Dreck. Und jetzt verschwinden Sie endlich von hier, bevor ich Sie wegen Behinderung polizeilicher Ermittlungen drankriege und vor den Richter zerre.«

In diesem Augenblick öffneten sich die Tore der Kathedrale, und Scharen von Leuten und Fotografen strömten heraus. Ohne den Cop länger zu beachten, starrte Farber auf die andere Straßenseite und spähte nach Mary Alice aus. Plötzlich erblickte er sie, wie sie an der Seite von Harry Chapman ins Freie trat. Dann blieb das Paar einige Augenblicke vor dem Portal stehen und ließ sich fotografieren und mit Reis bewerfen.

Mary Alice' Kleid schien aus Seide gefertigt zu sein. Natürlich war es weiß, um die Jungfräulichkeit der Braut zu symbolisieren, die schon lange keine Jungfrau mehr war. Und das Kleid hatte eine lange Schleppe, deren einzige Funktion darin zu bestehen schien, den Schmutz vom Boden zu fegen. Sowohl Mary Alice als auch Harry strahlten in die Menge.

Für Farbers Geschmack sah sie einfach hinreißend aus. Trotz der relativ großen Distanz zu ihr konnte er mit seinen scharfen Augen ihr Lächeln und jedes Detail ihres Gesichts erkennen.

Noch immer strömten Menschen aus der Kathedrale, um im Vorbeigehen die Braut zu küssen und dem Bräutigam die Hand zu schütteln.

So, dachte Farber, *das war's.*

Dann setzte er sich in den Streifenwagen und fuhr zurück aufs Revier.

7

Als Farber das Büro des stellvertretenden Commissioners betrat, war es draußen vor den Fenstern wegen des Schneefalls bereits so dunkel geworden, daß die Lampen eingeschaltet werden mußten. Vor Priestleys Schreibtisch hatten in einem Halbkreis Sternhagen und zwei ihm bekannte FBI-Agenten Platz genommen: Ed Croke, der das New Yorker FBI-Büro leitete, und sein Stellvertreter namens Butler.

Farber schüttelte den beiden die Hand. »Ich wußte gar nicht, daß die Ermittlungen in einem Mordfall jetzt eine Bundesangelegenheit sind«, sagte er, »auch wenn es sich bei dem Opfer um einen Commissioner handelt.«

»Sind sie auch nicht«, bestätigte Croke.

»Wir sind nur vom Justizministerium gebeten worden, wegen der Beerdigungsformalitäten an dieser Besprechung teilzunehmen«, fügte Butler hinzu.

Trotz seines hohen Dienstranges hatte Farber noch immer nicht die Abneigung abgelegt, die jeder New Yorker Cop gegenüber FBI-Agenten empfand. In ihren Augen waren die Vertreter der Bundespolizei einfach nur geschniegelte und arrogante Bürokraten, die es lieber anderen überließen, sich die Hände schmutzig zu machen. Darüber hinaus war das FBI dafür bekannt, daß es seine Leute mit vergleichsweise unermeßlichen Geldmitteln ausstattete, um sich damit Informanten und Informationen aller Art zu erkaufen.

»Immerhin gibt es eine ganze Menge bedeutender Persönlichkeiten, die möglicherweise an der Beerdigung teilnehmen werden«, fuhr Croke fort.

»Zum Beispiel?« erkundigte sich Farber.

»Möglicherweise sogar der Präsident.«

»Um auf diese Weise seine Besorgnis über die wachsende Gewalt in den Städten zum Ausdruck zu bringen und die längst überfällige Durchsetzung schärferer Waffengesetze zu fordern«, erläuterte Butler.

»Kannten er und Harry Chapman sich persönlich?«

»Keine Ahnung.«

»Darauf kommt es ja auch nicht an«, warf Butler ein. »Schließlich ist ein Commissioner so etwas wie ein Symbol für den Arm des Gesetzes.«

»Allerdings«, stimmte Croke zu.

Innerhalb weniger Stunden wurde aus dem von den Pathologen ausgeweideten Harry Chapman ein Symbol für die Macht des Gesetzes im ganzen Land: Der Kontrast war so extrem und absurd, daß Farber am liebsten laut gelacht hätte.

»Am besten wäre es natürlich, wenn sich herausstellen sollte, daß Chapman in Erfüllung seiner dienstlichen Pflichten den Tod fand«, sagte Butler. »In dem Fall würde der Präsident die Stadt sicherlich mit seinem Besuch beehren.«

»Vielleicht hat Chapman ja versucht, jemandem das Leben zu retten, und wurde dabei selbst zum Opfer. Möglicherweise hat er auch persönlich in einem Kriminalfall ermittelt oder so etwas Ähnliches«, dachte Croke laut nach.

»Unglücklicherweise liegen bisher keinerlei Erkenntnisse vor, die eine solche Vermutung stützen würden«, gab Farber vorsichtig zu bedenken.

»Was nicht ist, kann ja noch werden«, kommentierte Croke. »Wenn sich etwas in dieser Art und Weise ergeben sollte, dann wäre der Besuch des Präsidenten beinahe sicher. Zumindest aber der des Vizepräsidenten.«

»Falls es sich herausstellen sollte, daß Chapman Opfer eines terroristischen Anschlags geworden ist, wäre das beinahe genausogut«, stellte Butler fest.

»Nicht unbedingt«, widersprach Croke. »Anschläge haben manchmal einen sehr zwielichtigen Hintergrund.«

Butler blieb hartnäckig. »Auch wenn ein pflichtbewußter Staatsdiener von einer kriminellen Gruppe aus dem Weg geräumt wurde?«

»Ich glaube nicht, daß es sich um ein Attentat handelte«, wandte Farber ein. »Es wurde nur einmal auf Chapman geschossen. Terroristische Attentäter gehen meist auf Nummer Sicher und feuern mehrmals.«

»Möglicherweise wurde ja mehrmals auf Chapman geschossen, aber die übrigen Kugeln verfehlten ihr Ziel«, schlug Priestley vor.

»Das wäre zumindest theoretisch denkbar«, gestand Farber ein.

»Genau. Die anderen Kugeln trafen ihn nicht, flogen einfach an ihm vorbei die Straße hinunter, und Ihre Leute waren nur nicht in der Lage, Einschläge zu finden«, stimmte Croke zu.

Farber beschloß, die spitze Bemerkung zu überhören.

»Aber wenn es sich um kein Attentat handelt, um was dann?«

»Wir wissen es noch nicht.«

»Können wir zumindest ausschließen, daß Chapman sterben mußte, weil er irgendwelchen Dreck am Stecken hatte?«

»Was meinen Sie damit?« hakte Farber nach.

»Nun, wie ich schon sagte, gibt es in Washington eine ganze Reihe hochstehender Persönlichkeiten, die sich mit der Absicht tragen, zu Chapmans Beerdigung zu kommen«, erklärte Croke, »zumindest unter bestimmten Voraussetzungen. Zu diesen Voraussetzungen gehört, daß Chapmans Tod auf keinen Fall in zweifelhaftem Licht erscheinen darf.«

»Das ist der eigentliche Grund, warum wir hier sind«, fügte Butler hinzu. »Wir sollen darüber berichten, ob zweifelsfrei auszuschließen ist, daß Chapman wegen irgendwelcher dunklen Geschichten ermordet wurde.«

»Dunkle Geschichten? Warum sagen Sie nicht endlich geradeheraus, was Sie meinen?« rief Farber gereizt.

»War Chapman in irgend etwas verstrickt?«

»Er meint Korruption«, fügte Priestley erklärend hinzu.

»Nicht daß ich wüßte«, erklärte Farber.

»Aber Sie geben zu, daß Sie auch in dieser Richtung ermitteln?«

»Ich sagte – nicht daß ich wüßte.«

»Für welchen Zeitraum können Sie mit Sicherheit erklären, daß Chapman in dieser Hinsicht sauber ist?«

»Für gar keinen Zeitraum. Schließlich konnte ich nicht in ihn hineinschauen.«

Es folgte eine Pause angespannten Schweigens.

Schließlich wandte sich Farber ohne Umschweife an Croke: »Warum, zum Teufel, fragen Sie mich nicht einfach, was Sie wissen wollen, damit ich Ihnen antworten und mich dann wieder an meine Arbeit machen kann?«

Aufgrund seiner hohen Position beim FBI war es Croke nicht gewohnt, daß jemand so mit ihm redete. Er preßte seine Lippen vor unterdrückter Wut fest zusammen.

»Wer leitet die Ermittlungen?«

»Kincaid.«

»Unter welcher Telefonnummer ist er zu erreichen?«

»Wenn Sie etwas über den Stand der Ermittlungen erfahren wollen, dann wenden Sie sich an mich.«

»Ich würde lieber direkt mit Kincaid sprechen.«

»Wenn es Ihnen nur darum geht, uns ein paar Anregungen zu geben, wie wir unsere Ermittlungen zu führen haben, dann sollten Sie eine unserer öffentlichen Hotline-Nummern wählen«, erwiderte Farber ironisch. »Die haben wir für Leute wie Sie eigens eingerichtet. Dort werden Sie sicherlich auf offene Ohren stoßen.«

»Nun geben Sie ihm schon die Nummer«, schaltete sich Sternhagen in besänftigendem Ton ein.

Widerstrebend zog Farber sein Notizbuch aus der Innentasche und las die Telefonnummer vor.

»Was hat eigentlich die Autopsie ergeben?« fragte Sternhagen.

»Daß Chapman erschossen wurde.«

»Und was sonst noch?«

»Der Bericht wird erst morgen oder übermorgen vorliegen.«

»Konnte das tödliche Projektil sichergestellt werden?«

meldete sich Priestley hinter seinem Schreibtisch zu Wort.

»Nein«, log Farber, ohne daß er in der Lage gewesen wäre, begründen zu können, warum er nicht die Wahrheit sagte. Vielleicht lag es einfach an seiner unüberwindlichen Abneigung, die er den beiden FBI-Agenten gegenüber verspürte. In ihrer Gegenwart war er nicht bereit, auch nur die kleinste Sachinformation durchblicken zu lassen.

»Also werden wir auch nicht in der Lage sein, die Mordwaffe einwandfrei zu identifizieren, falls wir sie jemals in die Hände bekommen sollten«, seufzte Priestley.

»Nein«, bestätigte Farber, für den es jetzt kein Zurück mehr gab, wenn er nicht seine erste Lüge eingestehen wollte. »Gibt es sonst noch etwas?« wandte er sich an Croke und Butler. Als die beiden schwiegen, erhob er sich von seinem Platz und verließ den Raum.

Nachdem er sein eigenes Büro erreicht hatte, schloß er die Tür hinter sich ab, nahm die Beweismitteltüte aus seinem Aktenkoffer und ließ das tödliche Projektil auf seinen Schreibtisch fallen.

In der Polizeischule, die an der 20. Straße lag, war – neben allen anderen Laboratorien, die mit polizeilichen Ermittlungen befaßt waren –, auch die Ballistik untergebracht. Gemäß den Vorschriften hätte das Projektil längst dorthin gebracht werden müssen. Aber Farber hatte dies nicht getan und stellte in diesem Augenblick fest, daß er es auch in näherer Zukunft nicht zu tun beabsichtigte. Statt dessen faßte er den Entschluß, das Geschoß in seinem Safe zu deponieren. Je weniger Leute davon wußten, um so besser. Das Department war einfach zu groß. Im selben Augenblick, in dem er die Kugel an die Ballistik übergeben hätte, wären unweigerlich interne Informationen darüber nach außen gedrungen. Möglicherweise hätte dies dazu führen können, daß der Täter gewarnt wurde und die Tatwaffe sicherheitshalber wegwarf, um das wichtigste Beweisstück zu vernichten. Denn ohne eine zweifelsfreie Identifizierung der Tatwaffe würde jede Anklage auf ausgesprochen wackeligen Füßen stehen oder sogar völlig unmöglich sein.

Aber natürlich war es auch möglich, daß der Täter die Waffe ohnehin bereits weggeworfen hatte.

Auf jeden Fall legte Farber plötzlich Verhaltensweisen an den Tag, die für ihn ausgesprochen ungewöhnlich waren. Und am Ende schloß er das tödliche Projektil nicht einmal in seinem Safe ein, sondern warf es einfach wieder in seinen Aktenkoffer, den er immer und überall mit sich herumtrug.

Assistent Chief Earl Coxen saß vor Anspannung vornübergebeugt auf dem Sofa vor dem Fernseher und starrte auf die Bilder der Nachrichtensendung. Der Leiter des Polizeidistrikts Brooklyn Nord trug seine Uniform mit den beiden Sternen auf den Schulterstücken und hielt seine Mütze mit dem goldumrandeten Schirm bereits in der Hand, da er zum Dienst mußte. Als der Bericht über die Ermordung Harry Chapmans sich nur noch mit einem Rückblick über dessen steile Berufskarriere befaßte, schaltete Coxen das Gerät ab.

»Der arme Harry«, sagte er.

»Und damit dürfte meine Party wohl geplatzt sein«, seufzte seine Frau Marlene, die neben ihm saß.

»Wie kannst du in einem solchen Augenblick nur an so etwas denken?«

»Immerhin habe ich eine Menge Zeit und Energie in die Vorbereitung der Party investiert«, protestierte Marlene, die nicht nur die Chapmans, sondern auch die Priestleys und Sternhagens gegen Ende der Woche zum Abendessen eingeladen hatte. Obwohl von ihrem Mann insgeheim befürchtet worden war, daß zumindest einige der vorgesehenen Gäste sich unter einem Vorwand entschuldigen würden, hatten alle ihr Kommen zugesagt.

»Ich muß jetzt dringend ins Büro«, erklärte Coxen und erhob sich vom Sofa.

»Und was denkst du über die ganze Sache?« fragte Marlene, wobei sie ihren Mann aufmerksam musterte.

»Du weißt, daß ich Harry mochte. Ich mochte ihn sogar sehr.«

»Ich jedenfalls konnte ihn nie ausstehen.«

»Du bist auch nicht mit ihm zusammen beinahe zwei Jahre lang Streife gefahren.«

»Und wer wird jetzt sein Nachfolger?«

»Er war wirklich ein feiner Kerl«, sagte Coxen, ohne auf die Frage seiner Frau einzugehen.

»Du hast ihn sogar unterstützt, als er für den Kongreß kandidierte.«

»Ich wußte, daß er sich für diese Gefälligkeit eines Tages revanchieren würde. Und das hat er ja auch getan.«

»Trotzdem«, erwiderte sie nachdenklich. »Er war immer einer von diesen Typen, die nur auf ihren eigenen Vorteil bedacht sind.«

»Du hast ihn nur sehr oberflächlich gekannt, Marlene.«

»Ich erinnere mich noch daran, wie wir damals zu seiner Hochzeit eingeladen wurden und mit ihm und Mary Alice mal in Washington ausgegangen sind.«

Coxen sah auf die Uhr. »Es ist schon spät. Ich muß jetzt gehen.«

»Du hast mir noch nicht gesagt, wer der nächste Commissioner wird.«

Er fuhr mit den Fingern über die Goldumrandung seiner Dienstmütze. »Ohne ihn hätte ich es nie so weit gebracht. Schließlich hat er mich einer ganzen Reihe von Konkurrenten vorgezogen, die eigentlich bessere Chancen hatten als ich.«

»Du hast meine Frage noch immer nicht beantwortet, Earl!«

»Wahrscheinlich Priestley oder Sternhagen. Die beiden dürften das Rennen unter sich ausmachen.«

»Und was ist mit dir?«

Coxen schwieg verblüfft, aber nur für einen kurzen Augenblick.

»Ich dürfte wohl kaum eine Chance haben.«

»Und warum nicht?«

»Laß Harry erst einmal unter der Erde sein, dann können wir uns immer noch über die Frage unterhalten, wer vermutlich sein Nachfolger wird.«

»Falls du echtes Interesse daran hast, sein Nachfolger zu werden, dann ist solche Pietät nicht am Platze.«

Coxens Fahrer wartete bereits vor dem Haus. »Himmel, ich komme wirklich zu spät ins Büro.«

»Du bist doch der Boß. Du kannst kommen und gehen, wann du willst.«

Aber da Coxen sich selbst für die Nachmittagsschicht auf den Dienstplan gesetzt hatte, würden gerade heute alle sein Zuspätkommen bemerken. Außerdem hatten aufgrund von Harry Chapmans Ermordung sicherlich bereits viele der anderen Distriktchefs und bestimmt auch die Presse versucht, ihn telefonisch zu erreichen.

»Der Bürgermeister würde niemals einen Farbigen als Commissioner akzeptieren«, sagte er, um der Diskussion ein Ende zu bereiten.

»Hast du dir mal die Statistik angeschaut?« bohrte Marlene weiter. »In New York ist nur noch knapp jeder zweite ein Weißer.«

»Aber nicht bei der Polizei.«

»Denk daran, daß der Bürgermeister kein Polizist, sondern ein Politiker ist. Ihm geht es nur um Wählerstimmen.«

»Trotzdem bezweifle ich, daß er meinen Namen auch nur in die engere Wahl ziehen wird.«

»Dafür könnte man ja sorgen.«

»Wie meinst du das?«

»Indem wir Unterstützung suchen. Was ist zum Beispiel mit dem Kongreßabgeordneten deines Distrikts? Schließlich ist er ebenfalls ein Farbiger.«

»Branford? Ich glaube nicht, daß er sich für mich verwenden würde. Dazu ist er mir zu ähnlich. Denn er weiß genauso gut wie ich, wo seine Grenzen liegen.«

»Es gibt ja noch andere Möglichkeiten«, erwiderte Marlene und zählte einige davon auf.

»Warum glaubst du, daß einer dieser Männer sich für mich stark machen sollte?« fragte Coxen skeptisch.

»Wie kannst du nur so naiv fragen? Weil sie davon ausgehen, daß sie im Fall deines Erfolges in dir einen einflußreichen Verbündeten haben.«

Coxen schwieg nachdenklich, bevor er den Kopf schüttelte. »Ich glaube, du verkennst die Situation im Department. Es gibt dort bereits jetzt schon mehr als genug Leute, die mich hassen, weil ich ihnen vorgezogen wurde.«

»Was kümmert's dich? Schließlich gibst du die Befehle, und sie müssen gehorchen.«

»Einige von ihnen kenne ich kaum«, fuhr Coxen fort, »und doch würden sie jede Chance ergreifen, um mir ein Bein zu stellen und meine Karriere zu zerstören.«

Er umarmte seine Frau mit einem kleinen Lächeln auf den Lippen.

»Möglicherweise ist genau in diesem Augenblick jemand damit beschäftigt, an meinem Stuhl zu sägen. Weißt du, innerhalb des Departments werden so viele Intrigen gesponnen, daß es unmöglich ist, sie alle zu erkennen. Du bist sicherlich eine mutige und entschlossene Frau, Marlene, die sich nicht so leicht die Butter vom Brot nehmen läßt, aber in diesem Fall schießt du über das Ziel hinaus. Das Amt des Commissioners ist einfach eine Nummer zu groß für mich.«

»Das würdest du nicht mehr sagen, wenn du erst einmal Commissioner wärst.«

»Aber die Chancen dafür sind gleich Null.«

»Laß es uns doch wenigstens versuchen. Außerdem brauchst du dich um gar nichts zu kümmern, denn ich werde alle Telefonate führen, um die notwendigen Kontakte zu knüpfen.«

»Marlene, es gibt nur zwei Wege, auf denen man an die Spitze des Departments gelangt. Der eine besteht darin, daß man einen einflußreichen Gönner hat …«

»Etwa so einen wie diesen Heuchler Harry Chapman?« unterbrach ihn seine Frau. »Frei nach dem Motto: ›Ich bin sogar mit Niggern befreundet‹?«

»Du tust ihm unrecht.«

»Ach wirklich?«

Beide schwiegen.

»Und worin besteht der zweite Weg?« fragte Marlene nach einer Weile.

»Er besteht darin, daß man seine Arbeit tut, ohne sich dabei irgendwelche Feinde zu machen, und am Ende aufgrund seines Dienstalters befördert wird.«

»Den ersten Weg kannst du nicht gehen, denn du hast keinen einflußreichen Gönner mehr, da Harry nun tot ist«, resümierte Marlene. »Und wenn es tatsächlich stimmt, daß du viele Feinde hast, die du nicht einmal kennst, dann ist dir auch der zweite Weg verbaut. Was also würdest du riskieren, wenn du den von mir vorgeschlagenen Weg einschlägst?«

»Marlene! Ich bin jetzt sechsundvierzig Jahr alt, und ich liebe meinen Beruf. Verstehst du, ich will meinen Job nicht verlieren! Genau das aber könnte passieren, wenn ich mit meiner Bewerbung um das Amt des Commissioners scheitern sollte. Denn wer immer das Rennen am Ende gewinnen wird, wäre dann natürlich daran interessiert, mich aus dem Department zu verjagen. Siehst du das nicht ein?«

»Ich sehe die Lage nicht so dramatisch.«

»Trotzdem denke ich, daß wir diese Idee besser vergessen sollten.«

Coxen setzte seine Mütze auf und ging zur Wohnungstür. »Ich muß jetzt wirklich verschwinden.«

Der großgewachsene, breitschultrige Mann mit den kurzgeschnittenen Haaren trat in den Hausflur und eilte die Treppe hinunter auf die Straße, wo sein Fahrer mit dem Wagen wartete. Anstatt jedoch sofort einzusteigen, drehte sich Coxen noch einmal um und blickte die Fassade des Hauses empor, in dem er wohnte.

Das elegante Gebäude gehörte zu einem weithin bekannten Block identischer Häuser, der sich in Harlem in der 139. Straße befand und kurz vor der Jahrhundertwende von dem berühmten Architekten Stanford White erbaut worden war. Zu jener Zeit war Harlem das wohlhabendste aller New Yorker Vorstadtviertel gewesen, die beinahe allesamt von Weißen bewohnt worden wurden. Heute lebte in diesem Block die farbige Elite des Viertels: Richter, Politiker, Geschäftsleute – und der farbige Assistant Chief Earl Coxen.

Voller Stolz rief er sich ins Bewußtsein, daß er den Sprung in diese Elite geschafft hatte und Vorgesetzter über einen Adjutanten, acht Captains und dreitausend Cops war, die in zehn Bezirken ihren Dienst versahen. Er hatte zweifellos eine steile Karriere gemacht, und wenn er auch heimlich ein wenig um Harry Chapman trauerte, so war er doch im Grunde seines Herzens ein mit Gott und der Welt zufriedener Mann.

Seine Frau schaute ihm vom Fenster aus nach, wie er davonfuhr. Sobald sein Wagen um die nächste Ecke verschwunden war, eilte sie zum Telefon und wählte die Nummer des Kongreßabgeordneten Branford. Der Sekretärin, die sich am anderen Ende der Leitung meldete, teilte sie mit, daß sie im Auftrag des Assistant Chief Earl Coxen vom New Yorker Polizeidepartment anrufe. Ihr wurde mitgeteilt, daß Branford nicht in seinem Büro sei, die Sekretärin versprach jedoch, daß der Abgeordnete so schnell wie möglich zurückrufen werde.

Marlene hatte zwar noch eine ganze Reihe weiterer Telefonate zu erledigen, wollte aber zuallererst wissen, wie Branford reagieren würde, deshalb hielt sie die Leitung frei und wartete. Der Abgeordnete meldete sich gegen 15 Uhr und unterhielt sich mit ihr etwa zwanzig Minuten lang. Er betonte, daß er Earl bereits einmal persönlich getroffen habe und ihn sehr schätze. Zudem finde er die Idee, einen Farbigen zum Commissioner zu ernennen, politisch ausgesprochen wünschenswert. Branford versprach, die Sache mit dem Bürgermeister zu diskutieren, der ihm – wie er hervorhob – noch einige Gefälligkeiten schulde.

Derart in ihren Hoffnungen bestärkt, rief Marlene als nächsten den Herausgeber der *Amsterdam News* an: der bedeutendsten Zeitung in Harlem. Anschließend trug sie ihr Anliegen dem Pastor der abessinischen Baptistenkirche vor, zu deren Gemeinde die wohlhabendsten und einflußreichsten Bürger des Stadtteils zählten. Beide Männer versicherten, daß auch sie sich beim Bürgermeister für Earl Coxen verwenden wollten.

Und wieder wurde Farber zu einer Konferenz in das Büro des stellvertretenden Commissioners gerufen, der sich wie zuvor hinter seinem Schreibtisch verschanzt hatte. Das leichte Zittern in Priestleys Stimme und seine graue Gesichtsfarbe verrieten Farber jedoch, daß der Mord an Chapman nicht spurlos an ihm vorübergegangen war.

Ansonsten befanden sich noch Sternhagen und Monsignore Casey im Raum. Der Geistliche des Polizeidepartments schlug vor, Harry Chapman, eskortiert von einer Ehrenwache, öffentlich in der Eingangshalle des Hauptquartiers aufzubahren. Casey schien dazu entschlossen, kein Detail der von ihm geplanten Feierlichkeiten auszulassen. Die Beerdigung sollte in der St.-Patrick's-Kathedrale stattfinden, und zwar in Gegenwart aller abkömmlichen Cops der Stadt. Die Trauerrede würde der Kardinal – begleitet von mehreren Bischöfen –, höchstpersönlich halten. Allem Anschein nach hatte Casey bereits mit der Witwe gesprochen, die offensichtlich zu allem ihre Zustimmung gegeben hatte.

Dem nicht enden wollenden Palaver folgte ein weiteres, das in einem anderen Teil des Gebäudes auf Drängen des Secret Service abgehalten wurde. Hierbei ging es um die Sicherheitsmaßnahmen, die eingeleitet werden mußten, falls der Präsident oder der Vizepräsident tatsächlich an der Beerdigung teilnahm. Zu diesem Zweck waren alle Sektionschefs der New Yorker Polizei anwesend, durch deren Distrikt die Anreiseroute des Präsidenten verlief.

Die ›Air Force One‹ sollte auf dem John-F.-Kennedy-Flughafen landen. Dort würde der Präsident in seinen Hubschrauber umsteigen, um acht Minuten später auf dem Heliport an der 30. Straße zu landen und das letzte Stück über den East Side Drive in Begleitung einer Motorradeskorte zurückzulegen.

Nachdem er all das überstanden hatte, kehrte Farber in sein Büro zurück und schickte einen Detective los, um ihm einen Hamburger, Toast mit Käse und mehrere Becher mit Coke zu holen: Seitdem der Chief gelesen hatte, daß exzessiver Kaffeegenuß auch bei einem Mann seines Alters die Gefahr eines Herzinfarkts steigerte, war er vor kurzem auf Limonade umgestiegen.

Dann erfuhr er, daß der Bürgermeister für den Spätnachmittag eine Pressekonferenz angesetzt hatte, allerdings ohne ihm eine persönliche Einladung zukommen zu lassen. Dennoch beschloß Farber, an der Konferenz teilzunehmen, und ließ sich von seinem Fahrer zum Rathaus bringen. Auf dem Weg dorthin durchlief der Chief ein Wechselbad der Gefühle zwischen Wut und Beunruhigung.

Der Bürgermeister hatte sich den ganzen Tag über bei ihm nicht ein einziges Mal nach dem neuesten Stand der Dinge erkundigt. Das konnte nur bedeuten, daß er seine Informationen anderswoher erhielt, vermutlich von John Kincaid. Also wurde der Bürgermeister hinter seinem Rücken tätig, genau wie Kincaid. Aber solange dieser die schützende Hand des Stadtoberhauptes über sich hatte, konnte Farber nur wenig gegen dessen Alleingang unternehmen.

Er betrat das Rathaus und erwiderte den Gruß des Cops, der als Wache am Eingang postiert war. Dann schritt er den Korridor entlang, an dessen Wänden die Portraits aller früheren Bürgermeister New Yorks hingen: Männer, die zum Teil seit zweihundert Jahren tot waren, deren Augen ihm aber auf seinem Weg mit düsteren Blikken folgten.

Vor ihm lag das Büro des gegenwärtigen Amtsinhabers. Aus einem der angrenzenden Räume – dem sogenannten ›Blauen Zimmer‹, das für Pressekonferenzen genutzt wurde – war bereits das Stimmengewirr der wartenden Journalisten zu hören. In dem Augenblick trat der Bürgermeister aus seinem Dienstzimmer, begleitet von mehreren Männern, darunter auch John Kincaid.

Der Bürgermeister wirkte überrascht, Farber zu sehen. »Sollten Sie tatsächlich etwas wissen, das ich noch nicht weiß?«

Farber warf seinem Untergebenen einen ebenso abschätzigen wie drohenden Blick zu, der Kincaid zu seiner Genugtuung sichtlich in sich zusammenschrumpfen ließ.

»John hat Sie wohl auf dem laufenden gehalten, wie?«

Der Bürgermeister nickte nur. Als Politiker war er es gewohnt, Bauernopfer zu bringen, wenn es seinem persönlichen Vorteil diente. Daß er sich jedoch nicht deutlich von Kincaid distanzierte, wertete Farber als schlechtes Zeichen für sich.

»Bis jetzt haben wir nichts Neues«, erklärte er mit ausdruckslosem Gesicht.

»Ich habe in der Pathologie angerufen«, meldete sich Kincaid zu Wort, doch der Bürgermeister hielt seinen Blick auf Farber geheftet.

»Werden Sie den Fall lösen, Chief?«

»Machen Sie sich keine Sorgen, Sir. Natürlich werde ich das.« Was sonst hätte Farber auch antworten sollen?

»Mir wurde gesagt, daß wir uns wegen des Befundes noch gedulden müssen«, fuhr Kincaid fort.

Farber musterte ihn nur wortlos.

»Sie faselten etwas von toxikologischen Tests und dergleichen.«

»Wir beide sollten uns später einmal ausführlich unterhalten«, wandte sich der Bürgermeister an Farber.

»Ich stehe zu Ihrer Verfügung.«

»Vielleicht könnten Sie mal mit Klotz reden«, schlug Kincaid sichtlich nervös vor, »und ihm etwas Dampf machen.«

»Großer Gott, was soll Klotz uns denn jetzt schon sagen können, da sie Chapman gerade erst seziert haben?« knurrte Farber.

»Lassen Sie einen Ihrer Leute mit meiner Sekretärin einen Termin vereinbaren«, sagte der Bürgermeister zu ihm. »Aber ich denke, wir sollten warten, bis die Beerdigung vorüber ist. Schließlich wollen wir nicht als pietätlos erscheinen. Soweit ich weiß, haben wir ja noch zehn Tage zur Verfügung.«

Die Äußerung des Bürgermeisters bedeutete zwar noch nicht, daß er ihn als nächsten Commissioner auserkoren hatte, dennoch überkam Farber das ermutigende Gefühl, einen Schritt weitergekommen zu sein. Allem Anschein nach wurde er tatsächlich in die engere Wahl gezogen. Andererseits wies die Anwesenheit Kincaids durchaus darauf hin, daß auch dieser möglicherweise als Konkurrent ernst genommen werden mußte. Ein weiterer Grund, ihm nicht mehr mitzuteilen, als unbedingt nötig war.

Als sie gemeinsam das ›Blaue Zimmer‹ betraten und Farber, Kincaid und der übrige Troß sich hinter dem Bürgermeister auf dem erhöhten Podest aufgebaut hatten, verstummte der Lärm. Dann gab der Bürgermeister seine Erklärung zum Tod Harry Chapmans ab. Sobald er geendet hatte, schlug über ihm eine Flut von Fragen der Journalisten zusammen.

»Wer wird der Nachfolger von Harry Chapman?«

»Wer hat die besten Aussichten?«

»Nennen Sie uns den Namen des neuen Commissioners!«

Der Bürgermeister erklärte, daß dafür eine ganze Reihe von Kandidaten in Frage kämen.

»Nennen Sie uns Namen!«

»Wer steht in der engeren Wahl?«

»Steht auch Chief Farbers Name auf der Liste?«

»Wie ich bereits sagte, stehen viele Namen auf der Liste«, antwortete der Bürgermeister ausweichend.

»Stimmt es, daß Chief Farber zum neuen Commissioner ernannt wird, wenn es ihm gelingt, den Mörder von Harry Chapman zu schnappen?« rief eine Stimme aus dem Hintergrund.

Die Frage schien den Bürgermeister zu überraschen. Er drehte sich zu Farber um und bedachte ihn mit einem wohlwollenden Lächeln.

»Falls es Chief Farber tatsächlich gelingen sollte, den

Fall zu lösen, würde ich ihn sicherlich in die engere Wahl ziehen müssen.«

An dieser Stelle wurde die Pressekonferenz abgebrochen. Der Bürgermeister kehrte in sein Büro zurück, die Journalisten eilten davon, um ihre Berichte noch vor Redaktionsschluß fertigzustellen, und Kincaid machte sich so schnell aus dem Staub, daß Farber keine Gelegenheit erhielt, ihn zur Rede zur stellen. Er blieb allein im ›Blauen Zimmer‹ zurück und lehnte sich nachdenklich an die Wand, um über das nachzudenken, was der Bürgermeister gerade gesagt hatte. Zweifellos würden ihn die abendlichen Nachrichtensendungen im Fernsehen und die Morgenzeitungen als einen der aussichtsreichsten Kandidaten in den Vordergrund rücken, zumal auf der Pressekonferenz nur sein Name genannt worden war. Wie würden wohl Priestley und Sternhagen darauf reagieren? Sicherlich alles andere als erfreut. Und vermutlich wäre es nur eine Frage der Zeit, bis sie zu einem Gegenschlag ausholten, um ihn ins Hintertreffen zu bringen.

Farber ließ sich durch die dunklen und naßkalten Straßen zurück ins Hauptquartier fahren. Dort stieß er in seinem Büro auf Dutzende von Vermerken über eingegangene Anrufe und Mitteilungen. Aber noch ehe er hinter seinem Schreibtisch Platz genommen hatte, läutete erneut sein Telefon.

Als er hinauf in das Büro des stellvertretenden Commissioners eilte, wohin man ihn gerufen hatte, nahm er vor Ungeduld zwei Stufen auf einmal. Sowohl Priestley als auch Sternhagen erwarteten ihn, hatten sich allem Anschein nach jedoch bereits zum Gehen gerüstet.

Im Hintergrund lief allerdings ein Fernseher, dessen Bild den Sprecher des Nachrichtensenders ›Channel 2‹ zeigte. Sie wußten also schon über die Pressekonferenz Bescheid.

Farber ließ seine Blicke wortlos zwischen Sternhagen und Priestley hin- und herwandern.

»Wir fragten uns nur, was Sie auf der Pressekonferenz verloren hatten«, begann Sternhagen.

»Ich war dort, um den Bürgermeister über den Stand der Ermittlungen zu informieren.«

»In Zukunft informieren Sie ausschließlich *uns*«, erklärte Priestley nachdrücklich. »*Wir* werden es dann übernehmen, dem Bürgermeister alles Nötige mitzuteilen.«

Erneut blickte Farber von einem zum anderen.

»Einverstanden«, erwiderte er, fügte dann aber bedächtig hinzu: »Wenn auch der Bürgermeister mit diesem Vorgehen einverstanden ist.«

Es folgte eine längere Pause voll feindseligen Schweigens.

»Übrigens habe ich Kincaid den Auftrag erteilt, Harry Chapmans Büro zu durchsuchen. Er teilte mir mit, daß es vermutlich von Ihnen versiegelt worden ist«, wandte sich Farber an Priestley.

»Ich werde mich selbst um sein Büro kümmern und dort nach dem Rechten sehen«, erklärte der stellvertretende Commissioner.

Falls Farber überhaupt noch Zweifel daran gehegt hatte, dann waren sie jetzt ein für allemal ausgeräumt: weder Priestley noch Sternhagen hatten ein Interesse daran, daß er den Fall rasch löste.

»Kein Problem«, stimmte er zu, »solange Sie keine Einwände dagegen erheben, daß meine Leute Sie dabei begleiten.«

Farber verabschiedete sich mit einem knappen Nicken und verließ dann das Büro.

Einer von Mary Alice' Söhnen öffnete ihm die Tür. Er war ein hoch aufgeschossener Junge, dessen Alter Farber auf etwa siebzehn Jahre schatzte. Das letztemal war er ihm zehn Jahre zuvor auf einer Wahlkampfveranstaltung begegnet, zu der Harry Chapman seine Söhne mitgenommen hatte. Der Junge schien sich in der Zwischenzeit natürlich sehr verändert zu haben.

»Ich bin ein Freund Ihrer Eltern«, stellte Farber sich vor und betrat das Haus, in dem es von Freunden und Verwandten der Familie nur so wimmelte.

Farber hatte gehofft, Mary Alice unter vier Augen sprechen zu können, erkannte aber sofort, daß dies schwierig sein würde. Überall standen Leute herum, die sich unterhielten, lachten oder aßen, die meisten von ihnen im Eßzimmer, dessen Tisch sich unter den aufgebauten Speisen und Getränken bog.

Plötzlich stand Mary Alice vor ihm. Sie trug einen schwarzen Rock, einen grauen Pullover und ein rotes Seidentuch um den Hals. Ihr Haar war durcheinander, und auch sie selbst wirkte ein wenig verwirrt.

»Oh, Bert«, begrüßte sie ihn errötend, »wie schön, daß du gekommen bist.«

Einen Moment lang hielt sie seine Hände, doch dann wurde ihre Aufmerksamkeit von jemand anderem in Anspruch genommen, und sie eilte davon.

Auch wenn Harry Chapmans Leiche nicht im Haus aufgebahrt lag, so handelte es sich hier doch zweifellos um eine Art Totenwache. Allerdings fragte sich Farber, nachdem er sich mit etwas Roastbeef und Kartoffelsalat versorgt hatte, ob er der einzige unter den Anwesenden war, der auch nur einen Gedanken an Harry Chapman verschwendete. Auch Mary Alice schien nicht gerade von übermäßiger Trauer um ihren getöteten Mann niedergedrückt zu werden, hatte allerdings auch sehr viel mit der Bewirtung ihrer Gäste zu tun. Unablässig stellte sie frische Speisen bereit, trug leere Platten und schmutziges Geschirr in die Küche und begrüßte neu ankommende Besucher.

Farber unterhielt sich eine ganze Weile mit Leuten, die ihm völlig unbekannt waren. Einige von ihnen erzählten ihm Anekdoten über den Verstorbenen, die er nie zuvor gehört hatte. Die meisten stammten aus der Zeit, die Harry Chapman in Washington im Justizministerium und im Kongreß verbracht hatte. Manche der Geschichten waren wirklich lustig, so daß alle Zuhörer lachten. Auch Farber hätte einige Anekdoten über Harry als jungen Streifenpolizisten beisteuern können. Er entschloß sich jedoch, es nicht zu tun, da es sich um Erlebnisse handelte, die untrennbar mit seinen sehr persönlichen Erinnerungen an Mary Alice verknüpft waren.

Nach einiger Zeit nahm die Zahl der Gäste langsam ab, und Farber dachte, daß er womöglich doch noch eine Chance hätte, allein mit Mary Alice zu sprechen. Aber die noch verbliebenen Kondolenzbesucher machten keinerlei Anstalten, das Feld zu räumen, bis Farber klar wurde, daß sie die Nacht in den Gästezimmern im oberen Stockwerk verbringen würden.

Schließlich gab Farber sein Vorhaben auf und holte seinen Mantel. Als er den Flur entlangschritt, um das Haus zu verlassen, begegnete ihm Mary Alice, die gerade wieder auf dem Weg in die Küche war.

»Willst du schon gehen, Bert?« fragte sie und begleitete ihn zur Tür. »Jedenfalls noch mal herzlichen Dank für deinen Besuch.«

Farber nahm einen letzten Anlauf, doch selbst als er ihre Hände in den seinen hielt, wich sie seinem Blick aus und verfolgte über seine Schulter hinweg das Geschehen hinter ihm. Sie schien einfach nicht in der Lage zu sein, auch nur einen Augenblick lang ruhig stehenzubleiben oder sich konzentrieren zu können.

Enttäuscht trat Farber hinaus in den noch immer fallenden Schnee, wandte sich dann jedoch noch einmal zu ihr um.

»Mary Alice, ich frage mich, was Harry in Washington wollte.«

»Er hatte so seine Geheimnisse«, antwortete sie vage.

»Weißt du, ob er ein Büro oder ein Apartment an der West Side besaß, das er von Zeit zu Zeit benutzte?«

Sie strich sich eine Strähne aus der Stirn. »Möglich. Bei ihm konnte man sich in der Hinsicht nie sicher sein.«

Um bei ihr nicht den Eindruck zu hinterlassen, er sei nur gekommen, um sie zu verhören, beschloß Farber, keine weiteren Fragen zu stellen. Vielleicht bot sich am nächsten Tag eine bessere Gelegenheit. Deshalb küßte er sie zum Abschied auf die Wange und verschwand in der Dunkelheit.

Als er seine Wohnung betrat, stellte er fest, daß Madge auf ihn gewartet hatte.

»Du hast sicher noch einmal die trauernde Witwe besucht«, stellte sie mit einem maliziösen Unterton in der Stimme fest.

»Ja«, gestand Farber. »Es waren eine Menge Leute da.«

»Und wie wird sie mit der Situation fertig?«

»Ich weiß nicht. Wer kann das schon sagen?«

Er trat in die Küche und setzte Wasser für einen Tee auf. Als er sich umdrehte, sah er, daß Madge ihm gefolgt war.

»Du warst doch heute morgen mit ihr zusammen. Welchen Eindruck hat sie auf dich gemacht?«

Madge dachte einen Augenblick lang nach. »Sie wirkte wie betäubt, würde ich sagen.«

»Kam sie dir tief traurig vor?«

»Nein. Einfach wie betäubt.«

Er wartete darauf, daß das Wasser zu kochen begann. »Wie lange warst du mit ihr zusammen, Madge?«

»Etwa zwei Stunden. Dann kam eine ihrer Schwestern. Übrigens hätte ich auf diese zwei Stunden gut verzichten können. Warum sollte ausgerechnet ich bei ihr bleiben?«

»Und was habt ihr die ganze Zeit über gemacht?« bohrte Farber weiter, ohne auf die Frage seiner Frau einzugehen.

»Sie duschte und zog sich an, während ich eine Zeitschrift las. Dann führte sie einige Telefongespräche, während ich mich in eine zweite Zeitschrift vertiefte. Ich hatte schon Angst, daß mir die Zeitschriften ausgehen könnten. Schließlich legte sie den Hörer auf, und wir fuhren los, um das Essen für die Trauergäste einzukaufen. Die Straßen waren so matschig, daß ich mir ein neues Paar Schuhe ruiniert habe. Außerdem kam ich zwei Stunden zu spät zur Arbeit.«

Madge, die einen Hochschulabschluß in Kinderpsychologie hatte, war die stellvertretende Leiterin eines Heims für jugendliche Straftäterinnen.

»Hat sie mit dir über ihren Mann gesprochen?«

»Nicht viel.«

»Sie muß doch etwas über ihn gesagt haben ...«

»Na ja, meinem Eindruck nach haben die beiden nicht gerade aus leidenschaftlicher Liebe geheiratet. Aber das trifft ja wohl für die wenigsten Ehen zu. Nicht wahr, Bert?«

»Trotzdem. Was hat sie gesagt?«

»Nichts, an das ich mich erinnern könnte.«

»Bitte versuch es. Es könnte sehr wichtig sein.«

»Ich weiß nicht – es war mehr so ein Eindruck, den ich hatte. Sie sagte nur, sie habe gedacht, er sei noch in Washington. Ihre Stimme klang dabei so, als sei er ein ziemlich rücksichtsloser Kerl gewesen. Außerdem scheint er ihr offensichtlich nicht besonders vertraut zu haben.«

Farber nahm den Kessel vom Herd. »Möchtest du auch einen Tee?«

»Ja, gern.« Sie musterte ihn einen Moment lang. »Du vertraust mir ja auch nicht besonders.«

Farber goß das Wasser auf. »Willst du damit sagen, daß auch ich ein rücksichtsloser Kerl bin?«

»Nein. Ich will damit nur sagen, daß die Partner in einer guten Ehe offen und ehrlich miteinander umgehen sollten.«

»Bitte, Madge. Ich bin jetzt nicht in der Stimmung, solche Diskussionen zu führen.«

»Jetzt ist doch der Weg für dich frei, Bert. Jetzt ist sie doch wieder zu haben. Vorher hätte es dich deinen Job gekostet, aber nun steht er dir doch nicht mehr im Weg.«

»Wovon redest du?«

»Jetzt ist Mary Alice doch Witwe.«

Farber nahm seine Tasse und ging an ihr vorbei ins Wohnzimmer, aber Madge folgte ihm und ließ nicht lokker.

»Seit Jahren bist du regelrecht besessen von ihr!«

Farber stand am Fenster und starrte nach draußen auf die benachbarten Häuser und den fallenden Schnee. Er nippte an seinem Tee und tat so, als habe er nichts gehört.

»Jedesmal wenn du ihr irgendwo begegnet bist, hast du später stundenlang über sie gesprochen.«

»Ihre und meine Wege haben sich in den letzten siebzehn, achtzehn Jahren vielleicht fünfmal gekreuzt. Willst du mir daraus einen Strick drehen?«

»Schon als wir heirateten, warst du besessen von ihr, und du bist es heute noch immer.«

»Was für ein Unsinn«, wehrte Farber unwillig ab. »Ich gehe jetzt schlafen.«

»Auch wenn du es dir vielleicht selbst nicht eingestehst, habe ich dennoch recht. Männer können manchmal so blind sein.«

Als sie nebeneinander im Bett lagen, zog er Madge zu sich herüber. Gerade für einen Cop, der tagtäglich mit dem Tod konfrontiert wurde, hatte Sex unter anderem einen großen Vorzug: man spürte auf intensive Weise, daß man noch am Leben war. Dies galt um so mehr, wenn die Partnerin aktiv am Liebesspiel teilnahm. Und Farber spürte, wie Madge unwillkürlich auf seine Annäherungsversuche reagierte. Ihr Atem beschleunigte sich, und sie stöhnte leise, und Farber, selbst immer erregter, steigerte seine Bemühungen, bis ihre beiden Körper miteinander verschmolzen. Es kam zwar keine vollendete Harmonie zwischen ihnen auf, doch beide gelangten zum Höhepunkt. Und mehr war nach den vorausgegangenen Spannungen zwischen ihnen auch nicht zu erwarten gewesen.

Später lag Farber im Dunkeln und wollte an nichts mehr denken: weder an Mary Alice oder seine eigene Ehe, noch an Harry Chapman, der aufgeschnitten auf einem Metalltisch im Leichenschauhaus lag, oder an die Ermittlungen, die noch keinen Schritt vorangekommen waren. Er verspürte nur noch den Wunsch, daß dieser Tag, der der längste und anstrengendste Tag seines Lebens zu sein schien, endlich ein Ende nehmen würde – und schließlich überkam ihn der Schlaf.

8

Als Bert Farber erwachte, stellte er zunächst fest, daß die andere Hälfte des Bettes leer war. Dann roch er den Duft frischen Kaffees. Er wusch und rasierte sich rasch, zog sich an und trat in die Küche. Madge schenkte gerade zwei Tassen ein und reichte ihm die eine. Die ihre trank sie, gegen die Spüle gelehnt, im Stehen und musterte ihn dabei schweigend. Ihr Haar war frisch gekämmt, doch sie trug noch ihr lilafarbenes Satinnachthemd und farblich dazu passende Pantoffeln. Farber fand, daß sie in diesem Moment wieder einmal überaus anziehend aussah.

Er registrierte immer sehr genau, wie sie aussah, auch wenn Madge ihn fortwährend beschuldigte, sie einfach zu ignorieren oder ihre Gegenwart nicht einmal zu bemerken. Aber es gehörte zu Farbers Wesen, mit offenen Augen durch das Leben zu gehen und alles und jeden um sich herum wahrzunehmen. Deshalb hatte er ihre Äußerungen mehr als einmal verärgert zurückgewiesen.

Während er an seinem Kaffee nippte und sich seinen Toast mit Marmelade bestrich, war er in Gedanken bereits wieder bei Harry Chapmans Ermordung.

»An deiner Stelle würde ich nach einer Frau suchen«, sagte Madge unvermittelt.

Farber warf ihr einen nachdenklichen Blick zu.

»Bisher gibt es nicht den geringsten Hinweis in dieser Richtung.«

»Trotzdem würde ich so vorgehen.«

»Wie kommst du darauf?«

Sie hob die Schultern. »Nur so ein Eindruck, den mir Mary Alice vermittelte.«

»Hat sie etwas Derartiges angedeutet?«

»Nicht mit Worten.«

Farber hielt seinen Blick auf Madge gerichtet, aber sie sagte nichts weiter.

Nachdem Farber sein Büro betreten hatte, erledigte er einige kurze Telefonate und rief dann Potter, seinen Stellvertreter, zu sich.

»Schließen Sie die Tür hinter sich, und nehmen Sie Platz«, forderte er ihn auf.

Potter setzte sich auf den Stuhl neben Farbers Schreibtisch und blickte seinen Vorgesetzten neugierig an.

»Der Commissioner hat das Wochenende in Washington verbracht«, begann Farber, der beschlossen hatte, Potter ins Vertrauen zu ziehen, da er maßgeblich dessen Karriere gefördert hatte und deshalb auf die Verschwiegenheit seines engsten Mitarbeiters baute. »Wir wissen aber nicht, wann er zurückgekehrt ist. Möglicherweise am Sonntag abend mit einer der letzten Maschinen. Ich möchte, daß Sie die Fluggesellschaften abklappern und sich die Passagierlisten ansehen.«

Angesichts des hohen Dienstgrades, den Potter bekleidete – in der Armee wäre er immerhin Oberst gewesen –, protestierte er erwartungsgemäß gegen diesen Auftrag, den normalerweise ein einfacher Detective hätte ausführen können.

»Ich persönlich, Chief?«

»Ja, Sie persönlich. Bei Delta-Airlines wenden Sie sich an einen Mann namens Bronfman. Er ist dort der stellvertretende Sicherheitschef. Ich habe bereits mit ihm gesprochen und ihm Ihren Besuch angekündigt.«

Farber riß einen Zettel von seinem Notizblock ab und reichte ihn Potter.

»Falls Sie bei Delta nicht fündig werden, gehen Sie zu der anderen Fluggesellschaft, die für den Direktverkehr Washington–New York zuständig ist, und sprechen dort mit dem Mann, den ich ebenfalls hier notiert und mit dem ich bereits telefoniert habe.«

Potter hatte sich noch immer nicht mit seinem Schicksal abgefunden und schlug vor, einen Lieutenant oder einen Captain aus seinem Stab zum Flughafen zu schicken.

»Nein«, erwiderte Farber kopfschüttelnd. »Sie selbst werden sich darum kümmern.«

»Aber jeder Commissioner ist doch dazu verpflichtet, rund um die Uhr mit seinem Büro in Kontakt zu bleiben«, wunderte sich Potter. »Chapmans Mitarbeiter müßten daher doch über die Informationen verfügen, nach denen Sie suchen?«

»Das tun sie aber nicht«, stellte Farber ohne weitere Erklärungen fest. »Sobald Sie herausbekommen haben, mit welcher Maschine Harry Chapman hierher zurückgeflogen ist, versuchen Sie zu eruieren, wann er nach Washington flog. Auch darüber hat er sein Büro nicht informiert.«

»Großer Gott. Falls sich in seiner Abwesenheit etwas Außergewöhnliches ereignet hätte – zum Beispiel eine Bombendrohung, ein Attentat, eine Geiselnahme oder sonst etwas – und er wäre nicht zu erreichen gewesen, dann hätte ihn der Bürgermeister glatt gefeuert.«

»Schon möglich«, bestätigte Farber.

Potter schüttelte den Kopf. »Das war ganz schön riskant für Chapman.«

»Er ist möglicherweise bereits am Freitag abend nach Washington geflogen. Eventuell aber auch erst am Samstag oder am Sonntag.«

»Und aus welchem Grund?«

Langsam erwachte bei Potter der alte Instinkt, der ihn einst als einfacher Detective erfolgreich geleitet hatte.

»Ich weiß es nicht«, gestand Farber.

»Gibt es irgend jemanden, der den Grund kennt?«

»Seine Frau vielleicht. Und derjenige, mit dem sich der Commissioner in Washington getroffen hat.«

»Irgendwas ist doch faul an der ganzen Geschichte, aber was? Wonach genau soll ich eigentlich suchen, Chief?«

»Auch das kann ich Ihnen nicht sagen.«

»Sie glauben, daß der Commissioner hinter den Kulissen so eine Art Doppelleben führte?«

»Er hatte vor, einmal für die Präsidentschaftswahlen zu kandidieren. Es wäre denkbar, daß sich einige seiner politischen Aktivitäten ganz im verborgenen abgespielt haben.«

»Und wer könnte noch daran beteiligt gewesen sein?«

»Ich weiß es nicht.«

Die beiden Männer blickten sich schweigend an.

»Halten Sie es für möglich, Chief, daß der Commissioner von jemandem getötet wurde, den er im Flugzeug getroffen hat?«

»Sicher. Im Augenblick halte ich buchstäblich alles für möglich.«

Wieder trat eine Pause des Schweigens ein, das diesmal jedoch von Farber gebrochen wurde.

»Keiner der Ermittlungsbeamten, die den Mordfall bearbeiten, weiß bis jetzt, daß der Commissioner in Washington war – auch Kincaid nicht. Und es besteht vorläufig auch kein Grund, an dieser Situation etwas zu ändern. Deshalb sollten die Ermittlungen, über die wir gerade gesprochen haben, unter uns bleiben. Wir müssen zwar versuchen herauszubekommen, was der Commissioner vor seinem Tod gemacht hat. Wir wollen dabei aber nicht unnötig Gerüchten und Spekulationen den Weg ebnen, die auf das Department zurückfallen oder Harry Chapmans Witwe zusätzlichen Schmerz zufügen könnten.«

Einen Moment lang drohte der Gedanke an Mary Alice Farbers Denken und Fühlen in eine ganz andere Richtung zu lenken, aber der Chief riß sich zusammen.

»Ich möchte Ihnen gegenüber nochmals betonen, wie sensibel der ganze Fall ist und wie behutsam wir unsere Ermittlungen durchführen müssen.«

Als Farber die Nachricht erhielt, Harry Chapmans Leichnam sei in der Eingangshalle des Hauptquartiers aufgebahrt worden, eilte er sofort dorthin. Er stellte zu seiner Erleichterung fest, daß der Sargdeckel geschlossen und mit einer Flagge der Vereinigten Staaten bedeckt war. An jeder Ecke des Sarges stand ein uniformierter Cop mit weißen Handschuhen in Hab-Acht-Stellung.

Farber konnte durch die gläserne Eingangstür die langen Menschenschlangen sehen, die draußen auf den Einlaß warteten. Um zu verhindern, daß die Leute ungehindert im gesamten Gebäude umhergehen konnten, waren an allen Fluren, Treppenaufgängen und vor den Fahrstühlen vorsichtshalber Polizeischüler in grauen Uniformen postiert worden.

Mary Alice stand, in ein schwarzes Kostüm gekleidet, am Kopf des Sarges. Mit zu Boden gesenktem Blick hatte sie beide aneinandergepreßten Hände vor die Lippen gehoben, so als bete sie. Zwei Schritte hinter ihr standen reglos ihre ernst, aber gefaßt wirkenden Söhne. Weiter im Hintergrund erkannte Farber Monsignore Casey zusammen mit zwei uniformierten Lieutenants, die gemeinsam die Vorbereitungen für die Aufbahrung des Sarges organisiert hatten.

Farber wartete zunächst geduldig darauf, mit Mary Alice sprechen zu können, da er davon ausging, daß sie sich – spätestens beim Einlaß der Besucher – entfernen würde. Aber Minute um Minute verstrich, ohne daß sie sich gerührt hätte. Schließlich zog Farber wieder ab, da er zu einer von Priestley einberufenen Besprechung mußte, bei der es um Details der Trauerfeier ging.

Außer Farber waren acht hochrangige Polizeioffiziere an dem Treffen beteiligt. Sie alle erfuhren, daß außer den beiden New Yorker Senatoren eine größere Kongreßdelegation und nahezu alle bedeutenden Vertreter der Stadt an den Feierlichkeiten in der St.-Patrick's-Kathedrale teilnehmen würden. Zudem sollten Abordnungen, insgesamt fünftausend Cops, vor der Kirche aufziehen, um die verschiedenen Polizeidepartments zu repräsentieren. Darüber hinaus war ein Flugzeug gechartert worden, um den Sarg und die offizielle Trauerdelegation nach Washington zu bringen, wo Harry Chapman auf dem Nationalfriedhof von Arlington beigesetzt werden sollte. Weder der Präsident noch der Vizepräsident konnten aus terminlichen Gründen zur Trauerfeier nach New York kommen, zumindest einer von beiden würde jedoch am Nachmittag an der Beerdigung in Arlington teilnehmen.

Nachdem die Besprechung beendet war, wurde Farber von Priestley zur Seite gezogen. Der stellvertretende

Commissioner erklärte ihm, daß die Plätze im Flugzeug nur für Familienangehörige, enge Freunde und offizielle Repräsentanten der Stadt bestimmt seien. Das bedeute, daß nur er, Priestley, sich als Vertreter der New Yorker Polizei an Bord befinden werde. Farbers Anwesenheit sei in Arlington nicht erforderlich.

Das war eine offene Kriegserklärung, die Farber nicht unerwidert hinnehmen durfte. Zudem konnte er als aussichtsreicher Kandidat für den Posten des Commissioners nicht tatenlos mit ansehen, wie sein Konkurrent Priestley den ganzen Nachmittag an der Seite des Bürgermeisters verbrachte. Es hätte für Farbers Aussichten fatale Folgen haben können, wenn er selbst weder vom Bürgermeister und den anderen hochrangigen Repräsentanten der Stadt noch von den Pressevertretern bei der Zeremonie gesehen worden wäre.

»Und wie steht es mit Chief Sternhagen?« erkundigte sich Farber. Da auch er sich Hoffnungen auf das Amt des Commissioners machte, mußte er zweifellos ähnlich empfinden wie Farber.

»Ich habe Sternhagen dasselbe gesagt wie Ihnen.«

»Und wie hat er reagiert?«

»Ich habe ihm wie auch Ihnen dienstliche Anweisungen erteilt, das dürfte genügen.«

»Ich bin sicher, daß Chief Sternhagen sich ebenfalls verpflichtet fühlt, an der Beerdigung teilzunehmen«, erklärte Farber unbeeindruckt.

»Seine Gefühle stehen hier nicht zur Diskussion.«

»Und ich selbst möchte mich dieser Pflicht auch nicht entziehen.«

»Ihre dienstlichen Pflichten verlangen von Ihnen, daß Sie hier vor Ort Ihre Arbeit tun«, fauchte Priestley.

»Ich fürchte jedoch, daß die Hinterbliebenen des Verstorbenen es mir nie verzeihen würden, wenn ich nicht neben ihnen am Grab stünde.«

»Ihr Name steht aber nirgends auf der Liste der Trauergäste.« Priestley gab noch nicht auf, wirkte aber bereits weniger entschlossen als zuvor.

»Dabei kann es sich nur um ein entschuldbares Versehen handeln, das der Witwe in ihrem tiefen Kummer verständlicherweise unterlief«, widersprach Farber, dem in diesem Augenblick einfiel, daß er nicht einmal die Namen von Mary Alice' Söhnen kannte. »Es tut mir wirklich leid, aber ich denke, meine Freundespflicht steht in diesem Fall über allen anderen Pflichten.«

»Das Department wird die Kosten für Ihren Flug jedenfalls nicht übernehmen«, sagte Priestley, was allerdings ebenso halbherzig wie unüberzeugend wirkte.

Farber zuckte nur mit den Schultern und ließ ihn dann stehen.

Noch immer ärgerlich über das plumpe Manöver seines Vorgesetzten, fuhr er mit dem Fahrstuhl wieder hinunter in die Eingangshalle, um nach Mary Alice zu sehen. Sie stand noch immer am Kopf des Sarges, an dem die Kondolenzbesucher in einer Reihe vorbeizogen. Diejenigen, die Mary Alice ihr Beileid aussprachen, bedachte sie mit einem Kopfnicken und einem traurigen Lächeln. Ansonsten aber schien sie wie erstarrt.

Farber beobachtete die Szene lange Zeit. Er fragte sich, warum Menschen zum Sarg eines Mannes pilgerten, den sie gar nicht gekannt hatten. Das Ganze erinnerte ihn an Bilder von Fernsehberichten über die Aufbahrung kommunistischer Würdenträger, die in Rußland im offenen Sarg der Öffentlichkeit präsentiert wurden.

Auch warum Mary Alice sich allem Anschein nach dazu verpflichtet fühlte, die ganze Zeit über am Sarg ihres verstorbenen Mannes zu wachen, konnte er nicht nachvollziehen. Sie machte eigentlich nicht den Eindruck, als ob ihr die Trauer über Harrys Tod sehr zu schaffen mache. Allerdings hatte Farber auch keine Ahnung, wie sich bei Mary Alice tiefempfundene Trauer äußerte. Früher war er des öfteren vom Fundort einer Leiche zu den Hinterbliebenen gefahren, um ihnen die traurige Nachricht über den Tod eines nahen Verwandten zu überbringen. Farber hatte miterlebt, wie Witwen in Tränen aufgelöst waren oder ihr Leid laut herausgeschrien hatten: Szenen, die ein junger Polizist nicht so leicht vergaß. Aber Mary Alice verhielt sich ganz anders. Von der ersten Minute am gestrigen Morgen bis zu diesem Augenblick hatte sie nicht einmal die Beherrschung verloren, sondern stets die Fassung bewahrt. Nicht eine Träne hatte sie vergossen, nicht einen Seufzer von sich gegeben.

Warum aber wich sie nicht vom Sarg? Aus Loyalität Harry gegenüber? Weil sie irgendeine Schuld sühnen wollte? Oder war möglicherweise alles nur Schauspielerei? Spielte sie gerade die Rolle ihres Lebens: die der trauernden Witwe? Farber verwarf diese Überlegung jedoch schnell.

Schließlich trat er an ihre Seite. Als sie ihn dennoch nicht bemerkte, legte er seine Hand auf ihre Schulter.

»Du solltest mal eine Pause einlegen, Mary Alice.«

Sie schenkte ihm das gleiche traurige Lächeln, das sie allen Kondolenzbesuchern zeigte.

»Es geht schon, Bert. Danke.«

Farber sah auf seine Armbanduhr. »Es ist Mittag. Was hältst du davon, wenn wir beide eine Kleinigkeit essen gehen?«

»Ich kann Harry nicht allein lassen«, erwiderte sie, ohne zu beachten, daß ihre Söhne längst gegangen waren.

»Er hätte sicher nichts dagegen, daß du dir die Zeit nimmst, dich ein wenig zu stärken.«

»Was weißt du schon von Harry«, sagte sie, wobei sich ihr Lächeln deutlich verstärkte. Fast wirkte sie amüsiert.

Am Ende ging Farber allein essen. Während er im Restaurant saß, grübelte er darüber nach, was dieses letzte Lächeln wohl bedeutet haben mochte. Er nippte gerade an seinem Espresso, als Vince Powell – der zweite Detective, der Farber als Fahrer zugeteilt war – das Lokal betrat. Er hatte draußen im Wagen gewartet, um dort den Funkverkehr zu überwachen.

»Ganz in der Nähe hat sich ein Doppelmord ereignet. Sie haben es gerade durchgegeben«, teilte er Farber mit.

Der Chief hatte noch immer eine Schwäche dafür, sich

persönlich um aufsehenerregende Fälle zu kümmern. Also leerte er seine Tasse, zahlte und ließ sich zum Tatort bringen.

Die Leichen eines Mannes und einer Frau lagen in einer engen Nebenstraße. Farber sah auf den ersten Blick, daß es sich um eine Verzweiflungstat gehandelt hatte. Er mußte sich an einem parkenden Wagen vorbeiquetschen, um zu den Detectives und uniformierten Cops zu gelangen, die vor Ort auf den Leichenbeschauer warteten. Der getötete Mann hielt eine Pistole in seiner Hand und lag mit dem Gesicht nach unten auf dem Bauch. Einer der Detectives reichte Farber die Brieftasche des Toten. Es handelte sich um den achtunddreißigjährigen Hector Rodriguez.

»Und wer ist die Tote?«

»Seine Frau«, antwortete ein anderer Ermittlungsbeamter. »Wir haben ihre Handtasche im Auto gefunden.«

»Auf wen ist der Wagen zugelassen?«

»Auf den Mann, Chief. Wir haben das bereits überprüft.«

Farber warf einen Blick auf Juana Rodriguez' Führerschein und verglich das Foto mit dem Gesicht der Toten.

»Sieht danach aus, als ob er zuerst sie und dann sich erschossen hat, Chief.«

Eine von vielen Tragödien ähnlicher Art, die Farber schon so oft gesehen hatte. Was war im Leben dieser beiden Menschen so schiefgelaufen, daß Rodriguez zunächst seine eigene Frau getötete hatte, bevor er Selbstmord beging? Würden die Detectives jemals die Antwort auf diese Frage finden? Kaum, da ihnen dafür gar nicht die Zeit blieb. Vielleicht interessierte sich auch einfach niemand für die Antwort, weil alle viel zu abgestumpft waren, um noch Fragen zu stellen. Außerdem war der Fall geklärt und konnte direkt archiviert werden, denn der Täter lag tot am Boden.

Ohne sich erklären zu können, warum, zog der alte und verrostete Wagen des Ehepaares Farbers Aufmerksamkeit auf sich. Als er sah, daß auf der Rücksitzbank Einkaufstüten standen, öffnete er die Tür, um einen Blick hineinzuwerfen. In beiden Tüten lagen große Packungen Milch.

»Die beiden müssen ihre Kinder in der Wohnung oder sonst irgendwo zurückgelassen haben«, sagte er zu einem der Detectives. »Seht zu, daß ihr sie rasch findet.«

»Woher wissen Sie, daß die beiden Kinder haben, Chief?«

»Niemand würde so viel Milch einkaufen, wenn er keine Kinder hätte«, murmelte Farber. »Gebt mir Bescheid, sobald ihr sie gefunden habt.«

Er wandte sich um und kämpfte sich durch die Menge der Schaulustigen zu seinem Wagen zurück, in dem Vince Powell die ganze Zeit über gewartet hatte. Ihm war schon längst jede Neugier abhanden gekommen, sich mit den Verzweiflungstaten einiger Zeitgenossen ernsthaft auseinanderzusetzen.

»Wohin jetzt, Chief?«

Bevor Farber antworten konnte, wurde erneut ein Mordfall gemeldet: im 9. Distrikt war ein Lehrer in der Schule erschossen worden.

Da Farber keine Eile hatte, ins Hauptquartier zurückzukehren, in dem doch nur Harry Chapmans aufgebahrte Leiche, die einsam wachende Mary Alice oder weitere unerfreuliche Besprechungen mit Priestley auf ihn warteten, fiel ihm der Entschluß leicht.

»Schauen wir auch da mal nach, was los ist.«

Wieder standen mehrere Detectives um den Toten herum sowie eine Gruppe Neugieriger, bei denen es sich diesmal allerdings zumeist um schockiert wirkende Teenager handelte. Die Leiche lag am Boden der Turnhalle und war halb von Zeitungen bedeckt, unter denen am einen Ende ein ausgestreckter Arm und zwei ausgetretene Sportschuhe hervorschauten, am anderen ein Schopf grauer Haare. Bei dem Toten – so berichteten die Beamten – handelte es sich um den Sportlehrer, einen Weißen. Er sei von einem fünfzehnjährigen farbigen Schüler erschossen worden.

Farber ließ sich in das Zimmer des Schulleiters führen, in dem der jugendliche Täter gerade von zwei Polizisten vernommen wurde. Der Junge wirkte ziemlich verwahrlost, zeigte sich aggressiv und verfügte über nur wenig Intelligenz, sofern er nicht sogar unter einer geistigen Behinderung litt. Als Grund für den Mord gab er an, daß der Lehrer ihn beleidigt habe.

»Da hab' ich ihm ein paar Löcher reingemacht, damit er merkt, daß er mit mir nich' so umspringen kann. Mit mir nicht!«

Mehr als fünfzig Augenzeugen – zumeist andere Schüler – hatten die Tat mit angesehen. Die Detectives hatten alle Namen der Beteiligten notiert und ein Geständnis des Täters protokolliert, das später vor Gericht selbst ein gewiefter Anwalt nicht so schnell über den Haufen werfen würde.

Soweit es die polizeilichen Ermittlungen betraf, war damit auch dieser Fall abgeschlossen, und Farber verließ die Schule.

Es war keineswegs der erste Mord in diesem Jahr, den ein Halbwüchsiger an seinem Lehrer verübt hatte, weil er von dem vermeintlich beleidigt worden war. Und es würde auch wohl nicht der letzte bleiben.

»Schon drei Morde innerhalb kürzester Zeit, und das alles in nur einer Ecke von Manhattan«, seufzte Farber, nachdem er Powell angewiesen hatte, ohne weitere Umwege zum Hauptquartier zurückzufahren.

»Kann schon vorkommen, Chief.«

Farber blickte aus dem Seitenfenster. »Was ist aus dieser Stadt nur geworden? Und was aus diesem Land?« Nach einer Pause fügte er leise hinzu: »Was ist aus uns allen geworden?«

»Entschuldigung, Chief?«

»Ach, nichts.«

Als Farber den Vorraum seines Büros betrat, wurde er bereits von Potter erwartet. Farber schloß sorgfältig die Tür seines Zimmers hinter ihnen, legte seinen Mantel ab und setzte sich an den Schreibtisch. Dort studierte er einen Ausdruck, den ihm sein Stellvertreter gegeben hatte.

»Der Commissioner ist am Sonntag abend um 21 Uhr 30 mit einer Delta-Maschine aus Washington zurückgekehrt«, erklärte Potter. »Da ich dachte, daß Sie vielleicht etwas mit den mir unbekannten Namen auf der Passagierliste anfangen könnten, habe ich sie sicherheitshalber mitgebracht. Ich habe ferner herausgefunden, daß der Commissioner keinen seiner Fahrer zum Flughafen bestellt hatte. Das bedeutet, daß ihn entweder jemand anderes abgeholt hat oder daß er ein Taxi nahm.«

Farber ging die einzelnen Namen auf der Passagierliste durch.

»Ein solches Verhalten ist doch eigentlich recht seltsam für einen Mann, der sonst Gefallen daran fand, sich von einer Motorradeskorte zum Flughafen begleiten zu lassen«, kommentierte Potter, während er Farber über die Schulter sah.

Der Chief blickte von der Liste auf. Offensichtlich hatte jeder im Haus etwas von Harry Chapmans Vorliebe für Motorradeskorten gehört.

»Der Commissioner muß sich unmittelbar nach der Landung telefonisch in der Einsatzzentrale gemeldet haben. Das Gespräch ist dort aufgezeichnet worden. Er hat sich danach erkundigt, ob etwas Wichtiges vorliege, und darauf hingewiesen, daß er im Notfall über seinen Beeper alarmiert werden könne.«

Farber erwiderte nichts.

»Ich glaube nicht, daß er ein Taxi genommen hat«, fuhr Potter mit seinen Schlußfolgerungen fort. »Es kostet immerhin um die dreißig Dollar, sich vom Flughafen in die Stadt fahren zu lassen. Außerdem sind um diese Zeit oftmals gar keine Taxis mehr am Flughafen zu kriegen. Warum sollte ein Mann, dem die Stadt rund um die Uhr kostenlos zwei Fahrer zur Verfügung stellt, dieses Risiko eingehen? Darüber hinaus hätte er nach so langer Abwesenheit in Washington eigentlich daran interessiert sein müssen, so schnell wie möglich wieder über Funk erreichbar zu sein.«

Farber sah ihn wortlos an.

»Es sei denn«, begann Potter, »er wollte vermeiden, daß irgend jemand erfuhr, wohin er ging.«

Noch immer hielt sich Farber bedeckt.

»Vielleicht wollte er auf keinen Fall mit einer bestimmten Person zusammen gesehen werden«, schlug Potter vor. »Möglicherweise handelte es sich dabei um eine Frau.«

»Ich könnte mir eine ganze Reihe von Leuten vorstellen, mit denen er auf keinen Fall zusammen gesehen werden wollte«, widersprach Farber. »Was bedeutet diese zweite Liste hier?«

»Dabei handelt es sich um die Passagierliste des Delta-Fluges, den der Commissioner am Freitag nachmittag um 16 Uhr 30 nach Washington nahm. Er war also ganze achtundvierzig Stunden abwesend, ohne Kontakt mit seinem Büro zu halten.«

»Immerhin ist das ja offensichtlich und erstaunlicherweise unbemerkt geblieben.«

»Wir müssen also wohl oder übel alle Taxiunternehmen abklappern und versuchen herauszufinden, ob sich einer der Fahrer an ihn erinnert«, seufzte Potter.

Das wäre in der Tat der nächste logische Schritt gewesen. Aber es gab Dutzende von Taxiunternehmen und Hunderte von unabhängigen Fahrern. Farber standen nicht genug Leute zur Verfügung, um derartige Ermittlungen durchzuführen, da die meisten bereits von Kincaid eingesetzt wurden. Außerdem hätte Farber in dem Fall seinen Untergebenen in Zusammenhänge einweihen müssen, die er lieber für sich behalten wollte.

»Ich werde mir dafür zehn, fünfzehn Mann von Kincaid besorgen«, fuhr Potter fort. »Es sei denn, es wäre Ihnen lieber, daß ich Männer aus meiner eigenen Abteilung einsetze? Aber dann weiß ich nicht, wie ich den Dienst im Büro aufrechterhalten soll.«

»Nein«, entschied Farber.

»Nein?«

»Vergessen Sie das mit den Taxiunternehmen.«

»Ich verstehe nicht, Chief?«

»Das müssen Sie auch nicht.«

Potter senkte den Blick und lief rot an. Es gab nicht viele, die sich herausnehmen durften, mit einem Mann seines Ranges so zu reden. Aber er war nicht nur wütend, sondern auch stur.

»Was soll das hier werden, Chief? Wollen wir hier nur noch unser eigenes Süppchen kochen?«

»Nein, das wollen wir nicht«, widersprach Farber. »Aber wir wollen unsere Ermittlungen in aller Stille führen, zumindest so lange, bis der Commissioner unter der Erde liegt. Haben Sie mich verstanden?«

»Absolut.«

Nachdem Potter wieder gegangen war, rief Farber erneut bei der Delta-Airline an und ließ sich mit dem dortigen Sicherheitschef Bronfman verbinden. Nach dem Motto ›Eine Hand wäscht die andere‹ tauschten er und Bronfman, der früher Polizeichef von Atlanta gewesen war, gelegentlich Informationen aus. Diesmal bat Farber seinen Gesprächspartner darum, die Crewmitglieder der beiden Maschinen, mit denen Chapman geflogen war, zusammenzutrommeln. Farber wollte nacheinander einzeln mit den Stewards und Stewardessen reden, und zwar unter vier Augen.

»Bei Ihnen im Büro, Chief?«

»Nein, ich komme zu Ihnen nach La Guardia.«

»Darf ich fragen, welcher Art Ihre Ermittlungen sind? Ich meine, immerhin ist unsere Gesellschaft davon betroffen und …«

Anders als bei Potter gab sich Farber dem Sicherheitschef der Airline gegenüber höflich.

»Zum gegenwärtigen Zeitpunkt kann ich leider nur sagen, daß alles streng vertraulich ist.«

Bronfman überlegte einen Augenblick lang. »Ich werde es kaum schaffen, daß bereits heute alle zu Ihrer Verfügung stehen. Aber bis morgen sollte es möglich sein.«

»Morgen muß ich zu einer Beerdigung. Dann bleibt uns nichts anderes übrig, als das Ganze auf übermorgen zu verschieben.«

Die beiden Männer einigten sich auf einen genauen Termin und verabschiedeten sich dann voneinander.

Auf Farbers Schreibtisch lag ein ganzer Stapel von Ermittlungsberichten, die Kincaid ihm per Fax geschickt hatte. Der Chief studierte sie aufmerksam. Kincaids Leute hatten – wenn auch ergebnislos – bis jetzt in mehr als dreißig rings um den Tatort liegenden Hotels und Apartmenthäusern nachgeforscht, ob der Commissioner dort ein Zimmer oder eine Wohnung gemietet hatte. Man konnte gegen Kincaid sagen, was man wollte, aber er verstand seinen Job.

Eine ganze Anzahl von Meldungen befaßte sich mit der Auswertung von Dutzenden von Hinweisen aus der Öffentlichkeit. Zwei der Anrufe, die über die Hotline der Polizei eingegangen waren, hatten zwar nichts mit Harry Chapmans Ermordung zu tun gehabt, dennoch aber zu zwei Festnahmen wegen Drogenhandels und illegalen Waffenbesitzes geführt. So etwas kam häufiger vor. Sobald man den Leuten eine besondere Telefonnummer nannte, meldeten sie alle Arten von Vorkommnissen, die ihnen verdächtig erschienen. Und wenn sich die Detectives an die Überprüfung der Hinweise machten, fielen ihnen nicht selten per Zufall ein paar Kriminelle in die Hände.

Gegen Ende des Stapels stieß Farber jedoch auf einen Bericht, der ihn dazu veranlaßte, umgehend zum Telefonhörer zu greifen und Kincaids Nummer zu wählen. Ein zehnjähriger Junge mit einem Fahrrad hatte in der Bronx auf dem Revier im 41. Bezirk eine Nachricht abgegeben. Darin brüstete sich eine Gruppe namens ›Freiheitskämpfer für Puerto Rico‹ damit, für die Ermordung des Commissioners verantwortlich zu sein. Der Junge war verhört und der Zettel mit der Botschaft an das Labor geschickt worden, um ihn dort auf Fingerabdrücke zu untersuchen.

Als sich Kincaid meldete, forderte Farber ihn auf, ihm weitere Details zu berichten. Er erfuhr, daß der in Tränen aufgelöste Fahrradbote zwei Stunden lang durch die

Mangel gedreht worden war. Das Verhör hatte allerdings nur ergeben, daß ein Mann dem Jungen einen Dollar gegeben hatte, um den Zettel mit der Nachricht auf dem Polizeirevier abzuliefern.

»Das war alles, was wir aus dem Jungen herausbekamen«, erklärte Kincaid.

Seither habe er Verstärkung in den 41. Bezirk entsandt, um mehr Informationen zu sammeln, vor allem da vom kriminaltechnischen Labor auf dem Zettel der Abdruck des linken Daumens von Jesus Villa Lopez identifiziert worden war. Eine Anfrage beim Sicherheitsdienst hatte ergeben, daß dort tatsächlich eine Gruppe von ›Freiheitskämpfern für Puerto Rico‹ bekannt und Villa Lopez deren mutmaßlicher Anführer sei. Es handelte sich bei ihm um einen gewaltbereiten Radikalen, den man zuvor wegen der Beteiligung an dem Vorhaben, im Madison Square Garden eine Bombe zu legen, verhaftet und verurteilt hatte. Zur Zeit befinde er sich allerdings auf Bewährung auf freiem Fuß. Es sah also tatsächlich danach aus, als ob die Nachricht authentisch sei.

Kincaid fügte hinzu, daß er die übrigen verfügbaren Detectives damit beauftragt habe, alle Mitglieder der terroristischen Gruppe festzunehmen, derer man habhaft werden könne.

»Gut. Aber sehen Sie zu, daß nichts davon an die Presse durchsickert«, sagte Farber.

»Wie lange?«

»So lange, bis wir echte Beweise in Händen halten. Ich dachte nicht, daß ich Ihnen das erklären muß.«

Da sich Farbers Bürotür öffnete und ein Mann hereintrat, der ihm signalisierte, ihn dringend sprechen zu wollen, beeilte sich der Chief, das Gespräch zu beenden.

Bei dem Mann handelte es sich um Jim Flynn, der in der Finanzverwaltung des Hauptquartiers arbeitete. Die nächsten zwei Stunden diskutierte er mit Farber über das Budget der Kriminalabteilung der New Yorker Polizei.

Es war immer dasselbe: Farber drängte darauf, mehr Detectives einzustellen und überdurchschnittliche Beamte zu befördern, doch Flynn lehnte beides mit Hinweis auf die angespannte Haushaltslage ab.

»Aber wir müssen einen Weg finden, talentierte Leute zu höheren Leistungen anzuspornen und für ihre Leistungen zu belohnen«, beharrte Farber auf seinem Standpunkt.

»In Ordnung. Aber dann ist es notwendig, daß Sie irgendwo anders Ihre Ausgaben kürzen.«

Auch für die Bezahlung von Informanten benötigte Farber dringend mehr Geld. Schließlich konnten das FBI und die Drogenfahnder der DEA in dieser Hinsicht ja offensichtlich aus dem vollen schöpfen.

Flynn schien überrascht. »Mit Informanten meinen Sie doch Kriminelle, nicht wahr?«

»Sicher, bei den meisten Informanten handelt es sich um Kriminelle«, bestätigte Farber. »Aber sie sind für uns wichtig. Und den Bundesbehörden steht zwei- bis dreimal soviel Geld zur Verfügung, um ihre Informanten zu bezahlen. Das führt dazu, daß die meisten von ihnen inzwischen nur noch mit dem FBI oder der DEA zusammenarbeiten und wir im Regen stehen.«

»Darüber müssen Sie mit dem Commissioner reden«, riet Flynn.

»Das dürfte zur Zeit nicht ganz einfach sein«, erwiderte Farber trocken.

»Dann wenden Sie sich damit an den Bürgermeister. Wenn er die Finanzmittel bewilligt, werde ich das Geld sofort an Sie weiterleiten.«

»Dem Bürgermeister brauche ich mit der Sache im Augenblick nicht zu kommen«, erwiderte Farber skeptisch.

»Warum nicht?«

»Jetzt ist ein ziemlich ungünstiger Zeitpunkt dafür.«

Flynn zuckte die Schultern und stand auf. »Solange der Bürgermeister nicht grünes Licht gibt, sind mir die Hände gebunden.«

Nachdem Flynn gegangen war, wandte sich Farber seufzend den in der Zwischenzeit telefonisch eingegangenen Nachrichten zu. Doch es dauerte nicht lange, und Farber wurde erneut gestört. Bis auf den verhinderten Kincaid kamen die Leiter der sieben New Yorker Kriminalpolizei-Distrikte in sein Büro, um mit ihm die monatlich stattfindende Sitzung abzuhalten, die Farber wegen der Ermordung des Commissioners völlig vergessen hatte.

Auf der Tagesordnung standen vor allem Probleme der immer dünner werdenden Personaldecke in einzelnen Bezirken. Aber natürlich wurde die Besprechung in erster Linie von Harry Chapmans Tod bestimmt, und jeder der Distriktleiter hatte Vorschläge parat, wie die Ermittlungen geführt werden sollten.

Als Farber schließlich sein Büro verließ, war es bereits dunkel, und die meisten hatten längst Feierabend gemacht, bis auf die zur Nachtschicht eingeteilten Sergeanten. Die Eingangstüren des Hauptportals waren abgeschlossen, und ebenso wie die endlosen Menschenschlangen war jetzt auch Mary Alice nicht mehr da. Nur der unter der Flagge verborgene Sarg stand noch in der Halle.

Farber betrachtete ihn nachdenklich und fragte sich, wie die für den nächsten Tag geplante Beerdigung wohl verlaufen würde. Ob es ihm gelänge, mit Mary Alice zumindest ein paar Worte zu wechseln, und ob sich der Bürgermeister wirklich die vollen zehn Tage Bedenkzeit nehmen wollte, um über die Nachfolge für das Amt des Commissioners zu entscheiden?

Dann fuhr er nach Hause und aß mit seiner Frau zu Abend. Madge hatte Lammkoteletts mit Erbsen und Reis gekocht, und Farber genehmigte sich dazu ein Bier. Beide saßen gemeinsam am Tisch, schwiegen aber die meiste Zeit, vor allem da Farber über das nachgrübelte, was Madge beim Frühstück gesagt hatte.

Ihre Äußerung hatte eine Frage aufgeworfen, die ihm den ganzen Tag über immer wieder durch den Kopf gegangen war. Doch wie sollte er sie in Worte kleiden? Wählte er die falsche Formulierung, würde Madge ihm gewiß nicht antworten. Fragte er sie direkt, würde sie sich mit Sicherheit brüskiert fühlen und abweisend oder eingeschnappt reagieren.

Sie trug eine weiße Bluse, deren Stoff sich über ihren vollen Brüsten spannte. Er betrachtete ihre blauen Augen und die ebenmäßigen Züge ihres Gesichts: beides für ihn stets der Inbegriff von Offenheit und Ehrlichkeit – zumindest bisher. Obwohl er ihre unter dem Tisch verborgenen Beine nicht sehen konnte, wußte er doch, daß sie ausgesprochen ansehnlich waren. Und auch ihre Figur war noch immer tadellos, wobei sicher eine Rolle spielte, daß sie keine Kinder bekommen hatte – was beide bedauerten. Madge war neununddreißig, genau wie Mary Alice. Farber dachte daran zurück, wie er sie damals zum erstenmal gesehen hatte: in dem Restaurant im obersten Stockwerk, in dem Mary Alice und er mit ihr und Harry Chapman verabredet gewesen waren. Farber konnte sich nicht mehr recht daran erinnern, worüber er sich mit ihr unterhalten hatte, da er die meiste Zeit damit zugebracht hatte, eifersüchtig zu beobachten, was sich zwischen Harry und Mary Alice auf der Tanzfläche abspielte. Danach war mehr als ein Jahr vergangen, bis er Madge durch Zufall wiedersah. Drei Monate später hatten sie geheiratet. Das war jetzt siebzehn Jahre her. Und einige davon waren wirklich schöne Jahre gewesen.

Farber hatte einen Entschluß gefaßt, wie er das Gespräch auf seine Frage lenken wollte.

»Was läßt dich vermuten, daß Harry von einer Frau getötet wurde?«

»Habe ich das gesagt?«

»Du sagtest heute morgen zu mir, daß ich nach einer Frau suchen solle.«

»Das ist etwas anderes. Es schien mir eine gute Idee zu sein.«

»Inwiefern?«

»Na ja, du weißt doch, daß ich ihn früher einmal ganz gut kannte.«

»Ja, ich erinnere mich«, sagte Farber. Die Frage war nur, *wie gut* sie ihn gekannt hatte. Das war es, was er herausbekommen wollte, nachdem er den ganzen Tag – von nagender Eifersucht geplagt – darüber nachgedacht hatte.

Madge lachte. »Ich kann mir tatsächlich sehr gut vorstellen, daß eine Frau ihn umgebracht hat. Damals hatte ich selbst derartige Gelüste.«

»Ich dachte, du wärst mit Harry nur ein- oder zweimal ausgegangen?«

»O nein. Unsere Beziehung war sehr viel intensiver.«

»Wie lange kanntet ihr euch denn?«

»Ungefähr vier Monate.«

»Und warum wolltest du ihn am liebsten umbringen?«

Beide saßen noch immer im Eßzimmer, um gemeinsam das Abendessen einzunehmen, wie sie es an den meisten Abenden taten. Doch es entging Farber nicht, daß Madge plötzlich weit weg an einem anderen Ort und in einer anderen Zeit zu weilen schien.

»Harry besaß die Fähigkeit, einem das Gefühl zu geben, die wunderbarste Frau auf der ganzen Welt zu sein«, sagte sie mehr zu sich selbst.

Sie hielt inne, doch Farber forderte sie auf, noch weiterzureden.

»Es war nicht so, daß er einfach Süßholz geraspelt hätte. Sicher, er war auch ein Schmeichler, aber er setzte seine Schmeicheleien sehr gezielt und sparsam ein.«

»Er gab dir also das Gefühl, eine tolle Frau zu sein«, drängte Farber sie, mehr zu verraten.

»Nicht direkt. Es war eher so, daß er sich – wenn wir zusammen waren – einzig und allein auf mich konzentrierte: auf alles, was ich dachte, fühlte und mochte. Sein ganzes Tun hatte nur das eine Ziel: mich glücklich zu machen, so als sei ich für ihn die wichtigste Frau in seinem Leben. Das dauerte bis zu dem Abend, an dem wir uns mit dir und Mary Alice trafen.«

»Er hat damals lange mit ihr getanzt«, sagte Farber.

»Harry erzählte mir später auf dem Nachhauseweg, daß er nur mit ihr getanzt habe, um mehr über dich herauszufinden. Mary Alice und er hätten die ganze Zeit nur über dich gesprochen.«

»Interessant.«

»Aber mir wurde damals schlagartig klar, daß das nicht stimmte.«

»Du meinst, er hat dich angelogen?« hakte Farber nach.

»Ich war damals noch sehr jung. Deshalb durchschaute ich nicht von Anfang an, daß er log, wann immer es ihm in den Kram paßte. Harry hatte immer den Eindruck erweckt, naiv und unbekümmert zu sein, und bis zu jenem Abend hatte ich ihm ahnungslos jedes Wort abgekauft. Aber damit war es nach dem Treffen mit dir und Mary Alice vorbei.«

Madge nahm erst nach einer Pause den Faden wieder auf. »Er war kein bißchen naiv. *Ich* war es. Harry wußte immer sehr genau, was er wollte. Und nachdem er vier Monate mit mir zusammengewesen war, wollte er ein anderes Mädchen. Deshalb ließ er mich von heute auf morgen fallen.«

Dies war für Madge der sicherlich schmerzvollste Aspekt ihrer Beziehung zu Harry Chapman, aber in Farbers Kopf nagte eine andere Frage.

»Und wie war's mit Sex?« tastete er sich zögernd vor.

»Oh, er gab mir das Gefühl, die begehrenswerteste Frau auf der ganzen Welt zu sein.«

Farber beobachtete, wie die Augen seiner Frau bei der Erinnerung an Harry Chapman feucht wurden. Jetzt war der Zeitpunkt gekommen, ihr die entscheidende Frage zu stellen.

»Hast du mit ihm geschlafen?« Endlich war es heraus.

»Ja.«

»Öfter?«

»Ja, sehr oft.«

Einen Augenblick lang war Farber unfähig, ein Wort über die Lippen zu bringen. »Davon hast du mir nie etwas erzählt.«

Sie warf ihm einen ironischen Blick zu. »Du hast mich nur gefragt, mit *wie vielen* Männern ich vor dir zusammen war, nicht mit *wem*. Außerdem habe ich die Frage ohnehin nicht beantwortet, wenn ich mich recht erinnere.«

Farber starrte schweigend auf den Teller vor sich, ohne noch einen Bissen herunterzubekommen.

Madge blickte zu Boden. Ein Lächeln deutete sich auf ihren Zügen an. »Harry konnte im Bett nicht genug von mir bekommen. Das war einer der Gründe, warum ich mich in den Monaten mit ihm wie eine Königin fühlte.«

Farber erwiderte nichts.

»Ich kam mir so unglaublich sexy vor. Wie sonst wäre es mir möglich gewesen, ihn so zur Raserei zu bringen?«

»War er der erste Mann, mit dem du geschlafen hast?«

»Ja.«

Farber war sich durchaus der Tatsache bewußt, daß er sich nur selbst quälte, aber er konnte nicht aufhören, den Finger auf die Wunde zu legen.

»Damals war es doch besonders für ein junges Mädchen wie dich noch gar nicht so einfach, einen ungestörten Ort für ein Schäferstündchen zu finden«, hörte er sich selbst sagen. »Wohin seid ihr denn gewöhnlich gegangen?«

Madge schüttelte den Kopf. Das Lächeln war verflogen, aber sie hielt ihren Blick noch immer gesenkt.

»Ich kann mich nicht mehr daran erinnern.«

»Ich bin aber neugierig.«

»Überall, wo es sich so ergab.«

Er spürte, daß es ihm zunehmend schwerer fiel, seine Empfindungen zu verbergen. »Zum Beispiel?«

»Im Auto.«

»Wo sonst?«

»Einmal draußen auf einem Feld.«

Madge begann ihn aufmerksam zu mustern.

Farber vermutete, daß ihr die unbezähmbare Eifersucht nicht verborgen blieb, die durch ihre Worte in ihm entfacht worden war. Sie hatte jede seiner Fragen beantwortet: zunächst zwar zögernd, aber sie war ihm keine Antwort schuldig geblieben. Und sie war diejenige gewesen, die das Thema angeschnitten hatte. Vielleicht war ihre anfängliche Zurückhaltung nur Schauspielerei gewesen? Vielleicht hatte sie nur eine günstige Gelegenheit abgewartet, ihm den Dolch ins Herz zu stoßen und genießerisch in der Wunde herumzudrehen? Farber war sich allerdings nicht sicher, welches Motiv sie gehabt hatte. Wollte sie nur testen, ob seine Gefühle für sie noch nicht derart erkaltet waren, daß er zur Eifersucht fähig war, oder wollte sie ihn tatsächlich verletzen?

»Dann begegnete er Mary Alice und ließ mich wegen ihr sitzen«, sagte Madge.

Farber benötigte einige Augenblicke, bevor er sich zu einer Erwiderung aufraffen konnte: »Er kannte sie schon vor der Begegnung im Restaurant; sie war ihm bei dem Überfall auf das Lokal, in dem sie einmal gearbeitet hatte, aufgefallen.«

Madge schien ihn nicht gehört zu haben.

»Von einem Tag auf den anderen war ich für ihn gestorben. Dabei merkte ich zunächst noch nicht einmal, daß es zwischen uns aus war. Er hat auch nie ein Wort darüber verloren. Im Gegenteil, er blieb stets charmant und höflich – ließ es zu, daß ich ihn anrief und anbettelte, ob wir uns nicht treffen könnten. Deshalb war es mir lange Zeit kaum vorstellbar, daß er mich nicht mehr sehen wollte. Aber irgendwann habe ich es dann doch begriffen. Und dann haßte ich ihn so sehr, daß ich ihn hätte töten können.«

»Das Ganze ist schon eine höchst seltsame Über-Kreuz-Beziehung«, sagte Farber und holte tief Luft, da er noch immer mit seinen Gefühlen zu kämpfen hatte und genau überlegen mußte, was er sagen durfte. »Mary Alice und ich, dann Mary Alice und Harry. Du und Harry, und am Ende du und ich.«

»Du bist eifersüchtig, Bert«, stellte Madge fest, die ihn noch immer beobachtete.

»Aber nein, was denkst du denn von mir«, wehrte er ab. »Das ist doch alles schon so lange her.«

»Ich lernte damals ein anderes Mädchen kennen, das Harry genauso behandelt hatte wie mich«, fuhr Madge fort. »Es war offensichtlich seine Art, so mit Frauen umzugehen. Dabei stellte es sich heraus, daß er sich ein paar

Wochen lang gleichzeitig mit dem anderen Mädchen und mit mir getroffen hatte, so wie er sich später sowohl mit mir als auch mit Mary Alice traf.«

Farber starrte schweigend auf seinen Teller.

»War er Mary Alice treu?« fragte Madge.

»Woher soll ich das wissen?«

»Es würde mich sehr wundern. Männer von seiner Sorte legen nicht so leicht ihre Gewohnheiten ab. Außerdem hatte er zum Schluß so viel Macht und Einfluß, daß er jede Frau kriegen konnte, nach der ihm der Sinn stand. Und wenn er auch nur eine von ihnen so behandelt hat, wie er mich damals behandelte, dann kann ich mir gut vorstellen, daß er sich eine Todfeindin gemacht hat.«

»Das ist sicher denkbar«, stimmte Farber zu und wechselte dann unvermittelt das Gesprächsthema: »Kommst du eigentlich mit zur Beerdigung, Madge?«

»Warum sollte ich?«

»Nun, wenn du ein so intimes Verhältnis zu ihm hattest, wie du gerade sagtest, dann ...«

»Ich schulde ihm nichts, was mich dazu veranlassen könnte, an seiner Beerdigung teilzunehmen«, unterbrach sie ihn wütend.

Als sie sich später im Schlafzimmer auszogen, trat sie an seine Seite und nahm seine Hand.

»Ich hätte dich mit all dem nicht belasten sollen, Bert«, sagte sie leise.

»Aber nein, Madge, das war schon richtig von dir.«

»Es tut mir leid.«

»Es gibt nichts, was dir leid tun müßte.«

»Doch, denn ich habe dir Schmerz zugefügt.«

»Aber nein, das hast du nicht.«

Er ging ins Badezimmer, um sich die Zähne zu putzen, wobei sie ihm, barfuß und nur mit ihrem Nachthemd bekleidet, zusah.

»Es ist nur so, daß ...«, begann sie, ohne den Satz zu vollenden.

»Daß was?«

»… daß du in letzter Zeit so kalt und abweisend wirkst, Bert.«

Sie legte ihre Arme um seinen Nacken und preßte ihr Gesicht an seinen Hals.

»Ich glaube, das ist auch der Grund, warum ich dir all diese alten Geschichten erzählt habe. Ich fühlte mich einfach verzweifelt und wollte dich eifersüchtig machen. Ich wollte sehen, ob du genug für mich empfindest, um eifersüchtig sein zu können und … ob du mich noch liebst.«

»Ich liebe dich«, sagte Farber. »Aber es ist schon spät. Komm, laß uns ins Bett gehen.«

Er legte sich auf seine Seite und schaltete das Licht aus. Aber auch zwei Stunden später hatte er noch keine Ruhe gefunden, während Madge allem Anschein nach friedlich schlummerte. Doch was sie ihm erzählt hatte, wühlte ihn noch zu sehr auf, um einfach einen Schlußstrich darunter ziehen zu können. Dazu hatte ihn die unerwartet intensive Beziehung von Madge zu Harry Chapman zu sehr aus dem Gleichgewicht gebracht. Und Harry hatte ihn schon einmal wegen Mary Alice alle Tiefen menschlicher Leidensfähigkeit durchleben lassen. Sollte sich all das noch einmal wiederholen? Die bohrende Eifersucht, der er tagsüber nur sporadisch ausgesetzt gewesen war, da er genug Ablenkung gehabt hatte, fiel nun um so ungestümer über ihn her. Und Farber hatte keine Idee, wie er sich ihrer hätte erwehren können.

Anläßlich der Beerdigung, die zu einer Art Galavorstellung des Polizeidepartments werden sollte, war sogar die Fifth Avenue gesperrt worden.

Bei den meisten Cops, die in Ausübung ihres Dienstes getötet wurden, handelte es sich um einfache Streifenpolizisten oder Detectives. Sergeants wurden relativ selten Opfer eines Verbrechens, und die höheren Dienstgrade verrichteten ohnehin meist nur Büroarbeit, so daß bei ihnen das Risiko eines gewaltsamen Todes gleich Null war.

Streifenpolizisten und Detectives waren in der Regel junge Männer mit jungen Familien, die nicht selten mehr als fünfzig Meilen außerhalb der Stadt in irgendwelchen Vororten wohnten. Wurden sie getötet, dann fand die Beerdigung auf einem kleinen Friedhof in einem dieser weit außerhalb liegenden Vororte statt, wobei der Sarg von den Kollegen des Verstorbenen manchmal durch den gesamten Ort getragen wurde.

Meist schritten dem Leichenzug dann die mit ihren traditionellen Kilts bekleideten Dudelsackpfeifer des Polizeidepartments voraus, um die Prozession mit passenden Klängen zu begleiten. Vor sich hatten sie manchmal noch eine Eskorte von Motorradfahrern, die gezwungenermaßen so langsam fahren mußten, daß sie ihre Maschinen kaum im Gleichgewicht halten konnten. Vor der bescheidenen Friedhofskapelle warteten stets Hunderte von Cops von allen benachbarten Departments, um dem gefallenen Kollegen salutierend die letzte Ehre zu erweisen.

Harry Chapmans Beerdigung wich von dieser routinierten Zeremonie nur insofern ab, als der Ort ein anderer war, nämlich die St.-Patrick's-Kathedrale im Zentrum New Yorks. Darüber hinaus gehörten zu den Trauergästen so viele prominente Persönlichkeiten aus Politik, Wirtschaft und Verwaltung, daß Farber sich beim Trauergottesdienst in der Kirche erst in der fünfzehnten Stuhlreihe wiederfand. Mehr als die Hälfte aller Plätze waren von blau uniformierten Cops besetzt, während draußen auf dem Vorplatz und auf der Fifth Avenue Tausende der niederen Dienstgrade angetreten waren.

Als die Messe begann, versammelten sich mehrere Bischöfe um den Altar, und der Kardinal würdigte Harry Chapman als einen verdienstvollen Menschen, der ihm sehr nahegestanden habe: sehr viel näher – so wußte Farber –, als dies den Tatsachen entsprach. Ihm folgte der Bürgermeister nach, der seine Trauerrede vorlas. Seinen Worten zufolge hatte Harry Chapman sein Amt ebenso aufopferungsvoll wie vorbildlich erfüllt. Sein Tod sei eine Tragödie, die nicht nur die ganze Stadt betreffe, sondern von nationaler Bedeutung wäre. Schließlich bliesen die Trompeter des Polizeimusikchors den Zapfenstreich.

Farbers Dienstwagen gehörte zu den vielen hundert anderen, die in einer der Nebenstraßen parkten, so daß es eine ganze Weile dauerte, bis er ihn wiederfand. Da die Beisetzung auf dem Friedhof in Arlington erst für nachmittags um 16 Uhr vorgesehen war, kehrte Farber zunächst zurück in sein Büro, um dort noch zu arbeiten.

Erst kurz vor Abflug der Maschine nach Washington ließ er sich zum La-Guardia-Flughafen hinausfahren. Zur gleichen Zeit, als er dort eintraf, wurde Harry Chapmans Sarg am anderen Ende des Flughafens in eine Sondermaschine geladen, die ansonsten nur von Familienangehörigen und besonders hochrangigen Würdenträgern benutzt wurde, wie zum Beispiel dem Bürgermeister und seinem Troß, zu dem unter anderem auch Priestley in seiner Funktion als stellvertretender Commissioner zählte.

Doch Farber war nicht der einzige, der sich zähneknirschend damit abfinden mußte, eine Linienmaschine zu nehmen. Kurz bevor die Türen geschlossen wurden, eilte Chief Sternhagen in Zivilkleidung an Bord, wie Farber von seinem Platz aus beobachten konnte. Da neben ihm noch ein Sitz frei war, lud er Sternhagen ein, sich zu ihm zu setzen.

»Übernimmt das Department wenigstens in Ihrem Fall die Kosten für das Flugticket?« scherzte Farber.

Sternhagens Antwort bestand aus unterdrückten Flüchen, die sich gegen Priestley richteten, wie Farber amüsiert registrierte.

»Was haben Sie gesagt? Ich fürchte, ich habe Sie nicht ganz verstanden?«

»Eine Frechheit ist das!« knurrte Sternhagen.

»Was ist eine Frechheit?«

Farbers Nachfragen hatten den gewünschten Effekt, denn Sternhagen ließ sich darüber aus, was für eine Zumutung es sei, daß er als der ranghöchste Uniformträger der New Yorker Polizei nicht in der Sondermaschine mit dem Sarg sitzen dürfe.

»Davon abgesehen war ich früher Chapmans Vorgesetzter!« schloß er zornig.

»Priestley hat sich bestimmt keinen Gefallen damit getan, daß er Sie so ausgebremst hat«, stichelte Farber. »Ich meine, wenn Sie erst einmal der nächste Commissioner sind, werden Sie ihn dafür sicherlich ganz schön in den Hintern treten, oder nicht?«

»Ich weiß jedenfalls, wer meine Gegner sind«, erwiderte Sternhagen grimmig.

Der oberste Leiter des Departments war ein siebenundfünfzig Jahre alter, großgewachsener und schwergewichtiger Mann mit blauen Augen und dichtem grauem Haar. Als Sergeant hatte er selbst noch mit jugendlichen Straftätern zu tun gehabt. Später – nach seiner Beförderung zum Lieutenant – hatte er im 19. Bezirk nur noch Schreibtischarbeit verrichtet und die in jenen Tagen entwickelte Mentalität nie wieder abgelegt, auch nicht als leitender Captain des Reviers im 20. Bezirk. Danach war er in die Personalabteilung des Hauptquartiers übergewechselt und hatte dieses seither nicht mehr verlassen. Nach Sternhagens Auffassung war der erprobte konservative Weg zum Aufstieg der einzig richtige: Erledige den Papierkrieg fehlerlos, und sieh zu, daß dir niemand ein Bein stellt, über das du stolpern könntest. Dann mußt du nur noch darauf achten, daß du dich gut auf deine Prüfungen vorbereitest und immer regelmäßig befördert wirst.

Was sein Temperament anging, so war Sternhagen ein recht launischer Mensch, der Untergebene zuweilen regelrecht zusammenstauchte, ohne dabei ein Blatt vor den Mund zu nehmen. Falls er einmal lachte, dann tat er es auf Kosten eines anderen. Aber Sternhagen lachte nicht oft. In der Verfassung, in der er sich im Flugzeug befand, hatte Farber jedenfalls leichtes Spiel, Sternhagens Wut zu schüren.

»Ich frage mich nur, was Priestley sich dabei gedacht hat, Sie derart vor den Kopf zu stoßen? Wie konnte er das nur tun?«

Sternhagens Antwort bestand aus einem wütenden Knurren.

»Es sei denn, Priestley geht davon aus, daß er den Job

bereits in der Tasche hat«, mutmaßte Farber. »Halten Sie das für möglich?«

»Das ist doch lächerlich«, höhnte Sternhagen. Sein Gesichtsausdruck verriet jedoch, daß Farbers Überlegung ihm mehr zu schaffen machte, als er eingestand.

»Lächerlich?« Farber stocherte weiter in der Wunde herum. »Ich weiß nicht. Vielleicht haben Sie ja recht, vielleicht aber auch nicht.«

»Ich habe gute Freunde, die zum unmittelbaren Umfeld des Bürgermeisters gehören«, prahlte Sternhagen. »Sie haben mir versichert, daß noch keine Entscheidung über die Nachfolge von Chapman gefallen ist. Und dieselben Freunde haben mir signalisiert, daß ich die besten Aussichten habe.«

»Das ist ja großartig für Sie. Wer sind denn Ihre guten Freunde?«

»Das ist vertraulich.«

»Aber ihre Freunde arbeiten auf jeden Fall eng mit dem Bürgermeister zusammen?«

»Sehr eng sogar.«

Farber konnte sich das Lachen kaum verkneifen. »Ich wünschte, ich hätte auch solche Freunde.«

»Das kann ich verstehen«, sagte Sternhagen herablassend.

»Und wie schätzen Ihre Freunde Priestleys Chancen ein?«

»Als null und nichtig.«

»Gibt es denn keine anderen Konkurrenten?«

»Nein.«

Farber setzte sein Spielchen den ganzen Flug über fort, bis das Zeichen zum Anschnallen kam. Erst dann lehnte er sich beruhigt zurück, da Sternhagen offensichtlich auch nicht mehr über die Pläne des Bürgermeisters wußte als er selbst.

Als das Flugzeug in den Landeanflug überging, beugte sich Farber vor, um aus dem Bullauge einen Blick auf Washington zu werfen. Wie leicht war es doch gewesen, Sternhagen in Rage zu bringen. Und wie überreizt und nervös waren sie doch alle, er selbst eingeschlossen, nur weil jeder von ihnen sich Chancen ausrechnete, zum Commissioner ernannt zu werden.

Die Maschine überflog den Potomac, und der Friedhof von Arlington kam in Sicht. Plötzlich richteten sich Farbers Gedanken von seinem eigenen zukünftigen Schicksal zu dem tiefen, dunklen Grab dort unten in der Erde, das auf die sterblichen Überreste Harry Chapmans wartete. Von einem Augenblick auf den anderen konnte man von einer machtvollen Position in ein sechs Fuß tiefes Loch stürzen.

Farber gestand sich ein, daß der Gedanke nicht besonders originell war, aber er brachte dennoch eine grundlegende Wahrheit zum Ausdruck, die für das Leben jedes Menschen Gültigkeit besaß.

»Das letztemal, als ich nach Washington flog, saß Harry Chapman neben mir«, sagte Farber nachdenklich mehr zu sich als zu Sternhagen.

»Dieses Mal«, erwiderte Sternhagen, »macht er die Reise in einer Kiste.«

9

In La Guardia ließ sich die Motorradeskorte zurückfallen, da Commissioner Chapmans Wagen von Sicherheitsleuten des Flughafens zu einer Durchfahrt gewinkt wurde, von der aus man unter dem Gebäude des Terminals direkt auf das Rollfeld zu der Maschine nach Washington gelangte. Als der Wagen vor dem Fuß der Gangway anhielt, wartete der im Fond sitzende Chapman so lange, bis der Fahrer, ein Detective Sergeant, hinaussprang, um ihm die Tür zu öffnen. Chief Farber – der neben Chapman gesessen hatte, aber bereits ohne fremde Hilfe aus dem Wagen gestiegen war – beobachtete die Szene mit einem Gesichtsausdruck, hinter dessen vordergründiger Ausdruckslosigkeit sich das Gefühl heimlicher Belustigung verbarg. In den ganzen dreiundzwanzig Dienstjahren, die Farber mittlerweile bei der New Yorker Polizei hinter sich gebracht hatte, waren neun verschiedene Commissioner im Amt gewesen, aber keiner von Chapmans Vorgängern hatte einen derartigen Persönlichkeitskult veranstaltet.

Commissioner Chapman blieb neben dem Wagen stehen, um sich nach allen Seiten umzuschauen. Da aber weit und breit kein Publikum in der Nähe war, das seine hoheitsvolle Ankunft hätte bewundern können, ließ er sich schließlich dazu herab, ins Flugzeug zu steigen, in dem sich zur Zeit nur die Besatzung befand, denn die übrigen zweihundert Fluggäste durften erst nach dem Commissioner an Bord. Chapmans Fahrer folgte wie ein Lakai seinem Herrn und Meister die Stufen hinauf, um ihm sein fürstliches Gepäck hinterherzutragen, das lediglich aus einem Aktenkoffer bestand.

Am Kopf der Treppe wurde der Commissioner von mehreren Stewardessen empfangen, die ihn an seinen Platz geleiteten. All das registrierte Farber mit der Aufmerksamkeit und Neugier eines Mannes, der es zum einen aus beruflichen Gründen gewohnt war, jedes Detail wahrzunehmen, zum anderen aber auch herausbekommen wollte, was für ein Mensch der neue Commissioner wirklich war. Handelte es sich bei diesem Harry Chapman noch um denselben Mann, mit dem er zusammen in einem Streifenwagen gesessen hatte? Farber war bisher immer der Ansicht gewesen, daß er seinen alten Freund sehr gut kenne, aber er mußte sich nun verblüfft eingestehen, einem Irrtum unterlegen zu sein. Farber hatte Harry Chapman stets für seinen Freund gehalten, doch dieser Mann, den er nun auf einer Dienstreise begleitete, hatte ihm gegenüber seit seiner Ernennung zum Commissioner mit keinem einzigen Zeichen freundschaftliche Verbundenheit zu erkennen gegeben.

Inzwischen hatte Farber aus nächster Nähe mitbekommen, in welcher Form Harry Chapman die Kontrolle über den riesigen New Yorker Polizeiapparat an sich gerissen hatte. Gut daran war gewesen, daß er seine ersten Entscheidungen rasch und entschlossen getroffen hatte. Nicht hinnehmbar war allerdings die geradezu brutale Rücksichtslosigkeit, mit der praktisch die gesamte ehemalige Führungsspitze von heute auf morgen auf die Straße gesetzt wurde. Sogar altgedienten und verdienstvollen Polizeioffizieren, die bereits in den Fünfzigern waren, hatte Chapman ohne Vorwarnung abverlangt, innerhalb weniger Stunden ihre Kündigung einzureichen, ohne ihnen auch nur die Chance einzuräumen, sich zuvor nach einer neuen Anstellung umsehen zu können. Einige dieser Männer hatten versucht, sich zu wehren und über verschiedene Verbindungen politischen Druck auf Chapman auszuüben. Doch der neue Commissioner zeigte sich absolut unbeugsam und statuierte abschreckende Beispiele: Als sich zum Beispiel der stellvertretende Leiter eines ganzen Distrikts seiner Personalpolitik widersetzte, degradierte Chapman ihn zum Captain und setzte ihm Leute vor die Nase, die zuvor zehn Jahre lang unter ihm gedient hatten.

Alle frei werdenden Schlüsselpositionen besetzte Chapman mit jüngeren Männern seiner eigenen Altersstufe, die auf diese Weise gewaltige Karrieresprünge machten. Zu dieser Gruppe gehörte auch Farber, der zuvor nur Abteilungschef einer Einheit in Brooklyn gewesen war. Plötzlich bekam er nun drei Sterne auf jede Schulter geheftet und stieg zum obersten Leiter der gesamten Kriminalpolizei auf. Eine ähnlich steile Karriere gab es auch für Earl Coxen, den Farbigen, mit dem Chapman ebenfalls im Streifenwagen gesessen hatte. Auch ihn ließ der neue Commissioner mehrere Dienstgrade überspringen und bugsierte ihn in eine ansehnliche Führungsposition.

Farber und Coxen waren zusammen mit vier weiteren Nachwuchsleuten gemeinsam in Chapmans Dienstzimmer beordert worden, um sich dort vor dem ehemals von Teddy Roosevelt benutzten Schreibtisch aufzubauen und ihre Ernennungsurkunden in Empfang zu nehmen. Zwar hatte Chapman sie alle mit einem Lächeln und einem warmen Händedruck beglückwünscht, aber selbst Farber und Coxen gegenüber hatte er kein persönliches Wort verloren. Ein Außenstehender hätte deshalb den Eindruck gewinnen müssen, daß ihm die beiden genauso fremd und unbekannt waren wie die übrigen Männer.

Natürlich erregte Chapmans radikale Personalpolitik öffentliches Aufsehen und sorgte – ganz im Sinn seiner ehrgeizigen Karrierepläne –, für zahlreiche Schlagzeilen. Das galt auch für den geradezu barocken Pomp, mit dem sich Chapman in Szene setzte.

Wann immer der neue Commissioner dienstlich mit dem Auto unterwegs war, ließ er sich von einer Motorradeskorte begleiten: ein staatsmännisches Gehabe, das sich nicht einmal der Bürgermeister leistete. Aber Bürgermeister sehen es auch nicht gerade gerne, wenn sich Leute, denen sie selbst zu Amt und Würden verholfen haben, allzusehr in den Vordergrund drängen und plötzlich von Untergebenen zu Rivalen werden. Zwar hatten auch frühere Commissioner hinter den Kulissen ein beinahe gottähnliches Gebaren an den Tag gelegt, aber dabei immerhin darauf geachtet, in der Öffentlichkeit nicht zu sehr in Erscheinung zu treten, sondern sich eher im Hintergrund zu halten. Immerhin befehligte ein Commissioner dreißigtausend bewaffnete Cops in der Stadt, deren Bürger es meist vorzogen, an diesen Umstand *nicht* erinnert zu werden. Darüber hinaus war das berufliche Schicksal eines Commissioners völlig von der Gnade des Bürgermeisters abhängig, da dieser ihn – so sah es das Gesetz vor –, jederzeit auch ohne Angabe von Gründen seines Amtes entheben konnte. Dies galt natürlich auch für Harry Chapman, und von daher spielte er ein durchaus gewagtes Spiel. Farber fragte sich bereits, ob sein ehemaliger Streifenkollege zu den Männern gehörte, die Unbequemlichkeiten und Gefahr lieben und sie deshalb regelrecht suchen. Doch wenn dem wirklich so war, wohin würde dann Harry Chapmans Weg führen?

Als Chapmans Fahrer wieder die Gangway herunterkam, drückte Farber ihm seine Dienstwaffe mit dem Lederholster in die Hand und bat ihn, sie bis zu seiner Rückkehr aufzubewahren. Daß keine Waffen mit an Bord genommen werden durften, gehörte zu den Absprachen, die mit der Fluggesellschaft getroffen worden waren, nachdem Farber von Chapman den Auftrag erhalten hatte, für ihn gewisse Privilegien auszuhandeln. Farber wußte nicht, ob auch Chapman sich an die Vereinbarung hielt oder ob er doch eine Waffe bei sich trug. Aber die beiden hatten sich derart entfremdet, daß Farber sich gar nicht erst getraut hätte, ihn danach zu fragen.

Im Tausch gegen seinen Revolver erhielt Farber von dem Detective Sergeant einen Stapel Akten in die Hand gedrückt. Sie gehörten keineswegs Farber, sondern ebenfalls Chapman, der jedoch stillschweigend davon ausging, daß sein ›Untergebener‹ sie für ihn ins Flugzeug schaffte, so daß auch Farber das Gefühl hatte, nur ein besserer Laufbursche des Commissioners zu sein.

Als er an Bord der Maschine ging, erwartete ihn dort das gewohnte Bild. Chapman wurde nicht nur von der kompletten Kabinenbesatzung begrüßt, sondern auch von einem der beiden Piloten, der sich allerdings rasch wieder nach vorn ins Cockpit entfernte. Farber suchte sich einen Platz in der ersten Sitzreihe und schaute nachdenklich aus dem Fenster. Sobald Chapman neben ihm Platz genommen hatte, eilte eine der Stewardessen herbei, um sie zu bedienen.

»Möchten Sie eine Tasse Kaffee, Commissioner?« fragte sie eifrig. »Oder vielleicht lieber Tee?«

Sie war Mitte Zwanzig und wesentlich attraktiver als die meisten ihrer Kolleginnen. Ihre vollen, feucht schimmernden Lippen machten sie zu einer außergewöhnlich sinnlichen Erscheinung, wenngleich ihre hübschen Augen – im altmodischen Sinn des Wortes –, ausgesprochen keusch und zurückhaltend wirkten. Sie schenkte Chapman eine Tasse Kaffee ein und wandte sich dann Farber zu, um auch ihn zu versorgen, bevor die übrigen Passagiere an Bord gelassen wurden.

Farber war davon ausgegangen, daß Chapman sich nach dem Start in die Lektüre der Akten stürzen oder mit ihm über die Belange der New Yorker Kriminalpolizei diskutieren würde. Möglicherweise blieb sogar etwas Spielraum, um über die gute alte Zeit zu reden. Aber Farber sah sich erneut überrascht, denn nichts dergleichen trat ein. Chapman starrte zunächst, tief in Gedanken versunken, auf seine Hände. Dann lehnte er sich plötzlich mit geschlossenen Augen zurück, wobei nicht feststellbar war, ob er weiterhin vor sich hin grübelte oder nur döste.

Enttäuscht setzte Farber all seine Hoffnungen, wieder einen persönlicheren Zugang zu seinem alten Freund zu finden, auf den weiteren Verlauf des Tages, den beide ja gemeinsam verbringen mußten. Auf jeden Fall aber würde er Gelegenheit erhalten, seinen neuen Boß aus nächster Nähe zu beobachten, um herauszubekommen, was dieser von seinen Untergebenen erwartete und welche Pläne er mit dem Polizeidepartment hatte.

Nach der Landung in Washington wurden sie erneut von einem Wagen mit einer Motorradeskorte abgeholt. Auch das hatte Farber organisieren müssen, obwohl

Chapman diese Aufgabe ebensogut seinem Sekretär hätte übertragen können. Zwar gab es im Washingtoner Polizeidepartment eine ganze Menge Leute, die Farber einen Gefallen schuldeten, aber es hatte ihn geärgert, seine guten Verbindungen für derlei eitle Mätzchen strapazieren zu müssen.

In weniger als zwanzig Minuten erreichten sie das Senatsgebäude, wo sie mit einem Pomp begrüßt wurden, wie er sonst nur offiziellen Staatsgästen zukam. Chapman stieg aus, überprüfte den Sitz seines Anzuges und schien in der Sonne des milden Novembernachmittages nur darauf zu warten, daß sein Name laut verkündet und alle Senatoren und Journalisten herbeigeeilt kämen, um ihm ihre Huldigung darzubringen.

Es war nicht zu verkennen, daß Harry Chapman offensichtlich der Auffassung war, das Erfolgsrezept für seinen unaufhaltsamen Aufstieg bestehe darin, stets im Mittelpunkt des Interesses zu bleiben. Bis zu einem gewissen Grad teilte Farber diese Einschätzung. Wenn man ein Niemand war, mußte man sich erst einen Namen machen, um bekannt zu werden. Im Unterschied zu Chapman war Farber allerdings überzeugt, daß es sich für jemanden, der erst einmal eine Spitzenposition erlangt hatte, eher auszahlen würde, durch fachliche Kompetenz von sich reden zu machen als durch effekthaschende Schaumschlägerei. Farber war allerdings klar, daß leider die wenigsten Leute in der Lage waren, echte Kompetenz von simpler Schaumschlägerei zu unterscheiden. Trotzdem war er sich sicher, daß es Harry Chapman früher oder später das Genick brechen würde, falls er so weitermachte wie bisher. Den Menschen fehlte einfach das Verständnis dafür, daß sich jemand derart wie ein absolutistischer Potentat aufführte.

Im Anhörungssaal wurden Chapman und Farber zwei Plätze an einem großen Tisch zugewiesen, auf dem mehrere Mikrofone aufgebaut waren. Farber legte sich die Akten zurecht, an denen vier Mitarbeiter eine ganze Woche lang gearbeitet hatten, ohne daß Chapman auch nur einen

Blick auf die Ergebnisse geworfen hätte. Dann wurden die Scheinwerfer eingeschaltet, und Farber bemerkte plötzlich, daß Fernsehteams von allen großen Sendern anwesend waren – nachdem zweifellos jemand aus Chapmans Büro sie dazu aufgefordert hatte. Farber hatte zwar nicht die geringste Ahnung, was Harry Chapman den Abgeordneten zu sagen hatte, aber was immer es auch sein mochte, es würde abends in allen Nachrichtensendungen des Landes zu sehen und zu hören sein. Überdies war auch ein Aufnahmeteam von CNN da, und Farber glaubte sich zu erinnern, daß CNN stets live berichtete.

Bei der Veranstaltung handelte es sich um eine Anhörung vor dem Justizausschuß, bei der es um das organisierte Verbrechen in Großstädten ging. Commissioner Chapman war als Leiter des landesweit größten Polizeidepartments als erster Zeuge geladen worden.

Senator Davidson, ein aus Illinois kommendes Mitglied der Demokraten, hatte den Vorsitz und klopfte mit dem Hammer auf den Tisch, um für Ruhe zu sorgen. Dann bat er den Commissioner um eine kurze Stellungnahme, in der er die Problematik aus seiner Sicht beleuchten sollte.

Chapman nickte und zog einige gefaltete Blätter aus der Innentasche seines Jacketts.

»Bist du bereit, Bert?« flüsterte er Farber ins Ohr. »Dann kann's ja losgehen!«

Chapman beugte sich vor und begann damit, daß er Davidson und dem gesamten Ausschuß für die Einladung dankte. Es bereitete ihm anscheinend auch ein besonderes Vergnügen, Farber vorzustellen, obwohl – oder gerade weil – beide nur zu gut wußten, wie sehr diese besondere Ehre dafür sorgen würde, daß Leute wie Priestley oder Sternhagen von Neid zerfressen wurden. Farber fragte sich, warum Harry Chapman das wohl tat. Warum war er dazu auserkoren worden, ins öffentliche Rampenlicht gestellt zu werden, und nicht einer von den anderen?

Der Commissioner charakterisierte Farber zunächst als einen Mann »von überragender Kompetenz«, beugte sich dann zu ihm hinab und flüsterte ihm jovial zu: »Wink in die Kameras, Bert!«

Da die Mikrofone Chapmans Worte übertrugen, brach der ganze Saal in Gelächter aus. Überrascht und verärgert über diesen üblen Streich starrte Farber mit ausdruckslosem Gesicht auf den Tisch, während Chapman mit breitem Grinsen zu aller Erstaunen seinen nächsten Coup landete.

»Verehrte Senatoren, Sie sind hierhergekommen, weil Sie über das organisierte Verbrechen diskutieren wollen. Dabei haben Sie sicherlich die Mafia vor Augen, da Sie, wie die meisten Menschen in unserem Land, organisierte Verbrechen vor allem mit der Mafia in Verbindung bringen und daran denken, wie man sie mit neuen und schärferen Gesetzen bekämpfen kann. Ich aber stehe hier, um Ihnen zu sagen, daß die Mafia überall in unseren Städten im Zerfall begriffen ist. Und ich erkläre hiermit, daß unsere bestehenden Gesetze völlig ausreichen. Deshalb ist das Thema dieser Anhörung meiner Meinung nach auch völlig falsch gewählt. Meine verehrten Damen und Herren, ich muß Ihnen leider sagen, daß Sie der Zeit um zehn Jahre hinterherhinken.«

Daß der Leiter einer Polizeibehörde in aller Öffentlichkeit einen Senatsausschuß kritisierte, kam weiß Gott nicht alle Tage vor, und deshalb ging ein unruhiges Raunen durch den Saal. Die Fotografen zückten ihre Kameras, die Zeitungsjournalisten machten sich eilig Notizen, und die Gesichter der Senatoren nahmen vor Verblüffung und aufkeimender Wut einen verkniffenen Ausdruck an. Harry Chapman konnte sich bei seinen nächsten Worten der Aufmerksamkeit aller sicher sein.

»Ich habe heute eine Menge Unterlagen mit hierhergebracht, die sich sämtlich mit der New Yorker Mafia beschäftigen. Wie Sie alle wissen, genießen wir in New York das besondere Privileg, vier Mafiafamilien mehr zu beherbergen als die übrigen Großstädte in den Vereinigten Staaten. Es ist unbestreitbar, daß diese kriminellen Vereinigungen noch existieren und daß wir viel Arbeit mit ihnen haben, aber ebenso unbestreitbar ist, daß wir mit ihnen aus eigener Kraft fertig werden. Chief Farber, reichen Sie mir bitte die Unterlagen!«

Genauso überrascht wie alle anderen im Saal, reichte Farber die Akten an Chapman weiter, der sie, für alle sichtbar, emporhielt.

»Ich habe nicht die Absicht, Ihnen etwas aus diesen Papieren vorzulesen. Und ich gestehe freimütig, daß ich selbst nicht einen einzigen Blick dafür übrig hatte. Wenn Sie es wünschen, überlasse ich Ihnen die Akten aber gerne, damit Sie sie studieren können. Ich weise Sie jedoch darauf hin, daß ich das wirklich für reine Zeitverschwendung hielte.«

Harry Chapman machte eine Pause und schaute sich beifallheischend im Saal um, bis sein Blick auf einen Senatsdiener fiel.

»Überreichen Sie diese Unterlagen Senator Davidson«, wies er den Mann an. Während dies geschah, wechselte Chapman erneut die Tonlage und übte sich diesmal in Lob.

»Daß die Mafia heute nicht mehr ihre frühere Machtposition genießt, haben wir der hervorragenden Arbeit zu verdanken, die Chief Farbers Detectives sowie die Mitarbeiter des FBI und der DEA leisten. Hervorheben möchte ich jedoch auch einige Staatsanwälte, die für ihre entschlossene Vorgehensweise ganz besonderen Dank verdienen.«

Der Commissioner nannte die Namen von einigen Anklägern, vor allem weil diese – so folgerte Farber – im Unterschied zu Polizeibeamten über politische Kontakte verfügten und daher für ihn besonders wichtig waren. So unbeeindruckt und aggressiv Chapman sich auch gab, er überlegte sich sehr genau, wen er vor den Kopf stieß und wem er schmeichelte.

»Das organisierte Verbrechen präsentiert sich uns heutzutage in New York und anderswo in ganz anderer Form«, nahm Chapman den Faden wieder auf. »Und wenn Sie es wünschen, werde ich Ihnen dazu meine Auffassung darlegen. Falls Sie es aber vorziehen sollten, Ihre Aufmerksamkeit weiterhin auf die Mafia zu konzentrieren, halte ich es für das Beste, wenn Sie sich mit den von mir mitgebrachten Unterlagen beschäftigen. Darüber Hinausgehendes kann ich Ihnen nicht berichten und würde daher die nächste Maschine zurück nach New York nehmen, um hier keine Zeit zu verschwenden und mich lieber wieder an die Arbeit zu machen.«

Mit diesen Worten erhob sich Harry Chapman, so als wolle er den Saal verlassen.

Es schien Senator Davidson einige Überwindung zu kosten, aber dann beugte er sich vor, um in sein Mikrofon zu sprechen: »Bitte fahren Sie fort, Commissioner!«

Nun waren wirklich alle Kameras auf Harry Chapman gerichtet, wie Farber fasziniert feststellte. Er hatte die Situation völlig unter Kontrolle.

»Das organisierte Verbrechen setzt sich heute immer mehr aus einzelnen, untereinander konkurrierenden und in sich zersplitterten Gruppen zusammen, die für unsere Gesellschaft sehr viel gefährlicher sind, als es die Mafia jemals war. In New York zum Beispiel wird der Drogenhandel in Harlem und Bedford-Stuyvesant von farbigen Banden kontrolliert, während er in Washington Heights mehr und mehr durch mittelamerikanische Gruppen bestimmt wird. Darüber hinaus haben wir es mit von Chinesen organisierten Verbrechen in Chinatown sowie Teilen von Queens zu tun; Jamaikaner operieren vor allem in Harlem, russische Banden in Brighton Beach und einzelnen Bezirken von Brooklyn. All diese Gruppen sind schwer bewaffnet und neigen zu rücksichtsloser Gewaltanwendung. Wie auch in den Zeitungen zu lesen steht, wird bei Schießereien nicht selten die ganze Nachbarschaft verwüstet. Jeden Tag werden wir damit konfrontiert, daß Babys in Kinderwagen und alte Damen, die zufällig aus dem Fenster sehen, von Querschlägern getötet werden, ganz zu schweigen von der wachsenden Zahl an Opfern unter Lehrern, die von ihren Schülern niedergeschossen werden. Das sind nur einige der Facetten des organisierten Verbrechens moderner Prägung. Wie uns neue oder verschärfte Gesetze bei dessen Bekämpfung helfen sollen, kann ich allerdings beim besten Willen nicht erkennen ...«

Chapman legte eine dramatische Pause ein.

»... mit einer Ausnahme«, fügte er hinzu.

Erneut unterbrach er seine Rede, woraufhin Senator Davidson ihm – wie von Chapman kalkuliert –, das Stichwort lieferte: »Und die wäre, Sir?«

»Sie alle hier könnten uns helfen, unsere Straßen von der Herrschaft der Revolver und Schrotflinten zu befreien, indem Sie schärfere Waffengesetze verabschieden. Und ich frage mich, warum das nicht längst vollzogen wurde. Sie reden und reden, aber geschehen ist in all den Jahren zunehmender Gewalttaten nichts, absolut nichts. Warum nicht? Können Sie mir darauf eine Antwort geben, meine Damen und Herren? Ich denke, die Öffentlichkeit und ich haben einen Anspruch darauf.«

Wieder sah sich Farber von Harry Chapmans Taktik überrascht. Zweifellos standen in diesem Punkt nahezu alle Polizeidepartments des Landes hinter dem Commissioner. Zudem hatte New York die schärfsten Waffengesetze der gesamten Vereinigten Staaten. Das Problem bestand allerdings darin, daß die Waffen nahezu ungehindert aus anderen Bundesstaaten mit liberalerer Gesetzgebung lastwagenweise in die Stadt eingeführt wurden.

Auch wenn die Mehrheit der Bürger und Politiker im ganzen Land – wie Umfrageergebnisse signalisierten –, Chapmans Auffassung teilen mochte, so bestand doch durchaus die Gefahr, daß ihn dieselben Leute in der Luft zerreißen würden, wenn er sie so unvermittelt und unverblümt in aller Öffentlichkeit attackierte. Das Risiko, das der Commissioner hinsichtlich seiner eigenen Karriere einging, war enorm und beinahe unkalkulierbar.

Doch Harry Chapman ging sogar noch einen Schritt weiter, als er mit leiser, eindringlicher Stimme fortfuhr:

»Ich werde Ihnen sagen, warum Sie bisher nichts unternommen haben. Der Grund dafür besteht in erster Linie darin, daß viele von Ihnen auf den Gehaltslisten der Waffenlobby stehen. Die Bürger unseres Landes sind der irrigen Auffassung, daß es zu keiner Verschärfung der Gesetze kommt, weil dies durch Millionen von Protestbriefen unverbesserlicher Waffenfanatiker verhindert würde. Aber das ist nicht der wahre Grund, wie alle hier Anwesenden wissen.

Viele von Ihnen, verehrte Senatoren, stemmen sich mit aller Macht gegen Gesetzesänderungen, weil Sie um die Schmiergelder der Waffenindustrie fürchten. Dabei handelt es sich oftmals gar nicht einmal um wirklich hohe Beträge, nicht wahr? Einige verkaufen ihre Stimme bereits für ein paar tausend Dollar im Jahr. Andere sind jedoch nicht so billig zu haben. Wie letztes Jahr bekannt wurde, bekam ein Senator unter der Hand fünfunddreißigtausend Dollar zugesteckt. Die Waffenlobby bezeichnet solche Schmiergelder allerdings mit dem Begriff ›Wahlkampfunterstützung‹. Nun ja, lassen Sie mich nur so viel dazu sagen: Wenn einer meiner Cops auch nur einen winzigen Bruchteil solcher Summen einstecken würde, wie Sie es jedes Jahr tun, dann säße er längst im Gefängnis.«

Nach dieser Äußerung steigerte sich die wachsende Unruhe im Saal zu einem offenen Tumult, obwohl Senator Davidson wiederholt mit dem Hammer auf den Tisch schlug. Währenddessen hob Harry Chapman seine Stimme, um sich über den Lärm hinweg Gehör zu verschaffen.

»Ich möchte ausdrücklich betonen, daß Sie, Senator Davidson, niemals auch nur einen Dollar von diesem schmutzigen Geld genommen haben. Doch ich wünschte, ich könnte dasselbe von all Ihren Kollegen sagen. Was also den Kampf gegen das organisierte Verbrechen in unseren Städten betrifft, so lautet meine Empfehlung an Sie schlicht und einfach, schärfere Gesetze hinsichtlich des Verkaufs und Besitzes von Waffen zu erlassen. Darüber hinaus habe ich Ihnen nichts weiter zu sagen und bitte Sie jetzt, mich zu entschuldigen, damit ich mich wieder meiner Arbeit zuwenden kann.«

Harry Chapman stand auf, sammelte seine wenigen

Papiere ein und wandte sich zum Gehen. Auch Farber erhob sich, allerdings etwas unsicher, wie er sich verhalten sollte. Unterdessen bemühte sich Senator Davidson, für Ruhe zu sorgen.

»Bitte behalten Sie Platz, Commissioner!« bat er Chapman über sein Mikrofon.

Der Commissioner folgte der Aufforderung, und Farber tat es ihm nach.

»Sie haben uns ganz schön die Leviten gelesen, Sir«, stellte Senator Davidson fest, sobald er sich verständlich machen konnte. »Und vielleicht war das auch wirklich einmal nötig. Aber Sie werden sicherlich Verständnis dafür haben, daß viele Mitglieder des Ausschusses Fragen an Sie richten wollen, Commissioner.«

In diesem Augenblick wurde Farber schlagartig klar, daß Harry Chapman sich keineswegs das Genick gebrochen hatte und wegen Mißachtung des Hohen Hauses zur Rechenschaft gezogen würde, sondern daß er vielmehr einen furiosen Sieg errungen hatte. Dennoch konnte kein Zweifel daran bestehen, daß der Commissioner ein enormes Risiko eingegangen war.

Eine Stunde später bedankte sich der Ausschuß bei Harry Chapman für sein Erscheinen und unterbrach anschließend die Sitzung.

Sofort wurde der Commissioner von Reportern, aber auch von verschiedenen Senatoren, darunter sogar Davidson, umringt. Farber erkannte, daß Harry Chapman noch mindestens eine halbe Stunde aufgehalten würde, und verließ schon einmal den Sitzungssaal, um draußen nachzusehen, ob der Wagen für die Rückfahrt zum Flughafen bereitstand.

Als er nach einer ganzen Weile zurückkehrte, stellte er fest, daß Chapman noch immer von der Presse umlagert wurde und gerade ein Fernsehinterview gab, während andere Journalisten noch darauf warteten, ihm endlich ihre Fragen stellen zu können. Nachdem das Interview vor laufender Kamera beendet war, machte er sich allerdings einen Augenblick frei und nahm Farber beiseite.

»Hier sind plötzlich jede Menge Leute daran interessiert, mit mir zu reden, Bert. Deshalb werde ich noch die Nacht über hier in Washington bleiben. Du mußt also ohne mich zurückfliegen.«

Farber wartete auf eine nähere Erklärung, doch Chapman ließ ihn einfach stehen und wandte sich im nächsten Augenblick bereits wieder der geduldig wartenden Reporterschar zu.

Farber verließ daraufhin das Gebäude, nahm sich ein Taxi und fuhr allein zum Flughafen.

So war das damals gewesen. Jetzt aber stand Farber auf dem Nationalfriedhof von Arlington in der Nähe von Chapmans frisch ausgehobenem Grab. Es war ein klarer, sonniger Nachmittag, ungewöhnlich mild für einen Januartag. Doch auch wenn es nicht geschneit hatte, war der Boden dennoch aufgeweicht und matschig. Nur etwa fünf Schritte von Farber entfernt stand der Präsident der Vereinigten Staaten, der Mary Alice' Arm hielt und die gefaßt wirkende Witwe stützte. Von den Sicherheitsbeamten des Secret Service auf Abstand gehalten, eilten Pressefotografen zwischen den umliegenden Gräbern umher, um die beste Position für eine gute Aufnahme zu finden.

Ein Zug des Marinekorps feuerte einen Salut zu Ehren des Verstorbenen ab, dann folgte der letzte Zapfenstreich. Schließlich wurde die über den Sarg gebreitete Flagge von zwei Soldaten zusammengelegt und Mary Alice überreicht, bevor der Sarg ins Grab gesenkt wurde.

10

»Ich habe noch immer nicht den Autopsiebericht erhalten«, beklagte sich Kincaid am Telefon. »Können Sie sich erklären, warum es so lange dauert?«

»Da müssen Sie sich an den Leichenbeschauer wenden, nicht an mich«, erwiderte Farber trocken.

»Oder liegt Ihnen der Bericht vielleicht schon vor?«

»Nein.«

»Ich kann in der Pathologie so oft anrufen, wie ich will, aber ich komme einfach nicht durch.«

»Wen haben Sie denn zu sprechen verlangt?«

»Diesen chinesischen Burschen ... Wang, Fang oder wie immer er heißen mag.«

»Er heißt Chang, und er ist koreanischer Abstammung«, sagte Farber ruhig.

»Auch egal. Jedenfalls scheint er rund um die Uhr damit beschäftigt zu sein, kreuz und quer durch die Straßen zu fahren und alle aufgefundenen Leichen aufzusammeln, solange sie noch warm sind, um sie anschließend in seinem Keller aufzuschneiden.«

»Es gibt eben zu viele Morde in dieser Stadt.«

»Und wenn es mir tatsächlich gelingt, ihn einmal an die Strippe zu kriegen, sagt er mir immer wieder, daß er noch nicht in der Lage ist, den Bericht abzuschließen.«

»Na ja, es dauert manchmal Wochen, bis alle toxikologischen Befunde vorliegen«, gab Farber zu bedenken.

»Die toxikologischen Befunde interessieren mich in diesem Fall einen Scheißdreck«, knurrte Kincaid.

»Das sieht die Pathologie anscheinend ganz anders.«

»Wenn ich einen von der Bande frage, wann der verdammte Bericht denn nun endlich einmal fertig ist, scheinen die plötzlich eine andere Sprache zu sprechen.«

»Komisch, ich hatte noch nie Ärger mit denen.«

»Ich habe auch versucht, mit Klotz zu reden, aber er ist

zur Zeit in Urlaub. Jedenfalls habe ich beschlossen, morgen im Leichenschauhaus mal selbst nach dem Rechten zu sehen.«

»Tun Sie das! Gibt es sonst etwas Neues? Ich habe nämlich viel zu tun.«

»Das Büro des Commissioners ist noch immer auf Weisung von Priestley versiegelt, so daß meine Leute auch dort nicht weiterkommen.«

»Ich werde mit Priestley reden.«

Kincaid machte aus seinem Ärger keinen Hehl. Offensichtlich verdächtigte er Farber, der unvermeidlichen Konfrontation mit Priestley ganz bewußt aus dem Weg zu gehen.

»Wir treten einfach auf der Stelle, solange wir das Büro nicht durchsuchen können«, bohrte er nach.

»Ich sagte doch bereits, daß ich mit Priestley reden werde«, wiederholte der Chief und legte auf.

Anschließend begab er sich unverzüglich hinauf in den vierzehnten Stock, in dem sich die Abteilung des Commissioners und seines Stellvertreters befand. Farber registrierte beinahe verwundert, daß alle Büros und Schreibtische besetzt waren, obwohl der Mitarbeiterstab wegen Chapmans Tod derzeit nicht viel zu tun hatte. Die erforderlichen Tätigkeiten beschränkten sich zumeist darauf, die eingehenden Postsendungen und Telefongespräche entgegenzunehmen. Deshalb war es nicht verwunderlich, daß die meisten Mitarbeiter in Ruhe einen Kaffee tranken oder gerade in den Morgenzeitungen lasen, als Farber in das Vorzimmer des verstorbenen Commissioners trat.

Inspector Martel, den Harry Chapman zu seinem Adjutanten gemacht hatte, blickte von seinem Schreibtisch auf.

»Was kann ich für Sie tun, Chief?«

»Nichts weiter. Ich will nur dort in dieses Zimmer hinein«, erklärte Farber und schritt, ohne stehenzubleiben, auf die Tür von Harry Chapmans Büro zu, mußte jedoch feststellen, daß sie abgeschlossen war.

»Es tut mir leid, Chief, aber das Büro wurde auf Anordnung des stellvertretenden Commissioners abgesperrt«, erklärte Martel entschuldigend.

»Dann öffnen Sie es bitte.«

»Aber der stellvertretende Commissioner hat gesagt …«

»Öffnen Sie die Tür!«

»Ich darf es nicht, Chief. Ich habe strikte Weisungen.«

»Dann erteile ich Ihnen jetzt andere.«

»Chief, bitte …!« erwiderte Martel in flehendem Ton.

Farber musterte ihn nachdenklich.

»Holen Sie den stellvertretenden Commissioner hierher. Ich will ihn unverzüglich sprechen.«

»Es tut mir leid, Chief, aber er ist nicht im Haus.«

Zähneknirschend rannte Farber aus dem Vorzimmer und kehrte in sein Büro zurück.

Zur gleichen Zeit saß Priestley neben dem Bürgermeister in dessen repräsentativer Dienstlimousine. Beide befanden sich auf dem Weg nach Harlem, wo der Bürgermeister, der gerade ein Telefongespräch führte, ein neues Schulgebäude einweihen sollte. Der Wagen steckte im dichten Innenstadtverkehr fest und kam nur schrittweise voran. Nachdem er das Gespräch beendet hatte, wandte sich der Bürgermeister an Priestley.

»Haben Sie die Unterlagen dabei, um die ich Sie gebeten hatte?«

»Meinen Lebenslauf? Ja.«

Priestley reichte ihm ein paar bedruckte Seiten.

»Ich frage mich allerdings, was Sie damit wollen? Schließlich kennen Sie mich doch lange genug.«

Ohne etwas zu entgegnen, warf ihm der Bürgermeister einen abwägenden Blick zu und vertiefte sich dann in die Lektüre des drei Seiten umfassenden Lebenslaufs. Dabei gewann er rasch den Eindruck, daß Priestley bei seiner Karriere die typischen Stationen eines hochrangigen Polizeioffiziers durchlaufen hatte. Nachdem er die Polizeischule absolviert hatte, war er zuerst in Coney Island

Streife gelaufen, wo das größte Risiko darin bestanden hatte, sich im Sommer einen Sonnenbrand zu holen. Anschließend an seine Beförderung zum Sergeant war Priestley in einen innerstädtischen Bezirk versetzt worden und hatte dort auf offener Straße einen bewaffneten Bankräuber festgenommen, ohne daß dabei geschossen oder jemand verletzt worden wäre. Er war hierfür ausgezeichnet worden, hatte später die notwendigen Prüfungen bestanden, um Lieutenant werden zu können, und war dann auf einen Verwaltungsposten ins Hauptquartier übergewechselt. Seine Beförderung zum Captain war damit verbunden gewesen, daß er als Leiter das Revier im 20. Bezirk übernehmen mußte, doch war Priestley bereits nach kurzer Zeit in das Hauptquartier zurückgekehrt. Alles in allem hatte Priestley von einundvierzig Dienstjahren nur fünf ›auf der Straße verbracht‹, wie es in der Sprache der Cops hieß: dort, wo man mit dem Verbrechen tatsächlich hautnah in Berührung kam.

Es war allerdings nicht zu übersehen, daß Priestley immer wieder zum raschestmöglichen Zeitpunkt befördert worden war und jahrelang Abend für Abend die Schulbank gedrückt hatte, wie dies die meisten der höheren Führungsoffiziere im Lauf ihrer Karriere tun mußten. Der Bürgermeister stellte fest, daß Priestley erst mit sechsunddreißig den für weitere Beförderungen nötigen Collegeabschluß gemacht hatte und fünf Jahre später sein Hochschuldiplom in Strafrecht. Im Alter von fünfundvierzig Jahren hatte er sogar noch sein Juraexamen abgelegt und war von der New Yorker Anwaltskammer als Mitglied zugelassen worden.

Der Bürgermeister mußte eingestehen, daß all die hochrangigen Cops erstklassig ausgebildete Männer waren. Das Problem war nur, daß sie viele Jahre ihres Lebens zusammen mit Jugendlichen die Schulbank hatten drükken müssen, um am Ende in bereits fortgeschrittenem Alter akademische Abschlüsse zu erwerben, die für ihre Alltagsarbeit praktisch bedeutungslos waren, aber formal benötigt wurden, um in der Hierarchie des Polizeidepartments aufzusteigen. Sicher wurden viele der Führungsoffiziere auch von dem verständlichen Ehrgeiz getrieben, zeigen zu können, daß sie mehr waren als plattfüßige und tumbe Uniformträger. In den Augen des Bürgermeisters aber waren es nicht unbedingt die Bildungsabschlüsse, die über den Wert eines Mannes entschieden.

Priestley hatte drei erwachsene Kinder und war zum zweitenmal verheiratet. Seine erste Frau war nach zweijähriger Leidenszeit an Krebs gestorben. Es hatte sich um eine wahrhaft tragische Geschichte gehandelt, und der Bürgermeister, der damals noch Stadtrat gewesen war, hatte an der Beerdigung teilgenommen. Nach dem Tod seiner ersten Frau hatte Priestley zunächst jahrelang ein zurückgezogenes Witwerdasein geführt, bevor er schließlich noch einmal heiratete, und zwar eine Polizistin, die als Sekretärin in seiner Abteilung tätig gewesen war.

Als der Bürgermeister in Priestleys Lebenslauf die entsprechenden Angaben las, drifteten seine Gedanken in eine andere Richtung. In seinen Augen war das Ärgerliche an den Polizistinnen, daß sie wie Cops ausgebildet und bezahlt wurden, aber nachher oft genug doch nur Sekretärinnenarbeit verrichteten. Dabei wäre es sehr viel kostengünstiger für die Stadt gewesen, wenn man für derartige Aufgaben zivile Schreibkräfte eingestellt hätte.

Im Lebenslauf war zwar der Name von Priestleys zweiter Frau angegeben, nicht aber ihr Alter. Der Bürgermeister meinte sich aber daran zu erinnern, daß sie ungefähr vierzig war, auf jeden Fall wesentlich jünger als Priestley selbst.

Nach allgemeiner Einschätzung bestand die besondere Stärke des stellvertretenden Commissioners darin, daß er ein Meister im Auswerten von Statistiken und Erarbeiten von langfristigen Planungen war. Gegen ihn sprach der Makel des ewigen Stellvertreters, der insgesamt drei verschiedene Commissioner im Amt erlebt hatte. Der Bürgermeister vermutete, daß alle drei ihn als eine Art Buchhaltertyp eingestuft hatten, von dem keine besondere Gefahr für das eigene Image und die eigene Position ausging.

Ansonsten hätten sie sicherlich zugesehen, Priestley schnell loszuwerden.

Jedesmal wenn der im Amt befindliche Commissioner die Karriereleiter hinaufgefallen war, hatte der Bürgermeister daran gedacht, Priestley zum Nachfolger zu bestimmen. Vor nicht einmal drei Monaten hatten beide schon einmal in derselben Situation im selben Auto gesessen. Damals hatte sich der Bürgermeister dazu durchgerungen, tatsächlich Priestley zu ernennen, aber wenig später hatte ihm sein Beraterstab nahegelegt, Chapman zu favorisieren: einen Kongreßabgeordneten, der ehemals Polizist gewesen war und seine Bereitschaft erklärt hatte, sein Mandat zurückzugeben, um in New York als Commissioner zu arbeiten. Die Berater hatten argumentiert, daß Chapman bereits als Abgeordneter zu Ansehen gekommen war. Ihn zu ernennen konnte Schlagzeilen machen, die auch den Bürgermeister in günstigem Licht erscheinen lassen würden.

Der vermutete in Chapman jedoch von Beginn an einen karrieresüchtigen Aufsteiger und damit einen potentiellen Konkurrenten. Warum sollte er sich selbst eine solche Laus in den Pelz setzen? Statt dessen hatte er sich bereits für Priestley entschieden, dessen Ernennung gewiß wenig Aufmerksamkeit erregen, allerdings auch keinen Ärger mit sich bringen würde. Und Priestley hatte gewußt, daß er den Job so gut wie in der Tasche hatte. Bestimmt waren seine Familie und enge Vertraute von ihm bereits über seine baldige Beförderung informiert worden. Doch dann war der Bürgermeister letztlich doch der Empfehlung seiner Berater gefolgt und hatte Chapman zum Commissioner ernannt.

Rückblickend war ihm klar, damit einen großen Fehler gemacht zu haben. Aber war der hoch aufgeschossene, beinahe hagere Mann von zweiundsechzig Jahren, der jetzt neben ihm saß, tatsächlich eine gute Wahl? Priestleys Alter war ein gewichtiges Argument, das gegen ihn sprach. Er war schon kahlköpfig, doch war der verbliebene Haarkranz noch immer schwarz ohne jede graue Strähne. Überhaupt sah man Priestley sein Alter im Grund nicht an. In acht Monaten, allerdings, so sah es das Gesetz vor, würde er in Pension gehen müssen – ob er wollte oder nicht. Beim Bürgermeister selbst, der mit Priestley gleichaltrig war, lagen die Dinge anders, da für Politiker derartige Gesetze nicht existierten. Seine Karriere würde noch zehn Jahre andauern können, sofern nicht Unvorhergesehenes geschah. Vielleicht sogar noch länger! Wer vermochte das schon zu sagen? Einerseits betrachtete der Bürgermeister die bestehenden Pensionierungsvorschriften als durchaus vorteilhaft, da sie helfen konnten, einen unliebsamen Zeitgenossen von einer einflußreichen Position zu entfernen. Andererseits sorgten sie – wie im Falle Priestleys – dafür, daß qualifizierten Kandidaten aus rein formalen Gründen ein vorzeitiges Aus drohte. Aber Gesetz war nun einmal Gesetz und mußte befolgt werden.

Doch falls sich Priestley tatsächlich als fähiger Commissioner erweisen sollte, konnte der Bürgermeister immer noch versuchen, ein neues Gesetz zur Ausweitung der Altersgrenze bei Pensionierungen durchzudrücken.

»Wen sollte ich also Ihrer Meinung nach zum neuen Commissioner ernennen?« wandte er sich unumwunden an Priestley.

»Nun, Ihnen bleibt nicht viel Zeit«, erwiderte der Gefragte ausweichend. »Nur noch ein paar Tage, und Sie müssen Ihre Entscheidung treffen.«

Eine der Gewohnheiten des Bürgermeisters war, selbst wichtige Besprechungen während seiner Dienstfahrten im Auto abzuhalten. Dies hatte zum einen den Vorteil, daß die Besprechung spätestens am Zielort beendet war und nicht unnötig in die Länge gezogen wurde, zum anderen sparte der Bürgermeister sich auf diese Weise Zeit, die er lieber für die wirklich wichtigen Dinge seines Politikerdaseins aufhob: die Teilnahme an Banketten und Beerdigungen, das Händeschütteln bei öffentlichen Festakten und all jene Handlungen, die ihm den Kontakt zu denkbar vielen Wählerschichten eröffneten.

»Diesmal haben Sie jedenfalls keine Zeit, einen Beraterstab zu konsultieren, um einen zweiten Harry Chapman einzusetzen«, hörte er Priestley sagen.

»Damit treffen Sie den Nagel auf den Kopf.«

»Vorausgesetzt, daß es irgendwo da draußen einen zweiten Harry Chapman gibt.«

»Das möge mir erspart bleiben«, seufzte der Bürgermeister und sah Priestley in die Augen. »Was also würden Sie mir raten?«

»Terrence Sternhagen ist der Leiter des Polizeidepartments«, sagte Priestley vage.

Der Bürgermeister nickte. »Chapman ernannte ihn dazu, nachdem er seinen Vorgänger rausgeschmissen hatte.«

»Wußten Sie nicht, daß Sternhagen der Vorgesetzte von Chapman war, als der im 20. Bezirk noch Streife lief?«

»Nein.«

»Das ist der Grund, warum Chapman ihn protegierte. Er wollte es genießen, als zweiten Mann jemanden zu haben, der früher über ihm gestanden hatte. Das war die einzige Qualifikation, die Sternhagen mitbrachte.«

»Immerhin waren Sie selbst auch einmal Chapmans Vorgesetzter«, entgegnete der Bürgermeister. »Und vielleicht ist das auch der Grund, warum er Sie als Stellvertreter duldete?«

Es konnte nie schaden, jemanden zu provozieren oder in die Enge zu treiben, um zu sehen, wie er dabei reagieren würde.

»Er ließ mir meinen Posten, weil er jemanden brauchte, der für ihn das Department leitete, denn er selbst war dazu nicht in der Lage.«

Das war gut gekontert. Der Bürgermeister empfand langsam aufrichtigen Respekt für den neben ihm sitzenden Mann.

»Ähnlich verfuhr Chapman auch bei Farber, als er ihn zum Leiter der Kriminalpolizei machte. Seine einzige Eignung für den Posten bestand darin, daß er mit Chapman zusammen Streifenwagen gefahren war.«

»Ich weiß, daß die beiden früher zusammengearbeitet haben.«

»Farber war Chapmans Förderer. Später war es umgekehrt. Ergebnis: Der Lehrer wurde zum Schüler, und der Schüler sitzt nun in einer Schlüsselposition.«

Während der Wagen sich wieder wenige Meter voranbewegte, blickte der Bürgermeister nachdenklich aus dem Seitenfenster.

»Für den Schüler eine ausgesprochen befriedigende Entwicklung«, fuhr Priestley fort, »für die Stadt allerdings nicht unbedingt.«

Der Bürgermeister nickte nachdenklich.

»Als Chapman Commissioner wurde, feuerte er zunächst alle Männer, die wichtige Posten hatten, und setzte mit Sternhagen und Farber seine eigenen Gefolgsleute ein. Dann warf er weitere Leute in mittleren Positionen hinaus. Seither hat das gesamte Department nicht mehr richtig funktioniert.«

»Ja, Chapman hat eine ganze Reihe von Leuten auf die Straße gesetzt«, stimmte der Bürgermeister zu.

»Und jedesmal seine Kronprinzen ins Spiel gebracht. Coxen, der farbige Bursche, gehört ebenfalls dazu. Auch er saß mal mit Chapman im Streifenwagen.«

»Sie haben doch alles aus nächster Nähe mitverfolgt. Warum haben Sie Chapman dann nicht gestoppt?« fragte der Bürgermeister.

»Hätte ich es versucht, wäre ich der Nächste auf seiner Abschußliste gewesen. Und dann hätte das Department völlig führungslos dagestanden.«

»Ich kenne Coxen übrigens«, bemerkte der Bürgermeister unvermittelt.

Priestley wartete auf eine nähere Erklärung, aber der Bürgermeister schaute wieder nur schweigend aus dem Fenster.

»Wir müssen Chapmans Fehler korrigieren«, fuhr Priestley fort. »Das wird aber nicht geschehen, wenn Sie Sternhagen oder Farber zu seinem Nachfolger machen.«

»Wen also soll ich ernennen? Sie?«

»Haben Sie jemanden, der mehr Qualifikationen mitbringt?«

»Darf ich Sie daran erinnern, daß Sie bereits zweiundsechzig sind?«

Der Anflug eines Lächelns huschte über Priestleys Gesicht. »Genau wie Sie. Im besten Alter, meinen Sie nicht?«

Noch immer kam die Limousine nur schrittweise voran. Bei dem Fahrer, der gleichzeitig auch der Leibwächter des Bürgermeisters war, handelte es sich um einen Detective namens DeGaetani. Er warf ab und zu einen Blick in den Rückspiegel, um die beiden Männer im Fond zu beobachten. Der Bürgermeister schien DeGaetanis Anwesenheit in keiner Weise als störend zu empfinden, da es ihm in Fleisch und Blut übergegangen war, seine Dienstbesprechungen im Wagen abzuhalten. Priestley wäre es jedoch sehr viel lieber gewesen, wenn die Unterhaltung unter vier Augen stattgefunden hätte. Und er fragte sich, wieviel DeGaetani wohl dort vorne von dem Gespräch mitbekam? Schließlich beruhigte er sich mit der Überlegung, daß der Fahrer vermutlich kaum etwas oder gar nichts verstehen konnte.

»In acht Monaten werden Sie wohl oder übel in den Ruhestand treten müssen. Können Sie mir auch nur einen Grund nennen, warum ich mir innerhalb von so kurzer Zeit zweimal ein Ernennungsverfahren an den Hals hängen sollte?« fragte der Bürgermeister direkt.

»Man kann die Dinge auch anders sehen«, gab Priestley zu bedenken. »Ihnen stünden acht Monate zu Verfügung, um nicht unter Zeitdruck, sondern in aller Ruhe einen Nachfolger für mich auszuwählen.«

Dem Bürgermeister entging nicht, daß Priestley offensichtlich unter großem inneren Druck stand, wie das zeitweilig unüberhörbare Zittern in seiner Stimme verriet.

»Und eine Ernennung zum Commissioner wäre der krönende Abschluß Ihrer Karriere«, fügte er hinzu.

Priestley starrte auf seine Hände, die ebenfalls leicht zu zittern schienen. Er nickte kaum merklich, bevor er sagte:

»Vor allem aber würden Sie Zeit gewinnen, Ihren Beraterstab mit der Suche nach einem neuen Harry Chapman zu beauftragen.«

»Sicherlich.«

»Möglicherweise hätten Sie auch Zeit genug, die Pensionierungsvorschriften zu ändern.«

»Falls ich Sie zum Commissioner ernennen würde, was hätte ich von Ihrer Leitung des Departments zu erwarten?« fragte der Bürgermeister.

»Ich würde zurückkehren zu bewährten Methoden, die – so vermute ich –, sicherlich Ihren Erwartungen entsprächen. Sollten sie es nicht tun, könnten wir uns über alles verständigen. Ich bin mir jedenfalls völlig klar darüber, daß ich in erster Linie Ihnen verpflichtet wäre und erst dann dem Department.«

»Sollte Farber den Mordfall in den nächsten Tagen lösen, dürften mir die Hände gebunden sein«, erklärte der Bürgermeister, »da in diesem Fall die Medien und die Öffentlichkeit ihn vermutlich als Nachfolger für Chapman fordern werden.«

»Er wird den Fall nicht lösen«, widersprach Priestley mit deutlich stärkerem Zittern in der Stimme.

»Es wäre doch immerhin möglich.«

»Er hat mehr als tausend Detectives auf den Fall angesetzt, ohne bisher auch nur das Geringste herauszubekommen.«

»Tatsächlich?«

»Es ist noch nicht einmal bekannt, von wo aus Chapman an jenem Morgen zu seinem Lauftraining aufgebrochen ist.«

»Warum ist es so schwer, das herauszufinden?«

»Weil Chapman offensichtlich ein großes Geheimnis daraus gemacht hat. Und ich bin mir nicht sicher, ob Farber es wirklich herausfinden will.«

Der Fahrer steuerte auf das Portal der Schule zu, wo mehr als hundert farbige Kinder auf die Ankunft des Bürgermeisters warteten. Sobald sie seinen Wagen erkannten, begannen sie zu winken und zu jubeln.

»Wie werden Sie zum Hauptquartier zurückkommen?« fragte der Bürgermeister plötzlich.

»Ich werde auf Sie warten und dann mit Ihnen zurückfahren«, antwortete Priestley. »Wie lange werden Sie hier zu tun haben?«

Doch der Bürgermeister schien ihm kaum zuzuhören und in Gedanken bereits mit etwas anderem beschäftigt zu sein.

»Ich fürchte, das wird leider nicht möglich sein«, erwiderte er nebenbei.

Im gleichen Augenblick erspähte Priestley den hinter den Kindern stehenden Uniformierten. Es war Sternhagen, der offensichtlich als Begleiter für die Rückfahrt des Bürgermeisters vorgesehen war.

»Möglicherweise würde die Presse auch Sternhagen als geeigneten Mann für das Amt des Commissioners ansehen«, sagte Priestley. »Ich teile diese Ansicht jedoch nicht.«

»Nein?«

»Er ist ein Mann, der während seiner ganzen Karriere stets allen Konflikten aus dem Weg gegangen ist und Verantwortung scheut. Ein guter Verwaltungschef, ja, aber wenn Sie ihm die Leitung des Departments übertragen, werden Sie sich eine Menge Ärger einhandeln.«

»Und was ist mit Farber?«

»Er ist ein Geheimniskrämer, der niemandem traut und nichts delegiert. Am liebsten würde er sogar die reinen Routinearbeiten selbst übernehmen.«

»Was ist so verkehrt daran?«

»Er hat zur Zeit dreitausend Detectives unter sich. Wenn Sie ihn zum Commissioner machen, stehen plötzlich zehnmal so viele Leute unter seinem Kommando. Aber ein so großer Apparat ist nur zu steuern, wenn man Verantwortungsbereiche aufteilt. Dazu aber ist Farber unfähig.«

»Könnten Sie das näher erläutern?«

»Wir haben dieses Problem bei allen seinen Entscheidungen immer wieder aufs neue bestätigt gefunden.«

Der Bürgermeister schwieg.

»Und alle seine Führungsoffiziere beklagen sich ständig darüber.«

»Hmm«, war alles, was der Bürgermeister erwiderte.

»Darüber hinaus ist Farber aufbrausend, barsch und eckt mit jedem an. Vor allem aber kann er sich nicht unterordnen und verhält sich deshalb oft undiszipliniert.«

Jetzt war jedes Zittern aus Priestleys Stimme gewichen. Er wirkte ruhig und selbstsicher, so als halte er eine Rede, die er schon oft zuvor heruntergespult hatte. Und er redete schnell, als wolle er die ihm noch verbleibende knappe Frist bestmöglich nutzen.

Beide Männer waren ausgestiegen.

»Haben Sie Ihren Wagen hinter uns herfahren lassen, damit er Sie ins Büro zurückbringt?« fragte der Bürgermeister geistesabwesend. »Nein? Nun, da vorne ist ja ein U-Bahnhof. Wissen Sie was? Ich mache Ihnen einen Vorschlag. Warum benutzen Sie nicht einmal ein öffentliches Verkehrsmittel? Sie sollten einmal mitkriegen, wie die einfachen Bürger unserer Stadt leben.«

Farber war damit beschäftigt, die Passagierlisten der beiden Maschinen, die Harry Chapman benutzt hatte, zu überprüfen. Es war wichtig, einen Anhaltspunkt dafür zu finden, ob der Commissioner möglicherweise in Begleitung gereist war. Aber es erwies sich als langwieriges Unterfangen, herauszubekommen, ob derselbe Name zweimal auftauchte, denn auf jeder Liste waren mehr als einhundertfünfzig Passagiere aufgeführt. Farber fragte sich nach einer Weile, ob er es als Leiter der Kriminalpolizei wirklich nötig hatte, eine solche Strafarbeit selbst zu erledigen, und erhob sich, um das Ganze Potter zu übertragen.

»Setzen Sie ein paar Detectives auf diese Aufgabe an«, instruierte er ihn und wandte sich zum Gehen, doch Potter hielt ihn zurück.

»Da wartet ein Detective, der unbedingt mit Ihnen unter vier Augen sprechen möchte. Ich habe ihm zwar gesagt, daß Sie sehr beschäftigt wären, aber er will trotzdem nicht gehen.«

Der Mann saß auf einem Stuhl neben der Eingangstür. Als er bemerkte, daß Farber ihm einen Blick zuwarf, erhob er sich und nickte dem Chief kurz zu.

»Wie heißt der Mann?« fragte Farber, obwohl er die Antwort bereits kannte.

»Detective DeGaetani.«

Farber tat so, als überlege er kurz.

»Ich denke, ich kann fünf Minuten für ihn erübrigen«, sagte er dann.

Farber kehrte in sein Büro zurück und setzte sich hinter seinen Schreibtisch. Wenige Augenblicke später stand DeGaetani vor ihm, doch bevor er ein Wort sagen konnte, wies Farber ihn an, die Tür hinter sich zu schließen.

»Sind Sie nicht der Fahrer des Bürgermeisters?«

»Ja. Ich habe gerade Mittagspause.«

»Also – warum wollten Sie mich sprechen?«

DeGaetani gab Farber einen kurzen Bericht über die wesentlichen Dinge, die der Bürgermeister im Wagen mit den beiden potentiellen Chapman-Nachfolgern Priestley und Sternhagen erörtert hatte. Aber auch Farber habe wohl noch ernsthafte Chancen. Zumindest wären Priestley und Sternhagen wohl dieser Ansicht, da sie sich große Mühe gegeben hätten, den Chief vor dem Bürgermeister schlechtzumachen.

»Die beiden haben auf jeden Fall nicht viel für Sie übrig, Chief«, schloß DeGaetani seine Ausführungen.

Farber musterte den ihm gegenübersitzenden Detective. »Warum erzählen Sie mir das alles?«

DeGaetani gab keine Antwort.

»Waren die Gespräche mit dem Bürgermeister nicht vertraulich?«

»Ich nehme schon an, daß sie das waren, Chief.«

»Also? Werden Sie von der Stadt dafür bezahlt, daß Sie den Bürgermeister fahren und beschützen, oder dafür, daß Sie ihn bespitzeln?«

DeGaetani rutschte ausgesprochen blaß auf seinem Stuhl hin und her.

»Ich glaube fast, ein Detective mit Ihrem phänomenalen

Gehör sollte lieber auf der Straße gefährliche Gangster fangen, als den ganzen Tag im Auto zu sitzen«, fuhr Farber fort.

Das war keinesfalls DeGaetanis Absicht, denn das bedeutete unregelmäßige Arbeitszeiten und war zudem sehr viel gefährlicher, als den Bürgermeister zu seinen Terminen zu kutschieren. Der Detective schaute immer unglücklicher drein und verfluchte innerlich seinen Einfall, Farber die Informationen zu überbringen.

»Es scheint wirklich so, als seien Sie bei Ihren Talenten mit Ihrer jetzigen Aufgabe unterfordert.«

»Ich mag aber meine Arbeit«, widersprach DeGaetani mit beinahe flehentlicher Stimme.

»Andererseits machen Sie den Eindruck, als ob Sie ein heller Kopf wären«, sagte Farber, der aufgestanden war, um DeGaetani zur Tür zu bringen. »Wie alt sind Sie?«

»Zweiundvierzig.«

»Und wie lange sind Sie schon Detective?«

»Seit achtzehn Jahren.«

»Ich nehme an, in dieser Zeit haben Sie schon eine ganze Menge interessanter Dinge mitbekommen?«

»Manchmal schon, Chief.«

»Ich werde mir auf jeden Fall Ihren Namen merken und darüber nachdenken, inwiefern ich einen Mann mit Ihren Fähigkeiten fördern kann«, sagte Farber, der natürlich daran interessiert war, daß DeGaetani sich sofort wieder bei ihm meldete, sobald er etwas Neues erfuhr.

Als der Detective das Büro verließ, kam Potter mit den Passagierlisten auf Farber zu.

»Was wollte DeGaetani von Ihnen, Chief?«

»Wissen sie, wer er ist?«

»Ich hatte noch keine Zeit, das zu überprüfen.«

»Er ist einer von den Fahrern des Bürgermeisters und möchte versetzt werden. Er sagt, er fühle sich bei seiner jetzigen Aufgabe unterfordert.«

»Hoho, ich hätte schon eine passende Aufgabe für ihn«, erwiderte Potter grinsend. »Mal sehen, ob er sich in Harlem oder Bedford-Stuyvesant auch noch unterfordert fühlt.«

»Lassen Sie ihn, wo er ist«, widersprach Farber abwinkend. »Ich möchte nicht den Eindruck erwecken, als ob ich bereit sei, Leuten wie ihm einen Gefallen zu tun.«

»Wie Sie wollen, Chief. Hier sind übrigens die Listen. Sechs Namen tauchen auf beiden auf: vier Männer und zwei Frauen. Sie sind rot umkringelt.«

In Gedanken noch mit dem beschäftigt, was DeGaetani ihm berichtete hatte, marschierte Farber unaufgefordert in Priestleys Büro und baute sich vor dessen Schreibtisch auf.

»Wir haben noch immer keine Gelegenheit dazu erhalten, das Büro des Commissioners zu durchsuchen«, monierte Farber. »Sie haben mir zugesichert, sich darum kümmern zu wollen, aber seitdem ist nichts geschehen.«

Priestley sah von den Unterlagen auf, die er vor sich ausgebreitet hatte. »Dann muß ich wohl meine Meinung geändert haben«, stellte er mit provozierender Gelassenheit fest.

»Es sieht so aus.«

»Ich frage mich zudem, was Sie in Chapmans Büro zu finden hoffen?«

»Das dürfte Ihnen doch wohl klar sein.«

»Keinesfalls. Erklären Sie es mir.«

»Notizen, Adreßbücher, seinen Terminkalender. Irgend etwas, das uns dabei weiterhelfen könnte, herauszufinden, wo er sich kurz vor seinem Tod aufgehalten hat.«

Farber war wütend über Priestleys Hinhaltetaktik, und er machte sich nicht die Mühe, das zu verbergen.

»Nun, ich habe angeordnet, das Büro zu versiegeln.«

»Und Sie scheinen es rund um die Uhr bewachen zu lassen. Warum das alles, in Gottes Namen?«

»Alles im Büro Befindliche gehört der Witwe.«

»Darf ich Sie daran erinnern, Commissioner, daß wir in einem Mordfall ermitteln?«

»Im Büro befindet sich nichts, was für Sie von Interesse wäre.«

»Hätten Sie etwas dagegen, daß meine Leute sich davon überzeugen und ich selbst auch?«

»Darüber muß ich erst nachdenken.«

»Wann kann ich mit einer Antwort rechnen?«

Priestley blieb die Antwort schuldig. »Mich beunruhigt meinerseits etwas anderes«, sagte er plötzlich. »Wie viele Detectives haben Sie auf den Fall angesetzt?«

»Keine Ahnung. Eine ganze Menge jedenfalls. Beinahe jeder Kriminalbeamte in der ganzen Stadt brennt darauf, Harry Chapmans Mörder zu schnappen.«

»Stellen Sie sich einmal vor, daß irgendein namenloser Durchschnittsbürger ermordet worden wäre. Wie viele Ihrer Leute hätten Sie dann mit der Klärung beauftragt?«

»Worauf wollen Sie hinaus?«

»Vielleicht zwei Detectives? Selbst wenn das Opfer prominent gewesen wäre, hätten Sie allerhöchstens zehn Mann mit den Ermittlungen beauftragt. Ansonsten wäre der Fall von zwei Detectives bearbeitet worden. Und wenn sich dabei nach ein paar Tagen nichts herausgestellt hätte, wäre der Fall zu den Akten gelegt worden.«

»Was soll das alles?«

»Aber wenn ein Cop getötet wird, gerät das ganze Department in Aufruhr und läßt alle Mann ausrücken, bis der Täter geschnappt ist, koste es, was es wolle. Wissen Sie, Farber, die Öffentlichkeit hat langsam die Nase voll von solchen unsinnigen und unbezahlbaren Kraftakten. Und ich auch.«

Priestley erhob sich aus seinem Sessel und begann, hinter seinem Schreibtisch auf und ab zu gehen.

»Ich möchte, daß dieser Fall ab sofort wie jeder andere behandelt wird. Überdies gibt es ohnehin kaum Anhaltspunkte, die einen derart überzogenen Personaleinsatz rechtfertigen würden. Wählen Sie daher zehn Detectives aus, die weiterhin die Ermittlungen übernehmen. Den Rest der Männer schicken Sie sofort wieder an ihre normale Arbeit. Mit der Koordination beauftragen Sie einen Sergeant, damit auch Kincaid wieder seine gewohnten Aufgaben wahrnehmen kann. Haben Sie mich verstanden?«

»Absolut. Und Sie wollen, daß ich Kincaid informiere?«

»Das ist Ihre Aufgabe.«

»Ich halte es dennoch für besser, wenn Sie Kincaid anrufen und ihm das Ganze persönlich mitteilen.«

»Farber, als Leiter der Kriminalpolizei sind *Sie* Kincaids Vorgesetzter.«

»Aber Kincaid sollte wissen, *von wem* diese Anordnung kommt.«

Es folgte eine Pause eisigen Schweigens.

»Darüber hinaus halte ich es für geraten, wenn Sie ein Rundschreiben an alle Reviere schicken, und zwar mit Ihrer Unterschrift darunter, Commissioner. Schließlich soll doch jeder Cop in der Stadt erfahren, wer diesen Beschluß gefaßt hat.«

»Falls sich etwas Neues ergeben sollte und mehr Leute benötigt werden, können natürlich jederzeit weitere Männer für die Ermittlungen abgestellt werden«, beeilte sich Priestley zu erklären.

»Wenn Sie mit Kincaid sprechen, sollten Sie ihm auch das sagen.«

»Sie haben von mir klare Instruktionen erhalten. Also machen Sie sich daran, sie in die Tat umzusetzen.«

Unter normalen Umständen hätte Priestleys Verhalten nur als absolut widersinnig charakterisiert werden können, vor dem gegebenen Hintergrund war es jedoch ein genialer Schachzug, wie sich Farber insgeheim eingestehen mußte. Priestley tat alles, um eine rasche Klärung des Mordes an Harry Chapman zu verhindern, und hoffte, auf diese Weise seine eigenen Beförderungschancen zu verbessern.

»Ich befehle Ihnen hiermit, Chief, meine Anordnungen an Kincaid weiterzuleiten.«

Farber wußte nur zu gut, daß es im New Yorker Polizeidepartment einem Selbstmord gleichkam, wenn man den Befehlen eines Vorgesetzten nicht folgte.

»Ich bin mir nicht sicher, ob ich Kincaid den Sachverhalt verständlich machen kann«, sagte er daher vorsichtig.

Priestley fixierte ihn mit einem kalten Blick. »In meiner Eigenschaft als derzeitiger Commissioner bin ich Ihr Vorgesetzter. Entweder Sie gehorchen, oder ich sehe mich dazu gezwungen, Sie Ihres Postens zu entheben.«

Beide Männer starrten sich feindselig an. Schließlich wandte sich Farber wortlos um und stürmte aus dem Zimmer.

Wieder in seinem eigenen Büro, lief er unruhig hin und her und fuhr sich vor Erregung mit den Händen durch die Haare. Dann trat er zum Telefon, wählte Kincaids Nummer, warf den Hörer jedoch wieder auf die Gabel. Wieder ging er auf und ab, starrte von Zeit zu Zeit auf das Telefon, näherte sich ihm jedoch nicht.

Schließlich schnappte er sich die Passagierlisten, stopfte sie in die Innentasche seines Mantels und fuhr mit dem Fahrstuhl in die Tiefgarage, um sich von O'Malley nach La Guardia fahren zu lassen. Wenn er schon Priestleys Anordnungen ignorierte, war es in jedem Fall besser, sich außerhalb des Hauptquartiers aufzuhalten.

Auf dem Weg zum Flughafen studierte er die Passagierlisten noch einmal und sah, daß zwei der von Potter markierten Namen – es handelte sich um einen Mann und eine Frau – identisch waren. Wahrscheinlich handelte es sich um ein Ehepaar, das zusammen verreist war und noch wahrscheinlicher nichts mit Harry Chapman zu tun hatte. Also blieben noch drei Männer und eine Frau übrig, deren Namen Farber allerdings nichts sagten.

Da er bereits lange vor dem verabredeten Zeitpunkt bei dem Sicherheitschef der Delta-Airline eintraf, genehmigten sich beide noch eine Tasse Kaffee. Währenddessen händigte Bronfman dem Chief eine Liste mit den Namen des Kabinenpersonals aus, die auf seinen Wunsch herbestellt worden waren: vier Frauen, die den einen, sowie weitere fünf Frauen, die den anderen Flug begleitet hatten.

»Fehlt jemand von den hier Aufgeführten?«

»Eine der Stewardessen hat sich krank gemeldet.«

»Wie heißt sie?«

»Caroline Conolly.«

»Hat sie sich erst krank gemeldet, als sie erfuhr, daß ich sie sprechen will?«

»Keine Ahnung«, erwiderte Bronfman. »Ich habe sie noch nie in meinem Leben gesehen.«

Er führte Farber zu einem kleinen, nur spärlich möblierten Büro, von dem aus man einen Blick auf das Flugfeld hatte.

»Ich hoffe, dieser Raum reicht für Ihre Befragung aus.«

»Natürlich. Ich hätte nur noch eine Bitte: Könnten Sie mir die Anschrift und die Telefonnummer dieser Caroline Connolly besorgen?«

Bronfman schien wenig begeistert. »Normalerweise geben wir keine persönlichen Angaben über unsere Mitarbeiter heraus.«

»Sie würden mir damit einen großen Gefallen tun.«

»Wie wäre es, wenn ich dafür sorge, daß die Stewardeß Sie anruft?«

Farber warf ihm einen zweifelnden Blick zu.

»Also schön. Ich besorge Ihnen die Angaben.«

»Danke. Aber da ist noch etwas.« Farber zog seinen Mantel aus, fischte die Passagierlisten aus der Innentasche und las Bronfman die Namen vor, die Potter markiert hatte.

»Bei zweien dieser Leute scheint es sich um ein Ehepaar zu handeln, aber die anderen vier dürften allein gereist sein. Sie alle werden die Tickets vermutlich an einem der Schalter Ihrer Fluglinie mit einer Kreditkarte bezahlt haben. Was ich bräuchte, wären die Kartennummern dieser Leute.«

»Wissen Sie eigentlich, was Sie da alles von mir verlangen, Chief? Das Ganze kann sich als sehr zeitaufwendig erweisen.«

»Sie könnten doch ein paar Ihrer Leute darauf ansetzen. Und wenn es sich machen ließe, auch die Anschriften der Betreffenden herauszubekommen, wäre ich Ihnen besonders dankbar. Glauben Sie mir, ich weiß Ihre Hilfsbereitschaft wirklich zu schätzen.«

Mit diesen Worten komplimentierte Farber den Sicherheitschef aus dem kleinen Büro und begann damit, die Stewardessen nacheinander einzeln zu verhören. Er fragte sie zunächst nach dem Namen, der Anschrift, dem Alter und dem Familienstand. Um die Frauen gezielt etwas zu verunsichern und auf diese Weise besonders aussagewillig zu machen, stellte Farber seine Fragen bewußt in barschem Ton und gab keine Antwort auf die Frage nach dem Anlaß des Verhörs. So wußten die Befragten nur, daß sie auf irgendeine Weise in die polizeilichen Ermittlungen in einem Kriminalfall verwickelt waren.

Nachdem er die persönlichen Angaben aufgenommen hatte, lehnte sich Farber zurück und stellte betont beiläufig klingende Fragen über den Dienstplan der Stewardessen. Er erkundigte sich zum Beispiel danach, wie viele Flüge sie am Tag machen mußten, wie viele im Monat und ob ihnen die Arbeit Spaß mache. Auch wenn sie die Zusammenhänge nicht durchschauten, so vermuteten doch alle hinter Farbers Fragen eine Falle und wurden noch nervöser, als sie es ohnehin schon waren.

Sobald er dann auf Harry Chapman zu sprechen kam, wurde Farbers Stimme noch schärfer und eindringlicher: Ob sie ihn am letzten Wochenende auf dem Flug nach Washington erkannt hätten? Wo Chapman gesessen und ob er mit jemandem geredet habe? Ob er von jemandem begleitet worden sei? Wer neben ihm gesessen habe? Ob sie sich daran erinnern könnten, Chapman auf anderen Flügen begegnet zu sein?

Eine der Stewardessen – eine Frau namens Hanna Klein, die bereits fünfzig und damit deutlich älter war als ihre Kolleginnen – erklärte, den Commissioner am Wochenende erkannt zu haben.

»War er allein?«

»Ich weiß nicht.« Nach einer Weile fügte sie hinzu: »Wir hatten ihn aber auf jeden Fall vor einiger Zeit noch bei einem weiteren Flug an Bord.«

»Erinnern Sie sich vielleicht, ob er dabei von jemandem begleitet wurde?«

»Allerdings. Von Ihnen!« Sie betrachtete ihn mit einem unsicheren Lächeln.

Farber musterte sie genauer, konnte sich aber beim besten Willen ihr Gesicht nicht ins Gedächtnis rufen.

»Gehört auch Caroline Connolly zu Ihrer Crew?« fragte er weiter.

»Caroline war damals ebenfalls dabei, als Sie in der Maschine waren, Sir. Sie werden sich bestimmt an sie erinnern.«

»Helfen Sie meinem Gedächtnis bitte auf die Sprünge.«

»Caroline ist schlank, Mitte Zwanzig, hat dunkles Haar – und ist der Traum eines jeden Mannes.«

»Sie ist also attraktiv?«

»Ausgesprochen attraktiv, würde ich sagen.«

»Hatten Sie den Eindruck, daß sie dem Commissioner aufgefallen ist?«

»Wie meinen Sie das, Sir?« fragte Hanna Klein.

Farber entging nicht, daß sie zunächst schlucken mußte, bevor sie die Worte über die Lippen brachte.

»Ich meine, ob sie zum Beispiel miteinander gesprochen haben?« hakte er ungeduldig nach. Sein Instinkt sagte ihm, daß die Frau irgend etwas vor ihm verbarg, und er wollte herausbekommen, was es war.

»Ich weiß nur noch, daß er ihr ein Autogramm gab.«

»Das war damals. Hat er mit ihr am letzten Wochenende ein paar Worte gewechselt?«

»Tut mir leid, aber ich hatte im hinteren Teil der Maschine zu tun, Caroline im vorderen.«

Farber machte eine Pause, in der er scheinbar seine Aufzeichnungen studierte. »Wie krank ist Caroline eigentlich?«

»Ich weiß nicht. Als wir nach der Landung informiert wurden, daß Sie uns sprechen wollten, sagte sie plötzlich, sie fühle sich nicht wohl und müsse nach Hause.«

Farber brauchte zwei Stunden, um alle acht Frauen zu vernehmen. Dabei lernte er eine Menge über den Kabinenservice auf Inlandsflügen, erfuhr aber nichts, was ihn bei seinen Ermittlungen weitergebracht hätte. Als er sich schließlich von Bronfman verabschiedete, gab ihm dieser Caroline Connollys Privatadresse und die übrigen Angaben zu den Passagieren, um die ihn Farber gebeten hatte.

Caroline Connolly wohnte in Chelsea in einem hübschen, um die Jahrhundertwende gebauten Apartmentgebäude. Da er unten an der Tür nicht läuten wollte, wartete Farber vor der gläsernen Eingangstür, bis einer der Mieter das Haus verließ, und schlüpfte dann hinein.

Da es keinen Fahrstuhl gab, mußte Farber zu Fuß in den vierten Stock emporsteigen, wobei er hoffte, den Weg nicht umsonst zurückgelegt zu haben. In der Annahme, die wahrscheinlich an Grippe erkrankte Stewardeß aus dem Bett zu scheuchen und daher eine nur mit einem Morgenmantel bekleidete junge Frau anzutreffen, betätigte Farber den Klingelknopf.

Aber er hatte sich getäuscht. Die Frau, die ihm öffnete, sah nicht nur ausgesprochen blendend aus, sondern trug auch ein schwarzes Cocktailkleid und war offensichtlich gerade im Begriff auszugehen.

»Ja, bitte?«

Farber hielt ihr seinen Dienstausweis unter die Nase. »Darf ich reinkommen?« fragte er, marschierte allerdings an ihr vorbei, ohne eine Antwort abzuwarten.

»Warten Sie!« rief Caroline Connolly. »Einen Augenblick.«

Sie war nicht allein. Der Mann, den Farber in ihrer Wohnung antraf, war etwa so alt wie sie und trug einen dunklen, gutsitzenden Anzug. Bei Farbers Eintreten erhob er sich von seinem Platz und stellte sich hinter die junge Frau.

Farber hatte sie sofort wiedererkannt und vermutete, daß auch sie sich an ihn erinnerte. Sie war die Stewardeß, die Harry Chapman und ihn auf dem Flug zu der Anhörung in Washington bedient hatte. Ob sie von Hanna Klein vorgewarnt worden war? Auf jeden Fall war sie sichtlich zusammengefahren, als sie die Tür geöffnet hatte.

»Ich muß Ihnen leider einige Fragen stellen.«

»Ich habe Ihnen nichts zu sagen. Außerdem habe ich vorher mit meinem Vorgesetzten bei der Fluglinie gesprochen und ...«

Sie wollte ihm also die Zähne zeigen.

»Falls Sie es vorziehen sollten, mich auf das Revier zu begleiten, um sich dort einem Verhör zu unterziehen, kann ich Ihrem Wunsch gern entsprechen«, unterbrach Farber sie kalt.

»Nein, aber ...«

»Was hat das alles zu bedeuten?« mischte sich der junge Mann ein.

Ein Verhör geschickt zu führen glich der gekonnten Regie bei einer Schauspielinszenierung. Wollte ein Detective Informationen aus jemandem herausholen, mußte er sich überlegen, welche Taktik ihm am ehesten zum Erfolg verhelfen würde. Bei einigen Leuten konnte es nützlich sein, wenn man ihnen geduldig zuhörte. Andere fühlten sich durch vorgebliche Gleichgültigkeit zum Reden animiert. Als noch effektiver erwiesen sich jedoch oftmals offene Ungeduld und Verärgerung. Welche dieser Haltungen der vernehmende Beamte auch immer zeigen mochte, es handelte sich in jedem Fall um eine Maske, die er in einem wohlkalkulierten Spiel trug. Problematisch war dabei nur, daß der betreffende Cop meist sehr wenig Zeit hatte, um sich seine Taktik zurechtzulegen. Farber entschied sich in diesem Fall für die harte Tour.

»Wer, zum Teufel, sind Sie überhaupt, wenn ich fragen darf?« fuhr er daher den jungen Mann in gewollt unwirschem Ton an.

»Er ist mein Verlobter«, antwortete Caroline Connolly für ihn.

»Und wie heißen Sie? Können Sie sich ausweisen?«

Der junge Mann nestelte an seinem Jackett herum, um seine Brieftasche herauszuziehen.

»Beeilen Sie sich bitte ein bißchen. Ich habe nicht den ganzen Tag Zeit.«

Farber nahm ihm die Brieftasche aus der Hand, setzte

sich an einen Tisch und notierte sich die Personalien. Als er damit fertig war, machte er keinerlei Anstalten, die Papiere zurückzugeben, sondern steckte sie stillschweigend und unbemerkt ein.

»Warten Sie bitte draußen, solange ich Ihre Verlobte vernehme«, wies Farber ihn an. »Oder wollen Sie auch mit aufs Revier?«

Caroline Connollys Verlobter wirkte verunsichert.

»Du brauchst dich nicht von ihm herumkommandieren zu lassen, Larry.«

»Ich werde meine Aufforderung nicht wiederholen«, sagte Farber in drohendem Ton.

»Kann ich meine Brieftasche bitte zurückerhalten?«

»Nein.«

»Sie können doch hier nicht einfach reinkommen und …«, begann Caroline Connolly, verstummte jedoch, als Farber plötzlich ein Paar Handschellen aus seinem Aktenkoffer zog.

»Also?«

Der Wink genügte.

»Ich werde draußen auf dich warten«, erklärte der junge Mann und verschwand eilig.

Als sich die beiden nun allein gegenüberstanden, warf Farber ihr einen abschätzigen Blick zu.

»Setzen Sie sich!« knurrte er.

Sie gehorchte sichtbar eingeschüchtert. Zusammen mit ihrem Verlobten schien auch ihr Selbstbewußtsein entschwunden zu sein.

»Wie gut kannten Sie den ermordeten Commissioner der New Yorker Polizei?

»Nur sehr flüchtig.«

»Und wie oft sind Sie mit ihm im Bett gewesen?«

Caroline Connolly schnappte nach Luft.

»Ich warte auf eine Antwort.«

»Wie können Sie es wagen, mich so etwas …«

»Wichtiger noch ist die Frage, wo Sie es mit ihm getrieben haben. Sicherlich hier in Ihrer Wohnung. Und wo noch?«

Ihr Blick war auf die Zimmertür hinter ihm geheftet.

»Würden Sie bitte leiser sprechen? *Bitte!*«

Offensichtlich befürchtete sie, daß ihr Freund an der Tür lauschte, was Farber die Arbeit erleichterte.

»Wir … Larry und ich wollen nächsten Monat heiraten und …«, begann sie, wurde jedoch von Farber barsch unterbrochen.

»Was Sie nicht davon abhielt, mit dem Commissioner ins Bett zu gehen, stimmt's? Haben Sie ihn vielleicht auch getötet?«

»Großer Gott!« Caroline Connolly brach in Tränen aus.

Es war wirklich nicht schwer, eine noch so junge Frau einzuschüchtern.

»Also, nun mal alles langsam und schön der Reihe nach«, fuhr Farber etwas weniger streng fort.

Caroline Connolly bestätigte, was er bereits vermutet hatte. Mit dem damaligen Flug nach Washington, auf dem der Commissioner von Farber begleitet worden war, hatte alles angefangen. Rückblickend erinnerte sich Farber daran, daß Harry Chapman sich kurz vor der Landung entschuldigt hatte und Richtung Toilette gegangen war. Als Farber jedoch zufällig nach hinten gesehen hatte, war ihm aufgefallen, daß Chapman sich mit einigen Stewardessen unterhielt, zu denen auch Caroline Connolly zählte. Schon damals hatte Farber gedacht, daß sich ein so attraktives Mädchen wie sie sicherlich auf jedem Flug zweideutiger Angebote von männlichen Passagieren erwehren mußte.

Wenn sie Farbers Aufmerksamkeit erregt hatte, dann sicherlich auch die Harry Chapmans. Und Chapman war eine prominente Persönlichkeit gewesen. Welche Wirkung würde ein Mann wie er auf sie ausüben? Und wie würde er zum Beispiel auf ein Augenzwinkern dieses Mädchens reagieren? Farber hatte sich diese Frage damals nur deshalb gestellt, weil der Commissioner ihm so völlig fremd geworden war und weil er nicht mehr wußte, was für ein Mensch eigentlich neben ihm saß. Allerdings hatte er keinen weiteren Gedanken an die Klärung dieser Frage verschwendet, da Harry Chapman mit der Stewardeß offensichtlich nur kurz im Beisein von deren Kolleginnen gesprochen hatte. Außerdem wurde Harry zu Hause von Mary Alice erwartet. Wie sollte er da auf dumme Gedanken kommen?

Spätestens jetzt mußte Farber erkennen, daß er sich getäuscht hatte.

Laut Caroline Connollys Bericht hatte Harry Chapman sie damals auf jenem ersten Flug gefragt, ob sie die Nacht in Washington verbringe, ungeachtet der Tatsache, daß ihre Kolleginnen jedes Wort mitbekamen.

Sie hätte ihn zunächst darauf hingewiesen, daß sie nach der Landung in Washington bereits mit der nächsten Maschine nach New York zurückkehren müsse. Aus Neugier, wie er reagieren werde, habe sie ihm dann allerdings gestanden, daß sie später am Abend nochmals nach Washington fliegen und dort dann auch übernachten würde. Chapman habe sie daraufhin in eines der besten Restaurants der Stadt zum Essen eingeladen. All das habe sich innerhalb von fünfzehn Sekunden abgespielt.

Im nachhinein erinnerte Farber sich daran, daß ein leichtes Lächeln auf Harry Chapmans Zügen gelegen hatte, als er damals an seinen Platz zurückgekehrt war. Farber hatte dieser Tatsache verständlicherweise damals keine Bedeutung beigemessen, doch jetzt entpuppte sich sein ehemaliger Freund mehr und mehr als ein Mann, der Risiken geliebt und bereitwillig auf sich genommen hatte; so zum Beispiel, als er Gefahr lief, im Beisein der kompletten Kabinencrew von einer jungen Stewardeß einen Korb zu bekommen.

»Also sind Sie mit ihm essen gegangen«, faßte Farber zusammen. »Und danach?«

»In dem Restaurant waren viele prominente Leute.« Sie zählte einige der Namen auf. »Sie kamen zwischendurch an unseren Tisch, und Harry stellte mich ihnen auch vor.«

Ihre Stimme versagte, und sie brach erneut in Tränen aus.

»Nach dem Essen fragte er mich dann, ob ich Lust hätte, mir sein Stadthaus anzusehen, das er in Washington besitze.«

Das Mary Alice besaß, dachte Farber. Schließlich war sie diejenige, die ein Vermögen mit in die Ehe eingebracht hatte.

»Ich hatte während des Essens den Eindruck gewonnen, daß er ein wirklich netter Kerl wäre«, fuhr Caroline fort, »deshalb stimmte ich zu.«

»Und dann verbrachten Sie die Nacht mit ihm.«

»Und wenn ich es getan hätte?«

»Nun, zum Beispiel wäre es möglich gewesen, daß seine Frau plötzlich auftauchen würde.«

»Seine Frau war in New York geblieben.«

»Sie hätte doch später noch nach Washington fliegen können, so wie sie.«

»Das war sehr unwahrscheinlich, weil sich die beiden nicht gut verstanden.«

»Hat er Ihnen das gesagt? Und Sie haben ihm das geglaubt?«

Caroline Connolly hielt wortlos den Kopf gesenkt, und Farber brauchte eine ganze Weile, bis er erkannte, daß ihr noch immer die Tränen übers Gesicht strömten.

»Und dann haben Sie sich auch in New York regelmäßig getroffen. Wo?«

»Meistens in seinem Apartment.«

»Das in der Nähe des naturgeschichtlichen Museums gelegen war?«

»Ja.«

»Die Wohnung liegt doch in der 77. Straße«, sagte Farber beiläufig. »Welche Hausnummer war es noch gleich?«

»Keine Ahnung. Es ist das alte Sandsteingebäude neben dem äthiopischen Restaurant.«

Volltreffer, dachte Farber. »Wie oft haben Sie sich getroffen?«

»Ziemlich oft.«

»Ja, ich bin sicher, daß Sie beide unsterblich ineinander verliebt waren«, kommentierte Farber voll Sarkasmus.

»Was hat denn Ihr Verlobter zu der ganzen Geschichte gesagt, wenn ich mir die Frage erlauben darf?«

»Larry wußte … er *weiß* nichts davon.«

»Wunderbar. Sie behielten ihn also die ganze Zeit über quasi in der Hinterhand und hatten tatsächlich vor, ihn zu heiraten?«

»Ich weiß, daß das alles ziemlich … verrückt klingt, aber …«

»Großer Gott«, seufzte Farber. »Wie lange dauerte nun diese ausgesprochen ›verrückte‹ Affäre zwischen Ihnen und dem Commissioner? Zwei Wochen? Drei Wochen?«

»Ich versuchte noch längere Zeit über, ihn im Hauptquartier anzurufen, aber es gelang mir kein einziges Mal, zu ihm durchgestellt zu werden.«

Als junger Bursche und auch noch als erwachsener Mann hatte Farber immer Hochachtung vor Frauen gehabt, da er der Meinung gewesen war, sie seien Männern in verschiedener Hinsicht haushoch überlegen. Jetzt aber kehrte sich seine Einschätzung langsam ins Gegenteil um. So einfach, wie er die Dinge sah, konnten Männer nichts dafür, daß ihr Tun in hohem Maße von ihrer natürlichen Triebhaftigkeit bestimmt wurde. Da Frauen dieses Problem wohl nicht hatten, konnte Farber nur einen Grund dafür ausmachen, daß sie sich dennoch genauso wie die Männer in Schwierigkeiten brachten: Dummheit.

»Sie haben ihn also nicht wiedergesehen – bis zum letzten Wochenende, als er in der Maschine nach Washington saß?«

»Ja.«

Farber beschloß, einen Schuß ins Blaue zu wagen.

»Und er war in Begleitung einer Frau?«

»Sie lagen praktisch übereinander«, schniefte Caroline. »Es war geradezu empörend, wie sie sich aufführten.«

Farber zog die entsprechende Passagierliste aus seinem Aktenkoffer. »Mrs. Russo, war das ihr Name? Mrs. Anna Russo?«

»Ich kenne ihren Namen nicht. Ich weiß nur, daß sie ein dunkelgrünes und sehr teures Kostüm von Chanel trug. Früher mal habe ich als Model gejobbt und weiß daher, daß es tatsächlich von Chanel war.«

Sie blickte ihn trotzig an. »Ich schüttete ihr absichtlich Tomatensaft in den Schoß. Sie hätten mal Harrys Gesicht sehen sollen! Aber er konnte ja schlecht etwas sagen.«

Farber grinste und empfand beinahe Sympathie für sie. »Auch ihr Gesichtsausdruck sprach Bände.«

Caroline Connolly lachte und weinte gleichzeitig.

»Natürlich holte ich jede Menge Papierhandtücher und tat so, als ob ich ihr helfen wolle. In Wirklichkeit aber rieb ich den Tomatensaft immer tiefer in den Stoff hinein.«

Das Lächeln verschwand wieder, aber die Tränen blieben. Farber trat ans Fenster und blickte zu seinem Wagen hinunter. Er konnte erkennen, daß O'Malley eine Zeitung über das Lenkrad gebreitet hatte und offensichtlich darin las. Von Carolines Verlobtem war jedoch weit und breit nichts zu sehen, es bestand also durchaus die Möglichkeit, daß er ein Ohr an die Tür preßte und versuchte, jedes Wort mitzubekommen.

Farber wandte sich wieder der jungen Frau zu.

»Lassen Sie mich zusammenfassen, was danach geschah«, sagte er. »Die Maschine landete, Sie sind hierher in Ihre Wohnung gefahren, konnten aber nicht schlafen. Vor Eifersucht kochend, sind Sie die ganze Nacht auf und ab gelaufen. Was der Commissioner Ihnen angetan hat, war einfach zu verletzend für Sie. Ihre einstige Liebe zu ihm schlägt jetzt in Haß um. Als dann der Morgen graut, lauern Sie ihm in der Nähe Ihres ehemaligen gemeinsamen Liebesnestes an der 77. Straße auf, weil Sie wissen, daß er dort immer seine Joggingrunden dreht. Und als er dann vorbeikommt, erschießen Sie ihn.«

Ob nun dieses Mädchen oder jemand anderes: der Täter oder die Täterin hatte vor der Ermordung von Harry Chapman jedenfalls eine schlaflose Nacht verbracht, dessen war sich Farber vom ersten Augenblick an absolut sicher gewesen. Er hatte nie an ein politisch motiviertes Attentat oder an einen Raubüberfall geglaubt, sondern war davon überzeugt gewesen, daß das Motiv für den

Mord im privaten Bereich zu suchen war. Eigentlich nichts Überraschendes, dachte Farber, schließlich war es bei den meisten Morden so, daß sich Täter und Opfer kannten.

Aber war Harry Chapman tatsächlich von Caroline Connolly ermordet worden? Oder von einer anderen Frau, möglicherweise seiner Begleiterin auf dem letzten Flug? Denkbar war auch, daß ein betrogener Ehemann oder Freund den Commissioner aus Eifersucht getötet hatte.

Immerhin war Caroline Connolly zunächst einmal die Hauptverdächtige, und Farber wollte sehen, wie sie auf seine Anschuldigung reagierte. Er gestand sich allerdings ein, daß er selbst nicht recht an ihre Schuld glaubte. Eine Frau, die ihre Rachegelüste damit befriedigte, daß sie ihrer Nebenbuhlerin ein Glas Tomatensaft über das Designerkostüm goß, wirkte nicht gerade wie eine kaltblütige Mörderin.

»Was haben Sie mit der Waffe gemacht, nachdem Sie ihn erschossen hatten?«

Sie starrte ihn ungläubig an.

»Wenn Sie sie mir jetzt aushändigen, fahren wir hinüber auf das Revier, und Sie können sich alles von der Seele reden. Also?«

Sie rieb sich die Augen. »Sie sind ja verrückt, völlig verrückt.«

Farber beschloß, den Druck auf sie zu erhöhen, um wirklich sicherzugehen. Er blickte sich um und entdeckte eine Kommode unter dem Fenster sowie neben dem Sofa zwei Beistelltischchen, die ebenfalls Schubladen hatten. Farber zog alle Schubladen heraus.

»Wo verstecken Sie die Waffe? Hier ... oder dort?«

»Lassen Sie sofort Ihre Finger von meinen Schubladen!«

»Sie sollten auf vorübergehende Unzurechnungsfähigkeit plädieren. Ich versichere Ihnen, daß die Geschworenen Verständnis für Ihr Verhalten zeigen könnten.«

»Verlassen Sie sofort meine Wohnung! Haben Sie überhaupt einen Durchsuchungs- oder einen Haftbefehl? Wenn nicht, verschwinden Sie endlich. Raus! Sofort raus, sage ich!«

Sie schrie ihn völlig aufgebracht an, während Farber sie aus zusammengekniffenen Augen musterte. Soweit man es beurteilen konnte, wirkte sie wütend, aber nicht schuldbewußt. Und er war bereit, es vorerst bei diesem Eindruck zu belassen. Zudem hatte er keinen plausiblen Grund, sie festzunehmen, zumal er von ihr sehr viel mehr Informationen erhalten hatte, als ihm zuvor möglich erschienen war. Er wußte nun, daß Harry Chapman kurz vor seinem Tod mit einer Frau, bei der es sich vermutlich um eine gewisse Anna Russo handelte, zusammengewesen war. Darüber hinaus war ihm gelungen, was Hunderte von Detectives nicht geschafft hatten: nämlich die Adresse von Harry Chapmans geheimgehaltenem Apartment herauszufinden. Und nun brannte er darauf, einen Blick in das Apartment zu werfen, anstatt hier offensichtlich nur seine Zeit zu vergeuden.

»Sie haben Glück«, sagte er zu Caroline Connolly. »Ich kaufe Ihnen Ihre Geschichte zunächst einmal ab. Aber sollte ich noch einmal bei Ihnen auftauchen, werden Sie einen guten Anwalt brauchen, das verspreche ich Ihnen.«

Farber verließ die Wohnung und traf im Flur auf Larry, Caroline Connollys Verlobten, der ihm mit düsterer Miene und geballten Fäusten entgegenkam.

»Sie möchte mit Ihnen reden«, wandte er sich an den jungen Mann. »Sehen Sie zu, ob Sie sie trösten können. Und hier haben Sie Ihre Brieftasche zurück.«

Farber fragte sich, wieviel er wohl mitbekommen hatte. Auf jeden Fall würde Caroline Connolly sich eine plausible Geschichte einfallen lassen müssen, um seinen erwachten Argwohn zu besänftigen, und zwar schnellstens. Sonst wäre es möglicherweise vorbei mit der geplanten Hochzeit. Aber Farber fühlte kein Mitleid mit ihr. Er war ein Mann mit strengen moralischen Maßstäben, denen zwar keine religiöse, aber zumindest eine feste persönliche Überzeugung zugrunde lag. Immerhin hatte Caroline ihren Verlobten wissentlich und wiederholt mit einem Mann betrogen, der mehr als fünfzehn Jahre älter war als sie. Das Ganze war natürlich auch für Harry Chapman kein Ruhmesblatt, und es gefiel Farber überhaupt nicht, daß er immer mehr ausgesprochen unliebsame Seiten an seinem alten Freund bloßlegte.

Die Straßen litten unter den letzten Nachwehen des abendlichen Berufsverkehrs. O'Malley steuerte den Wagen in die West Street, über die einst der West Side Drive verlaufen war: eine Schnellstraße mit jeweils drei Spuren in jeder Richtung. Da die notwendigen Instandsetzungsarbeiten aus finanziellen Gründen nicht durchgeführt worden waren, hatte man die Hochstraße am Ende abreißen müssen. Alle Versuche, sie durch eine neue Schnelltrasse zu ersetzen, waren vor allem am Veto diverser Umweltschutzorganisationen gescheitert, deshalb drängte sich der gesamte Verkehr nun auf einer einzigen Nord-Süd-Verbindung.

»Schalt die Sirene ein, Hughie«, verlangte Farber, der wie auf Kohlen saß, da sie kaum von der Stelle kamen.

Sein Fahrer folgte der Anweisung, gewann aber höchstens wenige Wagenlängen. Dann fuhr er ein Stück über den Bürgersteig, doch auch dieses Manöver führte nicht zum gewünschten Erfolg.

»Versuchen wir es über die Sixth Avenue«, schlug Farber vor, während er im Licht der Straßenlaternen die Abgaswolken der stehenden Wagen aufsteigen sah.

Sie kamen dort nur wenig besser voran. Erst nachdem sie den Central Park erreicht hatten, floß der Verkehr wieder mehr oder weniger ungehindert. Aber es hatte insgesamt mehr als eine Stunde gedauert, eine Strecke von fünfzig Blocks zurückzulegen.

Als sie in die 77. Straße einbogen, spähte Farber sofort nach dem äthiopischen Restaurant aus und wies O'Malley an, vor dem Lokal zu halten.

Farber stieg aus und trat auf die Eingangstür des angrenzenden Wohngebäudes zu. Obwohl er es nicht anders erwartet hatte, überraschte es ihn doch, als der Schlüssel, den Chang bei Harry Chapman gefunden hatte, mühelos ins Schloß glitt und sich ebenso leicht umdrehen ließ.

Drinnen führte eine relativ steile und enge Treppe nach oben. Zu seiner Linken befand sich eine Wohnungstür, an der der Name Brooks zu lesen war. Farber läutete, ohne daß jemand geöffnet hätte. Er klopfte mit der Faust an die Tür und horchte konzentriert. Als sich noch immer nichts rührte, versuchte er die Tür mit dem Schlüssel zu öffnen, stellte jedoch fest, daß er nicht paßte. Er stieg die Treppe bis in den zweiten Stock empor. Auch dort befand sich nur ein Apartment, an dem wieder der Name Brooks stand. Wieder läutete und klopfte Farber erfolglos, und wieder paßte der Schlüssel nicht. Dasselbe wiederholte sich auch im dritten Stock. Erst in der vierten Etage stellte Farber schließlich fest, daß der Schlüssel zu einer Wohnungstür paßte, an der sich kein Namensschild befand. Mit einem Seufzer der Erleichterung trat Farber ein und schaltete das Licht an.

Er kämmte jeden Raum der Wohnung von vorn bis hinten durch und schaute in jeden Schrank. Das Schlafzimmer hatte zwei Fenster, von denen aus man in einen kleinen Hinterhof schaute, in dem ein kahler, knorriger Baum stand. Das Bett war gemacht, an den Wänden hingen keine Bilder, und der Schrank war leer. Falls Harry Chapman tatsächlich von hier aus zu seinem frühmorgendlichen Jogginglauf aufgebrochen war, dann hätte sich hier eigentlich seine Straßenkleidung befinden müssen. Aber nichts dergleichen war zu sehen.

Farber nahm die Taschenlampe, die er stets in seinem Aktenkoffer mit sich führte, und leuchtete unter das Bett. Auch dort verbarg sich nichts – außer jeder Menge Staub. Die Bettlaken und die Decken wirkten zwar nicht gerade frisch, schienen aber dennoch nicht benutzt worden zu sein.

Alles in allem vermittelte das Apartment den Eindruck, als ob es unbewohnt sei. Vielleicht gehörte es diesem gewissen Brooks und wurde nur für Gäste benutzt. Zunächst einmal mußte Farber über diesen Menschen und seine Beziehung zu Harry Chapman mehr herausbekommen.

Bei dem angrenzenden kleinen Raum handelte es sich um die Küche, die sauber und aufgeräumt wirkte. Auch hier schaute Farber in die Schränke, die nur wenig Geschirr, einige Küchenutensilien und ein paar Nahrungsmittel enthielten: Kaffee, Tee, Corn-flakes. Im Kühlschrank standen zwei Flaschen Sodawasser, ein Sechserpack Limonadedosen und eine offene Tüte Milch. Erst roch Farber an ihr, dann probierte er sie, um sicherzugehen. Die Milch war nicht sauer und ihre Haltbarkeitsdauer noch nicht abgelaufen. Allem Anschein nach war also jemand kürzlich hier gewesen, wenn auch nicht notwendigerweise Harry Chapman. Aber wer sonst? Farber fühlte sich verunsichert, da in der gesamten Wohnung nichts darauf hindeutete, von wem sie benutzt wurde.

Auch das Wohnzimmer, bei dem es sich um einen länglichen, schmalen Raum handelte, war nur spärlich möbliert. Die eine Hälfte wurde von einem großen Eßtisch ausgefüllt, um den herum vier Stühle standen. In der anderen befanden sich ein Sofa, ein Beistelltisch, ein Schrank und zwei Sessel. Im Schrank stieß Farber auf eine halbleere Flasche Scotch, die er wegen möglicher Fingerabdrücke aber nicht berührte. An einer Seite des Raumes war ein großer Wandspiegel angebracht, die übrigen Wände waren jedoch kahl. Es gab nirgendwo Bücher, nur ein paar Magazine älteren Datums lagen auf dem Beistelltisch.

Farber stand in der Mitte des Zimmers und biß sich auf seinen Daumennagel. Nichts deutete auf Harry Chapmans Anwesenheit in diesen Räumen hin. Entweder er war niemals hier gewesen, oder die Wohnung war nach seinem Tod aufgeräumt und gründlich gereinigt worden. Aber wer hätte das tun sollen? Und warum? All diese Fragen wirbelten in Farbers Kopf, ohne daß sich irgendwelche Antworten abgezeichnet hätten.

Er trat ans Telefon, wählte die Nummer des Reviers im 24. Bezirk und verlangte Kincaid.

»Notieren Sie sich diese Adresse und schicken Sie unverzüglich ein komplettes Spurensicherungsteam hierher.«

»Zu welchem Zweck?« wollte Kincaid wissen.

Farber hatte ihn anrufen müssen, da das nächstgelegene Spurensicherungsteam seinem Kommando unterstand. Und selbst wenn Faber sich direkt an die Polizeischule gewandt hätte, wäre Kincaid früher oder später informiert worden.

»Die Jungs sollen zusehen, ob sie in der Wohnung irgendwelche Fingerabdrücke finden können.«

»Ich nehme also an, daß Sie das Apartment finden konnten, nach dem ich die ganze Zeit über gesucht habe?«

»Vermutlich ja.«

»Darf ich fragen, wie Ihnen das gelungen ist?«

»Ein Vögelchen hat es mir zugezwitschert.«

»Ein Informant?«

»Ein absolut vertraulicher Informant.«

Das Wort ›vertraulich‹ sollte Kincaid signalisieren, daß jede weitere Nachfrage zwecklos war, da kein guter Detective jemals einen wirklich vertraulichen Informanten preisgab.

»Das Haus, in dem sich das Apartment befindet, gehört wahrscheinlich einem gewissen Brooks. Überprüfen Sie ihn, und setzen Sie so viele Detectives auf ihn an, wie nötig ist. Ich will wissen, wer er ist und in welcher Beziehung er zu Harry Chapman stand. Haben Sie das?«

»Ja.«

»Hier ist noch die Nummer des Telefonanschlusses.« Farber las sie vor. »Ich will eine Liste aller Anrufe, die innerhalb der letzten vier Wochen von hier aus getätigt oder angenommen wurden.«

»Sonst noch etwas?«

Farber dachte einen Moment lang nach. »Im Augenblick nicht.«

Er legte auf und rief anschließend in seinem Büro an.

»Es geht um eine Frau namens Anna Russo«, instruierte er Potter. »Hier ist ihre American Express-Kreditkartennummer. Ich will wissen, wer sie ist und wo sie wohnt. Setzen Sie ein paar von unseren Leuten auf sie an, aber schärfen Sie ihnen ein, daß die Frau auf keinen Fall etwas bemerken darf.«

Während Farber auf die Ankunft Kincaids und des Spurensicherungsteams wartete, hallten ihm in der leeren Wohnung von allen Seite die Stille und die vielen ungeklärten Fragen entgegen.

Er begann damit, jeden Raum ein zweites Mal zu durchsuchen, ob er vielleicht doch etwas übersehen hatte. Das Badezimmer erschien ihm genauso winzig wie zuvor. Farber ging auf die Knie, um mit seiner Taschenlampe jeden Winkel auszuleuchten, und untersuchte die Badewanne, die Toilette sowie das Waschbecken. Alles schien erst kürzlich gründlich gereinigt worden zu sein. Im Spiegelschrank befand sich nur ein Röhrchen mit Aspirin, sonst nichts, nicht einmal eine Zahnbürste. Als er sich, aufs neue enttäuscht, umwandte, um das Badezimmer zu verlassen, fiel sein Blick allerdings auf etwas, das seine Aufmerksamkeit erregte.

Halb verborgen zwischen den Falten des Duschvorhanges hing über der Vorhangstange ein Damenslip. Wer immer ihn dort – vermutlich zum Trocknen – hinterlassen hatte, hatte ihn beim Saubermachen übersehen, so wie jetzt Farber beinahe auch. Der Slip war offensichtlich gewaschen worden, da er makellos sauber war und nach Seife roch.

Trotz der langen Zeit, die Farber bereits verheiratet war, und der Beziehungen, die er zuvor zu Mary Alice und anderen Frauen unterhalten hatte, bezweifelte er noch immer, daß er jemals die Geheimnisse der weiblichen Rituale auch nur ansatzweise lüften würde. Zu diesen ewigen Rätseln gehörte die von Farber beobachtete Eigenheit vieler Frauen, bei einer Übernachtung im Hotel oder in einer fremden Wohnung vor dem Zubettgehen die Unterwäsche zu waschen und auf Handtuchhaltern oder

Vorhangstangen zum Trocknen aufzuhängen. Verließen sie am nächsten Morgen das Zimmer oder die Wohnung, vergaßen sie manchmal ihre Dessous, die dann im Badezimmer zurückblieben. So etwas mußte sich auch hier zugetragen haben.

Auf jeden Fall war der Slip, den Farber nun in Händen hielt, vergessen worden, und er fragte sich neugierig, wer wohl die Besitzerin sein mochte. Er war so versunken in seine Überlegungen, daß er zusammenzuckte, als die Türglocke läutete. Erst als er sich auf den Weg machte, die Tür zu öffnen, dachte er darüber nach, was er mit dem Slip anfangen sollte. Ohne daß er in der Lage gewesen wäre, einen Grund dafür zu nennen, kam ihm plötzlich die Idee, den Fund geheimzuhalten, und so stopfte er den Slip schnell in seine Manteltasche.

Das Spurensicherungsteam wurde von einem Sergeant geleitet und bestand aus vier Leuten, die an Farber vorbei in die Wohnung traten. Ihnen folgte mit einigem Abstand Kincaid.

»Das Apartment gehört diesem Brooks, von dem Sie sprachen«, sagte er zu Farber. »Deshalb konnten wir auch nirgendwo eine Wohnung finden, die auf den Namen des Commissioners gemietet war.«

Kincaid verschaffte sich einen ersten Überblick über das Apartment. »Wir wären dennoch bald auf diese Wohnung gestoßen«, fuhr er fort, »vielleicht sogar schon heute, denn ich hatte den Namen Brooks bereits gehört. Vor zwei Tagen habe ich nämlich ein paar Männer nach Washington geschickt, um etwas über den Freundes- und Bekanntenkreis des Commissioners herauszufinden. Einer der Namen, der dabei auftauchte, lautete Brooks. Und wir waren gerade dabei zu überprüfen, ob einer von Chapmans Bekannten hier in der Gegend eine Wohnung oder ein Haus besitzt.«

»Und wer ist dieser Brooks?«

»Nicht gerade üppig eingerichtet, was?« bemerkte Kincaid, während er sich umschaute. »Er ist ein Zeitungsreporter. Und ein Freund des Commissioners aus dessen

Washingtoner Tagen. Allem Anschein nach waren die beiden richtig dicke Freunde. Sind Sie wirklich sicher, daß Chapman jemals einen Fuß in diese Wohnung gesetzt hat?«

»Sobald wir irgendwo seine Fingerabdrücke finden, haben wir den Beweis.«

»*Falls* wir sie finden. Immerhin ist es schon ein paar Tage her, daß er – möglicherweise – hier war.«

Beide traten in das Schlafzimmer und sahen den Spurensicherungsexperten bei der Arbeit zu. Sie hatten starke Scheinwerfer aufgestellt und untersuchten das Bett, dessen Decken zusammengefaltet auf dem Boden lagen. Einer der Männer inspizierte die Laken, bewaffnet mit einer Pinzette und einer Lupe, wie sie sonst Juweliere benutzen.

»Haben Sie irgend etwas gefunden?« fragte Farber.

»Ein paar Haare, Chief. Und einige Stoffasern, die so aussehen, als ob sie woanders herstammen.«

»Wissen Sie, wo dieser Brooks zur Zeit steckt?« erkundigte sich Farber bei Kincaid.

»In Europa, um über die Balkankrise zu berichten. Er weiß wahrscheinlich noch nicht einmal, daß Chapman mittlerweile tot ist.«

In der Küche gingen die beiden Fingerabdruckspezialisten ihrer akribischen Tätigkeit nach. »Es sieht so aus, als ob die Türgriffe und das meiste andere abgewischt worden sind«, sagte einer von ihnen. »Wer mag das getan haben, Chief?«

»Sagen Sie es mir!«

Es hing so viel Fingerabdruckpulver in der Luft, daß Farber niesen mußte.

»Sie können ja draußen warten, wenn es Sie stört, Chief«, entschuldigte sich der andere.

»Wer immer versucht hat, alle Spuren zu verwischen, wird bestimmt irgendwo etwas vergessen haben«, meinte Farber.

»Ganz sicher. Es gibt fast immer Stellen, die übersehen werden.« Der Techniker untersuchte gerade eine Suppenterrine. »Hier zum Beispiel«, sagte er und deutete auf einen der Henkel.

Farber schaute ihm über die Schulter und konnte an einer Stelle ein paar kaum erkennbare Linien ausmachen.

Das an der Küchenwand befestigte Telefon läutete, und Farber nahm den Hörer ab.

»Farber.«

»Es geht um die Frau, über die Sie Näheres wissen wollten, Chief«, meldete sich Potter. »Wir haben einiges über sie herausgefunden. Können Sie sprechen?«

»Nein«, erwiderte Farber und warf einen kurzen Blick über seine Schulter. Kincaid war nicht mehr im Raum, hielt sich aber möglicherweise im Wohnzimmer auf, wo ebenfalls ein Apparat stand. Vielleicht hörte er heimlich mit.

»Ich rufe Sie lieber zurück«, sagte Farber daher nur und hängte ein.

Er ging ins Wohnzimmer, wo er tatsächlich auf Kincaid traf.

»Wer war das?«

»Mein Büro.«

Die beiden Männer musterten sich einen Moment lang gegenseitig.

Einer der Spurensicherungsexperten war auf die Flasche Scotch gestoßen und untersuchte sie.

»Auch hier sind Fingerabdrücke!« rief er. »Ebenso wie auf der Glasplatte des Beistelltisches.«

Farber verließ die Wohnung und rief Potter von einer öffentlichen Telefonzelle aus an.

»Der Name Anna Russo kam mir irgendwie bekannt vor«, erklärte Potter. »Nachdem ich von American Express ihre Anschrift erhielt, habe ich jetzt Gewißheit. Es handelt sich um die Frau von Dominic Russo, dem Kopf des Gambino-Clans.«

Farber war keineswegs überrascht, sondern fand seinen eigenen Verdacht nur bestätigt. Er ließ seinen Blick die Columbus Avenue entlangwandern und wurde von den Scheinwerfern der vorbeifahrenden Wagen geblendet. Es war ein naßkalter, zugiger Abend, und die Telefonzelle, in der er sich aufhielt, war von seiner Taille abwärts offen. Der Wind zerrte an seinem Mantel, den er mit seiner freien Hand zuzuknöpfen versuchte.

»Was hat sie mit dem Fall zu tun, wenn ich fragen darf?« erkundigte sich Potter.

»Ich weiß es noch nicht«, wich Farber aus, obwohl ihm längst klar war, welche Rolle die Frau gespielt hatte. Der Commissioner der New Yorker Polizei mit der Frau eines Mafiabosses im Bett!

Großer Gott, wenn die Presse erst einmal Wind von der ganzen Sache bekommt, dachte Farber.

»Auch Anna Russo selbst stammt aus einer berüchtigten Mafiafamilie«, fuhr Potter fort. »Bis zu seinem vorzeitigen Ableben im letzten Jahr war ihr Vater das Oberhaupt des Lucchese-Clans. Sie muß jetzt ungefähr vierzig sein und hat drei Kinder.«

Farber sah plötzlich das Bild des jungen Harry Chapman vor sich, mit dem er jeden Abend auf Streife gefahren war. Wie er jedesmal seine Bücher bei sich gehabt hatte, um für seine nächste Prüfung zu lernen, und wie ihm die Tränen gekommen waren, nachdem er bei einem Überfall zwei Gangster erschossen hatte. Diesen jungen Harry Chapman wollte Farber im Gedächtnis behalten. Konnte es denn tatsächlich sein, daß sich dieser eifrige Junge von einst in ein derart rücksichtsloses und egozentrisches Monster verwandelt hatte?

»Ich habe mehrere Telefonnummern, unter denen Anna Russo zu erreichen sein soll«, hörte er Potter sagen. »Übrigens alles Geheimnummern.«

Farbers rechte Hand krampfte sich um den Slip in seiner Manteltasche. Gehörte er Anna Russo? Oder Caroline Connolly?

»Legen Sie die Liste mit den Telefonnummern auf meinen Schreibtisch«, sagte Farber. »Dann habe ich jetzt nur noch einen Auftrag für Sie. Besorgen Sie mir ein Foto von Anna Russo.«

»Falls sie nicht vorbestraft ist, werden wir kaum ein

Foto von ihr in unseren Unterlagen haben, Chief«, zweifelte Potter.

»Dann nehmen Sie mit dem Sicherheitsdienst Kontakt auf. Vielleicht haben die Material, auf dem sie zu sehen ist ... zum Beispiel ein Foto von ihr auf der Beerdigung ihres Vaters. Sehen Sie jedenfalls zu, daß wir so schnell wie möglich etwas in die Hände bekommen.«

Farber, der langsam in der Kälte zu zittern begann, stampfte mit den Füßen auf den Boden, schaute auf die Uhr und bemerkte plötzlich, wie spät es schon war.

»Sonst noch was, Chief?« fragte Potter.

»Anschließend fahren Sie nach Hause zu Ihrer Familie.«

»Ach übrigens, Ihre Frau rief an, um Sie daran zu erinnern, daß Sie beide heute abend ins Konzert gehen.«

Farber warf erneut einen Blick auf seine Armbanduhr und stellte fest, daß ihm nur noch dreißig Minuten blieben. Madge kochte sicherlich bereits vor Wut und verfluchte ihn.

»Rufen Sie sie bitte an und richten Sie ihr aus, daß sie sich ein Taxi nehmen soll. Ich werde am Eingang auf sie warten.«

Es war bereits so spät, daß es für sie auch mit dem Taxi wahrscheinlich nicht mehr pünktlich zu schaffen war. Farber würde also sicherlich einige Vorwürfe zu hören bekommen, aber wenigstens mußte sie spätestens nach Beginn des Konzertes schweigen. Er würde versuchen, seinen Fehler wiedergutzumachen und sie nach dem Konzert zum Essen einladen.

Da Farber dem Lincoln Center bereits sehr viel näher war als seine Frau, blieb ihm noch Zeit, sich in einer Bar einen Drink zu genehmigen. Dann ging er quer über die Straße, bezog Posten vor der Avery Fisher Hall und hielt nach Madge Ausschau, was nicht einfach war, da unglaublich viele Menschen auf die verschiedenen Konzerthallen und Theater zustrebten.

Der Drink hatte zur Folge, daß sich Farber etwas entspannter fühlte. Zudem hoffte er, daß die Musik dazu beitragen würde, ihn auf andere Gedanken zu bringen. Auf dem Programm standen Beethovens sechste Symphonie, Dvořáks Klavierkonzert und Haydns Überraschungssymphonie. Farber war besonders auf den Solisten gespannt: einen jungen Pianisten namens Klemf. Auch Farber hatte als Junge einmal davon geträumt, ein berühmter Konzertpianist zu werden. Sieben Jahre lang hatte er Klavierstunden genommen, die von dem schmalen Lohn seines Vaters, einem Schneider, bezahlt worden waren. Als sein Vater starb, hatte er den Unterricht abbrechen müssen und statt dessen nachmittags in einem Supermarkt gearbeitet. Später hatte er allerdings gemerkt, daß man mit Klavierspielen mehr Geld verdienen konnte, und hatte auf Partys und in Bars gespielt. Aber das war natürlich nicht mit einem klassischen Konzert zu vergleichen.

Plötzlich sah er Madge, die über den nun mittlerweile fast leeren Platz auf ihn zueilte.

»Du …«, begann sie, wurde jedoch von ihm unterbrochen.

»Wenn wir uns beeilen, können wir es gerade noch schaffen.« Die Karten in der einen Hand, zog er sie mit der anderen hinter sich her.

Als sie später in der Dunkelheit des Konzertsaales nebeneinandersaßen, lehnte sich Farber zurück und wartete darauf, daß ihn die Musik in eine andere Welt entführen würde – was aber nicht geschah. Harry Chapmans Ermordung ging ihm einfach nicht aus dem Kopf und verdarb ihm das Vergnügen an dem Konzert: So hatte er das Gefühl, daß das Orchester den Beethoven viel zu laut und der Solist seinen Part zu mechanisch und ohne innere Inspiration spielte.

Noch etwas anderes beschäftigte Farber mit unerbittlicher Intensität. In nur wenigen Tagen würde der Bürgermeister einen neuen Commissioner ernennen. Wie, zum Teufel, konnte Farber diese Entscheidung beeinflussen? Sollte er versuchen, seiner eigenen Bewerbung mehr Nachdruck zu verleihen, oder würde das letztendlich nur von Nachteil sein? Würde es ihm gelingen, die Ermittlungen noch vor der Entscheidung des Bürgermeisters abzuschließen? Und sollte es ihm gelingen, würde sich der Bürgermeister tatsächlich davon beeindruckt zeigen?

Farber machte sich auch Sorgen über die Konsequenzen, die ihm möglicherweise drohten, weil er Kincaid wichtige Informationen und Beweise vorenthielt. Falls herauskommen sollte, daß der Leiter der Kriminalpolizei hinter dem Rücken der zuständigen Beamten sein eigenes Süppchen kochte, würde das sicherlich nicht ohne Folgen bleiben. Es war sogar denkbar, daß man Farber dann auf die Straße setzte. Sollte es ihm aber in der Zwischenzeit gelingen, den Fall zu knacken, würde all das keine Rolle mehr spielen. Oder vielleicht doch?

Die bisherigen Ermittlungsergebnisse bereiteten Farber ebenfalls Kopfschmerzen, da Harry Chapmans guter Ruf allem Anschein nach nicht zu retten war. Sollte aber der Ruf des verstorbenen Commissioners durch Farbers Enthüllungen nachhaltig beschädigt werden, dann fürchteten möglicherweise auch jene einen Gesichtsverlust, die den Commissioner ins Amt gehievt hatten.

Farber hatte sich nichtsahnend in die Ermittlungen gestürzt und nur vage vor Augen gehabt, auf diese Weise Mary Alice am besten schützen und schonen zu können. Nun aber mußte er zunehmend darauf achten, sich selbst aus der Schußlinie zu bringen und vor Schaden zu bewahren.

Auch nach dem Schluß des Konzertes war Madge noch immer wütend auf ihn, wie Farber bemerkte, als sie den Konzertsaal verließen. Allerdings hätte sie nicht im Traum daran gedacht, ihm in aller Öffentlichkeit eine Szene zu machen.

»Irgendwelche Nachrichten für mich?« wandte sich Farber an O'Malley, der jenseits des Platzes auf ihn und Madge gewartet hatte.

»Nichts, Chief.«

»Hättest du Lust, noch etwas essen zu gehen?« fragte Farber, nachdem sie beide auf der Rücksitzbank Platz genommen hatten.

»Ich habe schon gegessen«, erwiderte Madge kurz angebunden.

»Wie du meinst.« Er beugte sich zu O'Malley vor. »Dann bringen Sie uns bitte nach Hause, Hughie.«

Auch im Wagen sagte Madge von sich aus kein Wort, sondern wandte sich von ihrem Mann ab und starrte aus dem Fenster.

»Wie hat dir Klemf gefallen?« fragte Farber.

»Wer?«

»Der Pianist.«

»War das sein Name?«

Farber zweifelte keine Sekunde daran, daß O'Malley die Spannungen mitbekam, die zwischen ihm und Madge herrschten.

»Er hat zwar alle Noten richtig gespielt, aber ...«

Doch Madge ließ sich auf kein Gespräch ein.

»Möchtest du vielleicht auch einen Drink?« fragte Farber sie, nachdem sie zu Hause angekommen waren und er seinen Mantel auf den Stuhl neben der Eingangstür geworfen hatte.

»Ich möchte vor allem, daß du mich nicht mehr wie den letzten Dreck behandelst.«

Er ging in die Küche, nahm zwei Gläser und warf Eisstücke hinein. »Ja oder nein?«

»Du verlierst nie ein Wort darüber, wo du gerade steckst, was du gerade machst oder was du vorhast. Auch heute abend ...«

»Es tut mir leid wegen heute abend, aber ...«

»Dir tut immer alles nur leid.«

»Ich stecke zur Zeit einfach in sehr schwierigen Ermittlungen, wie du vielleicht mitbekommen haben dürftest«, sagte er sarkastisch.

»Du ... du ...!« Sie machte auf dem Absatz kehrt und ließ ihn einfach stehen.

Farber ging mit seinem Drink ins Wohnzimmer und setzte sich ans Klavier, um ein paar Takte von dem Dvořák-Stück zu spielen, das sie zuvor gehört hatten. Farber kannte Dvořáks Klavierkonzert sehr gut, da er es selbst vor langer Zeit einstudiert hatte, in der Hoffnung, es irgendwann einmal bei seinem Debüt auf der Bühne zu spielen.

»Und was ist das, wenn ich fragen darf?« hörte er plötzlich Madges gleichermaßen verblüfft wie wütend klingende Stimme. Sie mußte bei dem Vorhaben, seinen Mantel an die Garderobe zu hängen, zufällig auf den Slip in seiner Tasche gestoßen sein, denn sie hielt ihn in der Hand.

»Das ist ein Beweisstück.«

Farber stand auf und schnappte ihn ihr weg.

»Wenn ich recht informiert bin, werden Beweisstücke normalerweise etikettiert und auf dem Revier verwahrt.«

»Nun, dieses eben nicht.«

»Bert, ich erwarte eine Erklärung.«

Farber fragte sich manchmal, ob seine übertriebene Neigung zur Geheimniskrämerei angeboren oder eine Art Berufskrankheit war. Wie auch immer, selbst engsten Vertrauten teilte er nur im Notfall das Allernotwendigste mit, da er der Devise folgte, daß ein Geheimnis nur dann ein Geheimnis blieb, wenn man es für sich behielt.

Farber legte den Slip demonstrativ auf das Klavier und nahm wieder Platz.

»Ich vermute, daß er der Frau gehört, mit der Harry Chapman kurz vor seinem Tod im Bett war«, erklärte er Madge.

»Wen meinst du damit? Mary Alice?«

»Ehrlich gesagt weiß ich es nicht.«

»Das Ding gehört Mary Alice, gib es doch zu. War es schwer, ihr den Slip herunterzuzerren?«

»O Gott, Madge, du bist geschmacklos.«

»Wolltest du deiner kleinen Frau zu Hause vielleicht eine Trophäe mitbringen?«

Er hämmerte auf die Tasten, um ihre Anklagen zu übertönen, bis sie schließlich weinend das Zimmer verließ.

Kopfschüttelnd stand Farber auf, ging zum Telefon und rief Kincaid in dessen Wohnung an. Dieser berichtete ihm, daß das Apartment an der 77. Straße versiegelt worden sei, nachdem das Spurensicherungsteam eine Vielzahl von Fingerabdrücken registriert habe.

»Auch die von Harry Chapman?« fragte Farber.

»Sie hatten recht«, bestätigte Kincaid. »Chapmans Fingerabdrücke waren überall in dem Apartment.«

»Dann haben wir jetzt wenigstens Gewißheit.«

»Ich weiß bisher nur, daß Sie das Apartment kurz vor meinen Leuten ausfindig gemacht haben. Ich weiß aber immer noch nicht, *wie* Ihnen das gelungen ist.«

Farber überhörte Kincaids Wunsch nach einer Erklärung einfach. »Gibt es sonst noch etwas?«

»Wir werden morgen versuchen, die übrigen Fingerabdrücke zu identifizieren. Aber ich fürchte, das dürfte schwierig werden, vor allem wenn sie von einer Frau stammen sollten.«

Farber erwiderte nichts.

»Bei Männern haben wir immer relativ gute Chancen, da Vergleichsfingerabdrücke von ihnen vorliegen, sofern sie vorbestraft oder bei der Armee waren. Das trifft leider für Frauen nicht zu. Aber wir suchen doch nach einer Frau, nicht wahr, Chief?«

»Möglicherweise«, bestätigte Farber und legte dann den Hörer auf.

Anschließend rief er bei Potter an, den er augenscheinlich aus dem Bett holte. Farber rang sich eine halbherzige Entschuldigung ab, bat dann aber um einen Bericht über das, was Potter herausgekriegt hatte. Er konnte ihm jedoch nur mitteilen, daß auch der Sicherheitsdienst kein Foto und keine weiteren Informationen über Anna Russo habe. Sie sei auf jeden Fall niemals verhaftet oder eines Verbrechens beschuldigt worden.

Farber hatte auf ein Foto gehofft, das er Caroline Connolly hätte vorlegen können, um die Frau zu identifizieren, mit der Harry Chapman kurz vor seinem Tod im Flugzeug gesessen hatte. So aber gestaltete sich das Ganze wesentlich schwieriger.

Als er ins Schlafzimmer kam, um ins Bett zu gehen,

war es dunkel im Raum. Und es war kalt, da das Fenster wie gewöhnlich weit offenstand. Farber setzte sich auf die Bettkante und streichelte über das Haar von Madge.

»Ob du es mir glaubst oder nicht, Liebes, dieser Slip ist ein Beweisstück. Ich habe ihn heute am Spätnachmittag in einem Apartment gefunden, das Harry benutzt hat. Der Slip könnte Mary Alice gehören, genausogut aber auch einer anderen Frau.«

Madge rührte sich nicht. Schließlich erhob sich Farber und zog sich aus. Er ging noch kurz ins Bad, kehrte jedoch bald zurück, legte sich ins Bett und schlief einige Zeit später ein.

11

Der Morgen war eisig kalt, aber die Luft war so außergewöhnlich klar, und die niedrigstehende Sonne sandte ihr gleißendes Licht so verführerisch über die Dächer und Straßen der Stadt, daß Chief Terrence Sternhagen beschloß, das letzte Stück zum Hauptquartier zu Fuß zurückzulegen. Er stieg am Broadway, Ecke Canal Street aus, wies seinen Fahrer an vorauszufahren und korrigierte den Sitz seines Mantels sowie seiner Uniformmütze, bevor er sich auf den Weg machte.

Die meisten New Yorker, die überall aus Bussen und U-Bahn-Stationen zu ihren Arbeitsplätzen strömten, hatten noch nie zuvor einen Cop gesehen, der so viele Sterne auf seinen Schulterklappen trug. Sternhagen genoß es, die Blicke der Menschen geradezu magnetisch auf sich zu ziehen, denn er hielt sich für eine ausgesprochen bedeutende Persönlichkeit in der bedeutendsten Stadt der Welt. Und die Sterne auf seinen Schultern bewiesen diese Tatsache genauso wie die Reaktion der Leute. Immerhin stand er an der Spitze des größten Polizeiapparates der Vereinigten Staaten – zumindest beinahe. Es war nur noch eine Frage von Tagen, möglicherweise von Stunden, daß der Bürgermeister seine Entscheidung bekanntgeben würde. Wer außer ihm sollte schon ernsthaft dafür in Frage kommen, Chapmans Nachfolger zu werden? Priestley war zu alt und Farber noch zu jung. Nach Sternhagens eigener Überzeugung vereinte nur er selbst alle erforderlichen Voraussetzungen. Und er zweifelte nicht daran, daß er das Rennen machen würde.

Obwohl Sternhagen eine ordentliche Strecke zurücklegen mußte, erreichte er das Hauptquartier nur wenig später als gewöhnlich. Seine Hochstimmung wurde jedoch getrübt, als er seine Abteilung betrat. Dort machte gerade die Neuigkeit die Runde, daß Assistant Chief Earl Coxen vor einer Stunde dabei gesehen worden war, wie er das Dienstzimmer des Bürgermeisters betrat. Mehr als zwanzig Minuten hatten beide unter vier Augen miteinander gesprochen, und es hieß, Coxen habe beim Verlassen des Rathauses gelächelt.

Das alles ließ nur den Schluß zu, daß der Bürgermeister mit dem Gedanken spielte, einen farbigen Cop zum Commissioner zu ernennen. Dafür gab es sicherlich eine ganze Reihe plausibler politischer Gründe. Schließlich lebten in den New Yorker Bezirken mit den höchsten Kriminalitätsraten fast ausnahmslos Farbige. Die Schwarzenghettos der Stadt waren regelrechte Pulverfässer mit einer enormen sozialen Sprengkraft. Andere Städte mit vergleichbaren Problemen waren daher längst dazu übergegangen, die Führungspositionen bei der Polizei mit Farbigen zu besetzen. Auch in New York würde ein solcher Entschluß fraglos Sinn machen und war – zumal aus Sicht des Bürgermeisters –, durchaus nachvollziehbar.

Sternhagen bekam auf dem Weg in sein Büro hier und da etwas von dem Klatsch mit, den Rest erfuhr er von seinem Adjutanten, der ihm alle Details von Earl Coxens Besuch im Rathaus berichtete.

»Was halten Sie davon, Chief?«

Im ersten Augenblick war Sternhagens Zuversicht sichtlich erschüttert worden. Dann versuchte er sich mit dem Gedanken zu beruhigen, daß der Bürgermeister es kaum wagen würde, einen Farbigen auf diesen wichtigen Posten zu setzen, zumal Coxen nur zwei Sterne auf den Schultern trug und nicht das gesellschaftliche Format besaß, das man als Commissioner benötigte. Nein, er war kein wirklicher Gegner für ihn, dachte Sternhagen.

»Wer immer der nächste Commissioner werden mag, wir werden ihn bei seiner Arbeit mit allen uns zur Verfügung stehenden Mitteln unterstützen«, sagte er laut. »Und schließen Sie bitte die Tür hinter sich, wenn Sie jetzt gehen.«

Dennoch brütete Sternhagen noch eine ganze Weile über den Vorfall nach, zumal ihn im Lauf des Vormittags plötzlich Marlene Coxen anrief, was ihn sehr viel mehr verunsicherte als das ganze frühere Gerede um ihren Mann. Wenn jemand etwas über die Erfolgsaussichten Earl Coxens wußte, dann sicherlich sie. Aber allem Anschein nach rief sie ihn nur wegen des Abendessens an, zu dem er und seine Frau eingeladen worden waren.

»Ach ja«, sagte Sternhagen, nachdem er in seinem Terminkalender den entsprechenden Eintrag gefunden hatte.

»Tut mir leid, Chief, daß ich Sie deswegen während der Arbeit belästige, aber da wir den morgigen Abend als Termin gewählt hatten, drängt leider die Zeit.«

Sternhagen versuchte aus ihrer Stimme versteckte Botschaften herauszuhören, gewann jedoch keinen klaren Eindruck. Marlene Coxen berichtete ihm nur, daß sie mehrfach ergebnislos versucht habe, seine Frau zu Hause zu erreichen. Trotz des Todes von Harry Chapman hoffe sie, daß es bei Sternhagens Zusage zu dem Abendessen bleibe, zumal auch die Priestleys erneut ihr Kommen zugesichert hätten.

Sternhagen sagte sich, daß es für den Fall der Fälle sicherlich klüger war, möglichst gute Beziehungen zu Earl Coxen zu pflegen.

»Ich freue mich auf morgen abend«, betonte er deshalb, »und meine Frau auch.« Schließlich könnten ja nicht alle den Kopf hängen lassen, nur weil jemand den Tod gefunden hatte.

Beide tauschten anschließend noch ein paar unverbindliche Belanglosigkeiten aus, bevor das Gespräch beendet wurde.

Nachdem er den Hörer wieder aufgelegt hatte, strich Sternhagen das Fragezeichen durch, das er sich ursprünglich hinter dem Eintrag in seinem Kalender gemacht hatte. Das Fragezeichen in seinem Kopf blieb jedoch stehen. Coxen! Mußte man ihn wirklich ernst nehmen?

Farber warf einen Blick auf die von Potter hinterlegte Liste mit den Telefonnummern, unter denen Anna Russo zu erreichen sein sollte, und wählte die erste.

Es meldete sich ein Mann mit einer Stimme wie ein Reibeisen. »Wer ist da?« knurrte er.

Farber legte wortlos auf, strich die Nummer auf seiner Liste und wählte die nächste.

Diesmal war eine Frau mit starkem Akzent dran, der für seine Ohren italienisch klang. Vermutlich handelte es sich um ein Hausmädchen.

»La Signora? Vielleicht sie ist da. Ich muß schauen.«

Es dauerte eine ganze Weile, bevor sich eine andere weibliche Stimme meldete.

»Mit wem spreche ich bitte?« erkundigte sie sich, nachdem sie Farbers Frage, ob sie Anna Russo sei, bejaht hatte. Sie besaß eine ausgesprochen wohlklingende Stimme und wirkte gelassen. *Eben so, wie es sich für die Frau eines Mafiabonzen gehört,* dachte Farber. Er nannte ihr seinen Namen sowie seinen Rang und erklärte, ihr einige Fragen stellen zu müssen. Anna Russos Reaktion bestand darin, daß sie scharf die Luft einsog, wie Farber am Telefon hören konnte.

»Welcher Art sind Ihre Ermittlungen, wenn ich fragen darf?«

»Es geht um die Ermordung von Commissioner Chapman«, sagte Farber in der Hoffnung, sie damit zu erschrecken.

»Ich wüßte nicht, wie ich Ihnen behilflich sein könnte«, erwiderte sie, allerdings erst nach einer Pause.

»Hören Sie mich erst einmal an, gnädige Frau«, bat Farber mit entwaffnender Höflichkeit. Er müsse sie unbedingt sprechen, da die Polizei jeden der Passagiere befrage, die am vergangenen Sonntag abend mit dem Commissioner in derselben Maschine von Washington aus zurück nach New York geflogen seien. Ihr Name habe auf der Passagierliste gestanden, und deshalb ...

»Ich habe nur meine kranke Mutter besucht«, unterbrach ihn Anna Russo. »Das war der einzige Grund, warum ich nach Washington geflogen bin.«

»Das glaube ich Ihnen ja«, erklärte Farber jovial, »und vermutlich können Sie uns wirklich nicht weiterhelfen.

Aber ich muß dennoch auf Ihrer Vernehmung als Zeugin bestehen, da Sie zu den letzten gehören, die Harry Chapman lebend gesehen und möglicherweise auch gesprochen haben. Schon die geringste Kleinigkeit, die Sie vielleicht unwissentlich beobachten konnten, wäre eventuell eine Hilfe für uns.«

»Ich war an jenem Abend so geschafft, daß ich einfach gar nichts um mich herum mitbekommen habe«, versuchte sich Anna Russo aus der Affäre zu ziehen. »Deshalb kann ich Ihnen leider in keiner Weise behilflich sein.«

»Das wird sich zeigen. Darf ich Sie bitten, morgen um 15 Uhr in mein Büro zu kommen?«

»Man kann doch von einem übermüdeten Menschen nicht erwarten, daß er alles um sich herum mitbekommt, oder?«

»Es bleibt also bei 15 Uhr, einverstanden?«

»Mir fällt gerade ein, daß ich zu dieser Zeit bereits einen wichtigen Termin habe. Ehrlich gesagt bin ich auch für den ganzen Rest der Woche schon völlig ausgebucht.«

»Das tut mir leid, gnädige Frau. Aber da wir bei unseren Ermittlungen unter hohem Zeitdruck stehen, muß es bei dem genannten Termin bleiben.«

»Ich würde ja gerne zu Ihnen kommen, aber was soll ich tun? Meine übrigen Verabredungen lassen es einfach nicht zu!«

»Falls es sich nur um ein Transportproblem handeln sollte, so könnte ich einen Streifenwagen bei Ihnen vorbeischicken, der Sie hierherbringt«, schlug Farber vor, da er genau wußte, daß dies das letzte war, was Anna Russo wollte. Er hörte förmlich, wie sie verzweifelt überlegte, auf welche Weise sie den Kopf aus der Schlinge ziehen konnte. Da sie in einer Villa in Westbury, zwanzig Meilen außerhalb von New York, hinter einem drei Meter hohen Metallzaun wohnte, war es undenkbar für sie, sich von einem Streifenwagen abholen zu lassen. Was würden ihr Mann und der Rest der Familie dazu sagen?

»Vielleicht ziehen Sie es aber doch vor, in die Stadt zu

kommen und ein paar Einkäufe zu erledigen«, sagte Farber mit honigsüßer Stimme. »Dabei könnten Sie ja auf dem Rückweg kurz in meinem Büro vorbeischauen.«

Er wartete einen Moment, bevor er den entscheidenden Nachsatz hinzufügte: »Es muß ja niemand erfahren, daß wir uns getroffen haben.«

Nach Beendigung des Gespräches führte Farber noch einige weitere Telefonate mit Leuten, die er bei der Begegnung mit Anna Russo benötigte. Dann trat er an den Schrank in seinem Büro und holte den Slip aus der Manteltasche: Er war weiß und mit Spitze eingefaßt. Bei dem Stoff handelte es sich um reine Seide. Möglicherweise besaß die Eigentümerin einen dazu passenden Büstenhalter? Aber wer war die Eigentümerin? Anna Russo?

Farber versuchte, sich die ihm unbekannte Frau in dem von ihm gefundenen Slip vorzustellen. Früher hätten sie bei der Polizei nicht viel Federlesens mit der Frau eines Mafiosos gemacht und sie notfalls gegen ihren Willen ausgezogen, um feststellen zu können, ob es ihr Slip war. Aber die alten Zeiten waren unglücklicherweise für immer vorbei.

Wie würde sie reagieren, wenn er ihr den Slip beim Betreten seines Büros hinhielt? Würde es ihm gelingen, sie damit zu überrumpeln?

Leider konnte er sich nicht sicher sein, daß es ihr Slip war. Er wußte ja nicht einmal, ob wirklich sie die Frau gewesen war, die im Flugzeug neben Harry Chapman gesessen hatte, und noch weniger, ob sie jemals sein Apartment in der 77. Straße betreten hatte. Wären ihre Fingerabdrücke in der Kartei, dann hätten die Spurensicherungsexperten bereits einen Vergleich mit den von ihnen gefundenen vornehmen können. Aber Farber besaß weder ihre Fingerabdrücke noch ein Foto von ihr, das er Caroline Connolly hätte vorlegen können. Alles, was er besaß, war ein Haufen offener Fragen.

Während er nachdenklich auf den Slip starrte, der auf seinem Schreibtisch lag, kam Farber sich vor wie ein Teenager, der heimlich ein pornografisches Bild betrachtet. Er fuhr mit der Hand in den Slip, um die kühle, weiche Seide auf der Haut zu spüren.

Eine Frau, die so etwas trug, neigte auf keinen Fall zu übertriebenem Schamgefühl, stellte Farber fest, der durch den Stoff hindurch die Haare auf seinem Handrücken sehen konnte.

Anna Russo war platinblond, hatte breite Hüften und eine beeindruckende Oberweite, die nur unzureichend unter ihrem Hosenanzug aus Goldlamé und dem weißen Nerzmantel verborgen wurde. Sie war so dick geschminkt, daß Farber befürchtete, ihr Gesicht könne beim ersten Ansatz eines Lächelns Risse bekommen. Zudem trug sie falsche Wimpern, wie er allerdings erst später bemerkte, als sie schließlich ihre große Sonnenbrille absetzte.

Obwohl es niemals gelungen war, ihr eine persönliche Beteiligung an einem Verbrechen nachzuweisen, war sie nach den Unterlagen des Sicherheitsdienstes alles andere als ein unbeschriebenes Blatt. Es stand außer Zweifel, daß sie als Ehefrau eines mächtigen Mafioso zumindest davon wußte, daß ihr Mann sein Geld mit Mord, Entführung und Erpressung verdiente. Dies schien sie jedoch in keiner Weise daran zu hindern, dieses Geld mit vollen Händen auszugeben, wie ihr sündhaft teurer Pelz bewies.

Als Farber ihr anbot, das kostbare Stück für sie aufzuhängen, lehnte sie dankend ab.

»Ich behalte ihn lieber an. Schließlich wird unser Gespräch ja nicht lange dauern, nicht wahr?«

Sie öffnete den Mantel jedoch, als wolle sie Farber mit ihren üppigen Brüsten beeindrucken. Dabei fiel ihm auf, daß sie an ihren Händen mehrere Diamanten von der Größe eines Henkerknotens trug.

Sie ist aufgemacht wie eine Hure, dachte Farber. *Wie konnte sich Harry nur mit einer solchen Frau einlassen? Falls er sich wirklich mit ihr eingelassen hat!*

»Sie trinken doch sicher eine Tasse Tee mit mir?«

»Danke nein, ich möchte nichts.«

Ungeachtet ihrer Ablehnung trat Farber an seine Gegensprechanlage und instruierte den Detective, der sich in seinem Vorzimmer meldete, eine Kanne Tee und zwei Tassen zu besorgen.

Um die Wartezeit zu überbrücken, erkundigte sich Farber nach dem Wohlergehen ihres Mannes, ihrer Kinder und ihrer erkrankten Mutter in Washington.

»Ah, da kommt ja unser Tee!« rief Farber, als eine Polizistin sein Büro betrat und das Tablett auf dem Tisch vor dem Besuchersofa abstellte.

»Ich möchte wirklich nichts«, wiederholte Anna Russo, aber Farber ließ es sich nicht nehmen, ihr dennoch eine Tasse einzuschenken.

»Nehmen Sie Zucker in den Tee?«

»Ich nehme niemals Zucker.«

»Milch?«

Sie schüttelte ungeduldig den Kopf und signalisierte unübersehbar, wenig Zeit zu haben.

Farber reichte ihr die Tasse. Da Anna Russo allerdings keine Bereitschaft zeigte, sie entgegenzunehmen, stellte er sie vor ihr auf den Tisch. Dann setzte er sich ihr gegenüber.

»Wie gut kannten Sie Harry Chapman?« fragte er unvermittelt.

»Wen?«

»Den ermordeten Commissioner.«

»Ach ja ...«

»Sie kannten ihn doch?«

»Tut mir leid. Ich hatte leider nicht die Ehre, mit ihm persönlich bekannt zu sein.«

»Seltsam.« Farber legte seine Stirn in Falten. »Mir ist etwas anderes berichtet worden.«

»Nun, es mag sein, daß wir uns einmal bei einem Empfang oder auf einer Party begegnet sind«, erklärte Anna Russo vorsichtig. »Ich werde auf viele Empfänge und Partys eingeladen.«

Farber versuchte in ihren Augen zu lesen, konnte jedoch durch ihre Sonnenbrille hindurch nichts erkennen.

»Wo könnten Sie ihm denn begegnet sein?« hakte er nach.

»Da gibt es viele Möglichkeiten … falls ich ihm überhaupt jemals begegnet sein sollte.«

Farber nippte an seinem Tee. »Finden Sie nicht auch, daß eine Tasse Tee bei so kaltem Wetter wahre Wunder wirkt?«

Anna Russo hob nur die Schultern und musterte ihn argwöhnisch. Zumindest vermutete Farber, daß sie es tat, denn wegen der Sonnenbrille konnte er ihre Augen nicht sehen. Und sie hatte ihre Tasse Tee noch immer nicht angerührt.

»Mr. Chapman flog am Freitag abend nach Washington – genau wie Sie«, nahm Farber den Faden wieder auf.

»Was für ein Zufall! Aber das Leben besteht nun einmal aus lauter Zufällen, finden Sie nicht?«

»Er kehrte am Sonntag abend nach New York zurück, und wieder saßen Sie in derselben Maschine.«

Farber stand auf und trat an seinen Schreibtisch, um dort einen Schnellhefter mit Kriminalstatistiken aus der Schublade zu ziehen. Er hielt ihn allerdings so, daß Anna Russo den Inhalt nicht sehen konnte.

»Nach meinen Unterlagen, die ich von der Fluggesellschaft bekommen habe, saßen Sie während des Rückfluges neben dem Commissioner.«

Farber ließ den Schnellhefter wieder in der Schublade verschwinden.

»Mir wurde ein Platz neben einem Herrn zugewiesen«, bestätigte sie und nahm ihre Sonnenbrille ab. »Das ist richtig.«

»Neben Harry Chapman.«

»War das sein Name? Es war auf jeden Fall ein charmanter Mann.«

Belog sie ihn, weil sie tatsächlich Harry Chapmans Geliebte gewesen war? Oder stritt sie alles ab, weil es ihr als Frau eines Berufsverbrechers zur zweiten Natur geworden war, niemals eine ehrliche Antwort auf die Frage eines Polizisten zu geben?

»Ihr Tee wird kalt«, sagte Farber.

Als sie ihre Hand nach der Tasse ausstreckte, schien sie zu zittern. Oder hatte er sich getäuscht? Sollte seine Beobachtung zutreffend gewesen sein, konnte es sich um einen Hinweis darauf handeln, daß sie nervös war. Begann ihre Fassade langsam zu bröckeln?

»Als Sie aus Washington zurückkamen, trugen Sie ein grünes Kostüm von Chanel, nicht wahr?«

»Ich trage nur selten Grün. Die Farbe steht mir einfach nicht so gut.«

»Gelang es Ihnen, die Flecken völlig zu entfernen?«

Sie hielt die Untertasse jetzt mit beiden Händen, als wolle sie ein Klappern vermeiden.

»Ich weiß nicht, was Sie meinen.«

»Auf dem Flug hat Ihnen doch eine der Stewardessen aus Versehen etwas auf das Kostüm gegossen.«

»Ich kann mich nicht erinnern.«

»Ich dachte nur, Ihr Kostüm könne – nach allem, was ich gehört habe – ruiniert sein?«

»Ihre Sorge ist unbegründet.«

»Aber die Stewardeß gab zu, sowohl Ihre Jacke als auch den Rock beschmutzt zu haben.«

»Ach ja, ich glaube, ich weiß jetzt, auf welchen kleinen Zwischenfall Sie anspielen. Das Ganze war nur halb so wild.«

Obwohl er nun das Gefühl hatte, langsam festen Boden unter die Füße zu bekommen, ließ sich Farber nichts anmerken. Statt dessen ging er nochmals zu seinem Schreibtisch und kam diesmal mit einem Foto von Harry Chapman zurück, das er ihr reichte.

»Ist das der Mann, neben dem Sie im Flugzeug saßen?«

»Es tut mir wirklich sehr leid, aber ich kann mir einfach keine Gesichter merken«, beteuerte Anna Russo und wollte ihm das Foto zurückgeben. Farber deutete ihr allerdings an, es auf den Tisch zu legen.

»Aber er könnte es gewesen sein?«

»Ich würde Ihnen wirklich gerne helfen, aber …«

»Aber was?«

»Es waren bestimmt mehr als hundert Männer in der Maschine.«

»Möchten Sie noch etwas Tee?« Er nahm die Kanne und schenkte ihr noch eine Tasse ein.

Es folgten weitere zwanzig Minuten, in denen Farber ihr weiterhin Fragen stellte. Aber es gelang ihm nicht, Anna Russo auf irgendeinen Punkt festzunageln. Nach wie vor bestritt sie alles, machte nur vage Aussagen oder berief sich darauf, sich an nichts erinnern zu können. Da Farber keine harten Beweise in Händen hielt, mit denen er sie hätte konfrontieren können, verlor er immer mehr an Boden, während sie immer sicherer wurde. Vielleicht hatte es sich bei der Nervosität, die er anfangs bei ihr festgestellt hatte, auch nur um eine ganz natürliche Reaktion gehandelt. Schließlich konnte eine Frau durchaus Unbehagen empfinden, wenn sie in das Hauptquartier der Polizei bestellt wurde, um dort von einem hochrangigen Beamten wegen eines Mordfalles vernommen zu werden – vor allem bei Anna Russos *familiärem* Hintergrund.

Falls sie wirklich die ganze Zeit über gelogen hatte, war sie eine wahrhaft brillante Lügnerin. Das traf allerdings auf alle Frauen zu, wie Farber selbst mehr als jeder andere auf schmerzhafte Weise am eigenen Leib erfahren hatte. Ihm standen aber auch einfach zu wenige Fakten zur Verfügung. Gut, sie hatte mit Harry Chapman in einer Maschine gesessen, möglicherweise auch neben ihm, aber schon das war derzeit nicht zu beweisen. Sie hatte lediglich zugegeben, daß ihr von einer Stewardeß etwas aufs Kostüm gegossen worden war. Aber mußte es sich dabei zwangsläufig um den Tomatensaft handeln, mit dem sich Caroline Connolly an ihrer vermeintlichen Nebenbuhlerin gerächt hatte?

All das war nicht mit letzter Sicherheit zu entscheiden. Deshalb verzichtete Farber auch darauf, Anna Russo mit dem von ihm gefundenen Slip zu konfrontieren. Höchstwahrscheinlich hätte sie auch in diesem Fall einfach bestritten, daß er ihr gehörte. Nein, Farber zog es vor, eine bessere Gelegenheit abzuwarten, um seinen Trumpf auszuspielen.

Als er sie zur Tür begleitete, dankte er ihr nochmals für ihr Kommen, wies sie aber darauf hin, daß er sie möglicherweise noch einmal in sein Büro bitten müsse.

»Kein Problem. Ich stehe Ihnen jederzeit zur Verfügung.«

Jeder Detective der Abteilung – daran hegte Farber keinerlei Zweifel – folgte Anna Russo mit seinen Blicken auf dem Weg zum Fahrstuhl. Farber selbst aber gab einem der Männer mit einem Nicken ein Zeichen, worauf dieser sich erhob und ihr folgte. Es handelte sich um Lieutenant Mosconi, der für eine Sondereinheit arbeitete, die gegen organisierte Kriminalität vorging. Fast sein ganzes bisheriges Berufsleben hatte der Lieutenant damit zugebracht, sich mit dem Russo-Clan zu beschäftigen. Jetzt folgte er Anna Russo in den Fahrstuhl und fuhr mit ihr ins Erdgeschoß, allerdings ohne ein Wort mit ihr zu wechseln oder auch nur einmal Blickkontakt mit ihr aufzunehmen. Seite an Seite verließen beide das Hauptquartier und traten ins Freie, wo Mosconi jedoch eine andere Richtung einschlug. Er hatte seine Aufgabe bereits erfüllt, denn sein Erscheinen war für Detective Crosse aus der Fotoabteilung des Polizeidepartments das Signal, seine mit einem 200-mm-Objektiv ausgerüstete Kamera hochzunehmen und die neben Mosconi befindliche Frau zu fotografieren.

Unterdessen holte Farber zwei Fingerabdruckexperten in sein Büro, die ebenfalls nur auf ihren Einsatz gewartet hatten. Farber deutete auf den Tisch vor dem Besuchersofa.

»Die Tasse, die Untertasse und das Foto.«

Zunächst verfolgte Farber noch, wie die beiden Männer von der Spurensicherung ihr Handwerkszeug auspackten und sich mit der ihnen und ihrer Tätigkeit eigenen Genauigkeit an die Arbeit machten. Da ihm die Prozedur aber allzu vertraut war, widmete er sich lieber seinem eigenen Job, der darin bestand, einen Polizeiapparat von dreitausend Detectives zu leiten. Auf seinem

Schreibtisch hatte sich ein ganzer Berg von Papieren und Unterlagen angesammelt, die durchgearbeitet werden mußten.

»Klar und deutlich«, hörte Farber plötzlich einen der Spurensicherungsexperten sagen. Er blickte auf und sah zu ihnen hinüber.

»Ja, Sir«, bestätigte der Detective, als er bemerkte, daß Farber sich ihm zuwandte. »Wir haben hier ein paar regelrechte Prachtexemplare auf der Untertasse.«

Kurz darauf fotografierten die beiden die Fingerabdrücke, bevor sie sie auf Karteikarten übertrugen und mit denen verglichen, die sie in dem Apartment in der 77. Straße gefunden hatten. Ein Abdruck, den vermutlich Anna Russos kleiner Finger der linken Hand auf der Untertasse hinterlassen hatte, entsprach einem der Abdrücke auf der Suppenterrine in der Wohnung. Damit ein Fingerabdruck vor Gericht als Beweismittel zugelassen wurde, mußten acht Vergleichspunkte identisch sein. Dies war hier zweifelsfrei der Fall. Anna Russo war also in Harry Chapmans Apartment gewesen.

Farber begann zu rechnen. Der Fingerabdruck in dem Apartment war mindestes fünf Tage alt, als er von den Spurensicherungsexperten gefunden wurde. Die drei Tage vor Harry Chapmans Ermordung hatte Anna Russo in Washington verbracht. Konnte es sein, daß ihr Abdruck also seit acht Tagen auf der Terrine gewesen war? Kaum, denn erfahrungsgemäß waren Fingerabdrücke nach so langer Zeit nicht mehr nachweisbar. Selbst fünf Tage galten schon als das äußerste Limit. Also mußte sich Anna Russo etwa zum Zeitpunkt von Harry Chapmans Ermordung in dessen Apartment an der 77. Straße aufgehalten haben. Oder sie hatte die Wohnung später noch einmal betreten. Aber das erschien Farber eher unwahrscheinlich, denn Anna Russo hätte dabei ein enormes Risiko auf sich nehmen müssen, da die gesamte Gegend bereits von Polizisten gewimmelt hatte.

Nach Lage der Dinge sprach also vieles dafür, daß sie – abgesehen vom Mörder –, Harry Chapman als letzter

Mensch lebend gesehen hatte. Und vielleicht hatte sie ihn ja sogar umgebracht!

Wie sollte Farber jetzt weiter vorgehen?

»Wie heißt die Frau, die vorhin bei Ihnen im Büro war, Chief?« fragte einer der Detectives von der Spurensicherung, während er seine Karten mit den frischen Fingerabdrücken sortierte.

Farber blickte wortlos aus dem Fenster.

»Da es sich um dieselbe Person handelt, können wir ihren Namen auf beiden Karten notieren.«

»Setzen Sie den Namen ›Miß X‹ ein«, erwiderte Farber kurz angebunden, da er die beiden Männer loswerden wollte, bevor sie allzusehr zum Nachdenken kamen.

»Wenn es sonst nichts mehr gibt, würde ich mich jetzt gern wieder an meine Arbeit begeben«, fügte er ungeduldig hinzu und machte sich auf den Weg zur Tür. Aber die beiden Spurensicherungsexperten machten keinerlei Anstalten zu gehen, da sie zu spüren schienen, daß der Chief in der Defensive war.

»Wer ist diese ›Miß X‹, Chief?« fragte der jüngere von beiden. »Und was hat sie mit dem Commissioner zu tun?«

»Ja, genau«, nahm der zweite mit einem anzüglichen Grinsen den Faden auf. »Ist sie eine Verwandte oder so etwas Ähnliches?«

Farber musterte beide, ohne die Miene zu verziehen. Er hatte es mit erfahrenen Detectives zu tun, die zwei und zwei zusammenzählen konnten. Und ihnen war nicht entgangen, daß sie ein wichtiges Mosaiksteinchen gefunden hatten, das eine Lücke in dem Bild vom Mörder Harry Chapmans schloß. Sobald die beiden den Raum verließen, würden sie beginnen, sich mit anderen Detectives, die ebenfalls einzelne Details kannten, auszutauschen.

Es war nur eine Frage der Zeit, und der gegenwärtige Stand der Ermittlungen würde im gesamten Department die Runde machen. Die ganze Geschichte war so sensationell, daß sie einfach nicht geheimgehalten werden konnte. Bereits in ein paar Stunden konnte es der Fall sein, daß jeder Cop auf der Straße seine Witze über den toten Commissioner machte, der mit der Frau eines Mafioso ins Bett gegangen war. Spätestens dann würde auch die Presse Wind von der Geschichte bekommen und sie als riesigen Skandal in die Schlagzeilen bringen.

»Nein, sie ist keine Verwandte«, gab Farber zu, da es zwecklos war, die Männer zu belügen »Und jetzt hört mir mal zu ...!«

Um die beiden einzuschüchtern, setzte er ihnen auseinander, welche Kreise der gesamte Fall zog und wie vertraulich daher alle Ermittlungsergebnisse behandelt werden müßten. Sie sollten daher den Mund halten und keinerlei Informationen weitergeben, um nicht die Festnahme des Mörders zu gefährden, die innerhalb weniger Tage zu erwarten war.

Doch die nun erst recht neugierig gewordenen Detectives stellten weitere Fragen. »Aber wenn diese Frau den Commissioner erschossen hat, wie können Sie sie dann einfach so aus Ihrem Büro spazieren lassen, Chief?«

»Weil ich mir sicher bin, daß sie ihn nicht ermordet hat«, behauptete Farber, der sich in Wirklichkeit dessen keinesfalls sicher war. »Aber sie könnte uns zum Mörder führen, sofern ihr nur die Klappe haltet.«

Er musterte beide mit drohendem Blick.

»Damit euch das klar ist: Falls auch nur ein Wort über die Sache mit den Fingerabdrücken die Runde machen sollte, weiß ich, daß ihr die undichte Stelle gewesen seid – und dann findet ihr euch so schnell beim Streifendienst wieder, daß ihr nicht mal Zeit habt, euch vorher die Schuhe zu putzen. Ich hoffe, ich habe mich klar genug ausgedrückt!«

Die Detectives versprachen hoch und heilig, absolutes Stillschweigen zu bewahren, doch Farber gab sich keinen Illusionen hin. Sie würden ihr Wort allenfalls in den nächsten ein oder zwei Stunden halten. Spätestens dann würden sie nach Dienstschluß eine Bar aufsuchen und vor ihren Kollegen zu prahlen beginnen. Farber blieb daher wirklich nicht viel Zeit.

Während er die Detectives zur Tür brachte, bemerkte er, daß Lieutenant Mosconi zurückgekehrt war und darauf wartete, ihn sprechen zu können.

»Nun?« wandte sich Farber an ihn, nachdem er ihn zu sich hereingewunken hatte.

»Sie wurde von einem weißen Cadillac erwartet, an dessen Steuer ein junger Bursche namens Willie Boy Benvenuto saß. Soweit wir wissen, kommt er direkt aus Sizilien und spricht nur gebrochen Englisch. Er ist ein Laufbursche, aber ich habe Informationen, nach denen er Anna Russo über alle Maßen verehrt, obwohl sie mindestens zwanzig Jahre älter ist als er.«

Farber warf ihm einen vielsagenden Blick zu.

»Ich weiß, was Sie denken, Chief, aber ich glaube, daß Sie auf dem Holzweg sind. Nach unseren Erkenntnissen erwidert sie seine Gefühle keineswegs, und Willie Boy würde bestimmt nicht einen derartigen Alleingang wagen. Ihr Mann würde ihn im Handumdrehen aus dem Verkehr ziehen.«

»Was ist mit Crosse? Hat er ein paar Fotos von ihr geschossen?«

»Ja. Er sagte, Sie würden die Aufnahmen binnen einer Stunde auf dem Schreibtisch haben.«

»Gut. Und was Sie betrifft: Ich möchte, daß Sie nach Westbury rausfahren«, sagte Farber, der erst in dieser Minute den Entschluß gefaßt hatte, Mosconi den Auftrag zu erteilen. »Nehmen Sie sich ein paar Männer mit und finden Sie heraus, in welche Reinigung Anna Russo ihr Kostüm mit den Tomatensaftflecken bringen ließ. Das muß am Montag oder Dienstag geschehen sein. Lassen Sie sich etwas einfallen, damit die Reinigung Ihnen das Kostüm aushändigt, und zwar am besten noch mit den Flecken. Dann bringen Sie es unverzüglich hierher.«

Der Lieutenant schien wenig begeistert von diesem Auftrag. »Brauchen wir dafür nicht einen Durchsuchungsbefehl, Chief?«

Mosconi hatte sicherlich recht, aber es blieb keine Zeit, sich erst einen zu besorgen.

»Es wäre vermutlich besser, wenn wir erst mit dem Staatsanwalt redeten«, fügte Mosconi hinzu.

Das waren berechtigte Einwände, die Farber zum Nachdenken zwangen. Den Ermittlungen war vom ersten Tag an ein junger Staatsanwalt namens Petrie zugeteilt worden. Seine Aufgabe bestand darin, bei Gericht Haft- oder Durchsuchungsbefehle sowie Abhörmaßnahmen zu beantragen, sofern ihm dies nach Durchsicht der polizeilichen Ermittlungsberichte vertretbar erschien.

Farber kannte ihn von einem früheren Fall her und hatte mit ihm vor wenigen Tagen zweimal telefoniert. Auch ohne Petrie zu Rate zu ziehen, wußte Farber, daß er nicht genügend Beweismaterial gegen Anna Russo in Händen hielt, um einen Haft- oder Durchsuchungsbefehl – und damit eine Beschlagnahmung des Kostüms – erwirken zu können.

Petrie die Zusammenhänge zu erklären würde mindestens zwei Stunden in Anspruch nehmen, vielleicht sogar mehr. Aber diese zwei Stunden konnte Farber nicht vergeuden. Darüber hinaus bestand durchaus die Gefahr, daß Petrie ihm die Anweisung erteilte, sich von Anna Russo fernzuhalten.

Unterdessen befand sich diese längst auf dem Rückweg nach Westbury, um dort möglicherweise umgehend ihr Kostüm aus der Reinigung zu holen und beiseite zu schaffen.

»Selbst wenn es mir gelingen sollte, das Kostüm ausgehändigt zu bekommen, bestünde doch die Gefahr, daß es bei einem Prozeß nicht als Beweisstück zugelassen würde«, gab der Lieutenant zu bedenken.

Doch Farber hatte bereits einen Entschluß gefaßt: besser ein Beweisstück, das vor Gericht nicht verwendet werden durfte, als gar kein Beweisstück.

»Versuchen Sie es trotzdem«, wies er Mosconi daher an. »Und beeilen Sie sich!«

Der Lieutenant zuckte die Schultern und machte sich auf den Weg.

Eine knappe Stunde später erhielt Farber die Fotos von

Anna Russo, woraufhin er zwei Detectives in sein Büro beorderte. Er beauftragte die Männer, Caroline Connolly entweder am Flughafen oder in ihrer Wohnung ausfindig zu machen und ihr die Fotos vorzulegen.

»Sie soll aussagen, ob es sich bei dieser Frau um diejenige handelt, die im Flugzeug neben dem Commissioner saß. Sollte dies der Fall sein, dann will ich auf jeden Fall eine schriftliche Aussage der Zeugin auf meinen Schreibtisch bekommen, verstanden?«

Es wurde draußen bereits dunkel, als Lieutenant Mosconi zurückkehrte und Farber das Chanelkostüm in einer Papiertüte überreichte.

»Obwohl der Besitzer der Reinigung durchaus das Recht gehabt hätte, mir die Herausgabe des Kostüms zu verweigern, hat er es mir ohne weiteres in die Hand gedrückt. Er bestand nur darauf, eine Quittung von mir zu erhalten.«

Farber grinste. »Das ist meistens so, wenn die Polizei etwas beschlagnahmen will. Anscheinend haben die Leute einfach Angst, sich auf die Hinterbeine zu stellen. Ist Ihnen das noch nie aufgefallen, Lieutenant?«

»Doch, doch – aber es hat mich dennoch überrascht.«

»Auf jeden Fall bin ich froh, daß Sie das Kostüm haben«, erklärte Farber und warf einen Blick darauf.

Mosconi schüttelte den Kopf. »Ich fürchte allerdings, daß kein Richter der Welt es als Beweisstück zulassen wird.«

»Bringen Sie es ins Labor«, wies Farber ihn an, ohne auf seinen Einwand einzugehen. »Die sollen untersuchen, ob es sich bei den Flecken um Tomatensaft handelt und ob dieses Kostüm Fasern aufweist, die mit denen identisch sind, die im Apartment des Commissioners sichergestellt wurden.«

Mosconi nickte.

»Anschließend schwärmen Sie mit ihren Männern aus, um die typischen Bars und Restaurants aufzusuchen, in denen sich gewöhnlich Mitglieder der Mafiafamilien herumtreiben. Spitzen Sie die Ohren und sehen Sie zu, ob Sie etwas Interessantes aufschnappen können.«

Man konnte sich stets darauf verlassen, daß Gangster – mehr noch als Cops –, mit ihren Taten vor anderen prahlten. Dies lag nicht zuletzt an der zwielichtigen Welt, in der Berufsverbrecher lebten. Es fiel nun einmal schwer, *nicht* über Mordaufträge und Raubüberfälle zu reden – zumal wenn sie gelungen waren. Deshalb erfuhren geschickte Detectives, die sich im Dunstkreis der Mafia aufhielten, relativ häufig, wer welches Verbrechen an wem begangen hatte. Derlei Informationen hatten zwar nicht denselben Stellenwert wie eine Zeugenaussage vor Gericht, konnten aber dennoch durchaus von Bedeutung sein. Und die Tatsache, daß Farber die Frau eines prominenten Mafioso vernommen hatte, sorgte in den einschlägigen Lokalen gewiß für genügend Gesprächsstoff.

Nachdem Mosconi erneut aufgebrochen war, stellte sich Farber ans Fenster und starrte versonnen hinaus in die Dunkelheit.

Die Gefahr, einen Fehler zu machen und den Fall zu verpfuschen, bereitete ihm Kopfschmerzen. Noch schwerer aber belastete ihn das Risiko, das er einging, indem er wichtige Informationen und Beweismittel zurückhielt. Der Staatsanwalt, Kincaid, Priestley, Sternhagen und nicht zuletzt der Bürgermeister würden ihm den Kopf abreißen, wenn sie dahinterkämen.

Farber konnte nur versuchen, sich damit aus der Affäre zu ziehen, daß sich die Dinge allzu rasch entwickelt hätten und deshalb keine Zeit geblieben wäre, die anderen einzuweihen. Er gestand sich allerdings ein, daß diese Argumentation nicht allzu glaubwürdig wirkte und viele Fragen offenließ.

Und was den Fall selbst betraf: Sollte er tatsächlich das Risiko eingehen, sich lächerlich zu machen, indem er Vermutungen und Schlußfolgerungen äußerte, ohne eindeutige Beweise in Händen zu halten?

Andererseits sagte er sich, daß der Bürgermeister keinesfalls die volle Zehn-Tages-Frist ausschöpfen mußte, bevor er den neuen Commissioner ernannte. Das konnte auch in den nächsten fünf Minuten geschehen. Wie lange sollte, wie lange konnte Farber also noch damit warten, ihm den neuesten Ermittlungsstand mitzuteilen?

Er kehrte an seinen Schreibtisch zurück und wählte Anna Russos Telefonnummer.

Wie bei seinem ersten Anruf meldete sich das Hausmädchen und bat ihn, zu warten. Als Anna Russo an den Apparat kam, schien sie außer Atem zu sein.

»Ich bin gerade erst ins Haus gekommen. Mit wem spreche ich?«

Farber entschuldigte sich zunächst dafür, sie jetzt schon wieder stören zu müssen. Als sie sich nach dem Grund dafür erkundigte, registrierte er einen besorgten Unterton in ihrer Stimme. Farber gab an, daß sich überraschenderweise ein paar neue Gesichtspunkte ergeben hätten, die er unbedingt am nächsten Vormittag mit ihr besprechen müsse.

»Wie wäre es mit zehn Uhr?«

»Leider paßt es mir um diese Zeit nicht so ...«

»Oh, bleiben wir doch bei zehn Uhr.«

»Halt, warten Sie! Sie können doch nicht einfach ...«

Wie zuvor bot Farber ihr an, sie von einem Streifenwagen abholen zu lassen oder die Befragung bei ihr zu Hause vorzunehmen. Ansonsten müsse sie sich um zehn Uhr bei ihm im Büro einfinden.

Es folgte ein längeres Schweigen, da Anna Russo offensichtlich nicht wußte, was sie erwidern sollte.

»Es wird nicht lange dauern«, fügte Farber hinzu.

Plötzlich wurde sie wütend und sogar beleidigend. Sie lasse sich nicht so willkürlich herumkommandieren und würde auf keinen Fall schon wieder ins Polizeidepartment kommen.

»Unter diesen Umständen wäre es vielleicht doch besser, wenn ich kurz Ihren Mann sprechen könnte«, erwiderte Farber, da er wußte, daß er damit einen wunden Punkt berührte.

Wieder folgte ein längeres Schweigen.

»Oder weiß er nichts von Ihrem Besuch bei mir?« fragte Farber scheinheilig.

»Also schön«, gab Anna Russo klein bei. »Um zehn. Aber das ist das letztemal.«

Sie warf den Hörer auf die Gabel, was Farber jedoch nur mit einem Lächeln quittierte.

Er kehrte an das Fenster zurück und starrte nachdenklich auf die Lichter der Stadt. Auch er hatte davon gehört, daß Earl Coxen beim Bürgermeister gewesen war. Es war also noch ein weiterer Konkurrent aufgetaucht, was die Situation verschärfte. Dies war ein Abend der Entscheidungen, denn es blieb einfach keine Zeit mehr, noch länger abzuwarten, wie sich die Dinge entwickelten. Kurz entschlossen griff Farber nach dem Telefon und wählte die Nummer des Bürgermeisters.

Als er ihn schließlich am Apparat hatte, schlug Farber ihm vor, im Rathaus vorbeizukommen, um ihn über den neuesten Stand der Ermittlungen zu informieren.

»Jetzt sofort?« fragte der Bürgermeister, der von Farbers Idee wenig begeistert schien. »Ich habe gerade ziemlich viel zu tun. Können wir das Ganze nicht eben am Telefon erledigen?«

»Ich fürchte nicht.«

Der Bürgermeister seufzte.

Als Farber kurz darauf das Rathaus betrat, waren die meisten Büros bereits verlassen und dunkel. Außer vom Bürgermeister wurde er noch von dessen beiden Stellvertretern erwartet, die sich bei seinem Eintreten aus ihren Sesseln erhoben und ihm die Hand schüttelten.

»Sie können offen sprechen, Bert«, sagte der Bürgermeister. »Vor diesen beiden Herren habe ich keine Geheimnisse. Sie wissen alles, was auch ich weiß.«

Als er bemerkte, daß Farber zögerte, forderte er ihn auf, die Karten offen auf den Tisch zu legen.

»Also, lassen Sie uns hören, was so brisant ist, daß wir es nicht am Telefon besprechen konnten.«

Farber schaute die beiden Stellvertreter vielsagend an, sagte aber nach wie vor kein Wort.

»Nun?« drängte der Bürgermeister ungeduldig.

Doch Farber blieb hart. »Es wäre mir lieber, wenn wir erst unter vier Augen sprechen könnten. Sollten Sie es dann noch wünschen, werde ich auch die beiden Herren in alles einweihen.«

Wieder stieß der Bürgermeister einen Seufzer aus. »Marv und Julius, würden Sie beide uns bitte für ein paar Minuten allein lassen?«

Seinen Stellvertretern war deutlich anzusehen, was sie von Farbers Mißtrauen hielten; sie verließen nur widerwillig murrend das Büro.

»Also, was ist nun so verdammt wichtig, daß Sie so ein Staatsgeheimnis daraus machen?«

»Was immer Sie mit den Informationen anfangen, die Sie nun von mir erhalten, ist Ihre Sache«, begann Farber. »Aber ich denke, Sie werden mir zustimmen, daß es besser ist, wenn ich zunächst nur Sie informiere.«

Farber gab ihm einen umfassenden Bericht über das, was er herausgefunden hatte. Harry Chapman habe, so begann er, seinen morgendlichen Jogginglauf von einem in der Nähe des Tatortes gelegenen Apartment aus begonnen, dessen Existenz er sorgfältig geheimgehalten habe.

»Das überrascht mich nicht«, sagte der Bürgermeister.

»Nun, das Apartment wurde von ihm für heimliche Treffen mit Frauen benutzt«, fuhr Farber vorsichtig fort.

»Und eine davon hat ihn getötet«, mußtmaßte der Bürgermeister. »Ich habe Ihnen gleich gesagt, daß es eine Frau war.«

»Das scheint zwar durchaus möglich zu sein, aber wir haben noch keinerlei Beweise dafür.«

»Wie viele Affären hatte Chapman denn in der letzten Zeit?«

»Ich weiß bis jetzt von zweien. Aber es waren möglicherweise auch mehr.«

»Donnerwetter!« entgegnete der Bürgermeister ungläubig. »Also hatte er neben seiner Frau tatsächlich noch zwei Geliebte?«

»Es sieht so aus.«

»Nicht zu fassen.«

»Der wirklich dicke Hund kommt aber erst noch«, fügte Farber hinzu. »Eine der beiden ist die Frau eines mächtigen Mafioso.«

Diese Mitteilung verschlug dem Bürgermeister die Sprache.

»Das ist der Hauptgrund dafür, daß ich zunächst nur Sie allein einweihen wollte«, erklärte Farber.

»Von welchem Mafioso sprechen Sie?« fragte der Bürgermeister nach einer ganzen Weile.

Farber nannte ihm den Namen.

»Großer Gott! Chapman hatte ein Verhältnis mit der Frau des schlimmsten Gangsters in der ganzen Stadt? Dafür ein dreifaches Hoch auf unseren allseits geschätzten Commissioner!«

»Ich weiß nicht, ob es sich nur um eine kurze Affäre gehandelt hat. Ich hoffe, morgen mehr herauszubekommen, wenn ich die Dame zum zweitenmal verhöre.«

»Harry Chapman!« rief der Bürgermeister voller Sarkasmus. »Und meine Berater haben mich dazu gedrängt, ausgerechnet diesen Bock zum Gärtner zu machen.«

»Es ging mir vor allem darum, Sie rechtzeitig zu warnen und Ihnen ein bißchen Zeit zum Nachdenken zu verschaffen. Denn vermutlich wird die Sache ziemlich viel Staub aufwirbeln.«

»*Staub* sagen Sie? Es wird ein Erdbeben geben!«

»Vielleicht läßt sich das noch vermeiden«, widersprach Farber. »Ich versuche, soviel wie möglich von der ganzen Geschichte unter den Teppich zu kehren.«

»Selbst wenn Ihnen das gelingen sollte, wird die Affäre für die Presse ein gefundenes Fressen sein.«

»Da haben Sie allerdings recht.«

»Vor allem werden sich diese Aasgeier auf mich stürzen. Mich werden sie für den Skandal des Jahrhunderts verantwortlich machen, weil ich Chapman ernannt habe. Eine Affäre mit einer Mafiabraut! Großer Gott, das hat mir gerade noch gefehlt!«

Der Bürgermeister schüttelte den Kopf.

»Ich werde natürlich jeden weiteren Schritt, den ich unternehme, mit Ihnen absprechen«, kündigte Farber an.

»Und es besteht nicht vielleicht die Möglichkeit, daß Chapmans Verhältnis mit dieser Anna Russo nichts mit seiner Ermordung zu tun hat?«

»Die Frage läßt sich zum gegenwärtigen Zeitpunkt nicht beantworten. Wir müssen abwarten, was unsere Ermittlungen weiter ans Tageslicht bringen.«

»Wie auch immer, irgendwann müssen Sie der Presse etwas sagen. Haben Sie sich schon überlegt, wie weit Sie die Hosen herunterlassen wollen?«

»Meiner Meinung nach müssen wir verhindern, daß irgend etwas nach draußen dringt, solange wir nicht wirklich harte Fakten vorliegen haben«, sagte Farber.

»Das ist auch meine Meinung«, bestätigte der Bürgermeister.

»John Kincaid hat einen seiner Leute damit beauftragt, jeden Abend eine Presseerklärung abzugeben. Mit etwa folgendem Wortlaut: Die Ermittlungen würden sich darauf konzentrieren, einigen interessanten Hinweisen zu folgen. Man könne allerdings noch nichts Konkretes sagen, um die Untersuchung nicht zu gefährden, usw. usw. usw. ...! Der Bursche ist ganz gut darin, die Reporter hinzuhalten und mit Unverbindlichkeiten abzuspeisen.«

»Sehr schön. Richten Sie ihm meinen persönlichen Dank dafür aus.«

Nach einer neuerlichen Pause stellte der Bürgermeister die entscheidende Frage: »Alles schön und gut, aber was sollten wir Ihrer Meinung nach als Nächstes tun?«

»Mit etwas Glück sollte es mir gelingen, den Fall bald abzuschließen«, erklärte Farber. »Sobald es für eine Festnahme langt, werde ich Sie informieren, damit Sie eine Pressekonferenz einberufen können.«

»Das übernehmen Sie besser selbst. Ich halte mich lieber noch eine Weile im Hintergrund.«

»Wie Sie wollen.«

»Harry Chapman!« wiederholte der Bürgermeister entgeistert. »Meine Güte, was hat uns dieser Mensch nur eingebrockt!«

Kurz darauf verabschiedete sich Farber – ohne daß der Bürgermeister darauf bestanden hätte, seine beiden Stellvertreter über den Ermittlungsstand zu informieren.

Als Farber auf dem Rückweg erneut den Korridor mit den Gemälden der bisherigen Bürgermeister entlangschritt, genoß er die Gewißheit, nun sicherlich die volle Aufmerksamkeit des jetzigen Amtsinhabers auf sich gezogen zu haben. Und Farber war davon überzeugt, daß sich daran vor der endgültigen Klärung des Falles auch nichts ändern würde. Dafür sorgte angesichts des drohenden Skandals schon allein das vitale Interesse des Bürgermeisters an einer größtmöglichen Schadensbegrenzung.

Wissen ist Macht, dachte Farber, *daran besteht kein Zweifel.* Wen immer der Bürgermeister auch zum Commissioner machen wollte, Farber würde es nun zumindest als erster erfahren und auch um seine Meinung gebeten werden.

Eine Stunde später saß Farber in Priestleys Büro, um im Beisein von Kincaid und Sternhagen zum zweitenmal Bericht zu erstatten.

Von Chapmans geheimem Apartment hatten die Anwesenden bereits am Vortag erfahren. Nun wurden sie von Farber auch über die Stewardeß und über die Frau des Mafioso informiert, deren Fingerabdrücke zweifelsfrei im Liebesnest des Commissioners nachgewiesen worden waren. Darüber hinaus teilte Farber ihnen eine Reihe weiterer Details mit, die allesamt nicht dazu angetan waren, die Stimmung der beiden karrieresüchtigen Männer zu heben.

»Diese Geschichte wird das Polizeidepartment mehr in Mißkredit bringen als jeder frühere Skandal«, schimpfte Sternhagen. Trotz der späten Stunde glänzten seine Schuhe, als ob sie gerade poliert worden wären. Und auch die

Bügelfalten in seinen Uniformhosen waren noch immer messerscharf. Trotz seines mittlerweile nicht mehr zu übersehenden Bauchansatzes war der großgewachsene, weißhaarige Mann eine imposante Erscheinung: vom Scheitel bis zur Sohle der Inbegriff eines Führungsoffiziers.

»Es wird zwanzig Jahre dauern, bis dieser Skandal in Vergessenheit geraten ist. Aber von uns wird das keiner mehr erleben.«

Wirkte Sternhagen ansonsten bestenfalls steif und unnahbar, so schien er jetzt den Tränen nahe.

Kincaid hingegen reagierte auf ganz andere Weise. »Wie lange kennen Sie bereits diese Zusammenhänge«, fragte er Farber sichtlich erbost, »und warum wurde ich nicht eingeweiht?«

»Ich habe Sie doch jetzt eingeweiht.«

»Und welche Informationen halten Sie noch in der Hinterhand, von denen ich nichts weiß?«

»Keine«, log Farber, der kein Wort über den Slip und das Projektil verlor, das Harry Chapman getötet hatte, ganz zu schweigen von einigen Vermutungen, über die er sich den Kopf zerbrochen hatte.

Kincaid wandte sich wütend an Priestley und Sternhagen. »Ich laufe mir in meinem Distrikt die Hacken wund, während er hinter meinem Rücken in aller Heimlichkeit seine privaten Ermittlungen betreibt.«

»All diese Informationen sind mir praktisch durch Zufall in den Schoß gefallen«, erwiderte Farber. »Und ich handelte, wie jeder Detective gehandelt hätte, indem ich sie zuerst überprüfte, bevor ich sie weitergab. Das ist wirklich alles.«

Er blickte in die verkniffenen Gesichter seiner beiden Vorgesetzten.

»Sie werden doch zugeben müssen, daß es sich ohne Zweifel um ausgesprochen brisante Informationen handelte, nicht wahr?«

»Allerdings«, stimmte Sternhagen zu.

»Hätte ich sie mit wer weiß wie vielen Detectives teilen

sollen, damit innerhalb kürzester Zeit die halbe Stadt davon gewußt hätte?«

»Keine Ahnung«, erwiderte Priestley zweifelnd.

»Wohl besser nicht«, gestand Sternhagen.

»Ich lege die Ermittlungen jedenfalls nieder«, verkündete Kincaid mit finsterer Miene und erhob sich, um den Raum zu verlassen. »Entweder ich bin für den Fall zuständig, oder ich bin es nicht. Da ich es offensichtlich nicht bin, habe ich keine Lust, das fünfte Rad am Wagen zu spielen.«

Da Priestley und Sternhagen einen höheren Dienstrang bekleideten als Farber, wartete er einen Augenblick, um den beiden die Chance zu lassen, Kincaid zur Ordnung zu rufen. Als jedoch beide schwiegen, ergriff Farber die Initiative.

»Hören Sie auf, die beleidigte Leberwurst zu spielen, und kommen Sie zurück«, bellte er Kincaid an, der die Türklinke bereits in der Hand hielt, nun aber zögerte.

»Setzen Sie sich wieder hin«, befahl Farber mit leiser, aber entschlossener Stimme. Doch Kincaid, der fünfzehn Dienstjahre mehr auf dem Buckel hatte, allerdings vom Rang her eine Stufe unter Farber stand, rührte sich nicht.

»Sie werden die Ermittlungen nur dann niederlegen, wenn Sie von mir den Befehl dazu erhalten haben«, verkündete Farber. »Sollten Sie es aber vorziehen, jetzt den Raum zu verlassen, dann werden Sie nicht nur den Fall abgeben, sondern auch Ihr Amt – und dazu Ihre Dienstmarke.«

Zögernd kehrte Kincaid mit hochrotem Kopf und ohne jemanden anzusehen auf seinen Platz zurück.

Unterdrückte Spannungen, eisiges Schweigen erfüllten den Raum, bis Sternhagen endlich das Wort ergriff: »Schon damals, als Chapman als junger Cop in meinem Distrikt begann, wußte ich, daß er seinen Schwanz nicht unter Kontrolle hatte«, sagte er.

Farber hielt diese Behauptung für Unsinn. Er hatte lange genug mit Harry Chapman in einem Streifenwagen gesessen, ohne jemals etwas Derartiges bemerkt zu haben.

Dazu mußte es erst später gekommen sein, vielleicht aufgrund der Macht und der Bewunderung, die Harry als Politiker genossen hatte, oder ganz einfach weil seine Ehe nicht funktionierte.

»Haben Sie seine Witwe über all das ins Bild gesetzt?« fragte Sternhagen.

»Warum hätte ich das tun sollen?«

»Vielleicht weiß sie etwas.«

»Möglicherweise«, stimmte Farber bei.

»Ehefrauen haben meistens ein Gespür dafür.«

Auch diese Binsenweisheit hielt Farber für Unsinn, denn nach seinen Erfahrungen bekamen Frauen nur in den seltensten Fällen mit, wenn ihre Männer fremdgingen – vermutlich, weil sie es nicht mitbekommen wollten. Meistens mußte man sie erst mit der Nase darauf stoßen.

»Auf jeden Fall spielt es für die Ermittlungen keine Rolle, ob sie davon wußte oder nicht«, stellte Farber fest.

»Nein, gewiß nicht«, bestätigte auch Sternhagen, der anschließend mit Priestley eine Diskussion über frühere Chiefs und Commissioner begann, die ebenfalls derartige ›Probleme‹ wie Chapman gehabt hatten. Um ebenfalls einen Beitrag zur Entspannung der aufgeladenen Atmosphäre zu leisten, berichtete auch Farber über einen ihm bekannten Cop, der es sich angewöhnt hatte, Frauen zu verprügeln, die wegen Ladendiebstahls festgenommen worden waren.

»Sie alle waren verwirrt und verängstigt und daher leichte Opfer für ihn, die keinen Widerstand leisteten.«

Das belanglose Gerede, das nur dazu diente, die Konfrontation zwischen Farber und Kincaid zu überspielen, endete ebenso abrupt, wie es begonnen hatte.

»Bert, glauben Sie, daß die Mafia hinter dem Mord steckt?« wandte sich Sternhagen schließlich wieder naheliegenderen Fragen zu.

»Es gibt auch noch andere Möglichkeiten«, lautete Farbers ausweichende Antwort.

»Wenn die Mafia dahintersteckt, werden wir den Fall nie lösen«, äußerte sich Priestley.

»Hm, Mafiaattentate sind wirklich kaum aufzuklären«, bestätigte Sternhagen.

»Oder erst in zwanzig Jahren«, fügte Priestley hinzu.

»Na ja, sagen wir besser in fünf Jahren«, korrigierte ihn Sternhagen.

»Meistens kommt es doch nur deswegen zu einer Klärung, weil ein Bursche, den wir geschnappt haben und der zu fünfundzwanzig Jahren oder sogar zu lebenslänglich verknackt worden ist, kein Land mehr sieht und deshalb plötzlich auch noch weitere Verbrechen gesteht, um damit anzugeben«, sagte Priestley.

Weder er noch Sternhagen schienen diese Aussichten allzusehr zu bedauern.

»Ich sage Ihnen, daß Mafiaverbrechen meistens nur auf diese Weise aufgeklärt werden«, bekräftigte Priestley nochmals.

Sternhagen wurde deutlicher. »Nun, sollte der Täter wirklich nicht zu ermitteln sein, besteht eigentlich auch kein Grund dazu, die Öffentlichkeit darüber zu informieren, daß der Commissioner mit der Frau eines Mafioso ins Bett gegangen ist.«

»Wir könnten dann seine Frauengeschichten überhaupt unter den Teppich kehren«, nahm Priestley den Faden auf.

»Auf diese Weise würde das Department vor einem irreparablen Schaden bewahrt.«

»Zunächst einmal müssen wir die Ermittlungen weiter vorantreiben«, gab Farber zu bedenken, »und dabei natürlich auch überprüfen, ob die Mafia ihre Finger im Spiel hatte. Doch sollten wir uns darüber im klaren sein, daß über kurz oder lang etwas durchsickern könnte und die Presse Fragen stellen wird.«

»Aber Sie haben es in der Hand, die Presse hinzuhalten und den Schaden für unser Department möglichst zu begrenzen, oder nicht?« Sternhagens Stimme klang beinahe flehentlich.

»Vielleicht. Vielleicht aber auch nicht.«

»Falls Chapman wirklich von Russo getötet wurde, weil

der herausbekam, daß Chapman es mit seiner Frau getrieben hat, warum hat Russo dann nicht auch sie umgebracht?« wunderte sich Priestley.

»Vielleicht ist das nur noch eine Frage der Zeit.« Farber schien unschlüssig.

»Heißt das, wir sollten sie unter Polizeischutz stellen?« fragte Sternhagen.

Farber schüttelte den Kopf. »Wie sollen wir sie vor ihrem eigenen Ehemann schützen?«

»Dann bliebe nur noch das Zeugenschutzprogramm«, erklärte Sternhagen.

»Anna Russo und ihre Kinder auf diese Weise in Sicherheit zu bringen, läßt sich nicht über Nacht in die Wege leiten – sofern sie überhaupt bereit wäre, ihre Einwilligung dazu zu geben«, widersprach Farber erneut. »In der Zwischenzeit hätte ihr Mann Gelegenheit genug, sie für immer aus dem Weg zu räumen, falls er das wirklich vorhaben sollte.«

»Aber Sie könnten sie in Schutzhaft nehmen, weil es sich bei ihr um eine wichtige Zeugin handelt«, schlug Priestley vor.

»Im Augenblick reicht unser Beweismaterial zu einem solchen Schritt noch nicht aus«, gab Farber zu bedenken.

»Das ist doch alles Quatsch«, fuhr Kincaid, der die ganze Zeit über geschwiegen hatte, plötzlich dazwischen. »Ich fresse einen Besen, wenn die Mafia mit der ganzen Sache etwas zu tun haben sollte.«

Aller Augen richteten sich auf ihn.

»Wann ist zum letztenmal ein Cop von der Mafia getötet worden?« fragte er und blickte in die Runde. »Die Antwort lautet: noch nie. Denn das wäre der schlimmste Verstoß gegen die Grundregeln der Bande.«

Sternhagen zuckte die Schultern. »Normalerweise würde ich Ihnen recht geben. Aber dies ist kein normaler Fall. Deshalb könnte ich es mir schon vorstellen.«

»Daß die Mafia den Commissioner der New Yorker Polizei ermorden läßt? Die müßten ja völlig den Verstand verloren haben. Schließlich ist denen doch auch klar, daß der Mord an einem so hohen Beamten intensive Ermittlungen nach sich ziehen würde, die ihnen das Geschäft verderben und sie auch ohne weiteres den Kopf kosten könnten.«

»Schön und gut. Aber Russo und seine Leute sind nun einmal Gegenstand derartiger Ermittlungen«, erwiderte Farber.

»Vielleicht wußten die auch gar nicht, wen sie ermordeten«, äußerte Sternhagen.

»Bevor die Mafia jemanden umbringen läßt, erkundigt sie sich sehr genau, um wen es sich bei ihrem Opfer handelt«, widersprach Kincaid.

»Aber vielleicht ...«

»Jede Ermittlung, die sich auf die Mafia konzentriert, ist reine Zeitverschwendung«, beharrte Kincaid.

Priestley schien nicht überzeugt. »Aber schließlich ging es um Russos eigene Frau. Vielleicht hat ihn ihre Untreue so sehr in Rage gebracht, daß er vor Eifersucht zu keinem klaren Gedanken mehr fähig war und dann den Commissioner tötete. Das ergibt doch durchaus Sinn.«

Kincaid schüttelte den Kopf. »Ich bleibe dabei – die Mafia hat noch niemals einen Cop umgebracht.«

Insgeheim teilte Farber Kincaids Bedenken. Anna Russos Mann war der Boß von fünf Mafiafamilien. Wer eine solche Aufgabe wahrnahm, mußte ein knallharter Geschäftsmann sein, der stets einen kühlen Kopf bewahrte. Und wenn die Mafia jemanden ermorden ließ, dann nur aus geschäftlichen Interessen, bei denen es um sehr viel Geld ging. Sollte Dominic Russo tatsächlich gewagt haben, Chapman ohne die Zustimmung der übrigen Mafiapaten ermorden zu lassen, wäre dies reiner Selbstmord gewesen, denn keiner der anderen hätte jemals seine Einwilligung zu einem solch riskanten Schritt gegeben. Russo war zwar der mächtigste Mafioso in New York, aber doch nicht der einzige. Und Russo wußte, wie schnell er bei einem Alleingang selbst zum Opfer eines Mordauftrages werden konnte, da die Mafia eine Organisation war, die ihr jahrzehntelanges Bestehen nicht zuletzt ihrer straffen Disziplin verdankte.

Auch wenn es scheinbar so nahelag, dürfte Anna Russo kaum der Schlüssel zur Aufklärung des Falles sein. Und doch ...

Plötzlich wurde Farber von Priestley aus seinen Überlegungen gerissen. »Worüber denken Sie nach, Bert?«

Farber blickte in die Runde. »Wir sollten scheinbar unlogisches und abnormes Verhalten selbst bei ganz gewöhnlichen Menschen keinesfalls eine Ausnahme, sondern eher den Regelfall darstellt. Das dürfte für einen Mörder um so mehr gelten.«

Kincaid legte seine Stirn in Falten. »Was wollen Sie damit sagen?«

»Ich will damit sagen, daß wir noch viele offene Fragen beantworten müssen. Wir vermuten nur, daß Anna Russo etwas mit dem Mord an dem Commissioner zu tun hat, aber wir wissen es nicht. Vielleicht ist ihr Mann für den Mord verantwortlich, vielleicht aber auch nicht. All das läßt nur einen Schluß zu: Wir müssen die Ermittlungen weiter vorantreiben, wohin auch immer sie uns führen mögen.«

»Soweit sie die Mafia betreffen, führen sie jedenfalls in eine Sackgasse«, erklärte Kincaid erneut.

»Sie brauchen sich ja nicht mit der Mafia zu beschäftigen«, erklärte Farber scharf. »Ich kann den Job auch selbst übernehmen.«

»Aber fehlt Ihnen dazu nicht die erforderliche Zeit?« fragte Priestley.

»Ich werde sie mir einfach nehmen.«

»Und was soll ich in der Zwischenzeit machen?« fragte Kincaid aggressiv.

»Das, was Sie auch bisher getrieben haben«, erwiderte Farber kalt.

Priestley blickte von einem zum anderen und hielt es für geraten, die beiden Kontrahenten zu besänftigen.

»Und womit haben Sie sich bisher beschäftigt, John?« fragte er.

»Commissioner, wir hatten mehr als fünfhundert Anrufe und darüber hinaus nochmals mehrere hundert schriftliche Hinweise aus der Öffentlichkeit, denen wir soweit wie möglich nachgegangen sind«, jammerte Kincaid. »Außerdem kämmen wir bereits zum wiederholten Male die Umgebung des Tatortes durch, um vielleicht doch noch einen Augenzeugen aufzutreiben, der etwas Wichtiges gesehen haben könnte. Dann überprüfen wir die Telefonate, die von Chapmans geheimem Apartment aus geführt wurden. Und können Sie sich überhaupt vorstellen, wie viele Morddrohungen er seit seiner Ernennung zum Commissioner bekommen hatte?«

»Das gilt für alle Commissioner«, sagte Farber. »Und übrigens, am Rand bemerkt, auch für den jeweiligen Leiter der Kriminalpolizei.«

»Jedenfalls haben wir uns alle Drohungen der letzten Monate noch einmal vorgenommen«, erklärte Kincaid in wehleidigem Ton. »Ich habe einige meiner Leute sogar nach Washington geschickt, um dort zu ermitteln, ob Chapman sich vielleicht während seiner Abgeordnetenzeit Feinde gemacht hat, denen ein Mord zuzutrauen wäre. Und wir versuchen noch immer, mehr Licht in das geheime Doppelleben des Commissioners zu bringen, denn im Unterschied zu Ihnen allen hier bin ich nicht davon überzeugt, daß er wegen einer Frauengeschichte dran glauben mußte.«

»Sie genießen jedenfalls unser volles Vertrauen, John«, erklärte Priestley, wobei sich Farber des Eindrucks nicht erwehren konnte, daß es sich bei diesen Worten nur um eine leere Beschwichtigungsformel handelte.

Kincaid sah sich auf jeden Fall bestätigt und dankte Priestley für dessen moralische Unterstützung. Schließlich erhob sich Priestley und signalisierte damit, daß die Besprechung beendet war. Doch während die anderen das Büro verließen, blieb Farber zurück.

»Ich hatte immer noch keine Gelegenheit, Chapmans Büro zu durchsuchen«, sagte er eindringlich.

»Hmm«, war alles, was Priestley entgegnete.

»Ich muß darauf bestehen«, betonte Farber. »Nicht aus persönlichen Gründen, sondern weil es für meine Ermittlungen zwingend nötig ist.«

»Ich fürchte nur, Sie werden dort nichts finden, was Ihnen in irgendeiner Form weiterhelfen könnte.«

»Das kann man nie wissen.«

»Es handelt sich nur um persönliche Dinge, die rechtmäßig der Witwe zustehen. Wir müssen uns jetzt bald darum kümmern, wie und wann wir ihr den gesamten Kram aushändigen. Ich hätte schon längst alles Notwendige veranlaßt, doch ich wollte sie damit in der Zeit des schlimmsten Kummers verschonen. Meinen Sie nicht auch, Bert, daß wir ihr noch eine Woche Ruhe gönnen sollten?«

Er will nur dafür sorgen, daß die Ermittlungen auf der Stelle treten, dachte Farber. *Und er wird seine Taktik nicht ändern, bis der Bürgermeister den neuen Commissioner ernannt hat. Doch dann ist es zu spät für mich, aus einer Durchsuchung von Harrys Büro doch noch irgendwelche persönlichen Vorteile zu ziehen.*

Farber beschloß dennoch, es noch einmal im guten zu versuchen. »Wissen Sie, ich beginne langsam klarer zu sehen, was Harry Chapmans Privatleben angeht, bräuchte aber zumindest noch sein kleines Adreßbuch, das er sicherlich besessen haben wird, um sich die Namen und Telefonnummern seiner Freundinnen einzutragen.«

»Nun, ich kann Ihnen nur versichern, daß Sie zumindest in seinem Büro nichts dergleichen finden werden«, widersprach Priestley.

»Aber vielleicht in seinem Safe?«

»Es tut mir leid, aber der Commissioner hat die Zahlenkombination mit in sein Grab genommen.«

»Wir wissen also nicht, was er in seinem Safe aufbewahrt?« fragte Farber ungläubig, obwohl er diese Auskunft erwartet hatte.

»Nein – falls er überhaupt etwas darin aufbewahrt.«

»Wir haben doch Leute, die den Safe öffnen könnten. Und wenn er notfalls aufgeschweißt werden müßte.«

»Ich glaube nicht, daß die gegenwärtige Situation derartige Maßnahmen rechtfertigt«, wiegelte Priestley den Vorschlag ab.

»Aber ich!« widersprach Farber heftig.

»Männer mit einem Schweißbrenner im Dienstzimmer des Commissioners? Das würde ein sehr schlechtes Licht auf das gesamte Department werfen. Eine solche Nachricht würde sich nicht nur im ganzen Hause wie ein Lauffeuer verbreiten, sondern sicherlich auch die Presse auf den Plan rufen. Es könnte so aussehen, als ob wir den Verstorbenen eines Verbrechens verdächtigen und nach Beweisen gegen ihn suchen.«

»Ich glaube nicht, daß jemand auf diesen Gedanken käme.«

»Ich schon.«

»Commissioner, unsere Ermittlungen können auf keinen Fall vor Harry Chapmans Büro und seinem Safe haltmachen. Sollte die Presse *davon* Wind bekommen, bestünde sehr viel mehr die Gefahr, wir hätten etwas zu verbergen und wollten es unter den Teppich kehren.«

Priestley hatte wieder hinter seinem Schreibtisch Platz genommen und betrachtete Farber nachdenklich über seine gegeneinandergepreßten Hände hinweg.

»Vielleicht taucht die Kombination für den Safe ja ganz von allein auf, wenn wir uns nur noch ein wenig gedulden«, sagte er schließlich. »Dann bräuchten wir keine Schweißbrenner, und das Ganze ließe sich in aller Ruhe erledigen.«

»Aber wir können es uns einfach nicht leisten, noch länger zu warten.«

»Lassen Sie mich erst einmal eine Nacht darüber schlafen«, erwiderte Priestley.

Er stand auf und klopfte Farber beruhigend auf die Schulter, während er ihn zur Tür begleitete.

»Sie sind noch jung«, erklärte er in väterlichem Ton. »Männer mit Ihrem jugendlichen Elan neigen immer dazu, die Dinge zu übertreiben.«

Als Farber die Treppen zum dreizehnten Stockwerk

hinabstieg, in dem sein eigenes Büro lag, schüttelte er den Kopf. Auch morgen, dessen war er sich sicher, würde Priestley neue Ausreden finden, um ihn am Betreten von Harry Chapmans Büro zu hindern. Es war nicht zu übersehen, daß Priestley die Ermittlungen bewußt verschleppen wollte. Aber Farber war nicht bereit, dieses Spielchen mitzuspielen. Deshalb begann er, einen eigenen Plan zu schmieden.

12

Bert Farber beschloß, Mary Alice nicht vorher anzurufen, sondern sie mit seinem Besuch zu überraschen.

Als sie ihm öffnete, trug sie einen grauen Trainingsanzug und Hausschuhe. Sie wirkte tatsächlich erstaunt, ihn plötzlich vor der Tür stehen zu sehen, rang sich aber wenigstens für einen flüchtigen Moment ein Lächeln ab und bat ihn herein.

Farber folgte ihr ins Wohnzimmer und stellte fest, daß sie gerade auf dem Sofa gesessen und eine Partie Solitaire gespielt hatte. Der Raum wurde nur schwach von einer Stehlampe erleuchtet, die in einer Ecke stand. Der Rest des großen Hauses war in Dunkelheit getaucht und wirkte finster.

»Wenn du gerade beschäftigt bist, kann ich auch wieder gehen.«

»Beschäftigt?« fragte sie. Ihre Stimme klang für ihn immer noch so betörend wie eh und je, wenngleich auch ein bißchen matt – wie Champagner, der seine Spritzigkeit verloren hat.

Mary Alice sammelte die Karten ein und verstaute sie in einem Bronzekästchen, das auf einem Sideboard stand. Farber beobachtete sie verstohlen, während sie weitere Lampen einschaltete.

»Wie geht es dir?« fragte er und hoffte, daß sie die Besorgnis aus seiner Stimme heraushörte.

»Ganz gut«, erwiderte sie mit einem flauen Lächeln. »Man muß sich nur erst an das ungewohnte Witwendasein gewöhnen.«

»Sind die Söhne schon wieder weg?«

Sie nickte. »Heute morgen sind sie zurückgefahren.«

»Hast du niemanden, der eine Weile bei dir bleiben kann, um dir über die erste Zeit hinwegzuhelfen?«

»Nein. Außerdem ist es mir lieber, jetzt allein zu sein.«

»Wirklich?«

»Ja.«

Farber hatte in erster Linie berufliche Gründe für sein Kommen, brachte es aber nicht übers Herz, mit der Tür ins Haus zu fallen.

»Möchtest du einen Drink, Bert?«

»Wenn du was im Haus hast«, sagte Farber, der tatsächlich einen Doppelten vertragen konnte.

Mary Alice trat an das Sideboard und nahm ein Glas zur Hand. »Bevorzugst du noch immer Scotch mit Eis?«

Er folgte ihr in die Küche, wo sie das Eis aus dem Kühlschrank holte.

»Hast du schon zu Abend gegessen, Mary Alice?«

»Ich habe in letzter Zeit nicht viel Appetit.«

»Du solltest trotzdem etwas zu dir nehmen«, riet Farber, da sie aussah, also ob sie in den wenigen Tagen seit Harrys Tod zehn Pfund abgenommen hätte.

Obwohl es einen Tisch und mehrere Stühle in der Küche gab, setzte sich keiner von beiden.

»Was hältst du davon, wenn ich dich einlade, mit mir irgendwo essen zu gehen?«

Sie deutete auf ihren Trainingsanzug. »Ich glaube nicht, daß ich dafür passend gekleidet bin.«

»Das ließe sich doch rasch ändern.«

Sie schüttelte den Kopf. »Lieber ein andermal.«

Da keiner etwas zu sagen wußte, schauten sie sich schweigend in die Augen, bis beide verlegen die Blicke senkten.

»Aber ich könnte uns hier eine Kleinigkeit zurechtmachen«, schlug Mary Alice vor.

»Ich will dir keine Mühe bereiten.«

»Das tust du auch nicht«, widersprach sie, während sie in den Kühlschrank schaute. »Ich habe noch Kartoffelsalat, kaltes Roastbeef und Krautsalat da.«

»Dann sage ich nicht nein.«

»Es sind Reste von dem Leichenschmaus neulich.«

Sie nahm sich selbst nur eine winzige Portion, bedachte Farber aber reichlich mit allem, was vorhanden war.

Dann setzten sie sich doch einander gegenüber an den Küchentisch.

Da er tagsüber nicht dazu gekommen war, einen Bissen zu sich zu nehmen, war Farber hungrig und ließ es sich schmecken. Zudem wartete er auf einen günstigen Zeitpunkt, Mary Alice ein paar Fragen zu stellen, die er ihr stellen mußte. Doch sie stocherte nur lustlos im Essen herum.

»Spielst du eigentlich noch Klavier?« fragte Mary Alice und warf ihm einen wehmütigen Blick zu. »Und gehst du noch immer am liebsten in japanische Restaurants?«

Farber hatte plötzlich das absurde Gefühl, als ob sie sich nach zwanzig Jahren als ehemalige Mitschüler auf einem Klassentreffen befinden würden und mühevoll nach Gesprächsthemen suchen müßten, da sie sich nach der langen Zeit nichts mehr zu sagen hatten. Er beschloß, der Farce ein Ende zu machen.

»Mary Alice, ich muß unbedingt einen Blick in Harrys Büro und seinen Safe werfen.«

Schlagartig verschwand ihre matte Gleichgültigkeit. »Aus welchem Grund?«

Farber legte das Besteck beiseite und wischte sich mit der Papierserviette über den Mund. »Weil ich hoffe, dort einen Hinweis darauf zu finden, von wem und aus welchem Grund Harry ermordet wurde.«

»Warum kommst du damit ausgerechnet zu mir?« fragte sie aufgebracht. »Wie soll ich dir dabei helfen?«

»Sowohl sein Büro als auch sein Safe sind verschlossen. Gibt es hier irgendwo im Haus einen Ort, wo er vielleicht Ersatzschlüssel oder die Zahlenkombination für den Safe aufbewahrt hat?«

»Du trachtest nur danach, Harry in den Dreck zu ziehen.«

»Das ist doch Unsinn, Mary Alice. Ich will nichts weiter, als seinen Mörder fassen.«

»Du willst seinen Namen beschmutzen, und meinen auch!«

»Mary Alice ...«, begann Farber erneut und wollte ihre Hand fassen, doch sie zog sie rasch zurück.

»Mußt du mir auch noch das wenige nehmen, das mir nach Harrys Tod geblieben ist?«

Sie atmete hastig und wirkte aufgeregt.

»Du haßt mich seit dem Augenblick, in dem ich Harry geheiratet habe«, schleuderte sie ihm entgegen.

»Wie sollte ein Mensch jemanden hassen können, den er so sehr geliebt hat wie ich dich?« erwiderte Farber ruhig, doch Mary Alice reagierte nur mit einer abwehrenden Handbewegung.

Er wartete einen Augenblick, bis sie sich ein wenig beruhigt zu haben schien.

»Wußtest du eigentlich von Harrys Apartment in der 77. Straße?« fragte er dann.

Mary Alice schüttelte den Kopf, wirkte aber doch recht unsicher.

»Es gehört einem gewissen Brooks.«

»Sein voller Name lautet Chet Brooks«, fügte sie nach einer Pause leise hinzu.

»So? Ich bin ihm nie begegnet.«

»Dann kannst du von Glück sagen.«

»Harry benutzte das Apartment wohl für geschäftliche Besprechungen in der Stadt«, erklärte Farber vorsichtig.

Sie fuhr sich mit einer Papierserviette über die Augen. »Nein, das war nicht der Grund.«

Farber registrierte ihre Äußerung, beschloß aber, sie für den Augenblick zu ignorieren und nicht weiter nachzuhaken.

»Mary Alice, ich tue wirklich alles in meiner Macht Stehende, um Harrys, vor allem aber auch *deinen* Ruf zu schützen«, betonte er.

Farber stand auf, um für sie und sich selbst einen Tee zuzubereiten, wobei er die ganze Zeit über beruhigend auf sie einredete. So erklärte er ihr, daß er möglicherweise gar nichts Wichtiges in Harrys Büro oder in seinem Safe finden würde; er müsse jedoch zumindest nachschauen, da er ansonsten in Verdacht gerate, etwas vertuschen zu wollen. Natürlich könne er den Safe auch aufbrechen lassen, aber warum solle man das tun, wenn es auch anders ginge?

Schließlich führte sie ihn in einen kleinen Raum im zweiten Stock, den Harry als eine Art Arbeitszimmer benutzt hatte, um dort Telefongespräche zu führen und Papierkram zu erledigen, der ihren privaten Haushalt betraf.

Während Mary Alice ihn vom Flur aus beobachtete, warf Farber einen Blick in die Schubladen des Schreibtisches, der sich in einer Ecke des Raumes befand.

Er entdeckte auf Anhieb einen Bund mit Schlüsseln, von denen einer in Größe und Form seinem eigenen Büroschlüssel glich. Farber warf Mary Alice einen fragenden Blick zu. Als sie zustimmend nickte, steckte er den Bund in seine Jackentasche.

»Ich bringe ihn dir so schnell wie möglich zurück«, versprach er, bevor er in die nächste Schublade schaute. Zwischen alten Bleistiften und Kugelschreibern, Büroklammern, Gummibändern und ähnlichem Kleinkram stieß er auf einen Zettel, auf den eine Reihe von Ziffern gekritzelt war. Worum konnte es sich schon handeln, wenn nicht um die Kombination für ein Zahlenschloß? Aller Wahrscheinlichkeit nach war Farber auf die Kombination für den Safe in Harry Chapmans Büro gestoßen. Oder hatte der Ermordete sogar über mehrere Safes verfügt?

Nachdenklich sah er Mary Alice an, die seinen Blick erwiderte.

»Hast du gefunden, wonach du gesucht hast?« fragte sie ihn.

»Möglicherweise«, erwiderte Farber, steckte den Zettel mit der Ziffernfolge ein und stand auf.

»Sag mal, weißt du, was Harry in seinem Bürosafe deponiert haben könnte?«

»Vermutlich meinen Schmuck«, antwortete Mary Alice. »Wenn du schon in den Safe schaust, könntest du mir ja vielleicht den Schmuck mitbringen.«

»Sicher«, versprach Farber.

Erneut schauten sie sich eine Zeitlang schweigend in die Augen, bevor er den Bann brach und sich abwandte. Man konnte schließlich niemandem hinter die Stirn sehen oder das Rad der Zeit zurückdrehen. Warum auch sollte er sich die Qual zumuten, all die alten Gefühle und Erinnerungen noch einmal aufleben zu lassen?

»Ich muß jetzt gehen«, sagte Farber deshalb knapp.

»Du bist mir ein schöner Gast! Nachdem du gegessen und deinen Hunger gestillt hast, machst du dich einfach aus dem Staub!«

Es sollte wie ein Scherz klingen, und sie versuchte ein Lächeln, wirkte dabei aber nur traurig und verloren.

»Aber nein! Wie kommst du nur darauf?« beeilte er sich zu erklären. Aber nachdem er nun den Entschluß gefaßt hatte, seinen riskanten Plan in die Tat umzusetzen, wollte er nicht länger warten.

»Mußt du wirklich schon fort?« fragte Mary Alice, die allem Anschein nach keine Lust hatte, allein zu sein.

»Ja, leider«, log Farber.

Sie begleitete ihn die Treppe hinunter zur Tür. Als er seinen Mantel anzog, griff er wie immer automatisch in die Tasche und bekam dabei den Slip zwischen die Finger.

Einem plötzlichen Impuls folgend, fragte sich Farber, ob er ihn Mary Alice zeigen sollte oder nicht. Vielleicht gehörte ihr ja der Slip? Vielleicht war sie gar nicht die trauernde Witwe, die sie zu sein vorgab? Aber Farber verwarf diesen Verdacht sofort wieder. Nein, Mary Alice hatte nichts mit dem Mord an Harry zu tun, davon war er überzeugt. Aber wie verhielt man sich in diesem Fall richtig? War es überhaupt möglich, sein Verhalten als Polizist und als höchst besorgter Freund unter einen Hut zu bringen?

Seine Hand krampfte sich um den Slip. Wie würde sie reagieren, wenn er ihn ihr zeigte? Immerhin bestand zumindest die vage Möglichkeit, daß sie überrascht genug wäre, eine unbedachte Bemerkung zu machen, die sie selbst oder jemand anderen entlarvte. Mochte das Ganze auch noch so unwahrscheinlich sein, Farber durfte sich diese Chance nicht entgehen lassen.

»Gehört dies hier zufällig dir?« fragte Farber und reichte ihr den Slip.

Mary Alice nahm ihn entgegen und schaute ihn sich genauer an. »Nein! Warum fragst du?«

»Bist du ganz sicher?« vergewisserte sich Farber.

»So etwas trage ich nicht – wie *du* sehr genau weißt!«

In all den vergangenen Jahren war dies das erstemal, daß sie eingestand, ein intimes Verhältnis mit ihm gehabt zu haben.

»Oder erinnerst du dich vielleicht nicht mehr?« fragte Mary Alice, während sie seinen Arm berührte.

Farber verzog sein Gesicht zu einem schiefen Grinsen, zum einen aus Erleichterung darüber, daß sie offensichtlich nichts mit dem Slip zu tun hatte, zum anderen wegen ihrer anzüglichen Bemerkung.

»Na ja, es ist schon eine ganze Weile her, daß ich Gelegenheit hatte, mir einen persönlichen Eindruck von deinen Dessous zu verschaffen.«

Mary Alice wurde jedoch übergangslos ernst. »Aber was hat dieses Ding mit Harrys Tod zu tun?«

»Möglicherweise gar nichts«, wich er aus.

»Wo hast du den Slip gefunden?« hakte Mary Alice nach. »Handelt es sich vielleicht um eine Trophäe aus Chet Brooks' Apartment?«

»Unsinn.«

»Ein kleines Souvenir von Harry?«

»Wie kommst du nur darauf?«

»Egal, was du dort findest, mich würde gar nichts mehr wundern!« rief sie mit verbitterter Stimme.

»Mary Alice ...!«

»Warum hast du mir den Slip überhaupt gezeigt?«

Farber fiel keine plausible Antwort ein, die sie nicht noch mehr aufgeregt hätte.

»Um mich zu verletzen, nicht wahr?«

»Du weißt, daß das nicht stimmt«, verteidigte sich Farber.

»Ich glaube, du gehst jetzt besser, Bert«, stellte sie mit erhobener Stimme fest.

»Ich bringe dir die Schlüssel morgen zurück – und den Schmuck, sofern er im Safe ist.«

»Es eilt nicht.«

Er legte seine Hände auf ihre Schultern, um sie zum Abschied auf die Wange zu küssen, doch sie schüttelte ihn unwillig ab.

»Geh jetzt endlich und laß mich in Ruhe!« sagte sie unwirsch.

Resigniert trat Farber hinaus in die finstere, kalte Nacht und atmete tief durch, als er hörte, wie hinter ihm die Tür ins Schloß fiel.

Zwanzig Minuten später verließ Farber, der sich Handschuhe übergestreift hatte, im vierzehnten Stock des Polizeihauptquartiers den Aufzug. Als er sah, daß am Ende des langen Korridors ein Lichtschein aus einem der Büros drang, blieb er stehen und lauschte aufmerksam. Kein Zweifel, dort war jemand.

Die komplette Etage war ausnahmslos für den Commissioner und dessen Mitarbeiterstab reserviert. Von hier aus wurden alle organisatorischen, juristischen und wirtschaftlichen Belange des gesamten New Yorker Polizeiapparates gesteuert. Dazu waren viele Leute nötig, deren Arbeitsplätze sich zumeist in Großraumbüros befanden. Zu dieser nächtlichen Stunde waren die Räume in der Regel allerdings nicht besetzt, sondern dunkel und verschlossen. Sollten dennoch wichtige Anrufe eingehen, so wurden diese automatisch in die Einsatzzentrale weitergeleitet.

Heute nacht lagen die Dinge jedoch anders, da Priestley allem Anschein nach nicht nur tagsüber, sondern auch nachts einen Cop einzig und allein dafür abgestellt hatte, das Dienstzimmer des verstorbenen Commissioners zu bewachen. Vor allem die nächtliche Bewachung stellte in Farbers Augen eine einzigartige und nicht zu rechtfertigende Maßnahme hinsichtlich des Personals dar, das andernorts sehr viel dringender gebraucht wurde. Was wollte Priestley in dem versiegelten Büro mit so viel Aufwand vor unbefugtem Zugriff und neugierigen Blicken schützen? Farber hatte sich diese Frage bereits dutzendfach gestellt.

Er faßte einen Entschluß, wie er trotz dieser ungünstigen Lage in Harry Chapmans Büro gelangen konnte. So leise wie möglich schlich er den Korridor entlang, doch angesichts der Stille, die überall um ihn herum herrschte, kam ihm bereits jedes kaum hörbare Geräusch viel zu laut vor.

Als er die Vorzimmertür von Priestleys Büro erreichte, blieb er stehen und lauschte erneut, ob etwas von dem Cop zu hören war, der sich in einem der vorderen Räume aufhielt. Erst dann holte Farber aus seinem Aktenkoffer ein kurzes Brecheisen hervor und setzte es auf Höhe des Türschlosses an. Eine schnelle, ruckende Bewegung und ein kurzes Krachen, das Farber allerdings laut wie eine Bombenexplosion vorkam, und die Tür schwang auf. Es blieben jedoch verräterische Holzsplitter auf dem Boden zurück, die er mit dem Fuß in das Büro hineinschob. Dann vergewisserte sich Farber, daß nunmehr von außen zumindest nicht auf den ersten Blick zu erkennen war, daß sich hier jemand mit Gewalt Zugang verschafft hatte. Immerhin mußte er mit der Möglichkeit rechnen, daß der Wachmann seine Runden machte oder daß einzelne Mitarbeiter nach dem Abendessen noch einmal ins Büro zurückkehrten, um möglicherweise noch unerledigte Arbeiten zu beenden oder weil sie etwas vergessen hatten.

Wie auch immer, jetzt war es jedenfalls zu spät, sich darüber den Kopf zu zerbrechen. Farber schlüpfte in das Vorzimmer von Priestleys Büro und lehnte sich mit dem Rücken gegen die Tür, um zuerst einmal seine Atmung und seinen Pulsschlag zu beruhigen. Immerhin geschah es nicht jeden Tag, daß der Leiter der Kriminalpolizei in die Räume des Commissioners einbrach; tatsächlich hatte Farber bei der Tat sehr viel mehr Skrupel verspürt, als er zuvor vermutet hätte.

Er nahm einen Stuhl und verkeilte die Lehne so unter

der Klinke, daß die Tür geschlossen blieb. Jetzt erst bemerkte Farber, daß außer den Holzsplittern auch ein Teil der Türverkleidung und des Schlosses auf dem Boden lag. Aber das war erst der Anfang, dachte Farber. Am nächsten Morgen mußte es in Priestleys Büro aussehen, als habe eine Bombe eingeschlagen.

Da durch die Fenster genug Licht von New Yorks hell erleuchteter Skyline in den Raum drang, hatte Farber keinerlei Schwierigkeiten, sich zu orientieren. Zuerst wandte er sich Priestleys Schreibtisch zu, aus dem er alle Schubladen herauszog und deren Inhalt auf den Boden kippte. Dann riß er die Akten und Bücher aus den Wandregalen, und zwar mit solcher Hast, daß er sich einen Augenblick lang in Priestleys Sessel setzen mußte, um sich von der Anstrengung zu erholen.

Anschließend widmete sich Farber dem Vorzimmer des stellvertretenden Commissioners und hinterließ auch hier unübersehbare Spuren der Verwüstung. Danach versuchte Farber, die Verbindungstür zum Konferenzraum zu öffnen, und stellte erleichtert fest, daß sie unverschlossen war.

Er trat in den langen, fensterlosen Raum, in dem sich außer einem großen Tisch und etwa zwanzig Stühlen keine weiteren Einrichtungsgegenstände befanden, und fischte die Taschenlampe aus seinem Aktenkoffer. Wie oft hatte Farber hier an irgendwelchen Konferenzen teilgenommen ... Wer immer jeweils das Amt des Commissioners bekleidet hatte, alle Konferenzen waren stets nach demselben Muster verlaufen und gleichermaßen langweilig gewesen. Die meisten der Teilnehmer hörten nur sich selbst gerne reden, während die übrigen verstohlen jede Regung des Commissioners beobachteten. Um sich selbst positiv ins Rampenlicht zu rücken, trachtete natürlich jeder danach herauszubekommen, welche Antworten der Commissioner auf seine Fragen hören wollte. Was das stillschweigende Dulden dieser allzu duchschaubaren Manöver betraf, hatte leider auch Harry Chapman keine Ausnahme dargestellt.

Aus Farbers Sicht waren diese regelmäßig angesetzten Konferenzen alles andere als ein geeignetes Mittel, um einen derart großen und komplizierten Apparat wie das New Yorker Polizeidepartment zu dirigieren. Daß ihn diese Gedanken ausgerechnet in einem Moment beschäftigten, in dem er selbst eine kriminelle Handlung beging, erschien allerdings auch ihm selbst mehr als absurd.

Der Konferenzraum hatte drei Türen. Eine von ihnen führte hinaus auf den Korridor und war für die ›Normalsterblichen‹, zu denen auch Farber zählte, bestimmt. Die anderen beiden Türen erlaubten dem Commissioner und seinem Stellvertreter, von ihren Büros aus direkt in den Konferenzraum zu gelangen. Dieses Privileg wurde von den jeweiligen Amtsinhabern stets als Gelegenheit dafür genutzt, ihre Autorität zu demonstrieren, indem sie erst nach dem Eintreffen des gesamten Fußvolkes ihre Auftritte inszenierten und an den beiden Kopfenden des Tisches Platz nahmen.

Farber lauschte an der Tür zum Korridor, aber von dem Wachmann war nichts zu hören. Daraufhin ging er zur Tür, die in Harry Chapmans Büro führte, und stellte erwartungsgemäß fest, daß sie verschlossen war. Farber zog den Schlüsselbund, den Mary Alice ihm überlassen hatte, aus der Tasche und probierte einen nach dem anderen die Schlüssel aus. Beim vierten Versuch war er erfolgreich.

Zunächst horchte Farber erneut, ob der Wachmann etwas von seinem heimlichen Eindringen in das Büro des Commissioners mitbekommen hatte. Doch alles, was er hören konnte, war offensichtlich die Begleitmusik eines Fernsehprogramms. Farber erinnerte sich daran, daß in einem der hinter einer Biegung des Korridors liegenden Büros ein Fernsehgerät stand, vor dem es sich der Cop offenbar gemütlich gemacht hatte. Farber hatte wirklich Glück, denn sollte er verdächtige Geräusche verursachen, so würde der Ton des Films sie sicherlich überdecken.

Er warf einen Blick auf den Zettel mit der Ziffernfolge, von der er hoffte, daß es sich um die Safekombination handelte. Nervös stellte er im Schein seiner Taschenlampe die einzelnen Zahlen ein.

Die Safetür ließ sich geräuschlos öffnen; erleichtert leuchtete er in den Safe hinein. Als erstes fiel sein Blick auf mehrere Geldbündel mit Hundert-Dollar-Noten, die er herausholte und auf Harry Chapmans Schreibtisch legte. Ohne sie genau zu zählen, schätzte Farber, daß es sich um rund 100 000 Dollar handeln mußte. Während er das Geld wieder im Safe deponierte, fragte sich Farber, woher dieser enorme Betrag stammte und warum Harry ihn in seinem Büro aufbewahrt hatte.

Farber ging der Gedanke durch den Kopf, daß es sich möglicherweise um eine *Wahlkampfspende* handeln mochte, was für ihn nur ein schönfärberischer Ausdruck für Bestechungsgeld war. Harry Chapman hatte damals vor dem Anhörungsausschuß zweifellos die Wahrheit gesagt: Cops gingen ins Gefängnis, falls sie sich kaufen ließen; Politiker aber nannten das Ganze ›Wahlkampfspende‹.

War etwa auch Harry käuflich gewesen? Farber schüttelte ungläubig den Kopf. Wie konnte man einerseits die Hand aufhalten und andererseits mit flammenden Reden gegen Bestechlichkeit und Amtsmißbrauch Eindruck schinden?

Dann erfaßte der Lichtstrahl von Farbers Taschenlampe drei russische Ikonen – zumindest hielt Farber die Heiligenbildnisse dafür. Auch sie nahm er aus dem Safe heraus, um sie einer genaueren Untersuchung zu unterziehen. Die Kunstwerke, im Format einer Zeitschrift, stellten Christus und mehrere Heilige dar. Farber vermutete, daß es sich um die kostbaren Ikonen handelte, die vor einigen Jahren zu einem Skandal geführt hatten, in den auch Harry Chapman verwickelt gewesen war.

Als Mitglied einer Kongreßdelegation war er nach einer Moskaureise verdächtigt worden, seltene russische Ikonen in seinem Diplomatengepäck außer Landes geschmuggelt und auf dem Schwarzmarkt verkauft zu haben. Aufgrund seiner überzeugenden Fernsehauftritte, in denen er die gegen ihn erhobenen Vorwürfe vehement und mit geradezu naiver Offenheit bestritt, hatte er die Leute schließlich von seiner Unschuld überzeugt – zu Unrecht, wie sich zeigte.

Farber legte die Ikonen ebenfalls zurück in den Safe und warf nur einen kurzen Blick in einen Beutel, in dem sich allem Anschein nach Mary Alice' Schmuck befand; auch ihn ließ Farber an Ort und Stelle. Statt dessen widmete er seine Aufmerksamkeit einem Stapel Unterlagen, bei denen es sich um die Geburtsurkunden von Harry, Mary Alice und ihren Kindern handelte. Darüber hinaus stieß Farber auf Kraftfahrzeugbriefe, Versicherungspolicen und Besitzurkunden für die beiden Häuser in New York und in Washington. Und er fand zwei kleine Notizbücher.

In dem einen standen Namen aufgelistet, hinter denen Geldbeträge eingetragen worden waren. Farber war sich ziemlich sicher, daß es sich um systematische Aufzeichnungen über alle von Harry Chapman jemals empfangenen *Wahlkampfspenden* handelte. Da er möglicherweise ein paar Detectives darauf ansetzen würde, die aufgelisteten Namen zu überprüfen, steckte Farber das Büchlein ein.

Das zweite enthielt Telefonnummern von Leuten, deren Identität Farber nicht erst ermitteln lassen mußte, da es sich um prominente Politiker, Filmstars und Wirtschaftsbosse handelte. Interessanter noch fand Farber allerdings die Eintragungen, die nur aus Initialen und zusätzlich vermerkten kleinen Sternchen bestanden. Er vermutete, daß es sich dabei um die Frauen handelte, mit denen Harry Chapman eine Affäre gehabt hatte. Farbers Annahme bestätigte sich, als er die hinter A. R. und C. C. angegebenen Telefonnummern mit denen von Anna Russo und Caroline Connolly verglich. Erstaunt stellte er fest, daß es auf mehreren Seiten derartige Vermerke gab. Auch dieses Büchlein steckte Farber ein.

Hastig untersuchte er noch den restlichen Inhalt des Safes, entdeckte allerdings keine weiteren Dinge, die für ihn von Interesse gewesen wären. Als er die Stahltür schloß, war er noch so verwirrt von seinen seltsamen Funden, daß er beim Zurücktreten nicht aufpaßte und einen Stuhl umstieß, der hinter ihm gestanden hatte.

Der dadurch verursachte Lärm war enorm, und plötzlich verstummte der Ton des Fernsehers, den Farber die ganze Zeit über im Hintergrund vernommen hatte. Statt dessen war nun deutlich zu hören, daß sich Schritte näherten.

Farber erstarrte, schaltete die Taschenlampe aus und wagte kaum zu atmen. Was sollte er tun, falls der Cop hereinkam? Er spähte verzweifelt nach der Tür zum Konferenzraum, doch es schien unmöglich, sie noch rechtzeitig zu erreichen. Selbst im günstigsten Fall würde ihn der Cop sicherlich verfolgen, und schlagartig wurde Farber klar, daß er bei diesem Einbruch leichtfertig seine gesamte Karriere aufs Spiel gesetzt hatte. Möglicherweise brachte ihn sein Leichtsinn sogar ins Gefängnis …

All diese Ängste und Befürchtungen quälten Farber eine nicht enden wollende Minute lang. Dann hörte er, wie der Ton des Fernsehers wieder lauter gestellt wurde.

Dennoch brauchte Farber eine weitere Minute, bevor sich sein Atem so weit normalisiert hatte, daß er seine Durchsuchung des Büros abschließen konnte.

Er schaltete die Taschenlampe wieder ein und richtete ihren Lichtkegel auf die verschiedenen Gegenstände, die auf Harry Chapmans Schreibtisch standen. Dort mußte sich auch irgendwo ein Tischkalender befinden, aber Farber konnte ihn nicht finden. Er war ebenso spurlos verschwunden wie das Rolodex-Verzeichnis, das der Commissioner jeden Tag für häufig gewählte Nummern verwendet hatte. Farber war oft genug hier in dem Büro gewesen, um einen Irrtum ausschließen zu können. Aber wer hatte beides entfernt? Priestley? Und aus welchem Grund hätte er das tun sollen?

Ebenso rasch wie leise warf Farber einen Blick in jede der Schubladen, fand jedoch nicht Bemerkenswertes, nicht einmal ein paar flüchtige Notizen des Ermordeten. Auch das machte Farber stutzig.

Er lauschte aufmerksam auf den Ton des Fernsehers.

Da alles in Ordnung schien, mußte er nur noch den Rückzug antreten und ungesehen die Etage verlassen. Leise schlich er zur Tür, durchquerte vorsichtig den Konferenzraum, und zwar ohne die Taschenlampe zu benutzen, da er befürchtete, der Cop könnte zufällig den Lichtschein unter der Tür sehen.

Als Farber in Priestleys Büro angelangt war, schaute er sich noch einmal prüfend um. Die von ihm angerichtete Verwüstung schien ihm noch nicht groß genug, deshalb stieß er eine große Vase mit Blumen von einem Sideboard. Er achtete allerdings darauf, daß es sich nicht um die Vase handelte, die Priestley von seiner Frau, die ihm stets höchstpersönlich frische Blumen ins Büro brachte, geschenkt bekommen hatte.

Bevor Farber den Korridor betrat, über den er ins Treppenhaus gelangte, um sich in sein eigenes, ein Stockwerk tiefer gelegenes Büro zu flüchten, legte er sein Ohr an die von ihm aufgebrochene Tür. Dies war der gefährlichste Teil seiner Flucht, da es möglich war, daß er im Korridor von dem Wache haltenden Cop gesehen wurde. Farber lauschte so lange, bis er absolut sicher sein konnte, daß die Luft rein war. Erst dann entfernte er vorsichtig den Stuhl, mit dem er die Tür festgekeilt hatte, und schlüpfte hinaus. Schließlich wollte er die Tür hinter sich zuziehen, mußte jedoch feststellen, daß sie weit zurückschwang und sperrangelweit offenstehen blieb. Es war wichtig, daß der fingierte Einbruch in Priestleys Büro erst am Morgen entdeckt wurde, deshalb kehrte Farber noch einmal in den Raum zurück und faltete aus einem Blatt Papier einen Keil, den er beim erneuten Verlassen unter die Tür klemmte, die diesmal tatsächlich geschlossen blieb.

Farber war noch mit dem Keil beschäftigt, als er plötzlich Schritte näher kommen hörte. In Windeseile machte er sich so leise wie möglich davon und flüchtete in das Treppenhaus. Dort wartete er in der Dunkelheit zunächst ab, bis der Cop auf seinem Rundgang an ihm vorbei war, bevor er seinen Weg hinab ins dreizehnte Stockwerk fortsetzte. Hier angekommen, konnte er endlich aufatmen, da selbst bei einer Entdeckung seine Anwesenheit völlig unverdächtig gewesen wäre. Ohne weiteren Zwischenstopp trat Farber in den Fahrstuhl, fuhr in die Tiefgarage, wo O'Malley mit dem Wagen auf ihn wartete, und ließ sich nach Hause bringen.

Die Straßen, durch die sie fuhren, wirkten zu dieser Stunde kalt und leer. Farber saß – wie alle anderen leitenden Polizeibeamten auch – auf dem Beifahrersitz, um im Bedarfsfall das Funkgerät benutzen zu können. Während er schweigend durch die Seitenscheibe in die Dunkelheit starrte, zogen an seinem geistigen Auge die Bilder des gerade begangenen Einbruchs vorbei.

Morgen früh würde der Teufel los sein. Gewiß würde Priestley toben und ein Heer von Detectives damit beauftragen, den dreisten Einbrecher zu schnappen. Das Ganze entbehrte nicht einer gewissen Komik, dachte Farber. Andererseits war nicht zu leugnen, daß er seine Karriere aufs Spiel gesetzt hatte. Wofür eigentlich?

Farber sagte sich, daß er so gehandelt habe, weil es seine Aufgabe wäre, unbedingt den Fall zu lösen. Aber diese Erklärung stellte ihn selbst nicht zufrieden. Warum nur hatte er ein solches Risiko auf sich genommen?

Weil er glaubte, Harry Chapman etwas schuldig zu sein? Nein, er schuldete ihm gewiß nichts. Hatte er es getan, weil er unbedingt der Gerechtigkeit zum Sieg verhelfen wollte? Nein, auch das stimmte nicht, denn Farber war längst aus dem Alter heraus, an derartige Phrasen zu glauben. Warum dann? War er persönlich so berührt gewesen von der Ermordung seines alten Freundes? Auch das war nicht der Fall, wie sich Farber eingestand. Wie Ärzte oder Anwälte auch hatte Farber gelernt, die Dinge, mit denen er beruflich in Kontakt kam, nicht zu nah an sich heranzulassen, mochten sie noch so tragisch und anrührend sein.

Glaubte er wirklich, der Bürgermeister würde ihn zum nächsten Commissioner ernennen, sofern er nur den Fall aufklärte? Hatte ihn diese Hoffnung angespornt? Von der gegenwärtigen Situation aus betrachtet, mußte sich Farber eingestehen, daß seine Chancen nicht allzu gut standen. Er war noch zu jung, sein Dienstrang war noch zu niedrig, und er hatte keine namhaften Befürworter, die sich im Rathaus für ihn eingesetzt hätten. Unabhängig von der Frage, ob er vielleicht wirklich der qualifizierteste Kandidat für das Amt war, riskierten Politiker normalerweise keine Ernennungen, die auf ernstzunehmende Kritik stoßen konnten. Schon aus diesem Grund würde ihn der Bürgermeister nicht zu Harry Chapmans Nachfolger machen.

Abgesehen davon – war das Risiko im Fall einer Entdeckung wirklich so groß gewesen? Was hätte der Cop schon sagen können, wenn er Farber zum Beispiel auf dem Korridor begegnet wäre? Würde es ein einfacher Streifenpolizist, allerhöchstens ein Sergeant, wagen, den Leiter der Kriminalpolizei des Einbruchs in das Büro des stellvertretenden Commissioners zu bezichtigen? Das alles ergab scheinbar überhaupt keinen Sinn. Und in der Tat hätte Farber letztendlich doch nur zum Staatsanwalt gehen müssen, um über ihn Druck auf Priestley auszuüben, falls dieser sich wirklich noch länger geweigert hätte, Harry Chapmans Büro durchsuchen zu lassen.

Welches Motiv aber hatte Farber dann dazu bewogen, den riskantesten aller Wege zu gehen?

Er war selbst nicht in der Lage, eine plausible Antwort auf diese Frage zu finden, und bemühte sich daher, all diese unfruchtbaren Grübeleien einfach beiseite zu schieben. Er hatte eben so gehandelt, weil es ihm in dem Moment richtig erschienen war. Und weil er vielleicht schon allzulange die Rolle des disziplinierten Polizeibeamten spielte. Wenigstens während jener dreißig Minuten des Einbruchs hatte er den Mut gefunden, einmal gegen solche Tintenpisser wie Priestley oder Sternhagen zu rebellieren. Und sie würden nie herausbekommen, daß er der Einbrecher gewesen war – zumindest hoffte er das. Aber Farber war ohnehin inzwischen viel zu müde, um sich noch ernsthaft darüber Gedanken zu machen.

Zur Hölle mit dem gesamten Polizeidepartment.

Als am nächsten Morgen das rote Telefon auf Farbers Schreibtisch läutete, ahnte er bereits, daß sich Priestley melden würde.

»Ich muß Sie bitten, sofort in mein Büro zu kommen, Bert.«

Na dann, auf in den Kampf, dachte Farber und machte sich auf den Weg, die Treppen ins oberste Stockwerk hinaufzusteigen, die er erst vor wenigen Stunden hinuntergeeilt war.

Beim Betreten des Vorzimmers von Priestleys Büro bemühte sich angesichts der aufgebrochenen Tür und der überall am Boden liegenden Papiere um einen verblüfften Gesichtsausdruck.

»Was ist denn hier passiert?«

Der stellvertretende Commissioner stand inmitten des Chaos, umgeben von einer ganzen Reihe uniformierter Cops und in Zivil gekleideter Mitarbeiter. Auf Priestleys kahlem Schädel glänzten Schweißtropfen.

»Jemand ist letzte Nacht in mein Büro eingebrochen«, erklärte er mit hörbar angespannter Stimme.

Farber blickte sich um, als müsse er sich zuerst orientieren. »Ist etwas gestohlen worden?«

»Nichts, soweit wir bisher feststellen konnten«, antwortete einer der Männer.

»Offensichtlich ist er verscheucht worden, bevor er finden konnte, was er gesucht hat«, knurrte Priestley voll unterdrückter Wut.

»Haben Sie einen Verdacht, um wen es sich bei dem Einbrecher handeln könnte?« fragte Farber.

»Es kommt ja wohl nur ein Cop in Frage. Wer sonst hätte die Möglichkeit gehabt, einfach hier nachts im Gebäude herumzuspazieren?«

Farber wiegte den Kopf nachdenklich hin und her.

»Nun ja, als ich noch Sergeant im 24. Bezirk war, hat mal jemand die Stirn besessen, das Revier bei hellichtem Tag mit einem Bolzenschneider zu betreten, damit das Vorhängeschloß am Spind eines Cops zu knacken und dessen Dienstwaffe zu stehlen.«

»Wir reden hier aber nicht von Waffendiebstahl! Und was Sie als Sergeant erlebt haben, interessiert uns im Augenblick nicht besonders«, erwiderte Priestley, der ausgesprochen nervös wirkte, auch wenn er diesen Eindruck nach Kräften zu vermeiden suchte.

Farber ignorierte den Rüffel seines Vorgesetzten und deutete auf die angerichtete Verwüstung. »Wer immer es gewesen sein mag, Commissioner, was hat er nur gesucht?«

»Keine Ahnung. Woher soll ich das wissen?«

»Möglicherweise nach irgendwelchen vertraulichen Unterlagen?« hakte Farber nach. Immerhin war Priestley als stellvertretender Commissioner in alle sensiblen und höchst vertraulichen Vorgänge innerhalb des Polizeidepartments eingeweiht.

»Ist schon eine Bestandsaufnahme der Akten angefertigt worden?«

»Ja – soweit das in der kurzen Zeit möglich war«, seufzte einer von Priestleys Mitarbeitern.

Farber wechselte die Position, so daß er auch in Priestleys Dienstzimmer schauen konnte. Zu seinem großen Erstaunen stellte er fest, daß es aufgeräumt wirkte und daß keine der Unterlagen und Aktenordner, die er nachts aus den Regalen gerissen hatte, noch am Boden lagen.

»Beschränkt sich das ganze Ausmaß des Schadens auf das Vorzimmer?« fragte Farber.

»Ja«, bestätigte Priestley.

»Der Einbrecher ist also nicht in Ihr Büro eingedrungen?« vergewisserte sich Farber.

»Ncin.«

»Seltsam!«

Selbst die Vase stand wieder an Ort und Stelle, und das vergossene Wasser schien bereits im Teppichboden eingetrocknet zu sein.

»Was meinen Sie mit ›seltsam‹?« fragte Priestley gereizt.

»Nun, wenn ich auf der Suche nach vertraulichen Unterlagen gewesen wäre, dann hätte ich danach in Ihrem Büro gesucht, nicht aber im Vorzimmer«, erklärte Farber.

»Zum Glück war der Einbrecher offensichtlich zu dumm dazu, auf diesen Gedanken zu kommen«, zischte Priestley.

Wenig überzeugt wandte sich Farber an die Mitarbeiter des stellvertretenden Commissioners. »Wer von Ihnen war heute morgen als erster hier?«

»Ich selbst«, antwortete Priestley mit einem leichten Zittern in der Stimme.

Und dann hast du zuerst einmal dein eigenes Büro aufgeräumt, dachte Farber. Aber warum hatte Priestley das getan? Warum log er? Was hatte er zu verbergen?

»Um wieviel Uhr war das?«

»Gegen halb acht. Ich komme immer um diese Zeit.«

Farber sagte sich, daß es besser wäre, nicht noch weiter nachzubohren, aber die Versuchung war einfach zu groß. »Und Sie haben nichts angefaßt, Commissioner?«

»Nein.«

»Gar nichts?«

»Nein. Alles befindet sich noch in genau dem Zustand, den ich vorfand, als ich kam.«

»Das ist gut so. Sie kennen ja die Binsenweisheit, daß ein Cop beim Betreten eines Tatortes die Hände am besten in den Hosentaschen läßt.« Farber bemerkte selbst, daß er in seiner Verblüffung zuviel redete.

»Ich glaube, es ist jetzt nicht der geeignete Zeitpunkt, um Witze zu machen, Bert.«

»Sie haben recht, Commissioner. Ich schicke Ihnen umgehend ein paar Detectives, die mit den Ermittlungen fortfahren werden.«

Farber wandte sich zum Gehen, blieb an der Tür jedoch noch einmal stehen.

»Ich weiß allerdings nicht, ob Sie überhaupt Wert darauf legen, daß ich Ihnen ein Team schicke, um die Fingerabdrücke aufzunehmen ...«

»Warum sollte ich das nicht tun?« fragte Priestley.

»Zum einen würden Ihr Büro und das Vorzimmer

ziemlich in Mitleidenschaft gezogen. Und zum anderen bezweifle ich, daß bei dem ganzen Aufwand etwas Verwertbares herauskäme. Schließlich haben Sie einen großen Mitarbeiterstab, und darüber hinaus gehen hier aus dienstlichen Gründen viele Cops ein und aus. Falls es überhaupt möglich ist, müßten die Fingerabdrücke all dieser Leute zunächst einmal aussortiert werden, bevor wir irgendwelche brauchbaren Ergebnisse bekämen. Und wenn Ihre Vermutung stimmen sollte, daß es sich bei dem Einbrecher um einen Cop handelte, wird er sicherlich so clever gewesen sein, Handschuhe zu tragen.«

Priestley dachte einen Augenblick lang über Farbers Worte nach.

»Sie haben recht«, seufzte er und strich sich nervös mit beiden Händen über den Kopf.

»Also verzichten wir auf das Fingerabdruckteam.« Farber ließ seinen Blick ein letztes Mal über die am Boden liegenden Akten wandern. »Wenn Sie meine Meinung hören wollen: Es war bestimmt ein korrupter Cop, der herausfinden wollte, was Sie gegen ihn in der Hand haben.«

Bevor Farber endgültig das Feld räumte, konnte er sich eine letzte Äußerung nicht verkneifen. »Ach, übrigens – ich muß Sie nochmals daran erinnern, Commissioner, daß ich noch immer darauf warte, mir Harry Chapmans Büro ansehen zu können. Und das hier sollten Sie so schnell wie möglich reparieren lassen«, riet Farber, während er im Gehen auf die demolierte Türzarge deutete.

Draußen auf dem Korridor wäre er vor Erleichterung am liebsten in lautes Gelächter ausgebrochen. Allem Anschein nach hegte niemand auch nur den Hauch eines Verdachtes gegen ihn. Bei dem Gedanken an Priestleys seltsames Verhalten wurde Farber jedoch nachdenklich. Warum hatte der stellvertretende Commissioner ihn angelogen?

Ging es ihm lediglich darum, den Einbruch herunterzuspielen, weil er seinen Namen angesichts der von ihm erhofften Beförderung nicht in einem solchen Zusammenhang in den Schlagzeilen sehen wollte, aus Angst, sein

Ruf könne Schaden nehmen? Eine solche Überlegung war immerhin denkbar.

Ebenfalls denkbar war aber auch, daß Priestley glaubte, jemand habe wegen einer ganz bestimmten Sache bei ihm eingebrochen, wegen einer Sache, die er in seinem Büro versteckt hielt. Natürlich hatte Farber nichts aus dem Büro seines Vorgesetzen mitgenommen. Und offensichtlich hatte Priestley, nachdem er festgestellt hatte, daß nichts fehlte, den Entschluß gefaßt, die ganze Sache unter den Teppich zu kehren, um auf diese Weise ein allzu neugieriges Herumstöbern zahlreicher Detectives in seinem Büro zu verhindern.

Aber was wollte Priestley eventuell verstecken? Möglicherweise Harry Chapmans Terminkalender und das Telefonverzeichnis von seinem Schreibtisch? Farber fluchte leise, daß er letzte Nacht nicht daran gedacht hatte, nach beidem in Priestleys Schreibtisch zu suchen.

Welches Interesse sollte sein Vorgesetzter aber daran haben, die beiden Gegenstände verschwinden zu lassen? Welche wichtigen Informationen enthielten sie, von denen niemand erfahren durfte? Und was hatte Priestley möglicherweise noch aus Harry Chapmans Büro verschwinden lassen?

Denkbar war natürlich auch, daß Priestley irgend etwas verbarg, was überhaupt nichts mit Harry Chapmans Tod zu tun hatte.

Farber brütete mehr als eine halbe Stunde über diesen Fragen. Wenn ihn sein Instinkt nicht trog, ging Priestley davon aus, daß der Einbrecher gezielt nach etwas Bestimmtem gesucht hatte. Traf diese Annahme zu, dann würde sich Priestley gewiß den Kopf darüber zerbrechen, wer der Einbrecher war, woher er gewußt hatte, was der stellvertretende Commissioner in seinem Büro versteckt hielt, und ob der Einbrecher bald einen erneuten Versuch unternehmen würde, das Gesuchte in seinen Besitz zu bringen.

Farber verschloß seine Bürotür und holte die beiden von ihm in Harry Chapmans Safe gefundenen Notizbücher aus seinem Aktenkoffer. Dasjenige, das die Eintragungen mit den Wahlkampfspenden enthielt, legte er zunächst beiseite. Farber konnte mit den angegebenen Namen nichts anfangen und hatte auch keinen Anhaltspunkt dafür, daß das Motiv für die Ermordung seines ehemaligen Freundes in dessen politischer Tätigkeit zu suchen war. Polizeiliche Ermittlungsarbeit bedeutete stets, Auswahlentscheidungen zu treffen, die ein guter Detective in erster Linie aus dem Bauch heraus traf. Deshalb würde Farber erst dann in dieser Richtung ermitteln, falls sich der Fall nicht auf andere Weise aufklären lassen sollte.

Doch fürs erste erschien ihm das Notizbuch mit den geheimen Telefonnummern weitaus erfolgversprechender. Akribisch studierte Farber Seite für Seite, wobei seine besondere Aufmerksamkeit den Nummern galt, die nur mit Initialen versehen waren. Das waren allerdings so viele, daß sich hinter den geheimnisvollen Eintragungen nicht nur die Namen von Frauen verbergen konnten. Selbst ein so sexbesessener Mann wie Harry Chapman wäre rein zeitlich nicht in der Lage gewesen, sich eine derartige Anzahl von Affären zu leisten. Darüber hinaus handelte es sich bei mehr als der Hälfte der Nummern um auswärtige Telefonanschlüsse.

Farber notierte auf einem Blatt Papier alle Anschlußnummern in New York und der näheren Umgebung, steckte das Blatt in einen Umschlag und rief dann den Sicherheitschef der Telefongesellschaft an. Er erklärte ihm, daß er einen Detective mit einer Liste vorbeischicken würde, auf der eine Reihe von Geheimnummern verzeichnet sei. Farber betonte, daß er nicht nur die Namen und Adressen der jeweiligen Fernsprechteilnehmer benötige, sondern auch eine Aufstellung aller Gespräche, die innerhalb der letzten zwei Monate von den einzelnen Anschlüssen geführt worden waren.

Sein Gesprächspartner zeigte sich wenig begeistert von Farbers Wunsch und wies ihn darauf hin, daß all dies illegal sei.

Gelassen erklärte Farber, daß er natürlich auch einen dementsprechenden Gerichtsbeschluß erwirken könne, es aus Zeitgründen aber vorzöge, die Angelegenheit auf dem kurzen Dienstweg zu erledigen. Zudem ergäbe sich gewiß einmal die Möglichkeit, daß Farber sich für diese Gefälligkeit revanchieren könne.

»Nun ...«, begann der Sicherheitschef der Telefongesellschaft zögernd.

»Also abgemacht«, unterbrach ihn Farber ungeduldig. »Bitte rufen Sie mich an, sobald Sie die Informationen beschafft haben. Ich schicke Ihnen dann einen meiner Leute, um das Material abzuholen.«

Er hatte kaum aufgelegt, als Potter ihm meldete, daß Anna Russo eingetroffen sei.

»Es gibt allerdings ein Problem, Chief. Sie ist nicht allein.« Potter hatte seine Stimme gedämpft, damit seine Worte im Vorzimmer nicht zu hören waren.

»Das habe ich befürchtet«, erwiderte Farber. »Sie hat wahrscheinlich einen Anwalt mitgebracht?«

»Schlimmer. Sie wird auch noch von ihrem Mann begleitet.«

Farber trat an die Tür und spähte vorsichtig nach draußen. Anna Russo und die beiden Männer, zwischen denen sie saß, gaben sich den Anschein, die neugierigen Blicke der Detectives zu ignorieren.

Jeder New Yorker Kriminalbeamte, der jemals im Außendienst mit Ermittlungen gegen die Mafia zu tun gehabt hatte, kannte das Gesicht Dominic Russos, denn der Mann, der sich auch unter dem Namen ›die Faust‹ einen zweifelhaften Ruf erworben hatte, war viele Male festgenommen und zu Verhören oder Gegenüberstellungen auf verschiedene Polizeireviere gebracht worden. Die Beamten, die in Farbers Vorzimmer arbeiteten, waren jedoch keine Außendienstleute und kannten den Mafiaboß daher nur von Fotos aus den gegen ihn gesammelten Ermittlungsunterlagen. Sie wußten daher nicht so recht, wie sie mit der ungewohnten Situation umgehen sollten – plötzlich befand sich mitten unter ihnen einer der mächtigsten und nicht zuletzt wegen seiner diversen Morde berüchtigtsten Gangster der Stadt.

Obwohl es beinahe komisch wirkte, daß die Arbeit beinahe völlig zum Erliegen gekommen war, zeigte sich Farber alles andere als amüsiert.

»Ungefähr zehn Minuten, nachdem diese Herrschaften mein Büro betreten haben, werden Sie hören, daß es ziemlich hoch hergeht«, wandte sich Farber leise an Potter. »In dem Fall rufen Sie mich sofort an.«

»Und was soll ich sagen, Chief?«

»Was Sie wollen. Lassen Sie sich irgendwas einfallen. Aber sehen Sie zu, daß sich eine uniformierte Beamtin bereithält. Verstanden?«

»Jawohl«, bestätigte Potter, wobei sein fragender Blick allerdings verriet, daß er sich keinen Reim auf das Ganze machen konnte.

»Okay. Dann schicken Sie die drei jetzt zu mir herein.«

Wenige Augenblicke später reichte Farber Anna Russo lächelnd die Hand.

»Mrs. Russo«, begrüßte er sie zuvorkommend, »wie schön, daß Sie gekommen sind.«

Dann wandte er sich Dominic Russo zu. »Sie kenne ich ja bereits«, stellte er vielsagend fest und richtete dann einen fragenden Blick auf seinen dritten Gast, obwohl ihm auch dieser Mann durchaus nicht unbekannt war: Aaron Rosenthal setzte seine enormen juristischen Kenntnisse, die er vor allem in seiner Zeit als rechte Hand des Bezirksstaatsanwaltes gesammelt hatte, mittlerweile dafür ein, Mafialeute vor dem Gefängnis zu bewahren. Selbstverständlich hatte Rosenthal auch andere Klienten, allein schon, um den Schein zu wahren. Sein Hauptauftraggeber war allerdings Russos Clan.

»Ich glaube, wir kennen uns noch nicht«, stellte Farber fest.

»Ich bin Aaron Rosenthal und vertrete Mrs. Russo als ihr Anwalt.«

Farber nickte kurz, zeigte ansonsten aber keine Gemütsregung. Dann schloß er die Tür, rückte vor seinem

Schreibtisch in einem Halbkreis drei Stühle zurecht und bat seine Besucher, Platz zu nehmen.

»Ich möchte Sie von vornherein darauf hinweisen, daß Mrs. Russo auf meinen anwaltlichen Rat hin keinerlei Fragen beantworten wird, die sie in irgendeiner Weise belasten könnten«, ergriff Rosenthal das Wort und strich sich über seinen schwarzen Schnurrbart. »Wie Sie sicher wissen, Chief, hat sie das Recht dazu.«

»Hast du das verstanden, du Wichser?« ließ sich Dominic Russo vernehmen. »Damit dürfte sich das Ganze hier wohl erledigt haben.« Er stand auf und strebte bereits wieder auf die Tür zu.

Rosenthal war ein kleingewachsener, aber recht korpulenter Mann von Mitte Vierzig. Russo war kaum größer als er, wirkte jedoch mit seinen breiten Schultern und den kräftigen Armen und Oberschenkeln wesentlich imposanter. Auffällig waren vor allem seine bratpfannengroßen Hände, denen er seinen Spitznamen ›die Faust‹ verdankte. Russo mochte an die zweihundert Pfund wiegen, hatte jedoch kein Gramm Fett am Leib. Auch das rabenschwarze Haar des Fünfzigjährigen wies noch keine graue Strähne auf.

»Bitte behalten Sie noch einen Augenblick Platz«, sagte Farber in nach wie vor höflichem Ton und wandte sich dann an Rosenthal. »Herr Anwalt, ich möchte Sie meinerseits darauf hinweisen, daß Ihre Klientin – zumindest zum gegenwärtigen Zeitpunkt –, keineswegs Gegenstand irgendwelcher polizeilichen Ermittlungen ist. Es ist jedoch durchaus denkbar, daß Mrs. Russo in der Lage ist, als Zeugin wichtige Angaben zu machen, die zur Klärung der Ermordung von Commissioner Chapman beitragen könnten. Sollte sie allerdings die Aussage verweigern, so werden Sie, Mr. Rosenthal, sicher wissen, daß dies vor Gericht durchaus als Behinderung der Justiz betrachtet werden könnte.«

Farbers Ausführungen führten dazu, daß Anna Russo zunächst Aaron Rosenthal, dann ihrem Mann besorgte Blicke zuwarf.

»Wir müssen uns diesen ganzen Quatsch nicht anhören«, knurrte Dominic Russo, dessen Gesicht vor Wut dunkel angelaufen war.

»Behinderung von polizeilichen Ermittlungen kann mit einer Gefängnisstrafe belegt werden«, fuhr Farber fort, der Russo einfach ignorierte. »Aber da kennen Sie sich bestimmt sehr viel besser aus, Mr. Rosenthal.«

»Moment, Moment«, beeilte sich der Anwalt zu erklären, »so weit sind wir noch nicht.«

Farber ließ sich in seinen Erläuterungen nicht beirren. »Wir könnten die Zeugenbefragung auch durch einen Richter vornehmen lassen. In diesem Fall könnte das Verhalten von Mrs. Russo jedoch als Mißachtung des Gerichts betrachtet und dementsprechend, zum Beispiel durch Beugehaft, geahndet werden.«

Anna Russo geriet unübersehbar immer mehr in Panik.

»Was bildet sich dieses Arschloch eigentlich ein?« stieß der Mafiaboß mit geballten Fäusten hervor.

Farber faßte ihn kalt ins Auge. »Noch eine solche Bemerkung und ich lasse Sie von meinen Leuten hinauswerfen.« Er wandte sich wieder dem Anwalt zu. »Ihre Klientin ist am vergangenen Sonntag abend mit derselben Maschine wie der Commissioner aus Washington nach New York zurückgeflogen. Sie saß sogar neben ihm. Das bedeutet, daß sie zur Zeit die Person ist, die den Ermordeten als letzter lebend gesehen hat. Und deshalb habe ich einige Fragen an sie.«

Rosenthal warf Russo einen kurzen Blick zu. »Wenn die Dinge so liegen, habe ich keinerlei Einwände, daß Sie Mrs. Russo einige Fragen stellen«, erklärte der Anwalt. »Ich werde dann von Fall zu Fall entscheiden, ob sie Ihnen antworten soll oder nicht.«

»Vielen Dank.«

Farber stellte erleichtert fest, daß die erste Hürde überwunden war. Anna Russo würde nun in Gegenwart ihres Mannes vernommen werden und mußte dabei nicht nur darauf achten, was sie Farber antwortete, sondern auch darauf, daß ihr Mann nicht mißtrauisch wurde. Beides würde sie derart unter Druck setzen, daß sie beinahe zwangsläufig an den Rand des Zusammenbruchs geriete – genau dorthin, wo Farber sie haben wollte.

Er stellte ihr zunächst dieselben Fragen wie am Vortag: über ihren Platz in der Maschine, über die Kleidung, die sie getragen hatte und über den Vorfall mit der Stewardeß, die ihr versehentlich ein Glas Tomatensaft über das Kostüm gegossen hatte. Anna Russo wagte nicht ein einziges Mal, sich darüber zu beklagen, daß sie die gesamte Prozedur schon zuvor durchlaufen hatte. Sie warf Rosenthal allerdings flehentliche Blicke zu, dem Verhör ein Ende zu bereiten, doch der Anwalt verstand es offensichtlich nicht, ihre Signale zu deuten, sondern nickte ihr immer nur beruhigend zu, die von Farber gestellten Fragen unbesorgt zu beantworten.

»So weit, so gut«, stellte Farber fest. »Was sagte der Commissioner zu Ihnen, nachdem die Maschine gelandet war?«

Wieder richtete Anna Russo ihre Augen in stummer Verzweiflung auf Rosenthal, der wieder nur gelangweilt nickte, ohne die Brisanz der Situation zu durchschauen.

»Er sagte zu mir, daß er erfreut gewesen wäre, meine Bekanntschaft gemacht zu haben«, erklärte sie schließlich.

»War das alles?«

»Ja. So – oder zumindest so ähnlich –, lauteten seine Worte.« Anna Russos Stimme wurde immer leiser.

»Und was haben Sie erwidert?«

»Daß die Freude ganz meinerseits gewesen sei.«

»Gut«. Farber machte eine kleine Pause. »Wohin sind Sie anschließend vom Flugplatz aus gefahren?«

Selbst unter ihrem dick aufgetragenen Make-up war deutlich zu erkennen, daß Anna Russos Gesicht aschgrau geworden war. Darüber hinaus begann sie, am ganzen Leib zu zittern. Plötzlich schien auch Rosenthal zu bemerken, daß mit seiner Klientin etwas nicht in Ordnung war.

»Sie hat dem Commissioner auf Wiedersehen gesagt«, antwortete er für sie. »Daraufhin ist er in die eine und sie in die andere Richtung gefahren. Schluß, aus, Ende des

Verhörs. Mehr hat Ihnen meine Klientin nicht zu sagen.«

»Beantworten Sie meine Frage«, drängte Farber die ihm gegenübersitzende Frau, die wie unter einem Schlag zusammenzuckte.

»Du gottverdammter Schwanzlutscher«, bellte Russo. »Du riskierst wohl nur bei Frauen eine große Lippe, was?«

»Halten Sie die Klappe, Russo!«

»Wenn du noch irgendwelche Fragen hast, dann stell sie mir, nicht ihr! Klar?« Russo redete mit gedämpfter, beinahe flüsternder Stimme. In der Welt, über die er regierte, war dies offensichtlich ein erprobtes Mittel, um Menschen einzuschüchtern. Wenn jemand sich anstrengen mußte, Russos Worte zu verstehen, dann bedeutete dies meistens, daß der Betreffende in Schwierigkeiten steckte und um sein Leben zu fürchten hatte.

»Hast du mich verstanden, Bulle?« fuhr Russo fort. »Sie weiß nichts, gar nichts. Also halte dich gefälligst an mich!«

»Noch ein Wort von Ihnen und Sie fliegen raus!« brüllte Farber ihn an. Wenn Russo schon nicht laut wurde, dann mußte er es eben werden.

Kurz darauf läutete das Telefon. Farber nahm den Hörer ab und gab sich den Anschein, aufmerksam zuzuhören. »Ich komme sofort«, sagte er dann und legte wieder auf.

Er blätterte in den Unterlagen auf seinem Schreibtisch, bis er augenscheinlich das Gesuchte gefunden hatte.

»Ich bin gleich wieder da«, erklärte er knapp und verließ dann sein Büro, wobei er die Tür hinter sich schloß.

Farber mußte nicht lange warten, bis er Dominic Russos Stimme laut und deutlich hören konnte.

»Worauf, zum Teufel, will er hinaus?« brüllte der Mafiaboß.

»Ich weiß es auch nicht«, erwiderte Anna Russo kleinlaut, doch ihr Mann wurde nur noch wütender.

»Und wohin *bist* du nun vom Flughafen gefahren, nachdem die Maschine gelandet war?«

»Du warst doch weg …«, erwiderte sie ausweichend.
»Ich fragte dich, wohin du gefahren bist!«
»Zu meiner Mutter.«
Die Polizistin, die sich auf Farbers Anordnung hin bereithalten sollte, saß neben Potters Schreibtisch. Farber nahm sie beiseite, um ihr einige Instruktionen zu erteilen, dann blickte er ihr nach, wie sie an die Tür seines Büros klopfte und eintrat.
Die Beamtin stellte fest, daß Rosenthal am Fenster stand und hinausschaute, während Russo sich drohend über seine Frau beugte, als wolle er sie schlagen.
Den Anweisungen entsprechend, die sie von Farber erhalten hatte, entschuldigte die Polizistin die Abwesenheit des Chiefs damit, daß er in einer wichtigen Angelegenheit zum stellvertretenden Commissioner gerufen worden sei. Er bitte seine Besucher jedoch, auf ihn zu warten, da er bald zurückkehren werde. Lächelnd fragte sie die drei, ob sie ihnen etwas zu trinken bringen solle.
»Nein«, fauchte Dominic Russo sie an.
»Für mich auch nicht, danke«, schloß sich Rosenthal verbindlich an.
»Aber vielleicht möchten Sie sich erfrischen?« wandte sich die Beamtin an Anna Russo.
Die Angesprochene schien dankbar dafür zu sein, daß sich ihr eine Gelegenheit bot, ihrem Ehemann zumindest für einen Augenblick zu entkommen.
»Ja, das würde ich gern«, antwortete sie daher, bevor Dominic Russo etwas einwenden konnte, und folgte der Polizistin auf den Korridor hinaus. Der Mafiaboß war jedoch keineswegs willens, seine Frau unbeobachtet ziehen zu lassen, und blieb ihr dicht auf den Fersen.
Die Beamtin ging voraus und wies Anna Russo den Weg zur Damentoilette. Als sie die Tür öffnete und eintrat, schien ihr Mann ihr sogar dorthin folgen zu wollen, doch die Polizistin versperrte ihm den Weg.
»Entschuldigen Sie, Sir, aber hier dürfen Sie nicht hinein!« erklärte sie ihm lächelnd, aber bestimmt.
»Und warum nicht?«

»Sir!«

»Glaubst du vielleicht, daß ich noch nie dabeigewesen bin, wenn meine Frau pissen gegangen ist?« fuhr Russo sie grob an.

Die Beamtin wich nicht beiseite. »Es tut mir leid, aber ich kann Ihnen den Zutritt nicht gestatten.«

»Glaub mir, Schätzchen, ich habe sie schon ganz andere Dinge tun sehen.«

Russo mußte erkennen, daß er die Polizistin entweder beiseite stoßen oder sogar niederschlagen mußte, um seiner Frau folgen zu können. Sollte er diesen Schritt jedoch wagen, riskierte er, wegen tätlichen Angriffs festgenommen zu werden.

Sein Gesicht erstarrte zu einer Grimasse, aber er wich langsam zurück. Schließlich hatten die verdammten Bullen mehr als einmal versucht, ihn zu provozieren und auf diese Weise in eine Falle zu locken. Aber darauf würde er nicht hereinfallen. Russo entfernte sich jedoch nur wenige Meter und ließ die Polizistin und den Eingang der Toilette nicht aus dem Auge.

Seine Frau hatte in der Zwischenzeit den anscheinend menschenleeren Waschraum erreicht und trat vor den großen Wandspiegel, als Farber plötzlich aus einer der Kabinen herauskam. Er trug einen großen Papierumschlag unter dem Arm, aus dem er wortlos einen Damenslip hervorzog.

»Gehört dies hier Ihnen?« fragte er sie ohne weitere Umschweife.

Anna Russo starrte ihn schweigend an.

»Ich kann auch Ihren Mann fragen. Vielleicht erkennt er es ja wieder?«

»Oh, mein Gott«, stöhnte sie, den Tränen nahe.

Es wäre eigentlich gar nicht mehr nötig gewesen, sie noch weiter einzuschüchtern und darauf hinzuweisen, daß ihre Fingerabdrücke in Harry Chapmans Apartment sichergestellt worden waren und daß Farbers Leute ihr Kostüm mit den Tomatensaftflecken beschlagnahmt hatten. Anna Russo leistete keinen Widerstand mehr, sondern sackte vor Farbers Augen in sich zusammen. Bevor sie zu Boden stürzte, fing er sie auf, half ihr zum Waschbecken und benetzte ihr Gesicht mit kaltem Wasser, bis sie sich aus eigener Kraft aufrecht halten konnte.

»Und jetzt will ich endlich die Wahrheit wissen«, forderte er sie in strengem Ton auf, »und zwar jedes Detail.«

Halb schluchzend, halb hysterisch kichernd gestand Anna Russo, daß ihre Affäre mit Harry Chapman einige Monate angedauert und bereits vor dessen Ernennung zum Commissioner begonnen habe. Beide wären sich zum erstenmal auf einem Flug nach Washington begegnet. Danach hätten sie sich vor allem dort regelmäßig getroffen, einige Male jedoch auch in dem Apartment in der 77. Straße. Washington sei aber geeigneter gewesen, da ihre Mutter als Alibi hergehalten hätte und Harry dort ein eigenes Haus besessen habe.

Auch am vergangenen Wochenende seien beide gemeinsam nach Washington geflogen, nachdem sie sich eine ganze Weile lang nicht gesehen hätten. Leider habe ihre Mutter aber tatsächlich eine Herzattacke erlitten, weswegen sie mit Harry nicht die ganze Zeit über habe beisammen sein können. Sie wären allerdings am Sonntag abend nach der Rückkehr nach New York in sein Apartment in der 77. Straße gegangen. Dies wäre ihr möglich gewesen, weil ihr Mann zur gleichen Zeit aus »geschäftlichen Gründen« in Atlantic City gewesen sei und sich vermutlich mit einer Hure die Zeit vertrieben habe.

Als sie am nächsten Morgen wach geworden sei, habe sich Harry gerade angezogen, um seine gewohnte Joggingrunde zu drehen. Wegen der frühen Stunde und der langen Nacht wäre sie noch etwas müde gewesen, habe ihm aber vom Fenster aus nachgeschaut, wie er aus dem Haus getreten und dann auf der Straße von jemandem angesprochen worden sei.

»Handelte es sich um einen Mann oder eine Frau?« warf Farber ein.

Anna Russo konnte dazu keine näheren Angaben machen, da es noch dunkel gewesen wäre und zudem geschneit habe. Harry und die andere Person seien gemeinsam bis zur Straßenecke gegangen, und dann habe sie ein lautes Geräusch gehört. Es könne möglicherweise ein Schuß gewesen sein, sie sei sich aber nicht absolut sicher, zumal sie der Sache keine weitere Aufmerksamkeit geschenkt habe, sondern ins Bad gegangen sei, um zu duschen und ihr Make-up aufzulegen. Dann sei sie zunächst in Harrys Bademantel geschlüpft und in die Küche gegangen, um dort Kaffee zu kochen und ein gemeinsames Frühstück für sie und Harry vorzubereiten.

Aber Harry sei nicht zurückgekehrt. Daraufhin habe sie am Fenster nach ihm ausgespäht. Zuerst sei nichts zu sehen gewesen, nur daß der Schnee in Regen übergegangen war und daß die Straßen und Bürgersteige leer waren. Doch plötzlich sei überall Polizei aufgetaucht. Daraufhin habe sie sich schnell angezogen und sich eine Tasse Kaffee eingeschenkt. Vor lauter Aufregung über Harrys Ausbleiben und all die Polizei, die vom Fenster aus zu sehen war, habe sie jedoch ganz vergessen, an der Tasse zu nippen.

Kurze Zeit darauf hätten Detectives an die Wohnungstür geklopft, und sie habe gehört, wie die Männer sich unterhielten und dabei erwähnten, daß Harry ermordet worden sei. Durch diese Nachricht und die Detectives sei sie in höchste Panik geraten, weil sie Angst gehabt hätte, in die ganze Geschichte verwickelt zu werden.

»Oder gerieten Sie in Panik, weil Sie befürchteten, daß Ihr Mann Harry Chapman ermordet haben könnte?« fragte Farber.

»Unsinn. Mein Mann weiß bis heute nichts von der Sache zwischen Harry und mir. Gnade mir Gott, wenn er davon erführe …«

Sie habe anschließend stundenlang in dem Apartment gewartet, bis die Luft wieder rein gewesen sei. Dann habe sie all ihren Mut zusammengenommen und sich auf den Rückweg nach Westbury gemacht, bevor ihr Mann von seinem Wochenendausflug nach Atlantic City zurückgekehrt sei. Ihr gesamtes Gepäck und ihre Wäsche habe sie jedoch in dem Apartment zugerückgelassen, aus Angst, ein Cop könne deswegen Verdacht schöpfen und sie mit dem Mord an Harry in Verbindung bringen. Deshalb habe sie sich zu Fuß auf den Weg zur nächsten U-Bahn-Station gemacht. Unterwegs sei sie allerdings von einem Detective angesprochen worden, doch dem habe sie einfach erklärt, sie sei bereits spät dran und müsse zur Arbeit

Dennoch hätte sie befürchtet, daß die Polizei das Apartment ausfindig machen, ihre persönlichen Dinge entdecken und dadurch eine Verbindung zu Harry herstellen könne. Auf diese Weise wäre ihr vielleicht ihr Mann auf die Schliche gekommen, und das sei der Grund dafür gewesen, daß sie bei ihrer Heimkehr vor lauter Verzweiflung Willy Boy Benvenuto angerufen habe. Er spreche zwar nur wenig Englisch, als Frau wisse sie jedoch genau, daß er in sie verliebt sei und daß er alles tun würde, was sie von ihm verlange.

Deshalb habe sie ihn gebeten, zu einem späteren Zeitpunkt sowohl ihre als auch Harrys persönliche Gegenstände aus dem Apartment zu entfernen.

»Auch Harry Chapmans Brieftasche?«

Sie nickte.

»Und seine Waffe?«

»Ich habe keine Waffe gesehen, und Willie Boy hat keine erwähnt. Auf jeden Fall hat er auch die Fingerabdrücke beseitigt.«

Wenn Farber als Kriminalist eine Schwäche aufwies, dann war es seine Neigung, der Aussage einer Frau eher Glauben zu schenken als der eines Mannes. Natürlich wußte auch er, daß Frauen ausgezeichnete Lügnerinnen sein konnten, seiner Auffassung nach traf dies jedoch nur bis zu einer bestimmten Grenze zu. War diese vor allem aus Angst und Verzweiflung überschritten – und beides traf auf Anna Russo zu –, waren sie leicht zu durchschauen und sagten in der Regel die Wahrheit.

»Gehen Sie jetzt in mein Büro zurück«, sagte er in milderem Ton. »In etwa fünf Minuten komme ich nach und werde dann das Verhör beenden.« Während er ihr dabei zusah, wie sie sich die Tränen trocknete, fügte er hinzu: »Es ist vielleicht besser, wenn Sie weder Ihren Anwalt noch Ihren Mann über unser Gespräch informieren. Ich meine, besser für *Sie*.«

»Keine Sorge.«

Anna Russo benötigte noch eine ganze Weile, um ihr dick aufgelegtes Make-up zu erneuern.

»Ich war übrigens nicht Harrys einzige Geliebte«, sagte sie plötzlich, ohne den Blick vom Spiegel abzuwenden.

»Woher wissen Sie das?«

»Weil es eine Marotte von ihm war, im Bett über seine anderen Beziehungen zu reden. Über das, was er mit ihnen machte und was sie mit ihm taten. Es war seine Art, sich selbst richtig in Fahrt zu bringen.«

»Hat Sie das nicht gestört?«

»Warum sollte es mich stören?«

»Dann hatten Sie also eher Ihren Spaß daran?«

»So könnte man es vielleicht sagen.«

Farber schüttelte ungläubig den Kopf. »Er hat Ihnen also wirklich erzählt, wie er es mit anderen Frauen trieb?«

»Er stand nun mal auf solche Ferkeleien« Sie zuckte die Schultern. »Viele Männer tun das. Was überrascht Sie daran?«

»Mich überrascht vor allem, daß es von Ihnen einfach hingenommen wurde.«

»Was denn – daß Männer oft etwas seltsame Vorlieben haben?«

»Nein, daß er, während er mit Ihnen zusammen war, über andere Frauen redete.«

»Ich wollte ihn ja schließlich nicht heiraten.«

»Aber Sie waren doch sicher ziemlich in ihn verliebt, oder?«

»Wenn Sie wissen wollen, warum ich mit ihm ins Bett gegangen bin, will ich es Ihnen sagen: weil er gut aussah, weil er Kongreßabgeordneter war und weil ich mich durch das, was er sagte, geschmeichelt fühlte.«

»Gab es noch andere Gründe?«

»Ja. Mein Mann macht mir das Leben zur Hölle.«

»Ich verstehe«, erwiderte Farber.

»Ich habe übrigens noch einen Tip für Sie«, sagte Anna Russo. »Eine von Harrys Freundinnen war eine Polizistin.«

Farber war nicht besonders überrascht. Im Gegenteil, es hätte ihn eher verwundert, wenn keine Polizistin darunter gewesen wäre. »Kennen Sie ihren Namen?«

»Nein, das nicht. Aber ich weiß, welche Spielchen sie und Harry im Bett bevorzugten.«

Nachdem sie abschließend ihr Make-up aus verschiedenen Blickwinkeln überprüft hatte, verstaute sie ihre Schminkutensilien wieder in ihrer Handtasche, schenkte Farber noch ein halbes Lächeln und verschwand dann durch die Tür.

Seufzend trat er an eines der Waschbecken und wusch sich Gesicht und Hände.

Kurz darauf kehrte er mit denselben Unterlagen, die er beim Verlassen seines Büros mitgenommen hatte, zu den drei Wartenden zurück, wobei er sich den Anschein gab, in Gedanken mit etwas anderem beschäftigt zu sein und sehr unter Zeitdruck zu stehen.

»Es tut mir leid, daß Sie so lange warten mußten«, erklärte er. »Aber es ist etwas Unerwartetes eingetreten, das keinen Aufschub duldet. Wir müssen deshalb unser Gespräch zu einem anderen Termin fortsetzen.«

»Eine Fortsetzung wird es nur mit einem richterlichen Bescheid geben«, verkündete Rosenthal.

»Wir werden sehen«, erwiderte Farber vage.

Nachdem die Russos mit ihrem Anwalt gegangen waren, rief Farber zunächst Lieutenant Mosconi an und instruierte ihn, seine Leute möglichst in der Nähe von Anna Russo zu postieren.

»Fürchten Sie, daß ihr etwas zustoßen könnte?«

»Nein«, widersprach Farber, obwohl er sich dessen nicht wirklich sicher war. Sein Mitleid mit Leuten, die ihr Geld mit organisiertem Verbrechen verdienten, hielt sich in Grenzen, doch nicht selten fiel einem Detective die Rolle zu, Gott zu spielen, indem er zum Beispiel darüber entschied, wer in Schutzhaft genommen wurde und wer sich seiner Haut selbst erwehren mußte – oder welches Verbrechen man ahnden und welches man übersehen konnte.

In all diesen Fällen hatte ein Polizist die Macht, über gut und böse, richtig und falsch und letztendlich auch über das Leben von Menschen zu entscheiden. Damit aber trug er zumindest teilweise auch die Verantwortung für das, was einigen dieser Menschen zustieß.

»Ich möchte vor allem über jeden ihrer Schritte und ihrer Kontakte informiert werden«, fuhr Farber fort. Es war wirklich unwahrscheinlich, daß Dominic Russo seine Frau töten oder ermorden lassen wollte, völlig auszuschließen war es jedoch nicht. Deshalb konnte es nicht schaden, sie im Auge zu behalten. Mehr für sie zu tun war ohnehin nicht möglich.

»Und kümmern Sie sich auch um Willie Boy Benvenuto«, fügte Farber nach kurzem Nachdenken hinzu. Nach Farbers Auffassung schwebte der Junge in sehr viel größerer Gefahr, da Dominic Russo ihn gewiß darüber ausquetschen wollte, was seine Frau in seiner Abwesenheit getrieben hatte. Und der Mafiaboß würde wenig Verständnis dafür zeigen, daß er von einem seiner eigenen Leute hintergangen wurde. Nun, es gab keine Macht auf Erden, die Willie Boy vor den Konsequenzen seines Tuns hätte schützen können.

Für denselben Abend war im Bedford-Stuyvesant Distrikt in Brooklyn – einem der Schwarzenghettos, das in den Zuständigkeitsbereich von Earl Coxen fiel –, eine Demonstration angekündigt worden. Angeführt werden sollte sie von Reverend Hoke Highsmith, dem Pfarrer der Baptistenkirche. Er zählte zu den einflußreichsten farbigen Geistlichen der Stadt und war als besonnener Mann bekannt.

Coxen hatte sich mit ihm in der Vorwoche bereits zweimal getroffen, um über die polizeilichen Maßnahmen während des Demonstrationsmarsches zu reden. Mittags hatte es eine dritte Besprechung gegeben, zu der auch die

Einsatzleiter der 14. Division und des 77. Bezirks hinzugezogen worden waren. Highsmith plante eine friedliche Demonstration, deren Teilnehmer mit Kerzen in den Händen quer durch den Bezirk bis zum Polizeirevier ziehen sollten. Auf diese Weise wollte man die wachsende Besorgnis der Menschen über die Zunahme des Drogenkonsums und der Gewaltbereitschaft in ihrem Stadtteil zum Ausdruck bringen. Zu der vom Bürgermeister genehmigten Demonstration hatten sich ungefähr dreihundert Gemeindemitglieder angemeldet, die meisten von ihnen Frauen und Kinder.

Nachdem Highsmith gegangen war, hatten Coxen und seine Einsatzleiter den Bedarf an uniformierten Cops und die notwendigen Verkehrsumleitungen besprochen. Gegen 16 Uhr waren alle notwendigen Maßnahmen getroffen worden, und Coxen hatte sich auf den Heimweg gemacht, um seiner Frau bei den Vorbereitungen für das Essen zu helfen, zu dem die Priestleys und die Sternhagens eingeladen worden waren.

»Hat dich der Bürgermeister angerufen?« fragte Marlene als erstes, als sie ihren Mann hereinkommen sah.

Er gab ihr einen Kuß auf die Nase. »Nur die Ruhe, mein Schatz. Entweder er ruft mich an, oder er läßt es bleiben. So oder so habe ich keinen Einfluß darauf.«

Noch immer in Uniform machte sich Earl Coxen daran, den Eßtisch zu decken, wurde dabei jedoch zweimal unterbrochen, da es an der Tür läutete. Zunächst kam der Lieferant, der damit beauftragt worden war, den geräucherten Lachs und die Horsd'œuvres zu bringen. Kurz darauf folgte die Lieferung einiger erlesener Weine, die Marlene bei dem renommiertesten Händler der Stadt bestellt hatte.

Etwa zur gleichen Zeit landete auf dem Schreibtisch von Terrence Sternhagen eine vertrauliche Dringlichkeitsmeldung, die von Assistant Chief Rider stammte. Der Leiter der nachrichtendienstlichen Abteilung informierte Sternhagen über den wichtigen Hinweis eines verdeckten Ermittlers. Der Undercoveragent habe erfahren, daß eine bestimmte Gruppe von schwerbewaffneten militanten Farbigen, in die er eingeschleust worden sei, die Absicht verfolge, die für den Abend vorgesehene Demonstration in Brooklyn zu infiltrieren. Der von Reverend Highsmith angeführte friedliche Protestzug sollte auf diese Weise im 77. Bezirk in gewaltsame Auseinandersetzungen mit der Polizei verwickelt werden, um die ohnehin schon explosive Stimmung in den Schwarzenghettos weiter anzuheizen.

Sternhagen überlegte einen Augenblick. Rider schlug keinerlei Maßnahmen gegen die zu erwartende Konfrontation vor, da er zu Recht davon ausging, daß dies die Sache Sternhagens und der zuständigen Distriktleiter wäre.

Da der 77. Bezirk in Earl Coxens Zuständigkeit fiel, mußte er sofort benachrichtigt werden, und Sternhagen hatte den Hörer bereits in der Hand. War Coxen erst einmal alarmiert, würde der seine Untergebenen informieren und das Ganze konnte seinen routinemäßigen Verlauf nehmen. Doch Sternhagen ließ den Hörer langsam wieder sinken. Ihm fiel ein, daß Coxen gewiß nicht mehr in seinem Büro war, sondern zu Hause seiner Frau dabei helfen würde, alles für das Abendessen vorzubereiten. Der Abmarsch des Demonstrationszuges von der Baptistenkirche aus war für 20 Uhr vorgesehen; zu diesem Zeitpunkt würden sie wahrscheinlich gerade den ersten Gang serviert bekommen. Etwa eine Stunde später – während die Coxens, Priestleys und Sternhagens mit dem Dessert beschäftigt waren – sollte die Demonstration vor dem Polizeirevier des 77. Bezirks enden.

Sternhagen kam zu dem Ergebnis, daß die Nachricht von Assistant Chief Rider nicht als Anlaß dafür ausreichte, den zur Zeit sicherlich vielbeschäftigten Earl Coxen zu Hause zu stören. Statt dessen steckte Sternhagen die Mitteilung in einen Umschlag und instruierte seinen Sekretär, einen uniformierten Inspektor, den Brief als ›Vertraulich‹ zu kennzeichnen und mit der nächsten Dienstpost an das Büro von Assistant Chief Coxen in die Polizeizentrale Brooklyn Nord zu senden.

Zufrieden lehnte sich Sternhagen zurück. Selbst wenn

der Brief – was eher unwahrscheinlich war –, umgehend zugestellt werden sollte, würde niemand wagen, ihn in Coxens Abwesenheit zu öffnen.

Bald darauf ließ sich Sternhagen nach Hause fahren, wies seinen Chauffeur jedoch an, draußen zu warten. Der Chief legte seine Uniform ab und schlüpfte in einen braunen Anzug, zu dem er eine rotgestreifte Krawatte und italienische Schuhe trug.

Beinahe zur gleichen Zeit wie die Priestleys trafen er und seine Frau vor dem Apartmenthaus der Coxens ein. Beide Ehepaare begrüßten sich auf dem Bürgersteig.

»Ich frage mich nur, was wir heute abend erwarten dürfen«, seufzte Florence Priestley.

»Vielleicht bekommen wir alle eine Schale Hirsebrei vorgesetzt?« vermutete Mrs. Sternhagen, woraufhin alle lachten.

Priestley blickte die imposante Fassade des Gebäudes empor, zeigte sich jedoch wenig beeindruckt, sondern zuckte nur die Schultern. »Also, gehen wir rein und bringen es hinter uns.«

»Sie haben recht«, stimmte Sternhagen zu.

Es war genau 20 Uhr 19, als Earl Coxen den ersten Anruf erhielt. Während Sternhagen den von ihm gehaßten Räucherlachs auf seinem Teller hin und her schob, verschwand Coxen in der Küche, um das Gespräch von dort aus zu führen. Dennoch konnte der Chief einen Teil des Telefonates mithören.

Bei seiner Rückkehr ins Eßzimmer war Coxen eine gewisse Besorgnis anzumerken.

»Irgendwas Besonderes?« erkundigte sich Sternhagen und heuchelte Unwissenheit.

»Im 77. Bezirk scheint sich etwas zusammenzubrauen«, erklärte Coxen. »Ich frage mich, ob ich nicht besser selbst nach dem Rechten sehe.«

Über das Gesicht seiner Frau huschte bei dieser Äußerung der Ausdruck panikartigen Entsetzens.

»Unsinn«, widersprach Sternhagen jovial. »Damit werden Ihre Leute doch wohl allein fertig.«

Bis zu diesem Augenblick hatten weder Coxen noch einer seiner Untergebenen Anlaß zu der Befürchtung gehabt, die Demonstration könne einen gewaltsamen Verlauf nehmen. Deswegen war Coxen überrascht und wußte nicht, wie die Lage einzuschätzen war und wie er reagieren sollte.

»Vermutlich haben Sie recht«, stimmte er zu und nahm wieder Platz, was Marlene mit beinahe komisch wirkender Erleichterung quittierte.

Kurz darauf räumten die beiden Gastgeber die Reste des ersten Ganges ab. Dabei verfolgte Sternhagen verstohlen, wie Marlene ihrem Mann in der Küche verhaltene Vorwürfe machte, während er sie zu besänftigen versuchte. Dann servierten beide auf einem großen silbernen Tablett Wachteln als Hauptgang; dazu wurden Wildreis und verschiedene Gemüse gereicht.

Als alle mit den Speisen versorgt waren und zu essen begannen, bemühte sich Sternhagen – der sich insgeheim nach einem einfachen Steak sehnte –, die Wachtel zu zerlegen, ohne sie vom Teller auf den Boden zu befördern.

»Sie haben sich wirklich selbst übertroffen, Mrs. Coxen«, stellte er fest.

Die Angesprochene schenkte ihm ein dankbares Lächeln. »Nennen Sie mich doch einfach Marlene.«

»Gern, Marlene. Aber nur, wenn Sie Terry zu mir sagen.« Sternhagen machte diesen Vorschlag nur, da er sich sicher sein konnte, daß Earl Coxen ihn auch weiterhin mit ›Sir‹ oder ›Chief‹ anreden würde.

Nach einer Stunde läutete das Telefon erneut.

Als Coxen diesmal aus der Küche an den Tisch zurückkehrte, war seine Anspannung für keinen der Anwesenden zu übersehen.

»Das Ganze könnte sich zu einem regelrechten Aufruhr hochschaukeln«, erklärte er. »Es tut mir wirklich leid, aber ich fürchte, ich werde vor Ort gebraucht.«

Die Blicke seiner Frau schienen ihn förmlich zu durchbohren.

»Nun essen Sie doch erst einmal zu Ende«, riet Sternhagen, und die anderen schienen ebenfalls seiner Meinung zu sein, was Coxen sehr verwirrte.

»Es ehrt Sie gewiß, wenn Sie sich Sorgen machen«, sagte Florence Priestley, »aber Sie können sich doch nicht persönlich um jede Kleinigkeit kümmern.«

Amanda Sternhagen stimmte ihr zu. »Wenn Terry sich bei jedem Anruf sofort auf den Weg machen würde, hätten wir überhaupt kein Privatleben mehr.«

Da es sich bei beiden um die Frauen der ranghöchsten Polizisten der Stadt handelte, hatte ihr Wort für Coxen Gewicht.

»Außerdem brauchen Sie von hier aus mindestens eine Stunde, bis Sie vor Ort sind«, ließ sich auch Priestley vernehmen. »Bis dahin ist der ganze Spuk sicher längst vorüber.«

»Also können Sie ohnehin nichts ausrichten«, faßte Sternhagen zusammen.

Nach wie vor von Gewissensbissen geplagt, setzte sich Coxen wiederum auf seinen Platz. Er hatte einen ausgezeichneten Schulabschluß gemacht, alle Prüfungen bei der Polizei mit glänzenden Noten bestanden und nach einem zweijährigen Stipendium bereits beim ersten Versuch sein Juraexamen abgelegt. Beruflich konnte ihm also niemand etwas vormachen. Aber er war ein Farbiger, der zum erstenmal mit Weißen gesellschaftlich verkehrte, die auf der sozialen Leiter über ihm standen. Und er hatte keine Ahnung, was sie an seiner Stelle getan hätten. Hin und her gerissen zwischen der Befürchtung, keine guten Manieren zu zeigen, wenn er unverzüglich aufbrach, und andererseits bei seinem Bleiben seine dienstlichen Pflichten zu vernachlässigen, rutschte er weitere dreißig Minuten auf seinem Stuhl herum, bevor er sich bei seinen Gästen entschuldigte und davoneilte.

Sogar die Aufnahmeteams der verschiedenen New Yorker Fernsehstationen waren schon vor ihm eingetroffen. Und als er dabei gefilmt wurde, wie er vor dem Revier im 77. Bezirk seinen Dienstwagen verließ, waren bereits ganze Straßenzüge, in denen die Flammen von brennenden Autowracks in den Nachthimmel emporloderten, verwüstet worden. Darüber hinaus mußten vier Cops im Krankenhaus behandelt werden. Einen der Aufrührer hatte man getötet, zwanzig weitere festgenommen.

Kurz darauf meldete sich bei einem der Nachrichtensender ein anonymer Anrufer und erklärte, daß Earl Coxen, der für den Bezirk zuständige Polizeichef, viel zu spät am Ort des Geschehens eingetroffen sei, weil er keine Bereitschaft gezeigt habe, seine zum Abendessen eingeladenen Gäste allein zu lassen. Die Meldung wurde von einem Reporter aufgegriffen und um 23 Uhr live vor dem Hintergrund des verwüsteten Viertels ausgestrahlt.

Terrence Sternhagen verfolgte die Sendung auf dem Fernseher in seinem Arbeitszimmer. Erleichtert stellte er fest, daß der Bürgermeister es nun auf keinen Fall mehr in Betracht ziehen würde, Earl Coxen zum Nachfolger von Harry Chapman zu machen.

Sternhagen fragte sich einen Augenblick lang, ob Coxen wirklich jemals eine echte Gefahr für ihn dargestellt habe. Schulterzuckend kam er zu dem Ergebnis, daß er die Antwort darauf wohl niemals erfahren würde.

Zufrieden mit dem Verlauf des Abends ging er zu Bett und legte sich schlafen.

13

Es gehörte zu den grundlegenden praktischen Erfahrungen, die Bert Farber gesammelt hatte, daß man als Kriminalist – um sich nicht restlos zu verzetteln – irgendwann Farbe bekennen und seine Ermittlungen auf einen Hauptverdächtigen konzentrieren mußte, auch wenn die Beweislage dürftig war. Doch was die Aufklärung des Mordes an Harry Chapman betraf, mußte er sich wohl oder übel eingestehen, daß er noch weit davon entfernt war, diesen Schritt wagen zu können.

Oder lag die Lösung des Falles tatsächlich zum Greifen nah und er wagte nur nicht, den sich ihm aufdrängenden Gedanken zu Ende zu denken?

Es war Mittag. Er saß in seinem Büro und starrte wieder und wieder auf die Liste der Telefongesellschaft, auf der die Inhaber der Geheimnummern aus dem kleinen Notizbüchlein des ermordeten Commissioners verzeichnet waren. Die Beschäftigung mit den Namen hatte ihm zwar unerwartete, gleichzeitig aber auch derart schockierende Perspektiven eröffnet, daß er nun zum erstenmal im Lauf seiner Karriere nicht wußte, wie er sich verhalten sollte. Dabei hatte Farber lediglich mit einem der sieben Namen etwas anfangen können. Der Rest der Personen war ihm unbekannt, und er würde erst einige Detectives auf sie ansetzen müssen, um herauszubekommen, mit wem er es zu tun hatte. Aber der eine Name war ihm sofort ins Auge gesprungen und hatte ihn regelrecht in Panik versetzt.

Bereits mehrmals hatte Farber die Liste zusammengefaltet und weggesteckt, nur um sie im nächsten Augenblick wieder aus der Jackentasche zu ziehen, auf seinem Schreibtisch auszubreiten und ratlos anzustarren, ohne auch nur einen klaren Gedanken fassen zu können. Er wußte zunächst nur so viel, daß er keinen Detective damit beauftragen konnte, die Betreffende zu überprüfen. Das würde ihm selbst vorbehalten bleiben. Und gerade mit dieser Aufgabe geriet Farber an den Rand seiner Möglichkeiten und verfügte über keinerlei Entscheidungsspielraum mehr. Was also sollte er tun?

Es handelte sich um den Namen, der sich hinter den Initialen F. P. verborgen hatte.

Er lautete Frederick Priestley.

Die in Chapmans Büchlein verzeichnete Telefonnummer gehörte zu einem Privatanschluß des stellvertretenden Commissioners. Genau betrachtet, zahlte Priestley allerdings nur die Gebühren für den Anschluß. Keiner seiner Untergebenen würde je versuchen, ihn unter jener Nummer zu erreichen, denn alle leitenden Beamten des Polizeidepartments hatten von der Stadt einen Sonderanschluß erhalten, über den die dienstlichen Gespräche abgewickelt wurden. Gerade darin aber bestand das Problem, mit dem sich Farber konfrontiert sah.

Der Anschluß wurde nicht von Priestley selbst, sondern von dessen Frau benutzt.

Farbers Überlegungen überschlugen sich. Zuerst hatte er gedacht, daß sich hinter F. P. tatsächlich nur Frederick Priestley verbergen könne, nicht aber Florence Priestley. Doch warum hätte Harry Chapman dann nur die Initialen verwenden sollen? Eine solche Geheimniskrämerei wäre sinnlos gewesen, wenn es sich um die Telefonnummer seines Stellvertreters gehandelt hätte.

Dann war es Farber wie Schuppen von den Augen gefallen. Wenn es tatsächlich Florence Priestley sein sollte, die in Harrys Büchlein stand, dann konnte es dafür nur eine Erklärung geben: auch sie mußte eine seiner zahlreichen Freundinnen gewesen sein. Sollte diese Annahme jedoch zutreffen, wurde sie damit gleichzeitig zu einer Hauptverdächtigen in dem Mordfall. Denn als Ex-Polizistin wußte Florence Priestley nicht nur auf jeden Fall mit einer Waffe umzugehen, sondern besaß wahrscheinlich sogar noch eine.

Sollte sie aber tatsächlich als Täterin in Frage kommen,

dann saß auch Farber in der Zwickmühle. Zwar mußte ein Detective sich ein gewisses Maß an Idealismus erhalten und sich immer wieder sagen, daß er dem Gemeinwohl diente, wenn er Straftäter festnahm und hinter Schloß und Riegel brachte. Mit zunehmender Diensterfahrung lief man als Detective allerdings Gefahr, zum Zyniker zu werden, denn selbst der größte Idealist konnte auf Dauer nicht die Augen vor der Tatsache verschließen, daß die meisten Verbrecher nie gefaßt wurden, und sollten sie doch im Gefängnis landen, wurde ihr Platz innerhalb kürzester Zeit von einem anderen Gangster eingenommen. Der Job eines Polizisten war also in gewisser Weise eine reine Sisyphusarbeit. Aber das war noch nicht alles.

Sollte Farber tatsächlich Ermittlungen gegen Florence Priestley einleiten, so würde nicht nur sie, sondern auch ihr Mann, der stellvertretende Commissioner, kompromittiert werden, denn es wäre nur eine Frage der Zeit, bis zumindest Details des Skandals nach außen durchsickern würden. Die Folgen waren unabsehbar. Auf jeden Fall aber mußte man davon ausgehen, daß sowohl die Ehe der Priestleys als auch der Ruf des Polizeidepartments ruiniert wären. Und auch Farber, sollte er all dies tatsächlich in Gang setzen, würde nicht unbeschadet davonkommen, sondern für immer als Nestbeschmutzer dastehen.

Zunächst versuchte er sich daher mit dem Gedanken zu beruhigen, daß Florence Priestley – zumindest vorerst –, nur eine weitere potentielle, keinesfalls aber dringend Tatverdächtige war.

Farber schüttelte ungläubig den Kopf. Was alles hatte er in den vergangenen Tagen über seinen alten Freund Harry Chapman erfahren müssen? Nicht genug, daß er mit der Frau des berüchtigtsten Gangsters der ganzen Stadt im Bett gewesen war ... Nein, jetzt kam auch noch die Frau seines Stellvertreters hinzu. Doch diese neueste Erkenntnis bestätigte nur den Eindruck, den Farber mittlerweile von dem Toten gewonnen hatte.

Sie bestätigte allerdings noch etwas anderes: Farbers

von Anfang an gehegte Furcht, daß die Aufklärung des Falles viel Ärger mit sich bringen würde – vor allem für ihn selbst.

Die Karten auf dem Tisch verrieten, daß er Mary Alice durch sein Läuten erneut beim Solitairespiel überrascht hatte. Aber obwohl sie Farber nicht erwartet hatte, bat sie ihn mit einem Lächeln ins Wohnzimmer, das – wie bei seinem letzten Besuch – nur schwach von einer einzigen Lampe beleuchtet wurde.

Mary Alice machte auf ihn den Eindruck, als ob sie sich in der Zwischenzeit ein wenig gefangen habe, da sie offensichtlich wieder mehr auf ihr Äußeres achtete. Anstelle des Trainingsanzugs, in dem sie ihn beim letztenmal begrüßt hatte, trug sie nun einen Rock und einen Pullover, dessen Ärmel bis zu den Ellbogen hinaufgeschoben waren. Auch ihre Haare schienen frisch frisiert.

»Sei mir nicht böse, aber muß man bei dieser trüben Beleuchtung nicht geradezu auf trübsinnige Gedanken kommen?« fragte er.

Wieder zeigte sich ein Lächeln auf ihren Zügen.

»Ich hänge keinen trübsinnigen Gedanken nach – jedenfalls nicht mehr. Ich mache mir statt dessen Gedanken darüber, wie ich mein weiteres Leben gestalten soll. Denn für mich hat sich einiges geändert.«

Farber reichte ihr Harrys Schlüsselbund zurück, verbunden mit der Entschuldigung, daß er sie deswegen gestört habe. Es sei ihm leider nicht möglich gewesen, einen Blick in Harrys Safe zu werfen, da sein Büro von Priestley unter Verschluß gehalten werde.

»Das ist auch der Grund dafür, daß ich dir deinen Schmuck nicht mitbringen konnte«, bedauerte Farber.

»Mach dir deswegen keine Sorgen, Bert. Du weißt doch so gut wie ich, daß ich in nächster Zeit ohnehin kaum Gelegenheit haben könnte, ihn zu tragen.«

»An deiner Stelle würde ich mich direkt an Priestley wenden und von ihm die Herausgabe deines Eigentums verlangen.«

Als Mary Alice nichts erwiderte, nutzte Farber die Chance, um die Frage zu stellen, die ihm seit dem Vormittag am meisten auf der Seele brannte.

»Sag mal, wie gut kennst du das Ehepaar Priestley eigentlich?«

Sie zuckte die Schultern. »Nur oberflächlich. Harry und ich sind einmal bei ihnen zum Essen gewesen, und sie haben uns einen Gegenbesuch abgestattet. Warum fragst du?«

»Nur so«, erwiderte Farber. »Lebte Priestley zu der Zeit noch mit seiner ersten Frau zusammen oder mit seiner jetzigen?«

»Mit der jetzigen.«

»Wie heißt sie doch gleich?« Er legte die Stirn in Falten. »Florence, nicht wahr? Welchen Eindruck hattest du von ihr?«

Mary Alice betrachtete ihn mit jenem Blick, der ihm seit jeher das Gefühl gegeben hatte, sie könne ihn bis in den letzten Winkel seiner Seele durchschauen.

»Du beschäftigst dich gerade mit Harrys Frauengeschichten, stimmt's?«

Wie ein ertappter Schuljunge wußte Farber zunächst nicht, was er sagen sollte. »Unsinn! Wie kommst du nur darauf?« erwiderte er halbherzig.

»Komm, Bert, versuch nicht, mir was vorzumachen. Dafür kenne ich dich schon zu lange.«

Farber beschloß, das Thema ›Florence Priestley‹ vorerst fallenzulassen. »Ach, übrigens, weißt du zufällig, wie viele Waffen Harry besaß?«

Seine Frage schien sie zu überraschen. »Eine – soweit ich weiß.«

»Ich frage deshalb, weil wir sie nirgendwo gefunden haben.«

Sie schaute ihn fragend an. »Na und? Ist das irgendwie von Bedeutung?«

Farber faßte sie scharf ins Auge. »Gut möglich, daß er die Waffe nicht bei sich hatte, weil er an jenem Wochenende verreiste.«

»Keine Ahnung.«

»Wahrscheinlich wollte er den Ärger vermeiden, den es jedesmal am Flughafen gibt.«

»Sag mal, Bert, was soll eigentlich die ganze Fragerei?«

»Da die Waffe nirgendwo aufgetaucht ist, befindet sie sich möglicherweise hier im Haus. Wo hat er sie gewöhnlich aufbewahrt?«

»Komm mit«, sagte Mary Alice und führte ihn die Treppe hinauf in das im ersten Stock gelegene Schlafzimmer. Farbers Blick fiel auf das große Doppelbett, in dem sie nun allein schlief. Und ohne daß er sich dagegen wehren konnte, erwachten Erinnerungen an ihre damaligen Nächte in ihm – und unweigerlich auch erneutes Verlangen.

Seine Augen wanderten zu Mary Alice, die sich gerade an einer Kommode zu schaffen machte. Da sie über eine Schublade gebeugt stand, zeichneten sich unter dem enganliegenden Rock ihre schmale Taille und ihre Hüften ab.

»Der Revolver hat immer zwischen den Socken gelegen«, sagte sie, während sie weitersuchte. »Ah, da ist er ja.«

Sie hielt die Waffe am Lauf und reichte sie Farber.

»Ich bin froh, daß du ihn gefunden hast«, erklärte Farber erleichtert.

»Warum war dir das so wichtig?«

»Weil ich mir Sorgen gemacht habe, daß Harry mit seinem eigenen Revolver erschossen worden sein könnte«, gestand Farber und musterte sie aufmerksam. »Aber da du ihn ja die ganze Zeit hier bei dir gehabt hast, ist das wohl kaum möglich, nicht wahr?«

Sie verzog ihr Gesicht zu einem ironischen Lächeln. »Tut mir leid, dich enttäuschen zu müssen, aber ich eigne mich nicht besonders als Mörderin.« Dann trat ein seltsamer Ausdruck in ihre Augen. »Du bist wirklich der mißtrauischste Bursche, den ich je erlebt habe. Soll ich dir jetzt eigentlich dafür böse sein, daß du mich im Verdacht hattest?«

Farbers Aufmerksamkeit schien nur auf den Revolver gerichtet zu sein. »Wenn du nichts dagegen hast, werde ich ihn erst einmal in meine Obhut nehmen.«

»Einverstanden. Ich habe ohnehin nichts für Waffen übrig. Nimm den Revolver also ruhig mit und überprüfe in aller Ruhe, ob mit ihm geschossen wurde. Wie wär's übrigens mit einem Drink?«

Wieder wurde sein Blick wie magisch von dem großen Bett angezogen.

Warum geht von einem Schlafzimmer nur immer diese gewisse geheimnisvoll-intime Atmosphäre aus? fragte er sich. Schließlich verfügte doch fast jeder Mensch über eines. Und die meiste Zeit taten die Menschen nichts anderes, als darin zu schlafen.

»Ja, ich würde sehr gerne einen Drink mit dir nehmen«, stimmte er zu.

Sie kehrten ins Wohnzimmer zurück, wo Mary Alice ihm ein Glas mit Scotch füllte. Dann machte sie sich auf den Weg in die Küche, um Eis zu holen. Farber folgte ihr nach.

»Du hast mir noch nicht gesagt, wie Florence Priestley damals auf dich wirkte.«

»War sie eine von Harrys Freundinnen?«

»Möglicherweise. Ich weiß es nicht.«

»Jedenfalls würde es mich nicht überraschen, wenn sie es war.«

»Inwiefern?«

»Ich habe mitbekommen, wie sie Harry damals Blicke zugeworfen hat.«

»Blicke? Ich verstehe nicht, wie du das meinst?« fragte Farber, obwohl er es sich sehr gut vorstellen konnte.

»Soweit ich mich erinnere, reichte sie ihm damals gerade den Salat. Nun ja, ein einziger Blick kann schon ziemlich verräterisch sein. Außerdem hat Harry sie den ganzen Abend über so behandelt, als wäre sie Luft für ihn. Auch das war nicht normal, sondern eigentlich eher verdächtig.«

Sie betraten die Küche.

»Du fragtest vorhin, ob sie ›eine‹ von Harrys Freundinnen gewesen sei. Hatte er denn so viele?«

»Ich bin mir sicher, daß es eine ganze Reihe waren«, erwiderte Mary Alice.

»Wenn du davon wußtest, warum hast du dich dann nicht von ihm getrennt?«

»Irgendwann habe ich mich nicht mehr um seine Affären gekümmert.«

»Das ist keine Antwort.«

»Daß ich ihn nicht verließ, lag zum einen an den Jungen, zum anderen daran, daß ich mir anfangs selbst die Schuld an seinem Verhalten gab. Und außerdem ...« – sie schien nach den richtigen Worten zu suchen –, »... außerdem glaubte ich wirklich daran, daß Harry eines Tages Präsident werden und ich mit ihm ins Weiße Haus einziehen würde.«

Farber wußte nicht, was er auf dieses Geständnis erwidern sollte.

»Ich weiß, daß es sich verrückt anhört«, fuhr Mary Alice fort, »aber so habe ich damals gedacht. Immerhin hatte Harry zuvor jedes der von ihm gesteckten Ziele erreicht. Er hatte im Justizministerium gearbeitet, war in den Kongreß eingezogen und ist schließlich Commissioner geworden. Alles lief immer genau so, wie er es plante. Warum sollte dann nicht auch sein größter Plan in Erfüllung gehen? Warum sollte er nicht einer der nächsten Präsidenten werden? Harry war doch erst zweiundvierzig Jahre alt.«

Ihre Blicke begegneten sich.

»Hast du dir jemals vorgestellt, im Weißen Haus zu wohnen, Bert? Jeder träumt doch einmal davon, ein großer Star zu sein. Und einen größeren Starruhm als den, Präsident der Vereinigten Staaten zu sein, gibt es auf der ganzen Welt nicht. Wäre dieser Coup geglückt, hätte ich tun und lassen können, was ich wollte.«

Sie öffnete den Kühlschrank und holte eine Eiswürfelschale aus dem Gefrierfach. »Aber ohne Harry hätte ich keine Chance gehabt, jemals ins Weiße Haus einzuziehen.

Ich meine, wer bin ich schon, daß ich mir so etwas anmaßen könnte?«

Verblüfft stellte Farber fest, daß sogar eine schöne Frau wie Mary Alice trotz ihres ausgesprochen selbstsicher wirkenden Auftretens unter enormen Minderwertigkeitskomplexen zu leiden schien. Farber hatte plötzlich das Gefühl, als sehe er sie zum erstenmal, wie sie wirklich war.

»Für mich wäre diese allenfalls vage Aussicht jedenfalls kein Grund gewesen, mir so dreist auf der Nase herumtanzen zu lassen«, erwiderte er unverhohlen.

Mary Alice brach über der Spüle das Eis aus der Schale. »Aber ich bin nun mal nicht du, nicht wahr, Bert?«

»Allerdings«, bestätigte Farber.

»Im Lauf des vergangenen Jahres hatte ich mir den Traum vom Weißen Haus aus dem Kopf geschlagen und war soweit, Harry zu verlassen«, erklärte Mary Alice, während sie die Eiswürfel zu dem Scotch gab. Sie runzelte die Stirn. »Nein, ich wollte ihn nicht verlassen, sondern ihn achtkantig aus dem Haus werfen. Immerhin hat er all die Jahre von meinem Geld gelebt.«

»Aber du hast ihn nicht vor die Tür befördert.«

Sie setzten sich an den Küchentisch.

»Weil Harry zu dieser Zeit zum Commissioner ernannt worden war. Das war schließlich ein verantwortungsvoller Posten, und ich dachte, er hätte so viel damit zu tun, daß er auf keine dummen Gedanken mehr käme. Plötzlich hoffte ich sogar, daß wir möglicherweise wieder eine richtige Ehe führen würden.«

Farber betrachtete sie schweigend, während er an seinem Drink nippte.

»Und dann wurde er plötzlich erschossen«, stellte Mary Alice mit bitter klingender Stimme fest.

»Glaubst du, daß es eine Frau war?« fragte Farber.

»Wer sonst?«

»Nun, es kommen noch genug andere Möglichkeiten in Frage.«

»Sicherlich.«

Es entstand eine kurze Pause, in der beide ihren Gedanken nachhingen.

»Als Harry damals mit mir im Streifenwagen saß, machte er den Eindruck, als könne er kein Wässerchen trüben und wäre ein so ehrlicher Kerl, daß er beinahe naiv wirkte«, brach Farber das Schweigen.

»Harry war nichts weniger als naiv.«

»Aber alle haben ihn dafür gehalten.«

»Cops vielleicht.«

»Nicht nur die, auch viele andere Leute«, widersprach Farber. »Ich zum Beispiel.«

»Bert, ist dir eigentlich jemals aufgefallen, daß sich Naivität und Unverfrorenheit in denselben Verhaltensweisen äußern?«

Farber blieb ihr die Antwort schuldig.

»Harry spielte sehr gern den naiven, unschuldigen Jungen, weil er wußte, daß die Leute ihn in dieser Rolle am liebsten mochten. Ansonsten marschierte er stets entschlossen auf sein Ziel los. Aber er wußte viel zu gut, daß er es manchmal eher erreichte, wenn er die ahnungslose Unschuld mimte, weil die meisten Leute dann über seine Unverfrorenheit hinwegsahen.«

»Naiv oder nicht, jedenfalls war er zumindest früher einmal ein mutiger, entschlossener und ehrgeiziger Bursche«, sagte Farber. »Allem Anschein nach hat er sich irgendwann ziemlich verändert. Aber wann und wodurch?«

»Ich glaube, seine Wahl in den Kongreß war dafür mitentscheidend. Er hatte plötzlich diesen großen Mitarbeiterstab unter sich, ohne wirklich etwas zu tun zu haben. Und er war ständig von vielen Frauen umgeben. Zuerst beklagte er sich noch darüber, daß sein Job so langweilig sei. Doch das hörte bald auf. Plötzlich hatte er jeden Abend und jede Nacht zu tun, und zwar auch an den Wochenenden.«

»Wie hast du schließlich herausgefunden, daß er sich mit anderen Frauen herumtrieb?«

Wieder schien ihr Blick sein Innerstes zu durchschauen. »In einem Restaurant bekam ich zufällig ein Gespräch am Nachbartisch mit. Weißt du, in Washington tratscht wirklich jeder über jeden. Deshalb gibt es dort nichts, was lange ein Geheimnis bleiben könnte. Wer nicht gerade taub ist, kann gar nicht anders, als genau das zu belauschen, was er nicht belauschen sollte.«

»Hast du ihn nicht zur Rede gestellt?«

»Das erstemal, ja. Damals schwor er, mir fortan auf ewig treu zu sein. Doch es dauerte nicht lange, und er verfiel wieder in den alten Trott. Danach hat mein Stolz es nicht mehr zugelassen, ihn auf seine Weibergeschichten anzusprechen.«

Plötzlich empfand Farber tiefes Mitleid mit ihr.

»Das war der Anfang vom Ende«, fuhr Mary Alice fort, »denn irgendwann war es mir völlig egal, was er tat oder nicht tat.«

»Warst du ihm denn die ganze Zeit über treu?«

»Ich weiß selbst nicht, warum, aber ich war es wirklich«, erwiderte sie. »Vermutlich war dabei ebenfalls mein Stolz die treibende Kraft. Ich wollte wohl beweisen, daß ich ein besserer Mensch war als er. Großer Gott, ich war sogar mehr als nur treu. Ich führte regelrecht das Leben einer Nonne. Harry war durchaus klar, weshalb ich mich so verhielt, aber wir verloren niemals ein Wort darüber.«

Die letzten Sätze hatte sie mit gesenktem Blick gesprochen. Doch plötzlich schaute sie ihm gerade ins Gesicht. »Du hast immer noch etwas für mich übrig, stimmt's, Bert?«

Farber nickte.

»Ich hätte damals lieber dich heiraten sollen und nicht Harry«, seufzte Mary Alice und legte ihre Hand auf die seine – eine Geste, die ihn wie ein Stromschlag durchfuhr. »Ach, Bert, ich war damals so dumm.«

Sie erhoben sich gleichzeitig vom Tisch, und sie trat auf ihn zu, umarmte ihn und schmiegte sich an ihn, ihr Gesicht an seinen Hals gelegt. Farbers linke Hand streichelte über ihren Rücken und hielt schließlich auf dem

Verschluß ihres Büstenhalters inne, während seine rechte auf ihrem Hinterkopf ruhte. Dabei spürte er, daß ihre Haare, die zu einem Pferdeschwanz gebunden waren, von einem kleinen Gummiband zusammengehalten wurden.

Zwischen Vernunft und Begehren hin und her gerissen, sagte sich Farber, daß ein Kuß den Anfang vom Ende bedeuten würde. Doch er hatte den Gedanken noch nicht zu Ende gedacht, als seine Finger bereits ein Eigenleben zu entwickeln schienen, sich tief in Mary Alice' Haare gruben und ihren Kopf zurückbogen. Sie blickte ihn aus ihren großen Augen an, genau wie sie es früher getan hatte. Dann beugte er sich zu einem Kuß über sie und schien in ihren halb geöffneten Lippen zu versinken.

Wie selbstverständlich erwiderte sie seinen Kuß und nahm ihn dann bei der Hand, um ihn erneut nach oben in ihr Schlafzimmer zu führen. Dort angekommen, folgte ein weiterer leidenschaftlicher Kuß. Nachdem sie sich voneinander gelöst hatten, zog Mary Alice ihren Pullover über den Kopf.

»Hast du Lust, dir meine Narbe anzuschauen, Bert?«

Da er sie seit mehr als achtzehn Jahren nicht mehr nackt gesehen hatte, erschien ihm ihr Körper vertraut und fremd zugleich, da er ihn unwillkürlich mit seinen Erinnerungen verglich. Sicher, auch an Mary Alice war die Zeit nicht völlig spurlos vorübergegangen, aber sie war zweifellos noch immer eine ausgesprochen attraktive Frau. Außerdem gestand sich Farber, daß er selbst mit Sicherheit kein Adonis mehr war. Wirklich neu für ihn war jedoch Mary Alice' rötlich schimmernde Narbe, die etwa drei Zentimeter lang war und knapp oberhalb ihrer linken Brustwarze verlief.

Vorsichtig zeichnete Farber mit seinen Fingern den Verlauf der Narbe nach. Für ihn hatten Narben nichts Abstoßendes, sondern waren etwas Natürliches, das jeder Mensch irgendwann davontrug. Er fragte sich jedoch, warum Mary Alice ihn darauf aufmerksam gemacht hatte, noch bevor sie völlig ausgezogen war? Wollte sie sich vielleicht im voraus dafür entschuldigen, daß ihr Körper nicht mehr in solcher Blüte stand wie vor achtzehn Jahren? Oder fürchtete sie möglicherweise, daß er sie wegen ihrer Narbe weniger anziehend und hübsch fand als früher?

Sie hatte nicht nur ihren Mann verloren – wenn auch bereits vor Jahren und nicht erst vor einigen Tagen –, sondern offensichtlich auch beinahe ihre Brust. Möglicherweise war das der Grund dafür, daß sie unter einer Art Komplex litt, sagte sich Farber. Was für ein Leben mochte sie all die Jahre geführt haben?

Aber Farber wollte ihr jetzt keine Fragen stellen oder mit Mary Alice über ihre Narbe sprechen. Statt dessen streifte er ihr die restlichen Kleidungsstücke ab und drängte sie rückwärts in Richtung Bett. Achtzehn Jahre lang war er von dem Gedanken an sie und diesen Augenblick besessen gewesen; stets war Mary Alice Chapman für ihn ein unerfüllter Traum geblieben, dessen Verwirklichung ihm verwehrt wurde. Sie war nicht nur einst sein ein und alles gewesen, sondern über all die Jahre hin das Ziel seines heimlichen Sehnens.

Natürlich war auch Farber klar, daß sie beide das Rad der Zeit nicht zurückdrehen konnten. Aber jetzt, da sie mit willig gespreizten Schenkeln vor ihm lag, spürte er nichts weiter als das blinde Verlangen, sich mit ihr zu vereinigen und die Gunst des Augenblicks zu genießen, ohne auch nur einen Gedanken an die Vergangenheit oder Zukunft zu verschwenden.

Als Farber in sie eindrang, spürte er das Gefühl unsagbaren Glücks, das ihn bereits als junger Mann erfüllt hatte, wenn sich ihm ein Mädchen so hingab, wie Mary Alice es jetzt tat. Und wie damals beeilte er sich, zum Höhepunkt zu kommen, aus Furcht, sie könnte ihm ihre Gunst entziehen und ihn plötzlich zurückweisen.

»O Bert, es ist so lange her, daß ich dich in mir gespürt habe«, stöhnte sie und biß sich dabei so fest auf die Unterlippe, daß sie blutete.

Später, als sie dann eng umschlungen nebeneinander lagen, umfangen von der zärtlichen Vertrautheit erfüllter Sehnsucht, fuhr Farber zärtlich mit seinen Fingern über die Narbe auf ihrer linken Brust.

»Was ist passiert?« fragte er.

Mary Alice erzählte ihm, daß sie eines Tages einen Knoten festgestellt habe. In ihrer Panik sei sie von einem Arzt zum anderen gelaufen, doch alle hätten ihr zu einer Kontrolloperation geraten, da nur auf diese Weise festgestellt werden könne, ob es sich um einen gutartigen oder bösartigen Tumor handle. Nachdem sie einer gegebenenfalls notwendigen Brustamputation zugestimmt hatte, war sie in den Operationssaal gebracht und in der Unsicherheit narkotisiert worden, möglicherweise verstümmelt wieder zu erwachen.

»Du mußt dir furchtbare Sorgen gemacht haben«, sagte Farber leise.

»Noch während ich unter Narkose war, wurden die notwendigen Gewebeuntersuchungen durchgeführt«, erklärte Mary Alice. »Als ich wieder erwachte, fühlte ich als erstes nach, ob ich noch meine linke Brust hatte. Vor Erleichterung bin ich damals in Tränen ausgebrochen. Seither haben sich glücklicherweise keine neuen Knoten mehr gebildet.«

Beider Lebenswege waren in all den Jahren so weit voneinander entfernt gewesen, daß sie sich beinahe völlig aus den Augen verloren hatten. Es war daher keineswegs verwunderlich, daß sie sich – ohne es offen einzugestehen –, fremd geworden waren und daß sich trotz aller körperlichen Nähe die alte Vertrautheit nicht recht wieder einstellen wollte.

»Erzähl mir von Madge«, verlangte Mary Alice. »Führt ihr eine glückliche Ehe?«

Farber spürte nicht die geringste Lust, sich mit Mary Alice über Madge und seine Ehe zu unterhalten. »Nun ja, ab und zu streiten wir uns schon einmal«, erwiderte er ausweichend.

»Du willst wohl nicht gern über euch beide sprechen,

stimmt's?« hakte Mary Alice lächelnd nach und legte ihre Hand zwischen seine Schenkel.

Man kann nicht einfach dort wieder anknüpfen, wo man vor Jahren stehengeblieben ist, erkannte Farber mit plötzlicher Klarheit. *Wenn man gemeinsam eine Chance haben will, muß man einen Neuanfang wagen.*

Dann wechselte Mary Alice mit einemmal das Thema. »Was deine Ermittlungen betrifft«, sagte sie ruhig, »habe ich nur eine Bitte an dich. Was immer du auch herausfinden magst, Bert, bitte sorge dafür, daß Harrys Ansehen nicht zu sehr geschmälert wird.«

»Ich will es versuchen.«

»Versprich mir, daß ich wenigstens *das* behalte – seinen und meinen guten Ruf.«

»Ich kann dir nur versprechen, daß ich mein Bestes tun werde.«

War sie nur deswegen mit ihm ins Bett gegangen, um ihm dieses Versprechen zu entlocken? fragte sich Farber. Er kam zu dem Ergebnis, daß man bei Mary Alice auch eine solche Vermutung nicht ausschließen konnte.

Noch immer lag ihre Hand zwischen seinen Beinen, und Farber genoß das Gefühl der Intimität, das sich in dieser Geste ausdrückte. Dennoch schob er Mary Alice' Hand beiseite und schwang sich aus dem Bett, allerdings nicht, ohne sie auf die Stirn zu küssen und ihr auf diese Weise zu signalisieren, daß es keineswegs in seiner Absicht lag, sie zurückzuweisen.

»Hättest du nicht Lust auf ein zweites Mal?« fragte sie kokett, während sie ihm dabei zusah, wie er sich ankleidete.

»Dazu fehlt mir leider die Zeit, Mary Alice.«

Sie schlüpfte in einen Bademantel und begleitete ihn die Treppe hinab zur Haustür.

»Wann werde ich dich wiedersehen, Bert?«

»Bald«, versprach Farber, küßte sie zum Abschied auf die Nase und wandte sich zum Gehen.

Als er ins Freie trat, traf ihn die eisige Luft wie ein Schlag und raubte ihm zunächst den Atem. Doch

O'Malley hatte ihn bereits gesichtet, schaltete die Scheinwerfer ein und lenkte den Wagen vor ihm an die Bordsteinkante.

Farber ließ sich direkt zum Laborkomplex der Polizeischule fahren und verfolgte, wie aus Harry Chapmans Dienstwaffe ein Schuß in eine mit Baumwolle gefüllte Kiste abgefeuert wurde. Dann fischte man das Projektil aus der Baumwolle und legte es auf den Träger eines Vergleichsmikroskopes. Schließlich zog Farber die Tüte mit dem Geschoß, das Harry Chapman getötet hatte, aus seinem Koffer und reichte es dem Techniker, um den Geschoßvergleich durchführen zu können.

»Und? Wurden die Projektile aus derselben Waffe abgefeuert?« drängte Farber.

Der Mann am Mikroskop ließ nicht lange mit der Antwort auf sich warten. »Mit Sicherheit nicht, Chief. Die Spuren an den Geschossen sind so unterschiedlich, daß sie auf keinen Fall durch ein und denselben Lauf verursacht worden sind.«

Farber nickte erleichtert. Das bedeutete, daß Harry Chapman zumindest nicht mit seiner eigenen Waffe erschossen worden war. Damit schied Mary Alice als Täterin praktisch aus. Allerdings hatte Farber eigentlich niemals ernsthaft in Erwägung gezogen, sie verdächtigen zu müssen.

Natürlich war es möglich, daß sie noch eine andere Waffe besaß. Ob Harry weitere Waffen im Haus aufbewahrt hatte? Immerhin legten sich die meisten Cops neben ihrer Dienstwaffe noch weitere Revolver oder Pistolen zu. Eine Waffe bei sich zu tragen war für sie etwas absolut Alltägliches und hatte praktisch den gleichen Stellenwert wie ein normales Kleidungsstück. Deshalb wählten manche Cops jeden Tag eine andere Waffe aus ihrer Sammlung, die sozusagen heute zur Armbanduhr und morgen zur Krawatte paßte. Warum sollte gerade Harry Chapman nicht zumindest einen zweiten Revolver besessen haben?

Vor seinem geistigen Auge ließ Farber die von ihm bisher Verdächtigten Revue passieren: Caroline Connolly, Anna Russo und Mary Alice hatte er innerlich bereits von seiner Liste gestrichen. Das bedeutete, daß noch Dominic Russo, Willie Boy Benvenutó und nun möglicherweise auch noch Frederick oder Florence Priestley als Mörder von Harry Chapman in Frage kamen.

Darüber hinaus war durchaus nicht auszuschließen, daß John Kincaid bei seinen Ermittlungen plötzlich auf eine Spur stieß, die zu einem Täter führte, an den Farber noch nicht einmal einen Gedanken verschwendet hatte.

Der Techniker nahm das Geschoß, das Harry Chapman getötet hatte, von dem Objektträger des Mikroskops und musterte neugierig die deformierte Spitze des Projektils.

»Woher haben Sie eigentlich dieses Ding, Chief?« erkundigte er sich.

»Nun, die Klärung der Herkunft dieses Projektils bedarf noch einiger Untersuchungen«, entgegnete Farber ausweichend.

»Ich meine ja nur, woher …«

»Das Ganze ist zur Zeit noch absolut vertraulich«, unterbrach ihn Farber und signalisierte damit deutlich, daß er nicht bereit war, weitere Auskünfte zu erteilen.

Der Techniker zuckte nur die Schultern.

»Wir wissen jedoch, daß es sich bei der Waffe, die ich Ihnen ausgehändigt habe, mit Sicherheit um die Dienstwaffe des ermordeten Commissioners handelt«, fuhr Farber fort. »Nehmen Sie sie daher unter Verschluß. Das gilt auch für die Kugel, die Sie aus der Waffe abgefeuert haben. Das andere Projektil geben Sie mir jedoch am besten wieder zurück.«

Der Techniker behielt das Geschoß noch länger in der Hand, da man die Gewebereste nicht übersehen konnte, die beim Eindringen in Harry Chapmans Körper am Metall hängengeblieben waren. Er mußte nur zwei und zwei zusammenzählen, um darauf zu kommen, daß es sich um die Kugel handelte, die den Commissioner ins Jenseits befördert hatte.

»Müßte dieses Projektil nicht wenigstens als Beweisstück aufgenommen werden?« fragte er vorsichtig.

»Noch nicht«, widersprach Farber und ließ es erneut in seinem Koffer verschwinden.

»Aber das ist doch die Kugel, die den Commissioner getötet hat, oder nicht?«

»Ein Schluß, der sicherlich noch verfrüht ist«, stellte Farber nachdrücklich fest und fixierte den Techniker mit drohendem Blick. »Außerdem sollten Sie niemals vergessen, daß Sie für mich arbeiten. An Ihrer Stelle würde ich also nichts über dieses Projektil ausplaudern, solange Sie nicht von mir persönlich die Erlaubnis dazu erhalten! Ich hoffe, ich habe mich klar genug ausgedrückt?«

Der Techniker wirkte plötzlich wie vom Donner gerührt. »Absolut, Chief. Keine Sorge, Sie können sich vollkommen auf mich verlassen.«

Der Bürgermeister führte Farber in sein Arbeitszimmer. »Also, wie steht es mit den Ermittlungen?« fragte er, nachdem er die Tür geschlossen hatte.

Es war bereits spät am Abend gewesen, als Farber, der sich gerade auf dem Heimweg befunden hatte, ins Haus des Bürgermeisters bestellt worden war.

Farber berichtete, daß er Anna Russo zum zweitenmal verhört habe, und faßte ihre Aussage knapp zusammen, ohne allzu viele Details zu nennen. Dabei verschwieg er geflissentlich, daß er die Frau des Mafioso mit einem Trick von ihrem Anwalt getrennt hatte. Denn sollte sich – wider Erwarten – doch noch herausstellen, daß Anna Russo etwas mit der Ermordung Harry Chapmans zu tun hatte, würde es im Hinblick darauf kaum möglich sein, sie vor Gericht zu stellen. Doch darüber mußte sich nicht auch noch der Bürgermeister den Kopf zerbrechen.

Statt dessen betonte Farber, daß er die Dienstwaffe des Commissioners sichergestellt habe. »Die Laborergebnisse sind eindeutig. Harry Chapman ist nicht mit seinem eigenen Revolver erschossen worden. Das ist doch immerhin zur Abwechslung mal eine gute Nachricht, finden Sie nicht auch?«

Der Bürgermeister wiegte den Kopf hin und her. »Nun, es ist noch lange kein Beweis dafür, daß er nicht von seiner Frau erschossen wurde. Möglicherweise besitzt sie ja noch eine weitere Waffe.«

Wieder wurde Farber vom beinahe zynischen Kalkül des Bürgermeisters überrascht. »Das halte ich für unwahrscheinlich, zumal ich die Witwe mittlerweile selbst verhört habe. Sie hat sich dabei wirklich als sehr entgegenkommend gezeigt.«

Entgegenkommend? Als Farber sich im nachhinein über seine Wortwahl klar wurde, mußte er sich beherrschen, um angesicht der nur kurz zurückliegenden Ereignisse nicht ein breites Grinsen aufzusetzen.

»Haben Sie sonst noch etwas?« erkundigte sich der Bürgermeister.

Am liebsten hätte Farber geantwortet, daß er vor allem den Wunsch habe, der neue Commissioner zu werden. Aber dann schoß ihm ein anderer Gedanke durch den Kopf.

Sollte er den Bürgermeister über seinen Verdacht gegen Florence Priestley informieren? Er hatte zwar vor, sie am nächsten Tag zu verhören, doch was er bisher in Händen hielt, war weniger als nur vage. Bei Licht betrachtet, verfügten die beiden Initialen, die er in Harry Chapmans Notizbuch gefunden hatte, über keinerlei Beweiskraft. Und doch …?

»Ich weiß nicht, ob Sie vorhaben, bereits morgen oder übermorgen den Nachfolger von Harry Chapman zu ernennen«, begann er vorsichtig. »An Ihrer Stelle würde ich jedoch lieber noch ein paar Tage warten, bis einige noch offene Fragen geklärt sind.«

Der Bürgermeister faßte ihn scharf ins Auge und wartete darauf, daß Farber konkreter wurde.

»Schließlich möchte ich nicht, daß Sie am Ende mit einer Entscheidung an die Öffentlichkeit treten, die Ihnen später leid tun könnte«, erklärte Farber.

»Ganz bestimmt wollen Sie das nicht!«

»Oder die in der Lage wäre, ein schlechtes Licht auf das Polizeidepartment zu werfen.«

»Heraus mit der Sprache: Was haben Sie herausgefunden?« fragte der Bürgermeister unverhohlen.

Falls er dem Bürgermeister gestand, daß er in Harry Chapmans Telefonbüchlein nichts weiter gefunden hatte als Priestleys Privatnummer, würde er nur Hohn und Spott ernten. Deshalb schüttelte Farber den Kopf.

»Es ist noch zu früh, um bereits darüber sprechen zu können.«

»Sie haben etwas gegen Priestley oder Sternhagen in der Hand«, mutmaßte der Bürgermeister, »oder sogar gegen beide.«

»Offen gestanden halte ich derzeit gar nichts in Händen«, wiegelte Farber ab.

Doch der Bürgermeister ließ sich nicht so leicht stoppen und feuerte einen Schuß ins Blaue ab: »Chapman hat es mit den Frauen der beiden getrieben!«

»Ich möchte zum gegenwärtigen Zeitpunkt zu all dem nichts sagen, um nicht unnötig die Gerüchteküche anzuheizen«, erwiderte Farber, während er sich fragte, ob der Bürgermeister wirklich kurz davor gestanden hatte, Priestley oder Sternhagen zum neuen Commissioner zu machen.

»Nun lassen Sie sich nicht jedes Wort aus der Nase ziehen!«

»Es tut mir leid, aber ich muß erst noch verschiedene Angaben überprüfen, bevor ich etwas sagen kann.«

»Zum Teufel mit dem ganzen Gerede. Vergessen Sie nicht, wen sie vor sich haben!«

Trotz der unbequemen Lage, in der er sich befand, kam Farber zu dem Ergebnis, daß er ein zu großes Risiko einging, falls sich sein Verdacht gegen Florence Priestley als unbegründet herausstellen sollte.

»Wie ich schon sagte: Ich bitte Sie nur noch um ein wenig Zeit«, entgegnete Farber daher.

Die beiden Männer blickten sich in die Augen.

»Ich glaube, ich gehe jetzt besser«, versuchte Farber die Flucht zu ergreifen, doch der Bürgermeister wollte nicht locker lassen.

»Sternhagens Frau scheidet aus«, murmelte er nachdenklich vor sich hin, »die war zu alt für Chapman. Also bleibt nur noch Priestleys Frau übrig. So muß es sein: Chapman hat es mit Priestleys Frau getrieben.«

Farber äußerte sich nicht zu den Mutmaßungen des Bürgermeisters.

»Was hindert Sie daran, mir es zu sagen, wenn Sie sie verdächtigen?«

Nach wie vor schweigend ging Farber auf die Tür zu.

»Sie wissen doch ganz genau, daß auch Priestley Ihnen den Job nicht gönnt.«

Farber rang sich ein Grinsen ab. »Sie meinen, ich stehe tatsächlich in der engeren Wahl? Ausgerechnet ich? Wer hätte das gedacht!«

»Sie sollten mal hören, was Priestley über Sie vom Stapel läßt«, bohrte der Bürgermeister weiter, um Farber zu provozieren.

»Das kann ich mir lebhaft vorstellen.«

Verdrossen gab der Bürgermeister den Versuch auf, Farber weitere Details zu entlocken, und ließ ihn gehen.

Als er endlich wieder in seine Wohnung zurückgekehrt war, stellte er zunächst fest, daß Madge bereits zu Bett gegangen war. Daraufhin genehmigte sich Farber einen doppelstöckigen Drink und setzte sich ans Klavier, um über seinen Schlachtplan für den nächsten Tag nachzudenken.

Was würde Florence Priestley ihm mitteilen? Welche Fragen konnte er ihr stellen? Wie weit würden seine Recherchen am nächsten Abend vorangekommen sein? Während er über all diese Fragen nachgrübelte, schlug Farber hin und wieder behutsam eine Taste an und lauschte den leisen Tönen.

Schließlich erhob er sich von seinem Pianohocker, brachte das Glas in die Küche und trat dann ins Schlafzimmer, um sich dort auszuziehen und in seinen Pyjama zu schlüpfen. Als er zu Madge ins Bett kroch, spürte er die Wärme, die von ihr ausging, und streichelte leicht über ihre Hüfte. Gleichermaßen von Erinnerungen an Mary Alice wie von Schuldgefühlen gegenüber Madge geplagt, fiel er am Ende in einen unruhigen Schlaf.

Die Überprüfung von Florence Priestley durfte nur äußerst behutsam erfolgen, damit der stellvertretende Commissioner auf keinen Fall Wind davon bekam, daß seine Frau Gegenstand der Ermittlungen war. Deswegen gestaltete sich bereits der erste Schritt, den Farber tun mußte, als ausgesprochen schwierig. Er ließ seinen Blick über die Detectives schweifen, die in dem seinem Dienstzimmer vorgelagerten Großraumbüro arbeiteten. Einen von ihnen mußte er auswählen. Aber wen?

Die Männer waren sich seiner Anwesenheit bewußt, aber keiner von ihnen schaute von seinem Schreibtisch auf. Sie waren es gewohnt, daß der Chief – oft minutenlang in Gedanken versunken –, zwischen ihnen stand, sie hatten aber längst den Versuch aufgegeben, zu erraten, was in seinem Kopf vorging und was er vorhatte.

Die meisten der Detectives hatten hier bereits gearbeitet, als Farber noch Captain gewesen war. Keiner von ihnen hatte einen Versetzungsantrag gestellt, da ein Verwaltungsjob in der Zentrale des Polizeidepartments unbestreitbare Vorzüge mit sich brachte. Der Dienst begann morgens um acht und endete nachmittags um vier, und das bei einer Fünftagewoche. Dies für einen unregelmäßigen Schichtdienst und viele Überstunden aufzugeben, kam verständlicherweise niemand in den Sinn.

Für die Aufgabe, die Farber vor Augen hatte, konnte er eigentlich keinen dieser alten Hasen auswählen, da sie aufgrund ihrer langen Diensterfahrung zuviel wußten – und zuviel redeten. Obwohl sie jetzt nur noch Schreibtischtäter waren, hatte einst jeder von ihnen draußen vor Ort kriminalistische Ermittlungen geleitet und war sicherlich nach wie vor in der Lage, eins und eins zusammenzuzählen. Und jeder würde darauf brennen, vor seinen Kollegen mit seinem Scharfsinn zu glänzen.

Allerdings war einer der Männer erst vor kurzem zu Farbers Stab gestoßen. Es handelte sich um einen Sergeant namens Baumgartner, der kurz vor der Beförderung zum Lieutenant stand und ins Hauptquartier abgeordnet worden war, um hier Erfahrungen für seine künftige Tätigkeit zu sammeln.

Farber rief ihn in sein Büro und stellte ihm einige Fragen zu seinem bisherigen Werdegang. Dabei erfuhr er, daß Baumgartner seit acht Jahren bei der Polizei war und die ganze Zeit über in Brooklyn gearbeitet hatte. Erleichtert stellte Farber fest, daß der Sergeant daher kaum mit den Namen der Leute vertraut sein würde, die bereits seit längerem im Hauptquartier arbeiteten. Zudem hatte Farber keine andere Wahl, da er – wollte er unnötiges Aufsehen vermeiden – unmöglich selbst die Aufgabe übernehmen konnte, für die er Baumgartner benötigte.

»Okay, Sergeant«, beendete Farber das Gespräch mit ihm. »Ich habe nur noch einen kleinen Auftrag für Sie. Gehen Sie bitte runter in das Fingerabdruck-Archiv und holen Sie mir die Karte von einer Frau namens Eberstat. Florence Eberstat.«

Eberstat war der Mädchenname von Florence Priestley, wie die altgedienten Detectives in der Abteilung sehr wohl wußten. Aber Baumgartners Gesicht zeigte keinerlei Reaktion.

»Weswegen wird sie gesucht, Chief?«

»Reine Routine. Holen Sie mir nur die Karte.«

»Und was ist, falls keine Fingerabdrücke von ihr vorliegen?«

»Doch, doch. Wir haben sicher welche von ihr.« Natürlich wußte Farber, daß die Karte von Florence Priestley vorlag, da sie früher selbst Polizistin gewesen war und man ihr daher bei der Einstellung routinemäßig die Fingerabdrücke abgenommen hatte.

Da er noch jung war und Farbers hoher Dienstrang ihm zusätzlichen Respekt einflößte, wagte Baumgartner nicht, weitere Nachfragen zu stellen, obwohl er innerlich vor Neugier platzte. So salutierte er nur und machte sich auf den Weg.

Ungefähr zwanzig Minuten später kehrte er mit den gewünschten Unterlagen zurück und reichte sie Farber.

»Ich habe gesehen, daß sie früher Polizistin war«, sagte Baumgartner. »Was hat sie denn ausgefressen?«

»Nichts. Sie ist tot.«

»Oh, das tut mir leid.«

»Ja, es ist wirklich schade«, erwiderte Farber, während er die Karte studierte, die ihm ohne Vergleichsabdrücke natürlich nichts sagen konnte.

»Ich muß die Unterlagen sofort zurückbringen, Chief.«

»Sicher – sobald ich sie nicht mehr brauche.«

»Aber ich bin angewiesen worden …«

»Sergeant, ich möchte Sie bitten, die Sache vertraulich zu behandeln.« Mit diesen Worten komplimentierte Farber den jungen Cop hinaus und zwang sich dann dazu, eine geschlagene Stunde zu warten, bevor er diesmal Inspektor Potter in das Fingerabdruck-Archiv schickte, um das Material zu holen, das die Spurensicherungsexperten in Harry Chapmans Apartment gesammelt hatten. Farber hoffte inständig, daß jetzt niemand mehr auf die Idee kam, Potters Besuch im Archiv mit dem von Baumgartner in Verbindung zu bringen.

Anschließend wies Farber seinen Untergebenen an, keine Telefongespräche zu ihm durchstellen zu lassen, und verschloß seine Bürotür. Dann begann er mit der zeitraubenden Arbeit, sich zunächst die typischen Merkmale von Florence Priestleys Fingerabdrücken einzuprägen, bevor er die achtzehn bisher nicht identifizierten und oft nur verwischt oder in Bruchstücken vorliegenden Abdrücke aus dem Liebesnest seines alten Freundes auf Übereinstimmungen hin untersuchte.

Ein paar Stockwerke tiefer standen den Spezialisten für derartige Aufgaben Projektoren zur Verfügung, mit denen man zwei Fingerabdrücke – oder Teile von ihnen – übereinanderprojizieren und auf diese Weise auf relativ unkomplizierte Art vergleichen konnte. Aber Farber wagte nicht, sich an die Fingerabdruckexperten zu wenden, sondern mußte sich mit seiner Schreibtischlampe und einem Vergrößerungsglas bescheiden. Als Folge hiervon tränten Farber bereits nach der ersten Stunde die Augen, doch ließ er nicht locker, bis er schließlich zumindest eine Übereinstimmung mit Sicherheit festgestellt hatte. Wenig später stieß er auf eine zweite. Bei dem einen Teilabdruck waren fünf Vergleichspunkte mit Florence Priestleys archivierten Fingerabdrücken identisch, bei dem anderen vier. Dieses Ergebnis würde vor Gericht zwar keine Beweiskraft haben, da hierzu acht identische Vergleichspunkte notwendig waren, für Farber aber reichte es aus, seinen Verdacht zu bestätigen. Allem Anschein nach hatte Florence Priestley in Harry Chapmans Apartment einen Kerzenhalter in ihren Händen gehabt und den Deckel einer Kaffeekanne abgenommen.

Die Erkenntnis, daß die Frau seines höchsten Vorgesetzten ebenfalls in Harry Chapmans Wohnung ein und aus gegangen war, verursachte ein unangenehmes Kribbeln in Farbers Bauch, denn dadurch erhielt der Fall eine völlig neue Dimension. Farber stand auf, trat ans Fenster und blickte nachdenklich hinaus. Noch etwas anderes bereitete ihm Kopfschmerzen. Der Kreis derjenigen, die inzwischen zumindest einzelne Mosaiksteinchen des gesamten Puzzles kannten, wurde langsam unkontrollierbar groß: Baumgartner, Potter, die beiden Männer des Spurensicherungsteams, die Anna Russos Fingerabdrükke auf der Teetasse in Farbers Büro sichergestellt hatten, die Pathologen, denen das tödliche Projektil in Harry Chapmans Leiche unters Seziermesser geraten war, sowie der Schußwaffenexperte, der das Projektil gesehen und mit dem Geschoß aus Harry Chapmans Dienstwaffe verglichen hatte. Hinzu kamen noch die diversen Detectives, die John Kincaid ausgesandt hatte. Wenn so viele Leute an den Ermittlungen beteiligt waren, handelte es sich nur noch um eine Frage der Zeit, bis erste Gerüchte durchsickerten. Verzweifelt fragte sich Farber, ob ihm zumindest noch vierundzwanzig Stunden blieben, bevor die ganze Sache mit einem riesigen Knall hochgehen und für einen öffentlichen Skandal von unabsehbarem Ausmaß sorgen würde.

Er kehrte an seinen Schreibtisch zurück und starrte auf die Karte mit Florence Priestleys Fingerabdrücken, als hoffe er auf diese Weise, eine Antwort auf die in seinem Inneren bohrenden Fragen zu erhalten. Schließlich faßte Farber einen Entschluß. Er nahm den Telefonhörer ab und wählte Priestleys Büronummer.

»Ist der Commissioner im Haus?« erkundigte sich Farber, als sich Priestleys Sekretär meldete. »Es könnte nämlich sein, daß ich ihn später unbedingt persönlich sprechen muß.«

»Ich kann Sie beruhigen, Chief. Er wird den ganzen Tag über in seinem Büro sein.«

»Gut«, erwiderte Farber und legte wieder auf.

Nun – da er wußte, wo sich der stellvertretende Commissioner aufhielt –, wählte er Florence Priestleys Privatnummer, um herauszufinden, ob sie zu Hause war. Als sich die ihm vertraute Stimme mit »Hallo?« meldete, hatte er Gewißheit. Erneut unterbrach Farber die Verbindung und machte sich dann auf den Weg in die Tiefgarage, um sich von O'Malley zu dem Apartmentgebäude an der West End Avenue fahren zu lassen, wo die Priestleys wohnten.

Farber benutzte den Fahrstuhl und stand kurz darauf vor der Wohnungstür. Nachdem er geläutet hatte, spürte er, wie ihn ein Auge durch den Türspion hindurch musterte. Es folgte ein längerer Moment des Wartens, so daß Farber sich bereits fragte, ob Florence Priestley so tun wollte, als sei sie nicht zu Hause. Schließlich aber schwang die Tür auf.

»Hallo, Bert«, begrüßte sie ihn in lockerem Ton.

Florence Priestley hatte ihre Haare mit einem Tuch zusammengebunden und trug Jeans sowie eine schon deutlich abgetragene Bluse. Hinter ihr stand ein Staubsauger auf dem Boden. Auch wenn Farber ihn bei seinem Kommen nicht gehört hatte, war sie offensichtlich gerade mit der Hausarbeit beschäftigt gewesen.

Trotz ihrer freundlichen Begrüßung schien plötzlich alle Farbe aus ihrem Gesicht gewichen zu sein und ihr Atem sich beschleunigt zu haben. Oder bildete Farber sich das nur ein? Nein, sie mußte zumindest ahnen, was seinem Besuch zugrunde lag – wenn sie ihn nicht sogar seit Tagen erwartet hatte.

»Was für eine Überraschung!« rief sie aus und bat ihn herein. »Warte, ich will mir nur kurz etwas anderes anziehen. In diesem Aufzug kann ich mich ja unmöglich sehen lassen.«

»Nicht nötig«, widersprach Farber, aber sie war bereits in ihrem Schlafzimmer verschwunden und hatte die Tür hinter sich geschlossen.

Während er auf ihre Rückkehr wartete, ging Farber in Gedanken die Dinge durch, die er über sie wußte. Er hatte sie bereits damals während seiner Zeit im 20. Bezirk kennengelernt, als beide unter dem Kommando von Captain Priestley noch junge Cops gewesen waren. Florence war etwa zur selben Zeit wie Harry Chapman eingestellt worden und hatte an der Polizeischule vermutlich sogar demselben Ausbildungsjahrgang angehört.

Nach dem Abschluß ihrer Ausbildungszeit war die damalige Florence Eberstat wie die meisten Polizistinnen sofort zum Innendienst beordert worden. Aber Farber konnte sich noch gut daran erinnern, daß sie um einen Platz in einem Streifenwagen gekämpft hatte, um eine ›echte‹ Polizistin zu sein. Priestley hatte ihrem Drängen irgendwann nachgegeben und einen der Männer dazu verdonnert, mit ihr Streife zu fahren, auch wenn der betreffende Cop sich mit Händen und Füßen dagegen gewehrt hatte. Zwar änderten sich später die Zeiten, aber damals gehörten gemischte Streifenwagenbesatzungen noch zu den absoluten Ausnahmen. Der Hauptgrund hierfür bestand darin, daß kein männlicher Cop mit einer Frau zusammenarbeiten wollte, da dies unweigerlich den Spott und den Hohn der anderen Kollegen nach sich zog. Zudem befürchteten die Männer, daß eine Frau nicht in der Lage sei, einen Widerstand leistenden Kriminellen zu überwältigen, oder daß sie sich bei einem Schußwechsel möglicherweise sogar aus dem Staub machen könnte.

Florence Eberstat erwies sich jedoch als verläßliche Partnerin, der sogar eine ganze Reihe ansehnlicher Festnahmen zu verdanken waren. Aber nicht nur deswegen hatte sich die vollbusige Blondine, die stets eine enganliegende Uniform trug, schon bald die Anerkennung ihrer männlichen Kollegen erworben. Farber erinnerte sich daran, daß er noch nie eine Frau getroffen hatte, die jeden Abend nach Dienstschluß mit den anderen Cops durch die Bars zog und diese sogar darin übertraf, schmutzige Witze zu erzählen.

Florence Eberstat hatte einen rauheren Ton an den Tag gelegt als die rauhesten Männer, es sei denn, sie redete mit einem Vorgesetzten. Und sie war bekannt dafür gewesen, daß sie gerade mit Festgenommenen alles andere als zimperlich umsprang. Letzteres auch nicht mit ihren Partnern; es hatte damals sogar Gerüchte gegeben, sie habe im 34. Bezirk einen männlichen Kollegen vergewaltigt. Kurz und gut: Bert Farber, der seit jeher für sensible und feminine Frauen mit einer künstlerischen Veranlagung schwärmte, hatte die Gegenwart von Florence Eberstat immer als ausgesprochen unangenehm empfunden. Beeindruckt hatte ihn lediglich immer wieder, daß Florence nach Feierabend ihr langes blondiertes Haar – das sie während des Dienstes nach Vorschrift unter ihrer Schirmmütze verbarg – offen trug und daß es ihr bis über die Schultern reichte.

Damals war ihm nie aufgefallen, daß es zwischen ihr und Captain Priestley zu irgendwelchen Vertraulichkeiten gekommen wäre. Priestley war damals noch ein verheirateter Mann gewesen, der seine ganze Energie darauf verwandt hatte, an seiner Karriere zu basteln. Und auch wenn Farber sich nie darum gekümmert hatte, glaubte er eigentlich nicht daran, daß Priestley damals all dies für eine Affäre mit Florence aufs Spiel gesetzt hätte. Farber wäre damals allerdings auch nie auf den Gedanken gekommen, daß sich jemals zwischen ihr und Harry Chapman etwas abspielen könnte. Unzweifelhaft kannten sich die beiden jedoch bereits seit jener Zeit.

Nachdem Farber befördert worden war und den 20. Bezirk verlassen hatte, verlor er Florence Eberstat aus den Augen. Er hörte nur einmal davon, daß sie und ihr Partner in einem Schnapsladen in eine Schießerei verwickelt worden waren, bei der einer der Täter, die das Geschäft überfallen hatten, getötet wurde. Es war das Tagesgespräch im gesamten Polizeidepartment gewesen, daß Florence Mut bewiesen und ›ihren Mann gestanden‹ hatte.

Das nächste, woran sich Farber erinnern konnte, war die Nachricht, daß sie geheiratet hatte, und zwar einen Anwalt. Florence bekam auch ein Kind, das jedoch nicht lange lebte. Farber wußte allerdings nicht mehr, woran es gestorben war. Auf jeden Fall mußte es ein ziemlich traumatisches Erlebnis für Florence gewesen sein, an dem schließlich auch ihre Ehe zerbrach.

Sie war daraufhin zum Revier zurückgekehrt und hatte erneut im Außendienst gearbeitet, bis sie zum Sergeant befördert wurde. Priestley war in der Zwischenzeit ins Hauptquartier versetzt worden und hatte auf der Karriereleiter eine Sprosse nach der anderen erklommen, bis er schließlich zum Leiter der Personalabteilung ernannt wurde. Florence mußte es wohl müde geworden sein, sich im Schichtdienst auf den New Yorker Straßen herumzutreiben, so nahm sie Priestleys Angebot an, für ihn als persönliche Sekretärin zu arbeiten. Diese Position behielt sie auch, als Priestley schließlich zum stellvertretenden Commissioner befördert wurde. Während dieser Zeit begegnete Farber ihr einige Male. Zwar hatte sie ihre vulgäre Ausdrucksweise ein wenig gemildert, aber nach wie vor mied er ihre Nähe.

Dann wurde Priestleys Frau krank und starb nach langen Monaten des Leidens. Es mochte ein halbes Jahr vergangen sein, als man Farber berichtete, daß der mittlerweile neunundfünfzigjährige Priestley sich nach Auffassung der meisten Kollegen zum Affen machte, indem er seine mehr als zwanzig Jahre jüngere Sekretärin hofierte und schließlich heiratete.

Nach der Eheschließung quittierte die frischgebackene Florence Priestley den Dienst und bereitete damit auch dem ganzen Gerede ein Ende. Fortan wurde sie nur noch gelegentlich im Polizeihauptquartier gesehen, wenn sie dort ihrem Mann frische Blumen ins Büro brachte. Ansonsten tauchte sie nur zu offiziellen Anlässen an seiner Seite auf, ansonsten schien sie die meiste Zeit mit Einkäufen zu verbringen.

Als sich die Schlafzimmertür öffnete und Florence Priestley wieder heraustrat, waren zehn Minuten vergangen: eine Menge Zeit, nur um sich rasch etwas anderes anzuziehen. Sie trug jetzt einen schwarzen Rock und dazu einen pinkfarbenen Pullover, unter dem sich ihre vollen Brüste deutlich abzeichneten. Zudem hatte sie ihre Haare gekämmt und ein leichtes Make-up aufgelegt. Am auffälligsten war für Farber jedoch, daß sie keine Nervosität mehr zeigte, sondern ausgesprochen gefaßt wirkte. Möglicherweise spielte sie nur Theater, aber Farber konnte sich dessen nicht sicher sein. Er wußte nur, daß er nicht mehr in der Lage sein würde, sie zu überrumpeln, denn nun war sie zweifellos vor ihm auf der Hut.

»Tut mir leid, Bert, daß ich dich habe warten lassen«, sagte sie. »Es ist schön, daß du wieder mal vorbeischaust.«

Sie bedachte ihn mit einem Lächeln, das beinahe echt gewirkt hätte.

»Was verschafft mir denn die Ehre deines Besuches?«

Sie standen in der Mitte des Wohnzimmers, ohne daß er von Florence aufgefordert worden wäre, Platz zu nehmen, oder daß sie ihm auch nur den Mantel abgenommen hätte, den er noch immer über dem Arm trug. Zudem bot sie ihm auch keinen Tee, Kaffee oder sonst irgend etwas an. Entweder sie bewies auf diese Weise nur, daß sie keine guten Manieren besaß, oder aber sie wollte ihm deutlich signalisieren, daß sie seine Anwesenheit als dienstlichen Besuch betrachtete. Farber neigte zu der letztgenannten Sichtweise. Allem Anschein nach war sie auf eine Konfrontation vorbereitet und wartete nur darauf, daß er den Angriff startete.

Diese Erkenntnis ließ Farbers Zuversicht sinken. Florence Priestley war lange genug Polizistin gewesen, um alle Tricks und Schliche genau zu kennen. Dementsprechend würde sie sich schlichtweg weigern, ihm irgendwelche Fragen zu beantworten, die sie selbst belasten konnten. Oder aber sie würde ihn einfach belügen. Möglicherweise würde er nicht ein einziges Wort aus ihr herausbekommen. Dennoch wollte sich Farber nicht von vornherein geschlagen geben.

»Wie gut hast du Harry Chapman gekannt, Florence?«

»Ich bin ihm ein paarmal begegnet.«

»Das war alles?«

»Ja.«

Wie alle Cops, die wegen eines Vergehens mit einer Anklage rechnen mußten, stellte sie sich nur die eine Frage: Reichte das gegen sie vorliegende Beweismaterial für einen gerichtlichen Schuldspruch aus? Und es war nur eine Frage der Zeit, bis sie bemerken würde, daß Farber nichts wirklich Unumstößliches gegen sie in der Hand hatte. Wahrscheinlich wußte sie es bereits seit der ersten Minute seines Eintretens, da er andernfalls einfach jemanden geschickt hätte, um sie festzunehmen.

»Welchen Eindruck hattest du von Harry?«

»Er war ein netter Bursche.«

»Du kanntest ihn doch schon seit unserer gemeinsamen Zeit im 20. Bezirk?«

»Nur oberflächlich.«

Farber befand sich schon jetzt zunehmend in der Defensive.

»Ich weiß nur noch, daß er ständig Bücher vor der Nase hatte und für irgendwelche Prüfungen büffelte«, sagte Florence.

»Komisch. Ich dachte, du hättest ihn näher gekannt.«

»Damals oder später?«

»Später ... in jüngster Zeit.«

»Nein.«

Ihr Verhalten war für Farber ein unausgesprochenes Eingeständnis ihrer Schuld, denn wenn sie nichts zu verbergen gehabt hätte, wäre sie sicherlich nicht so wortkarg gewesen. Doch was hatte sie zu verbergen?

»Harry besaß ein kleines schwarzes Notizbuch, in dem er private Telefonnummern notiert hatte«, fuhr Farber fort. »Ich habe dort auch deine Nummer gefunden.« Er nannte die Ziffernfolge aus dem Gedächtnis.

»Er hat meinen Mann manchmal unter dieser Nummer angerufen.«

»Ach ja?«

»Stand dort wirklich mein Name? Oder hatte Harry nur die Initialen aufgeschrieben?« hakte Florence nach.

Farber erwiderte nichts.

»Weißt du, mein Mann und ich haben nämlich dieselben Initialen.«

Farber fixierte sie mit durchdringendem Blick, in der Hoffnung, sie zumindest ein wenig verunsichern zu können. Aber Florence Priestley war keine Reaktion anzumerken.

»Wie viele Waffen waren in deinem Besitz, als du noch für uns gearbeitet hast?«

»Nur eine.«

»Wie? Auch nach Dienstschluß hast du immer den schweren Dienstrevolver mit dir herumgeschleppt?« Farber war wirklich überrascht, denn die meisten Cops besaßen privat eine kurzläufige zweite Waffe, die wesentlich leichter war.

»Ich habe außerhalb des Dienstes noch nie eine Waffe bei mir getragen.«

»Damit hast du klar gegen die Dienstvorschriften verstoßen.«

»Scheint so«, erklärte Florence Priestley trocken.

Beide blickten sich herausfordernd in die Augen.

»Meine Handtasche war schon schwer genug. Ich wollte nicht noch mehr mit mir herumschleppen.«

»Also schön. Du hast nur den schweren Dienstrevolver besessen. Was hast du mit ihm gemacht, nachdem du den Dienst quittiert hattest?«

»Ich habe ihn in der Waffenkammer abgegeben.«

Ob sie die Wahrheit sagte? Farber ärgerte sich, daß er nicht bereits überprüft hatte, ob die Waffe tatsächlich zurückgegeben oder von ihr der Antrag gestellt worden war, sie zu behalten. Sollte dies der Fall gewesen sein, war es zweifellos in den Akten festgehalten worden.

Dieser Punkt war wichtig, da es sich möglicherweise um die Mordwaffe handelte.

»Die meisten Männer behalten ihre Waffe auch nach dem Ausscheiden aus dem Dienst.«

»Ich bin aber kein Mann.«

Farber sucht ergebnislos nach Anzeichen dafür, daß Florence Priestleys selbstsichere Fassade langsam zu bröckeln begann.

»Ich war einfach nur froh, den Revolver endlich los zu sein.«

»Du hast ihn also zurückgegeben?«

»Ja.«

»Harry Chapman besaß übrigens hier ganz in der Nähe ein Apartment.«

»Tatsächlich?«

»An der 77. Straße. Bist du jemals dort gewesen?«

»Behauptet irgend jemand, daß ich dort gewesen bin?«

Farber fühlte sich immer frustrierter. Wann immer es ihr möglich war, beantwortete sie seine Fragen mit einer Gegenfrage. Und anstatt sie nervös zu machen und ihr seine Überlegenheit zu demonstrieren, manövrierte er sich immer weiter in eine Sackgasse hinein.

»Was würdest du dazu sagen, wenn ich dir verrate, daß wir deine Fingerabdrücke in dem Apartment gefunden haben?«

»Ich würde sagen, daß das recht seltsam wäre. Zumal ich irgendwo gehört habe, daß jemand sich große Mühe gegeben hat, das ganze Apartment gründlich sauberzumachen.«

»Hat dir das dein Mann erzählt?«

»Irgend jemand.«

»Wer immer es gewesen ist, er hat ein paar Abdrücke übersehen. Darunter waren auch deine.«

»Wenn du wirklich meine Fingerabdrücke gefunden hättest, dann wärst du schon sehr viel früher hier aufgetaucht«, erwiderte Florence Priestley, die jedoch zum erstenmal ein verräterisches Zucken um die Mundwinkel zeigte.

»Und zwar an zwei verschiedenen Stellen«, fuhr Farber ungerührt fort.

»Tatsächlich?« fragte sie voller Ironie.

Farber fixierte sie wortlos.

»An welchen Stellen?«

»An einem Kerzenhalter und dem Deckel einer Kaffeekanne.«

»Was du nicht sagst.«

»Kannst du dich noch daran erinnern, wie du Kaffee gekocht hast, als du das letztemal bei Harry warst?«

»Und wann soll das gewesen sein?«

»Vielleicht in der Nacht, in der Harry getötet wurde.«

Es folgte ein tiefes Schweigen.

»Hat es sich ungefähr so zugetragen?« ergriff Farber schließlich wieder das Wort und begann – einer Eingebung folgend –, zu improvisieren. »Du hast ein paar Kerzen angezündet und darauf gewartet, daß Harry aus Washington zurückkam. Aber unglücklicherweise war er nicht allein, sondern brachte eine andere Frau mit. Und die hatte einen kleinen Koffer bei sich, der dir verriet, daß sie die Nacht mit ihm verbringen wollte. Deshalb mußtest du verschwinden. Weil Harry es von dir verlangte.«

»Falls Commissioner Chapman wirklich ein so toller Typ war, wie man überall hört, wäre das sicherlich nicht sein Stil gewesen«, widersprach Florence Priestley.

Da sie möglicherweise gerade eine andere Szene mit

Harry vor Augen hatte, versuchte Farber, ihren Gedankengängen zu folgen, um sie aus der Reserve zu locken.

»Du hast recht«, bestätigte er. »Harry hätte sich ganz anders verhalten, nicht wahr? Ein Draufgänger wie er hat sich wahrscheinlich zuerst mit euch beiden einen netten Abend gemacht, stimmt's? Aber irgendwann stellte sich dann doch die Frage, wer nun von euch beiden bleiben sollte. Harry fand das alles sicher äußerst amüsant. Innerlich hat er wahrscheinlich laut gelacht, als er sah, wie sich zwei attraktive Frauen seinetwegen am liebsten an die Kehle gegangen wären.«

»Ich wußte gar nicht, daß du eine so blühende Fantasie hast, Bert.«

Farber nickte, als durchschaue er die Zusammenhänge erst jetzt. »Du warst also Harry Chapmans Geliebte. Oder genauer gesagt eine seiner Geliebten.«

Florence Priestley kehrte ihm den Rücken zu und trat ans Fenster. Als sie sich ihm wieder zuwandte, meinte er, kleine Schweißtropfen auf ihrer Oberlippe zu erkennen.

»Eine Stewardeß, die Frau eines Mafiabosses und zu guter Letzt auch noch du«, seufzte Farber. »Ihr habt euch gegenseitig wirklich prima ergänzt.«

»Ich hätte nie gedacht, daß er zu so etwas fähig gewesen wäre«, sagte sie leise.

»O doch, das war er. Die Frau, der du begegnet bist, war übrigens die des Mafioso.«

Diesmal war kein Irrtum möglich, denn die Tränen in ihren Augen waren nicht zu übersehen. Auch wenn ein Mensch noch so viele Lügen über die Lippen bringt, früher oder später verrät sein Körper seine wahren Gefühle.

»Er trieb es gleichzeitig mit drei Frauen?«

»Du vergißt seine Ehefrau. Das macht insgesamt vier. Und das sind nur die, die ich bisher in Erfahrung gebracht habe.«

Wieder starrte Florence Priestley schweigend aus dem Fenster.

»Ich habe darüber nachgedacht, ob ich mich an deinen Mann wenden soll«, sagte Farber.

»Und was willst du ihm erzählen?«

»Etwas über Harry Chapmans Liebesleben.« Farber hoffte, daß sie sich ihm wieder zuwandte, damit er in ihre Augen sehen konnte. »Und über das seiner Frau«, sagte er deshalb mit harter Stimme, um sie zu provozieren.

»Er hat für Märchen nicht viel übrig.«

»Für dieses bestimmt.«

Ihr Gesicht war rot vor unterdrückter Wut, als sie sich endlich zu ihm umdrehte. »Erzähl ihm doch, was du willst! Was kümmert's mich?«

»Na schön, wenn du es so siehst!«

»Er neigt nicht zur Eifersucht.«

»Unsinn. Alle Männer neigen zur Eifersucht.«

Sie zuckte die Schultern.

Unvermittelt schlug Farber einen freundlicheren Ton an. »Hast du nicht auch vom ersten Augenblick an gedacht, daß der Mord an Harry nur die Tat einer Frau gewesen sein könnte?«

Sie blickte ihn fragend an.

»Ich meine, du warst doch ein echter Profi und hast eine Menge Leichen von erschossenen Leuten gesehen.«

Als sie noch immer nichts erwiderte, fuhr Farber fort: »Ein einzelner Schuß direkt ins Herz. Das sieht doch nach Verbrechen aus Leidenschaft aus, stimmt's? Jeder Cop mit ein bißchen Erfahrung würde zu dem Schluß kommen, daß es sich um die Tat einer Frau handelte, oder etwa nicht?«

So zwingend war diese Schlußfolgerung allerdings nicht. Immerhin waren Kincaid und Sternhagen keinesfalls zu diesem Ergebnis gekommen. Bei Priestley mochten die Dinge anders liegen, aber der verdächtigte seine eigene Frau des Mordes und versuchte, sie zu schützen.

»Wer sonst hätte es tun sollen, wenn nicht eine Frau?« hakte Farber nach. »Oder glaubst du vielleicht, daß es sich um einen politischen Anschlag gehandelt haben könnte? Das ist doch Unsinn! Oder um einen Raubüberfall? Ebenso unsinnig! Oder vielleicht um einen Schuß, der ihn zufällig traf?«

Ihre Augen verengten sich, und sie preßte die Lippen immer fester aufeinander.

»Nein, es war eine Frau«, stellte Farber mit leiser Stimme fest. »Eine seiner Geliebten. In dieser Hinsicht war ich mir von Anfang an völlig sicher. Als einzige Frage bleibt nur, welche seiner Freundinnen es gewesen ist.«

»Du hast alle Ermittlungen ganz allein geführt?«

»Von Beginn an.«

»Da mußt du ja wirklich ein ganz ausgekochter Bursche sein«, lobte Florence Priestley, die langsam wieder die Starre und Befangenheit ablegte, in die Farber sie hineingetrieben hatte.

Farber beschloß, einen Schuß ins Blaue zu wagen.

»Was glaubst du? Wer von euch war es?«

»Denkst du allen Ernstes, ich hätte ihn erschossen? Ich meine, nur mal angenommen, ich wäre wirklich eine seiner Freundinnen gewesen.«

»Nun ja, die anderen habe ich soweit überprüft. Keine von ihnen kommt für den Mord in Frage.«

»Du entschuldigst, wenn ich herzhaft lache.« Sie lachte nicht, wurde jedoch immer wütender.

»Wieder nur angenommen, du wärest die Täterin gewesen ... Mit welcher Waffe hättest du ihn erschossen?«

»Du wirst es mir sicher sagen!«

»Vorhin hast du erklärt, du hättest deinen Dienstrevolver zurückgegeben, als du den Dienst quittiertest. Dir ist doch klar, daß ich das leicht überprüfen kann?«

»Ja, das weiß ich verdammt gut. Und ich nehme an, daß du es auch tun wirst!«

»Was ist mit der Waffe deines Mannes?«

»Ich glaube, du gehst jetzt besser. Langsam habe ich nämlich die Nase voll von diesem ganzen Quatsch.«

»Du könntest dir ohne weiteres die Waffe deines Mannes besorgt haben, ohne daß er etwas davon bemerkte. Und dann hast du sie anschließend einfach wieder an ihrem alten Platz deponiert.«

Ohne einen echten Beweis in Händen zu halten, war Farber gerade im Begriff, die Frau des stellvertretenden

Commissioners des vorsätzlichen Mordes zu verdächtigen. Innerlich gestand sich Farber ein, verrückt sein zu müssen, daß er seine Karriere so leichtfertig aufs Spiel setzte. Doch obwohl er sich dessen bewußt war, folgte er konsequent dem einmal eingeschlagenen Weg.

»Fassen wir zusammen: Es steht außer Zweifel, daß du eine von Harrys Geliebten warst, wie deine Fingerabdrükke in seinem Apartment beweisen. Deshalb fragte ich mich, als ich dahinterkam, wie du dich auf eine Affäre mit ihm einlassen konntest. Die Antwort war nicht schwer zu finden, denn du warst ein leichtes Opfer für ihn. Schließlich ist dein Mann bereits zweiundsechzig und hat nur noch seine Pensionierung vor sich. Harry Chapman aber war ein junger und dynamischer Bursche, dem es durchaus zuzutrauen war, daß er der nächste Bürgermeister dieser Stadt, vielleicht auch Gouverneur dieses Staates oder sogar Präsident der Vereinigten Staaten wird. Er spielte nur ein Spiel mit dir, aber er spielte es so überzeugend, daß du ihm gutgläubig auf den Leim gingst. Du wußtest zwar nicht, was die Zukunft für euch beide bereithielt, aber du warst bereit, das Risiko einzugehen und es darauf ankommen zu lassen, denn du warst begeistert von dem, was er dir sagte, und hast ihm jedes Wort geglaubt. Auch daß er mit dir zusammen von hier fortgehen würde.«

Ihr Mund war nur noch ein einziger schmaler Strich. Und Farber hatte das Gefühl, daß sie jeden Augenblick bereit wäre, mit ihren Fäusten und ihren Fingernägeln auf ihn loszugehen.

»Aber plötzlich brach für dich eine Welt zusammen, als du von seinen anderen Frauen erfuhrst«, setzte Farber seine Analyse fort. »Und du wußtest, daß er in der Nacht vor seiner Ermordung mit einer von ihnen in seinem Apartment war. Vielleicht hast du es nur erraten, oder du hast tatsächlich dort im Kerzenschein auf ihn gewartet. Aber als er dann endlich auftauchte, hat er dich schonungslos mit der ganzen grausamen Wahrheit konfrontiert. Dann, als du wieder hier in der Wohnung warst, konntest du vor

Empörung und vor Eifersucht keinen Schlaf finden, sondern bist die halbe Nacht auf und ab gelaufen. Schließlich gewannen die Wut und der blanke Haß auf den Mann, der deine Liebe mit Füßen getreten und dir all das angetan hatte, die Oberhand.«

Er verfolgte gespannt, wie sich der innere Druck in ihr immer mehr steigerte. Es konnte nicht mehr lange dauern, bis sie endlich explodierte, davon war Farber überzeugt. Er wußte allerdings nicht, *wie* sie reagieren würde. Farber erwartete zwar nicht, daß sie ein vollständiges Geständnis ablegte, aber es konnte durchaus sein, daß sie zumindest einen verräterischen Fehler machte.

»Stunde um Stunde vergeht«, fuhr er rasch fort, um ihr keine Erholungspause zu gönnen, »und du bist vor Eifersucht und Haß regelrecht von Sinnen. Du fühlst dich völlig am Boden zerstört. Und dann fällt dir ein, daß Harry jeden Morgen um sechs Uhr seine Joggingrunde dreht. Du denkst, daß dies eine günstige Gelegenheit ist, ihn zur Rede zu stellen, ihn zur Einsicht zu bewegen und ihm klarzumachen, welchen Schmerz er dir zugefügt hat. Also ziehst du dich an und steckst die Waffe deines Mannes ein, der friedlich weiterschläft, ohne von all dem etwas zu bemerken. Dann fährst du durch die Nacht. Es schneit und es ist bitterkalt. Schließlich triffst du vor Harrys Apartment ein und suchst in einem Hauseingang Schutz vor dem schlechten Wetter. Du zitterst, und vielleicht weinst du auch, denn vor deinem geistigen Auge siehst du Harry und die andere, wie sie es gerade miteinander treiben.«

Florence Priestley bewegte den Mund, als wolle sie etwas erwidern, schien jedoch keinen Ton über die Lippen bringen zu können.

»Dann tritt Harry in seinem Jogginganzug endlich aus dem Haus und zieht sich die Mütze tief ins Gesicht. Du rennst über die Straße auf ihn zu, aber er will nicht mit dir sprechen und versucht, dich abzuwimmeln. Er geht bis zur Straßenecke, und du mußt beinahe laufen, um mit ihm Schritt zu halten. Du beschimpfst und verfluchst ihn dafür, daß er dich betrogen hat. Gleichzeitig gestehst du ihm deine Liebe. Aber er will dich nur abschütteln, um endlich seinen Trainingslauf beginnen zu können. In dem Augenblick wird dir klar, daß du ihn für immer verloren hast, und du ziehst die Waffe. Zuerst hast du nur die Absicht, ihn auf diese Weise zum Stehenbleiben und Zuhören zu zwingen, aber dann geht der Revolver plötzlich los.«

»Ich habe jetzt endgültig genug«, zischte Florence Priestley. »Verschwinde endlich!«

»Sag mir nur eins: War es Absicht oder ein Versehen, daß sich der Schuß löste? Vermutlich werden wir es nie erfahren, weil du selbst es nicht genau sagen kannst. Du hast wahrscheinlich nur gesehen, daß er plötzlich tot am Boden lag, und bist dann davongelaufen. Was hättest du auch sonst tun sollen? Harry war nicht mehr zu helfen, und du mußtest annehmen, daß sich zu dieser frühen Stunde niemand auf der Straße befand und dich gesehen haben könnte.«

»Zu der Zeit und bei dem Wetter?« fauchte sie. »Ich bezweifle, daß in jener Nacht irgend jemand irgendwen oder irgendwas gesehen haben kann! Schenk dir also deine billigen Unterstellungen und verpiß dich endlich!«

Endlich zeigte Florence ihr wahres Gesicht.

»Du warst dir absolut sicher, daß dich niemand mit dem Mord in Verbindung bringen würde. Und als du wieder hier in deiner Wohnung warst, glaubtest du bereits selbst, daß Harry sich das Ganze selbst eingebrockt hatte. Und in gewisser Weise hatte er das ja auch.«

»Jedesmal wenn du den Mund aufmachst, kommt größerer Mist heraus«, schnaubte Florence Priestley. »Wenn du wirklich so viele Beweise hast, wie du behauptest, warum gehst du dann nicht endlich zum Staatsanwalt und besorgst dir einen Haftbefehl?«

Sie starrte ihn schwer atmend an.

»Soll ich dir sagen, warum du das nicht tust? Weil du keine Beweise hast. Und du hast auch keinen Zeugen! Du hast gar nichts! Jeder Richter würde dich auslachen und aus dem verdammten Gerichtssaal werfen lassen.«

Mit großen Schritten marschierte sie zur Wohnungstür und riß sie auf: »Und jetzt scher dich endlich raus, bevor ich mich vergesse!«

Mit aufreizender Langsamkeit zog Farber seinen Mantel an und ging an ihr vorbei in den Flur.

Die Tür wurde mit einem lauten Knall hinter ihm zugeworfen.

14

Farber starrte von seinem Bürofenster aus auf die nächtliche Silhouette der Stadt. Instinktiv wußte er, daß der Fall kurz vor der endgültigen Aufklärung stand, was allerdings unter den gegebenen Umständen zugleich auch das abrupte Ende seiner Polizeikarriere bedeuten konnte.

Das verschneite New York erstrahlte in der winterlich klaren Luft als einziges Lichtermeer. Diese Stadt war seine Heimat, die ihn auch nach all den Jahren, die er in ihr verbracht hatte, noch immer faszinierte. Farber gab sich keinen Illusionen hin: New Yorks äußerer Glanz war eine kalte Pracht, nichts weiter als eine imposante Fassade, hinter der sich die Schicksale von vielen Gescheiterten verbargen – und doch liebte Farber die Stadt und ihren spröden Charme. Und er liebte seine Arbeit im Polizeidepartment, das sich zwar ebenfalls zumeist von seiner harten und nüchternen Seite zeigte, aber zumindest gelegentlich auch so etwas wie Wärme und Geborgenheit durchschimmern ließ, sofern man in der Lage war und das Glück hatte, seinen passenden Platz zu finden.

Farber war dazu in der Lage gewesen, und er hatte das nötige Glück gehabt. Vor allem erfüllte es ihn mit Stolz, Leiter der Kriminalpolizei zu sein, was nur zum Teil damit zu erklären war, daß er die Autorität seines Amtes genoß. Mehr noch bedeutete es ihm, an aufsehenerregenden Fällen arbeiten zu können, die in ihrer Rätselhaftigkeit, ihrer Ruchlosigkeit und ihrer glanzvollen Berichterstattung in den Medien ein Spiegelbild dieser Stadt der Superlative waren. All dies wußte nur ein Detective zu würdigen, der seinem Beruf von ganzem Herzen verbunden war. Und Farber war ein Detective, dessen Machtbefugnisse sich nicht auf einzelne Bezirke und Distrikte beschränkten, sondern sich auf das gesamte Stadtgebiet erstreckten.

Welcher Teufel hatte ihn nur geritten, all dies so leichtfertig aufs Spiel zu setzen, indem er die Frau des stellvertretenden Commissioners des Mordes verdächtigte, ohne handfeste Beweise gegen sie in der Hand zu haben? Und so, wie die Dinge lagen, würde sich an dieser unbefriedigenden Situation auch in Zukunft nichts ändern, was für Florence Priestley bedeutete, daß sie gegen ihn jeden denkbaren rechtlichen Schritt unternehmen konnte. Oder sie wandte sich einfach an ihren Mann, an den Bürgermeister oder an den Bezirksstaatsanwalt. Vielleicht hatte sie das auch bereits getan, während er sich noch nicht einmal überlegt hatte, was er als nächsten Schritt unternehmen sollte. Die Konsequenzen waren unabsehbar. Warum nur hatte er all das riskiert?

Hatte er etwa die Ermordung Harry Chapmans als eine Art persönliche Herausforderung betrachtet? Kaum, denn je mehr er über den Toten erfuhr, desto mehr wuchs auch seine Abneigung gegen ihn. Und warum sollte gerade er ihm eine Träne nachweinen, wenn dies nicht einmal die Witwe des Ermordeten tat? Was kümmerte es Bert Farber eigentlich, wer Harry Chapman aus dem Weg geräumt hatte?

Und doch gab es etwas Unerklärliches in Farber, das ihn vorantrieb und das ihm Angst machte, weil er sich selbst nicht genau erklären konnte, was es eigentlich war. Ob es sich dabei möglicherweise um eine Art höheren Gerechtigkeitssinn und ein tief verwurzeltes moralisches Empfinden handelte? Falls das der Fall sein sollte, würde er damit keine Lorbeeren ernten können. Schließlich war er nicht der liebe Gott und verfügte daher nicht über mehr Rechte als jeder andere Mensch auch. Vielleicht war es ja auch nur Neugier, die ihn anspornte ... Neugier war immer schon ein wichtiger Faktor für das Handeln der Menschen gewesen. Dies galt besonders für einen Detective, den es noch lange nicht befriedigte, den Täter eines Verbrechens lediglich zu ermitteln und festzunehmen. Er hatte sein Ziel erst erreicht, wenn er so viel Beweismaterial zusammengetragen hatte, daß es zu einer Anklage vor Gericht reichte. Was danach geschah und ob es zu einer rechtskräftigen Verurteilung kam, war nicht mehr seine Sache.

Was immer Farber auch dazu bewogen haben mochte, er hatte Florence Priestley jedenfalls enorm unter Druck gesetzt, ohne sie allerdings in die Knie gezwungen zu haben. Wie würde es nun weitergehen?

Er wußte nur, daß es jetzt kein Zurück mehr gab. Aber in welche Richtung sollte er nun seine nächsten Schritte lenken?

Farber wurde die Entscheidung abgenommen, weil hinter ihm plötzlich seine Bürotür aufgestoßen wurde. Noch immer am Fenster stehend, wandte er sich um und erblickte den stellvertretenden Commissioner Frederick Priestley, der ihm wutschnaubend und mit geballten Fäusten gegenüberstand.

»Wie konnten Sie es wagen?« brüllte er Farber an. »Wie … wie …?« Priestley geriet vor Erregung ins Stottern und hatte offensichtlich Mühe, die richtigen Worte zu finden. »Wie konnten Sie sich nur zu einer derartigen Frechheit erdreisten?«

Obwohl sich Farber von dieser unerwartet schnell eingetretenen Konfrontation überrumpelt fühlte, bemühte er sich darum, möglichst ruhig und gelassen zu wirken.

»Welcher Frechheit soll ich mich erdreistet haben, Commissioner?«

Priestley zitterte vor Zorn am ganzen Leib. »Wie konnten Sie es wagen, meine Frau zu belästigen und sie des Mordes zu beschuldigen? Welche Beweise liegen denn gegen sie vor? Welches Recht hatten Sie zu einer solchen Unverschämtheit? Sie … Sie sind ein … ein …!« Er fuchtelte mit den Fäusten wild durch die Luft.

Farber fragte sich, was genau Florence Priestley ihrem Mann wohl gesagt hatte. War sie so weit gegangen, ihm alles über ihr Verhältnis zu Harry Chapman zu beichten – und vielleicht sogar den Mord? Wollte er ihr Verbrechen decken? Oder rührte seine Empörung daher, daß seine Frau an dem Mord wirklich nicht beteiligt war und deshalb ihrem Mann reinen Wein eingeschenkt hatte?

»Packen Sie Ihre Sachen, und verschwinden Sie hier!« herrschte Priestley ihn an.

»Bitte ein wenig leiser, Commissioner. Schließlich sind wir hier nicht allein.« Auch zu dieser späten Stunde konnten sich noch einzelne Mitarbeiter der Abteilung auf dem Flur befinden. Auf jeden Fall aber bekam der wachhabende Sergeant an seinem Schreibtisch vor Farbers Büro alles mit, was zwischen ihnen gesprochen wurde. Und das bedeutete, daß am nächsten Morgen das ganze Hauptquartier informiert sein würde.

»Sie haben mir nicht den Mund zu verbieten!« brüllte Priestley in gleichbleibender Lautstärke. »Ich tue, was mir paßt. Schließlich bin ich der derzeit amtierende Commissioner dieser Behörde, und Sie sind gefeuert! Haben Sie mich verstanden?«

»Langsam, langsam«, ermahnte ihn Farber zur Ruhe, obwohl er selbst innerlich alles andere als gelassen war. »Ich denke, die Ermittlungen müssen erst einmal zum Abschluß gebracht werden, bevor Sie über personelle Konsequenzen nachdenken sollten.«

»Ich bin der oberste Leiter dieser Behörde, und ich sage Ihnen, daß Sie gefeuert sind! Haben Sie verstanden? Gefeuert!«

»Commissioner, ich muß Sie darauf hinweisen, daß Ihre Frau Tatverdächtige in einem Mordfall ist. Schon deshalb verfügen Sie derzeit nicht über das Recht, jemanden zu feuern, sondern sollten besser selbst von Ihrem Amt zurücktreten.«

»Zurücktreten?« Priestleys Stimme überschlug sich. »Ich soll zurücktreten, während Sie meine Frau bedrängen und mit allen Mitteln mein Leben zu ruinieren versuchen?«

»Die Beweise führten in eine bestimmte Richtung. Und ich habe nichts weiter getan, als in dieser Richtung vorzugehen.«

»Ihnen liegt doch nur daran, meinen Namen und meinen Ruf zu beschädigen, weil Sie auf diese Weise eine Chance sehen, selbst zum Commissioner ernannt zu werden. Aber ich werde Ihnen schon zeigen, wer von uns hier weichen muß. Ich werde … ich …!«

Wieder begann Priestley zu stottern und schnappte schließlich nach Luft, ohne einen Moment lang ein weiteres Wort über die Lippen bringen zu können.

»Jetzt wird mir auch schlagartig klar, wer in mein Büro eingebrochen ist!« schnaubte Priestley schließlich. »Sie waren es, nicht wahr? Sie, und niemand anders! Geben Sie es doch zu!«

»Wie Sie wissen, Commissioner, sind die Ermittlungen hinsichtlich des Einbruchs noch in vollem Gange.«

»Sie haben dort herumgeschnüffelt, um Beweise gegen meine Frau zu suchen, konnten jedoch nichts finden«, fuhr Priestley wütend fort. »Und Sie konnten nichts finden, weil es nichts gibt, was belastend für meine Frau wäre. Verstehen Sie, sie hat nichts mit dem Mord zu tun!«

Priestley hatte Schaum vor dem Mund, und sein Kopf war hochrot angelaufen. Mit einem wilden Wortschwall warf er Farber Verschwörungen gegen ihn vor, deren einziges Ziel es sei, zu verhindern, daß er der neue Commissioner werde. Alle seien gegen ihn und seien es von jeher gewesen, tobte er. Deshalb seien Farbers Ermittlungen in Wahrheit gar nicht wirklich gegen seine Frau gerichtet, sondern verfolgten nur den Zweck, ihm – Priestley – die Krönung seiner Karriere vorzuenthalten.

Vor Wut und Empörung waren ihm Tränen in die Augen getreten, die er mit einer fahrigen Handbewegung wegwischte. Er habe es neun Jahre lang ertragen müssen, unter drei verschiedenen Commissionern immer nur die zweite Geige spielen zu dürfen. Und auch wenn er bei jeder Neubesetzung des Postens der qualifizierteste Bewerber gewesen sei, habe man ihn ebensooft übergangen und um die verdienten Früchte seiner Arbeit betrogen. Der schlimmste von allen sei dieser Opportunist Harry Chapman gewesen, der im aktiven Dienst niemals über den Rang eines einfachen Streifenpolizisten hinausgekommen sei, und das zu einer Zeit, als man Priestley bereits zum Captain ernannt habe. Selbst dieser grüne, unerfahrene Junge sei ihm damals vorgezogen worden. Doch nun – bei seiner unwiederbringlich letzten Chance, wenigstens für kurze Zeit Commissioner zu werden –, habe ihm der Bürgermeister endlich signalisiert, daß er das Rennen machen werde, um auf diese Weise seine Karriere mit dem lang ersehnten Höhepunkt abschließen zu können.

Während Priestley all dies in einer nicht enden wollenden Klagerede vorbrachte, schwankte sein Tonfall ständig zwischen Jammern, Knurren und Brüllen. Doch Farber registrierte nur noch unterbewußt, was Priestley sagte, da ihm plötzlich Zweifel aufkamen, ob er in Florence den richtigen der beiden Ehepartner verdächtigt hatte.

Vor Farbers geistigem Auge entstand mit einemmal ein Szenario, in dem nicht Florence, sondern Frederick Priestley nachts schlaflos auf und ab schritt. Vielleicht war seine Frau nicht nach Hause gekommen, und er hatte geahnt, wo sie steckte. Möglicherweise hatte er ihr schon zuvor vorgehalten, ihn mit einem anderen Mann zu betrügen, so daß es zu Auseinandersetzungen zwischen dem Ehepaar gekommen war. Und wahrscheinlich hatte Priestley auch gewußt, mit wem ihn seine Frau hinterging. Denkbar war auch, daß beide an dem besagten Abend gestritten und Florence daraufhin wütend die Wohnung verlassen hatte. Und es war ihr durchaus zuzutrauen, daß sie ihren Mann mit dem Hinweis bis aufs Blut gereizt hatte, daß ihr Geliebter nicht nur wesentlich jünger, sondern zu allem Überdruß auch noch sein Vorgesetzter wäre.

Selbst wenn Menschen ein höheres Alter und eine gewisse Reife erreicht hatten, bedeutete dies noch lange nicht, daß sie keine Eifersucht mehr empfanden. Angesichts des Auftritts, den Priestley gerade bot, fühlte sich Farber immer mehr in seinem aufkeimenden Verdacht bestätigt, daß Priestley sich in der Mordnacht in die Rolle des betrogenen und zudem beruflich benachteiligten Opfers hineingesteigert hatte. Selbst der Tod seiner ersten Frau hatte ihn wahrscheinlich nicht so hart getroffen wie die Erkenntnis, daß ausgerechnet der verhaßte Harry Chapman ihm nicht nur den erhofften Posten, sondern nun auch noch seine zweite Frau weggenommen hatte.

Der Schlag war für ihn wohl um so härter gewesen, da er durch die Ehe mit Florence plötzlich wieder in den Genuß eines Glücks gekommen war, das er sich schon lange zuvor nicht einmal mehr erhofft hatte.

Irgendwann im Verlauf der Nacht hatte Priestley die Wohnung verlassen und hatte sich zitternd und frierend auf den Weg zu Harry Chapmans nicht weit entferntem Apartment gemacht. Und selbstverständlich hatte er seine Waffe in der Manteltasche bei sich getragen, wie er es seit mehr als vierzig Jahren jedesmal tat, wenn er die Wohnung verließ.

Durch den Schnee stapfend, war er kurz darauf an dem Gebäude angelangt, in dem sich das Liebesnest seines gehaßten Vorgesetzten befand. Er wußte, wo das Apartment lag, da er Florence zuvor heimlich dorthin gefolgt war, vermutlich nachdem ihn sein Mißtrauen irgendwann dazu veranlaßt hatte, sie vielleicht sogar auf Schritt und Tritt zu überwachen.

Nun stand er unten auf der Straße, unschlüssig, was er tun sollte, da er ohne festen Plan von zu Hause aufgebrochen war. Vielleicht hatte Priestley zuerst noch daran gedacht, an der Tür zu läuten und Harry Chapman auf unterwürfige Weise – die Priestleys Wesen entsprach –, darum zu bitten, den Kontakt zu seiner Frau abzubrechen. Doch geplagt von seiner Eifersucht, der in ihm schwelenden Wut und der äußeren Kälte, die ihm bis in die Knochen drang, hatte er es nicht übers Herz bringen können, sich auf dem Terrain des Gegners einer Auseinandersetzung zu stellen, zumal es sich dabei nicht um irgend jemanden, sondern um den Commissioner handelte. Darüber hinaus waren in Priestley vielleicht plötzlich auch Zweifel aufgestiegen, ob Florence sich wirklich dort oben bei Harry Chapman befand. Möglicherweise war seine Frau ihm doch treu geblieben, wie sie es ihm am Tag der Trauung gelobt hatte. Es war auch nicht auszuschließen, daß Florence zwar eine charakterlich schwache Frau war, der Commissioner tatsächlich aber ein so ehrenwerter Mann, wie überall gesagt wurde. Vielleicht hatte er sie abgewiesen.

Sollte das tatsächlich der Fall sein und Priestley unnötig seinen Vorgesetzten belästigen, würde ihn das zweifellos den Job kosten. Doch auch wenn er beide in flagranti ertappen würde, konnte das nur seine Entlassung bedeuten.

Priestley befand sich also in einer echten Zwickmühle, und die Ausweglosigkeit seiner Situation setzte ihm immer mehr zu. Was sollte, was konnte er nur tun? Sich hundeelend fühlend und bitterlich frierend, harrte er in einem der gegenüberliegenden Hauseingänge aus und versuchte, einen klaren Gedanken zu fassen, was ihm jedoch nicht gelang.

Priestley wußte aber, welche Fenster zu Harry Chapmans Apartment gehörten, und sah plötzlich, wie oben Licht gemacht wurde und wie sich die Umrisse eines Mannes und einer Frau abzeichneten. Daß es sich bei der Frau um Anna Russo handelte, konnte Priestley nicht wissen. Er war der festen Meinung, seine Frau dort oben zu erblicken. Und das brachte das Faß endgültig zum Überlaufen.

Möglicherweise wußte Priestley, daß Harry Chapman jeden Morgen in aller Frühe seine Joggingrunde drehte, möglicherweise war es ihm jedoch auch nicht bekannt. Dieser Punkt spielte für Farbers Rekonstruktion der Ereignisse keine entscheidende Rolle. Auf jeden Fall hatte der Commissioner irgendwann das Haus verlassen und war plötzlich von Priestley aufgehalten worden.

Als Chapman bemerkte, um wen es sich handelte, unternahm er sicherlich den Versuch, den lästigen alten Mann einfach stehenzulassen und mit seinem Dauerlauf zu beginnen. Doch Priestley ließ sich nicht einfach abschütteln, sondern folgte ihm bis zur Straßenecke, wobei er ihn anflehte, seine Frau in Ruhe zu lassen. Darüber hinaus dachte Priestley unaufhörlich daran, daß es eben dieser Mann gewesen war, der ihn erst vor knapp drei Monaten aller Hoffnungen beraubt hatte, endlich die Führungsposition an der Spitze der New Yorker Polizeihierarchie zu übernehmen.

Ähnlich wie bei seinen früheren Überlegungen zum Tathergang, in deren Mittelpunkt Florence gestanden hatte, ging Farber davon aus, daß Priestley die Waffe zuerst nur gezogen hatte, um Chapman zum Stehenbleiben und Zuhören zu zwingen. Aber sein Vorgesetzter hatte ihn nur ausgelacht. Sicherlich Grund genug dafür, daß Priestley seinen Nebenbuhler vor lauter Wut umgebracht hatte. Farber zog es jedoch vor, lieber davon auszugehen, daß der tödliche Schuß wirklich nur versehentlich abgegeben wurde.

Da jeder erfahrene Polizeioffizier auf den ersten Blick eine Leiche erkennen konnte, mußte Priestley nicht erst auf den Leichenbeschauer warten, um herauszufinden, daß Chapman nicht wieder aufstehen würde. Plötzlich wurde ihm klar, was er getan hatte. Panikartig machte er sich auf den Heimweg und wartete in seiner Wohnung auf den nur wenig später eingehenden Anruf des zuständigen Revierleiters.

Rückblickend erinnerte Farber sich nun daran, daß der stellvertretende Commissioner als einer der ersten am Tatort eingetroffen war. Sollten Farbers Vermutungen zutreffen, dann war jetzt auch zu verstehen, warum er so schnell dort gewesen war.

Allmählich drangen Priestleys Worte wieder in Farbers Bewußtsein und holten ihn in die Realität zurück. Vierzig Jahre lang – lamentierte sein Vorgesetzter gerade –, habe er dafür gearbeitet, eines Tages endlich Commissioner zu werden. In all den Jahren habe er sich nie etwas zuschulden kommen lassen. Nie sei er zu spät zum Dienst erschienen, nie habe es auch nur eine Beschwerde gegen ihn gegeben, nie sei auch nur der Hauch eines Korruptionsverdachtes gegen ihn geäußert worden.

Farber wußte nur zu gut, daß Priestley die Wahrheit sagte, denn er war stets dafür bekannt gewesen, pedantisch auf die Einhaltung der Dienstvorschriften zu achten. Trug er seine Uniform, dann hatten die Hosen stets messerscharfe Bügelfalten und seine Schuhe waren makellos poliert.

Jede seiner Prüfungen, fuhr Priestley mit seinem Gejammere fort, habe er im ersten Anlauf mit Glanz und Gloria bestanden. Natürlich wisse er, daß viele ihn für einen seelenlosen Prinzipienreiter und langweiligen Bürokraten hielten, der weder besonders intelligent, geschweige denn brillant sei. Doch bei all dem handle es sich nur um Neid und üble Nachrede. Schließlich habe jetzt auch der Bürgermeister eingesehen, daß es keinen besseren und qualifizierteren Mann für das Amt des Commissioners gebe als ihn.

Es fiel Farber schwer, Priestley noch länger zuzuhören. Mit jedem weiteren Wort offenbarte der alte, dem Nervenzusammenbruch nahe stehende Mann immer stärker sein beinahe kindliches Bedürfnis nach Anerkennung.

»Und dann mußten Sie diese schäbige Intrige gegen mich inszenieren, Sie … Sie …!« Seine Stimme hatte sich wieder zu einem Brüllen erhoben, doch mit einemmal brachte er keinen Laut mehr über die Lippen. Nur seine mit Tränen gefüllten Augen blinzelten hilflos, und seine Fäuste schlossen und öffneten sich in ständigem Wechsel, so als könne er sich nicht entschließen, ob er sie endlich gegen Farber einsetzen wolle. Und dann verschwand er ebenso plötzlich wieder, wie er aufgetaucht war.

Priestley machte buchstäblich auf dem Absatz kehrt und stob aus Farbers Büro – anders konnte man es nicht beschreiben. Dabei schmetterte er die Tür mit solcher Wut zu, daß sie erneut aufschwang und aus den Angeln zu springen drohte.

Sekundenlang schien Farber nicht zu realisieren, daß Priestley wirklich fort war, erst dann löste er sich aus seiner Erstarrung und ging zur Tür, um sie leise zu schließen. Dabei fiel sein Blick auf den schockierten Gesichtsausdruck des diensthabenden Sergeanten, der erst Farber anschaute und dann in Richtung des Korridors sah, durch den Priestley davongeeilt war. Ohne dem Mann eine Erklärung für den denkwürdigen Auftritt des stellvertretenden Commissioners zu geben, kehrte Farber an seinen Schreibtisch zurück und schlug einen Moment lang seine Hände vors Gesicht.

Automatisch, und um sich für einen Moment abzulenken, nahm er sich schließlich den Ablagekorb mit den Posteingängen des Tages vor. Aufgrund der inneren Anspannung, die ihm die letzten Minuten zugesetzt hatte, schmerzten seine verkrampften Lippen, und sein Gesicht fühlte sich so erhitzt an, als habe er sich einen Sonnenbrand dritten Grades eingefangen.

Farber hatte keine Eile, seine Arbeit zu beenden, da er Priestley genug Vorsprung geben wollte, das Gebäude zu verlassen, ohne daß sich ihre Wege ein weiteres Mal kreuzen mußten.

Als er sicher sein konnte, daß die Luft rein war, fuhr er mit dem Fahrstuhl hinunter in die Tiefgarage und stieg zu O'Malley in den Wagen.

»Wohin geht's, Chief?« erkundigte sich sein Fahrer.

»Nach Hause.«

Irgend etwas an seinem Äußeren oder in seiner Stimme schien O'Malley aufgefallen zu sein.

»War wohl kein leichter Tag für Sie, Chief?«

»Nein, das war er bestimmt nicht«, gestand Farber, ohne zu ahnen, was ihm an diesem Abend noch alles bevorstand.

Als der Chauffeur den Wagen von der Ausfahrt auf die Straße steuerte, bemerkte der Chief, daß es wieder zu schneien begonnen hatte. Die großen weißen Flocken, die vom Himmel herabfielen, verwandelten die Straßen in rutschige Matschpisten und bedeckten die Schultern und Kopfbedeckungen der Passanten auf den Bürgersteigen mit einem weißen Überzug.

Farber lehnte sich auf seinem Sitz zurück und versuchte, sich zu entspannen und an nichts zu denken. Alles, wonach er sich im Augenblick sehnte, war ein doppelter Scotch, den er sich an seinem Platz vor dem Klavier genehmigen wollte.

Das Apartmentgebäude, in dem er und Madge wohnten, lag abseits der Straße und war über eine halbrunde Auffahrt zu erreichen, die von Bäumen und Büschen gesäumt war. Zwar war die Bepflanzung keineswegs dicht genug, um unter normalen Umständen Deckung für einen Hinterhalt zu bieten, doch wegen der Dunkelheit und dem Schneefall boten die Bäume und Büsche an diesem Abend genügend Sichtschutz, um sich hinter ihnen auf die Lauer zu legen. Farber verschwendete keinen Gedanken an derlei Überlegungen, zumal neben der großen, gläsernen Eingangstür um diese Zeit normalerweise zwei bewaffnete Männer eines privaten Sicherheitsdienstes standen.

Da ein Lieferwagen die Zufahrt blockierte, hielt O'Malley an der Straße. Als Farber ausstieg, um die letzten paar Schritte zu Fuß zu gehen, hob er den Kopf und spürte, wie einige Schneeflocken auf seinem Gesicht zerschmolzen. Während sein Blick noch den Rückleuchten des davonfahrenden Wagens folgte, lenkte er seine Schritte bereits zwischen zwei geparkten Wagen hindurch in Richtung des gepflasterten Fußwegs, der neben der Auffahrt zum Hauseingang führte. Dabei war ihm die Sicht auf die Glastür und die Wachleute durch den Lieferwagen versperrt, dessen Führerhaus unbesetzt war, wie Farber aus den Augenwinkeln bemerkte. Als er nur noch wenige Meter zurückzulegen hatte, trat – von ihm unbemerkt –, hinter seinem Rücken plötzlich ein Mann hinter einem der Büsche hervor, richtete eine Waffe auf ihn und feuerte.

Farber war während seiner gesamten Dienstzeit noch nie angeschossen worden. Aber als ihn der Schlag von hinten traf, wußte er – noch bevor er zu Boden ging oder den Knall des Schusses hörte –, was geschehen war. Er kannte das Geräusch vor allem von den Schießständen her, die meist in den Kellergeschossen der Polizeireviere installiert wurden. Dort war ihm der Schußlärm immer als sehr laut erschienen, jetzt aber kam ihm der Knall viel leiser und gedämpfter vor, was allerdings damit zusammenhing, daß der Schock ihm das Bewußtsein zu rauben drohte. Er hörte jedoch noch einen zweiten Schuß, ohne aber sagen zu können, ob er auch diesmal getroffen worden war. Was er mitbekam, war nur noch, daß er, mit dem Gesicht zuerst, hart auf dem schneebedeckten Boden aufschlug. Erst dann spürte er den brennenden Schmerz, der seinen Körper durchzuckte und dem eine Welle entsetzlicher Schwäche folgte.

Als er noch ein Cop im Streifendienst und danach Detective gewesen war, hatte Farber unzählige Male Schußverletzte auf dem Weg ins Krankenhaus begleitet und dabei versucht, von ihnen Angaben über den Täter und dessen Aussehen zu erhalten, bis er von den Ärzten und Sanitätern beiseite gedrängt worden war. Nun stellte er mit seltsamer Klarheit fest, daß diesmal wohl *er* auf der Bahre liegen und sich ein Detective über *ihn* beugen mußte. Er war jedoch nicht in der Lage, irgend etwas über den Schützen aussagen zu können, auch wenn die Cops, die bald eintreffen mußten, auf jedes seiner Worte achten würden, um irgendwelche Hinweise zu erhalten, die ihnen möglicherweise weiterhalfen. Dann schwenkten Farbers Gedanken in eine ganz andere Richtung.

Ebenso oft wie er Schußverletzte ins Krankenhaus begleitet hatte, war er auch dabeigewesen, wenn ihnen auf Gängen und Fluren oder in behelfsmäßigen Räumen die Kugeln aus dem Leib geschnitten wurden, da längst nicht jeder hochbezahlte Chirurg über einen entsprechend ausgestatteten Operationssaal verfügte. Farber hoffte nur, daß nicht auch er laut schreien würde, wenn die Qualen unerträglich werden sollten. Dabei beruhigte ihn der Gedanke ein wenig, daß die Schmerzen kaum noch stärker werden konnten, als sie es ohnehin schon waren.

All dies ging ihm durch den Kopf, bevor ihm mit einemmal klar wurde, daß jemand versucht hatte, ihn zu töten. Diese Erkenntnis traf ihn beinahe härter als der durch die Verwundung ausgelöste Schock. Aber das war noch nicht alles.

Wer immer ihm nach dem Leben trachtete, mußte noch immer in unmittelbarer Nähe sein. Vielleicht schlich er sich gerade in diesem Augenblick an ihn heran, um ihm endgültig den Rest zu geben? Ein Kopfschuß aus einem Meter Entfernung würde dem Leben des Bert P. Farber ein schnelles und unrühmliches Ende setzen. Wenn es ihm gelang, zumindest ein Auge lange genug offenzuhalten, würde er vielleicht noch einen letzten Blick auf seinen Mörder erhaschen können, bevor alle Lichter ausgingen. Ob er den Täter kannte? Und ob er den Knall des tödlichen Schusses selbst wohl noch hören würde?

Farber fühlte sich so schwach und gepeinigt durch den brennenden Schmerz in seinem Körper, daß er einen Augenblick lang fast hoffte, durch einen schnellen Gnadenschuß von seinen Leiden erlöst zu werden. Doch diese Überlegungen verflüchtigten sich rasch, und er begann instinktiv damit, sich zwar langsam, aber entschlossen auf die Seite zu wälzen und nach seiner eigenen Waffe zu tasten, bis er sie schließlich in beiden Händen hielt und eine mehr oder weniger sitzende Stellung einnahm. Vage realisierte er, daß um ihn herum Menschen in verschiedene Richtungen hasteten. Einer von ihnen schien eiligst hinter einem der größeren Büsche zu verschwinden, während ein anderer plötzlich neben dem Lieferwagen auftauchte, auf Farber zustürzte und ihm die Waffe entwand, um sie anschließend auf ihn zu richten. Farber vermutete, daß es sich bei dem Mann um den Schützen handelte, der ihm aufgelauert hatte. Nun hatte sein allerletztes Stündlein wohl unwiederbringlich geschlagen.

Der Mann trug eine Uniform des UPS-Paketdienstes, die ihn unverdächtig erscheinen ließ und die Flucht erleichtern würde. Plötzlich glaubte Farber, die Zusammenhänge zu erkennen. Das alles sah nach einem Attentat der Mafia aus. Demnächst würden die ihre Killer noch als Priester verkleiden. Aber wer sollte den Auftrag gegeben haben? Dominic Russo? Farber konnte sich keinen anderen Reim auf die Sache machen, als daß die Mafia ihr ungeschriebenes Gesetz gebrochen und zum erstenmal den Plan gefaßt hatte, einen Cop umbringen zu lassen.

»Keine Bewegung!« schrie der UPS-Fahrer und hielt den Revolver auf Farbers Gesicht gerichtet. Dann wandte er sich über die Schulter aufgeregt an einen der Türwächter, die hinter dem Lieferwagen Deckung gesucht hatten: »Ich habe den verdammten Kerl. Ruft schnell die Polizei an, und sagt den Cops, daß ich den Burschen so lange in Schach halte, bis sie angerückt sind.«

»Das ist doch Mr. Farber«, erwiderte einer der Männer, während er vorsichtig näher kam und mit zusammengekniffenen Augen auf den am Boden Sitzenden starrte.

»Julio«, preßte Farber hervor, »bitte sagen Sie dem Mann, daß er mir meine Waffe zurückgeben soll.«

»Das hier ist der Chef der New Yorker Kriminalpolizei«, erklärte der Wachmann dem UPS-Fahrer. »Er wohnt hier im Haus. Ich kenne ihn schon viele Jahre.«

Farber stöhnte laut auf. »Julio, bitte helfen Sie mir.«

Der Wachmann griff Farber unter die Arme und half ihm hoch.

»Und jetzt rufen Sie die Polizei«, sagte Farber mit schwacher Stimme. »Bitten Sie den Mann in der Zentrale, daß er mehrere Streifenwagen hierherschicken soll.«

Während er dem davoneilenden Wachmann nachblickte, begann Farber so stark zu zittern, daß er beinahe wieder zu Boden gestürzt wäre. Als er sich an den schmerzenden Kopf faßte, stellte er fest, daß ihm auf der linken Seite Blut über das Ohr und die Wange in den Kragen hineinlief, und er fragte sich, wie schwer er wohl verletzt war. Sein Gehör schien nicht richtig zu funktionieren, denn er vernahm nur ein lautes, durchdringendes Singen. Außerdem fühlte sich sein Schädel an, als habe ihn jemand mit einer Axt zu spalten versucht. Am schlimmsten aber hatte es ihn am Nacken erwischt, von dem ein Schmerz ausging, als ob er von einem glühenden Eisen versengt worden wäre.

Unter Aufbietung seiner ganzen Willensstärke gelang es Farber, sich auf den Beinen zu halten und die rechte Hand nach seiner Waffe auszustrecken, die der völlig verunsicherte und ratlose Fahrer ihm sofort widerstandslos zurückgab.

»Danke«, stieß Farber mühevoll hervor.

»Sind Sie okay?«

Anstatt seine Kräfte mit einer Antwort zu verschwenden, konzentrierte sich Farber nur darauf, sich aufrecht zu halten, da es bestimmt noch eine ganze Weile dauern würde, bevor die Streifenwagen eintrafen. Und Farber wollte es sich nicht nehmen lassen, zumindest noch alle nötigen Anordnungen zu geben, um die Fahndung nach dem Täter einzuleiten.

»Geht es Ihnen wirklich gut?« fragte der UPS-Fahrer erneut. »Sie sehen ziemlich schlimm aus.«

»Haben Sie gesehen, wer auf mich geschossen hat?« fragte Farber.

»Nein.«

»Oder wie jemand weggelaufen ist?«

»Auch nicht.«

Der Mann schaute zu seinem Lieferwagen. »Der verdammte Hundesohn hat nicht nur Sie erwischt, sondern auch meinen Wagen.«

»Das tut mir wirklich leid«, stöhnte Farber, der sich daran zu erinnern glaubte, zwei Schüsse gehört zu haben. Vielleicht war ja eines der Projektile in dem Lieferwagen steckengeblieben. Sobald die Cops eintrafen, würde er anordnen, daß die Spurensicherung den Wagen unter die Lupe nahm. Schon deswegen mußte er durchhalten.

Als er endlich die Sirenen hörte, war er gerade im Begriff, das Bewußtsein zu verlieren. Doch dann rasten von allen Seiten Streifenwagen heran, und eine ganze Schar von uniformierten Polizisten stürzte mit gezückten Waffen auf ihn zu. Einige von ihnen waren bereits ausgeschwärmt und wurden zwischen den Büschen und Bäumen sichtbar, was bedeutete, daß sie mit Sicherheit alle möglicherweise vorhandenen Fußspuren zertrampelten.

Doch es fehlte Farber an Energie, sie auch noch darauf hinzuweisen.

Wenig später standen mehr als dreißig Cops und hochrangige Beamte um Farber herum. An verschiedenen Punkten wurden Scheinwerfer aufgestellt, die den Tatort beinahe taghell ausleuchteten. Dann begannen mehrere Detectives damit, die Chassis des Lieferwagens auf ein Einschußloch hin zu untersuchen. Eine andere Gruppe von Männern nahm sich die Büsche und Bäume vor, in der Hoffnung, daß in ihnen eine der abgefeuerten Kugeln stekkengeblieben war. Wieder andere läuteten an allen umliegenden Wohnungen, ob einer der Bewohner den Schützen oder zumindest etwas Verdächtiges beobachtet hatte. Zudem wurden die Kennzeichen aller Fahrzeuge notiert, die im Umkreis mehrerer Blocks geparkt waren, denn möglicherweise hatte der Killer bisher noch keine Möglichkeit gehabt, zu seinem Fluchtwagen zurückzukehren.

Währenddessen hatte Farber auf einem Stuhl Platz genommen, der unter dem Vordach des Hauseingangs stand, und beobachtete die fallenden Schneeflocken, wobei ihm vor Schwäche und Erschöpfung fast die Augen zufielen. In der Zwischenzeit hatte einer der Cops Madge informiert. Farber war stolz auf sie, weil sie bei seinem Anblick nicht in Tränen ausgebrochen war, sondern die Nerven behalten und fachkundig seine Verletzungen untersucht hatte. Anschließend hatte sie ein feuchtes Tuch geholt und zumindest einen Teil des Blutes abgewischt, worauf er wenigstens nicht mehr ganz so schlimm aussah. Dem von ihr und vielen Cops geäußerten Drängen, Farber möge sich zu einer genaueren Untersuchung ins Krankenhaus fahren lassen, hatte er sich jedoch standhaft widersetzt.

Deshalb stand Madge jetzt an Farbers Seite, während er versuchte, sich auf die Berichte der Detectives zu konzentrieren und weitere Anweisungen zu geben. Mittlerweile waren auch die Revier- und Gebietsleiter der angrenzenden Bezirke und Distrikte eingetroffen, um sich persönlich vor Ort zu informieren und die Fahndung nach dem Täter auszuweiten. Sie alle versuchten, Farber zu einem Arztbesuch zu bewegen, und versicherten ihm, die Ermittlungen auch ohne ihn durchführen zu können. Doch der Chief weigerte sich kategorisch, von seinem Platz zu weichen, solange die Untersuchung des Tatortes nicht abgeschlossen war. Außerdem schien die Blutung zum Stillstand gekommen zu sein. Allerdings waren seine Kopfschmerzen beinahe unerträglich, was jedoch kaum verwunderte, da die eine Kugel – wie Madge ihm erklärte – eine Rille in die Oberfläche seines Schädels gefräst hatte. Die andere hatte ein Stück seines Nackens versengt, dabei aber glücklicherweise nur die Haut geritzt.

Als einer der letzten traf auch noch der mit einer Pelzmütze und Gummistiefeln bekleidete Terrence Sternhagen am Tatort ein.

»Sie lassen sich sofort ins Krankenhaus bringen«, wies er Farber an, nachdem er dessen Zustand gesehen hatte.

»Nein.«

Madge legte eine Hand auf die Schulter ihres Mannes und blickte sorgenvoll von einem zum anderen.

»Das ist ein dienstlicher Befehl!«

Farber widersprach nicht, machte aber auch keine Anstalten, Sternhagens Anordnung zu befolgen. Er schien ihn einfach zu ignorieren. Schließlich entschloß sich Sternhagen, es im guten zu versuchen.

»Wer hat auf Sie geschossen, Bert? Und was hat all das hier zu bedeuten?« Er wies auf die hektische Aktivität, die überall herrschte.

»Wir reden morgen früh darüber«, wiegelte Farber mit kaum verständlicher Stimme und gesenktem Blick ab. Er war wirklich nicht in der Lage, irgendwelche Erklärungen abzugeben, sondern mußte seine letzten Reserven mobilisieren, um gegen die Schwäche und den Schock der Verwundung anzukämpfen. Als er nach einer ganzen Weile den Kopf wieder hob, war Sternhagen verschwunden. Statt dessen stand nun Lieutenant Mosconi vor ihm.

»Ich habe erst jetzt erfahren, daß Sie verwundet worden sind, Chief. Wie schlimm ist es?«

»Sieht schlimmer aus, als es ist.« Es gelang Farber sogar, seine Gesichtszüge zu einem schwachen Lächeln zu verziehen. Einen Moment lang erhaschte er einen Blick auf Sternhagen, der gerade eifrig mit einem der Detectives redete.

Farber richtete seine Aufmerksamkeit wieder auf den Lieutenant. »Und wie geht es Ihnen, Mosconi?«

Der Mafiaexperte machte ein ernstes Gesicht. »Ich muß Ihnen etwas Wichtiges mitteilen, Chief, auch wenn der Augenblick dafür nicht gerade günstig ist.«

Farber wartete schweigend darauf, daß Mosconi weiterredete.

»Willie Boy Benvenuto ist etwas zugestoßen.«

»Das Übliche?« fragte Farber seufzend.

»Ja. Wir haben ihn mit drei Kugeln im Hinterkopf gefunden.«

Unwillkürlich schloß Farber die Augen. Die Dinge spitzten sich wirklich zu.

»Sie haben ihm seinen Penis abgeschnitten und in den Mund gesteckt, was darauf hindeutet, daß Willie Boy wohl mehr Gebrauch von ihm gemacht hat, als seinem Mörder lieb war.«

»Wo habt ihr ihn gefunden?«

»Er wurde am Queens Boulevard aus einem fahrenden Auto geworfen.«

Also hatten sie ihn finden sollen, und zwar schnell. Farber fragte sich, wer wem auf diese Weise eine Lektion erteilen wollte. Steckte Dominic Russo hinter der ganzen Sache? Und wollte er seinen eigenen Leuten ein abschrekkendes Beispiel geben – oder vielleicht sogar Farber?

»Glauben Sie, Chief, daß es Willie Boy war, der den Commissioner erschossen hat?«

Farber fühlte sich so elend, daß er sich am liebsten mit jemandem über alles ausgesprochen hätte. Aber dieser Jemand war nicht Mosconi.

»Ich glaube gar nichts – im Augenblick bin ich nicht in der Lage, auch nur einen klaren Gedanken zu fassen«, wehrte er ab.

Mosconi nickte und akzeptierte Farbers Zurückweisung. Er blickte nachdenklich einen Augenblick zur Seite, bevor er sich wieder an den Chief wandte.

»Anna Russo hatte übrigens auch einen Unfall.«

Willie Boy Benvenutos grausames Schicksal ließ Farber relativ kalt. Bei Anna Russo lagen die Dinge jedoch ein wenig komplizierter.

Das Gespräch wurde von einem Detective unterbrochen, der sich im Laufschritt näherte. »Wir haben eine Kugel gefunden, Chief. Sie steckte in dem Lieferwagen.«

»Gute Arbeit«, lobte Farber, dessen Müdigkeit sich durch diese Nachricht unerklärlicherweise zu vervielfachen schien. Er sehnte sich plötzlich nur noch nach einem Bett und nach Schlaf.

Der Detective hielt ihm das Projektil vor die Augen, doch Farber hatte große Schwierigkeiten, überhaupt etwas zu erkennen.

»Die Kugel ist in gutem Zustand, Chief.«

Für einen Kriminalisten bedeutete dies, daß das Projektil nicht zersplittert und nicht zu stark deformiert war, so daß es noch als Beweismittel zu einem Vergleich mit einem anderen Geschoß taugen könnte, das aus derselben Waffe abgefeuert worden war.

»Sehr schön, Detective. Aber würden Sie bitte den Lieutenant und mich einen Augenblick entschuldigen«, sagte Farber mit ungewohnter Höflichkeit. »Wir haben noch etwas Dringendes zu besprechen.«

Dann wandte er sich wieder an Mosconi. »Was ist mit Anna Russo? Ist sie auch tot?«

»Nein. Aber jemand hat sie sehr übel zugerichtet. Sie hat mehrere gebrochene Rippen und ein blaues Auge. Außerdem sind ihr zwei Zähne ausgeschlagen worden. Meine Leute haben sie ins Krankenhaus gebracht. Sie sagt, sie sei die Treppe hinuntergefallen.«

Während Mosconi auf eine Erwiderung wartete, schloß Farber erneut die Augen. War Anna Russos Leben wirklich in Gefahr? Sollte er so viele Cops in ihrer Nähe postieren, daß ihr Mann die Warnung nicht übersehen konnte?

Oder war es sogar geraten, sie in Schutzhaft zu nehmen? Die Schmerzen in seinem Nacken und seinem Hinterkopf waren so stark, daß er große Mühe hatte, sich zu einem Entschluß durchzuringen. Er wollte auf keinen Fall dafür verantwortlich sein, daß seine gerissene Inszenierung im Hauptquartier für Anna Russo den Tod bedeutete. Aber wenn ihr Mann sie hätte umbringen wollen, hätte er es dann nicht bereits längst getan? Und Dominic Russo konnte sich einen solchen Schritt schließlich schon deshalb nicht leisten, weil er seinen eigenen Leuten und den anderen Mafiafamilien hätte erklären müssen, daß er von seiner Frau betrogen worden war. Das aber würde fatale Folgen für sein Ansehen haben und möglicherweise sogar dazu führen, daß man ihn nicht länger für fähig hielt, seine Spitzenposition in der Hierarchie der Mafia beizubehalten. Würde er wirklich dieses Risiko eingehen, nur um seinen Rachedurst zu stillen? Darüber hinaus war Anna Russo selbst die Tochter eines hochrangigen Mafiabosses, so daß ihre Ermordung wahrscheinlich sogar einen regelrechten Bandenkrieg ausgelöst hätte.

Nein, Dominic Russo würde nichts weiter gegen seine Frau unternehmen. Und deshalb brauchte sie auch nicht Farbers Schutz. Aller Wahrscheinlichkeit nach waren die Prügel, die sie bezogen hatte, das Äußerste, was ihr Mann riskieren wollte.

Farber dankte Mosconi für seinen Kommen und schickte ihn dann nach Hause zu seiner Familie. Dann rief er den Detective mit dem Projektil, das ihn hatte töten sollen, wieder zu sich und dankte auch ihm und den anderen Männern für ihre Arbeit.

Es verstrich eine weitere Stunde, bevor Farber einwilligte, daß er von einem Streifenwagen in Begleitung von Madge in das Bellevue Hospital gebracht wurde. Dort rasierte man ihm in der Notaufnahme einen Teil seiner Haare ab und nähte die darunter zum Vorschein kommende Wunde mit vierzehn Stichen. Außerdem klebte der behandelnde Arzt eine kühlende Kompresse auf Farbers malträtierten Nacken und drückte ihm ein paar schmerzstillende Tabletten in die Hand. Farber beschloß jedoch, sie erst später zu nehmen.

Anschließend wurden er und Madge von dem Streifenwagen, der so lange gewartet hatte, wieder zu ihrer Wohnung zurückgefahren. Dort setzte sich Farber, der noch immer sein blutdurchtränktes Hemd trug, zunächst einmal an sein geliebtes Klavier und schlug ein paar Tasten an, während Madge ihm einen doppelten Scotch einschenkte. Farber genoß den Drink und auch einen zweiten, während er die Tabletten in seiner Jackentasche steckenließ.

Madge setzte sich zu ihm auf den Klavierhocker. Und er schlang seine Arme um sie, vergrub sein Gesicht in ihrem Nacken und berichtete ihr alles, was sich seit der Ermordung Harry Chapmans ereignet hatte.

Nie zuvor hatte er Madge in all den Jahren, die sie schon verheiratet waren, so viele interne Fakten eines Falles erzählt. Doch nachdem er einmal damit begonnen hatte, gab es kein Halten mehr, und er weihte sie in jedes Detail ein. Farber legte plötzlich eine vorbehaltlose Offenheit an den Tag, die beide Ehepartner zu gleichen Teilen überraschte. Freimütig gestand er Madge ein, daß er wichtige Beweisstücke unterschlagen habe: vor allem das Projektil, das Harry Chapman getötet hatte, und den Slip, der Anna Russo gehörte. Ebenso berichtete Farber seiner Frau, daß er nicht nur Harry Chapmans geheime Notizbücher aus dessen Safe gestohlen, sondern es dabei auch geradezu genossen hatte, in das Büro des stellvertretenden Commissioners einzubrechen und es zu verwüsten. Denn plötzlich erhielt er auf diese Weise die Chance, seine in zwanzig Dienstjahren aufgestauten Aggressionen gegen Priestley, diese pedantische Buchhalterseele, loszuwerden.

»Es stimmt, ich habe ihn nie gemocht«, stellte Farber fest, »aber das war für mich nicht der Grund, sein Büro in ein Schlachtfeld zu verwandeln. Ehrlich gesagt hatte ich gar nicht vor, mich dort wie ein Vandale zu benehmen, und ich frage mich selbst, warum ich es dennoch getan habe … Was habe ich mir nur dabei gedacht?«

»Mach dir deswegen keine Gedanken, Liebling!« beruhigte ihn Madge.

Dann beschrieb er seine Auseinandersetzungen mit Caroline Connolly, mit Anna Russo und ihrem Mann sowie mit Mary Alice, Florence Priestley und schließlich auch mit dem stellvertretenden Commissioner selbst. Er gestand Madge, daß er für den Tod von Billie Boy Benvenuto mitverantwortlich war – und vor allem, daß sich sein Verdacht hinsichtlich des Mordes ständig auf die falschen Personen gerichtet habe.

»Letzten Endes habe ich alles verdorben und zum Schlimmeren gewendet. Mir ist ein Fehler nach dem anderen unterlaufen.«

Obwohl ein Staatsanwalt mit der Bearbeitung des Falles beauftragt worden war, hatte Farber nicht ein einziges Mal mit ihm gesprochen. Er hatte ohne Befugnis Anna Russos Chanelkostüm beschlagnahmen lassen und die Frau des Mafioso auf ebenso illegale Weise von ihrem Anwalt getrennt. Nicht nur das Polizeidepartment würde ihn für all das zur Rechenschaft ziehen, sondern auch die Justiz und die Presse. Man würde ihn in der Luft zerreißen, unehrenhaft aus dem Dienst entlassen und am Ende wahrscheinlich auch unter Anklage stellen.

Und dabei wußte er bis jetzt noch nicht einmal, wer Harry Chapman denn nun tatsächlich umgebracht hatte. Nach seiner persönlichen Auffassung kamen nur noch zwei Personen als Täter in Frage, aber ihm fehlten die notwendigen Beweise.

Wäre Harry von irgendeinem politischen Spinner oder einem Räuber erschossen worden, hätte man das Ganze als einen zwar tragischen, aber völlig alltäglichen Fall abtun können, für dessen Aufklärung Farber bestimmt zum Commissioner befördert worden wäre. Aber da die Dinge ganz anders verlaufen waren, konnte er seine Hoffnungen darauf nun endgültig begraben.

Er gestand Madge auch zum erstenmal in seinem Leben, daß er seit dem Tag, an dem er bei der Polizei angefangen hatte, davon träumen würde, eines Tages Commissioner zu werden. Er habe aber nie ein Sterbenswörtchen darüber verloren, weil er nie den Mut besessen habe, zu diesem tief in ihm wurzelnden Wunsch zu stehen. Harry Chapman aber sei ganz anders gewesen, der habe die ganze Zeit über nichts anderes geredet, obwohl ihm das Amt selbst gar nicht so sehr am Herzen lag. Für Harry sei es nur ein Job gewesen, eine weitere Zwischenstation auf dem Weg nach ganz oben. Als tragisch empfinde Farber jetzt eben, daß sein großes Ziel in den vergangenen Tagen zum Greifen nahe gewesen sei.

»Das Rennen ist doch noch offen«, versuchte Madge ihn zu beruhigen.

Gern hätte Farber ihr zugestimmt, aber er hatte seinen Optimismus verloren. »Mag sein, aber ich glaube nicht mehr daran.«

»Wer hat denn Harry nun umgebracht? die Mafia?«

»Nein«, widersprach Farber, »die Mafia hatte damit nichts zu tun. In dieser Hinsicht hatte Kincaid recht.«

»Florence Priestley?«

»Sie oder ihr Mann. Und genau darin besteht mein Problem. Ich weiß nicht, wer von beiden es gewesen ist.«

»Und wer hat auf dich geschossen, Bert?«

»Vermutlich Priestley. Aber auch Florence weiß, wie man mit einem Revolver umgeht.«

Madge verfiel in nachdenkliches Schweigen.

Farber erklärte ihr, daß nach dem Gesetz nur gegen einen einzelnen Beschuldigten Anklage erhoben werden durfte. Man konnte vor Gericht nicht mehrere Verdächtige präsentieren und es dem Staatsanwalt und dem Richter überlassen, herauszufinden, wer das Verbrechen begangen hatte. Sofern jedoch keine Anklage gegen einen der Verdächtigten erhoben wurde, blieb der Fall offen. Deswegen benötigte Farber mehr Zeit, die ihm allerdings nicht mehr zur Verfügung stand. Schließlich hatte der Bürgermeister einen neuen Commissioner zu ernennen, und dabei konnte es sich durchaus um Priestley handeln. Aber was konnte Farber dagegen tun?

Falls er seinen Verdacht gegen Priestley äußerte, würde der Bürgermeister Beweise verlangen, die Farber nicht vorlegen konnte. Die Reaktion des Bürgermeisters darauf war schwer abzuschätzen. Möglicherweise würde er trotzdem dabei bleiben, Priestley zu ernennen, in der Annahme, Farber wolle nur einen Konkurrenten durch üble Nachrede aus dem Rennen werfen. Es war sogar denkbar, daß er vom Bürgermeister gefeuert wurde. Politiker waren oft unberechenbar und folgten bei ihren Entscheidungen meist eigenen Regeln.

Aber sollte und durfte Farber einfach schweigen? Sofern die laufenden Ermittlungen irgendwann versandeten, ohne konkrete Ergebnisse erbracht zu haben, hatte Farber durchaus Chancen, doch noch zum Commissioner ernannt zu werden. Aber er war sich nicht sicher, ob er das mit seinem Gewissen und seinem Verantwortungsgefühl gegenüber dem Polizeidepartment vereinbaren konnte.

Nicht nur wegen der Zwickmühle, in der er sich befand, sondern auch wegen der schlimmen Kopfschmerzen, die ihn plagten, drehten sich seine Gedanken im Kreise, ohne daß er einen Schritt weitergekommen wäre. Unsinnigerweise stellte er sich sogar vor, was er als Commissioner tun würde. Als erstes – so erklärte er Madge –, würde er Priestley dazu drängen, seinen Abschied zu nehmen. War dies erst einmal vollbracht, konnte der Fall in aller Ruhe und ohne großes Aufsehen abgeschlossen werden. Denn über kurz oder lang würden allein schon die Ermittlungen wegen des Mordversuches an Farber dazu führen, daß der Täter geschnappt werden konnte.

Aber sollte der Bürgermeister in allernächster Zukunft Priestley zum Commissioner ernennen, dann wäre es klar, daß Farber das Department verlassen mußte. Und das würde auch das Ende der Ermittlungen bedeuten. Der Mordfall Harry Chapman würde nie gelöst, sondern zu den Akten gelegt werden.

Nur daß Farber nicht bereit war, dabei mitzuspielen, verkündete er Madge. Selbst nach einem Hinauswurf wollte er notfalls auf eigene Faust an der Klärung weiterarbeiten, bis er die nötigen Beweise beisammen hatte. Schließlich war er mit Leib und Seele Kriminalist. Natürlich würde alles aber schwieriger werden, wenn er nicht mehr dem Department angehörte.

So oder so, Farber war entschlossen, nicht aufzugeben, bevor er den Täter entlarvt und ins Gefängnis gebracht hatte; auch nicht, wenn es sich dabei um einen Commissioner Priestley, den Leiter der New Yorker Polizei, handeln sollte.

Wenn nur die Zeit nicht so drängen würde. Farber, dem die Verzweiflung und die Erschöpfung ins Gesicht geschrieben standen, suchte immer noch Trost bei Madge. Und was immer er tat oder auch nicht tat, es würde auf jeden Fall das Ende seiner eigenen Karriere bedeuten.

Schließlich erhob er sich von seinem Platz. Zumindest einen Schritt konnte er nicht länger hinauszögern: Er mußte den zuständigen Staatsanwalt und den Bürgermeister über den Stand der Dinge informieren. Die Frage war nur, wen er zuerst aufsuchen sollte. Doch wer immer es sein mochte, er würde zweifellos eine Konferenz mit einer ganzen Reihe von Leuten einberufen und damit die Zeit der Geheimniskrämerei schlagartig beenden. Bereits am nächsten Tag würde sich der Kreis der Eingeweihten ausweiten, was unweigerlich dazu führen mußte, daß erste Gerüchte auch die Medien erreichten. Dann war es nur noch eine Frage von Stunden, bis die Rede vom größten politischen Skandal war, der New York jemals erschüttert hatte. Das Polizeidepartment wäre in zwei Lager gespalten, und Farber würde zwischen allen Stühlen sitzen. Er war der Bote gewesen, der die schlechte Nachricht überbracht hatte, und er würde dafür den Zorn der Götter zu spüren bekommen.

Madge nahm seine linke Hand, die auf den Tasten des Klaviers lag.

»So offen hast du schon seit Jahren nicht mehr mit mir geredet«, sagte sie lächelnd. »Und ich hätte nichts dagegen, wenn du es öfter tätest.«

Beide sahen sich tief in die Augen.

»An deiner Stelle würde ich versuchen, zumindest die Presse noch aus der ganzen Sache herauszuhalten«, fuhr Madge fort und drückte seine Hand ein wenig fester. »Möchtest du, daß ich dir etwas zu essen mache, Bert?«

»Nein. Laß uns lieber zusammen ausgehen.«

»Gern.«

»Madge ...?«

Das Telefon läutete, und sie stand ebenfalls auf, um den Hörer abzunehmen.

Farber fühlte sich nach dem Gespräch mit ihr bereits unendlich erleichtert, da er dringend jemanden benötigt hatte, dem er sein Herz ausschütten konnte. Und wem sonst hätte er vorbehaltlos alles mitteilen können, wenn nicht Madge – vorbehaltlos bis auf die Dinge, die bei seinem letzten Besuch bei Mary Alice geschehen waren. Am liebsten hätte er auch darüber mit Madge gesprochen und ihr gesagt, daß sie sich keine Sorgen mehr zu machen brauche. Er hatte sich endgültig von Mary Alice befreit und empfand mittlerweile nur noch Mitleid für sie, aber keine Liebe. Die Besessenheit, die ihn so lange gequält hatte, war überwunden. Jetzt sehnte er sich nur noch danach, mit Madge ein neues Leben zu beginnen.

»Der wachhabende Sergeant aus dem Department möchte dich sprechen«, riß sie ihn aus seinen Gedanken.

Farber nahm den Hörer entgegen und meldete sich mit seinem Namen.

»Möglicherweise ist dem stellvertretenden Commissioner etwas zugestoßen, Chief«, teilte ihm eine Stimme mit. »Ich glaube, es wäre besser, wenn Sie persönlich ins Department kämen.«

Aufgrund der Anordnungen Priestleys war das Büro des ermordeten Commissioners noch immer versiegelt und wurde in dieser Nacht von Officer Wristed bewacht. Der Cop befand sich gerade auf dem Rückweg von der Toilette auf dem Flur, als sich die Fahrstuhltür öffnete und plötzlich Frederick Priestley vor ihm stand.

Wristed salutierte, aber Priestley eilte starren Blicks an

ihm vorbei, ohne ihn überhaupt zur Kenntnis zu nehmen. An seinem Büro angekommen, schloß der stellvertretende Commissioner die Tür auf, trat ein und verriegelte daraufhin von innen. Da es bereits nach 23 Uhr war, bestand für diese Vorsichtsmaßnahme eigentlich kein Grund mehr, denn um diese Zeit befand sich für gewöhnlich kein anderer Mitarbeiter mehr in den Büros – bis auf den Wache schiebenden Wristed.

Der Cop fragte sich, was Priestley zu dieser späten Stunde noch wollte. Außerdem war Wristed aufgefallen, daß Kopf und Schultern des stellvertretenden Commissioners mit Schnee bedeckt waren.

Offensichtlich war er also eine ganze Strecke zu Fuß unterwegs gewesen. Warum hatte er sich bei dem schlechten Wetter nicht von seinem Chauffeur ins Department fahren lassen?

Wristed zuckte die Schultern. Es war nicht seine Aufgabe, sich über derartige Dinge den Kopf zu zerbrechen. Statt dessen kehrte er in den Raum zurück, der gegenüber von Harry Chapmans Büro lag, und fuhr fort, das Programm zu verfolgen, das gerade im Fernsehen gezeigt wurde.

Es mochten ein oder zwei Stunden vergangen sein, als Wristed ein Geräusch hörte, das wie ein Schuß klang und aus der Richtung kam, in der Priestleys Büro lag. Der Cop eilte in das Vorzimmer des stellvertretenden Commissioners und fühlte sich in seinem Verdacht bestätigt, denn der typische Geruch, der beim Abfeuern einer Waffe entsteht, war deutlich wahrzunehmen. Ein Zweifel war nicht möglich; Wristed war oft genug auf dem Schießstand seines Reviers gewesen, um den Geruch eindeutig identifizieren zu können. Die Schlußfolgerungen, die sich aus dieser Situation ergaben, waren alarmierend. Möglicherweise war Priestley etwas zugestoßen.

Der Cop trat an die Tür, die in das Dienstzimmer des stellvertretenden Commissioners führte, zögerte jedoch, den Knauf zu berühren.

»Commissioner, sind Sie in Ihrem Büro?« rief Wristed.

Keine Antwort.

Wristed wiederholte seine Frage. Als wiederum keine Reaktion erfolgte, versuchte er die Tür zu öffnen, mußte allerdings feststellen, daß sie von innen verschlossen war.

Von wachsender Besorgnis erfüllt, eilte der Cop in das dreizehnte Stockwerk hinab, da er wußte, daß in der Kriminalabteilung auch um diese Zeit ein wachhabender Sergeant anzutreffen war. Kurz darauf kehrten beide Männer zu Priestleys Büro zurück.

»Commissioner«, rief diesmal der Sergeant, »sind Sie in Ihrem Büro? Bitte melden Sie sich!« Als auch er keine Antwort erhielt, versuchte er den Türknauf zu drehen, wie sein Vorgänger jedoch ohne Erfolg.

»Riechen Sie es auch, Sergeant?«

»Ja, allerdings«, bestätigte der Gefragte, der O'Grady hieß. Unsicher schaute er sich um. »Ich rufe wohl besser Chief Farber an«, meinte er schließlich und war eine Minute später mit Madge verbunden, die den Hörer an ihren Mann weiterreichte. Unmittelbar darauf telefonierte O'Grady mit dem Revier im dreizehnten Bezirk und sorgte dafür, daß ein Wagen zu Farbers Wohnung geschickt wurde.

Als der Chief ungefähr eine halbe Stunde später im Department eintraf, begab er sich direkt in den vierzehnten Stock und hörte sich an, was Wristed und O'Grady ihm zu sagen hatten.

»Sind Sie sicher, daß ein Schuß gefallen ist?« fragte Farber eindringlich.

»Er hat es gehört, und wir beide haben es gerochen«, bestätigte Sergeant O'Grady.

Farber sog die Luft durch die Nase ein, konnte aber nichts feststellen. Offensichtlich hatte sich der Geruch verflüchtigt.

»Rufen Sie das Einsatzkommando«, wies Farber O'Grady an. »Sie sollen eine Einheit mit dem notwendigen Werkzeug herschicken, um die Tür notfalls aufbrechen zu können.«

Dann wandte er sich an Wristed. »Und Sie gehen ans

Telefon und alarmieren Chief Sternhagen – außerdem den Leiter der Verkehrspolizei und den Leiter der Personalabteilung.« Alle von Farber benannten Führungsoffiziere trugen mindestens drei Sterne auf den Schultern. »Darüber hinaus beordern sie alle leitenden Sektionschefs hierher, die sie erreichen können. Ich will, daß alle dabei sind, wenn wir das Büro aufbrechen.«

Die schwerbewaffneten und mit schußsicheren Westen bekleideten Männer des Einsatzkommandos trafen als erste in Priestleys Vorzimmer ein.

»Wir sollen nur die Tür aufbrechen, Chief? Ist das alles?« fragte der Sergeant, der die Einheit anführte. Seine Stimme klang enttäuscht. »Wir dachten, es handle sich um eine Geiselnahme oder so etwas.«

Farber instruierte die Männer, erst noch abzuwarten.

Wieder öffneten sich die Fahrstuhltüren. Diesmal handelte es sich um die Leiter der Ausbildungsabteilung und der Finanzverwaltung.

Beide Männer machten kein Hehl aus ihrer Verärgerung, die ihnen deutlich ins Gesicht geschrieben stand.

»Als Mitarbeiter des inneren Dienstes bin ich es nicht gewohnt, so spät noch ins Department gerufen zu werden«, beschwerte sich der eine von ihnen.

Als der andere jedoch die Verbände an Farbers Hinterkopf und an seinem Nacken bemerkte, wandte er sich erstaunt an den Chief: »Was ist denn mit Ihnen geschehen?«

Bevor Farber antworten konnte, erschien Terrence Sternhagen auf der Bildfläche. Er war zwar in Uniform, seine wirren Haare verrieten jedoch, daß man ihn vermutlich aus dem Bett geholt hatte.

»Was ist los, Bert?« fragte er, woraufhin Farber alle drei ins Bild setzte.

»Haben Sie den Schuß selbst gehört?« erkundigte sich Sternhagen.

»Nein.«

»Und haben Sie den Geruch selbst wahrgenommen?«

»Auch das nicht«, erwiderte Farber, während er sich fragte, was ihn an Sternhagens Uniform irritierte.

Sternhagen starrte auf die Tür des stellvertretenden Commissioners. »Aber Sie sind sicher, daß er sich in seinem Büro befindet?«

»Danach sieht es zumindest aus.«

Sternhagen griff nach dem Türknauf und versuchte, sich Zutritt zu verschaffen. »Können Sie mich hören, Commissioner? Machen Sie auf. Hören Sie? Machen Sie bitte auf!«

Schulterzuckend wandte er sich zu Farber um. »Sie glauben, daß er sich etwas angetan hat.« Es war mehr eine Feststellung als eine Frage.

»Allerdings.«

Sternhagen zögerte. »Und wenn wir die Tür jetzt aufbrechen, dann aber feststellen, daß das Büro leer ist …?«

Warum saß Sternhagens ansonsten stets tadellose Uniform heute nur so schlecht?

»Wäre es nicht einfacher, wenn wir einen Schlosser herbestellten und das Ganze weniger auffällig angehen würden?«

»Woher sollen wir jetzt einen Schlosser nehmen?« fragte Farber. »Es ist mitten in der Nacht.«

»Glauben Sie, das wüßte ich nicht? Zum Teufel, ich bin heute schließlich schon zum zweitenmal aus dem Bett geholt worden!«

Als Sternhagen begann, ungeduldig auf und ab zu gehen, war der Rand seiner Pyjamahose über dem linken Schuh zu sehen.

Das ist es, triumphierte Farber innerlich. *Er hat seine Uniform einfach über den Pyjama angezogen.*

»Ich möchte einfach vermeiden, daß wir hier unnötig Porzellan zerschlagen«, sagte Sternhagen.

Vor allem deshalb, weil du fürchtest, der Bürgermeister könnte es sich anders überlegen und dich deshalb nicht zum neuen Commissioner ernennen, dachte Farber bei sich.

»Wenn wir die Tür jetzt ohne Grund gewaltsam öffnen, wie sollen wir das dann morgen den Leuten erklären, wenn sie zur Arbeit kommen und die Bescherung sehen?«

Farber musterte Sternhagen. *Du meinst: Wie soll ich es dem Bürgermeister erklären?*

»Alle werden sagen, wir hätten vorschnell gehandelt«, lamentierte Sternhagen. »Außerdem kenne ich Frederick Priestley seit vielen Jahren. Er ist kein Mann, der so etwas tun würde.«

Farber schwieg weiter.

»Möglicherweise hat er das Büro verlassen, ohne daß der Officer es bemerkte«, suchte Sternhagen nach einer Erklärung. »Oder Priestley war das Ganze vielleicht peinlich, und er verschwand heimlich, nachdem er abgewartet hatte, bis der Officer fortgeeilt war, um Ihren Wachhabenden zu informieren.«

»Ich denke, wir sollten nicht warten, bis wir einen Schlosser hierherbekommen, sondern jetzt unverzüglich zur Tat schreiten«, widersprach Farber.

Noch immer zögerte Sternhagen.

»Priestley wäre nicht der erste Cop, der sich den Lauf in den Mund gesteckt hat«, fügte Farber hinzu.

Das wußte natürlich auch Sternhagen, dessen Augen den Türknauf fixierten.

»Außerdem ist es der letzte Ausweg, den gerade ein Cop wählen würde«, stellte Farber fest.

Sternhagen hatte sich zu einer Entscheidung durchgerungen. »Also gut«, seufzte er und wandte sich an die Männer des Einsatzkommandos. »Brecht die Tür auf.«

Mittlerweile hatte sich ein Großteil des Führungspersonals der New Yorker Polizei in Priestleys Vorzimmer versammelt: mehr als zehn hochrangige Offiziere, die neugierig mitverfolgten, wie die Tür zum Büro des stellvertretenden Commissioners nach zwei Rammstößen aus den Angeln sprang.

Frederick Priestley saß hinter dem Schreibtisch in seinem Ledersessel. Sein Kopf war nach hinten gesunken, und seine halb geschlossenen Augen starrten blicklos den Männern entgegen, die noch immer schweigend und regungslos im Vorzimmer verharrten. Priestleys linker Arm war von der Lehne gerutscht und hing schlaff herunter, während seine rechte Hand, die eine Waffe hielt, auf seinem Schoß ruhte.

Farber erkannte auf den ersten Blick, daß Priestley sich ins Herz geschossen hatte. Als er – gefolgt von den anderen –, den Raum betrat und den Schreibtisch inspizierte, war der handgeschriebene Bogen nicht zu übersehen. Farber stellte sich hinter den Toten und las über dessen Schulter hinweg laut und vernehmlich den Abschiedsbrief vor:

Ich habe nach einem Streit über persönliche Dinge Commissioner Chapman getötet, und ich kann nicht länger mit der Schuld leben, die ich damit auf mich geladen habe. Meine Frau hat mit meiner Tat absolut nichts zu tun und ist in jeder Hinsicht unschuldig.

»Sie sagten, er sei hier etwa eine Stunde lang gewesen, bevor Sie den Schuß hörten«, wandte sich Farber schließlich an Wristed.

»Ich weiß nicht genau, wie lange es war«, murmelte der Officer leise, ohne – wie die meisten der Anwesenden –, seine Augen von dem Toten abwenden zu können.

Farber reichte Sternhagen den Abschiedsbrief. Dann kniete er sich auf den Boden und untersuchte den Papierkorb, der sich neben Priestleys Schreibtisch befand. Er brauchte nicht lange herumzukramen, bis er einige zusammengeknüllte Vorentwürfe für die letzte Botschaft des stellvertretenden Commissioners entdeckte.

Als Farber wieder aufstand, wurde ihm als Folge seiner Verwundung plötzlich schwindlig, doch es gelang ihm, sich wieder zu fangen.

»Die meisten Leute denken, daß wir heutzutage im Zeitalter der sexuellen Freizügigkeit leben«, verkündete er halblaut, »aber das ist purer Unsinn. Tief in unserem Innern hat sich an unseren Empfindungen nichts geändert und wird sich vermutlich niemals etwas ändern.«

Ohne sich darum zu kümmern, was die anderen mit seinen Worten anfingen, redete Farber in einer Art Selbstgespräch weiter.

»Wir sind nichts weiter als armselige Toren, für die Sexualität nur ein anderes Wort für Besitz und Macht ist. Auch das war immer so – und wird immer so bleiben. Und genauso sicher ist, daß die Menschen sich aus Eifersucht auch weiterhin gegenseitig töten oder an ihrer eigenen Schuld zerbrechen.«

Voller Bitterkeit wandte sich Farber zum Gehen.

»Großer Gott, Harry«, murmelte er kaum verständlich. »Was hast du bloß angerichtet ...«

15

»Die Waffe, mit der sich Priestley erschossen hat, ist unseren Unterlagen zufolge seit dreißig Jahren auf seinen Namen registriert«, erklärte Farber. »Zudem hat die kriminaltechnische Untersuchung zweifelsfrei ergeben, daß die Kugel, die Harry Chapman tötete, aus derselben Waffe abgefeuert wurde. Wenn Sie also die Ermittlungen abschließen wollen, dann stünde diesem Schritt nichts mehr im Weg.«

»Wonach sollten wir noch suchen?« fragte der Bürgermeister. »Allem Anschein nach hat Priestley erst den Commissioner getötet und ein paar Tage später sich selbst. Damit wären doch wohl alle Fragen beantwortet.«

»Wie Sie meinen.«

Farber hatte immer noch kein Bett gesehen. Er war nur kurz in seine Wohnung gefahren, um – soweit dies mit den Verbänden möglich war – zu duschen und die Kleidung zu wechseln. Dann hatte er sich in den frühen Morgenstunden mit dem Bürgermeister getroffen.

Obwohl auf dem Weg ins Rathaus die ersten Strahlen der aufgehenden Morgensonne allenfalls erahnbar waren, hatten sich bereits einige Fernsehteams verschiedener Nachrichtensender auf dem Korridor vor dem Büro des Bürgermeisters versammelt. Farber war allerdings wortlos an ihnen vorbeigeeilt, ohne auf die drängenden Fragen der Reporter zu reagieren.

Als er vom Bürgermeister hereingebeten wurde, hatte der bereits mit einer ganzen Reihe von Mitarbeitern konferiert. Doch das Stadtoberhaupt hatte alle hinausgeschickt, um mit Farber unter vier Augen reden zu können. Das war vor einer Stunde gewesen.

»Ich wußte gar nicht, daß Sie im Besitz der Kugel waren, von der Harry Chapman getötet wurde«, sagte der Bürgermeister. »Warum haben Sie mir das nicht gesagt?«

»Weil Sie mich nicht danach fragten.«

»Reden Sie sich nicht heraus. Ich will jetzt den Grund wissen, warum Sie diese Information für sich behalten haben.«

Farber zuckte nur die Schultern.

»Sie wollen mir doch wohl nicht sagen, daß Sie das Ganze für nicht wichtig genug erachteten?«

»Ich weiß nicht. Ich habe mir dabei nichts weiter gedacht«, log Farber.

»Da ist noch etwas anderes«, fuhr der Bürgermeister fort. »Wenn die Tatwaffe das einzige Beweisstück war, mit dem Priestley der Mord an Chapman nachgewiesen werden konnte, warum war er dann so leichtsinnig, sie zu behalten?«

»Auch Priestley wußte nicht, daß ich das Projektil hatte, von dem der Commissioner getötet wurde. Er glaubte deshalb wohl, sich in Sicherheit wiegen zu können.«

»Ein so erfahrener Mann wie Priestley sollte sich so unvernünftig verhalten?«

»Sie müssen bedenken, daß man als Polizist seine Dienstwaffe nicht so einfach verschwinden lassen kann. Sollte sie einem Beamten abhanden kommen, bedeutet das viele Fragen und eine Menge Papierkram. Ich nehme an, daß Priestley es für sicherer hielt, sie zu behalten.«

»Hat er sich jemals bei Ihnen danach erkundigt, ob die tödliche Kugel gefunden wurde?«

»Sicher.«

»Und?«

»Ich habe ihn belogen«, gestand Farber freimütig.

»So, wie Sie jetzt mich belügen«, erwiderte der Bürgermeister. »Ich frage mich nur, warum Sie mir nicht die Wahrheit sagen.«

»Ich weiß nicht, was Sie meinen«, behauptete Farber und betastete vorsichtig die Kompresse an seinem Nakken. »Ich habe Ihnen alles gesagt, was ich weiß.« Er hatte zwischenzeitlich die Schmerztabletten genommen und fühlte sich seither, als befinde er sich im Halbschlaf. Mühsam ermahnte er sich jedoch dazu, mit der Wahl seiner Worte vorsichtig zu sein.

»Und die Kugeln, die auf Sie abgefeuert wurden, stammen ebenfalls aus Priestleys Dienstwaffe?«

Farber nickte. »Wir haben zwar nur eine finden können, aber auch bei diesem Projektil sind die Untersuchungsergebnisse eindeutig.«

Der Bürgermeister nahm die Kopie zur Hand, die Farber ihm von Priestleys Abschiedsbrief gemacht hatte.

»Es steht außer Zweifel, daß Priestley diese Zeilen eigenhändig verfaßt hat?«

Wieder nickte Farber. »Außerdem sind seine Fingerabdrücke auf dem Blatt.«

»Dann handelt es sich wohl wirklich um einen absolut wasserdichten Fall?«

»Zweifellos«, bestätigte Farber.

»Und es scheinen keine Fragen mehr offenzubleiben?«

»Nein – bis auf ein paar Kleinigkeiten.«

»Kleinigkeiten?« hakte der Bürgermeister argwöhnisch nach. »Was meinen Sie damit?«

»Wirklich nur ein paar Kleinigkeiten. Aber wir können die Akten auch einfach schließen, wenn Sie es wünschen.«

»Nun ... es sind oft gerade Kleinigkeiten, die einem große Schwierigkeiten bereiten«, stellte der Bürgermeister fest und musterte Farber aufmerksam.

»Kleinigkeiten – das ist es, womit sich Politiker am meisten beschäftigen«, fügte der Bürgermeister nach einer Weile hinzu. »Sie sind manchmal sehr wichtig, auch wenn es meist nicht sehr befriedigend ist, sich mit ihnen abzugeben.«

Farber erwiderte nichts und vermied jeden Blickkontakt mit seinem Gesprächspartner.

»So weit, so gut«, faßte der Bürgermeister zusammen. »Und wieviel davon muß ich nun den Aasgeiern dort draußen zum Fraß vorwerfen?«

»Das liegt allein bei Ihnen.«

»Wer weiß von der ganzen Sache?« fragte der Bürgermeister.

»Außer uns beiden – niemand.«

»John Kincaid?«

»Nein.«

»Sternhagen?«

»Auch er nicht.«

»Und sonst? Was ist mit den Cops, die die ganzen Tage über an den Ermittlungen beteiligt waren? Es müssen doch Dutzende gewesen sein.«

»Sie alle haben nur einzelne Mosaiksteine zusammengetragen. Das ganze Bild aber kennen nur Sie und ich«, log Farber.

Die Zeit drängte langsam, da der Beginn der Pressekonferenz bereits um dreißig Minuten verschoben worden war.

Der Bürgermeister trommelte mit seinen Fingern auf die Tischplatte. »Wieviel von all dem können wir unter Verschluß halten, ohne Angst haben zu müssen, daß es irgendwann nach außen durchsickert?«

»Unter Verschluß halten?« fragte Farber nach und fügte dann erklärend hinzu: »Tut mir leid, ich bin etwas angeschlagen und habe Tabletten genommen. Deshalb fällt es mir langsam schwer, noch einen klaren Gedanken zu fassen.«

»Ich meine nur, daß es für alle Beteiligten besser wäre, wenn nicht alles an die Öffentlichkeit dringen würde.«

»Woran denken Sie dabei?«

»Zum Beispiel daran, daß dieser gottverdammte Harry Chapman, der mir von meinen Beratern wärmstens empfohlen worden war, offensichtlich den Ehrgeiz hatte, es mit jeder Frau in der Stadt zu treiben.«

»Nun, ich sehe keine Notwendigkeit, die Öffentlichkeit darüber zu informieren.«

»Und was ist mit der Tatsache, daß sich der höchste Repräsentant der New Yorker Polizei ausgerechnet die Frau des berüchtigtsten Mafioso der Stadt zur Geliebten nehmen mußte?«

»Wen interessiert das? Sie hatte nachweislich nichts mit der Ermordung Harry Chapmans zu tun.«

»Aber wenn es jemandem gelingen sollte, eine Beziehung zwischen ihr und Chapman herzustellen, könnte das dennoch für einen Skandal ungeahnten Ausmaßes sorgen. Wer weiß also davon?«

»Zwei Detectives der Spurensicherung haben ihre Fingerabdrücke untersucht. Die beiden könnten auf die Idee kommen, eins und eins zusammenzuzählen.«

»Und was könnte dabei herauskommen?«

»Nur daß Anna Russo in irgendeiner Weise etwas mit dem Fall zu tun hat.«

»Großer Gott! Ich sehe schon die Schlagzeile: DIE CHAPMAN-RUSSO-CONNECTION!«

»Wie auch immer. Kein Mensch kann sagen, ob etwas durchsickern wird oder nicht!«

»Dann wollen wir das Beste hoffen«, seufzte der Bürgermeister, »und alles dafür tun, was in unserer Macht steht – wenn Sie verstehen, was ich meine.«

»Ich fürchte, ich kann Ihnen nicht ganz folgen.«

»Für den Fall, daß etwas durchsickern sollte«, stellte der Bürgermeister nüchtern fest und fixierte Farber mit eisigem Blick, »scheint es ziemlich klar zu sein, wo man die undichte Stelle suchen muß!«

Er nahm erneut Priestleys Abschiedsbrief zur Hand.

»Müssen wir der Presse mitteilen, daß Chapman auch ein Verhältnis mit der Frau seines Stellvertreters hatte?«

»Das werden die Reporter vermutlich auch selbst herausfinden.«

»Vielleicht auch nicht. In dem Brief ist nur von ›persönlichen Dingen‹ die Rede. Darunter kann man alles Mögliche verstehen, zum Beispiel auch beruflichen Neid. Die beiden könnten sich schon seit Jahren gehaßt haben. Oder Chapman hatte vielleicht versucht, Priestley zu einer vorzeitigen Pensionierung zu drängen. All das wäre möglich. Meine Güte, Chapman und Priestley sind tot, aber Priestleys Frau lebt noch; es gibt keinen Beweis dafür, daß sie etwas mit Chapman hatte, und außerdem steht üble Nachrede in unserem Land unter Strafe.«

»Von meiner Seite gibt es jedenfalls keine Probleme«, stimmte Farber zu, dessen Kopfschmerzen wieder stärker wurden. »Zeigen Sie den Reportern nur Priestleys letzte

Worte, erwähnen Sie die Ergebnisse des Projektilvergleichs und stellen Sie fest, daß die Akte geschlossen wird. Alles weitere überlassen wir dem Schicksal. Und gewisse Spekulationen können wir ohnehin nicht unterbinden.«

»Warum hat Priestley auf Sie geschossen?« fragte der Bürgermeister unvermittelt.

»Ganz einfach … Weil er wußte, daß ich ihm dicht auf den Fersen war.«

»Trotzdem. Man sieht Ihnen an, daß Sie über irgend etwas nicht gerade glücklich sind.«

»Ich? Nicht glücklich? Ich bin einfach überglücklich! Steht mir meine Begeisterung noch nicht ins Gesicht geschrieben?«

Nachdem er Farber nochmals mehrere Sekunden nachdenklich gemustert hatte, erhob sich der Bürgermeister aus seinem Sessel.

»Wir werden bereits erwartet. Sobald die Pressekonferenz beginnt, stellen Sie sich einfach an meine Seite und halten den Mund, verstanden?«

Spätestens in diesem Augenblick wurde Farber klar, daß der Bürgermeister nach wie vor auf ihn angewiesen war, und sei es auch nur in der Hinsicht, daß er schweigen sollte. Deshalb konnte Farber es sich leisten, ein gewisses Selbstbewußtsein an den Tag zu legen.

»Ich würde Ihnen aber gerne eine Frage stellen – vor der Konferenz«, sagte er.

Der Bürgermeister betrachtete ihn gespannt.

»Es ist dieselbe Frage, die Ihnen nachher die Reporter stellen werden. Denn heute ist der Tag, an dem Sie den neuen Commissioner ernennen müssen.«

Der Bürgermeister stieß nur ein heiseres Lachen aus.

»Schließlich will die Bevölkerung wissen, woran sie ist«, fügte Farber hinzu.

»Sie meinen, Sie wollen wissen, woran *Sie* sind!« Wieder betrachtete ihn der Bürgermeister nachdenklich. »Die Bevölkerung wird noch warten müssen. Und Sie auch!«

»Das Gesetz räumt Ihnen nur eine Frist von zehn Tagen ein.«

Der Bürgermeister winkte mit einem höhnischen Grinsen ab. »Wollen Sie mich ins Gefängnis werfen lassen, wenn ich dagegen verstoße?«

Er machte sich auf den Weg zur Tür. »Sehen wir zu, daß wir diese Farce hinter uns bringen.«

Kurz darauf eröffnete der Bürgermeister die Pressekonferenz, und nachdem er die aktuellen Ereignisse der letzten Stunden und die polizeilichen Ermittlungsergebnisse zusammengefaßt hatte, gab er den anwesenden Journalisten Gelegenheit, ihm Fragen zu stellen. Dabei redete er jeden der Fragesteller mit Namen an. Die Stimmung blieb gelassen und sachlich. Niemand machte zweideutige Witze oder hakte entschlossen nach. Das lag zum einen daran, daß der Bürgermeister wiederholt von einer Verkettung »tragischer Umstände« redete, zum anderen bekamen die Reporter ohnehin schon eine sensationelle Geschichte geliefert. Farber wußte zudem aus Erfahrung, daß die wirklich harten Fragen erst am nächsten Tag kommen würden.

Nach dem Ende der Pressekonferenz wurde Farber durch die anstürmenden Journalisten vom Bürgermeister getrennt und mit Fragen nach einzelnen Details, Hintergrundinformationen und Vermutungen überschüttet, aber er gab nicht eine einzige Antwort. Statt dessen entschuldigte er sich damit, von entsetzlichen Kopfschmerzen geplagt zu werden – was der Wahrheit entsprach –, und wegen der Kopfverletzungen unter Erinnerungslücken zu leiden, was frei erfunden war. Dann beeilte er sich, das Rathaus zu verlassen, und ließ sich von O'Malley nach Hause fahren.

Dort wurde er von Madge erwartet, die ihm ein Frühstück bereitete, die Verbände wechselte und seinen Nakken und die Schultern so lange massierte, bis er mit einem wohligen Gefühl einschlief.

Währenddessen kehrte der Bürgermeister in sein Büro zurück, wo er sich an seinen Schreibtisch setzte und eine ganze Weile nachdachte. Schließlich nahm er den Telefonhörer zur Hand und stellte eine Verbindung her, ohne hierfür wie üblich seine Sekretärin zu beauftragen, denn er wollte nicht, daß jemand mitbekam, mit wem er telefonierte. Das würde der Rest der Welt schon früh genug herausbekommen – falls sein Anruf Erfolg hatte.

Als Farber erwachte, war es bereits später Nachmittag, und es wurde schon langsam wieder dunkel. Er kämpfte sich mühsam aus dem Bett, zog den Morgenmantel über und ging ins Wohnzimmer, wo er auf Madge stieß, die in einem Magazin las. Wie er dankbar feststellte, hatte sie sich offensichtlich freigenommen, um auf ihn achtgeben und sich um ihn kümmern zu können.

Farber rief im Department an und ließ sich mit Potter verbinden. Von ihm erfuhr er, daß Priestleys sterbliche Überreste in der Frank-Conner-Kapelle in der Amsterdam Avenue aufgebahrt wurden.

»Wissen Sie, wo das ist, Chief?«

»Ja, allerdings.« Es war eine Adresse im 20. Bezirk. Priestley sollte am übernächsten Tag auf dem Friedhof der Good Shepherd Church in Inwood beigesetzt werden – in der Gegend, in der er aufgewachsen war. Ansonsten sei nichts Erwähnenswertes passiert, auch wenn das Telefon nicht stillgestanden habe, weil vor allem Dutzende von Reportern versucht hätten, Farber zu erreichen. Der Chief notierte sich nur die Namen und Telefonnummern von einigen Anrufern, die nicht von der Presse gewesen waren.

Nachdem er aufgelegt hatte, wandte er sich an Madge: »Die Totenwache für Priestley beginnt heute abend. Und ich denke, auch ich sollte mich dort blicken lassen.«

»Warum, um Himmels willen, willst du das tun?«

»Vermutlich aus Respekt vor dem Toten«, seufzte Farber. »Schließlich war ich mit ihm seit dem Tag konfrontiert, an dem ich die Abschlußprüfung an der Polizeischule abgelegt hatte.«

»Na und? Das ist doch kein Grund – nach allem, was er dir angetan hat.«

»Außerdem werden wahrscheinlich kaum Leute zu der

Totenwache gehen. Seine Frau wird aber in dieser schweren Stunde jede Unterstützung benötigen, die sie bekommen kann.«

»Bert, hast du bereits vergessen, daß Priestley versucht hat, dich zu töten?«

»Er war nicht bei klarem Verstand, als er auf mich geschossen hat.«

Madge schaute ihn argwöhnisch an. »Was ist der wahre Grund dafür, daß du unbedingt zu der Totenwache willst?«

Farber lächelte, weil sie ihn wieder durchschaut hatte. »Ich will Florence Priestley sprechen.«

»Warum?«

»Weil ich endlich Klarheit in einer Sache brauche, die mir seit längerem Kopfschmerzen bereitet.«

»Du willst mir aber nicht sagen, worum es sich dabei handelt?«

Sein Lächeln ging in ein Grinsen über. »Doch, du sollst alles erfahren. Aber laß mich doch zuerst mit der Witwe reden.«

Farber warf einen Blick auf die Liste mit den Anrufern, die Potter ihm durchgegeben hatte. Einer der Namen machte ihn stutzig. Aber er beschloß, zunächst keinen weiteren Gedanken daran zu verschwenden und alle notwendigen Gespräche auf den nächsten Tag zu verschieben.

In der Frank-Connor-Kapelle gab es eine ganze Reihe von Räumen, in denen blankpolierte Särge mit zum Teil üppigen Blumenbuketts standen, umgeben von einer schwarz gekleideten Trauerschar.

Priestley war in einem kleineren Raum am Ende eines langen und düsteren Korridors aufgebahrt worden. Als Farber eintrat, stellte er fest, daß der Sargdeckel geschlossen war und daß auf dem Boden nur wenige, auf einzelne Vasen verteilte Blumensträuße standen. Einen davon hatte Farber geschickt.

Nur fünf Trauergäste waren anwesend. Außer Florence Priestley kannte Farber nur die zwei erwachsenen

Söhne aus der ersten Ehe des Verstorbenen. Farber schüttelte den beiden Mittdreißigern die Hände und stellte sich dann an den Sarg, allerdings ohne ein Gebet zu sprechen.

Ihm ging durch den Kopf, daß kein Kriminalfall jemals wirklich einen Anfang und ein Ende fand. Und das wahre Maß der Schuld, das jemand auf sich geladen hatte, stand nun mal niemandem auf die Stirn geschrieben. Welcher Mensch also war in der Lage, über einen anderen zu richten und dabei Gerechtigkeit zu üben? Über das, was Frederick Priestley getan hatte, würde jedenfalls niemand mehr zu Gericht sitzen und ein Urteil sprechen, denn der Täter war schließlich auch sein eigenes Opfer geworden.

Als Farber sich umdrehte, stand plötzlich Florence Priestley vor ihm.

»Hast du jetzt erreicht, was du wolltest?« fragte sie mit vorwurfsvoller, wenn auch matter Stimme.

»Glaub mir, ich fühle mich genauso mies wie du«, erwiderte Farber.

»Das kaufe ich dir nicht ab.«

Tränen rannen über das Gesicht der Witwe, die mit einemmal wie eine kleine, zerbrechliche Person wirkte, auch wenn sie ihrer Natur nach großgewachsen und kräftig war. Obwohl sie nie als besonders zartfühlender Mensch gegolten hatte, so war ihr jetzt wohl doch klar, daß ein Mann einen Mord begangen und schließlich sich selbst erschossen hatte, nur um sie nicht mit einem anderen teilen zu müssen – und um sie zu schützen. Aber Farber war keineswegs erstaunt darüber, daß es zu einer solchen Tragödie gekommen war. Auch wenn viele Leute annahmen, daß jemand nur dann solche leidenschaftlichen Wahnsinnstaten beging, wenn der Partner oder die Partnerin einem Hollywoodfilmstar ähnelte, entsprach dies keineswegs der Realität. Farber wußte nur zu gut, daß es häufig gerade die Florence Priestleys dieser Welt waren, die derartige Tragödien auslösten.

»Er hat Harry nicht getötet«, sagte sie.

»Ich weiß«, erwiderte Farber.

Daß Harry Chapman in jener Nacht zusammen mit

Anna Russo in seinem Apartment gewesen war, wußte Farber mittlerweile schon einige Tage. Er war allerdings kaum der Frage nachgegangen, was sich unten auf der Straße abgespielt hatte. Erst vor kurzem war er auf die Idee gekommen, daß sowohl Florence als auch Frederick Priestley vor dem Haus – entweder in verschiedenen Hauseingängen oder einer von beiden im Wagen – gewartet hatten, ohne einander zu bemerken. Beide hatten sich jeweils aus Eifersucht elend gefühlt und in der bitteren Kälte gefroren, während sie zu den Fenstern des Apartments hinaufstarrten. Irgendwann war dann Anna Russos Silhouette zu erkennen gewesen, was bei beiden zu unterschiedlichen Reaktionen geführt haben mußte: Frederick Priestley war sicherlich davon ausgegangen, dort oben seine Frau zu sehen, während Florence sich gefragt haben mußte, wer ihre Nebenbuhlerin war. Auf jeden Fall hatten sich beide in höchstem Maß verletzt gefühlt. Dann verließ Harry Chapman das Haus, um seine Joggingrunde zu drehen, wurde jedoch aus heiterem Himmel von Florence abgefangen und zur Rede gestellt.

Da Frederick Priestley aufgrund der Dunkelheit und des Schneefalls nur schemenhaft erkennen konnte, daß sich jemand dem Geliebten seiner Frau genähert hatte, wich er vermutlich zurück in den Hauseingang, in dem er bereits seit längerer Zeit ausgeharrt hatte, um zunächst einmal die weitere Entwicklung abzuwarten. Doch als er den Schuß hörte und Harry Chapman zu Boden stürzen sah, erwachte der Cop in ihm, und er stürzte sich auf den Attentäter. Es kam vermutlich zu einem Handgemenge, in dessen Verlauf Priestley entdecken mußte, daß seine eigene Frau dic Tätcrin war.

Nach ihrer Rückkehr in die gemeinsame Wohnung kam es wahrscheinlich zu tränenreichen Geständnissen und gegenseitigen Anklagen. Farber konnte sich sehr gut ausmalen, wie Florence schließlich ihren Mann angefleht hatte, sie vor dem Gefängnis zu bewahren, und ihm schwor, zukünftig für immer eine treue Ehefrau zu sein. Und Priestley war immerhin stellvertretender Commissioner, nach Harry Chapmans Tod vermutlich sogar dessen Amtsnachfolger. Wer sonst hätte die Macht gehabt, Florence wirkungsvoll vor der Strafverfolgung zu schützen, wenn nicht er?

Am Ende mußte Priestley zugestimmt haben und gab sich fortan größte Mühe, Farbers Ermittlungen zu behindern. Doch nachdem Priestley vierzig Jahre lang Polizist gewesen war, brachte er es einfach nicht fertig, mit einer solchen Lüge zu leben. Zudem trieben ihn die quälenden Bilder, wie sich seine stöhnende Frau in den Armen eines verhaßten Vorgesetzten räkelte, langsam, aber sicher in den Wahnsinn. Als er in seiner zunehmenden geistigen Verwirrung keinen anderen Ausweg mehr sah, faßte er den Entschluß, Farber zu töten, um auf diese Weise die Ermittlungen zum Erliegen zu bringen. Nachdem auch dies mißlungen war, wählte er den einzigen Ausweg, der ihm noch blieb, um Florence zu schützen und ihr gleichzeitig zu beweisen, wie sehr er sie liebte.

Wäre Farber seinem ersten Impuls als Cop gefolgt, hätte er Florence Priestley jetzt Handschellen anlegen und sie abführen müssen, um sie wegen der Ermordung von Commissioner Harry Chapman dem Staatsanwalt zu übergeben. Doch durch Frederick Priestleys Tod und durch dessen Geständnis war der Tod Chapmans aus juristischer Sicht bereits gesühnt und der Fall gelöst. Und Farbers Vermutungen über den wahren Tathergang waren und blieben nichts anderes als Vermutungen, die er vermutlich niemals würde beweisen können.

Sollte es dennoch zu einem Gerichtsverfahren kommen, was äußerst zweifelhaft war, würde das ohnehin kaum noch arbeitsfähige und von inneren Querelen zerrissene Polizeidepartment noch mehr ins Kreuzfeuer der Kritik geraten und möglicherweise den letzten Rest seiner Funktionsfähigkeit verlieren.

Und Farbers Position? Wollte er den letzten Rest seiner Chancen auf den Posten des Commissioners wahren, wäre es fatal gewesen, wenn er eine neuerliche Ausweitung des Skandals heraufbeschworen hätte, nachdem der

Bürgermeister unter den gegebenen Umständen mit dem jetzigen Stand der Dinge recht gut leben konnte.

Sosehr es Farber auch drängte, das Rätsel um die Ermordung Harry Chapmans bis in den letzten Winkel zu lüften, so sehr waren ihm die Hände gebunden, die Sache zu Ende zu bringen. Und das Gesetz – bei dem es selten genug um Gerechtigkeit ging –, hatte ohnehin nichts dafür übrig, Rätsel zu lüften, für die scheinbar schon Lösungen vorlagen, mit denen alle Beteiligten zufrieden waren.

Überdies: Wie konnte Farber eigentlich sicher sein, daß er nicht auch diesmal, wie schon so oft zuvor, einem Irrtum aufsaß und sich die Dinge ganz anders abgespielt hatten? Als er Florence Priestley in die Augen sah, kehrten seine Zweifel zurück, und seine frühere Gewißheit wich langsam einer einzigen dauerhaften Erkenntnis: nämlich daß er wohl niemals mit letzter Sicherheit herausfinden würde, wer Harry Chapman wirklich erschossen hatte.

Farber schaute an Florence vorbei auf den Sarg. Nach allem, was geschehen war, würde Frederick Priestley nicht mit den Ehren bestattet werden, die er sich vermutlich wie jeder Polizist sein ganzes Berufsleben über erhofft hatte. Auch das war eine kleine Tragödie, wenn man bedachte, daß der Verstorbene vierzig Jahre lang Cop gewesen war.

»Es ist mir nur gelungen, dafür zu sorgen, daß er eine Ehrenwache erhält«, sagte Farber. »Mehr konnte ich leider nicht tun.«

Florence nickte unter Tränen. »Und was ist mit … den weiteren Ermittlungen?«

»Es wird keine weiteren Ermittlungen geben. Die Akten sind geschlossen.« Mit diesen Worten wandte sich Farber um und verließ die Kapelle.

Am nächsten Morgen begann Farber in seinem Büro als erstes damit, die Vermerke über die in der Zwischenzeit eingegangenen Telefonanrufe durchzuarbeiten. Darunter befand sich auch der Name, der ihm bereits am Vorabend zu denken gegeben hatte. Als Farber nun auf die Notiz starrte, fühlte er sich verunsicherter denn je. Die Tatsache, daß dieser Mann angerufen hatte, ließ ihn das Schlimmste befürchten.

Bei dem Anrufer handelte es sich um einen Mann namens Quigley, der als Commissioner dem Polizeidepartment von Detroit vorstand. Farber kannte ihn persönlich und hatte früher einmal unter ihm gearbeitet. Quigley war ein großer, kahlköpfiger Mann, der über eine laute Stimme, aber keine Manieren verfügte. Sein Verständnis von Mitarbeiterführung ließ sich am einfachsten dadurch veranschaulichen, daß er seine Untergebenen meist zusammenbrüllte.

Während seiner New Yorker Zeit hatte Quigley es zum Deputy Chief gebracht und sich einen Stern verdient. Dann war jedoch ein Commissioner ernannt worden, bei dem er wenig Gnade fand. Also hatte Quigley einen Weg eingeschlagen, den viele ehrgeizige Polizeioffiziere in einer vergleichbaren Situation wählten: er ließ sich in die Provinz versetzen, um dort zunächst kleinere Departments zu leiten, in der Hoffnung, eines Tages unter günstigeren Voraussetzungen zurückkehren zu können.

Damals hatte Quigley viel Spott dafür geerntet, daß er an die hundert Bewerbungen abgeschickt hatte, aber daraufhin nur ein Angebot erhielt. Doch Quigley hatte die Chance beim Schopf gepackt und war Polizeichef von Buffalo geworden: einer Stadt mit 450 000 Einwohnern und im Vergleich zu New York ein Dorf. Farber hatte seitdem keinen persönlichen Kontakt mehr zu ihm gehabt, wußte jedoch, daß Quigley in der Zwischenzeit in San Francisco und später in Detroit zum Commissioner ernannt worden war.

Farber spürte keinerlei Verlangen, mit dem großmäuligen Cop zu telefonieren, und schob die Notiz daher zunächst beiseite. Aber schließlich konnte er das Gespräch mit Quigley nicht auf ewig hinausschieben, deshalb gab er sich eine Stunde später einen Ruck und griff zum Telefonhörer.

»Soweit ich mitbekommen habe, steckt ihr in New York ganz schön in der Scheiße und wißt nicht, wie ihr da rauskommen sollt?«

Quigleys rüde Äußerung führte Farber schlagartig wieder vor Augen, warum er den Mann am anderen Ende der Leitung noch nie gemocht hatte.

»Jedenfalls hat das der Bürgermeister durchblicken lassen, als er mich gestern anrief und mich fragte, ob ich nicht Lust hätte, das Amt des Commissioners zu übernehmen«, fuhr Quigley fort. »Er meinte, einem Außenstehenden würde es am ehesten gelingen, euren Saustall auszukehren.«

Farber warf einen Blick auf den Notizzettel, auf dem neben Quigleys Namen auch die Uhrzeit seines gestrigen Anrufs vermerkt war. Allem Anschein nach mußte der Bürgermeister sich unmittelbar nach der Pressekonferenz mit ihm in Verbindung gesetzt haben.

»Was für ein Kerl ist denn der Bürgermeister?« fragte Quigley.

»Auf jeden Fall ein Mann, auf dessen Wort man sich verlassen kann«, antwortete Farber.

»Freut mich zu hören. Schließlich ist er der wichtigste Mann, mit dem ein Commissioner klarkommen muß.«

»Sie können wirklich von Glück sagen, daß Sie mit ihm zu tun haben. Bestimmt unternimmt er niemals etwas hinter Ihrem Rücken.«

»Gut.«

Innerlich schalt sich Farber einen Narren, daß er sich schändlich betrogen fühlte. Was hatte er denn erwartet? Der Bürgermeister war eben ein Politiker, der nur das tat, was alle Politiker taten: nämlich andere betrügen.

»Ihr in New York scheint ja ziemlichen Mist gebaut zu haben«, ließ sich Quigley wieder vernehmen. »Können Sie mir über die ganze Geschichte etwas erzählen, was ich noch nicht weiß?«

Farber berichtete ihm knapp, was in jeder Zeitung zu lesen stand.

»Das ist mir alles schon bekannt«, knurrte Quigley. »Was gibt es sonst noch?«

»Was es sonst noch gibt, werden Sie erfahren, wenn Sie zum Commissioner ernannt worden sind«, erwiderte Farber. »Aber auch erst dann.«

»Sie unternehmen nichts, bevor ich vor Ort bin, verstanden?« brüllte Quigley.

Farber legte den Hörer auf und stützte seinen Kopf in beide Hände. Jetzt waren die Würfel gefallen. Er würde mit Sicherheit nicht der nächste Commissioner werden, und falls ihn sein Instinkt nicht trog, würden Quigley und der Bürgermeister das Ihre dazu tun, daß er auch nicht mehr lange Leiter der Kriminalpolizei blieb. Ohne Zweifel waren seine Tage beim New Yorker Polizeidepartment gezählt.

* * *

Drei Tage nach seiner offiziellen Ernennung zum Commissioner berief Quigley eine Pressekonferenz ein, auf der er einige personelle Neuerungen bekanntgab: Terrence Sternhagen wurde sein Stellvertreter und John Kincaid Chief des Departments.

Farber wußte sehr wohl, welchem Umstand er es zu verdanken hatte, daß er – zumindest vorerst –, Leiter der Kriminalpolizei blieb.

Sie wollen sich auf diese Weise mein Schweigen erkaufen, sagte er sich. Aber welche Schonzeit würden sie ihm noch lassen?

Nach seiner Beförderung stellte sich Sternhagen strahlend den Reportern, die ihn in einer Ecke umlagerten. Farber gratulierte ihm und hielt dann nach Kincaid Ausschau, der ebenfalls gerade damit beschäftigt war, der Presse Interviews zu geben. Doch plötzlich begegneten sich beider Blicke, und Kincaid winkte ihn zu sich herüber.

»Herzlichen Glückwunsch, Chief«, gratulierte Farber auch ihm.

»Ich habe die Absicht, umgehend eine Konferenz mit meinen wichtigsten Untergebenen einzuberufen«, sagte

Kincaid, der eine nagelneue Uniform trug, auf deren Schulterstücken jeweils vier goldene Sterne prangten. »Rufen Sie meinen Adjutanten an und sagen Sie ihm, ich hätte auch Sie dazu bestellt.«

»Ich fürchte, ich werde nicht an der Konferenz teilnehmen können, Chief«, erklärte Farber. »Ich habe mir nämlich ein paar Tage freigenommen.«

»Urlaubsanträge von Führungsoffizieren müssen grundsätzlich von mir abgesegnet werden«, belehrte ihn Kincaid. »Und ich kann mich nicht erinnern, einen Antrag von Ihnen genehmigt zu haben.«

»Es handelt sich um eine ärztliche Empfehlung«, erwiderte Farber und betastete die Verbände, die er immer noch am Hinterkopf und am Nacken trug, während die Journalisten dem Gespräch interessiert zuhörten. »Die Mediziner meinten, ich müßte mir dringend etwas Ruhe gönnen.«

Unübersehbar verkrampfte sich Kincaids Kiefermuskulatur.

»Was kann man schon dagegen ausrichten, wenn man den Ärzten erst einmal in die Hände gefallen ist?« bemerkte Farber und wandte sich lächelnd den Reportern zu, die instinktiv spürten, daß sie Zeugen eines Kräftemessens waren.

»Sie haben recht, Bert«, sagte Kincaid nach kurzem Nachdenken, wobei seine Stimme ein wenig belegt klang. »Jetzt ist erst einmal wichtig, daß Sie wieder ganz auf die Beine kommen.«

»Darum werde ich mich bemühen«, versprach Farber.

»Wie lange werde ich auf Sie verzichten müssen?«

»Das werden wir sehen.« Farber nickte ihm und den Reportern zu, bevor er sich zum Gehen wandte. Nach einigen Metern blieb er jedoch stehen und drehte sich um.

»Nochmals herzlichen Glückwunsch, Chief!«

Farber ließ sich von O'Malley nach Hause fahren, um Madge und das Gepäck abzuholen. Dann machten sie sich auf den Weg zum Flughafen.

Da sich der Start der Maschine, die sie gebucht hatten,

aufgrund der neuerlichen Schneefälle verzögerte, begaben sich beide in die VIP-Lounge der Fluggesellschaft, bestellten sich einen Kaffee und spekulierten darüber, was die Zukunft ihnen bringen würde.

»Quigley wird nicht auf ewig Commissioner sein«, sagte Farber. »Und früher oder später wird es auch einen neuen Bürgermeister geben. Vielleicht gelingt es mir, mich bis dahin auf meinem Posten zu behaupten und dann noch einmal einen Anlauf zu starten. Aber John Kincaid wird sicher etwas dagegen haben.«

»Glaubst du, du könntest dich so weit beherrschen, ihm nicht ständig vors Schienbein zu treten?«

»Vielleicht. Vielleicht auch nicht.«

»Aber du gibst zumindest zu, daß es einen Versuch wert wäre?«

Farber verzog das Gesicht. »Na ja ...«

Madge quittierte seine Antwort mit einem Lächeln.

Farber wurde wieder ernst. Vielleicht wäre es gar keine so schlechte Idee, es wie Quigley zu machen und erst in einer kleineren Stadt Commissioner zu werden, um dann später mit ein bißchen Glück nach New York zurückzukehren. Oder er könnte auch versuchen, als Sicherheitschef bei einer großen Privatfirma anzufangen. Für den ehemaligen Leiter der New Yorker Kriminalpolizei würde sich immer ein Job finden lassen.

»Was meinst du, Madge? Was sollte ich deiner Meinung nach tun?«

»Das mußt du entscheiden, Bert. Aber wie immer deine Entscheidung aussehen wird, ich werde sie mit dir tragen.«

Farber nahm ihre Hand. »Das weiß ich. Und ich bin dir dankbar dafür.«

»Ich kann mir allerdings kaum vorstellen, daß du außerhalb von New York glücklich werden könntest«, gab Madge zu bedenken.

»Da wäre ich mir an deiner Stelle mittlerweile nicht mehr so sicher«, widersprach Farber.

»Und ich kann mir ebenfalls nicht vorstellen, daß du jemals etwas anderes sein könntest als ein Cop.«

»Wer weiß, Madge.«

Sie betrachtete ihn schweigend.

»Jedenfalls sollte ich es versuchen.«

»Bert! New York ist ebenso deine Heimat wie das Polizeidepartment.«

Insgeheim gab Farber ihr zwar recht, aber ein tief in ihm schlummerndes Gefühl sagte ihm, daß seine Heimat an der Seite von Madge war, wo immer dies auch sein mochte. Leider hatte er wie so oft Schwierigkeiten, solche Gedanken laut auszusprechen, und deshalb schwieg er.

»Möchtest du noch eine Tasse Kaffee?« fragte Madge ihn und stand auf. Als sie bemerkte, daß sie ihn mit ihrer Frage aus seinen Gedanken gerissen hatte, blieb sie stehen und lächelte: »Wenn du wirklich meine Meinung hören willst, dann sage ich dir, daß ich an deiner Stelle erst einmal abwarten würde, wie sich die Dinge entwickeln.«

Eine Stunde später waren sie in der Luft und auf dem Weg in die Karibik.

»Ich habe mich oft gefragt«, begann Madge, während sie sich zurücklehnte, nachdem sie aus dem Bullauge auf die in gleißendes Sonnenlicht getauchte Wolkendecke unter ihnen geschaut hatte, »ob wir mit den Problemen in unserer Ehe besser fertig geworden wären, wenn wir Kinder gehabt hätten.«

»Das ist eine rein hypothetische Frage«, erwiderte Farber. »Wir haben keine Kinder.«

»Welche beruflichen Erfolge einem auch immer zuteil werden, man kann sie meist nicht mit seinem Partner teilen«, fuhr Madge fort. »Bei Kindern sieht das anders aus.«

»Ja. Und es wäre sicher schön gewesen, wenn wir Kinder gehabt hätten«, bestätigte er.

Madge zögerte. »Ich habe oft befürchtet, du würdest mich insgeheim dafür verantwortlich machen, daß dem nicht so ist.«

»Ich hoffe nicht, daß ich dir diesen Eindruck vermittelt habe. Eigentlich habe ich nie daran gedacht, dir die Schuld dafür zu geben.«

»Dennoch ist mir der Gedanke oft gekommen.«
Er schaute ihr in die Augen. »Das ist doch Unsinn.«

Nach der Landung und nachdem sie die Maschine verlassen hatten, inhalierten sie tief die warme Luft, die sie nach der winterlichen Kälte in New York in vollen Zügen genossen. Farber besorgte an der Mietwagenstation ein Auto, und kurz darauf waren beide auf dem Weg ans andere Ende der Insel, wo sich ihr Hotel befand.

Das Gepäck wurde aufs Zimmer gebracht, und beide zogen ihr Badezeug an, um sich sofort an den Strand zu begeben. Zuvor kaufte sich Farber allerdings noch einen Strohhut, um damit die Verbände an seinem Kopf zu verdecken. Dann machten sie sich auf, Hand in Hand am Meer entlang spazierenzugehen. Es war bereits später Nachmittag, doch trotz der tiefstehenden Sonne war es noch sehr warm im heißen Wind, der über den Strand wehte. Sie hatten sich weit vom Hotel entfernt und schauten von einer Klippe aus über das Meer zu den benachbarten Inseln hinüber.

»Ich halte es – ehrlich gesagt –, für nicht ausgeschlossen, auch jetzt noch schwanger zu werden«, sagte Madge leise und faßte ihn beim Arm.

Als Farber sie anschaute, blickte sie verlegen wie ein Teenager zu Boden.

»Es gibt inzwischen einige neue erfolgversprechende Methoden«, sagte sie, während sie mit dem Zeh Muster in den Sand malte. »Ich habe einiges darüber gelesen.«

»Hm, davon habe ich auch schon gehört«, erwiderte Farber.

»Und was hältst du davon, Bert?«

»Ich wäre dafür – vorausgesetzt, du willst das Ganze wirklich auf dich nehmen, Madge.«

»Vielleicht will ich nichts lieber tun als das.«

»Dann will ich es auch.« Farber strahlte. »Sobald wir wieder in New York sind, werden wir die nötigen Schritte unternehmen.«

Auf dem Weg zurück zum Hotel spürten sie den heißen Sand unter ihren Füßen. Farber schlang seinen rechten Arm um ihre Taille.

»Was hältst du davon, wenn wir zunächst noch einmal einen Eigenversuch starten, für unseren Nachwuchs zu sorgen?« fragte er grinsend. »Ich meine, sobald wir wieder auf dem Zimmer sind?«

Madge schien von seinem Vorschlag durchaus angetan zu sein. »Aber meinst du nicht, daß wir eigentlich schon viel zu alt sind, um noch ein Kind in die Welt zu setzen, Bert?«

»Alt? Wer ist hier alt?«

»Und die medizinische Behandlung wird ziemlich teuer sein, ohne daß uns jemand garantieren kann, daß sie erfolgreich verläuft.«

»Daran darfst du gar nicht denken«, wischte Farber ihre Besorgnis beiseite. »Du mußt nur davon überzeugt sein, daß es klappt. Dann wird es auch klappen.«

Überrascht stellte Farber fest, daß er sich plötzlich um Jahre jünger fühlte, daß sein alter Optimismus wiedererwacht war.

Als sie das Hotelgelände erreichten, kamen sie an einigen Leuten vorbei, die sich auf Sonnenliegen räkelten.

»Eigentlich kann ich dich mir ganz gut als Vater vorstellen«, sagte Madge.

»Was soll das heißen – ›ganz gut‹? Ich werde ein großartiger Vater sein!«

Madge lachte. »Weißt du eigentlich, daß du in den letzten Tagen ein ganz anderer Mensch geworden bist?«

Auch Farber lachte. »Soll ich dir ein Geheimnis verraten? Nichts ist in der Hinsicht so wirkungsvoll wie ein Kopfschuß! Plötzlich sieht man die Welt mit ganz anderen Augen.«

»Kaum zu glauben – die Geburt des neuen Bert P. Farber.«

»Ach was«, widersprach er. »Ich bin immer noch der alte.«

»Das scheint mir durchaus nicht so.«

»Vielleicht hast du recht«, gestand Farber. »Warten wir ab, wie sich die Dinge entwickeln.«